증편 한국구비문학대계

5-10

전라북도 진안군

이 저서는 2014년 대한민국 교육부와 한국학중앙연구원(한국학진흥사업단)의 구술자료 아카이브 구축사업의 지원을 받아 수행된 연구임(AKS-2014-OHA-1240001)

증편 한국구비문학대계
5-10
전라북도 진안군

김익두 · 김월덕 · 허정주 · 진주

한국학중앙연구원

역락

발간사

　민간의 이야기와 백성들의 노래는 민족의 문화적 자산이다. 삶의 현장에서 이러한 이야기와 노래를 창작하고 음미해 온 것은, 어떠한 권력이나 제도도, 넉넉한 금전적 자원도, 확실한 유통 체계도 가지지 못한 평범한 사람들이었다. 이야기와 노래들은 각각의 삶의 현장에서 공동체의 경험에 부합하였으며, 사람들의 정신과 기억 속에 각인되었다. 문자라는 기록 매체를 사용하지 못하였지만, 그 이야기와 노래가 이처럼 면면히 전승될 수 있었던 것은 그것이 바로 우리 민족의 유전형질의 일부분이 되었기 때문이며, 결국 이러한 이야기와 노래가 우리 민족을 하나의 공동체로 묶어 주고 있는 것이다.

　사회와 매체 환경의 급격한 변화 가운데서 이러한 민족 공동체의 DNA는 날로 희석되어 가고 있다. 사랑방의 이야기들은 대중매체의 내러티브로 대체되어 버렸고, 생활의 현장에서 구가되던 민요들은 기계화에 밀려 버리고 말았다. 기억에만 의존하여 구전되던 이야기와 노래는 점차 잊히고 있다. 한국학중앙연구원이 1970년대 말에 개원함과 동시에, 시급하고도 중요한 연구사업으로 한국구비문학대계의 편찬 사업을 채택한 것은 바로 이러한 시대적 상황에 대한 우려와 잊혀 가는 민족적 자산에 대한 안타까움 때문이었다.

　당시 전국의 거의 모든 구비문학 연구자들이 참여하였는데, 어려운 조사 환경에서도 80여 권의 자료집과 3권의 분류집을 출판한 것은 그들의 헌신적 활동에 기인한다. 당초 10년을 계획하고 추진하였으나 여러 사정으로 5년간만 추진되었으며, 결과적으로 한반도 남쪽의 삼분의 일에 해당하는 부분만 조사하게 되었다. 그럼에도 불구하고 한국구비문학대계는 주관기관인 한국학중앙연구원의 대표 사업으로 각광 받았을 뿐 아니라, 해방 이후 한국의 국가적 문화 사업의 하나로 꼽히게 되었다.

21세기에 들어서면서 한국학중앙연구원에서는 미완성인 채로 남아 있는 구비문학대계의 마무리를 더 이상 미룰 수 없다는 생각으로 이를 증보하고 개정할 계획을 세웠다. 20년 전의 첫 조사 때보다 환경이 더 나빠졌고, 이야기와 노래를 기억하고 있는 제보자들이 점점 줄어들고 있었던 것이다. 때마침 한국학 진흥에 대한 한국 정부의 의지와 맞물려 구비문학대계의 개정·증보사업이 출범하게 되었다.

이번 조사사업에서도 전국의 구비문학 연구자들이 거의 다 참여하여 충분하지 않은 재정적 여건에서도 충실히 조사연구에 임해 주었다. 전국 각지의 제보자들은 우리의 취지에 동의하여 최선으로 조사에 응해 주었다. 그 결과로 조사사업의 결과물은 '구비누리'라는 이름의 데이터베이스에 탑재가 되었고, 또 조사자료의 텍스트와 음성 및 동영상까지 탑재 즉시 온라인으로 접근할 수 있는 시스템을 갖추었다. 특히 조사 단계부터 모든 과정을 디지털화함으로써 외국의 관련 학자와 기관의 선망의 대상이 되고 있다.

이제 조사사업의 결과물을 이처럼 책으로도 출판하게 된다. 당연히 1980년대의 일차 조사사업을 이어받음으로써 한편으로는 선배 연구자들의 업적을 계승하고, 한편으로는 민족문화사적으로 지고 있던 빚을 갚게 된 것이다. 이 사업의 연구책임자로서 현장조사단의 수고와 제보자의 고귀한 뜻에 감사를 표하지 않을 수 없다. 아울러 출판 기획과 편집을 담당한 한국학중앙연구원의 디지털편찬팀과 출판을 기꺼이 맡아준 역락출판사에 감사를 드린다.

2013년 10월 4일
한국구비문학대계 개정·증보사업 연구책임자 김병선

책머리에

구비문학조사는 늦었다고 생각하는 지금이 가장 빠른 때이다. 왜냐하면 자료의 전승 환경이 나날이 달라지고 있기 때문이다. 전승 환경이 훨씬 좋은 시기에 구비문학 자료를 진작 조사하지 못한 것이 안타깝게 여겨질수록, 지금 바로 현지조사에 착수하는 것이 최상의 대안이자 최선의 실천이다. 실제로 30여 년 전 제1차 한국구비문학대계 사업을 하면서 더 이른 시기에 조사를 했더라면 하는 아쉬움이 컸는데, 이번에 개정·증보를 위한 2차 현장조사를 다시 시작하면서 아직도 늦지 않았다는 사실을 실감했다.

구비문학 자료는 구비문학 연구와 함께 간다. 자료의 양과 질이 연구의 수준을 결정하고 연구수준에 따라 자료조사의 과학성이 결정되기 때문이다. 실제로 1차 조사사업 결과로 구비문학 연구가 눈에 띄게 성장했고, 그에 따라 조사방법도 크게 발전되었다. 그러나 연구의 수명과 유용성은 서로 반비례 관계를 이룬다. 구비문학 연구의 수명은 짧고 갈수록 빛이 바래지만, 자료의 수명은 매우 길 뿐 아니라 갈수록 그 가치는 더 빛난다. 그러므로 연구활동 못지않게 자료를 수집하고 보고하는 일이 긴요하다.

교육부에서 구비문학조사 2차 사업을 새로 시작한 것은 구비문학이 문학작품이자 전승지식으로서 귀중한 문화유산일 뿐 아니라, 미래의 문화산업 자원이라는 사실을 실감한 까닭이다. 따라서 학계뿐만 아니라 문화계의 폭넓은 구비문학 자료 활용을 위하여 조사와 보고 방법도 인터넷 체제와 디지털 방식에 맞게 전환하였다. 조사환경은 많이 나빠졌지만 조사보고는 더 바람직하게 체계화함으로써 누구든지 쉽게 접속하여 이용할 수 있는 데이터베이스를 구축했다. 그러느라 조사결과를 보고서로 간행하는 일은 상대적으로 늦어지게 되었다.

2차 조사는 1차 사업에서 조사되지 않은 시군지역과 교포들이 거주하는 외국지역까지 포함하는 중장기 계획(2008~2018년)으로 진행되고 있다. 한국학중앙연구원 어문생활연구소와 안동대학교 민속학연구소가 공동으로 조사사업을 추진하되, 현장조사 및 보고 작업은 민속학연구소에서 담당하고 데이터베이스 구축 작업은 한국학중앙연구원에서 담당한다. 가장 중요한 일은 현장에서 발품 팔며 땀내 나는 조사활동을 벌인 조사자들의 몫이다. 마을에서 주민들과 날밤을 새우면서 자료를 조사하고 채록하여 보고서를 작성한 조사위원들과 조사원 여러분들의 수고를 기리지 않을 수 없다. 조사의 중요성을 알아차리고 적극 협력해 준 이야기꾼과 소리꾼 여러분께도 고마운 말씀을 올린다.

구비문학 조사를 전국적으로 실시하여 체계적으로 갈무리하고 방대한 분량으로 보고서를 간행한 업적은 아시아에서 유일하며 세계적으로도 그 보기를 찾기 힘든 일이다. 특히 2차 사업결과는 '구비누리'로 채록한 자료와 함께 원음도 청취할 수 있는 데이터베이스를 구축해서 세계에서 처음으로 인터넷과 스마트폰으로 이용할 수 있는 디지털 체계를 마련했다. '구슬이 서 말이라도 꿰어야 보배'인 것처럼, 아무리 귀한 자료를 모아두어도 이용하지 않으면 소용이 없다. 그러므로 이 보고서가 새로운 상상력과 문화적 창조력을 발휘하는 문화자산으로 널리 활용되기를 바란다. 한류의 신바람을 부추기는 노래방이자, 문화창조의 발상을 제공하는 이야기 주머니가 바로 한국구비문학대계이다.

2013년 10월 4일
한국구비문학대계 개정·증보사업 현장조사단장 임재해

한국구비문학대계 개정·증보사업 참여자(참여자 명단은 가나다 순)

연구책임자

김병선

공동연구원

강등학 강진옥 김익두 김헌선 나경수 박경수 박경신 송진한 신동흔
이건식 이경엽 이인경 이창식 임재해 임철호 임치균 조현설 천혜숙
허남춘 황인덕 황루시

전임연구원

이균옥 최원오

박사급연구원

강정식 권은영 김구한 김기옥 김월덕 김형근 노영근 서해숙 유명희
이영식 이윤선 장노현 정규식 조정현 최명환 최자운 한미옥

연구보조원

강소전 구미진 김보라 김성식 김영선 김옥숙 김유경 김은희 김자현
김혜정 마소연 박동철 박양리 박은영 박지희 박현숙 박혜영 백계현
백은철 변남섭 서은경 서정매 송기태 송정희 시지은 신정아 오세란
오소현 오정아 유태웅 육은섭 이선호 이옥희 이원영 이홍우 이화영
임세경 임 주 장호순 정다혜 정유원 정혜란 진 주 최수정 편성철
편해문 한유진 허정주 황영태 황진현

주관 연구기관 : 한국학중앙연구원 어문생활사연구소
공동 연구기관 : 안동대학교 민속학연구소

일러두기

■ 『증편 한국구비문학대계』는 한국학중앙연구원과 안동대학교에서 3단계 10개년 계획으로 진행하는 "한국구비문학대계 개정·증보사업"의 조사 보고서이다.

■ 『증편 한국구비문학대계』는 시군별 조사자료를 각각 별권으로 간행하는 것을 원칙으로 한다. 서울 및 경기는 1-, 강원은 2-, 충북은 3-, 충남은 4-, 전북은 5-, 전남은 6-, 경북은 7-, 경남은 8-, 제주는 9-으로 고유번호를 정하고, -선 다음에는 1980년대 출판된 『한국구비문학대계』의 지역 번호를 이어서 일련번호를 붙인다. 이에 따라 『증편 한국구비문학대계』는 서울 및 경기는 1-10, 강원은 2-10, 충북은 3-5, 충남은 4-6, 전북은 5-8, 전남은 6-13, 경북은 7-19, 경남은 8-15, 제주는 9-4권부터 시작한다.

■ 각 권 서두에는 시군 개관을 수록해서, 해당 시·군의 역사적 유래, 사회·문화적 상황, 민속 및 구비 문학상의 특징 등을 제시한다.

■ 조사마을에 대한 설명은 읍면동 별로 모아서 가나다 순으로 수록한다. 행정상의 위치, 조사일시, 조사자 등을 밝힌 후, 마을의 역사적 유래, 사회·문화적 상황, 민속 및 구비문학상의 특징 등을 중심으로 설명하고, 마을 전경 사진을 첨부한다.

■ 제보자에 관한 설명은 읍면동 단위로 모아서 가나다 순으로 수록한다. 각 제보자의 성별, 태어난 해, 주소지, 제보일시, 조사자 등을 밝힌 후, 생애와 직업, 성격, 태도 등을 중심으로 서술하고, 제공 자료 목록과 사진을 함께 제시한다.

- 조사자료는 읍면동 단위로 모은 후 설화(FOT), 현대 구전설화(MPN), 민요(FOS), 근현대 구전민요(MFS), 무가(SRS), 기타(ETC) 순으로 수록한다. 각 조사자료는 제목, 자료코드, 조사장소, 조사일시, 조사자, 제보자, 구연상황, 줄거리(설화일 경우) 등을 먼저 밝히고, 본문을 제시한다. 자료코드는 대지역 번호, 소지역 번호, 자료 종류, 조사 연월일, 조사자 영문 이니셜, 제보자 영문 이니셜, 일련번호 등을 '_'로 구분하여 순서대로 나열한다.
- 자료 본문은 방언을 그대로 표기하되, 어려운 어휘나 구절은 ( ) 안에 풀이말을 넣고 복잡한 설명이 필요할 경우는 각주로 처리한다. 한자 병기나 조사자와 청중의 말 등도 ( ) 안에 기록한다.
- 구연이 시작된 다음에 일어난 상황 변화, 제보자의 동작과 태도, 억양 변화, 웃음 등은 [ ] 안에 기록한다.
- 잘 알아들을 수 없는 내용이 있을 경우, 청취 불능 음절수만큼 '○○○'와 같이 표시한다. 제보자의 이름 일부를 밝힐 수 없는 경우도 '홍길○'과 같이 표시한다.
- 『증편 한국구비문학대계』에 수록된 모든 자료는 웹(gubi.aks.ac.kr/web)과 모바일(mgubi.aks.ac.kr)에서 텍스트와 동기화된 실제 구연 음성파일을 들을 수 있다.

차례

진안군 개관 ● 31

1. 동향면

● 민요

2. 마령면

▌조사마을

● 설화

● 현대 구전설화

● 민요

● **근현대 구전민요**

4. 부귀면

● 설화

● 현대 구전설화

● 민요

● 근현대 구전민요

진안군 개관

　진안은 삼한시대에는 마한의 영토였고, 삼국시대에는 백제의 영토인 난진아현(難珍阿縣)으로 완산주(完山州) 99현 가운데 하나였으며, 월랑(月浪, 또는 越浪)이라고 불리었다. 백제와 신라는 이곳을 차지하려고 치열한 공방전을 벌이다가 신라가 백제를 병합한 후 757년(경덕왕 16)에 진안(鎭安)으로 개칭되었고 장계군(長溪郡)의 속현이 되었다. 통일신라기에는 무염선사(無染禪師)가 천황사(天皇寺)를, 혜감대사(慧鑑大師)가 금당사(金塘寺)를 창건하였다고 한다. 고려 초에 진안현은 전주의 속현으로 감무(監務)를 두었으며, 1391년(공양왕 3)에는 마령현(馬靈縣)을 겸무하였다. 한편 용담현은 원래 청거현(淸渠縣)으로 진례현(進禮縣)의 속현이었다. 1313년(충선왕 5)에 용담으로 개칭되어 현령이 파견되었다. 1391년(공양왕 3) 현령인 최자비(崔自卑)가 용담향교를 건립하였다.

　조선 개국 후인 1413년(태종 13) 지방제도가 개편되면서 마령현을 통합하여 진안현으로 개칭하고 현감을 두었다. 그 후 1895년(고종 32) 전라도관찰사 아래 26개 군을 두면서 다시 진안군으로 개칭하고 군수를 두었다. 1914년 행정구역 개편에 따라 용담군과 병합하여 오늘날의 진안군이 되었으며, 11개 면을 관할하게 되었다. 1979년 5월 1일 행정구역 개편으로 진안면이 읍으로 승격되어, 진안군은 1읍 10면을 관할하게 되어 오늘에 이르고 있다.

진안군의 행정구역은 1읍 10면 77법정리로 이루어져 있고, 군 소재지는 군하리(郡下里)이다. 인구는 2012년 27,253명이다. 1읍 10면은 진안읍(鎭安邑), 동향면(銅鄕面), 마령면(馬靈面), 백운면(白雲面), 부귀면(富貴面), 상전면(上田面), 성수면(聖壽面), 안천면(顔川面), 용담면(龍潭面), 정천면(程川面), 주천면(朱川面)이다. 진안군 중동부에 있는 진안읍(鎭安邑)은 면적 115.99km², 인구 10,943명(이하 인구통계는 2012년 기준), 읍 소재지는 군상리이다. 군상(郡上) · 군하(郡下) · 단양(丹陽) · 반월(半月) · 가림(佳林) · 구룡(龜龍) · 물곡(物谷) · 죽산(竹山) · 오천(梧川) · 가막(加幕) · 정곡(井谷) · 연장(延章) · 운산(雲山) 등 13개 법정리가 있다. 군의 동부 산악지대에 위치한 동향면은 면적 52.84km², 인구 1,602명, 면 소재지는 대량리이다. 대량(大良) · 신송(新松) · 성산(聖山) · 자산(紫山) · 능금(能金) · 학선(鶴仙) 등 6개 법정리가 있다. 군의 남서부에 위치한 마령면은 면적 42.05km², 인구 2,114명, 면 소재지는 평지리이다. 평지(平地) · 계서(溪西) · 동촌(東村) · 강정(江亭) · 덕천(德川) 등 5개 법정리가 있다. 군의 남동부 산간지대에 있는 백운면은 면적 86.23km², 인구 2,097명, 면 소재지는 백암리이다. 백암(白巖) · 동창(東倉) · 평장(平章) · 노촌(蘆村) · 운교(雲橋) · 덕현(德峴) · 남계(南溪) · 반송(盤松) · 신암(莘巖) 등 9개 법정리가 있다. 군의 서부에 위치한 부귀면은 면적 104.41km², 인구 2,814명, 면 소재지는 거석리이다. 거석(巨石) · 두남(斗南) · 수항(水項) · 황금(黃金) · 오룡(五龍) · 봉암(鳳巖) · 궁항(弓項) · 신정(新亭) · 세동(細洞) 등 9개 법정리가 있다. 군의 중앙에 위치한 상전면(上田面)은 면적 53.76km², 인구 907명, 면 소재지는 갈현리이다. 갈현(葛峴) · 주평(珠坪) · 수동(水東) · 월포(月浦) · 구룡(九龍) · 용평(龍坪) 등 6개 법정리가 있다. 군의 남서부에 위치한 성수면은 면적 70.73km², 인구 1,957명, 면 소재지는 외궁리이다. 외궁(外弓) · 도통(道通) · 좌포(佐浦) · 중길(中吉) · 용포(龍浦) · 좌산(佐山) · 신기(新基) · 구신(求臣) 등 8개 법정리가 있다. 군의 북동부에 위치한 안천면은 면적 37.08km², 인구 1,129명, 면 소재지는 노성리이다. 노성(魯城)·백화(白華)·신괴(新槐)·삼락(三樂) 등 4개 법정리가 있다. 군의 북부에 위치한 용담면은 면적 54.63km², 인구 887명, 면 소재지는 옥거리이다. 옥거(玉渠)·수천(壽川)·와룡(臥龍)·호계(虎溪)·월계(月溪)·송풍(松豊) 등 6개 법정리가 있다. 군의 중북부에 위치한 정천면은 면적 75.36km², 인구 1,156명, 면 소재지는 봉학리이다. 봉학(鳳鶴), 갈룡(葛龍), 모정(慕程), 강화(綱花), 월평(月坪) 등 5개 법정리가 있다. 군의 북서부에 위치한 주천면은 면적 95.92km², 인구 1,647명, 면 소재지는 주양리이다. 주양(朱陽)·신양(新陽)·운봉(雲峰)·용덕(龍德)·무릉(武陵)·대불(大佛) 등 6개 법정리가 있다.

진안군은 동부에 소백산맥 서쪽 사면과 이어진 높이 300m 내외의 진안고원이 있고, 서부에는 노령산맥의 주능선인 운장산(雲長山, 1,126m), 만덕산(萬德山, 762m) 등의 비교적 높은 산들이 있다. 이들 고원과 산지의 중앙에 진안읍과 마령면의 경계를 이루는 마이산(馬耳山, 685m)이 있다. 남동부의 소백산맥 서쪽 사면에는 성수산(聖壽山, 1,059m)·팔공산(八公山, 1,151m)·덕태산(德泰山, 1,113m) 등의 높은 산들이 있다. 그 밖의 산으로는 구봉산(九峰山, 919m)·부귀산(富貴山, 806m)·대덕산(大德山, 875m)·내동산(㿇東山, 887m) 등이 있다. 진안고원은 금강과 섬진강의 발원지이다. 금강은 장수군 장수읍 수분리 수분령(水分嶺, 530m)에서 발원하여 진안읍·정천면·용담면을 거쳐 무주군으로 흘러 들어가고, 섬진강은 백운면의 팔공산 북쪽에서 발원하여 마령면·성수면을 거쳐 임실군으로 각각 흘러들어 간다. 해발고도가 높은 백운면·마령면·용담면 등지는 고랭지기후에 속하고 지형적 영향을 많이 받아 겨울에 눈이 많이 온다. 10월 초순경 첫서리가 내리고 4월 20일경에 끝서리를 볼 수 있다. 평균적 기온의 분포는 10.6~12.9°C의 분포를 보이며, 연평균기온 13°C, 1월 평균기온 −1.8°C, 8월 평균기온 26°C이다. 연강수량은 1,300~1,400mm

로 남부내륙형 기후구에 속한다.

진안군은 전체 인구의 53%가 농업에 종사하지만, 산간지대에 위치하여 경지면적이 105.2km²로 13.3%의 낮은 경지율을 보인다. 논이 63.72km²이며, 밭은 41.48km²이다. 주요 농산물은 쌀·보리·콩·수수·고구마 등으로 쌀이 대부분을 차지한다. 최근에는 한랭한 고원 기후를 이용하여 채소·과수·담배·삼 등을 많이 재배한다. 산간 고원지대에서는 주곡작물보다 약초재배, 버섯채취, 축산업 등이 더욱 성하다. 군에서는 인삼·표고버섯·더덕·토종돼지 등을 주요 4대 특산품으로 선정하였다. 인삼은 충청남도 금산군과 인접한 주천면·용담면·안천면·정천면 등이 주요 산지였으나 오늘날에는 재배기술의 발달로 전 지역에서 재배되고 있다. 그 생산량이 금산군을 능가하여 전국 제일을 차지하고 있다. 이러한 산업경제를 기반으로 진안군은 진안군 10개 읍·면 33개리에 홍삼·한방특구를 지정하고, 홍삼 한방도시와 한방 휴양벨리, 홍삼약초 가공단지 조성 등의 특화사업을 추진하고 있다. 한방약초센터, 홍삼온천, 성인병 한방클리닉센터 등을 건립하고, 진안 홍삼클러스터사업, 홍삼연구소, 한방고교 등을 설립해 운영 중이다.

전북의 동부 산악권에 위치하고 있는 진안군은 동쪽으로 무주와 장수, 남쪽으로 장수와 임실, 서쪽으로 완주, 북쪽으로 충남 금산에 인접해 있다. 진안은 소백산맥과 노령산맥의 경계에 펼쳐진 고원지대로, 지역의 80.22%가 산악지대이다. 서부는 노령산맥의 주능선인 해발고도 800~1,000m의 산지로서, 주천면과 부귀면의 경계에 운장산(雲長山, 1,126m)과 만덕산(萬德山, 762m) 등이 있고, 그 사이에 곰치재[熊峙, 420m]가 있다. 여기서부터 진안읍·마령면·성수면·백운면 등지에 해발고도 500m의 진안고원이 넓게 전개된다. 또한 진안고원에서 북류하는 금강과 남류하는 섬진강으로 수계가 구분된다.

진안군은 전주-거창간의 간선도로가 지나고 있으며, 소태정을 통한 4

차선이 개통되어 전주와의 교통이 원활하게 되었다. 또한 국토종합계발계획에 의해 대전-진주간 고속도로가 건설되었으며, 군산-함양간 고속도로가 완성되면, 전북과 경상도를 잇는 교통의 요충지가 될 전망이다. 그 밖에 충남 금산군과 임실·완주와 각각 연결되는 지방도가 군내를 지난다. 전주와는 모래재터널을 지나는 국도로 연결되었지만, 모래재를 우회하여 무주군과 연결되는 4차선도로가 개설되어 교통이 매우 편리해졌다. 1990년에 착공해 2001년에 완성된 용담댐은 금강 상류를 막아서 만든 다목적댐이다. 용담댐 건설을 위해서 용담면을 비롯해 주천면, 정천면, 안천면, 상전면과 진안읍 등 총 1읍 5개 면 68개 마을이 수몰되었다. 용담댐은 2개 도와 6개 시·군, 44개 읍·면에 생활용수와 공업용수를 공급하고 있다. 용담댐 건설로 생겨난 인공호인 용담호는 그 주변에 빼어난 자연경관이 펼쳐져 있어서 전라북도의 대표적인 관광코스로 알려져 있다. 주요 관광지로는 진안읍과 마령면의 경계에 있는 마이산(馬耳山)과, 주자천(朱子川)계곡의 운일암반일암(雲日岩半日岩)을 꼽을 수 있다. 1979년 도립공원으로 지정된 마이산은 주로 역암으로 형성된 암석산으로, 형상이 말의 귀를 닮았다 해서 붙여진 이름이다. 봉우리 남쪽 사면에는 여러 개의 큰 구멍이 형성되어 있고, 남쪽의 은수사(銀水寺)에는 돌로 쌓은 80여 개의 석탑이 있어 많은 관광객이 찾는다. 마이산-죽도-대둔산-운일암반일암-운장산-주천계곡을 연결하는 코스는 자연경승지 관광코스로 유명하다.

진안군에는 상설시장 1개소, 정기시장 9개소, 가축시장 1개소, 특수시장 1개소가 있다. 상설시장으로는 진안읍의 진안시장이 있는데 이 시장은 정기시장·수삼시장·인삼시장을 겸하고 있다. 정기시장은 상전면을 제외한 각 읍·면소재지에서 열린다. 정기시장에서는 진안고원과 산간지방에서 나오는 산나물, 표고, 약초 및 농산물이 주로 거래된다.

전통 교육기관으로는 1391년(공양왕 3)에 창건된 용담면 옥거리의 용담향교, 1414년(태종 14)에 세워진 진안읍 군상리의 진안향교가 있다. 용담향교는 용담댐 수몰로 인하여 1998년에 동향면 능금리로 이건하였다. 대표적인 서원으로는 1649년(인조 27)에 마령면 강정리에 세워진 영계서원이 있고, 1828년에 설립된 구산서원은 1868년에 철폐되었다. 그 밖에 1806년(순조 6)에 세워진 성수면 좌포리의 충절사(忠節祠), 1860년(철종 11)에 마령면 평지리에 건립된 용계사(龍溪祠)가 있다. 최초의 근대 교육기관으로는 1908년 향교 직원에 의해 명륜당을 교실로 사용하여 설립한 사립 용강학교(龍岡學校)가 있는데, 1911년 용담보통학교로 바뀌었다. 1919년 개교한 주천보통학교는 사립 화동학교를 모체로 한 것이다. 1911년 개교한 진안공립보통학교는 진안초등학교의 전신이다. 중등교육기관으로는 1946년 진안중학원(鎭安中學院)이 개교하여 1949년 진안중학교로 바뀌었다. 여자중학교는 1969년에 개교한 진안여자중학교가 있다. 교육기관은 2002년 현재 고등학교 4개교, 중학교 10개교, 초등학교 15개교가 있다. 종교기관은 불교사찰 16개, 원불교교당 8개, 천주교성당 15개, 개신교교회 77개가 있다. 1984년에 시작된 마이산문화제는 매년 10월 초에 군민의 날 행사와 마이산제(馬耳山祭)로 나뉘어 함께 열리고, 그 밖에 금척무(金尺舞) 등 많은 문화행사가 거행된다. 조선 건국과 밀접한 관련이 있는 마이산 은수사에서는 엄숙한 산신제를 지내고, 조선 태조 이성계가 신으로부터 삼한을 다스리라는 계시와 함께 받았다는 금척(金尺)을 주제로 한 금척무를 춘다. 한편 부부 시인인 삼의당을 기리는 백일장대회를 비롯해 사생대회, 좌도농악 공연, 향토미술인 초대전 등 다채로운 문화행사도 곁들인다.

진안은 소백산맥과 노령산맥의 경계에 펼쳐진 고원이기 때문에 선사시대의 유물이나 유적은 거의 발견되지 않았으며, 마령면 평지리, 정천면 모정리 등지에 지석묘가 남아 있을 뿐이다. 그러나 삼국시대에 이르러 백제와 신라의 접경을 이루면서 인근의 장수군·무주군과 함께 국방상 중요한 위치를 차지하게 되었다. 진안은 소백산맥과 노령산맥 사이에 있어 자연경관이 빼어날 뿐만 아니라 각종 유물·유적이 많다. 2003년 현재 보물

2점, 천연기념물 3점, 명승 1점 등 국가지정문화재 6점과 유형문화재 6점, 무형문화재 2점, 기념물 4점, 민속자료 1점, 문화재자료 10점 등 도지정 문화재 23점이 있다. 보물 2점은, 조선시대 태종이 성석린(成石璘)에게 내린 어서(御書)가 보관되어 있는 성석린 좌명공신왕지(成石璘佐命功臣王旨, 보물 746호)와 금당사 괘불탱(金塘寺掛佛幀, 보물 1266)이다. 불교문화재로 탑사·은수사·금당사·보흥사·옥천암·천황사와 천황사대웅전·천황사부도, 마령면 금당사목불좌상·금당사석탑, 진안읍 운산리삼층석탑, 상전면 주평리 회사동석탑, 마령면 강정리오층석탑 등이 있다. 유교문화재로 용담향교대성전·진안향교대성전·구산서원·영계서원·주천서원·화산서원 등이 있다. 그 외 백운면 노촌리에는 효자각과 영모정이 있고, 마령면 강정리의 수선루, 용담면 옥거리의 태고정 등이 있다. 도요지로는 전라남도 강진의 초기 청자요지에서 발견된 것과 같은 황색·회색·녹색의 유약이 발라진 토기조각이 발견되어 초기 청자문화의 연구에 중요한 자료가 되고 있다. 성수면 도통리에 청자요지가 있다. 이 밖에도 1589년 (선조 22) 역모 혐의를 받은 정여립이 관군으로부터 피신하였다가 자결했다고 알려진 죽도, 임진왜란 당시 왜군을 물리친 웅치전적지를 비롯하여 독특한 산세로 유명한 마이산, 마령면 동촌리의 돌로 쌓은 마이산탑이 유명하다. 백운면 반송리에는 만육최양선생유허비(전라북도 기념물 제81호)와 원반송소나무가 있다.

진안군에서는 각 마을마다 동제를 지내는 곳이 많았으나 최근 그 수는 급감하였다. 진안군 동제는 당산제·산신제·탑제·용왕제·깃고사·거리제·뱅이[防豫] 등으로 다양한 형태로 행해진다. 마을수호신격은 당산할머니와 당산할아버지, 산신, 용왕신 등이고, 제당의 형태는 당산나무가 가장 많으며, 당집이나 입석, 돌탑인 경우도 있다. 진안군에서 전승되고 있는 대표적인 동제로는 마령면 강정리 당산제, 백운면 노촌리 당산제, 진안읍 단양리 당산제, 동향면 능금리 깃고사, 주천면 신양리 거리제, 안천면 노성리 뱅이제 등이 있다. 깃고사는 '능사사명(能社司命)'이라고 쓰인 기를 장대에 매달아 정월 초사흗날 마을 앞에 세운 다음 풍농과 마을의 안녕을 기원하는 제를 지내고, 한 달 후인 2월 초사흗날에 기를 거둬들이는 것이다. 동제 외에 정월 민속으로 대보름 달집태우기가 군내 곳곳에서 성행하고 있다. 성수면 도통리 중평마을은 임실 필봉굿과 더불어 호남 좌도굿의 중심지로 꼽힌다. 2008년부터 진안군에서는 '진안군마을축제'를 개최하고 있다. 이 기획에서 진안군은 각 마을의 특색에 맞는 마을잔치를 발굴하여 추진하고, 마을만들기, 귀농귀촌, 생태관광을 연계한 프로그램을 개발·운영하고 있다.

진안군 설화로 <커 오르다가 멈춘 마이산>, <고양이혈과 쥐혈>, <이무기의 복수로 망한 의림사>, <효자 신의연>, <역적으로 몰린 정여립>, <쌀바위 전설> 등 지역과 역사인물에 대한 다양한 이야기가 있다. 진안군의 대표적 상징 가운데 하나인 마이산에 얽힌 이야기는 두 봉우리가 솟아 있는 마이산의 형상에서 이야기의 발상이 비롯된다. 마이산의 옛 이름이 솟금산인데 하늘을 향해 솟아올라 자꾸 크기 때문에 그렇게 부른 것이다. 암솟금산과 수솟금산이 같이 커 오르는데 암솟금산은 새벽에 크자 하고, 수솟금산은 밤에 크자고 했다. 그런데 새벽에 물을 길러 나오던 여자가 커 오르는 산을 보고 놀라서 산이 큰다고 소리치자 두 산은 더 이상 크지 못했다. 수솟금산이 암솟금산을 책망하면서 발로 찼더니 암솟금산이 주저앉는 바람에 암솟금산은 펑퍼짐한 모습이 되었다고 한다.

<고양이혈과 쥐혈>은 쥐혈에 살던 부자가 욕심을 내다가 망한 이야기이다. 옛날에 백운면 평장리에 전주이씨가 쥐혈 명당을 차지하고 살았는데, 이씨 집안 어른은 시주하러 온 중에게 대테를 매고 박대를 했다. 중은 보갚음을 하려고 자신을 박대한 어른에게 쥐혈 앞에 고양이혈이 있어서 쥐를 잡아먹는 형국이니 그 목을 끊어야 한다고 조언하였다. 전주이씨가 비록 중을 박대는 했을망정 더 부자가 되고 싶은 욕심에 고양이혈을 끊었다. 그랬더니 그 결과 상생이 막혀 전주이씨 집안이 망했다는 이야기가

평장리 인근에 전해진다. <이무기의 복수로 망한 의림사>는 절이 망한 이유에 얽힌 이야기이다. 신암리 의림이라는 마을에 옛날에 '의림사'라는 큰 절이 있었는데, 하루는 계곡의 이무기가 마을 입구의 '누엣머리'에 똬리를 틀고 있는 것을 의림사 중들이 때려 죽였다. 그 뒤 마을에 들른 도승이 누엣머리 내려오는 길목에 다리를 놓지 말라고 했는데, 시주를 다니던 의림사 중들이 큰물이 지거나 하면 절로 왕래가 불편하여 다리를 놓았다. 그랬더니 이무기 죽은 넋이 불개미가 되어 다리를 타고 절로 들어와 의림사 중들을 괴롭히는 바람에 절이 망하고 말았다고 한다.

<효자 신의연>은 임진왜란 때 쳐들어온 왜적이 신의연의 효심에 감동하여 살려준 이야기이다. 백운면 노촌리에 살던 거창신씨 신의연은 임진왜란 때 문민공 황진, 건재 김천일과 함께 출병하기로 되어 있었으나 부친이 죽음에 임박하여 약속을 지키지 못했다. 그때 일본군 대장이 조선은 충효 정신이 강하다는데 신의연이 효자인지 검증하기 위해 '효자'라고 종이에 써서 태우니 종이가 타지 않고 하늘로 올라갔다. 일본군은 신의연이 효자인 것을 알고 해치지 않고 살려 주었다. 그 후에 선조가 그 일을 알고 효자 정려를 내려 주었고 후손들은 그의 효행을 기려 영모정을 세웠다. <역적으로 몰린 정여립> 이야기는 용담댐의 상류인 진안군 상전면, 동향면, 천전면 경계지역에 있는 천반산과 죽도에 전승되고 있다. 진안읍 가막리에서는 정여립 장군이 죽도를 끼고 있는 천반산에 피난을 왔다고도 하고 여기서 군사훈련을 했다고도 이야기한다. 정여립 장군이 술법으로 강변의 돌을 던져서 성을 쌓았다는 이야기도 있다. 천반산에 가면 삼천 명이 밥을 해 먹을 수 있는 돌솥이나 말발자국이 새겨진 바위가 지금도 남아 있다고 한다.

<쌀바위 전설>은 쌀이 나오는 바위에서 쌀을 한꺼번에 많이 얻으려는 주지의 욕심 때문에 더 이상 쌀이 나오지 않게 되었다는 이야기이다. 주천면 북쪽에 보살사라는 절이 있었는데 너무 궁벽해 생계가 어려운 곳이

었다. 하루는 주지가 꿈속에서 부처님의 계시를 받고 잠에서 깨어 절 앞에 있는 바위에 가 보았다. 바위 앞에는 하루 먹을 양식이 있었다. 그 후 매일 같은 일이 일어나서 절이 번창하게 되었고 절을 떠났던 중들도 다시 돌아오게 되었다. 주지는 어떻게 이런 일이 일어나는지 궁금해서 밤에 몰래 바위를 지켜보았다. 바위가 옆으로 굴러 구멍이 생기면서 거기서 쌀이 나오는 것을 알고, 주지는 욕심이 생겨 바위를 막고 한꺼번에 쌀을 꺼내려다 그 구멍에 딸려 들어가 버렸다. 쌀 나오는 구멍이 막혀 버려서 그 뒤로는 쌀이 나오지 않았다고 한다.

진안군 노동요는 논일노래보다 밭일노래가 월등히 많다. <밭 매는 소리>는 주로 여성 가창자들이 부르는데, 일을 독려하거나 시집살이와 신세 한탄하는 내용이 주를 이룬다. "일락서산에 해 떨어지고 월출동령에 달이 솟아온다 / 메끗같이 지신 밭을 날더러만 매라 허네", "못다 맬 밭 다 맬라다 금봉채를 잃고나 가네 / 전주나 송방 다 파해도 금봉챌랑 내당해줌세", "사래 질고 광찬 밭은 고머리나 둘러주소 / 요내 밭골 어여나 매고 임의나 밭골 마저 나가세" 등 <밭 매는 소리>에는 일을 독려하거나 노동의 고단함을 하소연하면서도 삶에 대한 긍정적 의지가 드러나 있다. <밭 매는 소리>는 여성 민요이지만 때로는 남자들도 산에서 등짐해서 내려올 때 부르기도 했다고 한다. 이 외에도 여성 민요로 <베틀 노래>, <삼삼는노래>, <진주 낭군>, <첩 노래>, <지충개 타령>, <고사리타령>, <아기어루는소리> 등의 노래가 있다.

<논 매는 소리>는 거의 남성들이 부르는데, <모심는 소리>는 남성과 여성 가창자들 둘 다 부를 수 있다. 진안에서 <모심는 소리>는 육자배기토리로 부르는 소리와 메나리토리로 부르는 소리가 혼합되어 분포하고 있다. '상사 소리' 또는 '농부가'라고도 부르는 <모심는 소리>는 육자배기토리로 부르고 주로 남성들이 부른다. 메나리토리로 부르는 <모심는 소리>의 노랫말은 "노랑노랑 새 삼베 치마 주름 주름 삼내가 나네 / 서마지가 논배미가 반달만치 남았구나 / 이게 무신 반달인가 초승달이 반달이지" 등이며 여성들도 가창할 수 있다. 진안 <논 매는 소리> 가운데 마령면 원평지 들 노래는 노래가 다양한 곡조로 분화되어 있다는 점이 특이하다. 원평지 <논 매는 소리>는 '양산도', '산타령', '섬마 타령', '방개소리', '매화 타령', '싸오 소리' 등 다양한 곡조의 노래들로 구성되어 있다. 마을에서는 보존회를 통해서 노래의 전승을 위해 힘을 쓰고 있으나 노래를 배울 만한 후속세대가 거의 없어 전승에 어려움을 겪고 있다.

이 밖에 <각설이 타령>, <엿 타령>, <담방구 타령>, <군밤 타령>, <화투 노래> 등 다양한 유희요들이 채집되었다. 또한 해학적이면서 세태 비판적인 <두꺼비 노래>, 곤충의 모습을 익살스럽게 표현한 <이 타령>과 <서캐 타령>도 있다. 이들 유희요는 전통사회의 삶을 반영하는 각종 소재를 재미있는 시각에서 풀이하고 있어서 오늘날의 시점에서 보아도 매우 흥미롭다.

1. 동향면

증편 한국구비문학대계 ● 전라북도 진안군

▌조사마을

전라북도 진안군 동향면 능금리

조사일시 : 2010.2.23, 2010.2.24
조 사 자 : 김월덕, 허정주, 진주

　능금리(能金里)는 능산과 금곡이라는 마을 이름을 합하여 만든 행정리 명칭이다. 본래 용담군 일동면 지역이었으며, 1914년 행정구역 폐합 때 호산리와 능산리를 병합하여 능금리라고 하고 진안군 동향면에 편입되었다. 대덕산의 국사봉에 자리 잡고 있으며 능길감으로 유명하다. 해발 300m의 고원으로 용담댐의 상류에 위치하고 있으며, 주변에 천반산 휴양림이 자연 풍광이 아름답다. 자연마을로는 능길(상능, 하능), 추동, 금곡(외금, 내금) 마을이 있다. 능금리 옆 마을인 학선리에는 '새울터'라는 귀농자 중심의 전원마을이 있다.

추동(楸洞)마을은 죽산안씨와 하남정씨가 들어와 마을이 형성되었으며, 옛날에는 가래나무가 많아 가래골이라고 불렸다고 한다. 추동마을에는 한 때 50호가 넘게 살았지만 현재는 약 30호가 거주하고 있다. 이 중에서 죽산안씨가 16-7호 정도가 되고, 그 외에는 각성이다. 마을 앞 당산나무에서 정월 초사흗날 밤 12시경에 당산제를 지낸다. 마을 주변에는 산과 내와 바위가 많아서 이러한 지형에 얽힌 전설들이 전해지고 있다.

외금(外金)은 보통 바깥쇠실이라고 부르는데, 외금곡 또는 외작월이라고도 한다. 외금마을은 반남박씨, 창녕성씨가 들어와 마을이 형성되었다. 고려시대에는 마을 근처에 금구사라는 절이 있어서 금구사라고도 하였는데 후에 외금곡으로 바꿔 불렀다. 내금(內金)은 보통 안쇠실이라고 부르며, 반남박씨가 들어와 마을이 형성되었다. 고려시대에 금구사라는 절이 있어서 내금마을은 금구사라고도 불렸다고 한다. 마을 산의 형세가 쇠 금(金) 자여서 김씨가 들어오면 잘산다는 속설이 있다. 마을 뒷산에는 반남박씨 문중의 재각인 지선당(止善堂)이 있다.

능길마을은 능금리에서 가장 큰 마을로 웃담과 아랫담으로 이루어져 있다. 상능은 능길 웃담, 하능은 능길 아랫담이다. 1500년경에 남원양씨, 함안정씨, 수원백씨가 이곳에 정착하면서 마을이 형성되었다고 한다. 능길마을에서는 음력 정월 초사흗날 풍년을 기원하는 깃고사를 지내기 위해서 마을회관 앞에 기를 세워두고, 음력 2월 초사흗날 기를 거둔다. 깃발은 1800년대에 제작되었으며, 깃발에는 능사사명(能社司命)이라고 씌어 있다. 상능마을에는 벼슬바위가 있는데 이 바위가 떨어지면 마을에 벼슬하는 사람이 나온다는 전설이 있다. 능금리에는 용담향교가 있다. 본래 용담면 옥거리에 있던 용담향교는 용담댐 건설로 마을이 수몰되면서 현재의 자리로 이건되었다.

전라북도 진안군 동향면 대량리

조사일시 : 2010.2.24
조 사 자 : 김월덕, 허정주, 진주

　대량리(大良里)는 본래 용담군 일동면 지역인데, 1914년 행정구역 폐합 때 구량리(九良里)와 이동면 대평리(大坪里) 일부를 병합하고 구량리와 대평리의 이름을 따서 대량리라 하여 진안군 동향면에 편입되었다. 소백산맥을 등지고 구량천이 흐르는 비옥한 평야로 이루어져 있다. 자연마을로는 상양지, 하양지, 창촌, 보촌마을이 있다.

　상양지와 하양지는 창녕성씨 집성촌이다. 대량교 동쪽이 상양지, 서쪽이 하양지이다. 조선 태조 때 창녕성씨가 이곳에 정착하면서 마을이 형성되었다고 한다. 마을이 남향으로 자리 잡고 있어서 양지(陽地)라고 부르게 되었다. 상양지와 하양지는 옛 이름인 구량리가 와전된 명칭인 '구랭이'로 일컬어지기도 한다. 구량이라는 이름은 본래 구리가 나는 고장이라는 뜻으로 구리향이라고 했던 것을 축약하여 한자로 적은 명칭이라 한다. 마을 한가운데에는 성석린좌명공신왕지(成石璘佐命功臣王旨)를 보관한 어서각과 독곡 성석린(成石璘)을 모신 옥천사(玉川祠)가 있다. 50여 년 전에 구량리에 동향장이 크게 섰는데 옛날에는 번창했다가 그 뒤 음력 8월 13일과 섣달 28일에 열리다가 지금은 없어졌다. 구량장이 없어진 것을 두고 어떤 일이 소리 없이 서서히 사라지는 것을 가리켜 "구량장 사그라들 듯한다"는 말이 생겼다고 한다.

창촌마을은 창말이라고도 한다. 본래 이씨가 들어와 마을이 형성되었고, 이후에 진주소씨가 들어왔다. 예전에 이곳을 옥천골(玉川谷)이라고 불렀다. 용담현이 있을 때 이곳에 창고가 세워져 있어서 창(倉)터라고 불린 데서 마을 명칭이 유래한다. 보촌마을은 보말이라고도 하는데, 의성정씨와 밀양박씨가 들어와 마을이 형성되었다. 마을 앞 구량천에 보(洑)가 있어서 보말이라고 칭하다가 한자로 보촌이 된 것이다. 마을 앞에는 수령 300년 이상의 느티나무가 있는데, 봄에 잎이 한꺼번에 피면 그해 풍년이 들고, 나뭇잎이 띄엄띄엄 피면 가뭄이 든다고 한다. 이 느티나무 나뭇잎이 피는 정도로 풍흉을 점치기 때문에 이곳을 광풍정(廣豊亭)이라 한다.

전라북도 진안군 동향면 자산리

조사일시 : 2010.2.23
조 사 자 : 김월덕, 허정주, 진주

자산리(紫山里)는 본래 용담군 이동면 지역인데, 1914년 행정구역 폐합 때 자하리(紫霞里), 송학리(松鶴里), 대평리(大坪里)의 일부와 일동면 노산리(蘆山里)를 병합하여 자하와 노산리의 이름을 따서 자산리라 하고 진안군 동향면에 편입되었다. 대덕산 동북쪽으로 국사봉(國士峯)을 등지고 비교적 기름진 농토를 가지고 있다. 자연마을로는 상중노, 하노, 후고산, 용암, 대야 마을이 있다.

대야 마을은 보통 대들이라고 부르는데, 마을 앞에 큰 들이 이루어져 있기 때문에 유래된 명칭이라고 한다. 제주고씨와 한시가 들어와 정착하면서 마을이 형성되었다. 마을은 풍수지리상 조리 터로 마을에 부자가 생기지 않는다고 한다. 조리 터에서는 처음에는 잘 사는데 오래 머물면 망한다는 속설이 있기 때문이다. 한때는 50가구가 넘었지만 지금은 30여 가구가 살고 있다. 대야 마을 뒤 참나무 숲에는 봄이 되면 왜가리가 찾아와 둥지를 틀어 장관을 이루는데, 최근 많은 사람들이 이 장관을 보기 위해 마을을 찾아오고 있다.

상중노는 상노(갈골)와 중노(갈티)를 합한 행정리 명칭이다. 노산리라고도 하는데 주위 산이 비안함로(飛雁含蘆)형이라서 마을 이름이 유래되었다고 한다. 갈골은 창녕성씨, 천안전씨가 들어와 마을이 형성되었다.

하노는 새땀의 행정리 명칭이다. 산세가 마치 화로(火爐)와 같이 생겼다 하여 노산(爐山)이라고도 하며 토질(土質)이 황토 흙이라 해서 자산(紫山)이라고도 한다. 금녕김씨가 들어와 마을이 형성되었으며 현재는 반남박씨와 창녕성씨가 주로 거주한다. 후고산은 후평(後坪, 뒤뜰)마을과 고산골이 통합하여 이루어진 마을이라서 후고산이 되었다. 용암마을은 범바우(호암)라고 불리다가 한자화하여 용암이 된 것이다. 마을 앞에 범의 머리 모양과 비슷한 바위가 있고 뒷산은 호랑이가 누워있는 형태라 해서 마을 명칭이 유래되었다. 구씨가 마을에 들어와 마을을 형성하였는데 지금은 성씨가 많이 거주하고 있다.

▌제보자

김분임, 여, 1922년생

주 소 지 : 전라북도 진안군 동향면 능금리 외금(바깥쇠실)1길 53
제보일시 : 2010.2.24
조 사 자 : 김월덕, 허정주, 진주

　제보자는 길쌈 많이 하는 동네로 유명한
전북 무주군 적상면 치목리에서 25세에 진
안군 동향면 능금리로 시집왔다. 시집와서
는 길쌈도 많이 하고, 농사짓고 계속 그렇
게 살았다. 친정동네도 주변에 큰 산이 많
아서 철 따라 나물을 뜯으러 산에 많이 다
녔는데, 시집도 산골로 오게 돼서 시집와서
도 나물 뜯으러 많이 다녔다. 제보자는 시
집살이를 "겁나게" 하였다고 한다. 남편(할아버지)은 몇 해 전에 돌아가시
고 지금은 혼자 지내고 있다.

　조용하고 차분해 보이는 제보자는 노래 요청에 적극적으로 나서는 활
발한 성격은 아니었다. 그러나 거듭되는 노래 요청에 노래를 몇 곡 불러
주었다. 이 노래들은 친정동네에서 배운 것들이라고 한다. 구순에 가까운
제보자는 연세에 비해 총기도 좋고 목소리에도 힘이 있었다.

제공 자료 목록
07_12_FOS_20100224_KWD_KBY_0001 밭 매는 소리
07_12_FOS_20100224_KWD_KBY_0002 베틀 노래
07_12_FOS_20100224_KWD_KBY_0003 나물 뜯는 소리
07_12_FOS_20100224_KWD_KBY_0004 배추 씻는 처녀

문야모, 여, 1918년생

주 소 지 : 전라북도 진안군 동향면 대량리 상양지 2길 8
제보일시 : 2010.2.24
조 사 자 : 김월덕, 허정주, 진주

대량리의 제보자 가운데 박간출 제보자
가, 구순이 넘었는데도 노래를 잘하는 분이
있다고 하며 적극 추천하여 만난 제보자이
다. 제보자는 중매쟁이를 통해서 경상남도
함양군 서상면 상남리에서 21살에 전라북도
진안군 동향면 대량리로 시집왔다. 대량리
는 창녕성씨 집성촌인데 돌아가신 남편(할
아버지)은 김씨였다. 제보자는 구순의 고령
이지만 귀도 밝고 총기도 좋다. 93세로 믿기지 않을 만큼 외모도 곱고 목
소리도 맑다. 제보자는 마을 어른들 가운데서 두 번째로 연령이 높다.

제보자의 친정동네는 보수적인 고장이라서 산에나 가야 노래를 부를까
동네에서는 노래를 부를 수 없었다. 동네에서 노래를 불렀다가는 '기생년'
이니 '사당년'이니 하는 소리를 들었다고 한다. 시집와서도 드러내 놓고
노래를 부르지는 못했지만 동네잔치가 있거나 할 때 노래를 부르곤 했다.
제보자가 부른 노래들은 시집오기 전에 들에서 일하면서 들었던 것들이
라고 한다. 고향인 경상도를 떠나 전라도로 시집와서 보낸 세월이 70년이
넘지만 아직도 경상도 말의 억양이 남아 있다.

제공 자료 목록
07_12_FOS_20100224_KWD_MYM_0001 임 노래 (1)
07_12_FOS_20100224_KWD_MYM_0002 임 노래 (2)
07_12_FOS_20100224_KWD_MYM_0003 줌치 노래
07_12_FOS_20100224_KWD_MYM_0004 청춘가

박간출, 여, 1934년생

주 소 지 : 전라북도 진안군 동향면 대량리 상양지 2길 8
제보일시 : 2010.2.24
조 사 자 : 김월덕, 허정주, 진주

동향면 자산리 제보자인 성영애, 전언년
제보자로부터 소개받은 제보자이다. 제보자
는 성영애, 전언년 제보자와 같은 고향 사람
인데, 성격이 활발해서 여러 활동을 했기 때
문에 많은 사람들이 알고 있었다. 제보자는
진안군 동향면 자산리 한호마을에서 18세에
동향면 대량리로 시집왔다. 친정집이 방앗
간을 운영했는데, 인공 때 빨치산이 출몰해
서 피해가 생기자 다른 사람에게 운영을 넘겨주었다. 빨치산 피해로 대량
리에서 10여 명이 죽은 사건도 있었고, 인민군이 처녀들을 잡아간 일도
있어서 제보자는 시집오기 전에 머리에 비녀를 찌르고 유부녀 행세를 하
고 다녀야 했다고 한다.

제보자는 친정집이 방앗간을 하다 보니 세상 돌아가는 이치에는 밝은
편이었다고 한다. 제보자는 노래 부르는 것을 무척 좋아했지만 친정에서
는 노래를 하면 친정아버지가 무슨 독경하느냐고 마구 야단을 쳐서 친정
아버지 무서워 집에서 노래하는 것은 상상도 못 했다. 시집오던 해에 남
편이 군대에 갔다. 그래서 자유롭게 산으로 돌아다니면서 남 눈치 안 보
고 맘껏 노래를 부르고 다녔다. 제보자는 노래 한 곡 전곡을 부르기보다
는 이 노래 저 노래 생각나는 대로 토막토막 부르는 것이 특징이라서 불
러준 노래들의 사설이 짧은 경우가 많다.

남편(할아버지)은 군대에 가서 7년을 복무했다. 그 당시에는 남편이 휴
가를 나왔어도 서로 부부의 정이 없어서 서먹했다. 부부가 오래 떨어져

지내자 시아버지가 애기가 안 생긴다고 염려하여 제보자를 남편이 있는 강원도로 보냈다. 강원도에서 남편의 부대 근처에서 2년을 살다가 왔다. 그러나 첫 아이는 남편 제대 후 고향으로 와서 낳았다. 슬하에 4남 3녀 7 남매를 두었다. 자녀들은 서울이나 경기도에 주로 거주하고, 가장 가까이 사는 자녀가 익산에 살고 있다.

제보자는 박정희 정권 때 새마을지도자, 부녀회장 등 여러 직책을 맡아 활동했다. 새마을지도자를 할 때는 청와대 초청을 받아 방문한 적도 있다. 현재는 남편 병 수발을 하면서 농사도 혼자 짓고 있다. 제보자는 팔순이 다 되었지만 총기가 좋고 목소리도 힘이 넘치며, 풍채가 좋고 성격이 활발하다. 조사자가 제보자 남편(할아버지) 진료를 위해 제보자 내외분을 차로 병원에 모셔다 드리고 댁에 모시고 온 것에 대해서 연신 고마워하며 마을에서 노래를 잘 부를 만한 분들을 회관으로 나오도록 연락도 해 주었고, 동향면 능금리 제보자도 소개해 주면서 여러 가지 도움을 주었다.

제공 자료 목록
07_12_FOT_20100224_KWD_PGC_0001 귀신의 말을 들은 소금장수
07_12_FOS_20100224_KWD_PGC_0001 밭 매는 소리
07_12_FOS_20100224_KWD_PGC_0002 시집살이 노래 (1)
07_12_FOS_20100224_KWD_PGC_0003 시집살이 노래 (2)
07_12_FOS_20100224_KWD_PGC_0004 길쌈 노래
07_12_FOS_20100224_KWD_PGC_0005 배추 씻는 처녀
07_12_FOS_20100224_KWD_PGC_0006 임 노래
07_12_FOS_20100224_KWD_PGC_0007 진도 아리랑
07_12_FOS_20100224_KWD_PGC_0008 아라리
07_12_FOS_20100224_KWD_PGC_0009 청춘가

성영애, 여, 1930년생

주 소 지 : 전라북도 진안군 동향면 자산리 613-1
제보일시 : 2010.2.23
조 사 자 : 김월덕, 허정주, 진주

제보자는 진안군 동향면 자산리 한호마을에서 19살에 바로 인근 마을인 자산리 대야(대들)로 시집왔다. 제보자는 제보자의 어머니가 30세에 늦게 낳은 무남독녀 외딸로, 집에서 귀여움을 독차지하고 귀하게 자랐다. 그러다가 19살에 동갑내기 남편에게 시집을 갔다. 당시 학생이었던 신랑은 밥만 먹으면 바깥으로 나가서 돌면서 집안일에는 무심하였고, 시집살이는 혹독하게 하였다. 할아버지는 몇 해 전에 돌아가셔서 지금은 큰 집에서 혼자 지내고 있다.

제보자는 마을에서 '노래쟁이'로 통한다. 팔순이 넘은 고령이지만 긴 사설로 된 베틀가를 다 부를 정도로 총기가 좋다. 팔순처럼 보이지 않을 정도로 정정하지만 무릎이 아파서 다리를 잘 굽히지 못한다. 성품은 화통하고 유쾌해 보였다. 아들이 사준 오토바이를 타고 다니며, 취미로 게이트볼을 친다.

대들마을의 주요 제보자인 성영애, 전언년, 최복순 제보자는 모두 시집살이를 심하게 해서 서로 공감대가 컸다. 시집살이 노래를 하다가 시집살이 이야기가 나오자 세 사람은 옛날에 시집살이하며 힘들었던 이야기를 한참이나 나누었다. 같은 동네에서 시집을 온 전언년 제보자는 성영애 제보자를 '성(형)'이라고 부르며 맏언니처럼 따랐다. 제공한 자료는 베틀가와 첩 노래 등 몇 곡의 노래와 시집살이에 관련된 이야기이다.

제공 자료 목록

07_12_FOT_20100223_KWD_SYA_0001 벙어리로 오해받은 며느리

07_12_FOS_20100223_KWD_SYA_0001 베틀 노래

07_12_FOS_20100223_KWD_SYA_0002 첩 노래

07_12_FOS_20100223_KWD_SYA_0003 밭 매는 소리

07_12_FOS_20100223_KWD_SYA_0004 아기 어르는 소리

07_12_FOS_20100223_KWD_SYA_0005 시집살이 노래

07_12_FOS_20100223_KWD_SYA_0006 이 타령

성혜숙, 여, 1927년생

주 소 지 : 전라북도 진안군 동향면 대량리 상양지 2길 8

제보일시 : 2010.2.24

조 사 자 : 김월덕, 허정주, 진주

창녕성씨인 제보자는 창녕성씨 집성촌인 진안군 동향면 대량리에서 태어나서 16세에 같은 마을 김씨 집안으로 시집갔다. 옛날에는 먹고살기가 어려워 나이가 어린데도 일찍 시집을 보냈다고 한다. 남편(할아버지)은 세상을 떠나고 지금은 제보자 혼자 지내고 있다.

제보자는 젊었을 적에는 마을에서 '노래쟁이' '장구쟁이'로 통할 만큼 노래도 잘하고 장구도 잘 치는 걸로 유명했다고 한다. 팔순이 넘은 고령이지만 여전히 목소리에는 힘이 넘쳤고 간혹 농담도 하면서 분위기를 유쾌하게 만들었다. 풍채는 좋은 편이지만 귀가 많이 먹어서 큰 소리로 말을 해야만 의사소통이 되었다.

제공 자료 목록

07_12_FOS_20100224_KWD_SHS_0001 명 따는 처녀

07_12_FOS_20100224_KWD_SHS_0002 아기 어르는 소리

07_12_FOS_20100224_KWD_SHS_0003 버선 노래

07_12_FOS_20100224_KWD_SHS_0004 임 노래

07_12_FOS_20100224_KWD_SHS_0005 정든 임

07_12_FOS_20100224_KWD_SHS_0006 백발가

07_12_FOS_20100224_KWD_SHS_0007 처녀 총각 노래

안기현, 남, 1940년생

주 소 지 : 전라북도 진안군 동향면 능금리 추동1길 12

제보일시 : 2010.2.23

조 사 자 : 김월덕, 허정주, 진주

동향면사무소를 통해서 소개받은 제보자
이다. 능금리에서 여러 가지 사회활동을 하
고 있으며 마을에 대한 역사적 유래 등을
잘 아는 분이라고 하여 면사무소에서 소개
를 해 주었다. 제보자는 농촌에 살고는 있지
만 농업에 종사한 사람은 아니다.

제보자는 진안군 동향면 능금리 추동에서
태어났고 몇 대째 살고 있다. 전주교대 연수
과를 마치고 초등학교 교사가 된 제보자는 전주와 진안 등지에서 교직에
있다가 김대중 정부 때 62세에 교감으로 정년퇴직을 하였다. 현재 제보자
는 자택에서 노인들을 대상으로 한문을 강독을 해 주며 봉사활동을 하고
있다. 교직 생활을 오래 해서인지 조사자들에게도 학생들을 가르치는 것
처럼 자상하게 이것저것 설명을 해 주었다.

함께 이야기를 나눈 안중현(1936년. 병자생. 75세. 남) 제보자는 안기현
제보자의 사촌형이다. 추동이 안씨 집성촌이라서 추동마을에는 친척관계
인 사람들이 많다. 두 제보자가 마을 유래에 얽힌 이야기들을 함께 구연

해 주었다. 안중현 제보자는 전주에서 농고를 졸업했지만 집안 장손이라서 고향을 떠나지 못하고 고향에서 계속 농사를 짓고 살았다. 안중현 제보자는 용담향교 전교를 맡은 적이 있고 면에서 여러 가지 봉사활동에 참여했다고 한다.

제공 자료 목록

07_12_FOT_20100223_KWD_AGH_0001 호랑이가 지켜준 정참판
07_12_FOT_20100223_KWD_AGH_0002 여자 때문에 더 커 올라가지 못한 솟금산
07_12_FOS_20100223_KWD_AGH_0001 모심는 소리

임삼순, 여, 1936년생

주 소 지 : 전라북도 진안군 동향면 대량리 상양지 2길 8
제보일시 : 2010.2.24
조 사 자 : 김월덕, 허정주, 진주

제보자는 전북 진안군 안천면 괴정리 구먹쟁이에서 17살에 장수군 장계면으로 시집갔다. 장계에서 살다가 다시 안천으로 갔다가 현재 살고 있는 동향면 대량리로 왔다. 남편(할아버지)은 농사를 짓지 않고, 농기구 같은 곳을 고치는 기술자였는데 지금은 돌아가시고 안 계신다. 시집온 뒤에 한 곳에 정착해서 살기보다는 이곳저곳 옮겨 다니며 살았던 것 같다고 한다.

제보자는 대량리 주요 제보자인 박간출 제보자와 단짝이다. 제보자는 마을에서 노래 잘하고 잘 노는 사람으로 통하는데, 노래를 부를 때는 소박하게 부르기보다는 기교를 사용하는 것이 특징이다. 75세라는 실제 나이보다 훨씬 젊어 보이는 인상이다. 제보자는 체구는 작지만 일은 야무지

게 하는 것 같았다.

전언년, 여, 1934년생

주 소 지 : 전라북도 진안군 동향면 자산리 613-1

제보일시 : 2010.2.23

조 사 자 : 김월덕, 허정주, 진주

　제보자는 진안군 동향면 자산리 한호마을에서 19살에 바로 인근 마을인 자산리 대야(대들)로 시집왔다. 성영애 제보자와 같은 동네에서 시집을 와서 성영애 제보자를 '성(형)'이라고 부르며 친언니처럼 따른다. 제보자는 시집갈 생각이 없었지만 인민군이 처녀들 데려간다고 해서 비녀만 찔러서 시집을 보내던 시절이었다고 한다.

　제보자는 큰딸이라서 친정에서도 어린 나이부터 집안 살림 다 하고 동생들 뒤치다꺼리를 했는데, 시집을 와서도 고생은 그치지 않았다. 젊어서 홀로 된 시어머니를 모시고 살면서 시집살이를 퍽 했다. 시집와서도 9년 동안 시어머니와 한 방에서 잤다고 한다. 시집이 6·25때 대전에서 피난 내려온 집이라 살림의 기반이 없어서 샛방으로 전전하며 고생을 많이 했다. 게다가 자녀 중에 하나가 심하게 아파서 그 딸의 치료 때문에 또 힘든 시절을 보냈다고 한다. 제보자는 시어머니가 하도 뭐라고 하니까 나중에는 시어머니에게 달려들고 말대답도 했더니 오히려 살기가 편했다. 제보자는 스스로 자신에 대해서 "억셔서(억세서) 이겨냈다"고 하였다.

　　제보자는 여러 가지 고생을 많이 겪었지만 강하고 긍정적인 마음가짐으로 어려움을 극복한 듯했다. 제보자는 조사자에게도 친절하고 자상하게 대해 주었으며, 대화를 나눌 때에도 시종 밝고 즐거운 표정으로 이야기하였다.

제공 자료 목록

07_12_FOS_20100223_KWD_JEN_0001 밭 매는 소리
07_12_FOS_20100223_KWD_JEN_0002 배추 씻는 처녀
07_12_FOS_20100223_KWD_JEN_0003 무심한 임
07_12_FOS_20100223_KWD_JEN_0004 벌초 노래
07_12_FOS_20100223_KWD_JEN_0005 청춘가

정복녀, 여, 1924년생

주 소 지 : 전라북도 진안군 동향면 능금리 외금(바깥쇠실) 1길 53
제보일시 : 2010.2.24
조 사 자 : 김월덕, 허정주, 진주

　　제보자는 진안군 안천면 괴정리에서 23살에 진안군 동향면 능금리로 시집왔다. 계속 농업에 종사해 왔고, 젊어서는 베 짜는 일을 조금 했다. 남편(할아버지)은 몇 년 전에 세상을 떠나고 지금은 혼자 지내고 있다.

　　제보자는 젊었을 때 놀기도 좋아하고 노래도 잘해서 마을에서는 '노래쟁이'로 통했

다고 한다. 구순에 가까운 고령인 제보자는 가는귀를 먹었고 쉰 목소리를 갖고 있다. 그러나 여전히 총기가 좋아서 옛날에 마을 어른들에게 들었던 이야기를 막힘없이 구연하였고 노래도 몇 곡 불렀다. 장난을 좋아해서 이야기를 할 때는 우스갯소리도 하곤 하면서 청중의 호응을 이끌어냈다. 구순의 나이가 믿기지 않을 정도로 키가 훤칠하게 크고 정정한 편이다.

제공 자료 목록

07_12_FOT_20100224_KWD_JBN_0001 호랑이한테서 시아버지 목숨을 구한 며느리
07_12_FOT_20100224_KWD_JBN_0002 복 받은 할머니와 고추 받은 할머니
07_12_FOT_20100224_KWD_JBN_0003 선비에게 은혜 갚은 까치
07_12_FOT_20100224_KWD_JBN_0004 부자가 된 엉터리 풍수
07_12_FOS_20100224_KWD_JBN_0001 지초 캐는 처녀
07_12_FOS_20100224_KWD_JBN_0002 아기 어르는 소리
07_12_FOS_20100224_KWD_JBN_0003 노랫가락
07_12_FOS_20100224_KWD_JBN_0004 진도 아리랑

최복순, 여, 1936년생

주 소 지 : 전라북도 진안군 동향면 자산리 613-1
제보일시 : 2010.2.23
조 사 자 : 김월덕, 허정주, 진주

제보자는 인근 마을인 동향면 창말(창촌)에서 19살에 시집왔다. 친정집도 가난해서 고생을 많이 했는데, 또 가난한 집으로 시집을 와서 고생을 많이 했다고 한다. 시어머니 병수발도 오래 했고, 시집살이도 호되게 했다고 한다. 고생을 하도 많이 해서 시집살이 이야기를 할 때는 눈물이 글썽거렸다. 대들 마을의 주요 제보자인 성영애, 전언년, 최복

순 제보자는 모두 시집살이를 심하게 해서 서로 공감하는 이야기들을 많이 나누었다.

제보자는 얼마 전 사고가 나서 팔이 부러져 깁스를 대고 있었다. 조사자가 마을회관에 처음 당도해서 노래를 청했을 때 다른 사람들이 별로 응해주지 않자 제보자가 먼저 나서서 못하는 노래라도 해준다고 하면서 물꼬를 터 주었다. 제보자는 자신은 노래를 제일 못하는 사람인데 조사자들이 딱해서 대접하느라고 못하는 노래를 했다고 하였다. 제보자는 자신도 어렵게 살았으면서 어려운 사람을 보면 그냥 지나치지 못하고 도와주려는 성격이었다. 조사자들에게 자상하고 따뜻하게 대해 주었으며, 녹음 과정에서 제보자가 많은 도움을 주었다.

제공 자료 목록

07_12_FOS_20100223_KWD_CBS_0001 탄로가
07_12_FOS_20100223_KWD_CBS_0002 이 타령
07_12_FOS_20100223_KWD_CBS_0003 서캐 타령
07_12_FOS_20100223_KWD_CBS_0004 댕기 노래
07_12_FOS_20100223_KWD_CBS_0005 창부 타령

귀신의 말을 들은 소금장수

자료코드 : 07_12_FOT_20100224_KWD_PGC_0001
조사장소 : 전라북도 진안군 동향면 대량리 상양지 2길 8 상양지마을회관
조사일시 : 2010.2.24
조 사 자 : 김월덕, 허정주, 진주
제 보 자 : 박간출, 여, 77세
구연상황 : 제보자는 성격이 활달하고 적극적이어서 인근 마을인 자산리에서도 제보자의
　　　　　이름을 알고 있었다. 이런 성격 때문인지 제보자는 자발적으로 노래를 불러
　　　　　주었다. 조사자가 옛날이야기를 청하자 생각나는 것이 없다고 하다가, 소금장
　　　　　수 이야기라도 해 달라고 하니 이 이야기를 들려주었다.
줄 거 리 : 소금장수가 소금을 팔러 다니다가 날이 저물어 묘가 두 개 있는 그 사이에서
　　　　　잠을 잤다. 그랬더니 귀신이 집에 제사 얻어먹으러 간다고 갔다. 귀신이 돌아
　　　　　와서는 내외가 싸움만 하고 제사를 제대로 안 지내줘서 화가 나서 아이를 화
　　　　　로에다 던져 버리고 왔다고 했다. 날이 밝아서 소금장수가 어느 동네에 갔더
　　　　　니 아이가 화로에 데었다고 동네에서 난리가 나 있었다.

　아, 소금, 소금장사가 소금 사요, 소금 사요 하고 댕기다가, 집집마동
댕기다 봉개 저물어. 소금, 소금을 실고 짊어지고 못 가서 뫼가 짜란히 두
개 있는 디 가서 포옥 새(사이)가, 새가 드러누워서 받쳐 놓고 잤댜. 장개
로 옆에 있는 귀신이, 말하자믄 언어먹으러 간다고 하드랴. 집이로. 그래
잘 있으라고 하드랴. 얻어온다고.

　그래 자고 있어도 안 와. 오더니 욕만 하드랴. 하도 쌈만 하고. 내외간
이. 쌈만 하고. 뭐, 뭣 그래서 손자만 화리다 떠다 내버리고 왔다고 그라
드랴. 그래서 자고 날이 새서, 자고 가서 봉개, 동네 가서 소금 사요, 소금
사요, 집집 해서 올라강개 화리다 그렇게 아가 데었다고 난리가 났드랴.

　그렁개 이 조상들 밥해 놓으믄 소금밥을 해 놔도 맘 편허게 해 놔야

혀. 싸우지 말고. 안 할라믄 안 해도. 잉? 안 그렇겄어? 엊지녁의 지사 지 냈다고 하더니 그렇게 화리다 데었다고 그라드랴. 그렁개

(청중 : 싸움만 하고 지사를 안 지내 줘서 얄미워서 애기를 갖다 화리다 던졌댜.)

떡꺼정 안 얻어 갖고 왔던개비. 귀신이 못 먹었지.

벙어리로 오해받은 며느리

자료코드 : 07_12_FOT_20100223_KWD_SYA_0001
조사장소 : 전라북도 진안군 동향면 자산리 대야길21-3
조사일시 : 2010.2.23
조 사 자 : 김월덕, 허정주, 진주
제보자 1 : 성영애, 여, 81세
제보자 2 : 전언년, 여, 77세
제보자 3 : 최복순, 여, 75세
구연상황 : 낮에 마을회관에서 만난 후 저녁에 다시 제보자 성영애의 자택에서 성영애, 전언년, 최복순 제보자들을 만났다. 다소 소란했던 회관에서와 달리 조용한 곳에서 제보자는 몇 곡 노래를 더 불러 주었다. 조사자가 시집살이 노래를 청하자, 성영애 제보자가 자신이 알고 있는 시집살이 노래를 불러 주었다. 실제로 시집살이를 심하게 했던 제보자들은 옛날에 시집살이하던 이야기를 한참 동안 나눈 후에, 시집에서 말을 안 해서 벙어리로 오해받은 며느리 이야기를 했다. 이 이야기를 하면서 제보자들은 이야기 속 며느리에게 공감하고 주인공인 며느리를 측은하게 여기는 마음을 표현하였다.
줄 거 리 : 어느 친정어머니가 딸을 시집보내면서 가슴에 풋독을 넣어주면서 풋독이 말을 할 때까지 시집에서 말을 하지 말라고 했다. 그 딸이 시집와서 말을 안 하자 시댁 식구들이 벙어리인 줄 알고 다시 친정으로 돌려보냈다. 신랑과 동행하여 친정으로 가는 길에 도랑에서 쉬는데 꿩이 날아와 물을 먹고는 날아갔다. 그것을 보고 각시가 입을 떼서 말을 하고 시집살이 노래를 하였다. 같이 가던 신랑이 각시가 말을 하는 것을 듣고 놀라서 다시 집으로 데리고 왔다.

인제 생각헌개, 여기는 안 백힐 티지. 인제 생각한개 오매가 여움서나

버버리 삼 년, 또 저 뭣 삼 년? 귀머거리 삼 년, 그렇게 살으라고, 그냥 여기다개[가슴을 가리키며] 풋독(손에 쥐고 갈 만한 정도의 작은 돌)을 넣어 주드랴. 그래 생전 말이 없어.

(청중 : 이 풋독 말하드락까지. 이 풋독이 말하드락.)

잉. 그리야 지달러도 말이 없응개 시집살이를 못하고 떨어내야. 시어마니랑 다 그냥. 말을 안 항개. 그래 하이튼 데려라 주러 가는, 신랑이 데려다 주러 갔디야. 강개 인자, 어느 어디 강개 꼬랑으를 강개 거그 이렇게 건능개 거그서 꿩이 물 먹으는 디를 왔다가 푸르릉 날라 가드라네. 꿩이. 그래 인자 각시가 그때 입을 띠드랴. 그때. 그래 그때 그 노래를 그걸 입을 떼 갖고. 신랑이 놀래 버리 갖고 데리고 왔어.

(청중 : 말 한다고.)

잉. 말한다고

(청중 : 어째서 그렇게 말 안 했냐고 항개 이 풋독이 말하르락까지 오매가 하지 말랬다고.)

잉. 그렇게 힜디야.

(청중 : 불쌍하지. 그래야 시집살이를 산다.)

뭐, 입은 뭣이요. 눈은 시아재 눈이요, 입은 뭐, 시누 입이요, 다. 아니 발은 시누 발이라고 하고 말 물어낸다고 그렇게 하고. 날개는 임의 품의 잠자는 것이요. 그래서는 데리고 왔디야.

(청중 : 말을 그렇게 하든가만.)

잉. 거기서 꿩 날라, 꿩 있는 데서 말을 했어.

(청중 : 꿩이 날라가 물 먹고 강개 너도 목말르대 하든가 뭔 소리를 했겠지. 그랑개 인자.)

잉. 그래 갖고 그 소리를 다 셍깄댜. 각시가 인제. 그람서 신랑이 덮어준 거. 날개로 덮었다는 얘기를 하고 그래 갖고는 그래 데리고 와 갖고.

(청중 : 다시 돌아섰구만. 딱하지.)

호랑이가 지켜준 정참판

자료코드 : 07_12_FOT_20100223_KWD_AGH_0001
조사장소 : 전라북도 진안군 동향면 능금리 추동1길 12
조사일시 : 2010.2.23
조 사 자 : 김월덕, 허정주, 진주
제 보 자 : 안기현, 남, 71세

구연상황 : 면사무소를 통해서 옛날이야기를 구연할 만한 제보자로 안중현 제보자를 소
　　　　　개받았다. 죽산안씨 종친회에 참석하러 전주에 다녀온 두 제보자를 안기현 제
　　　　　보자 자택에서 만나 이야기를 나누었다. 그런데 면에서 소개받은 안중현 제보
　　　　　자보다, 제보자의 사촌동생인 안기현 제보자가 주로 이야기를 많이 했다. 안
　　　　　기현 제보자는 이야기를 구연할 때, 이야기 속의 배경에 해당하는 사진이 마
　　　　　침 집 안에 걸려 있어서 사진을 가리키며 적극적으로 이야기를 하였다.

줄 거 리 : 진안군 동향면 능금리 내금(안쇠실) 뒷산인 멍덕봉 아래에는 반남박씨 재각이
　　　　　자 서당인 지선당이 있다. 옛날 반남박씨에서 배출한 정참판이 어렸을 때 지
　　　　　선당으로 공부를 하러 다닐 적에 고개와 개울을 건너 다녔는데, 밤에 호랑이
　　　　　가 나타나 양쪽에 불을 켜 주면서 정참판을 호위해 주었다고 한다.

　아까 정참판 얘기도 했지마는 정참판이 저, 지금 내금에 그 멍덕봉이라
고 있어요. [벽에 걸린 사진을 보며] 저그 보세요. 저그 지붕 모양 있지요.
이렇게. 요렇게. 지붕 모양처럼 이렇게. 저게 멍덕봉이요. 여기서 보면 훤
히.

　(청중 : 멍덕같이. 멍덕이란 게 벌멍덕 있잖이요. 그런 형이잖아. 저기
제일 뾰족한 거.)

　이만침 오시면 더 잘 보여요. 예. 그게. 그게 멍덕봉.

　(청중 : 저 밑으로가 문필봉이라고. 문필봉.)

　그라고 그 밑에가 지선당이라고 반남박씨, 그 지금, 그 선조님들이 훌
륭한 일을 하신 분들 거기다가 모셔 놓고 삼월 보름날인가 제사를 지내
요. 매년 음력. 근디 거기를 정참판이 공부를 하러 갔대요.

　(청중 : 그 지선당이라고. 거기가 지선당이라고 혀서 거기서 옛날에 글

을 갈쳤어. 옛날에.)

그칠 지 자, 착할 선 자, 집 당 자인데. 그래서 그분이 인제 정참판이 여기서 딱 저녁을 먹고 그리 공부를 하고, 저 지암지 고개를 넘어서 가믄은 호랑이가 양쪽에서 불을 켰대요. 그래서 거기까지 배웅을 해 줬대요. 그 사당까지. 거기.

그래 가지고 거기서 공부를 했다고 그런 말도 나왔어요. 그래서 호랑이는 맹수지만은 사람을 호신해 주는 짐승이다. 뭐 그랬다고 거기 얘기가 많이 있드라고요. 그런 것도.

(조사자 : 이거 어디서 들으신 거에요? 어르신.)

(청중 : 내려오는 전설이지. 전해오는.)

그래서 그 현신들이 거기 공부하러 갈 때 그렇게 호랑이가 양쪽에서 불을 밝혀 줘서 거기까지 갔다. 거기 상당히 멀어요. 갈라믄 물을 건너서 양악천을 건너서 지선당을 가게 되아요.

여자 때문에 더 커 올라가지 못한 솟금산

자료코드 : 07_12_FOT_20100223_KWD_AGH_0002
조사장소 : 전라북도 진안군 동향면 능금리 추동1길 12
조사일시 : 2010.2.23
조 사 자 : 김월덕, 허정주, 진주
제 보 자 : 안기현, 남, 71세
구연상황 : 면사무소를 통해서 옛날이야기를 구연할 만한 제보자로 안중현 제보자를 소개받았다. 죽산안씨 종친회에 참석하러 전주에 다녀온 두 제보자를 안기현 제보자 자택에서 만나 이야기를 나누었다. 그런데 면에서 소개받은 안중현 제보자보다, 제보자의 사촌동생인 안기현 제보자가 주로 이야기를 많이 했다. 조사자가 마이산의 옛 이름을 묻자 제보자들이 솟금산이라고 답하고, 이야기의 배경을 구체적 마을 명칭까지 제시하며 솟금산에 얽힌 이야기를 이어 나갔다.
줄 거 리 : 지금의 마이산은 옛날에 솟금산이라고 했다. 이성계가 등극하기 위해 산신제

를 지내고, 백일기도를 했다고 해서 더욱 유명해진 산이다. 암마이산과 수마이산이 있는데 진안군 상전면 운산리에서 어느 여자가 아침에 일찍 물 길러 나오다가 산이 크는 것을 보고 산이 큰다고 말하자 더 이상 크지 않았다. 그래서 새벽에 크자고 한 암마이산을 수마이산이 발로 차서 암마이산은 누워 있고 수마이산은 서 있는 모습이라고 한다.

(청중 : 옛날 솟금산.)

솟금산 그랬지요.

(청중 : 그리고 이태조 거시기가 저기 가서 인제, 등극을 할라고 헐 적에 거기서 산신제를 지내고 갔대. 마이산에서.)

(청중 : 백일기도를 하고 지내고 갔다고 해서 그래서 더 유명하지.)

(조사자 : 솟금산이라는 뜻은 무슨……)

(청중 : 솟금산이라는 게 옛날에 솟금솟금솟금 이렇게 컸다고 해서, 긍개 솟금산이 될 적으 거그 이렇게 보닝개)

(청중 : 산이 자꾸 커 가닝개 누가 여자가 나와서 옛날에 산이 큰다 하니까 딱 멈춰 버렸대. 그런 전설도 있어.)

그 성산리, 아니 성산리라네, 상전면 운산리서 뭐, 아침에 일찍 물동이를 이고 나와서 인제 보니까 뭐 이렇게 참, 산이 막 커 올라간다고 그러니까 인제, 수마이산이 그런 얘기를 했다고 뭐 어짜고 그라데. 왜 꼭 새벽에 올라가냐. 저녁에 한밤중에 올라갔으믄 좋은데.

그래 가지고 수마이산이 착 밀었더니 그 암마이산이 이렇게 누워 있고 수마이산은 탁 서 있잖아. 우뚝. 뭐 그런 것이 있다고 그런 얘기도 있드만. 몰라. 그래서 그것을 말 마 자, 귀 이 자, 뫼 산 자, 잉.

그래서 말 귀처럼 생겼다고 힜는디 말 귀같이도 생겼지. 저그 있잖아. 이거 뭐 진안군수가 뭐 이렇게 해서. 여기서 왼쪽 위치가 지금 수마이산이거든. 저짝에 이렇게 조금 누워 있는 건 암마이산이고. 그래서 뭐 이렇게 발로 밀었다 어짜고 그란디.

운산리서 그랬대요. 상전면 운산리. 어떤 아주머니가 물동이를 이고 나옴서 새벽에 머, 아 저 산 커 올라간다, 그렁개 강 그랬다고. 그게 옛날에 뭐, 남자가 뭐 하면은 길할랑가 모르지만 여자는 방정맞다고 뭐 그런 말도 있잖아요. 인제. 우리 선생님께 내가 죄송한 말씀인데 그래서 여자, 옛날에 뭐, 전투하러 나갈 때 여자가 뭐 지나가믄 거시기를 안 한다고 그랬잖아요. 긍개 여자에게, 남자에게 똑같은디 지금은 동등권 아닙니까.

(청중 : 지금은 우선권여.)

지금은 여자가 남자 보래기 때리는 세상인개. 옛날에 그런 것이 있는가 봐요. 그래서 그것이 수마이산이 강 크면서 그랬다고 발로 밀어서 쪽 누워 있다, 그런 전설도 있다고 혀서 솟금산.

호랑이한테서 시아버지 목숨을 구한 며느리

자료코드 : 07_12_FOT_20100224_KWD_JBN_0001
조사장소 : 전라북도 진안군 동향면 능금리 외금1길 53 외금마을회관
조사일시 : 2010.2.24
조 사 자 : 김월덕, 허정주, 진주
제 보 자 : 정복녀, 여, 87세
구연상황 : 김분임 제보자와 정복녀 제보자가 노래를 몇 곡 부르고 나서, 조사자가 다시 옛날이야기를 청하자가 정복녀 제보자가 이야기를 해 주겠다고 나섰다. 제보자가 이야기를 하는 동안 청중들은 크게 웃기도 하면서 이야기에 호응을 보여 주었다.
줄 거 리 : 가난한 집으로 시집간 여자가 있었다. 시아버지는 갓과 탕건뿐만 아니라 제대로 입을 옷조차 없어서 남의 집 결혼 청첩을 받아도 갈 수가 없을 정도였다. 며느리는 자신의 쌍가락지를 신랑에게 팔아오도록 해서 시아버지 옷을 해 드렸다. 시아버지가 좋아하며 그 옷을 입고 청첩 받은 데를 갔는데 해가 지도록 돌아오지 않았다. 부부가 마중을 나가서 몇 고개를 넘어가니 불이 환히 밝혀진 곳에 술에 취해서 잠든 시아버지 옆에 호랑이가 지키고 있었다. 며느리는 자식은 또 낳을 수 있지만 부모는 한번 잃으면 그만이라고 하면서 호랑이에

게 시아버지와 자기 아이를 바꾸자고 했다. 그렇게 해서 시아버지는 살아서 집에 돌아왔다. 이튿날 부부가 아이가 있는 곳에 가 봤더니 호랑이가 아이를 해치지 않고 품고 있다가 다시 데려가라고 내주었다. 며느리의 효성을 보고 그리한 것이다.

어떤 사람이 첫날 저녁으 신랑보고 "몇 성제(형제)나 돼요? 형제간은 몇 형제나 돼요?" 그랑개

"우리 무주 성님, 차산 성님, 쇠실 성님." 그랬샀더니 "그래 생활허기는 어떠냐고." 그렁개

"공회당서 나락 한 가마니 얻어다가 찧어서 그놈으로 술하고 떡하고. 그래서 우리 아버지 바지는 만털래 바지, 우리 어머니 치매는 천털래 치매, 우리 지붕은 별락궁 지붕, 우리 바가지는 불락질 바가지, 우리 솥은 별락궁, 저 화상의 솥." 그라드랴.

"아, 그것 참 괜찮은 집안이구나." 허고 가서 봉개, 하도 지어싸서 시어마니 치매가 그냥 천 쪽 만 쪽도 더 되드랴. 시아바니 바지 저고리도 그렇고. 하늘이 막, 지붕을 안 이고 서까래가 막 나와서 별이 다 뵝개 별락궁 지붕. 또 인제 바가지는 다 깨져서 담박질 쳐야 물이 한 방울 붙어 있드랴. 그래서 불락질 바가지. 또 인자 화상의 솥은 다 깨져서 불을 살라 놓으면 다, 막 비치드랴. 솥이. 그래서 화삼 솥단지.

그래 갖고 기가 막히네. 참말로. 그래서 시아바니가 옷도 없지, 신발, 갓, 탕건도 없지. 그랑개 어디서 청첩이 와도 못 가. 신을 것도 없고 입을 것도 없어서. 하도 기가 맥혀서 옛날에는 왜 은가락지 부잣집 메느리들 막 이렇게 생긴 놈 쌍가락지 쪘잖아. 그놈을 빼서 줌선

"당신 이놈 갖고 시장으 가서 아버님 갓탕하고 신발 사오쇼."

그라고 인제 치매를 뜯어서 두루매기를 맨들고, 자기 바지는 뜯어서 시아버니 바지를 맨들고, 저구리 뜯어 잇어 갖고 시아바니 저구리 맨들고, 아, 그렁개 아들이 갖고 가서 그놈 팔아 갖고 갓탕 사고 신발 사고 그래

갖고 그 뭐 다 맨들어 났지. 준비가 할만치 됐잖아.

그래서 시아바니가 좋아서 그 옷 입고 갓탕 하고 신발 신고 인제 갔어. 청첩 받은 디를 갔어.

아, 갔는디 해가 넘어가서 어두워졌는디도 안 오네. 아 걱정이 돼 죽겠어. 그냥. 그서 며느리가

"여보. 우리 아버님 오시는디 불이라도 잡고 나가 봅시다."

"그라자고."

등불을 잡고 한 고개, 두 고개 넘어가도 오는 질이 없어. 밤은 자꾸 짚어지고. 마지막 고개를 강개 그냥 불이 훤허니 써 갖고 있네. 거기를 가서 봉개 큰 천금 내우가 앉았고, 시아바니는 술에 떨어져 갖고 거기서 잠이 들어서 막 코를 곯고 자드랴. 그래 호랭이더러 메느리가

"이 어른 목숨을 바치라고 그라요?" 고개를 끄덕끄덕

"그라라고." 그럼믄 이 양반보고 "애기는 또 낳으면 자식이고 부모는 한번 가믄 그만잉개 우리 애기를 데려다 대신 주자고."

"그래 그렇게 할까냐고." 산신더러 그랑개 "그라라고." 그러드랴. 그래서 인자 애기를부텀 갖다가 산신을 중개 두 번을 요렇게 받아서 딱 품고 있고 시아바니를 데리고 왔어.

데리고 와서 날이 생개로, 날이 새서 술이 깨 갖고는 "아, 우리 애기 어디 갔냐?"

"아버님, 저 방으서 자요. 애기 아직 안 깼어요." 그래 놓고도 하도 섭섭해서 인제

"우리 거기 한 번 가 보자고." 둘이 갔어. 가서 봉개 그 산신이 애기를 이렇게 두 발로 내주는디 그 터럭 속에 폭 품고 자서 애기가 깬 채로 지지개를 푸두둑 쓰드랴. 그런 애기를 그렇게 주드라네. 데려가라고.

그래서 그 애기 이름을 범생이라고 이름을 지어 갖고 애기가 뭐이든지 하는 대로 다 잘되고 부자로 잘살드랴. 끝여.

복 받은 할머니와 고추 받은 할머니

자료코드 : 07_12_FOT_20100224_KWD_JBN_0002
조사장소 : 전라북도 진안군 동향면 능금리 외금1길 53 외금마을회관
조사일시 : 2010.2.24
조 사 자 : 김월덕, 허정주, 진주
제 보 자 : 정복녀, 여, 87세

구연상황 : 김분임 제보자와 정복녀 제보자가 노래를 몇 곡 부르고 나서, 조사자가 옛날 이야기를 청하자 정복녀 제보자가 가난한 집에 시집와서 효성이 지극했던 며느리 이야기를 해 주었다. 그리고 나서 또 다른 이야기를 하기 시작했다. 이야기 중에 마을 어느 집에서 막걸리 한 통을 가져와서 술과 과일을 먹기도 하였다. 제보자가 도사 중에게 흑심을 품었다가 고추를 받은 할머니 이야기를 할 때, 좌중은 웃음바다가 되었다. 제보자는 이 이야기를 시집와서 옛날 어른들한테 들었다고 하였다.

줄 거 리 : 옛날 두메산골에 고개를 사이에 두고 양쪽에 각각 할머니 한 분씩 살고 있었다. 맘씨 고운 할머니가 밤늦도록 명을 잣고 있는데, 도사 중이 찾아왔다. 할머니는 없는 살림이지만 피죽을 대접하고 방에서 재워 주었다. 할머니는 중과 같은 방에서 잘 수 없어서 밤새도록 명을 자으면서 날을 새웠다. 이튿날 중은 떠나고 할머니가 부엌에 가서 솥을 열어 보니 쌀이 한 솥이고, 쌀독을 열어 봐도 쌀이 가득 차 있었다. 그렇게 부자가 되자, 고개 너머에 사는 할머니가 어떻게 이렇게 부자가 됐냐고 물어서 사실 그대로 알려 주었다. 고개 너머 할머니도 밤늦게까지 명을 잣고 있었더니 과연 도사 중이 찾아와서 하룻밤 묵어서 가게 되었다. 그런데 할머니가 명을 잣다가는 중과 같이 한방에서 자고 싶은 욕심에 자고 있는 중 옆으로 자꾸 다가갔으나 중이 피하는 바람에 같이 잠도 못 자고 날이 샜다. 이튿날 중은 떠나고 할머니가 부엌에 가서 솥을 열어보니 수많은 '고추'가 깐닥거리고, 쌀독에서도 고추가 깐닥거렸다.

옛날에 짚은 산골에다 오막살이집을 짓고 여그 할머니 한 분, 또 저기 고개 너머 한 분. 그렇게 두 분이 살았어. 할머니가. 오막살이집으다가, 뗏집, 옛날에. 그래 놓고 오래 되드락 명을 이렇게 잣고 앉았응개 누가 주인을 찾드랴.

그래서 그 짚은 산중 웬일인고 싶어서 나가 봉개, 도사 중이 왔어. 그

래서

"이렇게 댕기자믄 시장하시기도 할건디 어짜까요?"

저는 요식이 이렇다고 피죽을 파를 넣고 끓이서 아침에 먹을라고 둔
놈을 한 그릇 챙기줬댜. 여기 인자 시장한개 잡수라고. 그놈을 먹고서나
잠자리를 봐 중개 중이 가서 곤하게 자드라네. 근디 그 중 옆에가 잘 수
가 있어? 그래서 명을 밤새드락 잣응개,

"부인은 어째 잠도 안 자고 명만 잣냐고." 그랑개

"예. 저는 이렇게라도 해야 피죽이라도 연명한다고." 그라고 인자 안
자고 날을 샜어. 날을 샜는디

"아, 내가 날이 밝았응개 가야겠다고." 중이 떠났네. 그서 명을 조깨 치
워 놓고 아침을 먹을 피죽을 중이 먹었응개 아무것도 없잖아. 그래서 가
서 뭘 조깨 끓여 먹어야겠다 허고 소두방을 열응개 쌀이 소복허니 한 솥
여. 아이고 어쩐 일인고 잪어서 깜짝 놀라 갖고 쌀독아지에다 붓을라고
봉개 또 쌀독아지도 소복허니 한 솥이네. 그래서 인자 벼락같이 부자가
돼 버렸어. 그 할머니가 마음이 고와 가지고. 그 중이 그렇게 도와 줬어.

(청중 : 지성이믄 감천이라고.)

그래서 인자 자꾸 쌀밥을 해 먹어도 굴도 안 햐. 퍼내믄 또 차오르고.
중, 그 도술로. 그랑개 그 옆에 있는 할머니가 와 갖고,

"아이고. 어뚷게 히서 집이는 이렇게 쌀밥만 먹어? 참 별일이네."

그래쌍개 사실 얘기를 했어. 처음에 중이 와서 그렇게 해서 재워 보내
고 피죽 멕여 보냈더니 아침 밥 할라고 소두방 영개 쌀이 이렇게 있드라.

"나도 그라까. 나도 그래 보까."

"그라라고." 그랬더니.

피죽을 끓여서 한 그릇 여다 놓고 한 그릇 먹고 명을 잣고 앉았응개 또
왔어. 인제. 중이. 아이고 깜짝 놀라서

"아이고, 이 짚은 산골에 이 진 밤에 어짠 일이냐고." 그랑개

"아, 질을 가다 봉개 이렇게 불빛이 있어서 찾아 들어왔다고." 그렁개

"그라냐고. 들어오시라고. 시장하시지요? 저는 요식이 이라네요. 잡수라고."

먹고는 잘 먹었다고 그리고 인제 잠자리를 봐 중개 아랫목에서 잤어. 잤는디 아, 명을 잣다 생각헌개 그 중 옆에가 자고 자파 죽겄네.

(청중 : 웃음)

아이고 어떻게 허믄 좋으꼬. 맘이 거가 자고 싶어서 마음이 겉떴어. 그래서 에이, 치워 놓고서나 중 옆으 가서 이렇게 뽀짝뽀짝 헝개, 중이 자꼬 내려가. 내려가믄 또 뽀짝뽀짝

(청중 : 웃음. 유식한 얘기 듣고 가네.)

저기서 또 그람믄 또 뽀짝뽀짝. 그라다가 아무 재미도 못 보고 날이 샜네. 그러자 날이 새서 중은 인자 가고,

"잘 자고 갑니다." 그라고 가고.

[동네 아주머니가 와서 동네 사람 누가 막걸리 한 통 가져온 이야기를 한다.]

인제 가고 나서 쌀이나 있는가 가서 열어 봐서 쌀밥이라도 해야겄다 싶어서 소두방을 열응개 너는 이것이 소원이구나. 꼬추가 막 끄떡끄떡끄떡. 하도 징그러서 어이구 징그러라 허고 울타리다 퍽 부서 찌크러도 울타리서 끄떡끄떡.

(청중 : 웃음. 긍개 마음씨가 안 옳아서.)

그렁개 아이고, 독아지에나 쌀이 조깨 있을랑가 싶어서 독아지를 떠들릉개 거기서도 끄떡끄떡끄떡. 아이고 징그러라. 퍼서 찌끄르는 대로 끄떡끄떡끄떡. 그래서 사람이 내가 마음이 옳으야지. 마음이. 첫째 마음이 그르믄은 그런 꼴을 봐. 마음은 글러갖고 욕심만 내세운개 중이 너는 이것이 소원이구나.

(청중 : 웃음. 그 전이는 도사 중이 쌨어 갖고.)

이것이 소원잉개 실컷 소원 풀으라고 *끄떡끄떡끄떡*.

선비에게 은혜 갚은 까치

자료코드 : 07_12_FOT_20100224_KWD_JBN_0003
조사장소 : 전라북도 진안군 동향면 능금리 외금1길 53 외금마을회관
조사일시 : 2010.2.24
조 사 자 : 김월덕, 허정주, 진주
제 보 자 : 정복녀, 여, 87세
구연상황 : 마을 어느 집 딸이 보낸 막걸리 한 통으로 회관에서 막걸리판이 벌어졌다. 막
걸리와 과일 및 음식을 먹은 후에 조사자가 다시 옛날이야기를 청하자가 정
복녀 제보자가 이어서 이야기를 계속해 주었다. 제보자가 이야기를 하는 동안
청중들은 진지하게 이야기를 들었다.
줄 거 리 : 옛날에 선비가 한양에 과거를 가는데 깊은 산골을 가다가 까치 떼들이 울부
짖는 것을 보았다. 까치 새끼를 잡아먹으려고 황구렁이가 까치집을 공격해서
그런 것을 보고 선비는 구렁이를 죽여서 까치 새끼를 구해 주었다. 그날 밤
선비가 불이 밝혀진 집에서 하룻밤 묵으려고 청하니 예쁜 각시가 저녁을 진
수성찬을 차려 주며 맞이했다. 그리고 잠자리에 들려고 하니 그 예쁜 여자가
먹구렁이로 둔갑을 해서 자기 남편을 죽였다며 선비에게 복수를 하려고 했다.
그때 까치 떼들이 날아와서 선비를 구해 주었다.

　　옛날에 선배(선비)가 서울로 과게(과거)를 보러 가는디, 서울로 과거를
보러 가는디 옛날에는 차가 없어 걸어 댕겼잖어. 서울을. 짚신 해서 뒤에
다 매달어 갖고 지팽이 집고 걸어 댕겼는데 가다 봉개, 저 짚은 산골으를
들어갔는디, 아이고, 걍, 깐치가 막 죽는다고 야단을 쳤쌌드랴.

　　그래 봉개 깐치집을 지었는디, 큰 누렁 황그랭이가 그 깐치 새끼를 내
먹을라고 막 올라간개 막 깐치 떼들이 와서 막 내 새끼 죽는다고 달라들
어서 막 그렇게 짖드랴. 그래서 그 선배가 총으로 탁 쏴서 구랭이를 죽있
어. 깐치는 살리고. 그래 갖고 인제 깐치는 날라가고 구랭이는 죽고.

그냥 간다고 갔는디 밤이 됐는디 좋은 기와집이 불이 훤하니 써져 갖고 있드랴. 그래서 거기를 인자 들어가 갖고 주인 나리를 찾은개 이쁜 각시가 그냥 기가 맥히게 이쁜 각시가 문을 열고 나옴서

"아이고 어서 오시라고. 이렇게 오실지 알았다고."

그람서 걍 저녁을 그냥 만반지 수륙으로 히서 잘 차려 주드라네. 그서 잘 먹고. 잘 먹고 인제 잠자리를 봐줘 놓고는 막 둔갑을 해 갖고 시커먼 먹구랭이가 돼 갖고

"너 이놈 니가 내 남편을 죽있지. 너를 인제 죽인다고."

막, 탁 이렇게 하고 달라드는 머린디 깐치가 와 갖고 그 종이 있다네. 그 종을 탁 내리믄 그게 풀린댜. 깐치 떼가 와 갖고 그 종을 탁 쌔린개 구랭이가 스르르르 풀어져서 나가드랴. 그래서 그 사람은 그냥 그 질고 잘 가서 과게를 보고 잘살드라요. 끝여.

(청중 : 그랑개 지성이믄 감천이고 넘을 해롭게 할라믄 내가부텀 해로운 거고. 지성이믄 감천이란 말여.)

부자가 된 엉터리 풍수

자료코드 : 07_12_FOT_20100224_KWD_JBN_0004
조사장소 : 전라북도 진안군 동향면 능금리 외금1길 53 외금마을회관
조사일시 : 2010.2.24
조 사 자 : 김월덕, 허정주, 진주
제 보 자 : 정복녀, 여, 87세
구연상황 : 마을 어느 집 딸이 보낸 막걸리 한 통으로 회관에서 막걸리판이 벌어졌다. 막걸리와 과일 및 음식을 먹은 후에 조사자가 다시 옛날이야기를 청하자가 정복녀 제보자가 이어서 이야기를 계속해 주었다. 제보자가 이야기를 하는 동안 청중들은 진지하게 이야기를 듣다가 우스운 대목이 나오면 크게 웃기도 하였다. 이 이야기는 제보자가 이 동네에 시집와서 웃어른들에게 들은 이야기라고 한다. 청중 한 사람은 제보자에게 유식한 이야기를 참 잘한다고 하면서 제보

자를 북돋웠다.

줄 거 리 : 아이들을 십남매나 둔 가난한 내외가 있었다. 끼니 때울 것도 없어서 부인이 남편에게 나가서 무슨 일이든 해 보라고 하자 남편이 부인에게 진사댁에 가 서 쇳주머니를 빌려오라고 했다. 남편은 그것을 차고 집을 나가서 한없이 갔 다. 서울에 당도하여 요기나 할 생각으로 초상을 치르는 부잣집에 들어갔다. 집 안에는 수많은 풍수들이 모여 있었는데 주인이 쇳주머니를 보고 그 사람 을 집 안으로 불러들였다. 일자무식인 이 사람은 어쩔 수 없이 찰밥을 하도록 해서 그 밥이 엎어진 곳을 명당으로 잡아 주었다. 그런데 그 땅이 아주 좋은 명당이었다. 그 대가로 본래의 오막살이집이 있던 터에는 좋은 집을 지어주고 아내와 자식들이 잘살도록 식량과 재물을 보내 주었다. 엉터리 풍수는 그렇게 그 부잣집에서 한 삼 년을 지내다 자기 집에 돌아왔다. 그러던 어느 날 도둑 이 들어와서 이 엉터리 풍수를 잡아갔다. 도둑의 어머니가 중병에 걸려 있는 데 도둑은 어머니를 치료하지 못하면 잡아서 가두겠다고 협박한다. 그래서 생 각나는 대로 쇠우랑을 달여서 그 물을 도둑의 어머니에게 계속 먹게 했더니 그 도둑 어머니가 병이 나았다. 그래서 도둑이 그 보답으로 많은 재산을 이 가짜 풍수에게 주어서 이 사람은 큰 부자가 되었다.

아들은, 아들 딸 혀서 한 십남매 우루루루 허니 낳아 놓고 아무것도 끼 니 끓일 것이 없어. 주지 사니도 뭐 입을 것이 없어서 볼 수도 없고. 하이 고 마누래가 하도 배가 고파서

"여보. 당신도 어데 나가서 뭣 좀 해 보라고." 그렁개

아무것도 모르는 일자무식인디 저 건네 진사댁에 가서 쇳주머니(패철을 말함.) 좀 얻어오라고 그라드랴. 그래서 진사댁에 가 갖고

"아이고 진사님 쇳주머니 좀 빌려 주시믄 어떠까요?" 그렁개

"아 어려운 거 없지."

그라고 주드랴. 그래서 그걸 차고는 한없이 갔어. 아무것도 모르는 일 자무식이. 한없이 가 갖고 봉개 저 서울을 가서 봉개, 기와집이 반도롬허 니 그런 부잣집인디 차일을 쳐 놓고 사람이 보글보글하네. 그래서 아이고 저그 뭐 요기나 좀 해야겄다 허고 가서 섰응개,

아 상주가 되발을 헝개 쇳주머니가 뵈어. 하인들을 시겨서

"야, 저기 저, 저분을 안으로 모셔라."

아 그래서 안으로 모시라고 그려서 샌님이 그렁개 가자고 형개 벌벌 떨드랴. 무서워 갖고.

"그렇게 놀래지 말고 들어가시자고."

아 그래서 들어가 봉개 그냥 내가 먼저 이러 이렇다는 신사들이 그냥 막 그 풍수가 꽉 찼드랴. 아, 큰일났네. 왜 저런 사람을 두고 나 같은 그지를, 아무것도 모르는 사람을 이렇게 불러 들였는가 싶어서 막 시매가 됐어.

십오일 장을 하는디 다른, 그 미끈미끈한 그런 저 풍수들은 다 보내고 그 사람 하나만 붙잡아 놨네. 아무 쇠가 어떻게 돌아가는 걸 알아? 아무것도 몰르는디 큰일났어. 가만히 생각을 해 갖고 빌어먹을 거 이판사판이다 허고는

"찹쌀을 서 말을 밥을 쪄서 큰 상주가 그 밥을 지고 앞에 가그라. 그라믄 알 도리가 있다고." 그렁개

참 풍수라고 인자 시키는 대로 그 부잣집 아들 선배로 살던 사람이 쌀 섬을 밥을 안치고 안혀. 오직히야. 중간이만치 올라가다가 꽉 내처 박았어. 거기다.

"아, 됐다고. 여기다 쓰라고." 그래서 거그를 막 인자 광종 안을 파는디 먼 디서 바라봉개 막 김이 푹푹 나드랴. 그렇게 좋드랴. 땅이.

그래서 거기다 장례를 잘 모셔 놓고 그 사람을 데리고 와서 자는데 그날 저녁으 아바니가 꿈에 '나는 이 외에서 더 가릴 땅이 없다. 내 소원 다 이뤘응개 그 풍수 보내지 말고 네 살림을 반분해 줘라.'

아 그래 인제 그 꿈을 깨고 나서 그 사람을 목욕을 싹 시키고 좋은 옷 이다가 막 통영갓이다 걍 그렇게 잘 해 놓은개 이렇다 허는 신사네.

(청중 : 웃음)

그래서 인자 그렇게 하고는, 그 인자, 풍수 거주, 성명을 다 적어 가지

고 그리 자꾸 보냈어. 돈이고 쌀이고 뭐 필묵 같은 거허고 다 보냈어. 보내고 그 양반은 안 보내고 인제 같이 있는데 그럭저럭 하다 봉개 한 삼년이 넘었던개벼. 인자 집안도 궁금하고 그랑개 한번은 가 보라고.

말, 말종에다, 말귀 종에다가 그걸 잡게 허고 거기다가 돈이니 쌀이니 뭐 필묵이니 막 실어갖고는 그 사람 태워 갖고 갔네. 그 사람 집이로. 가서 봉개 즈이 집은 아주 오막살이집인디 그 터에다 막 기와집을 짓고 그냥 글소리가 처량하니 듣기 좋게 잘 나. 이상하다 싶어서 동네 사람한테

"이 집에 살던 사람 어디 갔냐고."

"아, 그 집에 살던 사람은 일자무식 아무것도 모르는 사람이 아 저 황진사댁 가서 쇳주머니 얻어 차고 나가더니 돈을 벌어서 자꾸 보내서 시방 독서당에 아들 딸네가 다 글을 읽고 그렇게 잘 산다고." 그렁개

"그러냐고."

그래서 인제 그 집을 인제 말하고 같이 따라 들어갔더니 마누래가 막 쫓아 나와서 막 끌어 안고 끌어 안고

"어디 갔다 인제 오냐고. 이렇게 돈 벌어 보내서, 당신이 이렇게 돈 벌어 보내서 우리가 이렇게 말하자믄 아주 둔갑을 해 갖고 산다고." 그렇게 막 그라네.

"그러냐고."

아, 그래 갖고 인자 거기서 하루 이틀을 잤어. 사랑에서 인제 자는디 하루 저녁은 느닷없이 대가리 시 개 돋힌 도둑놈이 와 갖고

"야 이놈아. 너 이리 나오니라." 웬일인고 싶어서 놀래 쫓아 나간개

"니가 그렇게 유식한 사람이라매. 내 등어리에 엎혀라." 그렁개

"아, 그러냐고. 그러믄 집 안사람한테 그런 얘기라도 해야 할 거 아니냐고."

"아 잔말 말고 어서 업혀. 이 새끼야."

그라자 거기가 업혀서 가니까 한없이 가드랴. 한없이 허허벌판에 가더

니 독문을 하나 한손으로 뚝 떠다 밀쳐서 열드라네. 이렇게. 그래서 들어가 봉개 맨 기왓집인디 곳간 곳간이 뭐 거창하드랴. 그란디 즈이 어매가 그냥 카 병이 들어갖고 그 애간장 병이 꽉 차 갖고 누워 갖고 있어. 낮이로는 잠자고 밤으로는 도둑질 허로 가고. 그 도둑놈이.

그래서 그 사람이 낮에 잠자는 새에 가만히 나가서 곳간마다 열어 봉개 한 곳간은 소 족이 그냥 꽉 찼고 또 한 곳간은 열어 봉개 그냥 돈이 꽉 찼고 도둑질 혀 자꾸 감춰 놨어. 또 한 곳간은 열어 봉개 갓 쓴 풍수들을 막 데려다가 알공장이라고 해 갖고 다 옭아매서 세워 놨드랴.

'하, 큰일났구나. 저 사람도 나같이 끌려와 갖고 저렇게 되았구나. 나도 저렇겠다.' 싶어서 실심을 하네. 그래서 얼마나 쉬고 있응개

"우리 어머니가 이렇게 중헌 병으로 병석으 누워 있으니 가서 보자. 가서 보고 우리 어머니 병을 고치믄 내가 이 살림을 반분해서 너를 주고 만약에 병을, 우리 어머니 병을 못 고치 주믄은 너도 저와 같이 된다."

"그래 가 보자고."

가서 봉개 그냥 그지 강장맨이로 꽉 찼어. 막 몸이 붓어 가지고.

"아. 그러냐고. 소 우랑을 구할 수가 있냐고." 소 우랑. 잠지.

"아 구하고 말고."

"그라믄 물 열두 동우(동이) 드는 가매가 있으까?"

"아 있고 말고." 도둑놈이 훔쳐다가 없는 것이 없어.

"그러믄은 거기다가 그 우랑을 가득 넣고 물 열두 동우 넣고 석떡만 되게 고아라."

그러자 인자 그렇게 하라는 대로 해 갖고 그놈을 인자 먹기 좋을 만치 식혀 갖고 자꼬 퍼 멕있어. 그냥. 퍼 멕여. 자꼬 퍼 멕있더니 마지막 물 먹고 낭개는 그냥 막 쏟아 내링개. 막. 속을 막 쏟아내야.

그래 쏟아내다가 나중에 그냥 구랭이가 히죽히죽 허니 막 반은 썩어 갖고 쑥 나왔어. 그래 갖고 그 어머니가 병이 나았어. 그래 그것이 들어서

그랬던개벼. 그래 그것이 나와서 인제 어머니가 병이 낫고 낭개는 억만 재산을 막 갖다 줬어. 그래 갖고 그 사람은 일자무식이 그렇게 억만 부자가 되았어.

(청중 : 하하하. 얘기도 참 잘햐.)

밭 매는 소리

자료코드 : 07_12_FOS_20100224_KWD_KBY_0001
조사장소 : 전라북도 진안군 동향면 능금리 외금1길 53 외금마을회관
조사일시 : 2010.2.24
조 사 자 : 김월덕, 허정주, 진주
제 보 자 : 김분임, 여, 89세
구연상황 : 인근의 상양지마을에서 만난 박간출 제보자의 소개로 외금(바깥쇠실)마을 할
머니들을 만났다. 외금마을에서는 할머니들 가운데서도 80세 전후로 연세가
높은 분들을 특별히 모시고 있었다. 노래를 불러 주고 이야기를 해 주신 김분
임(여, 89), 정복녀(여, 87) 두 분의 제보자는 모두 80세 후반이다. 김분임 할
머니는 처음에는 노래하기를 사양하였으나 조사자가 거듭 청하자 노래를 불
러 주었다.

못다맬밭 다맬라다 금봉채를 잃고가네
전주야 송방을 다팔아도 금봉채는 내당해줌세

베틀 노래

자료코드 : 07_12_FOS_20100224_KWD_KBY_0002
조사장소 : 전라북도 진안군 동향면 능금리 외금1길 53 외금마을회관
조사일시 : 2010.2.24
조 사 자 : 김월덕, 허정주, 진주
제 보 자 : 김분임, 여, 89세
구연상황 : 인근의 상양지마을에서 만난 박간출 제보자의 소개로 외금(바깥쇠실)마을 할
머니들을 만났다. 외금마을에서는 할머니들 가운데서도 80세 전후로 연세가
높은 분들을 특별히 모시고 있었다. 노래를 불러 주고 이야기를 해 주신 김분
임(여, 89), 정복녀(여, 87) 두 분의 제보자는 모두 80세 후반이다. 김분임 제

보자가 친정이 무주군 적상면 치목리라고 하자, 조사자가 베 짜는 마을로 유명하다고 하면서 베 짜는 노래나 베틀 노래를 청하였다. 제보자는 베 짜면서 힘들었던 이야기를 한참 한 후에 시집오기 전에 들은 노래라고 하면서 이 노래를 불러 주었다.

오늘도 할일도 하삼삼하니 옥난간에다 베틀을 놓세

낮이짠 베는 일광단이요 밤으짠 베는 월광단이라

낮에짜고 밤으짜서 정든임 와이사쓰 지어나 볼까

나물 뜯는 소리

자료코드 : 07_12_FOS_20100224_KWD_KBY_0003
조사장소 : 전라북도 진안군 동향면 능금리 외금1길 53 외금마을회관
조사일시 : 2010.2.24
조 사 자 : 김월덕, 허정주, 진주
제 보 자 : 김분임, 여, 89세
구연상황 : 인근의 상양지마을에서 만난 박간출 제보자의 소개로 외금(바깥쇠실)마을 할머니들을 만났다. 외금마을에서는 할머니들 가운데서도 80세 전후로 연세가 높은 분들을 특별히 모시고 있었다. 노래를 불러 주고 이야기를 해 주신 김분임(여, 89), 정복녀(여, 87) 두 분의 제보자는 모두 80세 후반이다. 김분임 제보자는 친정이 무주군 적상면인데, 친정이 산골이라서 깊은 산으로 나물 뜯으러 다닌 이야기를 하였다. 조사자가 나물 뜯으러 다니며 부른 노래를 청하자 이 노래를 불러 주었다.

나물먹고 물마시고 팔을비고 누웠으니

대장부라 살림살이 요만하면 넉넉하네

배추 씻는 처녀

자료코드 : 07_12_FOS_20100224_KWD_KBY_0004

조사장소 : 전라북도 진안군 동향면 능금리 외금1길 53 외금마을회관

조사일시 : 2010.2.24

조 사 자 : 김월덕, 허정주, 진주

제 보 자 : 김분임, 여, 89세

구연상황 : 인근의 상양지마을에서 만난 박간출 제보자의 소개로 외금(바깥쇠실)마을 할머니들을 만났다. 외금마을에서는 할머니들 가운데서도 80세 전후로 연세가 높은 분들을 특별히 모시고 있었다. 노래를 불러 주고 이야기를 해 주신 김분임(여, 89), 정복녀(여, 87) 두 분의 제보자는 모두 80세 후반이다. 김분임 제보자는 밭 매는 소리, 베틀 노래 등을 부르고 나서 이 노래를 불렀다. 이 노래를 나물 뜯으러 가거나 밭을 매면서 불렀고, 또 여럿이 어울려 놀면서도 불렀다고 한다.

녹수야청강 맑은물에 배차씻는 저처녀야

겉에겉잎 젖혀놓고 속의속잎을 나를주소

언지봤던 선배(선비)라고 겉에겉잎 젖혀놓고

속의속대를 달라는가

오늘보믄 최면(초면)이라 내알(내일)보믄 귀면(구면)일세

임 노래 (1)

자료코드 : 07_12_FOS_20100224_KWD_MYM_0001

조사장소 : 전라북도 진안군 동향면 대량리 상양지2길 8 양지마을회관

조사일시 : 2010.2.24

조 사 자 : 김월덕, 허정주, 진주

제 보 자 : 문야모, 여, 93세

구연상황 : 조사자가 노래를 청하자, 마을회관에 모인 분들은 문야모 제보자가 연세는 많아도 노래를 잘한다고 하며 제보자를 적극 추천하였다. 제보자는 마을회관에 모인 분들 가운데 최고령이었다. 그러나 90세를 넘겼다고 보기 어려울 만큼 건강하고 목소리도 힘이 있었다. 함양에서 시집온 제보자는 친정동네에서는 노래를 부르면 기생년이나 사당년이라고 그래서 노래를 불러 본 적도 없다고 한다. 또 시집와서도 시집살이가 심해서 아무 때나 노래를 할 수는 없었고 밭

에서 밭을 매거나 산에서 일할 때 이런 노래를 한 번씩 하곤 했다고 한다.

우리님은 서울갈제 사랑앞에 박을숭거
박꽃피면 오마더니 박을타도 아니오네
올라가는 선배(선비)들아 우리선배 안오든가
오기사도 오데마는 칠성판에 실리오데
올라갈제 일산대요 내려올제 명진대요
일산댈랑 어따두고 명진대가 웬일인고

임 노래 (2)

자료코드 : 07_12_FOS_20100224_KWD_MYM_0002
조사장소 : 전라북도 진안군 동향면 대량리 상양지2길 8 양지마을회관
조사일시 : 2010.2.24
조 사 자 : 김월덕, 허정주, 진주
제 보 자 : 문야모, 여, 93세
구연상황 : 조사자가 노래를 청하자, 마을회관에 모인 분들은 문야모 제보자가 연세는 많
아도 노래를 잘한다고 하며 제보자를 적극 추천하였다. 제보자는 마을회관에
모인 분들 가운데 최고령이었다. 그러나 90세를 넘겼다고 보기 어려울 만큼
건강하고 목소리도 힘이 있었다. 함양에서 시집온 제보자는 친정동네에서는
노래를 부르면 기생년이나 사당년이라고 그래서 노래를 불러 본 적도 없다고
한다. 또 시집와서도 시집살이가 심해서 아무 때나 노래를 할 수는 없었고 밭
에서 밭을 매거나 산에서 일할 때 이런 노래를 한 번씩 하곤 했다고 한다.

꽃같이 고우나임을 열매같이도 맺어놓고
임도 날잃고 못사리로다 나도 임잃고 못살리요
한강수 깊으나물에 두라두둥실 빠져나죽세

줌치 노래

자료코드 : 07_12_FOS_20100224_KWD_MYM_0003
조사장소 : 전라북도 진안군 동향면 대량리 상양지2길 8 양지마을회관
조사일시 : 2010.2.24
조 사 자 : 김월덕, 허정주, 진주
제 보 자 : 문야모, 여, 93세
구연상황 : 조사자가 노래를 청하자, 마을회관에 모인 분들은 문야모 제보자가 연세는 많
아도 노래를 잘한다고 하며 제보자를 적극 추천하였다. 제보자는 마을회관에
모인 분들 가운데 최고령이었다. 그러나 90세를 넘겼다고 보기 어려울 만큼
건강하고 총기가 좋으며 목소리도 힘이 있었다. 함양에서 시집온 제보자는 친
정동네에서는 노래를 부르면 기생년이나 사당년이라고 그래서 노래를 맘 놓
고 불러 본 적도 없다고 한다. 줌치 노래는 고향에서 별로 들었던 노래를 기
억한 것이라고 한다. 산에나 가야 이런 노래를 할까 집에서는 부르지 못했다
고 한다.

우리형지 숭근나무 삼의나형지(삼형제) 물을줘여

팔도강산 꽃이피여

한가지는 해가열고 한가지는 달이열고

한가지는 중별열고 한가지는 상별열고

해를따서 줌치짓고 달을따서 안을옇고(넣고)

중별따서 중침놓고 상별따서 상침놓고

쌍무지개 선을둘러 대구팔사 끈을달아

간종간종 숭근나무 꺾어들여 걸어놓고

올라가는 신관들아 내려오는 구관들아

오만귀경 다했거든 줌치귀경 하고가오

줌치사도 좋고마는 어느솜씨 지었는고

다루청에 봉검이랑 달가운데 월순이랑

배피떴다 윤열이랑 서이(셋이)앉아 지었다네

줌치사도 좋고마는 그줌치라 값얼맨고

그줌치라 값을매믄 은도천냥

금도천냥 삼천냥이 지값이네

청춘가

자료코드 : 07_12_FOS_20100224_KWD_MYM_0004

조사장소 : 전라북도 진안군 동향면 대량리 상양지2길 8 양지마을회관

조사일시 : 2010.2.24

조 사 자 : 김월덕, 허정주, 진주

제 보 자 : 문야모, 여, 93세

구연상황 : 조사자가 노래를 청하자, 마을회관에 모인 분들은 문야모 제보자가 연세는 많
아도 노래를 잘한다고 하며 제보자를 적극 추천하였다. 제보자는 마을회관에
모인 분들 가운데 최고령이었다. 그러나 90세를 넘겼다고 보기 어려울 만큼
건강하고 총기가 좋으며 목소리도 힘이 있었다. 함양에서 시집온 제보자는 친
정동네에서는 노래를 부르면 기생년이나 사당년이라고 그래서 노래를 맘 놓
고 불러 본 적도 없다고 한다. 서너 곡 부른 후에 조사자가 한 마디 더 부탁
하자 이 노래를 불러 주었다.

청춘(청천)하늘에 잔별도나 많고요

요내야가슴에 좋다 수심도 많더라

밭 매는 소리

자료코드 : 07_12_FOS_20100224_KWD_PGC_0001

조사장소 : 전라북도 진안군 동향면 대량리 상양지2길 8 양지마을회관

조사일시 : 2010.2.24

조 사 자 : 김월덕, 허정주, 진주

제 보 자 : 박간출, 여, 77세

구연상황 : 제보자는 성격이 활달하고 적극적이어서 인근 마을인 자산리에서도 제보자의
이름을 알고 있었다. 이런 성격 때문인지 제보자는 자발적으로 노래를 불러

주려고 하였다. 조사자가 밭 매는 소리를 청하자 옛날에 시집살이가 하도 심해서 밭 매면서 이런 노래를 했다고 하였다.

이밭을 매고 임품에 갈라면 어서매고 집이가세
가세가세 어서가세 이골저골 넘어댕김선
부지런히 시어머니 눈에들구로(들도록) 부지런히매세

시집살이 노래 (1)

자료코드 : 07_12_FOS_20100224_KWD_PGC_0002
조사장소 : 전라북도 진안군 동향면 대량리 상양지2길 8 양지마을회관
조사일시 : 2010.2.24
조 사 자 : 김월덕, 허정주, 진주
제 보 자 : 박간출, 여, 77세
구연상황 : 제보자는 성격이 활달하고 적극적이어서 인근 마을인 자산리에서도 제보자의 이름을 알고 있었다. 이런 성격 때문인지 제보자는 자발적으로 노래를 불러 주려고 하였다. 조사자가 밭 매는 소리를 청하자 옛날에 시집살이가 하도 심해서 밭 매면서 이런 노래를 했다고 하였다.

논에가믄 가래웬수
집이가믄 시오마니웬수
밭이가믄 바라구웬수
세웬수를 잡아다가
당사실로 꼭꼭묶어
한강수 깊은물에 훌떡 던진다

시집살이 노래 (2)

자료코드 : 07_12_FOS_20100224_KWD_PGC_0003
조사장소 : 전라북도 진안군 동향면 대량리 상양지2길 8 양지마을회관
조사일시 : 2010.2.24
조 사 자 : 김월덕, 허정주, 진주
제 보 자 : 박간출, 여, 77세
구연상황 : 제보자는 성격이 활달하고 적극적이어서 인근 마을인 자산리에서도 제보자의
이름을 알고 있었다. 이런 성격 때문인지 제보자는 자발적으로 노래를 불러
주려고 하였다. 조사자가 밭 매는 소리를 청하자 옛날에 시집살이가 하도 심
해서 밭 매면서 이런 노래를 했다고 하였다.

칠팔월에 수숫잎은 때나알고 건들건들
우리집이 시누애기는 때도모르고 거들거들

길쌈 노래

자료코드 : 07_12_FOS_20100224_KWD_PGC_0004
조사장소 : 전라북도 진안군 동향면 대량리 상양지2길 8 양지마을회관
조사일시 : 2010.2.24
조 사 자 : 김월덕, 허정주, 진주
제 보 자 : 박간출, 여, 77세
구연상황 : 제보자는 성격이 활달하고 적극적이어서 인근 마을인 자산리에서도 제보자의
이름을 알고 있었다. 이런 성격 때문인지 제보자는 자발적으로 노래를 불러
주려고 하였다. 제보자는 밭 매는 소리를 부른 다음에, 자신이 생각나는 대로
계속 이어서 노래를 불렀다.

물레야 자세야 어리뱅뱅 돌아라
남의집 귀공자는 밤이슬을 맞는다

배추 씻는 처녀

자료코드 : 07_12_FOS_20100224_KWD_PGC_0005
조사장소 : 전라북도 진안군 동향면 대량리 상양지2길 8 양지마을회관
조사일시 : 2010.2.24
조 사 자 : 김월덕, 허정주, 진주
제 보 자 : 박간출, 여, 77세
구연상황 : 제보자는 성격이 활달하고 적극적이어서 인근 마을인 자산리에서도 제보자의
이름을 알고 있었다. 이런 성격 때문인지 제보자는 자발적으로 노래를 불러
주려고 하였다. 제보자는 밭 매는 소리를 부른 후에 계속 이어서 토막토막 여
러 노래를 불러 주었다. 이 노래는 놀면서도 하고 밭 매고 일하면서도 하고
아무 때라도 할 수 있다고 한다.

　　　녹두청강 맑은물에 배추씻는 저처녀야
　　　겉의겉잎을 제쳐놓고 속의속대를 나를주오
　　　여보당신 그말마오 나를언지 부았다고(보았다고)
　　　겉의겉잎을 제쳐놓고 속의속대를 돌라느냐
　　　오늘보믄 최면이고 내일보면은 구면이라

임 노래

자료코드 : 07_12_FOS_20100224_KWD_PGC_0006
조사장소 : 전라북도 진안군 동향면 대량리 상양지2길 8 양지마을회관
조사일시 : 2010.2.24
조 사 자 : 김월덕, 허정주, 진주
제 보 자 : 박간출, 여, 77세
구연상황 : 제보자는 성격이 활달하고 적극적이어서 인근 마을인 자산리에서도 제보자의
이름을 알고 있었다. 이런 성격 때문인지 제보자는 자발적으로 노래를 불러
주려고 하였다. 제보자는 밭 매는 소리를 부른 후에 이어서 토막토막 여러 노
래를 불렀다. 이런 노래들은 일하면서나 놀 때나 아무 때라도 흥얼거리면서
부르는 것이라고 한다.

빈대닷되 벼룩닷되 있는방으 잠을자도

같은임만 만나주소

못살겠네 못살겠네 정든임 하고는 못살겠네

진도 아리랑

자료코드 : 07_12_FOS_20100224_KWD_PGC_0007

조사장소 : 전라북도 진안군 동향면 대량리 상양지2길 8 양지마을회관

조사일시 : 2010.2.24

조 사 자 : 김월덕, 허정주, 진주

제 보 자 : 박간출, 여, 77세

구연상황 : 제보자는 성격이 활달하고 적극적이어서 인근 마을인 자산리에서도 제보자의
이름을 알고 있었다. 이런 성격 때문인지 제보자는 자발적으로 노래를 불러
주려고 하였다. 제보자는 조사자가 청하여 밭 매는 소리를 부른 후에, 여러
노래를 연이어서 계속 불렀는데, 모든 노래는 일하면서나 놀 때나 아무 때라
도 부를 수 있다고 하였다.

아매사탕 먹을때는 쎄(혀)가뱅뱅 돌고

몽댕이로 맞을적에는 하늘이뱅뱅 돈다

아서라 말어라 네그리 말어라

사람의 괄시를 네가그리 말어라

니가 잘나서 나온줄을 아느냐

니가 자청 오래서 느그집에 왔더니

아리아리랑 스리스리랑 아라리가 났네 헤헤헤

아리랑 응응응 아라리가 났네

노세놀아 젊어서놀아

늙어지면은 내가 못노느니

세월가기는 물결과 같고

인간의 늙기는 바람결 같구나
떴다 히코키(비행기라는 뜻의 일본어)야 소리말고 가거라
산란한 요내맘이 되산란한다
아리아리랑 스리스리랑 아라리가 났네 헤헤헤
아리랑 웅웅웅 아라리가 났네

아라리

자료코드 : 07_12_FOS_20100224_KWD_PGC_0008
조사장소 : 전라북도 진안군 동향면 대량리 상양지2길 8 양지마을회관
조사일시 : 2010.2.24
조 사 자 : 김월덕, 허정주, 진주
제 보 자 : 박간출, 여, 77세
구연상황 : 제보자는 성격이 활달하고 적극적이어서 인근 마을인 자산리에서도 제보자의
이름을 알고 있었다. 이런 성격 때문인지 제보자는 자발적으로 노래를 불러
주려고 하였다. 제보자는 생각나는 대로 토막토막 노래를 하였는데, 조사자가
언제 이런 노래를 부르냐고 질문하였더니 제보자는 어느 때 무슨 노래를 한
다고 정해진 것 없이 머릿속에서 생각나는 대로 부르면 다 노래라고 하였다.
정선 아라리 노랫말로 노래를 한 것은 제보자가 남편을 따라 강원도에서 오
래 살다왔기 때문인 것 같다.

아들딸 낳을라고 산지불공을 말고
야밤에 오는손님을 괄시를 말게

청춘가

자료코드 : 07_12_FOS_20100224_KWD_PGC_0009
조사장소 : 전라북도 진안군 동향면 대량리 상양지2길 8 양지마을회관
조사일시 : 2010.2.24

조 사 자 : 김월덕, 허정주, 진주
제 보 자 : 박간출, 여, 77세
구연상황 : 제보자는 성격이 활달하고 적극적이어서 인근 마을인 자산리에서도 제보자의
이름을 알고 있었다. 이런 성격 때문인지 제보자는 자발적으로 노래를 불러
주려고 하였다. 제보자는 조사자가 청하여 밭 매는 소리를 부른 후에, 여러
노래를 연이어서 계속 불렀는데, 모든 노래는 일하면서나 놀 때나 아무 때라
도 부를 수 있다고 하였다.

종도리새 울거든 봄온줄 알고요
하모니카 불거든 좋구나 임오신줄 알어라
앞강으 뜬배는 비실로 갔는디
뒷강으나 뜬배는 좋구나 임실러나 갔구나
오동동추추야 달이동실 밝은디
임의동실 생각이 시리살살 나는구나
산이 높아야 골도나 짚으지
조그만한 여자속이 얼마나 깊을쏘냐
낙동강 칠백리 노리공골 놓고요
마산포 큰애기들 좋구나 왕래를 하는구나
우리도 언지나 같은임을 만나서
삼천거리 유리집이 잘살아 볼꺼나
니가 잘나서 나사는줄 아느냐
법이 무서워서 내가나 사는구나
일본동경이 얼마나 좋가디
꽃겉은(같은) 나를두고 일본을 갔느냐

베틀 노래

자료코드 : 07_12_FOS_20100223_KWD_SYA_0001
조사장소 : 전라북도 진안군 동향면 자산리 613-1 대야마을회관
조사일시 : 2010.2.23
조 사 자 : 김월덕, 허정주, 진주
제 보 자 : 성영애, 여, 81세
구연상황 : 마을회관 할머니방에 모여 계신 분들 가운데, 자신은 노래를 못하지만 도와주고 싶어서 한 마디 부르겠다며 최복순(여, 75) 제보자가 먼저 노래를 불렀다. 그리고 나서 전언년(여, 77) 제보자도 몇 마디 노래를 불렀다. 성영애 제보자는 처음에는 방관적이었으나 다른 사람들이 먼저 노래를 부르자, 그럼 나도 하나 해 주겠다며 이 노래를 불러 주었다. 이 노래는 제보자가 시집오기 전에 친정어머니가 부르던 것을 듣고서 기억한 것이라고 한다. 제보자는 자신의 노래는 길어서 보통 노래와는 다르다고 자평했다. 제보자가 별로 막힘없이 베틀가를 부르자 회관에 모여 있던 청중이 크게 호응해 주었다.

> 월강에 놀던 선녀가 할일이 전혀없어
>
> 옥황께 급제하고 인간께 정배와
>
> 옥난간에 나라배와 육난간에다 베틀을 놓고
>
> 가로쇠를 꼽으니 백룡이 화목하네
>
> 바디라 하는것은 만고군사를 거느리고
>
> 낱낱이 헤나리는게 바디로다
>
> 앞을개를 돋워놓고 그위에 앉은양은
>
> 한패속 재남질삼 과개(과거)한듯 높이 앉았구나
>
> 부테를 둘르고 말코를 돋우찬양은
>
> 만리장성 허리안개 두른듯이
>
> 외용고부 쳇통발은 남해산이가 무지갠가 북해산이 전둘렀네
>
> 나삼을 부여잡고 바디집을 치는양은 천산배용 울리는소리
>
> 북이라 넘나드는건 오뉴월 창오기가 알을품고
>
> 은하수로 목욕하러 다니는 넋이로다

삼형제라 잉앳대는 만고군사를 거느리고 체체로 늘어섰네

눌림대 홀애비는 강태공의 낚숫댄가 유슬공의 장긴떳네

비개미 추스르는양은 황객이 쟁금들고

팔만중중 달라들어 만선배가 헤치는듯

이형제라 사침대는 만고군사를 거느리고 좌체로 늘어섰네

용두머리 우는양은 칠월이라 칠석날에 짚신쟁이

임을잃고 임부르는 넋이로다

외을끈 철기신은 은끈에다 목을걸고 통곡하는 넋이로다

안암산 도토마리 자리자리 뒤넘는양은

생관이 잠들었다 깨달은 넋이로다

배뱅배때기 늘어지는양은 만선배

모든중에 걸침대 뒤는소리

베틀이라 채린 이삼일만에 옥잠을 빼어들고

구부구부 재는양은 삼백년묵은 노황룡이

구름비를 모뒤서 구부치는 넋이로다

첩 노래

자료코드 : 07_12_FOS_20100223_KWD_SYA_0002

조사장소 : 전라북도 진안군 동향면 자산리 613-1 대야마을회관

조사일시 : 2010.2.23

조 사 자 : 김월덕, 허정주, 진주

제 보 자 : 성영애, 여, 81세

구연상황 : 마을회관 할머니방에 모여 계신 분들 가운데, 제보자는 처음에는 방관적이었
지만 다른 분들이 노래를 먼저 부르자 나중에 몇 곡 노래를 불러 주었다. 베
틀가를 부른 제보자는 자신의 노래는 좀 길다고 소개하고 이어서 첩 노래를
불렀다. 이 노래 역시 시집오기 전에 친정어머니한테서 듣고 배운 것이라고

한다. 옛날에 어머니들이 삼 삼을 때 이런 노래를 불렀다고 한다. 제보자가 노래를 하자 회관에 모인 할머니들은 잘한다고 하며 호응을 많이 해 주었다.

저산너머다 소첩을두고 발질걸기가 난감하네

무신놈으 첩이걸래 낮에가고 밤에가냐

낮이로는 놀러가고 밤으로는 자러간다

바늘간디 실이가고 구름간디는 비가오고

당신의 간디는 내따라가네

청사초롱 불밝혀들고 문어전복 손에들고

그리가믄은 왜못가냐 첩의집에 당도가되니

니구역지(네 구석) 핑경소리 얼그럭절그럭 요란하네

첩의문전에 썩들어서니 하늘같이 대궐겉은 높은집이

네구역지에다 핑경달고 얼그럭절그럭 사는구나

지비(제비)같이 생긴년이 나부납죽 절을허네

여자눈에 고만할 때 남자눈에는 어련하리

큰오마니 큰오마니 박적(바가지)담은 세간일망정

반의반토로 나눠주소

에라요년 고만둬라 하늘같은 가장도

네년한티 뺏겼는디 살림조차나 너를주랴

오던질로 돌아서서 오니 한숨은 쉬어 동해남풍으로 날리고

눈물은 흘러서 대동강이라 요내눈물 강이라고

오리한쌍 기거리한쌍 양두쌍이 날아든다

밭 매는 소리

자료코드 : 07_12_FOS_20100223_KWD_SYA_0003

조사장소 : 전라북도 진안군 동향면 자산리 613-1 대야마을회관

조사일시 : 2010.2.23

조 사 자 : 김월덕, 허정주, 진주

제 보 자 : 성영애, 여, 81세

구연상황 : 낮에 마을회관에서 만난 후 저녁에 다시 제보자 자택에서 전언년(여, 77), 최
복순(여, 75) 제보자와 함께 제보자를 만났다. 다소 소란했던 회관에서와 달리
조용한 곳에서 제보자는 몇 곡 노래를 더 불러 주었다. 조사자가 밭 매는 소
리를 청하여 제보자가 이 노래를 불렀다. 옛날에 밭 매러 다닐 때 보면 어머
니들이 일하면서 이런 노래를 했는데 듣다 보면 눈물이 났다고 한다. 그리고
길게 늘여 빼서 부르는 것은 다 밭 매면서 부른 것이라고 설명했다.

꽝차고 질찬밭 다맬라다 쥔네인심 잃고가네
이밭이름은 만도리라고 이름짓고 가세

아기 어르는 소리

자료코드 : 07_12_FOS_20100223_KWD_SYA_0004

조사장소 : 전라북도 진안군 동향면 자산리 613-1 대야마을회관

조사일시 : 2010.2.23

조 사 자 : 김월덕, 허정주, 진주

제 보 자 : 성영애, 여, 81세

구연상황 : 낮에 마을회관에서 만난 후 저녁에 다시 제보자 자택에서 전언년(여, 77), 최
복순(여, 75) 제보자와 함께 제보자를 만났다. 다소 소란했던 회관에서와 달리
조용한 곳에서 제보자는 몇 곡 노래를 더 불러 주었다. 조사자가 아기 어르는
소리를 청하자 시집오기 전에 친정어머니에게서 들었던 노래를 불러 주었다.
원래 더 긴 노래이지만 노랫말이 생각이 안 나서 끝까지 부르지는 못했다.

둥둥 둥개야 둥글둥글 둥개야
둥개마치 곳갬인가 하구열사 알뱀인가
천산무안 대추씬가 연옥천 명다랜가
금자동아 옥자동아 아금살아 강간동아

천지월월 일월동아 오색비단 채산동아

능개미밑에 징개민(징개미, 새우)가 바위밑에 납조린가

날라가는 학일런가 둥둥둥개야 구름속의 신선인가

시집살이 노래

자료코드 : 07_12_FOS_20100223_KWD_SYA_0005

조사장소 : 전라북도 진안군 동향면 자산리 613-1 대야마을회관

조사일시 : 2010.2.23

조 사 자 : 김월덕, 허정주, 진주

제 보 자 : 성영애, 여, 81세

구연상황 : 낮에 마을회관에서 만난 후 저녁에 다시 제보자 자택에서 전언년(여, 77), 최
복순(여, 75) 제보자와 함께 제보자를 만났다. 다소 소란했던 회관에서와 달리
조용한 곳에서 제보자는 몇 곡 노래를 더 불러 주었다. 조사자가 시집살이 노
래를 청하자, 실제로 시집살이를 심하게 했던 제보자들은 옛날에 시집살이하
던 이야기를 한참 동안 나눴다. 그러나 시집살이 노래를 많이 부르지는 않았
다고 하였다. 성영애 제보자는 자신이 알고 있는 노랫말을 엮어서 시집살이
노래를 불러 주었다.

강원도라 금강산 호랭이 무섭다해도 시아바니우에(외에) 더무서리

당초꽃이 맵다해도 시어마니우에 더매우리

만리경이 밝다해도 시아자눈보단 더밝으리

무전화가 빠르다해도 시누입보단 더빠르리

이 타령

자료코드 : 07_12_FOS_20100223_KWD_SYA_0006

조사장소 : 전라북도 진안군 동향면 자산리 613-1 대야마을회관

조사일시 : 2010.2.23

조 사 자 : 김월덕, 허정주, 진주

제 보 자 : 성영애, 여, 81세

구연상황 : 낮에 마을회관에서 만난 후 저녁에 다시 제보자 자택에서 전언년(여, 77), 최복순(여, 75) 제보자와 함께 제보자를 만났다. 다소 소란했던 회관에서와 달리 조용한 곳에서 제보자는 몇 곡 노래를 더 불러 주었다. 최복순 제보자가 이 타령을 부르자 성영애 제보자도 노랫말이 약간 다른 이 타령을 불러 주었다.

머릿니는 검검수름 옷이는 백발이요

네발이 육발인들 십리질을 걸어봤냐

네입이 뾰족한들 말한마디 해여봤냐

네가슴으 먹통을찬들 천자한자를 써여봤냐

네등허리 넓적한들 오고강산에 가서 들독한짐을 지고왔냐

네이름은 똑순이라 똑순이다 똑순이다

명 따는 처녀

자료코드 : 07_12_FOS_20100224_KWD_SHS_0001

조사장소 : 전라북도 진안군 동향면 대량리 상양지2길 8 양지마을회관

조사일시 : 2010.2.24

조 사 자 : 김월덕, 허정주, 진주

제 보 자 : 성혜숙, 여, 84세

구연상황 : 주변에서 제보자는 젊어서는 장구도 잘 치고 노래도 잘하며 뭐든지 잘하는 사람이었다고 한다. 지금은 귀가 심하게 먹어서 옆에 있는 사람이 귓가에 대고 큰 소리로 말을 해야 의사소통이 된다. 조사자가 노래를 청하자 생각나는 대로 연이어서 노래를 불러 주었다. 노래가 가마니로 하나나 될 텐데 어디로 다 갔다고 농담을 하기도 했다.

사래질구 질찬밭에 목해(목화)따는 아가씨야

목해는 내따주께 내품안에 사랑하세

사랑사랑 하기는 어룹잖으니

서산에 지는해를 잡아매소

아기 어르는 소리

자료코드 : 07_12_FOS_20100224_KWD_SHS_0002
조사장소 : 전라북도 진안군 동향면 대량리 상양지2길 8 양지마을회관
조사일시 : 2010.2.24
조 사 자 : 김월덕, 허정주, 진주
제 보 자 : 성혜숙, 여, 84세
구연상황 : 주변에서 제보자는 젊어서는 장구도 잘 치고 노래도 잘하며 뭐든지 잘하는
사람이었다고 한다. 지금은 귀가 심하게 먹어서 옆에 있는 사람이 귓가에 대
고 큰 소리로 말을 해야 의사소통이 된다. 조사자가 노래를 청하자 생각나는
대로 연이어서 노래를 불러 주었다.

떵기떵기나 떡산이 날라가는 학산이
구름끝에는 신선이 눈봉산에는 꽃봉이
얼음판에는 수달피 어드락딱딱 바우야
세월좋다 어서커라

버선 노래

자료코드 : 07_12_FOS_20100224_KWD_SHS_0003
조사장소 : 전라북도 진안군 동향면 대량리 상양지2길 8 양지마을회관
조사일시 : 2010.2.24
조 사 자 : 김월덕, 허정주, 진주
제 보 자 : 성혜숙, 여, 84세
구연상황 : 주변에서 제보자는 젊어서는 장구도 잘 치고 노래도 잘하며 뭐든지 잘하는
사람이었다고 한다. 지금은 귀가 심하게 먹어서 옆에 있는 사람이 귓가에 대
고 큰 소리로 말을 해야 의사소통이 된다. 조사자가 노래를 청하자 생각나는

대로 연이어서 노래를 불러 주었다.

옥단같은 외광목버선
외씨같이 집어들고
버선보고 임을보니
임줄맘이 뜻도없네
임아임아 서러마라
노래끝이 그렇단다

임 노래

자료코드 : 07_12_FOS_20100224_KWD_SHS_0004
조사장소 : 전라북도 진안군 동향면 대량리 상양지2길 8 양지마을회관
조사일시 : 2010.2.24
조 사 자 : 김월덕, 허정주, 진주
제 보 자 : 성혜숙, 여, 84세
구연상황 : 주변에서 제보자는 젊어서는 장구도 잘 치고 노래도 잘하며 뭐든지 잘하는
사람이었다고 한다. 지금은 귀가 심하게 먹어서 옆에 있는 사람이 귓가에 대
고 큰 소리로 말을 해야 의사소통이 된다. 조사자가 노래를 청하자 생각나는
대로 연이어서 노래를 불러 주었다. 노래를 어디서 배웠는지 묻자 모른다고
답했다.

잘주비던 잦저구리 짓뉘비고 섭누비고
소매진동 다뉘벼도 자잔말은 여녕(영영)없네
새살봉창 새살문에 달빛비치듯 빛만보고 말쏜가
담넘어 갈때 짖는개는 금강산 호랭이나 콱물어가고
문고리 잡을때 우는닭은 앞동산 삵아지가 다챠가게
삶은삼도 난다든다 볶은삼도 난다든가
오뉴월 삼복달에 점심 굶고도나 산다는가

정든 임

자료코드 : 07_12_FOS_20100224_KWD_SHS_0005
조사장소 : 전라북도 진안군 동향면 대량리 상양지2길 8 양지마을회관
조사일시 : 2010.2.24
조 사 자 : 김월덕, 허정주, 진주
제 보 자 : 성혜숙, 여, 84세
구연상황 : 주변에서 제보자는 젊어서는 장구도 잘 치고 노래도 잘하며 뭐든지 잘하는
사람이었다고 한다. 지금은 귀가 심하게 먹어서 옆에 있는 사람이 귓가에 대
고 큰 소리로 말을 해야 의사소통이 된다. 조사자가 노래를 청하자 생각나는
대로 연이어서 노래를 불러 주었다. 노래가 가마니로 하나나 될 텐데 어디로
다 갔다고 농담을 하기도 했다.

정든임 하나를 보라고 울타리 밑이가 놀다가
호박 넝출이나 걸려서 육개월 징역을 살로가네
야이순 경칠놈아 오라기는 오래놓고
육개월 징역을 나를 살리냐

백발가

자료코드 : 07_12_FOS_20100224_KWD_SHS_0006
조사장소 : 전라북도 진안군 동향면 대량리 상양지2길 8 양지마을회관
조사일시 : 2010.2.24
조 사 자 : 김월덕, 허정주, 진주
제 보 자 : 성혜숙, 여, 84세
구연상황 : 주변에서 제보자는 젊어서는 장구도 잘 치고 노래도 잘하며 뭐든지 잘하는
사람이었다고 한다. 지금은 귀가 심하게 먹어서 옆에 있는 사람이 귓가에 대
고 큰 소리로 말을 해야 의사소통이 된다. 조사자가 노래를 청하자 생각나는
대로 연이어서 노래를 불러 주었다.

청춘아 청춘아 내청춘 가는길이 어디던가

내청춘 가는길은 태산이로 막고

백발가 오는길은 가시손으로 막아줘요

세월아 네월아 갈라면 너혼자 가지

아까운 내청춘을 왜데리고 가냐

처녀 총각 노래

자료코드 : 07_12_FOS_20100224_KWD_SHS_0007

조사장소 : 전라북도 진안군 동향면 대량리 상양지2길 8 양지마을회관

조사일시 : 2010.2.24

조 사 자 : 김월덕, 허정주, 진주

제 보 자 : 성혜숙, 여, 84세

구연상황 : 주변에서 제보자는 젊어서는 장구도 잘 치고 노래도 잘하며 뭐든지 잘하는
사람이었다고 한다. 지금은 귀가 심하게 먹어서 옆에 있는 사람이 귓가에 대
고 큰 소리로 말을 해야 의사소통이 된다. 조사자가 노래를 청하자 생각나는
대로 연이어서 노래를 불러 주었다.

외광목 주적삼은 첫물이 좋고

큰애기 총각은 첫날밤 좋다

모심는 소리

자료코드 : 07_12_FOS_20100223_KWD_AGH_0001

조사장소 : 전라북도 진안군 동향면 능금리 추동1길 12

조사일시 : 2010.2.23

조 사 자 : 김월덕, 허정주, 진주

제 보 자 : 안기현, 남, 71세

구연상황 : 초등학교 교사로 재직하다가 퇴직한 제보자는 마을의 역사와 유래에 대한 이
야기를 친절하고 자상하게 들려주었다. 제보자가 자신은 일하면서 노래를 한

세대가 아니지만 어렸을 때 들에서 어른들이 일하면서 모심는 소리 하는 것을 들었다고 하면서 이 노래를 불러 주었다. 한 소절밖에 부르지 않았으나 진안에서 모심는 소리 부르는 분을 많이 만나지 못해서 나름대로 의미가 있었다.

이논배미 모를심어 장잎이 훨훨 영화로다

베 짜는 처녀

자료코드 : 07_12_FOS_20100224_KWD_YSS_0001
조사장소 : 전라북도 진안군 동향면 대량리 상양지2길 8 양지마을회관
조사일시 : 2010.2.24
조 사 자 : 김월덕, 허정주, 진주
제 보 자 : 임삼순, 여, 75세
구연상황 : 임삼순 제보자는 박간출 제보자의 연락을 받고 회관으로 나왔다. 본래 노래도 좋아하고 놀기도 좋아해서 조사자의 노래 요청에 바로 응해 주었다. 제보자가 뒤늦게 회관에 나와서 노래를 하자 회관에 모인 사람들이 진짜 가수가 왔다고 하면서 제보자를 북돋워 주었다. 제보자는 옛날에 밭 맬 때나 산에 가서 일하면서 심심할 때, 또 여럿이 어울려 놀 때 이런 노래를 불렀다고 한다.

울도담도 없는집에 명지베짜는 저처녀야
뉘간장을 녹힐라고 그리도 곱게도 생겼는고
고기나 같으면 낚아나내고 물레나 같으면 잣아내고
낚도잣도 못할노릇 대장부 간장만 다녹힌다
엉덕밑에 개구리도 배암의 간장만 다녹히고
열다섯살이 십오세는 남자간장만 다녹힌다

사위 노래

자료코드 : 07_12_FOS_20100224_KWD_YSS_0002
조사장소 : 전라북도 진안군 동향면 대량리 상양지2길 8 양지마을회관
조사일시 : 2010.2.24
조 사 자 : 김월덕, 허정주, 진주
제 보 자 : 임삼순, 여, 75세
구연상황 : 임삼순 제보자는 박간출 제보자의 연락을 받고 회관으로 나왔다. 본래 노래도
좋아하고 놀기도 좋아해서 조사자의 노래 요청에 바로 응해 주었다. 제보자가
뒤늦게 회관에 나와서 노래를 하자 회관에 모인 사람들이 진짜 가수가 왔다
고 하면서 제보자를 북돋워 주었다. 제보자는 옛날에 밭 맬 때나 산에 가서
일하면서 심심할 때, 또 여럿이 어울려 놀 때 이런 노래를 불렀다고 한다.

저기가는 저할머니

반달같은 딸있걸랑 왼달겉은 사위삼소

딸은 있네마는 나이가 어려서 못주겠네

어머니 어머니 그말씀마오

벌거지는 작아도 새끼를 치고

새는 작아도 알을 낳고

지비(제비)는 작아도 강남을 가고

어머니 동갑이 손자 보듬고 둥개둥개 두둥개하오

사랑가

자료코드 : 07_12_FOS_20100224_KWD_YSS_0003
조사장소 : 전라북도 진안군 동향면 대량리 상양지2길 8 양지마을회관
조사일시 : 2010.2.24
조 사 자 : 김월덕, 허정주, 진주
제 보 자 : 임삼순, 여, 75세
구연상황 : 임삼순 제보자는 박간출 제보자의 연락을 받고 회관으로 나왔다. 본래 노래도

좋아하고 놀기도 좋아해서 조사자의 노래 요청에 바로 응해 주었다. 제보자가
뒤늦게 회관에 나와서 노래를 하자 회관에 모인 사람들이 진짜 가수가 왔다
고 하면서 제보자를 북돋워 주었다.

돈나온다 돈나온다 화비단 겹조끼서 돈나온다

얼그럭거리면 은전이요 바시락거리믄 지화로다

천냥짜리는 천장을 발르고 백원짜리는 벽발르고

오원짜리는 장판놓고 십원짜리는 문발르세

화비단이불 공단요 깔고 처녀 총각이 잠들었네

얼씨구나 절씨구나 기화자자 좋네

사랑사랑 내사랑이로고나

창부 타령 (1)

자료코드 : 07_12_FOS_20100224_KWD_YSS_0004
조사장소 : 전라북도 진안군 동향면 대량리 상양지2길 8 양지마을회관
조사일시 : 2010.2.24
조 사 자 : 김월덕, 허정주, 진주
제 보 자 : 임삼순, 여, 75세
구연상황 : 임삼순 제보자는 박간출 제보자의 연락을 받고 회관으로 나왔다. 본래 노래도
좋아하고 놀기도 좋아해서 조사자의 노래 요청에 바로 응해 주었다. 제보자가
뒤늦게 회관에 나와서 노래를 하자 회관에 모인 사람들이 진짜 가수가 왔다
고 하면서 제보자를 북돋워 주었다.

배가고파 죽은사람은 노적봉 문전에 묻어놓고

옷이기뤄 죽은사람은 비단전 앞에다 묻어주소

돈이기뤄 죽은사람은 은행수 앞에다 묻어주고

술이환장이 들은사람은 주장 앞에다 묻어주소

임이그리워 죽은사람은 거기거기 거기거기다 묻어놓고

창부 타령 (2)

자료코드 : 07_12_FOS_20100224_KWD_YSS_0005
조사장소 : 전라북도 진안군 동향면 대량리 상양지2길 8 양지마을회관
조사일시 : 2010.2.24
조 사 자 : 김월덕, 허정주, 진주
제 보 자 : 임삼순, 여, 75세
구연상황 : 임삼순 제보자는 박간출 제보자의 연락을 받고 회관으로 나왔다. 본래 노래도
　　　　　좋아하고 놀기도 좋아해서 조사자의 노래 요청에 바로 응해 주었다. 제보자가
　　　　　뒤늦게 회관에 나와서 노래를 하자 회관에 모인 사람들이 진짜 가수가 왔다
　　　　　고 하면서 제보자를 북돋워 주었다. 옛날에는 여럿이 어울려 놀 때 장구를 치
　　　　　면서 이런 노래를 불렀다고 한다.

아니아니 노지는 못하리라

사랑사랑 사랑이란게 그무엇인가

알다가도 모를사랑 믿다가도 속는사랑

오목조목 알뜰사랑 왈칵달칵 싸운사랑

창문을 열어도 숨어드는 달빛

달빛이 사랑인가 사랑이 달빛인가

사랑사랑 사랑이란게 그무엇인고

사랑사랑이 근본이라네

청춘가

자료코드 : 07_12_FOS_20100224_KWD_YSS_0006
조사장소 : 전라북도 진안군 동향면 대량리 상양지2길 8 양지마을회관
조사일시 : 2010.2.24
조 사 자 : 김월덕, 허정주, 진주
제 보 자 : 임삼순, 여, 75세
구연상황 : 임삼순 제보자는 박간출 제보자의 연락을 받고 회관으로 나왔다. 본래 노래도

좋아하고 놀기도 좋아해서 조사자의 노래 요청에 바로 응해 주었다. 제보자가
뒤늦게 회관에 나와서 노래를 하자 회관에 모인 사람들이 진짜 가수가 왔다
고 하면서 제보자를 북돋워 주었다. 옛날에는 여럿이 어울려 놀 때 장구를 치
면서 이런 노래를 불렀다고 한다.

저건네 가는게 우련님 아닌가
호박잎 박잎이 내눈을 감았네
꽃이 피면은 온다고 하더니
꽃잎이 다져도 올지를 모르네
우리야 삼동시(삼동서)는 떼갈보가 났는디
울아버님 산소는 좋고나 함박꽃이 피었구나
금전이 좋느냐 사랑이 좋더냐
두가지만 놓고서 판단을 해보아라
임시적 좋기는 금전이 좋고요
장래희망은 음음 사랑이 좋구나

기생 노래

자료코드 : 07_12_FOS_20100224_KWD_YSS_0007
조사장소 : 전라북도 진안군 동향면 대량리 상양지2길 8 양지마을회관
조사일시 : 2010.2.24
조 사 자 : 김월덕, 허정주, 진주
제 보 자 : 임삼순, 여, 75세
구연상황 : 임삼순 제보자는 박간출 제보자의 연락을 받고 회관으로 나왔다. 본래 노래도
좋아하고 놀기도 좋아해서 조사자의 노래 요청에 바로 응해 주었다. 제보자가
뒤늦게 회관에 나와서 노래를 하자 회관에 모인 사람들이 진짜 가수가 왔다
고 하면서 제보자를 북돋워 주었다.

어리서 바느질 못배운 죄로

주막집 종사로 몸을 팔렸네

들고보니 술잔이요 메고나니 북장구라

밭 매는 소리

자료코드 : 07_12_FOS_20100223_KWD_JEN_0001
조사장소 : 전라북도 진안군 동향면 자산리 613-1 대야마을회관
조사일시 : 2010.2.23
조 사 자 : 김월덕, 허정주, 진주
제 보 자 : 전언년, 여, 77세
구연상황 : 최복순(여, 75) 제보자가 자신은 노래를 못하지만 조사자들을 도와주고 싶어
　　　　　서 한 마디 부르겠다며 먼저 노래를 부르자, 전언년 제보자도 뒤이어서 노래
　　　　　를 불렀다. 조사자가 밭 매는 소리를 청하자 이 노래를 불러 주었다. 제보자
　　　　　는 옛날에 어머니들이 밭을 매면서 이런 노래를 구슬프게 부르는 것을 들었
　　　　　다고 한다.

　　　　이내밭골 어서매고 임의밭골 맞아나 들세

배추 씻는 처녀

자료코드 : 07_12_FOS_20100223_KWD_JEN_0002
조사장소 : 전라북도 진안군 동향면 자산리 613-1 대야마을회관
조사일시 : 2010.2.23
조 사 자 : 김월덕, 허정주, 진주
제 보 자 : 전언년, 여, 77세
구연상황 : 최복순(여, 75) 제보자가 자신은 노래를 못하지만 조사자들을 도와주고 싶어
　　　　　서 한 마디 부르겠다며 먼저 노래를 부르자, 전언년 제보자도 뒤이어서 노래
　　　　　를 불렀다. 제보자는 밭 매는 소리를 부른 후에, 생각나는 대로 여러 노래를
　　　　　불러 주었다. 이런 노래들은 일하거나 놀면서 아무 때라도 부를 수 있다고 하
　　　　　였다.

녹두(녹수)청강 흐르는물에 배차씻는 저처녀야

겉의겉대는 제쳐두고 속의속대를 나를주오

언지(언제)봤던 당신이길래 속의속대를 달라하오

오늘보면 초민(초면)이요 내일보면은 구민(구면)이라

무심한 임

자료코드 : 07_12_FOS_20100223_KWD_JEN_0003

조사장소 : 전라북도 진안군 동향면 자산리 613-1 대야마을회관

조사일시 : 2010.2.23

조 사 자 : 김월덕, 허정주, 진주

제 보 자 : 전언년, 여, 77세

구연상황 : 최복순(여, 75) 제보자가 자신은 노래를 못하지만 조사자들을 도와주고 싶어
서 한 마디 부르겠다며 먼저 노래를 부르자, 전언년 제보자도 뒤이어서 노래
를 불렀다. 제보자는 생각나는 대로 여러 노래를 토막토막 불러 주었다.

무시먹고 무심한임아 생강을 먹고서 날생각을 하오

벌초 노래

자료코드 : 07_12_FOS_20100223_KWD_JEN_0004

조사장소 : 전라북도 진안군 동향면 자산리 613-1 대야마을회관

조사일시 : 2010.2.23

조 사 자 : 김월덕, 허정주, 진주

제 보 자 : 전언년, 여, 77세

구연상황 : 최복순(여, 75) 제보자가 자신은 노래를 못하지만 조사자들을 도와주고 싶어
서 한 마디 부르겠다며 먼저 노래를 부르자, 전언년 제보자도 뒤이어서 노래
를 불렀다. 제보자는 여러 노래를 생각나는 대로 토막토막 불렀다.

칠월인가 팔월인가 벌초꾼도 만발했네
어린동생 곱게길러 갓을씌서 영화보세

청춘가

자료코드 : 07_12_FOS_20100223_KWD_JEN_0005
조사장소 : 전라북도 진안군 동향면 자산리 613-1 대야마을회관
조사일시 : 2010.2.23
조 사 자 : 김월덕, 허정주, 진주
제 보 자 : 전언년, 여, 77세
구연상황 : 최복순(여, 75) 제보자가 자신은 노래를 못하지만 조사자들을 도와주고 싶어
서 한 마디 부르겠다며 먼저 노래를 부르자, 전언년 제보자도 뒤이어서 노래
를 불렀다. 제보자는 밭 매는 소리를 부른 후에, 여러 노래를 토막토막 불렀
다. 청춘가를 부를 때는 노랫말 중에서 "백두산 상봉에 홀로 선 나무 요내 나
같이 홀로 서 있네"라고 불러야 하는데, "요내 나 같이"라는 가사를 살짝 바
꿨다. 제보자는 이 부분을 부른 사람이 본래 과부였던 것 같은데 자신은 과부
가 아니라서 바꾼 것이라고 설명했다.

가지많은 소나무 바람잘날 없고요
자슥많은 우리어머니 맘좋을날 없어요
백두산 상상봉 홀로나선 나무
우리부모 만치나 에헤 홀로서 있네
날버리고 가는임 가고저 가느냐
서산에 지는해 좋다 지고싶어 지느냐

지초 캐는 처녀

자료코드 : 07_12_FOS_20100224_KWD_JBN_0001

조사장소 : 전라북도 진안군 동향면 능금리 외금1길 53 외금마을회관

조사일시 : 2010.2.24

조 사 자 : 김월덕, 허정주, 진주

제 보 자 : 정복녀, 여, 87세

구연상황 : 인근의 상양지마을에서 만난 박간출 제보자의 소개로 외금(바깥쇠실)마을 할
머니들을 만났다. 김분임 제보자가 먼저 노래를 하자, 주변에서 정복녀 할머
니를 '노래쟁이'라고 하면서 노래해 보라고 독려하였다. 이에 힘입어 제보자
가 스스로 노래 하나 해 주겠다고 하면서 이 노래를 불러 주었다. 이 노래는
옛날에 나물 뜯으러 가거나 밭을 매면서 불렀고, 또 여럿이 어울려 놀면서도
불렀다고 한다.

강원도라 구월산밑에 지초캐는 저처녀야

느그집이 어디걸래 해가져도 아니가고

지초캐기만 일을삼소

우리집을 오실라거든 한모랭이 돌아가고

두모랭이 돌아가서 안개구름 자욱한곳에

난간초당이 내집일세

세살먹어 모친잃고 다섯살에 부친잃고

이구십팔 열여덟살에 남편조차 이별하고

지초캐기만 일을삼소

아기 어르는 소리

자료코드 : 07_12_FOS_20100224_KWD_JBN_0002

조사장소 : 전라북도 진안군 동향면 능금리 외금1길 53 외금마을회관

조사일시 : 2010.2.24

조 사 자 : 김월덕, 허정주, 진주

제 보 자 : 정복녀, 여, 87세

구연상황 : 인근의 상양지마을에서 만난 박간출 제보자의 소개로 외금(바깥쇠실)마을 할

머니들을 만났다. 김분임 제보자가 먼저 노래를 하자, 주변에서 정복녀 할머니를 '노래쟁이'라고 하면서 노래해 보라고 독려하였다. 조사자가 아기 어를 때 부르는 노래를 청하자, 이 노래를 불러 주었다. 옛날에 딸을 키우면서 아기를 보듬고 어를 때 부른 소리라고 한다.

요지숙녀 요내딸 요리나 곱게 크시는데
암행어사 우리사우 어디만치나 크시는가
암행어사 사위삼아 풀잎이 벌벌 떨린다
풀잎이 벌벌 떨린다

노랫가락

자료코드 : 07_12_FOS_20100224_KWD_JBN_0003
조사장소 : 전라북도 진안군 동향면 능금리 외금1길 53 외금마을회관
조사일시 : 2010.2.24
조 사 자 : 김월덕, 허정주, 진주
제 보 자 : 정복녀, 여, 87세
구연상황 : 인근의 상양지마을에서 만난 박간출 제보자의 소개로 외금(바깥쇠실)마을 할머니들을 만났다. 김분임 제보자가 먼저 노래를 하자, 주변에서 정복녀 할머니를 '노래쟁이'라고 하면서 노래해 보라고 독려하였다. 제보자가 아기 어르는 소리를 부른 다음에 조사자가 노래를 더 불러 달라고 하자, 제보자는 "큰시집살이 만났다"라고 하면서 이 노래를 불러 주었다.

말은가자 네굽을놓고 임은날잡고 능지를하네
석양은 재를넘고요 나의갈길은 천리로다
임아날잡고 능지를말고 지는저해를 머물러다오

진도 아리랑

자료코드 : 07_12_FOS_20100224_KWD_JBN_0004
조사장소 : 전라북도 진안군 동향면 능금리 외금1길 53 외금마을회관
조사일시 : 2010.2.24
조 사 자 : 김월덕, 허정주, 진주
제 보 자 : 정복녀, 여, 87세
구연상황 : 인근의 상양지마을에서 만난 박간출 제보자의 소개로 외금(바깥쇠실)마을 할
　　　　　 머니들을 만났다. 김분임 제보자가 먼저 노래를 하자, 주변에서 정복녀 할머
　　　　　 니를 '노래쟁이'라고 하면서 노래해 보라고 독려하였다. 서너 곡 노래를 부른
　　　　　 후 조사자가 노래를 더 해 달라고 청하자, 이 노래를 불러 주었다. 아무 때나
　　　　　 여럿이 어울려 놀면서 이 노래를 불렀다고 한다.

　　아리아리랑 스리스리랑 아라리가났네

　　아리랑 응응응 아라리가났네

　　나를바리고 가시는임은 십리도 못가서 발병난다

　　아리아리랑 스리스리랑 아라리가났네

　　아리랑 응응응 아라리가났네

탄로가

자료코드 : 07_12_FOS_20100223_KWD_CBS_0001
조사장소 : 전라북도 진안군 동향면 자산리 613-1 대야마을회관
조사일시 : 2010.2.23
조 사 자 : 김월덕, 허정주, 진주
제 보 자 : 최복순, 여, 75세
구연상황 : 제보자는 자신이 노래를 잘하지는 못하지만 조사자들을 도와주고 싶어서 한
　　　　　 마디 부르겠다며 먼저 노래를 불렀다. 옛날에 어머니들이 밭 매면서 이런 신
　　　　　 세한탄 소리를 했다고 한다.

　　이팔청춘 소년들아 백발보고 반절마라

우리도 엊그저끄 청년이더니 오늘날로는 백발이됐네

칭기칭기 공동뫼지 질닭아놓고

우리도 죽어지면 저질로가지

이 타령

자료코드 : 07_12_FOS_20100223_KWD_CBS_0002

조사장소 : 전라북도 진안군 동향면 자산리 613-1 대야마을회관

조사일시 : 2010.2.23

조 사 자 : 김월덕, 허정주, 진주

제 보 자 : 최복순, 여, 75세

구연상황 : 제보자는 자신이 노래를 잘하지는 못하지만 조사자들을 도와주고 싶어서 한 마디 부르겠다며 먼저 노래를 불렀다. 제보자는 이 노래에 대해서 시집오기 전에 친정동네인 창말 어느 집에서 마을 잔치가 있던 날 초청받은 기생이 부르는 것을 듣고 기억한 것이라고 소개했다. 제보자는 자신이 어렸을 때 마을 잔치에서 마을 남자 어른들이 술을 마시고, 기생이 하는 소리를 들으면서 크게 웃고 했던 것이 아직도 기억에 남아 있다고 한다. 제보자가 마을 잔치가 있었던 날 이 노래를 불렀더니 마을 사람들이 즐거워했다고 하였다.

머릿니는 검검수름 옷의이는 백발이요

네입이 삐쭉한들 말한마디를 해여봤냐

네등허리 넓죽한들 짐한짐을 실어봤냐

네배지가 먹통인들 천자한마디를 읽어봤냐

네발이 육발인들 십리걸음을 걸어봤냐

똑죽어라 뚝죽어라 네이름이 똑죽이다

서캐 타령

자료코드 : 07_12_FOS_20100223_KWD_CBS_0003
조사장소 : 전라북도 진안군 동향면 자산리 613-1 대야마을회관
조사일시 : 2010.2.23
조 사 자 : 김월덕, 허정주, 진주
제 보 자 : 최복순, 여, 75세
구연상황 : 낮에 마을회관에서 제보자를 만난 후 저녁에 성영애 제보자 자택에서 전언년(여, 77) 제보자와 함께 다시 만났다. 다소 소란했던 회관에서와 달리 조용한 곳에서 제보자는 몇 곡 노래를 더 불러 주었다. 제보자는 회관에서 이 타령을 불렀는데, 성영애 제보자 자택에서는 서캐 타령을 불렀다. 이것도 제보자가 어릴 때 동네에 왔던 기생들이 불렀다고 한다. 제보자는 서캐한테 아직 어린 깔강니를 잘 지키라고 하는 상황과, 사람의 귀를 석석바위로 비유해서 귀까지 내려갔다가는 두 바위로 비유된 사람의 두 손톱에 눌려 죽는다는 노랫말을 설명해 주었다. 언젠가 이 노래를 했더니 듣던 사람들이 다 우스워 뒹굴었다고 한다. 제보자는 이 타령과 서캐 타령을 하고 나서 이런 노래가 좀 추접스럽지 않은지 걱정하였다.

시캐들아 시캐들아 우리깔갱니 잘거쳐내라
석석바우 끝이가면 두바우가 작신하면
오도가도 못하고 죽는다

댕기 노래

자료코드 : 07_12_FOS_20100223_KWD_CBS_0004
조사장소 : 전라북도 진안군 동향면 자산리 613-1 대야마을회관
조사일시 : 2010.2.23
조 사 자 : 김월덕, 허정주, 진주
제 보 자 : 최복순, 여, 75세
구연상황 : 낮에 마을회관에서 제보자를 만난 후 저녁에 성영애 제보자 자택에서 전언년(여, 77) 제보자와 함께 다시 만났다. 다소 소란했던 회관에서와 달리 조용한 곳에서 제보자는 몇 곡 노래를 더 불러 주었다. 성영애 제보자와 전언년

제보자가 노래를 청하자, 댕기 노래를 불러 주었다.

팔라당팔라당 홍갑사댕기
곤때도 안묻어서 날받이왔네

창부 타령

자료코드 : 07_12_FOS_20100223_KWD_CBS_0005
조사장소 : 전라북도 진안군 동향면 자산리 613-1 대야마을회관
조사일시 : 2010.2.23
조 사 자 : 김월덕, 허정주, 진주
제 보 자 : 최복순, 여, 75세
구연상황 : 낮에 마을회관에서 제보자를 만난 후 저녁에 성영애 제보자 자택에서 전언
년(여, 77) 제보자와 함께 다시 만났다. 다소 소란했던 회관에서와 달리 조용
한 곳에서 제보자는 몇 곡 노래를 더 불러 주었다. 제보자가 시집오기 전에
친정동네인 창말 어느 집에서 잔칫날 기생을 데려왔는데 그 기생이 이 노래
를 불렀다고 한다. 어릴 때 듣고 배운 것이라서 아직도 잊히지 않는다고 한
다.

[어릴 때 잔칫집에 온 기생이 이 노래를 불렀다고 설명한다.]

높은산에 눈날리고 얕춘산에 재날리고
억수장마 비퍼붓고 대천바다에 물깨긴다
비개가 높으거든 이내팔을 비고자고
아실아실 춥거들랑 이내품에 잠자고가게

2. 마령면

증편 한국구비문학대계 ● 전라북도 진안군

전라북도 진안군 마령면 강정리

조사일시 : 2010.2.4, 2010.2.6
조 사 자 : 김월덕, 허정주, 진주

강정리(江亭里)는 마을 앞으로 내가 흐르고 냇가에 정자가 있다고 하여
유래된 마을 명칭이다. 강정리는 원강정마을 가운데에 특이한 북수골(北
峀谷)물이 흘러 마을 아래에는 큰 소(沼)가 형성되어 있어 강창리(江昌里)
라 부르다가 일제시대 때부터 강정리로 고쳐 부른 것이 오늘까지 이어지
고 있다. 본래 진안군 마령면 지역이며, 1914년 행정구역 폐합 때 월운리
를 병합하여 현재의 강정리가 되었다. 마을 북동쪽에는 해발 609m의 광
대봉(또는 광덕산)이 펼쳐져 있고, 마을 서쪽 봉우리에는 삼국시대에 축조

된 것으로 보이는 합미산(合米山)성지가 있다. 마이산을 뒤로 하고 섬진강 상류에 위치한 백마천(白馬川)과 세동천(細洞川)이 합류하는 곳에 자리하여 비옥한 농토가 형성되어 있다. 마을 앞에는 지엽쟁이, 새목, 돌보와 같은 큰 들이 있다. 자연마을로는 원강정, 월운마을이 있다. 지역 주민들은 거의 대부분 벼농사를 주로 하고 있으며, 일부는 고추와 인삼을 소득작물로 재배한다.

원강정마을은 전통이 깊은 마을로, 영계서원, 영산사, 오현사, 쌍벽루 등의 유적이 있다. 오현은 임진왜란 때 마을에 남아서 거의한 천안전씨, 영산신씨, 동래정씨, 남양홍씨, 연안송씨를 말한다. 오현사는 전계종, 신기, 정대수, 홍필, 송대홍 등 오현의 의거를 기리기 위해 1977년에 마령면 강정리에 창사한 사당이다. 원강정의 오현은 오성동계를 맺었으며, 마을 입구 당산나무 앞에 강정오현 동계유적비와 비각이 있다. 오늘날까지도 다섯 성씨의 후손들이 다수 거주하고 있으며 특히 연안송씨와 천안전씨가 많다. 마을 뒤에는 고려시대 것으로 추측되는 석탑과 보흥사(寶興寺)가 있다. 과거에 인구수가 많을 때는 100호에 이르렀으나 지금은 75~80호 정도가 거주하고 있다. 현재도 진안군에서는 큰 마을에 속한다.

월운마을은 마을의 터가 반달처럼 생겼다고 해서 붙여진 이름이라 한다. 천안전씨, 연안송씨 등에 의해서 마을이 형성되었다. 마을에는 연안송씨 문중의 구산서원이 있다. 월운이라는 명칭에 대해서는 옛날에 어떤 허름한 차림의 도승이 지나다가 마침 마을 뒷산 봉우리에 구름이 함께 떠오르는 모습을 보고 산 이름을 월운봉이라 부른 데서 비롯되었다는 설이 있다. 그 후부터 이 마을을 달운니 또는 다루니라 부르다가 후에 월운으로 부르게 되었고 오늘까지 이르고 있다고 한다.

원강정마을에는 섬진강 상류가 흐르고 있다. 옛날에 이 물이 마을 한가운데로 흘렀는데 이 마을에 살던 어떤 부자가 이 물을 건너다니는 스님을 박대했다가 중의 해코지로 물길을 옮기고 나서 망해 버렸다는 전설이 전

하고 있다. 원강정마을 입구 당산나무에서는 음력 정월 초이튿날 밤에 유
교식으로 당산제를 지낸다.

전라북도 진안군 마령면 동촌리

조사일시 : 2010.2.4
조 사 자 : 김월덕, 허정주, 진주

　동촌리(東村里)는 마령면 지역의 동쪽에 있다고 하여 붙여진 지명이다.
동촌리는 상동촌리(上東村里), 중동촌리(中東村里), 하동촌리(下東村里)로
되어 있었는데 1914년 행정구역 폐합 때 이들 마을과 금당리를 병합하여
마령면 동촌리라 하였다. 500m 내외의 산지로 둘러싸인 고원지대로 동북
쪽에는 마이산(685m)이 솟아 있다. 자연마을로는 원동촌, 서금 마을이 있
다.

동촌마을은 마을이 소재지로부터 동쪽 아래에 있다 하여 처음에는 하동촌(下東村)이라 불렀다. 신라 경덕왕 때 화전동(花田東)이라 불렀다는 전설도 있으며 1413년(이조 태종13년)에 진안감무(鎭安監務)가 동쪽에 위치하고 있다 하여 마을 명칭을 동촌이라 개칭한 것으로 전한다. 원동촌마을은 조선 초기에 진주강씨, 밀양박씨 등이 들어와 살면서 마을이 형성되었다고 한다. 현재 원동촌에는 30여 호가 거주하고 있으며 주로 박씨 성이 많이 살고 있다.

서금(西金)마을은 서촌(西村), 화전(꽃밭정이), 금촌을 합하여 지은 행정리 명칭이다. 서촌마을은 지금으로부터 약 1700년경에 달성서씨가 마을을 이루기 시작해서 서촌(徐村)이라 부르다가 한자를 西村으로 바꾸어 부른 것이라고 한다. 금촌은 금당사가 있는 주변 마을인데, 이 마을에는 마이산 남부 관광상가가 들어서 있다. 암수 마이산과 나도산 등이 금촌마을의 영역에 포함되며, 마이산 진입로 입구가 화전(꽃밭정이)이다.

마이산이 있어서 연중 관광객의 발길이 끊이지 않는다. 서촌마을에서 음력 정월 초사흗날 부녀자들이 주관하는 당산제를 지낸다고 하며, 원동촌에서는 마을 오른쪽 숲에서 조탑형 선돌에 음력 정월 초사흗날 제를 지내는데 최근에는 날짜를 보름으로 변경했다고 한다. 마이산 인근 마을들에서는 마이산에 얽힌 다양한 전설들이 전하고 있다.

전라북도 진안군 마령면 평지리

조사일시 : 2010.3.6, 2010.3.14
조 사 자 : 김월덕, 허정주, 진주

평지리(平地里)는 500m 내외의 산지로 둘러싸인 고원지대에 평지를 이루는 넓은 분지라서 붙여진 지명이라고 한다. 본래 진안군 마령면 지역에 속했으며, 1914년 행정구역 폐합 때 석교리(石橋里), 사곡리(沙谷里), 송내리

(松內里) 등을 병합하여 평지리가 되었다. 자연마을로는 송내(솔안), 평산(장터), 사곡(모사실), 석교(독다리), 원평지마을이 있다. 평지리마을 주민들은 주로 농업에 종사하고 있으며, 소득작물로 일부는 인삼 재배를 하고 있다.

송내마을은 고려 말엽 남양홍씨가 들어와 형성된 마을이라고 한다. 풍수지리설에 의하면 마을이 풍사낙안(平沙落雁) 형국이라 하여 솔안(率雁)이라고 부르다가, 솔안을 송내(松內)로 알고 일제 때 송내로 마을 명칭이 굳어지게 되었다고 한다. 평산마을은 마령면 소재지로 시장마을이라고도 한다. 본래 시장은 강정마을 천변 건너에 있다가 현재의 위치로 옮겨졌다. 이 마을 부근이 풍수상 평사낙안 형국이라서 평산이라는 명칭이 유래했다고 한다. 사곡(모사실)은 모래가 많다고 해서 모래골, 모사실이라고 부르다가 사곡(沙谷)으로 한자 명칭이 되었다. 1800년경 연안김씨, 성주이씨, 전주이씨, 남원양씨 네 성씨가 들어와 마을을 형성했다고 하며, 예전에는 네 성씨의 사우계(四友契)가 있었다. 석교(독다리)마을은 마을 앞에 큰 내가 흐르고 있는데 옛날에는 큰 돌로 징검다리를 만들어 놓고 건너 다녔기 때문에 마을 명칭도 독다리라고 불렀다. 독다리를 한자화해서 지금은 석교(石橋)라 부르고 있다.

원평지는 마령면에서 가장 큰 마을로 삼국시대 백제의 영현으로 당시 완산주 99현 중의 하나인 마돌현(馬突縣) 때부터 이루어지기 시작한 마을이다. 지금은 전답으로 변했으나 당시의 현터, 옥터, 빙고터, 사정터 등이 있으며, 지석묘도 발견되었다고 한다. 처음에 한씨, 최씨, 오씨, 노씨 등이 정착하면서 마을이 번성했다 한다. 풍수지리설에 의해 마을 뒷산 산세를 따라 청옥동(靑玉洞), 평동(平洞), 용동(龍洞)이라 불렀으며, 또한 상평지(上平地), 하평지(下平地)라고도 불렀으며, 1700년경에는 은행골로 부른 적도 있다고 한다.

원평지 마을에는 현이 설치되었다가 조선 태종 13년(1413)에 진안에 속하게 되면서 폐현되었고, 왜정 초기까지도 원평지에 면사무소가 있었다. 일제 때 현재의 평산(시장)으로 신작로가 나면서 면 소재지가 평산으로 옮겨가게 되었다. 원평지 마을 뒤쪽 큰 정자나무가 있는 곳이 옛 현정 자리라고 한다. 원평지는 지금도 마령면이 아니라 진안군 내에서도 큰 마을에 속한다. 현재 마을에는 100호 남짓이 거주하고 있는데, 6·25 한국 전쟁 끝난 후에는 250세대가 넘게 거주하고 있었다고 한다. 현재 100여 호가 거주한다고는 하지만, 1인 가구가 많아서 혼자 사는 할머니가 30세대가 넘는다. 마을 전체 인구수는 200명이 채 안 된다.

평지리에서는 여자들이 삼베를 많이 짰는데 지금은 옛날처럼 많이 하지 않고 있다. 평지리는 진안 팔명당에 들지는 않지만, 진안에 가면 마령면 평지리에 가서 밥이나 술을 먹고 성수면 좌포리에 가서 밥과 막걸리를 먹어야 진안의 맛을 제대로 안다는 말이 있을 정도로 넉넉하고 인심 좋은 마을로 알려져 있다. 원평지에는 다양한 곡조들로 분화된 들 노래가 전승되고 있다.

▌제보자

김영이, 여, 1934년생

주 소 지 : 전라북도 진안군 마령면 강정리 원강정 128번지
제보일시 : 2010.2.6
조 사 자 : 김월덕, 허정주, 진주

마령면 마을지를 보고 찾아간 제보자이
다. 제보자는 진안군 마령면 덕천리 대동에
서 태어났다. 제보자는 김녕김씨인데 친정
동네는 김녕김씨가 많이 거주하고 있었다고
한다. 18세에 마령면 강정리로 시집와서 21
세이 첫 아이를 낳았고, 그 해에 남편이 군
에 입대하여 6년 만에 돌아왔다. 제보자가
시집온 지 얼마 안 되어 남편이 군대에 가
는 바람에 제보자는 열 마지기 농사를 혼자서 짓느라고 고생을 많이 했
다. 시부님이 없는 집으로 시집을 와서 시집살이는 안 했지만, 강정리에
세거한 몇몇 성씨들의 텃세가 심해서 남편이 군대 가고 없는 동안 살기가
매우 힘들었다고 한다. 슬하에 3남 3녀 6남매를 두었다. 4살 연상의 할아
버지는 돌아가신 지 10여 년이 되었다.

제보자의 친정아버지는 마을에서 유식한 분으로 통했는데, 이삿날이나
결혼식 등이 있을 때 길일을 받아주기도 했다고 한다. 그리고 제보자에게
옛날이야기도 많이 들려주었는데, 오늘날 제보자가 기억하고 있는 이이야
기들 대부분도 어렸을 때 친정아버지에게서 들은 것이다.

제보자는 현재 마을에서 할머니 노인회장을 맡고 있다. 마을이 커서 할
아버지 노인회장과 할머니 노인회장이 따로 있다. 제보자는 팔순에 가까

운 고령임에도 매우 총기가 좋고, 이야기 구연 능력이나 노래 가창 능력이 뛰어난 편이다. 또 제보자는 매우 유쾌하고 호탕한 성격이어서 처음 만난 조사자들에게 농담도 잘 하였고, 조사취지를 듣고는 자상하고 친절하게 제보를 해 주었다.

제공 자료 목록

07_12_FOT_20100206_KWD_KYY_0001 지성이와 감천이
07_12_FOT_20100206_KWD_KYY_0002 착하게 살아서 복 받은 사람
07_12_FOT_20100206_KWD_KYY_0003 여자가 산이 큰다고 말하자 크기를 멈춘 마이산
07_12_FOT_20100206_KWD_KYY_0004 부정한 어머니를 골탕 먹인 소금장사 아들
07_12_FOT_20100206_KWD_KYY_0005 우렁 각시
07_12_FOT_20100206_KWD_KYY_0006 호랑이가 되어서 효도한 아들
07_12_FOT_20100206_KWD_KYY_0007 멍청한 시어머니
07_12_FOS_20100206_KWD_KYY_0001 베틀 노래
07_12_FOS_20100206_KWD_KYY_0002 삼 삼는 소리
07_12_FOS_20100206_KWD_KYY_0003 시집살이 노래
07_12_FOS_20100206_KWD_KYY_0004 고사리 노래
07_12_MFS_20100206_KWD_KYY_0001 도라지 타령

송동렬, 남, 1954년생

주 소 지 : 전라북도 진안군 마령면 동촌리 78
제보일시 : 2010.2.4
조 사 자 : 김월덕, 허정주, 진주

제보자는 진안읍 반월리 원반월에서 태어나서 6세 때 진안읍 외기마을로 이사하여 성장하였고 거기서 초등학교를 마쳤다. 청장년기에는 농촌에서 농민운동을 하였고, 도시로 가서 빈민운동과 노동자운동을 하기도 하였다. 여러 가지 다양한 사회활동을 하

다가 훌륭한 선생님을 만나서 가르침을 받고 풍수가 되었다. 현재 제보자의 생업은 풍수이다. 고향인 진안에 돌아와 정착한 후 아는 분의 도움으로 이산묘 바로 옆에 집을 짓고 살고 있다.

제보자는 마이산 전설을 풍수의 관점에서 보아 수마이산을 목채, 암마이산을 금채, 탑은 비보탑으로 해석하였다. 마이산 탑은 왕씨들이 비밀리에 쌓은 것이라는 이야기나, 마이산을 화엄불교와 관련짓는 이야기 등은 진안군의 다른 제보자들에게서 들을 수 없었던 새로운 이야기였다. 그러나 제보자는 대체로 구전 설화보다는 사회문제 쪽에 더욱 많은 관심을 갖고 있었다.

제공 자료 목록
07_12_FOT_20100204_KWD_SDR_0001 마이산과 조선 개국
07_12_FOT_20100204_KWD_SDR_0002 반월리 옥녀봉 유래

오길현, 남, 1936년생

주 소 지 : 전라북도 진안군 마령면 평지리 원평지2길 24
제보일시 : 2010.3.14
조 사 자 : 김월덕, 허정주, 진주

제보자는 진안군 마령면 평지리 원평지에서 태어나 성장하였다. 우체국에서 다니다가 퇴직한 후에 지금은 소일거리로 농사를 조금 짓고 있다. 마을 전통문화 보존에 일찍부터 관심을 갖고 있어서 연장자들에게 농요를 배웠고 농요를 보존하는 데 앞장서고 있다. 제보자는 목청이 크고 좋아서 황덕주 제보자와 함께 논 매는 소리 일부분 앞소리

를 해 주었다.

제공 자료 목록
07_12_FOS_20100314_KWD_HDJ_0001 논 매는 소리 (2)

전복주, 남, 1935년생

주 소 지 : 전라북도 진안군 마령면 강정리 원강정1길 4
제보일시 : 2010.2.4
조 사 자 : 김월덕, 허정주, 진주

   제보자는 진안군 마령면 강정리에서 출생
하고 성장하여 농업에 종사하며 지금까지
살고 있다. 강정리에서는 정, 신, 홍, 전, 송
씨의 다섯 성바지가 임진왜란 이후부터 세
거하였는데 제보자는 그 다섯 성씨 중 하나
인 전씨이다. 임진왜란 때 강정리 사람들이
마을 뒤 골짜기로 모두 피신을 했는데, 성이
각기 다른 다섯 사람이 마을에 남아, 마을
앞 큰 귀목나무에 올라가 숨어 있다가 살아남았다고 한다. 이 다섯 사람
이 후에 의형제를 맺고 오성동계를 만들었는데, 지금 강정리에 사는 사람
들은 그 후손들이라고 한다. 제보자에 따르면, 전씨의 선조가 강정리에
입향한 것은 대략 16대조 전이다.

   제보자는 마을에서 노인회장을 맡았다가 지금은 다른 사람에게 넘겨주
었다. 또 향교에서는 장의 직책을 맡은 적이 있는데, 유교사상을 숭상하
는 만큼, 진안군 내의 사원과 그 배향 인물들을 잘 알고 있었다. 유교적인
제사 절차와 방식에 대해서도 풍부한 지식을 갖추고 있다. 어려서 서당에
다니며 공부를 하다가, 나중에 초등학교가 생기고 나서는 초등학교에 다

녔다.

제보자는 한쪽 다리의 무릎 관절 수술을 해서 다리를 구부려 앉을 수 없기 때문에 양다리를 뻗고 앉았다. 몸이 불편하기 때문에 제보자는 특별한 일이 없는 한 거의 매일 마을회관에 나와서 소일하고 있다. 예전에 대학교수나 역사 연구가들이 강정마을에 답사 오는 일이 잦았는데, 제보자는 그럴 때마다 핵심적인 제보를 했다고 한다. 마을 주민들은 마을의 역사나 유래라든지 어떤 고증이 필요한 내용을 묻는 사람이 있으면 제보자에게 찾아가 보라고 한다.

제공 자료 목록

07_12_FOT_20100204_KWD_JBJ_0001 오현사 비의 유래
07_12_FOT_20100204_KWD_JBJ_0002 용머리를 끊어서 망한 남양홍씨
07_12_FOT_20100204_KWD_JBJ_0003 속금산 마이산 나도산
07_12_FOT_20100204_KWD_JBJ_0004 이성계 등극을 반대한 마이산

최진호, 남, 1938년생

주 소 지 : 전라북도 진안군 마령면 평지리 원평지길 7-9
제보일시 : 2010.3.6
조 사 자 : 김월덕, 허정주, 진주

마령면 마을지를 보고 찾아간 제보자이다. 제보자는 진안군 마령면 평지리에서 태어나 성장하였고 농업에 종사하며 줄곧 이 마을에서 살아왔다. 제보자는 마을에서 상여 앞소리꾼을 하고 있다. 원평지에서 상여 앞소리는 주로 황생원(황덕주 제보자를 가리킴)이 오랫동안 해 왔으나 언젠가부터 황생원이 제보자에게 상여 소리를 메기라고

해서 상여 앞소리꾼을 하게 되었다고 한다.

제보자의 첫인상은 다소 무뚝뚝해 보였는데 대화를 나누다 보니 말수가 많지 않아서 그렇게 보인 것일 뿐, 자상한 성격임을 알 수 있었다. 조사자가 첫 번째 방문했을 때는 상여 소리를 해 주었고, 두 번째 방문 때는 황덕주 제보자와 오길현 제보자의 앞소리에 맞추어 뒷소리를 해 주었다.

제공 자료 목록
07_12_FOS_20100306_KWD_CJH_0001 상여 소리

하순덕, 여, 1931년생

주 소 지 : 전라북도 진안군 마령면 동촌리 원동촌길 17-6
제보일시 : 2010.2.4
조 사 자 : 김월덕, 허정주, 진주

제보자는 마령면 마을지에 소개되어 있어서 조사자들이 자료를 보고 찾아갔다. 제보자는 전북 무주군 안성면에서 출생하였다. 무남독녀였던 제보자는 3살 때 가족이 진안으로 이사를 했는데 처음에는 진안읍 물곡리에서 살았고, 다시 장수군 송탄으로 이사했다가 다시 진안으로 왔다. 17세에 진안군 성수면 중평리 산주라는 곳으로 7살 연상인  신랑에게 시집갔다. 중평리에서 조금 살다가 진안군 성수면 좌산리로 이사를 해서 30여 년을 살았고, 마령면 동촌리로 온 지는 20여 년이 되었다. 할아버지와 함께 계속 농사일을 해 왔는데 할아버지는 15년 전에 돌아가셨다. 제보자는 9명의 자녀를 낳았으나 살아남은 자녀는 2남 3녀 5남

매이다.

　제보자의 아버지는 도로건설 공사장에서 십장 일을 했는데, 재취 장가를 가서 장수군에 정착하여 다시 4남매를 얻어서 살았고, 제보자의 어머니는 아버지로부터 논 열 마지기를 받아서 임실 친정집(제보자의 외가)에 주고 계속 친정에서 살았다. 그리고 무남독녀였던 제보자가 시집갈 때 논 닷 마지기를 주었다고 한다. 제보자는 무남독녀라서 시집가기 전에 집에서는 무척 귀하게 자랐다고 한다. 왜정 때 장수군 송탄에서 학교를 다녔는데 일본인 선생이 총명한 제보자를 무척 귀여워해서 비가 오는 날이면 집에 보내지 않고 관사에서 데리고 있을 정도였다고 한다. 제보자는 자신이 요즘 같은 세상에 더 많이 배웠다면 아마 교수보다 더 큰 인물이 되었을 것이라고 자신을 소개했다.

　제보자는 암 환자인 딸과 함께 살고 있는데, 제보자가 공을 많이 드려서 제보자의 딸이 병세가 호전되었다고 한다. 제보자는 스스로 남에게 베푸는 것을 업으로 알고 해왔으며, 남 좋은 일을 많이 했다고 하였다. 고령인 지금도 산천에 가서 며칠씩 산 기도를 드리러 다닌다고 한다. 제보자의 딸도 자신의 어머니가 평생 좋은 일을 많이 해서 자신의 병세가 좋아졌다고 여기고 있었다. 제보자는 젊어서 몸이 병약하였는데 꿈에 솟금산(마이산)에 가서 공을 드리라는 현몽이 있어 그 뒤로 솟금산을 다니면서 공을 드렸더니 건강하게 되었다고 한다.

　제보자는 어떤 이야기하나를 시작하면 청산유수처럼 막힘없이 이야기를 구연하면서 또한 매우 실감나게 사건을 전개시키는 재주가 있었다. 이야기 끝에는 "말 잘하고 똑똑해서 버릴 것 없다"는 점을 강조하였고, 자신은 말을 잘하고 기억력 좋고 똑똑한 사람이라고 하였다. 각시 때 마을에 살던 이야기 잘하는 분에게 밥을 해 줘가면서 이야기를 배웠고, 총기가 좋아서 밤새 누군가 읽어주는 책은 그 내용을 다 기억했다고 한다. 제보자는 이야기 끝에는 자신밖에 이런 유식한 이야기를 할 사람이 없다고 하면서 자신의 이야기 구연 능력에 대해서 매우 자랑스러워하였다. 마을 조사단 청년들과 학생들이 여러 차례 제보자의 집에 와서 제보자의 이야기와 노래를 적어 갔다는 점에 대해서도 매우 좋게 생각하였다. 제보자는 무척 적극적인 성격이어서 조사자들에게 먼저 어떤 이야기를 들려주겠다고 하면서 적극적으로 이야기를 구연해 주었고, 노래도 자발적으로 불러 주었으며, 노랫말에 관한 부연설명도 덧붙여 주곤 하였다.

제공 자료 목록

07_12_FOT_20100204_KWD_HSD_0001 지성이와 감천이

07_12_FOT_20100204_KWD_HSD_0002 효녀 심청이

07_12_FOT_20100204_KWD_HSD_0003 가난한 집 금돌을 뺏으려다 삼백 석을 잃은 부자

07_12_FOT_20100204_KWD_HSD_0004 각자 자기 재주로 먹고사는 잘난 사람과 못난 사람

07_12_FOT_20100204_KWD_HSD_0005 왕의 사위가 된 가난한 집 아들

07_12_FOT_20100204_KWD_HSD_0006 말로 천 냥 빚 갚은 여자

07_12_FOT_20100204_KWD_HSD_0007 아버지의 재치로 아버지 고름장을 면한 아들

07_12_FOT_20100204_KWD_HSD_0008 이웃집 효자를 보고 버릇 고친 아들

07_12_FOT_20100204_KWD_HSD_0009 내 복에 산다

07_12_FOT_20100204_KWD_HSD_0010 여자 말 듣다가 한양으로 못 간 솟곰산

07_12_FOT_20100204_KWD_HSD_0011 콩잎 따는 처녀를 유혹해 장가간 총각

07_12_FOT_20100204_KWD_HSD_0012 죽어서 시댁 식구가 된 처녀

07_12_FOT_20100204_KWD_HSD_0013 하루저녁 자고 만리성 쌓는다는 말의 유래

07_12_FOS_20100204_KWD_HSD_0001 밭 매는 소리

07_12_FOS_20100204_KWD_HSD_0002 시집살이 노래

07_12_FOS_20100204_KWD_HSD_0003 그네 노래

07_12_FOS_20100204_KWD_HSD_0004 화투 노래

07_12_FOS_20100204_KWD_HSD_0005 권주가

07_12_FOS_20100204_KWD_HSD_0006 노랫가락

07_12_FOS_20100204_KWD_HSD_0007 창부 타령

07_12_MFS_20100204_KWD_HSD_0001 아리롱

황덕주, 남, 1932년생

주 소 지 : 전라북도 진안군 마령면 평지리 원평지 1길 12-2
제보일시 : 2010.3.6
조 사 자 : 김월덕, 허정주, 진주

제보자는 진안군 마령면 평지리에서 태어나서 성장하였다. 농업에 종사하며 지금까지 살고 있다. 제보자는 젊어서부터 술과 풍류를 좋아하고 마을에서 소리 잘하는 재주꾼으로 통했다고 한다. 제보자의 아내(할머니)에 따르면, 친정동네가 사람들이 억세기로 유명한데 제보자가 노래를 잘해서 장가간 날 동네 총각들에게 매를 안 맞았을 정도였다고 한다. 그러나 지금은 제보자(할아버지)가 건강을 보살피지 않고 술을 너무 좋아해서 살기가 힘들다고 하소연하였다. 조사자가 방문했을 때에도 그 전날 약주를 너무 드셔서 기력이 없는 상태였다. 슬하에 1남 5녀를 두었다. 조카딸이 전주 도립국악원에서 가야금 교수로 있다.

제보자는 자신에 대해서 "키는 작아도 어디 가면 똑똑한 소리 잘하고 노래 잘하는 멋쟁이"라고 소개했다. 제보자에 따르면 한량이었던 부친은 일은 그다지 많이 안 하고 소리를 잘해서 앞소리꾼을 많이 했고 시조도 잘했다. 부친의 영향으로 제보자 자신도 풍류를 좋아하게 된 것 같다고 한다. 마을에서 관광을 갈 때에도 제보자가 나와야 재미가 있다고 말할 정도라고 한다. 제보자는 동네 어른들이 노래하는 것을 듣고 따라 불렀는데 청이 하도 좋아서 어른들이 총애를 했고 동네에서 소리꾼으로서 자질을 보였다.

조사자가 처음 방문했을 때는 제보자가 숙취가 있어서 노래하기를 거듭 사양하다가 나중에 노래를 몇 마디 불러 주었다. 제보자가 젊었을 때

마을로 초청되었던 소리꾼에게 들은 판소리 한 대목을 불러 주기도 했다. 제보자는 농요는 혼자 불러서는 그 맛이 안 난다고 하면서 기력을 차려서 동네 사람들과 여럿이 불러 주기로 약속을 하였다. 그리고 두 번째 방문 했을 때에는 뒷소리를 할 수 있는 분들과 함께 모여서 성심껏 노래를 불러 주었다. 제보자는 노래에 대한 설명도 친절하고 자상하게 해 주었다. 제보자의 말대로 제보자는 체구는 작지만, 총기가 좋고 목청도 좋으며 목소리에 힘이 넘치는 소리꾼이었다.

제공 자료 목록

07_12_FOS_20100306_KWD_HDJ_0001 논 매는 소리 (1)
07_12_FOS_20100314_KWD_HDJ_0001 논 매는 소리 (2)
07_12_FOS_20100314_KWD_HDJ_0002 청춘가
07_12_ETC_20100306_KWD_HDJ_0001 수궁가 중 토끼 화상

지성이와 감천이

자료코드 : 07_12_FOT_20100206_KWD_KYY_0001
조사장소 : 전라북도 진안군 마령면 강정리 원강정 128번지
조사일시 : 2010.2.6
조 사 자 : 김월덕, 허정주, 진주
제 보 자 : 김영이, 여, 77세
구연상황 : 원강정마을회관에 처음 방문했을 때 김영이 제보자를 만나고자 했으나 제보
자가 출타중이어서 만나지 못했다. 두 번째로 마을에 방문하여 제보자를 만났
는데 회관에 사람이 많아서 너무 소란하여 제보자 자택으로 자리를 옮겨서
이야기를 들었다. 마령마을지를 펴낸 마을조사단이 제보자를 선행 조사한 자
료를 참고하여, 지성이 감천이 이야기를 제보자에게 청하였더니 바로 이야기
를 구연해 주었다. 제보자는 옛날에 시집오기 전에 어렸을 때 친정에서 아버
지가 이런 이야기를 들려주었다고 하였다. 친정아버지는 마을에서 유식한 양
반이었고 이런 옛날이야기를 잘 들려주었다고 한다.
줄 거 리 : 지성이는 앉은뱅이, 감천이는 맹인인데 서로 도우면서 한 동네로 얻어먹으러
다녔다. 그 마을에서 지성이와 감천이는 어느 집 며느리가 자신들이 자주 오
는 것에 불평하는 말을 듣고 다른 동네로 가기로 결정한다. 그리고는 재를 넘
어 가는데 목이 말라서 쉬어갈 곳을 찾으려고 한다. 그러다가 포수들이 좋은
물이 있다며 이야기하는 소리를 듣는다. 한참 후에 그곳에서 포수들 목소리가
안 나서 지성이와 감천이가 그 샘물 있는 곳으로 갔더니 맑은 물과 함께 다
듬잇돌만 한 금덩이가 있었다. 지성이와 감천이가 물을 마시고 살펴보니 포수
세 사람이 서로 금을 차지하려다가 서로를 죽여 버렸다. 금덩이를 놓고 고사
를 지내자고 하여 한 사람을 마을에 술 가지러 보낸 사이, 남은 두 사람 중
하나가 나머지 한 사람을 죽이고, 마을에서 한 사람이 돌아오자 그 사람도 죽
였다. 그런데 마을에 갔던 사람도 자기가 금덩이를 차지하려고 술에 독약을
넣어 남아 있던 사람도 죽었다. 포수들이 금덩이를 놓고 서로 죽이는 바람에
금덩이를 갖게 된 지성이와 감천이는 이것을 서로에게 양보하다가 마을 밑
절에 갖다 바치고 평생 절에서 먹고살기로 한다. 절에서 지낸 지 서너 달 후
에 절에서 대들보 무너지는 소리가 나더니 감천이는 눈을 뜨고 지성이는 자

리에서 일어났다. 그래서 지성이와 감천이처럼 마음을 옳게 가져야 한다는 뜻
으로 지성이면 감천이라는 말을 하게 되었다.

지성이 감천이가 뭣이냐믄은 지성이는 안질뱅이고 감천이는 맹인여 맹
인. 앞 못 보는 사람. 근디 인자 한 마을에서 둘이 삼서 지성이가 인자,
감천이는 눈은 감았어도 다리는 성허잖어. 그렇개로 인자 지성이를 업고
댕김서 밥을 얻어먹었댜. 그 부락에서. 사는 부락에서. 밥을 얻어먹고 댕
기는디 몇 년을 그렇게 얻어먹고 댕긴개로 인제 얻어먹고 댕기다 한 집에
를 들어강개 젊은 메느리가

"저 양반은 어찌서 우리 동네서만 저렇게, 딴 동네 가서 얻어먹고살지,
우리 동네만 와서 저렇게 얻어먹음서 사람을 성가시럽게 헌다고."

그렇개 인자 그 소리를 듣고는 둘이 상의를 힜어. 인자.

"야, 우리 여기서만 이럴 것이 아니라 그 아주머니 말도 일리가 있다.
그러니까 우리가 딴 동네로 가자. 가서 몇 년 얻어먹고 또 요리 오자."

그러고는 인자 딴 동네를 강개 여기서 말허자믄 저 사산같이 생겼는디
재가 있거든. 재를 인제 넘어가는 찰나에 갱 목이 어떻게 말라 죽겄드랴.
업고 가장개. 긍개

"야, 저, 거시기, 저, 지성아, 어디 물 조깨 있는 디 봐라." 그렇개로 감
천이가 긍개

"나도 시방 나도 물이 먹고 잔디 니가 잘 봐서 물 있는 데를 좀 찾아
라."

그렇개로 인제 지성이가 둘레둘레 헝개 푀수들이 산에서 막 뛰어내려
옴선 여그 막 좋은 시암 물이 있다고. 물이 있응개 물 먹고 가자고. 막 그
러드랴. 그런 소리가 나드랴. 그서 인제 불 히 놓고 거기서 쉬어 갖고 저
사람들 먹고 간 지, 후에 그 사람이 인제 먹고, 먹으로 갈라고. 거기서 인
자 내려 갖고 쉬어 갖고 있응개로 한참 거기서 막 와글와글 허더니 뭔 여

가 금덩이가 있다고 허고, 뭔 소리가 막 요란스럽게 나드랴.

그서는 인자 그러고 있응개 한참 있응개로 사람 소리가 없고 아무 소리가 없어서 인제 한참 있다가 물을 먹으러 인자 올라, 차즘차즘 올라강개, 행수 물이 참, 산에서 그렇게 잘 내려오드라네. 말금허니.

근디 바라봉개로 걍 이렇게 다듬독만 헌 금덩어리가 거가 있드랴. 물 이렇게 났는디 딴 사람은 그게 금으로 안 뵈었어. 딴 사람이 거그 와서 수없이 먹고 간 물인디. 근디 그 지성이허고 포수들만 그걸 봤단 말여.

그리서 인자 물을 먹고 인제 그놈을 주서 갖고 옴선, 겁나게 무겁디야 금이라. 주서 갖고 옴서, 야, 주서 갖고 와서 그 제자리다 놓고 쉰 자리다 놓고는

"이 사람들이 어디로 다 갔을끄나."

그러고는 인자 그 거시기가, 감천이가 지성이를 업고 살살 살펴 봉개로 거기서 하나를 죽여 버렸어. 둘이, 서이 인제 만났는디 하나는 가서 우리가 그, 저 포수들이

"우리가 여기서 이렇게 주워갖고 그냥 갈 것이 아니라 고사를 지내고 가자. 긍개 니가 가서 저 밑엣 마을에 가서 술을 한 병 받아 갖고 오니라."

그서 보내고 옆에 있는 사람을 쏴 죽이 버렸어. 하나 있는 사람을. 그러고는 인자 그 사람 오믄 인자 거시기 쏴 죽이 버리고 지가 차지를 헐라고. 그렸는디 인자 그 사람이 옹개 하나뺐이고

"어디 갔냐고." 헝개

"화장실으 갔다고."

그러고는 나와서는 인제 그 사람만 죽여 버렸어. 오는 디다 대고, 쏴서.

그래 술을 받어 갖고 왔응개, 저, 다 죽여 버렸응개 내가 술만 먹으믄 인제 내 것 아녀. 술이나 먹고 이것 갖고 가자 그러고는 인자 술을 인자 벌떡벌떡 마셨어.

마싰는디 그 사람도 역시 독약을 탔네. 긍개 독약을 타서. 다 마음이 못쓰잖아. 그렁개로 독약을 타 갖고는 다 죽어 버렸어. 서이가. 다 죽어 버링개 사람은 죽어 버리고 그 금만 남아서 인자, 갖고 내려와 갖고는 마을로 내려가 갖고는

"이것을 어떻게 허믄 좋겄냐." 저그 둘이 인자 상의를 헝개로

"니가 걸어왔응개 이것을 줏었지. 내가 걸어오들 못헌디 어뜿게 내가 이것을 줏을 것이냐. 눈은 있다 치라도." 그렁개 감천이는

"니가 눈이 없으믄은 인제 어뜿게 봐서 말허자믄 그것을 줍냐."

긍개 서로 니 맘대로 히라, 내 맘대로 히라 허다가는

"그러지 말고 요 밑에 절이 있응개 우리가 거기다 갖다 바치고 거기서 평생 먹고살자. 그놈을 갖다 바치고."

그리 갖고 인자 거기서 먹고사는디, 한 서너 달 먹고상개로 아 이제 말 허자믄 법당 안에서 걍 무슨 대들보가 걍 부너지는, 부러지는 소리가 막 나드랴.

와창창 부러지드랴. 긍개 감천이는 눈을 뚝 떠 버리고 지성이는 뻘떡 일어나 버리고 그리 갖고 성헌 사람 돼 갖고 잘살았디야. 긍개로 말허자 믄 마음씨가 옳으야 헌다고 지성이믄 감천이라고 그렇게, 그 소리가 지성 이 감천이가 맘씨가 옳대서 지성이믄 감천이라고 왜 흔히 허잖아 그런 말 을. 그런 거여. 그 소리여.

착하게 살아서 복 받은 사람

자료코드 : 07_12_FOT_20100206_KWD_KYY_0002
조사장소 : 전라북도 진안군 마령면 강정리 원강정 128번지
조사일시 : 2010.2.6
조 사 자 : 김월덕, 허정주, 진주

제 보 자 : 김영이, 여, 77세

구연상황 : 원강정마을회관에 처음 방문했을 때 김영이 제보자를 만나고자 했으나 제보자가 출타중이어서 만나지 못했다. 두 번째로 마을에 방문하여 제보자를 만났는데 회관에 사람이 많아서 너무 소란하여 제보자 자택으로 자리를 옮겨서 이야기를 들었다. 지성이 감천이 이야기를 들은 후에, 마령마을지 자료에 실렸던 이야기를 청했더니 바로 구연해 주었다. 이 이야기도 친정에서 아버지가 들려준 이야기라고 하였다.

줄 거 리 : 한 동네에 가난한 김씨와 부자인 조씨가 살았다. 어느 날 조씨네가 이사를 가게 되었다. 몇 년 후 김씨가 아버지 상을 당했는데 어떻게 초상은 치렀으나 삼년상을 치르려고 하니 가진 것이 하나도 없어서 조씨를 찾아갔다. 김씨는 어렵게 쌀 세 가마니를 빌려달라고 했더니 김씨가 쌀 대신 좋은 소 한 마리를 내 주면서 팔아서 돈을 쓰고 나중에 갚아달라고 하였다. 그래서 장에서 소를 팔아 그 돈을 전대에 넣어서 밤에 산길을 가는데 도둑이 나타나 돈을 내놓으라고 위협하여 서로 옥신각신하였다. 이때 산간수가 나타나 자초지종을 묻자 김씨는 별일 아닌 것으로 이야기해서 간수를 돌려보내고, 자기 가진 돈도 도둑에게 다 주고 산길을 갔다. 도둑이 뒤따라오면서 김씨를 불러서 빼앗았던 돈을 다시 돌려주면서 김씨에게 사는 곳을 묻자 처음에는 해칠까 하여 안 알려주다가 나중에 알려주었다. 몇 달 후에 그 도둑에게서 김씨한테 자기 집에 오라는 편지가 왔다. 김씨는 처음에는 안 갔으나 세 번째 편지를 받고 그 집에 갔더니 엄청나게 부잣집이었다. 그 도둑은 박첨지라는 사람으로, 그 도둑의 아버지는 자기 아들이 1년에 한 번씩 그렇게 도둑질을 해서 뺏은 것을 가난한 사람에게 나눠주는 버릇이 있는데, 산간수를 만났을 때 위기를 모면하게 해주어 고맙다며 김씨를 극진히 대접했다. 그렇게 한 달간 김씨는 박첨지 집에서 편히 쉬며 머물다가, 박첨지가 준 돈과 말을 받아서 자기 집에 돌아와 보니, 그 자리에 박첨지네와 똑같은 집이 지어져 있고, 김씨가 집을 비운 사이 박첨지가 양식을 보내 식구들도 잘 지내고 있었다. 그 후로 김씨네와 박첨지네가 서로 호형호제하며 잘살았다.

한 부락에서 김씨허고 조씨허고 두 집이 살았는디 조씨네 집은 부자로 살고 김씨네 집은 그냥 똥가랭이가 째지게 살아.

긍개 조씨네 집에 가서 품 팔아서 먹고 인제 품 팔아서 논도 거시기 소 좀 얻어다가 갈아서 인자 품 팔아서 그 집이서 말허자믄 조씨네 집에서

먹고살다시피 허지. 그렇게 살았는디 어느 땐가 그 집에서 이사를 간다고 허드라네. 그 조씨가. 그리서

"왜 이사를 갈라고 그러요? 성님 왜 이사를 갈라고요? 우리는 어쩔라고 어떻게 허라고 이렇게 이사를 갈라고요. 갈라믄 같이 갑시다." 그렁개로

"자네는 여기 있고 내가 그리 불가피 갈 일이 있응개로 가야 형개로 내가 그리 가도 자네는 안 잊음세."

그러고 갔는디 인자 가 갖고 몇 년 살다가 봉개 인자 아부지가 돌아가셨어. 김씨네가. 가난한 집이. 아부지가 돌아가셨는디 인자 오월, 오월 달에 돌아가시갖고는 그때는 농사짓고 막 한창 바쁠 때 아닌개비.

그 농사질 때 바쁜 땐디 그냥 어떻게 초상은 치루고 그 이듬해 인제, 그 이듬해 여 이런 디, 그전에는 삼년상을 내웠어. 삼대상이라고. 초년 지사, 인자 올해 돌아가셨으믄 인제 초상 치고, 내년에 지사, 내후년에 지사, 그렇게 삼년을 지사를 지냈어. 삼대상이라고. 그러게 지사를 지낼라고 인자 봉개로 아무것이나 있가디? 인자 그 집을 찾아갔어. 그 집을 찾아가서

"아 형님."

"어찌 왔는가 자네가." 긍개

"아, 내가 형님한테 뭣 좀 아쉬운 것이 있어서 왔는디 말이 차마 입이 안 떨어져서 말을 못 허겄소."

그렁개로 아, 말을 허라고 그려도 못 허고는 사흘이 되아도 말을 못 허고는 인자 사흘째 남서는 와야 겄는디 말을 히야겄어.

긍개 조반을 챙기 준개로 먹을라고 험서 밥을 떠먹고 인제 또 그 사람을 바라보고 한 번 떠먹고 그 사람을 바라보고,

"아, 자네 나한테 헐 말이 분명히 있는 것 같은디 아, 허지, 서슴지 말고 허지, 자네허고 나 사이에 뭐 못헐 소리가 있어서 그러고 서슴고 있는가. 말을 허게." 그렁개

"그런 것이 아니라 자네도 아다시피 아버님이 작년에 작고허시 갖고

올해 소대상이 아닌가. 근디 아무런 기초가 없으니 어뜪게 허믄 좋으까. 쌀 세 가마니만 주게." 그렁개로

"쌀 하나도 없다고."

허드라. 다 놓아 버리고 우리 먹을 놈뱏이다고.

긍개 그렇게 친허게 형제간같이 살았는디 없다고 탈탈 떨어버링개로 강 숟가락을 놓고는 인자 나올라고 형개로, 숟구락을 착 놓고는 돌아 숭개로 수제를 집어서 이래 들려 줌선,

"밥 먹게."

"아, 이 사람아 내가 아무것이라도 자네 주믄은 될 것 아닌가 소를 한 마리 가지 가게. 소를 한 마리 갖다가 팔아서 그놈으로 쓰고 지사 지내고 나온 돈으로 나를 사서 주믄 될 것 아닌가. 빚을 갚으믄 될 것 아닌가. 소를 한 마리 가지 가게."

긍개로 거시기 농사지을 때가 오뉴월인디 소를 부리 먹을 땐디 넘 준다고 형개 거짓말로 알고는 그냥 나옹개로, 또 숟구락을 주서 줌선

"먹고, 아, 내가 자네 소만 주믄 되지 않는가. 왜 이렇게 자네 나를 못 믿는가."

그리 갖고 인자 소를 한 마리를 줬어. 줬는디 참 상놈의, 좋은 놈을 한 마리를 중게 그놈을 갖고 와서는 인자, 그러고 실가리를 허고 인제, 무슨 재를 그전으 걸어댕기고 형개 재를 넘어가 갖고 그 소를 갖다 팔아 갖고 상금을 받았어. 거그서.

그 장으서. 추장금을 받아 갖고. 그전에는 가방 그런 것이 없응개 자루라고 전대라고 있었어. 전대. 이렇게 양쪽으가 구녁이 뚫어지고 가운데는 이렇게 꼬매고 요만헌 자루를, 지드란헌 자루같이 생겼어. 전대라고. 거그다 인자 넣어 갖고는 허리다 차고 너무 섬 소 팔고 거그서 가고 걸어오고 걸어 가장개 인자 밤에 올 것 아녀.

근디 밤에 인자 이렇게 산질을 걸어 강개로 아, 강, 도둑놈이 칼을 쑥

내밀음선 돈 내놓으라드랴.

"나 돈이 없어서 우리 아버님 기일이 돌아오는디 시방 친구 집이로 돈 조깨 빌리러 갔더니 안 줘서 그냥 내가 시방 돌아오는 길인개 뭔 돈이 있냐고. 아무것도 돈이 없다고." 헝개

"야 이놈아. 니가 전대에 시방 돈이 시방 소 한 마리 상놈의 소 팔아 갖고 전대에 시방 들었지 않냐. 이놈아. 끌러 내 놔라." 그렁개로

"그러믄은 나, 우리 아버지 지사 지낼 놈만큼 절반만 나를 주고 절반만 가지 가시오." 그렁개로

"안 된다고. 다 내놓으라고."

그러자 인자 산간수들이라고 그전에 있었댜. 산간수들이. 간수가 쑥 나타남서

"웬 놈들이 여기서 밤에 싸움을 허고 이러냐고."

그렁개로 그 소 팔은 사람이 뭐라고 허냐믄은

"아, 요 가실 길을 가시라고. 나는 우리 동네 사는 아자씬디 빚이 조깨 진 것이 있는디 이 양반은 다 돌라커니 나는 우리 아버님 지양 모실라고 쪼끔만 달라커니 시방 옥신각신 허는 참인개로 우리 거시기 헐 것 없어서 가실 길 가시라고." 그러드랴.

그렁개 돈을 다 돌라고 헝개 줘 버렸어. 줘 버링개 갖고 저만치 가드랴. 긍개 이 사람은 허뿌지. 싹 뺏겨 버리고. 허뿐디 투덜투덜 걸어옹개 얼매나 가다가 불르드라네.

그서 돌아도 안 보고 인제 네 놈이 도둑놈인디 나를 해칠라고 불르지 이익 줄라고 부를 것이냐 싶어서 돌아도 안 보고 투덜투덜 걸어강개 쫓아와서는 돌림선 내 말 좀 들으라고 허드래.

"그 뭔 말이요? 대관절 들어 봅시다. 뭔 말 허는가."

"어디서 왔소?"

"어디서 왔는가 알 것 없고 가는 길 가라고."

그 사람을 돌리보내. 죄다 인자 어서 살고 어뚱게 생겼냐고 묻고는 그 돈을 싹 주드랴. 그 사람을 도로. 그리서

"왜 이렇게 다 주냐고. 절반이라도 갖고 가야 당신 마음이 후련헐 것 아니냐. 긍개 나 절반만 주고 절반은 갖고 가라고."

해치까 싶어서 인자 그렁개로.

"아니다고. 싹 가지 가라고."

주고는 인제 가드랴. 또 저만침 걸어가더니 또 불르드랴.

'이놈이 또 마음이 달라졌구나. 또 뺏을라고 허는구나' 싶어서는.

"왜 그러냐고." 헝개로

"어디 사는가 주소를 좀 적어달라고." 허드랴.

"아, 주소 알 것 없다고. 나는 저 산골짝으서 상개 주소도 알 것도 없고 그냥 가시라고." 그맀더니 또 몇 발 걸어가더니 또 돌아서서 또 묻더랴.

세 번째 물어서 한두 번은 니가 인사차 그맀을 것이고 세 번째 물응개는 갈치 주야겄다 싶어서는 인자 갈치 줬디야. 그맀더니 한 서너 달 살응개 편지가 왔드라네. 그 사람한테서. '우리 집을 찾아오라고. 아무디 아무디 상개로 찾아오라고.' 그럼선

'그 문지기들이 버티고 있을 팅개로 문지기들한테 내가 말을 잘 히 놓을 팅개 내 이름을 잘 대고 찾아오라고.' 그리서

'이놈아 내가 찾아가기는. 도둑놈의 집을 내가 뭣 허게 찾아가.' 그러고는 안 가고 있응개로 또 왔드랴. 편지가. 그서 또 안 갔댜.

그맀더니 또 왔드랴. 그서 인자 세 번째 와서 찾아갔디야. 찾아가다는 인자 정자나무가 있어서 봉개 노인들이 막 거기서 놀고 잠도 자고 그러드랴. 근디 거기 앉어서 성개로,

"어디서 온 뉘시오?" 허고 묻드랴.

"나 아무디 아무서 왔는디 이번에 이 동네 박첨지라는 집이 있다는디 박첨지네 집이 어디오?" 긍개

"하이고, 어뚷게 박첨지네 집을 갈라고 당신이 와 있소, 잉? 거기 참 무서운 집이오. 박첨지네 집이 무선 집이오. 아무나 못 들어가요. 대문이 열두 개고 처음에 들어가는 디는 세파트가 큰 놈이 있어 갖고 아무나 못 들어강개로 조심허라고. 거그 못 간다고. 가든 못 허지만 가드래도 조심허라고. 그 집을 들어가들 못 헌다고." 그드랴.

그서 갔디야. 긌더니 어디서 왔냐고 물어서 인자 갈치 중개, 걍 개 목사리를 탁 허고는 열어 주드랴. 그 인자 처음에서 보냉개로 통과 통과 히 갖고 들어갔어.

다 들어가 갖고 인자 마당을 들어강개 마릉으 가서 옷도 근사하니 입고 정자관을 쓰고 담뱃대를 질게 물고 마릉으가 버선을 신고 있드랴. 그런디, 긍개 몰르지. 밤에 봤응개 그 사람은. 그게 도둑놈이란 걸 모르지. 긍개로 막 인자 보더니 막 버선발로 뛰어내려 오드라네.

그리 갖고 인자 데리고 들어가 갖고는 목욕 싹 시기 갖고 자기같이 똑같은 옷 입히고 정자관 씌우고 히 갖고는 인자, 저으 아버지한테로 인사를 시기로 가드랴. 그리 갖고 인자

"아부지 이러이러헌 사람이오." 그렁개로

"참 고맙다고." 험서

"나는 너를 낳은 부모고 이분은 너를 살려준 부모인개 나허고 이분허고 똑같이 차별 말고 대해 주라고. 대허고 살으라고."

그러면서 인자 야가 그런 짓을 안 허는디 1년에 딱 한 번을 헌디야. 1년에 딱 한 번을 헌디 그놈을 훔쳐다가 지가 저그 살림에 보태는 것도 아니고 없는 사람, 빌어먹는 사람, 그냥 가난헌 사람을 준디야.

훔쳐다가도. 거 갖다가. 지가 먹는 것이 아니라. 긍개 인제 그 당신이 그때 그러고서부터서 그 버릇을 놓아 갖고 지금 이렇게 이러고 산다고.

근디 누가 산간수가 와서 둘이 도둑놈이 돈 돌라고 허는디 이게 도둑놈이라고 허지, 이게 우리 아저씨다고 헐 사람이 어디가 있냐고. 안 그려?

나라도 살을라고, 죽이게 생겼는디 이게, 이게 도둑놈잉개로 나 좀 살려 달라고 험서 그 산간수 따라가믄은 그놈은 죽지. 죽는댜. 그때는.

그런디 인자 그러지 안 허고, 인자 살려줬대서 살려준 부모, 자기는 낳은 부모, 그리 갖고는 인제 쉬어서 가라고 험서

인자 집에다 데려 놓고 밥을 해 먹이고 자기 똑같이 함께 앉어서, 마룽으 앉어서 부채질 활활 허고 그러고 앉었는디, 아, 이 사람은 저 아무것도 없는 사람, 인자 보고 왔는디 식구가 굶어죽게 생긴개로 가고자서 걍 안달을 헐 것 아녀. 갈라고 형개로 못 가게 허드랴.

"한 달 만에 가라고. 한 달만 있다 가라고."

"우리 식구는 굶어죽는다고."

"안 굶어죽응개 걱정 말고 여기서 한 달만 살다 가라고."

그리 갖고는 인자 보름 되아 갖고는 도망을 나왔댜. 도망을 오다가 떨켰어. 그렁개 문간수가, 문지기가 서서 그러드랴.

"아, 당신이 가라고 헐 때 가믄은 세상도 편허고 인제 거시기 헐 참인디 뭣 헐라고 도망가느라고 애를 쓰요. 걱정 말고 들어가서 쉬시오."

두 번을 도망가다 떨켜 갖고 못 허고는 인제 쉬었어. 쉬고는 한 달이 됭개로는

"가지 말래도 인자 가라고. 성님, 가지 말래도 인제 가라고."

험서 논, 자기허고 똑같이 살 돈, 또 말 한 필, 돈 한 궤짝, 따로 살림 쓰고 허라고 또 한 궤짝, 그렇게 두 궤짝을 실려 갖고 말 한 필, 말 두 필.

인제 그렇게 히 갖고 둘을 머슴을 딸리서 인자 그 사람을 데리다 줘. 데리고 인자 자기 집이를 갔어. 가서 봉개 자기 집이 어디로 없어져 버렸어.

없어져 버리고 저그 집허고 똑같이 지어 놨어. 거기다. 그러고 거 식구들도 안 굶어 죽이고 양식을 대 줘서 인제 멕이고 잉, 멕이 살리고,

인제 그 집허고 똑같이 지어 갖고는 거기다 인자 딱 내리놓고 여그서

인제 형님 동생 허고 친척같이 잘살으라고 그럼선 주고 그 머심 둘까지, 말 두 필까지 딱 그 집이다 주고, 인제 자기네 같이 살고 요 집은 요 집 대로 잘살고 인제 잘살드랴.

긍개 마음이 옳아서 그 사람을 살렸응개 그러지 거기서 산간수 보고 일러 버렸으믄은 죽었지. 그렁개 걍 고마운 것이 되아서 그렇게 부자고 호화시럽게 사는데 죽으믄은 어쩔 것여. 그렁개 얼매나 감축히서 그런 짓을 힜을 거여.

그래서 보내고 그렇게 잘살드랴. 그것도 우리 할아버지, 저 우리 아버지가 갈치 줘.

여자가 산이 큰다고 말하자 크기를 멈춘 마이산

자료코드 : 07_12_FOT_20100206_KWD_KYY_0003
조사장소 : 전라북도 진안군 마령면 강정리 원강정 128번지
조사일시 : 2010.2.6
조 사 자 : 김월덕, 허정주, 진주
제 보 자 : 김영이, 여, 77세
구연상황 : 강정 마을회관에 처음 방문했을 때 김영이 제보자를 만나고자 했으나 제보자가 출타중이어서 만나지 못했다. 두 번째로 마을에 방문하여 제보자를 만났는데 회관에 사람이 많아서 너무 소란하여 제보자 자택으로 자리를 옮겨서 이야기를 들었다. 제보자는 시집오기 전에 친정아버지에게서 들었던 '지성이와 감천이', '착하게 살아서 복 받은 사람' 이야기를 구연한 후에 조사자가 마이산 이야기를 청하자 이야기를 해 주었다.
줄 거 리 : 암마이산은 새벽에 크자고 하고, 수마이산은 밤중에 크자고 했는데 결국 새벽에 커 올라갔다. 그런데 한 여자가 새벽에 일쩍 물을 길러다 밥을 하고 머리를 빗다가 산이 커 오르는 것을 보고는 산이 큰다고 소리를 질렀다. 그러자 수마이산이 암마이산 때문에 더 크지 못했다고 암마이산을 발로 차 버리고는 새끼 두 마리를 데리고 돌아앉아 버렸다. 여자가 산이 큰다는 소리만 안 했으면 큰 도시가 될 수 있었는데 여자가 소리를 치는 바람에 그렇게 되지 못했다.

긍개 저 마이산, 말귀같이 생겼다고 마령. 말귀같이 생겼다는 사람, 뭐, 마령 뭐, 비가 많이 오거나 눈이, 눈이 안 오거나 비가 안 오거나, 막,

비가 큰물이 막 져서 대수가 지고 그러믄은 여그는 안 지거든. 그런 대수가 여기는 안 진개 저쪽으로는 많이 와도, 장수 저쪽으로는 많이 와.

그도 여그는 그렇게 안 옹개로 진안은 지내가고 마령은 말아 버렸다고 그렇게 별명이 그려. 그전에 마이산이 쬐깐했디야. 산이. 쬐깐힜는디 암마이산 수마이산 그러거든.

암마이산은 새복으 크자고 그러고 수마이산은 밤중에 크자고 그러고 그렀댜. 그렀는디 인자 암마이산이 새복으 크자고 형개로 새복으 컸어. 크는데 인제 거, 할머니가 여자가 인제 아침에,

그전에는 여자들이 일찍 일어나서 머리 빗고 밥을 히야 혀. 물 질어다 밥을 히야 혀. 지금은 수도나 있지.

물을 질어다 인자 밥을 히고, 인자, 머리를 빗고 인자, 빗접이라는 것이 있어. 그전에는. 그 빗접을 탈탈 털응개 앞에 산이 막 무럭무럭 크거든. 그렁개로

"히, 아이고, 저거 산 크는 것 보라고. 우리 산이 저렇게 막 큰다고." 긍개 걍, 팩 짜그라져부렀댜. 긍개 획 틀어졌잖아. 저 수마이산이 저 암마이산 돌아앉어 버렸어. 새끼를 두 마리 뺏아 갖고.

인제 그런 소리만 안 힜으믄 여가 거창허게 큰 도시가 될 참인디 그대로 짜그라져 버리 갖고 안 컸디야.

인자 그렀다는 말은 있지. 마이산은 마이산잉개. 수마이산이 암마이산을 차 버렸지. 새복으 크자고 힜다고. 차 버려.

발로 차 버리고 남자가 돌아가 버렸어. 삐쳐서. 새끼 이렇게 두 개 있잖아. 옆에가 두 개 붙었잖아.

부정한 어머니를 골탕 먹인 소금장사 아들

자료코드 : 07_12_FOT_20100206_KWD_KYY_0004

조사장소 : 전라북도 진안군 마령면 강정리 원강정 128번지

조사일시 : 2010.2.6

조 사 자 : 김월덕, 허정주, 진주

제 보 자 : 김영이, 여, 77세

구연상황 : 원강정마을회관에 처음 방문했을 때 김영이 제보자를 만나고자 했으나 제보
자가 출타중이어서 만나지 못했다. 두 번째로 마을에 방문하여 제보자를 만났
는데 회관에 사람이 많아서 너무 소란하여 제보자 자택으로 자리를 옮겨서
이야기를 들었다. 제보자는 몇 편의 이야기를 구연한 후에, 조사자가 소금장
사 이야기를 요청하자 부정한 어머니를 골탕 먹인 소금장사의 꾀 많은 아들
이야기를 구연했다. 이 이야기도 친정에서 들었느냐고 묻자 제보자는 오다가
다 주워들은 이야기라고 했다.

줄 거 리 : 소금장사가 멀리 소금을 팔러 가서 집을 비운 사이 소금장사의 아내는 이웃
집 박서방과 바람을 피웠다. 이것을 목격한 소금장사의 일곱 살짜리 아들은
아버지가 집으로 돌아오자, 어머니와 이웃집 박서방이 만나기로 약속한 팥밭
으로 아버지를 이끌었다. 그리고 박서방과 약속한 대로 어머니가 점심을 해서
이고 밭으로 나오자, 아들은 아버지가 밭을 파는 데로 어머니를 안내했다. 소
금장사 아버지는 아들에게 박서방도 같이 먹게 불러 오라고 하니 아들이 안
간다고 하다가 떡을 주면 가겠다고 한다. 떡을 받아 든 아들은 박서방한테 가
는 길에 떡을 하나씩 하나씩 떨어뜨리고 갔다. 아들은 박서방에게 가서는 아
버지가 자기 어머니와 바람피운 사실을 알고 죽인다고 오랬다고 얘기한다. 박
서방은 어린 아이가 못하는 소리가 없다며 아이를 나무래서 돌려보낸다. 그
아들은 돌아와서 아버지한테는 아버지가 데리러 와야지 온다고 했다고 말하
자 아버지가 직접 박서방을 데리러 가는데, 가는 길에 떡이 있으니 그것을 주
으면서 갔다. 어머니가 아버지가 뭘 줍느냐고 하자, 아들은 어머니 죽이려고
돌 줍는다고 말한다. 어머니가 그 말을 듣고 도망을 간다. 아버지가 아들에게
너의 어머니가 왜 저렇게 도망을 가냐고 하니까 아들은 집에 불이 나서 그렇
다고 한다. 소금장사 남편이 막 뒤쫓아 오자 그 아내는 그만 주저앉아서 실토
를 하고 만다.

그 소금장사는, 인제 소금장사 애기가 뭐냐믄은 그 소금을 팔러 인제,
애기가 일곱 살 먹은 애기가 있는디 고놈을 두고는 인자, 가난헝개로 소

금을 팔러 각시허고 둘이 두고는 인제 소금을 팔러 갔다가 오고, 오고 허믄은 그 이웃에 있는 남자가 그 각시를 봤던개벼.

긍개 그 일곱 살 먹은 놈이 옆에서 장개 강, 다 봤던개비지. 그걸. 근디 인자 저의 아버지가 옹개로 소금장시를 히 갔고. 잉, 그맀는디 인자 그 날 저녁으 이렇게 약속을 허드랴.

"아무 디 아무 골로 팥밭을 파러 내가 갈랑개 그리 점심을 히 갖고 오라고."

근디 일곱 살 먹은 것이 들었어. 그 소리를. 듣고는 인자 있는디 저그 아버지가 옹개로,

"아부지, 아부지, 우리도 팥밭 파로 가자고. 부자 되게 팥밭 파러 가자고."

"아, 이놈아. 내가 힘들어 죽겄는디 인자 제우 오늘 왔는디 무슨 놈의 팥밭을 파로 가작 혀. 나 못 간다. 안 갈란다. 나 쉴란다."

험서 드러누웅개 막 인내킴선

"가자고. 가야 혀. 아빠. 오늘 가야 혀. 그리야 거시기 뭐여, 우리도 부자가 되어서 밭 지어 갖고 부자가 되어서 부자로 살응개로 가자고."

긍개 인자 그 어린 것이 하도 그렁개로 갔어. 그 인자, 그 김서방은 여그서 팥밭을 파믄은 박서방은 여, 말허자믄 동네 남자는 여그서 파.

아니, 소금장시는 여그서 파고 그, 저 동네 남자는 여기 가찬 디서 파고. 그맀는디 가서 인제 거기서 팥밭을 파고 있응개로 저의 어매가 막 히서 이고 오드랴. 고개를 막, 고개가 빠지게 히서 이고 오드랴. 긍개 쫓아가 갖고는

"아빠, 아빠, 엄마가 저기서 밥 히 갖고 옹개 내가 받아 갖고 오께." 그렁개로

"그러라고." 허드니

"엄마, 엄마, 아빠 저기서 밥 팡개로 그리 갖고 가."

형개 인제 둘이는 말허자믄 어긋나 버렸지.

그리 저, 요리 남자한티로 갖고 가기로 힜는디 서방이 안 가믄은. 긍개 저 아버지 몰리 갔어. 저의 어매 몰리 데리고 갔어. 그리 갖고는

"가서, 저기 가서 박서방 조깨 데리고 오니라." 그렁개

"나 안 가." 그렁개로

"아, 이놈 새끼야. 가서 데려다가 함께 먹게로 가 데리고 와."

즈 아버지는 아무 종도 모르고 그렁개로

"나 그러믄 떡 먹음선 가게 떡 좀 줘." 그러드랴 그렁개

"그려라. 한 주먹 쥐고 감선 먹어라."

한 골마리를 막 담아 갖고, 갖고 인자 내려왔는디 가가 그놈을 하나썩 하나썩 떤지 놓고 내리왔어. 그 떡을. 떤지 놓고 인자 그놈을 내려옴선

"박생원, 박생원." 형개

"왜 그러냐." 형개

"너 우리 아버지가 너 엊지녁으 우리 엄마랑 그맀다고 쥑이 버린다고 오리야." 그렁개로

"재이, 이놈아 그런 소리 허지 말고 어서 가. 이놈아. 이놈 새끼. 찌깐헌 것이 못헐 소리가 없네. 어서 가. 이놈아." 긍개로 갔어.

"아빠, 아빠, 아부지가 데리러 와야지 안 간댜."

긍개로 아 인제 아버지가 데릴러 가서 델러 감서 봉개 떡이 있거든. 떡이 있응개로 인자 그놈을 줏어. 주섬주섬 인자 줏어. 즈 아버지가.

줏응개로 머슴아가 또 헌다 소리가 잉,

"너 아버지 뭣을 저렇게 줍냐?" 즈 어매가 그렁개

"오매 때리 죽일라고 독 주워."

그맀다 말여. 그렁개로 인자 막 여자가 도망을 가. 도망을 강개로

"왜 너그 어매가 저러고 도망간댜?"

"우리 집에 불 났댜. 아부지."

긍개 막. 저으 어매 도망가. 저의 아버지 도망가. 막

"박서방, 박서방."

"어, 이 사람아, 그런 일 없네. 아들 말만 듣고 배 딴다네. 어서 가서 자네나 먹게."

"박서방 이리와 밥 먹어, 밥 먹어."

"어, 이 사람아 그런 소리 말게. 아들 말 듣고 배 딴다네."

그러고는 인자 안 갔는디 독을 줏어 갖고 인자 올라강개 저그 어매가 이렇게 도망을 가거든. 긍개 인자 막 도망을, 집으로 도망을 강개 막 쫓아 강개로

"왜, 너그 어매 왜 저러고 간다냐?" 긍개로

"왜 너의 아부지는 뭣을 저렇게 줏는다냐?" 헝개

"오매 때리 죽일라고 독 줏어." 그러고 인제 또 저의 아버지가

"왜 너그 어매가 저러고 간다냐?"

"우리 집에 불났댜. 아버지."

긍개 뒈지게 도망가고 뒈지게 쫓아가고 가다가는 집이 가다가 가다가 저기가 엉덩이가 팍 주저앉음서

"아이고, 내가 잘못 혔어요. 잘못 혔어요."

그럼서 인자 실토를 허드랴. 그서 이 미친년이 히 갖고 등허리를 탁 뚜들고는 남자가 그냥 픽 주저앉드랴. 저 없는 새에 인자 그렇게 놀아나서. 고개 까닥까닥 혀? 이야기는 다 거짓말여.

우렁 각시

자료코드 : 07_12_FOT_20100206_KWD_KYY_0005
조사장소 : 전라북도 진안군 마령면 강정리 원강정 128번지
조사일시 : 2010.2.6

조 사 자 : 김월덕, 허정주, 진주
제 보 자 : 김영이, 여, 77세
구연상황 : 원강정마을회관에 처음 방문했을 때 김영이 제보자를 만나고자 했으나 제보
자가 출타중이어서 만나지 못했다. 두 번째로 마을에 방문하여 제보자를 만났
는데 회관에 사람이 많아서 너무 소란하여 제보자 자택으로 자리를 옮겨서
이야기를 들었다. 제보자는 지성이 감천이 이야기 외 여러 편의 이야기를 구
연한 후에, 조사자가 우렁 각시 이야기를 청하자 이것도 이야기인지 모르겠다
며 이야기를 해 주었다.
줄 거 리 : 홀애비로 사는 농부가 논에 나가서 둘러보며 "농사는 잘 되었다마는 누구랑
먹을까."라고 하자 어디선가 "나랑 나랑 먹지."라는 소리가 들려왔다. 주변을
둘러봐도 아무도 없고 물코에 큰 우렁이만 있을 뿐이었다. 농부는 큰 우렁이
를 싸서 농 안에 감추어 놓았다. 그 이후로 농부가 외출 후 돌아오면 집에 밥
도 되어 있고, 청소도 다 되어 있었다. 하루는 무엇이 그러는지 지켰다가 우
렁이 속에서 예쁜 각시가 나와서 그러는 것을 보고, 그 각시를 붙잡아 같이
살자고 했다. 우렁이 각시는 껍데기 딱지가 아직 떨어지지 않아서 사람하고
살기에 이르다고 하면서 그만 죽고 말았다.

우렁 속으서 각시가 나오는 것은 농사짓는 사람이 농사짓다가 인제 논
가양으로 휙 둘러서 인자, 홀애비댜, 홀애비. 논을 이렇게 둘러서 감선

"농사는 잘 되었다마는 누구랑 누구랑 먹을끄나."

"나랑 나랑 먹지." 누가 그러드랴.

그서 또 옆에 와서 보믄 아무 소리가 없고, 잉. 또 저그서 옴선,

"농사는 잘 되었다마는 누구랑 누구랑 먹을끄나." 헝개

"나랑 나랑 먹지." 그러드랴.

근디 인자 물코를 봉개 막, 우렁이 큰 놈이 있드라네. 그서 인자 그놈
을 잡아서 싸서 백지다 싸 갖고 농 안에다 감촤 놨더니, 어디를 갔다오믄
밥을 싹 히 놓고, 히 놓고 그러드랴. 청소도 히 놓고, 밥도 싹 히 놓고. 그
건 뭐 이얘긴가 몰라. 그게. 그런 소리를 들었어.

그리서 인자 하루는 지켰댜. 지켰더니 아, 그 농 안에서 우렁 속에서
나와서 그렇게 각시가, 예쁜 각시가 그렇게 밥을 히 놓고 들어가드라네.

그런 것을 잡았댜. 남자가. 살자고 잡았더니

"아휴, 똥구녁으 딱쟁이도 안 떨어졌는디. 아직 일긴디." 그러드랴.

왜 딱쟁이 있잖아. 이렇게 떼믄 깍지 벗어지는 거. 고것이 떨어져야 인자 그 사람허고 사는디 고것이 안 떨어질 때 뜰컸어.

그리 갖고 붙잡아 갖고 죽어 버리고 못 살드랴. 함께 같이 살 거를. 고것만 떨어졌으믄은 함께 살 판인디.

고것이 떨어졌을 때 인제 살아야 헌디 고것이 안 떨어져서 못 살고 죽어 버렸댜.

호랑이가 되어서 효도한 아들

자료코드 : 07_12_FOT_20100206_KWD_KYY_0006
조사장소 : 전라북도 진안군 마령면 강정리 원강정 128번지
조사일시 : 2010.2.6
조 사 자 : 김월덕, 허정주, 진주
제 보 자 : 김영이, 여, 77세
구연상황 : 원강정마을회관에 처음 방문했을 때 김영이 제보자를 만나고자 했으나 제보자가 출타중이어서 만나지 못했다. 두 번째로 마을에 방문하여 제보자를 만났는데 회관에 사람이 많아서 너무 소란하여 제보자 자택으로 자리를 옮겨서 이야기를 들었다. 여러 편 이야기를 구연한 후에, 호랑이가 되어서까지 어머니에게 효도한 사람 이야기를 구연해 주었다. 이 이야기는 이 동네에 와서 들은 이야기라고 한다.
줄 거 리 : 병든 어머니와 살고 있던 아들이 약이 되는 뼈를 찾아서 깊은 산골짝으로 들어갔다가 호랑이를 만났다. 호랑이는 그 아들에게 해치지 않을 테니 그대로 있으라고 하면서 어머니 약을 자신이 갖다 줄 것이니 효도를 잘하라고 했다. 그 후로 호랑이가 갖다 준 약을 먹고 어머니가 병이 나았다. 그 뒤로도 호랑이는 저녁마다 멧돼지를 한 마리씩 잡아다 갖다 주었다. 아들은 산에 가서 호랑이와 사람처럼 대화를 나누는데 어느 날은 호랑이가 자신이 돼지를 못 잡아오더라도 어머니를 잘 모시라고 했다. 나중에 알고 보니 그 호랑이는 오래

전에 사라졌던 형이었다. 동생은 형을 묘에 잘 묻어주었다.

　아들이 홀어머니를 데리고 삼선 그냥 아픙개로 오만 약을 다 지어다가 멕이고 오만 것을 다 지어다가 멕이고 막 히도 안 낫드랴. 오매가.

　그렁개로 어디 가서 물어봉개 어디 짚은 산골짝으 들어가믄은 무슨 뼈가 있을 팅개로 그 뼈를 줏어다가 삶아 멕이믄은 오매가 산다고.

　그래 인자, 뼈가 있는가 보러 강개로 호랭이가 있드라네. 호랭이가 있어 갖고는 막 도망 옹개로

　"안 잡아먹을 팅개 거기 있으라고."

　허드랴. 그서 인제 가만히 섰응개로

　"엄마 먹고 낫을 약은 내가 지어다 줄 팅개 너는 집에 가서 엄마한테 효도나 잘 히라."

　그러고는 인제 집이를 왔는디 인제 그렇게 엄마 약을 갖다 놨드랴. 그 말허자믄 호랭이가, 잉.

　그서 인자 그놈을 지어다 멕이고는 인자 데리서 멕이고는 잘 사는디. 캐서, 산에서 캔 거 지어 오잖애.

　그리 갖고는 잘 멕이 갖고 인자 엄마가 낫아서 잘 사는디 저녁마다 멧돼지를 한 마리씩 잡아다가 마당으다 놓드라네.

　그서 인자 고놈을 히서 멕이고 히서 엄마랑 먹고 인자 동네 멕이기도 허고 저도 먹고 인자 그렇게 잘 사는디,

　인제 가믄, 산에를 그 자리를 가믄은 그 이얘기를 혀. 아들허고 그 호랭이허고 이얘기를 그렇게 사람같이 대화를 나눠.

　그러는디 인자 하루는 그 호랭이가 그러드랴.

　"저, 내가 혹시 돼지를 못 잡을 때가 있어서 안 잡드래도 어머니를 잘 보살피라고. 잉."

　그렀는디 아, 몇 년 그렇게 허더니 자고 강개, 자고 나강개 저, 돼지가

없드랴.

그 잊어 먹었는가 싶어서 인자 그 이튿날 지달려도 또 없고. 그런디 그 사람 성이 나가서 죽었는가 살았는가 종적을 몰랐다.

긇는디 그 호랭이가 되아 갖고. 그 형이. 인제 즈 어매를 그렇게 효도를 헌 거여. 근디 죽었는디 인자 그게 저 형이드라네. 가서 봉개.

그서 동생이 되 써 주고 그러고 살았다고 또 그런 얘기도 있고. 왜 호랭이가 되아, 잉? 사람이.

멍청한 시어머니

자료코드 : 07_12_FOT_20100206_KWD_KYY_0007
조사장소 : 전라북도 진안군 마령면 강정리 원강정 128번지
조사일시 : 2010.2.6
조 사 자 : 김월덕, 허정주, 진주
제 보 자 : 김영이, 여, 77세
구연상황 : 원강정마을회관에 처음 방문했을 때 김영이 제보자를 만나고자 했으나 제보자가 출타중이어서 만나지 못했다. 두 번째로 마을에 방문하여 제보자를 만났는데 회관에 사람이 많아서 너무 소란하여 제보자 자택으로 자리를 옮겨서 이야기를 들었다. 여러 편의 이야기를 구연한 후에 시집살이 이야기가 화제가 되었다. 제보자는 멍청한 시어머니에 대한 이야기를 구연했다.
줄 거 리 : 시어머니가 며느리와 딸에게 밭을 매러 가라고 하면서 딸에게는 해가 넘어갈 때까지 매라고 하고, 며느리에게는 달이 뜨도록 매라고 했다. 마침 초승, 그믐께여서 달이 일찍 떠서 며느리는 집에 돌아오고 딸은 해가 지도록 늦게까지 밭을 매다가 호랑이에게 물려가 버렸다. 또 시어머니는 삼 삼는 딸에게는 삼을 잘 삼으라고 콩을 볶아서 주고, 베를 짜는 며느리에게는 베를 잘 못 짜게 하려고 찰밥을 해다 줬다. 그런데 딸은 콩을 깨물어 먹느라고 삼을 잘 삼지 못하고, 며느리는 꾸릿물에 손을 적셔서 찰밥을 먹으면서 베를 잘 짰다.

아, 긍개 그전에 시어마니가 메누리허고 딸허고 밭을 매러 가라고 히 놓고는, 딸은 해 넘어가드락 매고 오고 잉, 메누리는 달 뜨드락 매고 오라

고 힜어. 달 뜨드락 메고 오라고 헝개 인자, 인제 딸은 해 넘어가드락 맬랑개로 인자 오래 매야 헐 것 아녀.

메누리는 밭을 매다 봉개 달이 떴드라네. 해가 동동 헌디. 긍개 와 버렸어. 와 버링개로

"왜 밭을 달 뜨르락 매랑개 너는 그새 오고 가는 안 오냐?" 헝개

"아, 어머니가 나는 달 뜨드락 매고 아가씨는 해 넘어가믄 오라고 힜잖이요." 근디 뭐라고 허겄어.

그렇게 힜는디. 초승인지 그믐께인지도 몰르고, 잉. 멍청이가. 그리 갖고는 인자 딸은 해 넘어가드락 맸다가는 호랭이가 물어가 버리고 메느리는 왔드랴. 그러니 어뚷게 되겄어. 그놈의 할망구가.

그리도 시집살이 시기드랴. 그리도 긍개 죄는, 지 죄를 지가 알아야지. 멍청헌가 그렇게 시에미들이 멍청히 갖고 매겁시 메느리 시집살이, 저도 메느리잖아, 저도. 시에미도 메느리지 뭐여.

그러고 인자 딸은 삼 잘 삼으라고 막 콩을 볶어서 주고, 잉. 메느리는 베 짜는디 손에 들어붙어서 못 짜라고 막 찰밥을 히다 줬댜.

그맀더니 강, 메느리가 꾸릿물에다가, 꾸리를 이렇게 담가 놓고 짜거든. 꾸릿물에다가 손을 징검 적시 갖고 뚤뚤 뭉치서 한 주먹씩 몰 넣고 막 질경질경 베를 짜는디 막, 더 잘 짜드랴.

이 딸은 먹니라고 삼을 못 삼아. 깨물아 이로 삼아야 헝개. 깨물아 먹니라고 삼을 못 삼는댜. 그렇게 멍청힜당개. 시에미들이. 그렇게 멍청혀.

그전에는 시에미, 시에미는 시에미고 지금도 그려. 시에미는 시에미고 메느리는 메느리여.

지금도 그러잖아. 지금도. 아무리 잘헌다고 히도 시어마니는 시어마니고 메느리는 메느리여.

마이산과 조선 개국

자료코드 : 07_12_FOT_20100204_KWD_SDR_0001
조사장소 : 전라북도 진안군 마령면 동촌리 78
조사일시 : 2010.2.4
조 사 자 : 김월덕, 허정주, 진주
제 보 자 : 송동렬, 남, 57세

구연상황 : 선행 조사자료를 보고 제보자를 찾아갔다. 풍수로 일을 하고 있다는 제보자
는 마이산 입구 이산묘 바로 옆에서 살고 있다. 조사자가 조사취지를 설명하
자, 처음에는 별로 아는 것이 없다고 하다가 마이산에 얽힌 이야기를 청하자,
제보자는 흥미롭게도 마이산을 화엄산이라고 하면서 불교적인 해석을 하였다.

줄 거 리 : 마이산은 조선 개국과 밀접한 관련이 있는 산이라고 한다. 태조 이성계가 목
씨 성이고, 마이산은 금 기운이 있기 때문에 금을 묶어두었다는 뜻으로 이성
계가 이 산을 '속금산(束金山)'이라고 명명했다고 한다. 이성계가 화엄기도를
했는데 현몽에서 화엄산이 보였고 금척을 받았다고 한다. 그래서 이성계가 꿈
속에 본 화엄산을 확인하려고 마이산에 왔다고 한다. 지리산이나 금강산 산신
은 이성계 등극을 허락하지 않았으나 마이산 산신만은 허락했다고 한다.

우리 진안은, 진안 사람들은 지금도 속금산이라고 그래요. 그건 태조가
속금산으로 히 놨어요.

왜 그냐? 금을 묶었다. 묶을 속 자거든. 묶을 속 자, 쇠 금자 혀서 금을
묶었다.

왜 목씨가 자기가 거시기 헐라면 금 기운이 있으믄 안 되니까. 그리서
이름으로라도. 이름이 서다산이라고 허고, 용출산이라고 혔을 거여. 마이
산이. 옛날에는.

그랬다가 태조가 인자 거시기 히 가지고 속금산으로 묶고 그 뒤에 태
종 때에 마이산이라고 혔다고.

이성계 장군이 회군을 허면서 요리 와요. 요리. 확인을 헐라고. 자기가
꿈에 본 마이산을 확인헐라고.

그러믄 이 마이산은 불경에 나오는 칠금산. 화엄산이요. 화엄산. 그라믄

불경에 보믄 저, 칠산팔해가 나오는데, 그 그림에 마이산이 딱 허니 이렇게, 이렇게 그려져 있어요. 이렇게. 이렇게 해 가지고 마이산이라고 딱 되어 있어.

(조사자 : 어디에요?)

불경에 보면은. 거기. 저, 그리서 여기가 칠산바다라고 허는 것이, 섬이 일곱 개가 있어서가 아니라, 그 경계야. 경계. 불경에 나오는 경계. 그리서 이건 화엄산여.

(조사자 : 마이산 자리가요?)

마이산 자체가. 불경에 나오는 화엄산. 그래서 이 거시기가, 수마이산허고 암마이산 가운데가 이렇게 경계진 디가 천황문.

그래 가지고 이렇게 보면은 저쪽에가 광대봉이 있어. 그러고 이 동촌 뒤에서 보면은 원만바우라고 허는디, 원산바우라고 그러는디 그게 원산, 원산바우가 아니고 원만.

그래서 그 다음에 저쪽, 마령 저쪽에 가면은 월운이라는 마을이 있거든. 그라믄 월운이는 다라니가 언어 변천에 의해서 달운이, 다루니 그려. 그러다가 한문 표기로 월운이라고 인제 표기를 헌 거지.

그라믄 광대 원만 대다라니. 지명을 찾어서 이렇게 보면은. 그렇게 돼 있고.

이성계 장군이 북방경비대장으로 있을 때에 화엄기도를 했다고 그려. 화엄기도를 허니까 이 화엄산이 꿈에 나타나서 현몽을 헌 거야.

여그 와서 기도헌 것이 아니고. 그런데 자기도 그것을 확인을 혀야 혀. 인제. 금척을 내렸다. 삼한을 거시기를, 강토를 측량을 허라고 딱 금척을 줬다면 이미 이것은 자기한테 크나큰 사명이 떨어진 거여.

다 그 강토를 재라고 허믄 니가 주인이다 이 말이지. 그러고 꿈을 봤는데 그거를 확인을 혀야 혀 인제. 근디 여기 와서 확인헌 거여.

여기서 확인을 해 가지고 했었던 문제, 그래 가지고 여기도 지명이 보면은 여기 은천마을에 가면은 어수정 숲에, 숲에가 우물, 물이 계속 솟는 것이 있어요. 지금. 어수정이라고 그러는데 사람들은 그걸 몰르고 있드라고.

그래 가지고 어수정도 그때 우리가 하면서 봤는데, 그렇다면은 마이산 허고 조선 개국은 아주 밀접한 관계가 있어.

근데 지리산이나 금강산이나 다 가서 기도를 허더라도 응답을 안 했는디 마이산 산신만은 혀 줬단 말여. 그래 가지고 조선 개국을 끝내 놓고 전부다 했었을 때 마이산은 신비의 거시기, 보호되어야 할 데여.

반월리 옥녀봉 유래

자료코드 : 07_12_FOT_20100204_KWD_SDR_0002
조사장소 : 전라북도 진안군 마령면 동촌리 78
조사일시 : 2010.2.4
조 사 자 : 김월덕, 허정주, 진주
제 보 자 : 송동렬, 남, 57세
구연상황 : 선행 조사자료를 보고 제보자를 찾아갔다. 풍수로 일을 하고 있다는 제보자는 마이산 입구 이산묘 바로 옆에서 살고 있다. 마이산에 얽힌 이야기를 조선 개국과 관련지어 이야기한 후에, 조사자가 또 다른 이야기를 청하자 자신의 고향인 진안읍 반월리에 있는 옥녀봉에 관한 유래를 이야기하였다.
줄 거 리 : 진안 반월리에는 옥녀봉이 있는데, 이곳은 옛날에 선녀가 여자들이 필요한 물건들을 가지고 내려온 곳이라고 한다. 분통골, 논골, 다리미골, 샘골 등은 다 옥녀가 가져온 것들로 붙여진 지명이다. 옥녀봉 옆에 통소날과 취금이 옥녀를 사모했으나 이뤄지지 않았다.

그 마을 전설이 옛날에 거, 동네 어른들 이야기를 들었다가 내가 추리해 본 것은, 옛날에 하늘나라에 있던 선녀가 무슨 잘못이 있어 가지고, 우리 동네에 옥녀라는 선녀가 내려와요. 거기가 옥녀봉이 있어.

그러는데 그 옥녀가 내려오면서 인간의 필요한 것을 가지고 와. 여자들이. 분통, 분통골이 있고. 거가 논골이 있고, 다리미골이 있고. 그 다음에 샘골이 있어요.

근디 그 샘이라는 것은 우리가 시암, 시암 하거든. 그게 시암골이라고 그런디 그게 샘이야. 그렇게 이렇게 갖춰졌으면 됐지. 여자로선 다 갖춘 것 아녀.

그 다음에가 홍두깨를 가져왔고. 그래 가지고 있었었는데 거기가 보면은, 퉁소날허고 치금이라는 데가 있어. 치금. 그라믄 그 옥녀를 취금, 취금은 뭐냐믄 풀피리여. 취금은. 퉁수하고. 근데 이 둘이 옥녀를 사모헌다고.

그러니까 음악으로 싸워야 헐 것 아녀. 그라믄 퉁소허고 취금허고 어떤게 소리가 멀리 가?

(조사자 : 퉁소가 멀리 가죠.)

멀리 가지. 그러니까 취금은 작은 취금, 큰 취금이 있어. 그렁개 형제들이 같이 붙어. 그렇게, 그렇게 돼 있는데 거기에서 결국은 이루지 못했다. 이루지 못했다. 그래서 우리 마을은 추녀가 시집을 와도 딸래미들은 다 미인여.

그래 가지고 기예가, 기능들을 다양하게 가지고 있고. 거 우리 동네 사람들이 그래서, 그 마을을 산치라고 그려. 원칙은.

그래 가지고 그 조그만헌 동네가 옛날에는 중리면 면사무소가 있었었고. 그래 옥녀가 그리서 나중에 그걸 다 차지 못하고, 옥녀 산발이라고 옥녀가 거기다 그래서 그것을 다 이루지 못하고 거기에서 거시기 머리를 풀었다.

그렁개, 그런데 그것은 홍두깨날을 갖다가 송장날이라고 바꿔서 그렇게 만들어 놓고, 자꾸 그래서, 그런 지명 같은 것을 그렇게 함부로 아무리 거시기 헌다고 해도 그렇게 얘기를 해서야 쓰겠느냐. 그러믄 전설 하나에도 굉장히 철학이 있어요.

오현사 비의 유래

자료코드 : 07_12_FOT_20100204_KWD_JBJ_0001
조사장소 : 전라북도 진안군 마령면 강정리 원강정1길 4 원강정마을회관
조사일시 : 2010.2.4
조 사 자 : 김월덕, 허정주, 진주
제 보 자 : 전복주, 남, 76세
구연상황 : 마령면 강정리는 진안에서 큰 동네에 속한다. 마을회관에 방문했을 때는 이른
　　　　　아침이라 마을 분들이 아직 나와 있지 않았지만 조금 기다리니 마을 분들이
　　　　　서서히 나오기 시작했다. 조사자가 조사취지를 설명하자 적당한 제보자로 전
　　　　　복주 씨를 소개해 주었다. 제보자는 동네 일도 좀 맡아봤고 향교 일도 관여하
　　　　　고 있어서 여러 가지 역사적 사실이나 이야기를 비교적 많이 알고 있었다. 먼
　　　　　저 조사자가 동네 유래를 묻자 제보자는 오현사 이야기를 했다.
줄 거 리 : 강정리 마을 앞에는 오현사 비가 있다. 임진왜란 때 강정리 사람들은 마을 뒤
　　　　　골짜기 북수골로 도망을 갔는데 다섯 사람이 마을 앞의 큰 귀목나무 위에 올
　　　　　라가 피신을 해서 살아남았다. 그래서 이 다섯 사람이 의형제를 맺고 오성동
　　　　　계를 만들었다. 그 후손들이 다섯 분의 의거를 기념하기 위해 비를 세웠다고
　　　　　한다.

　여기 비가 있는디요. 오현사 비가 있어요. 여그 오현사라는 것이 다섯
양반이 임진왜란 때 이 둥구나무가 거기 있어요.

　여기 거 말하자믄 귀목나무라고. 그전에는 귀목나무라고 허고. 지금은
느티나무라고 허더만. 그 나무에서 일본놈한테 쬦겨 가지고는 그 나무에
서 다섯 양반이 피난을 힜댜. 피신을.

　그렁개 그 나무가 그때만 해도 얼마나 오래 컸으믄 일본놈들이 이리
지내가면서 그 위에 있어도 몰랐냐 그 말여.

　그러고는 인제 일본놈들이 인제 진격을 해서, 여 골짜기 있어요. 북수
골이라고 허는 데. 그 골짝이 있는디 그 골짝으로 인자 밀고,

　마을 주민들이 인제 몰고, 몰고 가는 거라 인제. 마을 주민들이 쬦기니
까 인제 골짝으로 다 도망을 허고.

　인제 그러는디 그서 인제 이 다섯 양반들이 숨었다가 다시 내리와서

인제 그놈들이 가는디 뒤를 다시 쫓은 거라. 인자.

그리 갖고는 막 고함을 지르면서 도망가지 말고 되돌아스라고 우리가 너희들 쫓는다고 허닝개 그래서 일본놈들을 물리쳤댜 말여.

그러고는 그 양반들이, 저, 임실 가믄 대홍재재라고 있어요. 대홍재. 그게 임실허고 백운허고 경계산인데, 그 재가 큽니다.

대홍재재 가지고, 가가 가지고. 모다 인제, 여러 투사들허고 같이 합세히서 일본놈들하고 싸우고 그렸다고.

그리서 그 양반들이 우리가 피신을 히서 이렇게 살았으닝개 의형제를 맺자. 그래서 의형제를 맺아 가지고 계를 묻은 것이 오성동계라고.

그렇게 인제 계를 맺어 가지고 그리서 그 후손들이 비를 그렇게 세웠어요. 다섯 성바지. 정, 신, 홍, 전, 송 그렇습니다.

정씨는 백운 평장리 가서 살고 있고 정씨는. 신은 마령 계서리여. 계서리 서산. 그러고 홍씨는 강정리도 한 분 살고, 송내 가서 지금.

제각으서 1년에 한 번씩 다섯 양반을 봄에 제향을 모시는데 그 자손들이 다 모여서 그렇게.

용머리를 끊어서 망한 남양홍씨

자료코드 : 07_12_FOT_20100204_KWD_JBJ_0002
조사장소 : 전라북도 진안군 마령면 강정리 원강정1길 4 원강정마을회관
조사일시 : 2010.2.4
조 사 자 : 김월덕, 허정주, 진주
제 보 자 : 전복주, 남, 76세
구연상황 : 마령면 강정리는 진안에서 큰 동네에 속한다. 마을회관에 방문했을 때는 이른
　　　　　아침이라 마을 분들이 아직 나와 있지 않았지만 조금 기다리니 마을 분들이
　　　　　서서히 나오기 시작했다. 조사자가 조사취지를 설명하자 적당한 제보자로 전
　　　　　복주 씨를 소개해 주었다. 제보자는 동네 일도 좀 맡아봤고 향교 일도 관여하

고 있어서 여러 가지 역사적 사실이나 이야기를 비교적 많이 알고 있었다. 제보자는 어렸을 때 어른들에게 들은 전설로 마을에 있는 피바위에 얽힌 이야기를 구연해 주었다.

줄 거 리 : 강정마을에는 한때 남양홍씨들이 기와집이 꽉 차 있을 정도로 잘살았다. 마을 뒤에는 북수사라는 절이 있었는데 북수사 중들이 마을 동쪽으로 항시 지나다녔다. 남양홍씨들이 머리를 동쪽에 두고 자는데 동쪽으로 중들이 다닌다고 하면서 못 지나다니게 중들을 괴롭혔다. 그래서 중이 떠나기로 했는데, 떠나기 전에 우회하는 물길을 끊어서 가깝게 하면 마을이 더 잘살 것이라고 하였다. 이 말을 듣고 홍씨들이 물길을 끊었는데 그 근처 바위에서 피가 나왔다. 끊은 곳이 사실은 용의 머리에 해당하는 곳이었다. 물길을 자르는 바람에 홍씨들은 그만 망하고 말았다.

인자 어른들한테 전설로 들은 얘기라 거시기 허는데 홍씨네들이 여기 가서 등황을 허고 있었대. 홍씨들이.

그 내내 해야 오성계 거시기헌 그 홍씨들여. 남양홍씨들이. 그렇게 여그서 등황을 허고 있었는디 그냥 기와집이 꽉 찼었디야. 여 강정리 부락으가.

그런디 요 안에 지금 보홍사라고 이름을 히서 가지고 있는디, 그 전에는 북수사라고 그렀어 그냥. 우리 동네 사람들이 부르기를.

(청중1 : 북쪽잉개 북수사.)

그랬는디 거기 절이 있는데 중이 다닌다 그 말여. 인제. 그리 골짜기가 절이 있으니까.

(청중1 : 거기가 유명한 스님들이 살았는개벼. 거기 오층석탑도 있어. 거기가 문화재여. 대사가 살았었댜. 그래 갖고 절이 쬐깐혀도.)

그런디 그 홍씨들이 양반이 사는 머리맡으로. 동쪽잉개 항시 동쪽을 머리를 두르고 자고 그렇잖여. 동쪽으로 지내댕긴다고 하도 성가시럽게 못 댕기게 히싸. 그렇게 하시를 혀서 못 다니게 허고 그러니까,

그리도 그 중 말을 듣는 사람도 있을 것 아녀. 또. 게 중에도. 그런디 요 부락이 거기서 그 골짝으서 나오는 물이 이 부락 가운데로 흘렀었대.

그때 그렇게 그냥 기와집이 꽉 찼었다 그 말여. 그런데 요 바로 가깝게 요리로는 은천천이 또 흐르고 있단 말여.

긍개 그 중이 나가면 지가 자기가 나가라고 하도 못 댕기게 허닝개 못 사닝개 나가야겄다 그 말여.

그러면서 그 사람보고 인지, 물만 거기를 요리 돌리믄은, 여기는 부락 가운데로 혀서 질게 저 밑으로 빠지는데 아 여기는 조금만 끊으면 가깝단 말여.

그렇게 허믄 여기가 더 더 부자로 되고 더 거시기 허겄다고 그렇게 형개 그것을 혹궜어. 그런디 거기가 지리상으로는 용 모가지라 그 말여. 용 모가지. 긍개 용 대가리가 이 부락여.

그러닝개 그렇게 기와집이 그냥 울긋불긋 허니 기와집이 꽉 차게 있었는디 아 이 모가지를 끊어 갖고 요리 물을 돌리라고 허닝개로, 석수쟁이, 지금은 남포라도 틀어서 짤르지만은 그 전에는 석수쟁이들이 독으로 혀서, 아니 망치질로 혀서 깨는 것 아녀.

그렇게 혀서 똘을 돌렸다 그 말여. 근디 거그 끊으니까 거기서 피가 나온다 그 말여.

그 피라는 건 말허자믄, 지금으로 말허믄은 쇳물이, 인제 비가 오면 쇳물이 인자 그렇게 흘르니까 모가지를 끊으니까 핏물이 나온다.

그리서 피바우라고. 그렇게. 아 그러고는,

(청중2 : 아, 쇳물이 아니라 지금도 비가 오고 그러면…)

아 그러믄. 뽤크름 혀. 그 물이. 그런디 돌리고 나서 홍씨들이 인자 망허기 시작허는 거라. 그런디 그걸 입증헐 만한 것이 강정리 부락으 어디를 파도 기왓장이 나와. 토기와. 기왓장이 그렇게 나와.

어디를 파도 누구 집이든지 가서 파도 기왓장이 그렇게 나와. 그전 기와라. 그리고 그전에는 고놈 캐 갖고 유기그릇, 놋그릇, 놋그릇 닦는 데 그놈 몽글게 빻궈서 그놈으로 닦고 그렸어. 그 기왓장 깨서.

그리 가지고 그 절 중이 나가면서 거시기 혀서 홍씨들이 인자 그때부 터 망하기 시작해 버렸다. 그런 전설이고.

인자 그 절에는 우리 아버님이 쬐깐해서 거기 가 봐도 밭에 가서 이게 석탑이 서 있어. 그런디 이렇게 삐툴어진 모냥여. 이렇게.

그런디 그 도사가 일년 도를 닦는다든지 몇 년 도를 닦으믄 그 한 층썩 이 그게 이루어진대. 그 불가에서 허는.

그런디 여기서 아주 도통을 허고 갈라고 허는 판인디 도통을 못허고 걍 중도에 거시기 허고는 그냥 세워 놓고 그러고 간 것이 석탑이고, 지금 석탑이 거기가 있어.

속금산 마이산 나도산

자료코드 : 07_12_FOT_20100204_KWD_JBJ_0003
조사장소 : 전라북도 진안군 마령면 강정리 원강정1길 4 원강정마을회관
조사일시 : 2010.2.4
조 사 자 : 김월덕, 허정주, 진주
제 보 자 : 전복주, 남, 76세
구연상황 : 마령면 강정리는 진안에서 큰 동네에 속한다. 마을회관에 방문했을 때는 이른 아침이라 마을 분들이 아직 나와 있지 않았지만 조금 기다리니 마을 분들이 서서히 나오기 시작했다. 조사자가 조사취지를 설명하자 적당한 제보자로 전 복주 씨를 소개해 주었다. 조사자가 마이산이라는 이름에 대해서 질문하자 여 자 때문에 더 크지 못한 솟금산 이야기를 해 주었다.
줄 거 리 : 마이산의 옛 이름은 솟금산이다. 산이 솟아오르는데 여자가 물을 길러 나오다 그것을 보고 산이 솟아오른다고 말했더니 산이 그만 멈췄다. 마이산 바로 옆 에는 마이산처럼 클 수 있는데 크지 못했다고 해서 나도산이 있다.

솟금산. 솟금산이라고 그랬어. 우리 쬐깐혀서는.

(청중1 : 그것도 전설이 나와 있지.)

솟아올랐다고 솟금산이라고 인자 그랬는데, 솟아올라왔다고 해서 솟금

산.

(청중1 : 그 옛날에 여자가 긍개 새벽에 올라왔다는디 솟금산이, 마이산 이.)

그런 말이 물을 뜨러 가니까 자꾸 산이 솟아오르드랴. 아이 저 산이 솟 아오른다고 그렁개 거기서 멈춰 버리드랴.

그리서 여자가 물 뜨러 와 갖고. 매급시 그거는 전설이.

(청중1 : 마이산이란 건 말귀같이 두 개가 쫑긋이 올라왔다고 혀서.

(조사자 : 나도산은 어디에요?)

마이산 바로 옆에. 옆에 가서. 마이산만이로 생기다 말었어. 비슷혀. 마 이산 비슷혀.

(조사자 : 어느쪽으로요? 여기에서.)

아 오른쪽으. 그러득기 나도산. 나도 마이산맹이로 클 챔인디 못 컸다 히서 나도산.

이성계 등극을 반대한 마이산

자료코드 : 07_12_FOT_20100204_KWD_JBJ_0004
조사장소 : 전라북도 진안군 마령면 강정리 원강정1길 4 원강정마을회관
조사일시 : 2010.2.4
조 사 자 : 김월덕, 허정주, 진주
제 보 자 : 전복주, 남, 76세
구연상황 : 마령면 강정리는 진안에서 큰 동네에 속한다. 마을회관에 방문했을 때는 이른 아침이라 마을 분들이 아직 나와 있지 않았지만 조금 기다리니 마을 분들이 서서히 나오기 시작했다. 조사자가 조사취지를 설명하자 적당한 제보자로 전 복주 씨를 소개해 주었다. 조사자가 마이산에 관해 이야기해 달라고 요청하 자, 솟금산이라는 명칭에 대한 유래를 이야기한 다음에, 계속해서 마이산과 이성계를 관련시켜 이야기를 구연해 주었다.
줄 거 리 : 이성계가 등극을 하기 위해서 팔도 명산을 돌면서 산신들에게 승낙을 구하는

데 마이산에도 왔다고 한다. 이성계의 등극을 허락하지 않은 산신들이 많은데 마이산 산신도 허락을 해 주지 않았다고 한다. 그래도 이성계가 독자적으로 밀어붙여서 조선을 건국했다고 한다. 마이산 입구 이산묘에는 이성계가 남긴 글씨가 있어서 이성계가 다녀간 사실을 증빙해 준다고 한다.

이성계가 왔다갔어요. 마이산을. 향교, 아니 이산묘. 이산묘에 가면 거 마이산을 가다가 보면, 여기서 가다가 보면은 이산묘가 있어요.

이산묘가 있어 가지고 이성계 말을 붙잡아 놓은 데가 삼화, 말 맸든 디가. 그리 갖고 이성계 글씨가 거기가 있어.

(조사자 : 이산묘요?)

음. 이산묘. 바위에다 새겨져 있어.

(조사자 : 이성계가 왜 여기 마이산에 왔어요?)

이성계가 온 것은 산신들한테 내가 임금을 해야겄는디 승낙을 좀 해 주쇼. 산신들한테 산신제를 허로 댕겼댜. 유명헌 산으로만 다니면서.

그런데 산신들이 승낙을 안 헌 산이 많다 그 말여. 그리 갖고는 이성계가 그냥 독자적으로 밀고는 이성계가 점령을 헌 것이지.

(조사자 : 마이산 산신은 이성계 등극을 허락해 줬어요? 안 해 줬어요?)

안 혔댜. 오기는 왔는디. 이산묘에 가서 그런 거시가 있어. 글씨가 있어. 이성계 글씨가.

(조사자 : 이성계 글씨가요?)

(청중1 : 긍개 그 등극 거시기를 안 히 줬다 소리가 써 있어?)

아니. 그건 전설이고. 히 줬네 안 히 줬네 소리는 전설이고 이성계가 왔다 간 것은 거기다 이성계 글씨가 있으니까.

지성이와 감천이

자료코드 : 07_12_FOT_20100204_KWD_HSD_0001

조사장소 : 전라북도 진안군 마령면 동촌리 원동촌길 17-6
조사일시 : 2010.2.4
조 사 자 : 김월덕, 허정주, 진주
제 보 자 : 하순덕, 여, 80세
구연상황 : 제보자 마령마을지에 제보자가 소개된 것을 보고 제보자를 찾아갔다. 매우 적
극적인 성격인 제보자는 80세의 고령임에도 불구하고 총기가 무척 좋아서 노
래도 여러 곡 불렀고, 이야기도 여러 편 구연해 주었다. 조사자가 이야기를
청하자 지성이 감천이 이야기를 시작하였다. 제보자는 이 이야기를 이웃 할아
버지한테서 들었다고 한다. 제보자가 젊은 시절에 이웃 할아버지 집에서 새로
태어난 돼지새끼 십여 마리가 거의 반절이 죽는 일이 생겨서 제보자가 물 한
그릇 떠 놓고 삼신할머니에게 빌어 주었다. 그랬더니 할아버지가 대접할 것이
없다면서 저녁에 삼 삼으러 오라고 해서 그 집에 갔더니 첫닭이 울 때까지
할아버지가 책을 읽어 주었다고 한다. 지성이 감천이 이야기도 그때 들은 것
을 기억한 것이라고 한다. 제보자의 이야기 끝에 제보자의 이야기를 함께 듣
고 있던 딸이 나름대로 이야기에 의미를 부여하였다.
줄 거 리 : 지성이와 감천이는 형제지간인데, 지성이는 다리를 못 쓰고 감천이는 봉사라
서 늘 감천이가 지성이를 업고 동냥을 다니면서 살고 있다. 하루는 형제가 길
을 가다가 중터라는 동네의 새막에서 비를 피하고 있는데 형인 지성이가 목
이 마르다고 하여 동생 감천이가 산 밑 옹달샘에 물을 뜨러 갔다. 물을 뜨려
고 보니 그 옹달샘에 금덩이가 있었다. 감천이는 금덩에는 손을 대지 않고
물만 한 그릇 떠다가 형에게 주면서 금덩이를 봤다고 말했다. 형은 우리 것이
아니니 손대지 말자고 했다. 그리고 다시 길을 떠나 조실이라는 동네에 이르
자 또 비가 와서 새막에서 비를 피하고 있었다. 그런데 어떤 스님이 보리 동
냥을 하러 다니다가 비를 피하러 새막에 들어왔다. 그 스님은 절을 지으려고
시주를 받으러 다니는 중이었다. 지성이 감천이 형제가 금덩어리를 봤던 곳을
스님에게 알려 주면서 그 금을 갖다 절을 짓는 데 쓰라고 일러 주었다. 스님
이 혼자서 그 옹달샘에 가서 옹달샘을 저으니 금은 없고 구렁이가 손을 꽉
물어 버렸다. 스님이 지성이 감천이 형제에게 와서 거짓말을 했다고 따지자,
감천이가 다시 스님과 동행을 해서 동생 감천이가 자기 속적삼으로 그 옹달
샘에서 금을 건져서 스님에게 주었다. 스님은 그것을 돈으로 바꿔서 조계절을
지었다. 조계절에 있던 어떤 여자의 꿈에 선녀가 내려와서 이 절은 지성이 감
천이가 임자라고 하면서 지성이 감천이를 모셔 놓고 천제를 지내라고 명하였
다. 스님들이 그 여자의 꿈 얘기를 듣고 지성이 감천이 형제를 찾아오도록 했
다. 그리고 장수 어느 집 사랑에서 지내던 지성이 감천이를 찾아다가 목욕시

키고 새 옷을 입혀서 대에 앉도록 한 다음, 천제를 바쳤다. 천제 지내는 대에 지성이 감천이 형제가 앉자, 흰 구름이 형제를 감싸더니 하늘로 사라졌다.

내가 지성이 감천이 얘기를 히 줄게요.

(조사자 : 네. 지성이 감천이 얘기 좀 해 주세요.)

예. 거시기 지성이는 저, 다리 하나를 못 쓰고 이렇게 펄덕펄덕허고, 감천이 양반은 봉사여. 또. 성은. 감천이 양반은 봉사라 인자 지성이가 인자 여그다 허리띠에다 사내끼를 감고 이렇게 몰고 댕겨. 두 병신 양반이 조께 얻어먹고살았는디.

이게 인자 중터라고 허는 데가 있어요. 저그 성수면. 중터라고 허는 디를 동네 엔간히 강개 그때는 새맥이, 새를 봉개 새맥이 쌨어. 들판으가. 새막으가 인자 비를 개고 있으닝개로 물이 먹고 잡드라요. 성이 물이 먹고 잡다고 형개 동생이 밥 얻어다 먹는 바가지를 갖고 인자,

어느 인자 산 밑으로 졸졸 올라가서 인자, 보닝개로 또랑이 조그만허게 있는디 웅뎅이 이렇게 있드랴. 웅댕이 있어서, 잉깽이(이끼)가 꽉 쩌서 바가치로 이렇게 이렇게 젓응개 뭣이 더그럭 더그럭 허드라요.

뭣이 더그럭 더그럭, 돌이 이런가 싶어서 잉깽이를 싹 걷어 버리고 형개 아 뭣이 그냥 노런 것이 있는디 건정이 펀덕펀덕 허드라요. 또랭이 휜 허드랴.

이 물을 성 떠다 주믄 죄 받을랑가. 이게 뭐 짐생인가. 이게 무엇이꼬. 그서 그냥 도로 잉깽이로 그걸 덮어놓고는 잉깽이 없는 디서 물을 살짝이 떠 갖고 와서 성을, 성님을 중개,

"아 뭔 물이 이렇게 맛있당가, 동생도 한 모금 먹어봐."

먹어봉개 별 맛도 없는디 성은 걍 맛있다고 그냥 물을 그놈을 다 잡수드래요.

"성님. 이 물 떠온 디 옹당으가요. 뭣이 그냥 요상스런 것이 바가치만

헌 것이 있는디 건든개 편적편적 혀라우." 그서

"그게 뭣이까 잉."

"모르겄어요."

"혹간 금뎅이 아닌가 몰르겄네." 성이.

"그게 우리 물건이 아닝개 생각도 말고 가세. 우리 물건이 아녀. 그게 우리가 주섰던들 어디가 팔아를 먹겄는가 그걸 짊어지고 댕기겄는가. 그 거 우리 물건이 아녀. 가세."

그래 갖고 인자 재를 넘어서 여기 저 인자 조합에 있는 디가 조실이 있 어요. 조실 동네가 있는디 거기가 또, 그리 넘어강개 해도 다 되고 혀서 새막으가 있다가, 있응개 해가 한 발이나 남았는디,

거그도 강개 비가 오드랴. 비가 와서 거기서 갠디 저녁으 거기서 새막 으로 잘란디 아, 시님 하나 또 지내가다가 보리 동냥을 혔다고 지고 가다 가 비가 옹개 그 새막을 들어오드랴.

새막으로 들어와서 어디서 오싰냐 형개 서울 조계절에서 왔다고 허드 랴. 조계절을 질라고 시주를 나왔는디 보리 양식들이 떨어졌다고. 칠팔월 이라.

그때 가믄 보리 양식 다 떨어져. 몇 개, 이게 한 보름 헌 것이 보리쌀, 보리 이렇게 쬐깨 혔다고 한 댓 말이나 있드랴. 그리서 지고 왔드랴.

"스님. 보리를 여기다 놓고 요 재를 넘어서 그 새막으 그 산 밑으로 혀 서 요렇게 또랑 산 밑으로 졸졸 올라오믄 또랑이 쬐깐헌 게 있는디 거기 옹댕이 있는디 금뎅이가 거기 있응개 그놈 지고 가서 팔아서 지시오. 우 리는 해당이 없어라우. 긍개 보리는 여기다 놓고 가시오."

그서 그 사람도 시긴 대로 갔더니 그 새막서 인자 거그서 산 밑이가 또랑이 쬐깐헌 것이 있드라만. 거기 올라가서 옹당이 있걸래 이렇게 젓응 개 아 구랭이가 여기를 꽉 물어버리고 안 놔 주드랴. 임자가 아니라서. 구 랭이가 되았어. 변경이 되아 부렀어. 꽉 물어서,

"노시쇼, 저는 아무 죄 없습니다. 시겨서 보내서 왔습니다." 그렁개로 인자 거시기 헌개 놓응개 피가 막 철철 흘르드랴.

그서 이놈을 꽉 쥐고 여기를 오는 중여. 그 양반들보고 거짓말 힜다고. 어떻게 스님한테 그런 거짓말을 허냐고 혼을 낼라고 왔어. 왔더니 그럴 리가 없는디 그렁개 성이 그러드랴. 지성이 양반이 감천이를 딸려 보내드 랴.

뭔 재주를 허는 짐생인가, 동생이 잘못 봤는가. 동생이 나한테 거짓말 헐 일이 없는디 스님이 따라가 보쇼.

인자 둘이 인자 강개 해가 인자 쪼깨 남았지. 그러고 인자 막 정신없이 갔어. 아 동생이 잉깽이를 거두닝개 금뎅인디 주서서(주워서) 주라고 왜 그 사람기다 맽기냐고. 그런 생물을.

그서 인자 스님 바랑으다 인자 그놈을, 자기 속적삼을 인자 쩌 입어서 속적삼을 벗어 가지고 금뎅이를 이렇게 집어 가지고 적삼으다 싸서 바랑 으다 넣어 줬디야.

긍게 주는 게 굉이대. 줘야지 그 사람보고 가지 가라고 힜으니 구랭이 가 하나님이 둔갑을 히 버렸지.

그서 인자 그놈 팔아 갖고 가서, 저 일년 내 그 절을 짔디야. 조계절을. 그놈을 팔아 가지고. 나랏님한테 맽겨서 팔아 가지고. 나랏돈으로 지었는 디 돈이 인자 남아서 그냥 그 중 안집까장 다 지어주고 천제당을 다 지어 놓고 천제를 모실라는디,

하늘에서 선녀가 서이 내려오더니 지성이 감천이 양반을 데려다가 모 셔놓고 천제를 모시라드랴. 그 양반들 땜에 절을 지었응개 그게 임자다고.

아 그서 참 그렇겄다 싶어서 인자 꿈 얘기를 힜더니 중 너이가 그러드 랑만. 참 꿈 잘 꿨다고. 당신이 보통 양반이 아니겄다고 그러드래.

근디 여자가 꿨대. 그서 인자 삯꾼을 사 가지고 대여섯 명이 동네마다 나섰어. 지성이 양반 감천이를 찾을라고. 긇더니 그때가 여그 진안땅으서

얻어먹었는디 저 장수로 갔드랴. 여내 얻어먹고 간 것이.

그래 인자 진안땅 다 찾아도 임실땅을 찾아도 없고 혀서 저 장수로 넘어가서 찾으닝개 그 동네에가 있드라느만. 얻어먹고 자고 있드랴. 넘 사랑방으. 그서

"이 동네 혹간 지성이 감천이 양반 들어왔냐고." 형개,

"아 지성이 감천이가 누구냐고. 아 얻어먹는 사람 둘이 와서 한 사나흘 시방 저, 사랑방으가 있다고. 사랑방으가 있다고. 둘이 성제간, 성제간이라고 허드라고. 이름을 몰르고."

"그 양반들이 지성이 감천인디 내가 보믄 안다고."

그서 인자 사랑방으 가봉개 기드랴. 옷도 떨어진 걸 입고 그리서

"지가 그 서울 조계절에서 금뎅이 주서준(주워준) 스님이 왔습니다." 긍개

"그리서 왔어?" 금서 손을 만치고,

"욕봤네 그놈 팔아서 짓니라고 욕봤네." 그러드랴. 그서

"서울 한양을 가시야겄다고." 그렁개

"아 이리 갖고 못가 뭣허로 가. 괜찮아. 우리 이렇게 얻어먹고살다가 죽으믄 끝나. 그 동네다가 어느 동네에서 죽으믄 인자 거기서 치상허라고 조깨, 돈 조깨 뫼아야 혀. 뫼아서 인자 동냥 히서 조깨 나오믄 뫼아서 짊어지고 댕기다 죽으믄 그놈으로 치상허라고 헐라고. 어디를 어디를 가. 이래 갖고. 이 풍신들이 어디를 가." 그리드랴.

그서 인자 동네마다 댕김서 사람을 뫼아야 데고 가지 이 양반들을. 그서 인자 동네에다 그 동네에서 사람을 둘을 사 가지고 임실로 어디로 사방으로 보냈드랴.

그서 다섯 간디 사람이 뫼아 가지고 일테면 장수군으가 거시기가 쌍가매가 있드랴. 부잣집이는 쌍가매를 놓고, 없는 사람은 동네에다 가마 컬직헌 놈을 놓고 시집을 갈라믄 그놈을 타고 시집오고 장개갈라믄 말 타고

가고 글 안혀?

말을 못타믄, 부잣집 아들이나 타지, 가매 그놈을 타고 장개를 가고 그렇게 히서 동네마담 있었어. 가매가.

그서 인자 장수읍내 부잣집에 가 쌍가매를 돈 주고 사 가지고 여섯 명이 인자 목욕 시기고 한복 저, 거기서 서울서 맞춰서 도포까장 다 갖고 와 갖고 그놈 입혀서.

그렁개 신사드랴. 두 양반들이. 다 히서 입혀 데고 강개. 그서 인자 한 양 천 리를 자 감서 엿새를 갔대.

엿새를 가서 그 인자 절로 들어가서 인자, 절 안방으다 그날 저녁에 재우고, 인자 사흘 되아서 장만을 히 가지고 천제를 모신디,

천제당으다 인자 두 어른을 인자 양쪽으서 떼메고 인자 끌고 인자 추진 대 위에다 딱 앉히 놓고 둘이 앉혀 놓고 밑이서 채려 놓고 천제를 모시는디,

서울서 인자 사람들도 많이 귀경을 오고 인자, 부조도 많이 들어오고 히서 인자 가진 음석을 다 히서 채려 놓고 지내고는,

아, 걍 하얀 구름이 막 걍, 둥실둥실 막 뜨드라능만. 지성이 감천이를 싸드랴. 그서 왜 그런고 헀디야.

그리서 그래서 인자 다 지내고 데고 데려와서 음석을 잡수야 헝개 인자 데릴러 올라강개 없드래. 아이고 아까 흐연 구렁이 다 북쩌서 안 뵈게 허드니 구름에다 싸 갖고 하느님이 가져가 버렸는갑이다고.

아이고 이 음식이나 좀 잡수고 데려가지. 서운히서 어쩌랴. 그 사람들이 다 울고 그 음식을 그 먹고 싸 갖고 가고 그렸댜.

긍게 넘한테 좋은 일을 히야 지성이 감청이가 된다 이 말여. 그런디 그 양반같이 복은 못 지어도 허다못해 걍, 참, 동네지간에서도 서로 서로 갈라먹고 서로 서로 뫼아서 힘없고 웃음 웃고 사는 게 좋지 않으요?

그런디 지금 우리 때는 요 사람들 때에는 시방 쌀밥을 먹어도 우리 때

는 보리밥 먹고살었지.

아까 동네 영감님허고 나허고 얘기를 힜소마는 보리밥만 먹고살아 시 안에도 보리쌀 삶아놓고 걍 감자 고구마 먹고 히서 양 먹고,

자식들은 쌀 조깨 얹으면 쪼깨 빼주고 그렇게 살아 가지고 인자 쌀밥 먹은 지가 십오 년 되았소. 지성이 감천이가 그 또랑으 가서 금덩이 그놈 주서 가라고 헝개 도둑놈뱆이 안 된다 이 말여. 하느님이.

주워서 주야지. 그리야 내 것이지 그 사람이 가지믄 도둑놈뱆이 안 된 다 그거여. 그렁개로 구랭이가 되아서 여그를 콱 물어 버리고 안 놔 주드 랴. 그서

"하이고 노시쇼. 저는 도둑놈이 아니라 갈치 줘서 왔시오. 저 아무 죄 없습니다. 놔 주세요."

놔 중개 피가 펄펄 그 걍 또랑으로 하나 드랴. 피가.

그서 이놈을 쥐고 오닝개로 성이

"애초에 따라갈걸 그뤘네. 인제라도 따라가서 정말로 기믄은 주서서 주 고 오소. 그리야 시주가 되지, 대처 그 양반 보고 주서(주위) 오라고 힜으 니 시주가 될 것인가." 그러드랴.

(청중1 : 지성이 감천이가 금을 갖다가 자기들이 거지 생활하지 말고 좀 살면 되는데 그 마음이 그 마음이 이게 우리는 우리 것이 아니다.)

운영도 못허고 헌다고.

(청중1 : 그러니까 한 사람은 눈이 보이잖아. 다리는 못 쓰지마는. 그 사 람은 얼마든지 운영할 수 있잖아. 부자로 살 수 있고. 근데 욕심을 버리고 자기 거 이건 내 복이 아니다고 놓고 갔는데 그 스님한테 그게 간 것이 얼마나 좋아. 그래 갖고 산 채로 승천하잖아 두 사람이 산 채로.)

아, 산 채로 갔어.

효녀 심청이

자료코드 : 07_12_FOT_20100204_KWD_HSD_0002
조사장소 : 전라북도 진안군 마령면 동촌리 원동촌길 17-6
조사일시 : 2010.2.4
조 사 자 : 김월덕, 허정주, 진주
제 보 자 : 하순덕, 여, 80세

구연상황 : 마령마을지에 제보자가 소개된 것을 보고 제보자를 찾아갔다. 매우 적극적인 성격인 제보자는 80세의 고령임에도 불구하고 총기가 무척 좋아서 노래도 여러 곡 불렀고, 이야기도 여러 편 구연해 주었다. 먼저 지성이 감천이 이야기를 통해 욕심 내지 말고 남에게 베푸는 것이 공을 쌓는 것이라고 강조한 제보자는, 바로 이어서 심청이 이야기를 했는데, 이것은 이웃 할아버지 책을 영감이 빌려다 읽어준 것을 기억한 것이라고 설명했다. 제보자가 구연한 심청이 이야기는 보통 우리가 알고 있는 심청 이야기와 같으나, 몇 군데 제보자가 각색을 한 듯 보인다. 제보자는 심청을 바다의 신 유왕으로 여겨 신앙의 대상으로 삼고 있다고도 했다. 이야기하는 과정에서 제보자는 인물들의 대화나 상황을 매우 실감나게 표현하였다.

줄 거 리 : 심청이는 태어난 지 두 이레 만에 어머니를 잃고 앞 못 보는 아버지와 둘이 살고 있다. 심청이가 밥을 얻으러 나간 사이 아버지 심봉사는 심청을 마중 나갔다가 물에 빠진다. 그때 심봉사를 구해준 스님이 공양미 삼백 석을 부처님께 바치면 눈을 뜰 수 있다고 한다. 그 이야기를 심청에게 하고 효녀 심청이는 아버지의 눈을 뜨게 하려고 공양미 삼백 석에 몸을 팔아 인당수의 제물이 된다. 물에 빠진 심청이를 죽은 어머니 넋이 바닷가로 이끌었다. 병이 있어 요양차 그 바닷가를 때마침 지나던 왕이 어여쁜 심청을 보고 반해서 왕비로 삼는다. 왕후가 된 심청이 늘 수심에 잠겨 있어 왕이 그 고민이 아버지 걱정 때문임을 알고 석 달 열흘간 맹인 잔치를 열기로 한다. 심청이 아버지 심봉사는 잔치 마지막 날에 궁궐에 와서 마침내 부녀가 상봉을 하고, 심봉사는 눈까지 뜨게 된다. 심청은 나중에 죽어서 바다의 임자, 곧 유왕이 되었다.

거그 심청이도, 심청이도 거 심봉사 아부지가 있어서 근다. 심청이 낳아 놓고 겨우 두 이레 갔는디 어머니가 돌아가셔 버렸어.

궁개 그 갓난이를 걍 헌 두데기다 싸 갖고 동네 댕김서, 그때 애기를 많이 낳응개. 애기 엄마한테 젖을 얻어먹으러 댕겨. 그래 갖고 얻어멕였어.

아부지가 키웠어. 여남은 살 먹드락. 키웠는디 조깨 인자 콩개 아버지가 얻어다 먹였는디 인자 심청이가 인자 얻어다가 아버지허고 둘이 먹고 살아.

부락이 한 백 가구가 된디. 그랬는디 열여섯 살을 먹었어 심청이가. 그러는디 그때는 울산 이런 디여, 바대(바다). 큰 바대에 가 가지고 대통령 태여난 디랑 그런 디에서 흑산도랑 고리가, 삼천포 고리가 전부 바대잖아.

근디 그런 바대여서 괴기를 잡을라믄 아 배가, 그때 배나 아니나 쬐깐 하니까 홀딱 뒤집어지고 뒤집어지고 그리서 시엄(헤엄)을 쳐서 나오고, 배는 바람이 불면 자기네 동네서 갖다 놓드랴. 바람이.

그리서 있는디 아 영헌 도사가 오더니 사람을 사서 바다에다 넣으라드랴. 그러믄 사고가 안 난다고. 바람도 안 분다고. 아 그서 사람을 어떻게 사야고. 그도 무값을 주고 사서 괴기잽이를 헐라믄 그라라고드랴.

그서 괴기잡이까지 거두고 나라에서 조깨 빚을 얻고 혀서 동네마다 사람을 사러 댕겨. 사람 파시오. 사람 파시오. 인자 그러고 댕깅개로 심청이가 나오더니,

"사람을 사러 댕기냐고."

"그런다고."

"이 동네 사람 살 사람이나 있을랑가 모르겄다고."

여섯 명이 남자가 뱃사공들이. 그서,

"지가 팔려 갈란다고."

"아, 예? 아이고 아가씨가 너무나 예쁘고 좋아서 안 되겄는디." 그렁개,

"아이고 그런 디도 팔려 가는디 예쁘고 좋아야지 못 쓸 것 팔아다 넣으면 멍청해서 아자씨들 도와 주겄냐고."

말을 기가 맥히게 잘허드랴.

"아이고 되았는디 너무나 안씨러서. 정말로 그렇게 팔려갈 맴이 있나

고.” 그서,

“왜 그냐고.” 헝개

엊그저께 시님이 와서 아버지를 밥을 얻으러 저 이웃 동네를 갔더니 심청이가 안 옹개 나가다가 깨굴창에가 퐁당 빠져 갖고 쉬엄해서 그냥 탈삭 몸을 베리 부렀드랴.

그래서 시님이 그 동네로 시주를 오는디, 그서 시님이 그냥 바랑을 벗어 버리고 그 심생완을 보듬고

“집이 어디냐고.”

“여그라고. 우리 심청이가 밥 얻으로 갔는디 안 와서 그렀다고.”

그리서 인자 가서 꾀를 할딱 벳기 버리고 두덱이 이불 속에다 눕혀 놓고는 인자 시님이 감서나, 그때는 시님이라고 않고 대사라고 혔어.

“아, 어디 대사가 나를 이렇게 구해 주고 살려 줬어? 공을 어떻게 갚으까.” 그렁개.

“뭘 공을 갚아요. 근디 좋은 수가 있는디 말을 못 허고 가야겠네요.” 그드랴.

“아 뭔 좋은 수가 있어. 얘기 조깨 히 보고 가. 우리 심청이 오믄 만내 보고 가. 우리 딸 참 예뻐. 예쁘디야 나는 못 봐도. 넘들이.”

그렁개, 긍개 심청이가 안 오고, 거시기,

“어른, 눈을 뜰 수가 있는디요.”

“어뜿게 눈을 떠? 이 사람아. 원래 태어날 적에 그렇게 태어났는디. 어떻게 허믄 뜨간디. 뜨겄어?” 긍개

“부처님기다 공양미, 공양미 삼백 석을 바치믄은 눈을 뜬다고.”

“뭣여? 내가 얻어먹는 주제에 삼백 석이 어디가 있어. 누가 그 삼백 석을 주고 사간디야?”

아 그 소리를 배깥에서 들었어. 심청이가. 인자 스님이 가는디 한쪽으가 숨었다 인자 밥을 채려 와서,

아 어디를 뉘 집에 갔더니 제사 지냈다고 골고루 골고루 주드래야. 그 서 인자 채려 준개,

"아 어디서 이렇게 걸게 갖고 왔냐."

"아무개네 집에서 제사 지냈다고 이렇게 주데요."

"그러냐."

"아버지, 아까 간 양반이 누구요." 형개

"아, 절의 스님인디 더 오는가 나가 갖고 해치혀서 빠져 가지고 저 옷 못 쓰겄다. 내버려라. 명베를 한 필 떠서 옷을 혀 입어야겄다." 그러드랴.

"우선 뭣 입고요. 내가 빨아서 말리서 드릴게요." 그리서

배깥이 가서 빨래를 또랑으 갖고 가서 흔들러서 빨아서 인자 널고 그 러고 오닝개로

"참, 나, 썩을 놈의 것. 진짜 쌀만 있으믄 바쳐 봤으믄 눈을 뜨는가 그 러믄 그놈의 중이 매겁시, 대사가 매겁는 소리를 히 가지고 내 마음만 설 렁허네." 그리 쌌드랴.

빨래를 널고 들어를 오는디. 아 그 소리를 듣고는 못살겄드랴.

내 몸땡이를 팔아서라도 공양미 삼백 석을 부처님한테 바치고 우리 아 버지가 눈만 뜨기로 말허믄 내가 왜 못허겄냐. 그리서 인자.

"아버지. 내가 공양미 삼백 석을 바치고 인당수로 팔려 갈라요. 팔려 가서 거시기 헐라닝개 아버지 승낙만 히 주쇼."

"뭔 소리여. 잉? 내가 자식도 많도 안 허고 너 하나를 팔어서 눈 뜨겄 다고 너를 팔 겄냐. 그런 소리 당초 허지 말고 애비 죽으믄 이 동네 양반 들 동네 누구 부잣집으로 시집 가. 그래 갖고 잘살아. 나 죽으믄 묻어 주 고." 그리 버렸어.

금서 그냥 사공이 또 왔드랴.

"정말로 팔려 갈라냐고."

여그다 공양미 삼백 석을 바쳤다고 써서 아부지 등으리에다 붙여 주고

내 인자 아버지 낫으라고 눈 뜨라고 뭐 붙여 준다고 헝개 붙여 주고 그러고는,

"내가 아버지 몰래 살짝이 동네 사람 인사나 허고 가마고."

그렁개 그 인자 계약서를 써서 아버지 등으리다 붙여 주고 인자 동네다 댕김선,

"나가 내일 인당수로 팔려 가닝개로 오늘 아버지 진지를 걸게 히 드리고 간다고."

헝개, 동네 사람이 다 와서 울드랴. 금서

"심생완, 심생완 딸, 딸이 인당수로 팔려간디 아버지 눈 뜨라고 팔려간댜." 헝개

"잉, 동네 사람들 나, 우리 심청이 손 좀 잡아 줘. 나 눈 안 뜰란다 안 뜰란다. 가지 말라고."

막. 손을 잡게 생겼가디. 가는디 그 여섯 명이 와서 붙잡고 가는디.

옷 한 벌 히 갖고 와서 입히고 노랑 저고리다 빨강 치매 빨강 댕기 그렇게 히 갖고 와서 입혀서 가매다 태워 갖고 간다.

긍개 인자 그 사람들이 고기잡이들이 전부 거둬 가지고 쌀을 삼백 석을 팔아서 그 스님, 부처님기다 바쳤어. 바쳤는디 눈을 안 떠.

안 뜽개 심청이는 인자 그 양반이 사는 디가, 거시기 동원여 동원이. 거시기 그 양반이 이새, 아니 심가 심생완. 심봉사인개

"심동원씨 오래오래 눈 떠갖고 세상 만물 다 보시고 잘살으시라고. 저는 인당수 인자 들어갑니다."

허고 그냥 치매를 무릅씨고 풍덩 들어갔어. 근디 저그 어매가 죽어 갖고 유왕님이 되어서 거기가 있어. 받을라고. 그리서 받아 갖고 저그 엄마가 그냥 바다 가상을 끌고 가 갖고 있으닝개,

뭔 조롱배 하나가 졸졸 와. 와서 근디. 나라 왕이 병이 들었어. 한양 천리 나라 왱이 병이 들어서 바다 가상을 가서 수양을 허믄은 낫는다 혀서,

수양 온 것이 거기를 당혔어. 당허닝개로 가상으서 이렇게 이쁜 큰애기를 닦아 주고 그냥 그렇게 데리고 있어서,

"야 저기 뭔 사람이 저렇게 예쁜 처녀랑 있냐. 저리 머리를 둘러 봐라."
그렁개 인자 그 곁에를 갔는디 심청이가 참 세상 인물이드랴.

그서 인자 그 왕이 한양 천 리를 데고 왔어. 오마니랑. 실고. 오마니는 귀신을 모시고 가고, 심청이는 산 채 인자 데리고 가고. 근디.

어머니를 갖다가 위패를 잘 모시 놓고 공을 드리고. 그 왕이 장개를 안 갔드랴. 장개를 갈라고 열아홉 살 먹었는디 인자 장개를 갈라고 허는 판인디 심청이허고 결혼을 히 버렸어. 그래 갖고.

"자개가 뭣이 원이 있간디 저녁이믄 한숨을 쉬고 잠을 안 자냐고." 그리드랴 왕이.

"내가 우리 아버지만 만나 봤으면 원이 없었다고. 우리 아버지가 눈을 떴는가 만나 보믄 원이 없었다고." 그러닝개로.

"그러믄 봉사 잔치를 허자고." 허드랴.

"봉사 잔치를 허자믄 될 거 아니냐고."

그서 세상 걍 금방 걍 몇 거시기를 봉사 잔치를 헌다고 왔디야. 석달 열흘을 허는디 다 와서 심생원이 안 오네.

긍개 죽었는갑다고. 그리도 석달 열흘 끝을 맞춰야만 혀. 아 마지막 날이 오드랴. 얻어먹고 자고 어쩌고, 오다 뺑덕이 년은 다른 놈한티 시집을 가 버리고.

그리서 여 마당으 들어오닝개 작대기를 짚고 인자 그러고 오닝개로 어떤 청년보고 물으닝개

"요리 가믄은 봉사 잔치 허는 디를 간다고. 글 안혀도 내일이 끝인디 한 양반이 안 온다고 히 쌌드라고." 그서

"그러냐고." 그 속으를 들어강개로

"성씨가 누구시냐고."

"심씨요."

그리서 손을 잡고 끌고 강개

"아 나 딸 팔아먹은 죄 뱊이는 없소. 딸 팔아먹은 죄뱊이는 없응개 나를 놓으시오. 왜 이러요. 무단시리 왔네. 오지 말걸." 긍개,

"아니요. 저기 저 안에 들어가서 목욕허고 옷을 갈아입고 상을 받어야요."

"아, 딸 팔아먹은 죄인이 뭔 상을 받으야고. 아 잔치 헌다고 형개 내가 얻어 먹으로 왔는디 아 노비나 조깨 주시오. 가게. 고향을 가게."

"노비 많이 드릴 팅개 저 안으로 가자고."

아, 끌고 가서 심청이가 봉개 아버지여.

그서 인자 목욕탕 가서 목욕을 싹 시키고 아버지를 만나믄 입힐라고 한복으다 도복으다 그렇게 해 놓고 지달렀어.

그서 가서 싹 입히고 인자 방으다, 큰방으다 모셔다 놓고는 절을 두 내외 너붓이 허고는,

"아버지 심청이가 인당수에 팔려 갈 적으 공양미 삼백 석을 부처님게 바치고 인당수로 팔려 가서 이렇게 두 시상을 살고 이렇게 좋은 왕님을 만나서 결혼히 가지고 잔치를 시방 석 달 열흘을 여는디, 내일이 마지막 인디 어뜧게 아버지가 인자 이렇게 오싰냐고." 긍개

"아 얻어먹고 얻어먹고 자고 어찌고 허다가 봉개 그렇게 됐구만. 누구여?"

"심청이요."

"뭣여. 우리 심청이 죽었어. 죽어서 벌써 하늘나라로 간 지 오래 되았어." 그러드랴.

"심청이 안 죽어서 살아 왔거든요. 왜 여직이 눈을 못 뜨셨어요. 아버지 왜 눈을 못 뜨셨어요." 그러고 웅개,

"잉?"

눈을 펀적펀적 눈을 뜽개 심청이 말만 들었지 얼굴을 여태가 안 봤응 개,

"니가 심청이냐." 험서 얼굴을 씨다듬고

"울지 마라. 울지 마라. 니가 이렇게 된다니 이게 참 이게 어떻게 헐 일 이냐." 험서나.

그리서 심청이가 이 또 돌아가시 갖고. 다 살고 돌아가시 갖고 유왕님 이 되았어. 바다의 임자가 되아 버렸어. 물만 지키라는 임자.

그서 이날 생전을 나는 물에다 공 디리면서 심청이 양반을 불른 거여.

가난한 집 금돌을 뺏으려다 삼백 석을 잃은 부자

자료코드 : 07_12_FOT_20100204_KWD_HSD_0003
조사장소 : 전라북도 진안군 마령면 동촌리 원동촌길 17-6
조사일시 : 2010.2.4
조 사 자 : 김월덕, 허정주, 진주
제 보 자 : 하순덕, 여, 80세
구연상황 : 마령마을지에 제보자가 소개된 것을 보고 제보자를 찾아갔다. 매우 적극적인 성격인 제보자는 80세의 고령임에도 불구하고 총기가 무척 좋아서 노래도 여러 곡 불렀고, 이야기도 여러 편 구연해 주었다. 조사자가 선행 조사자료를 보고 노적 이야기를 청하자, 제보자가 거침없이 바로 이어서 이야기를 구연하였다.
줄 거 리 : 가난한 사람과 부자 사람이 앞뒷집에 살았다. 가난한 사람 집이 강변에 있는데 매일 아침 강변에서 돌을 주워다 집에 탑을 쌓았다. 부잣집 영감이 그 탑 맨 위에 얹혀 있는 것이 금돌인 것을 알고, 부자가 가난한 사람에게 그 탑을 삼백 석에 팔라고 하였다. 그래서 먼저 삯꾼을 사서 부잣집에 있던 나락 가마니를 가난한 사람 집으로 나르는데, 부잣집 영감이 맨 위에 있는 가마니를 내려놓는 것을 가난한 사람이 보았다. 나락을 다 져다 놓고, 이제 돌탑을 가난한 집에서 부잣집으로 옮기려고 하는데, 가난한 사람이 돌탑의 맨 위에 금돌을 내려놓았다. 부잣집 영감이 왜 맨 위의 독을 내려놓느냐고 하니까, 가난한

사람이 당신도 맨 위에 나락 가마니를 내려놓았지 않았느냐고 항변하니 부잣집 영감이 아무 말을 못하였다. 결국 부잣집 영감은 나락만 뺏기고, 금돌 없는 돌탑은 가져가지 않았다.

내가 노적 얘기도 해 주께. 앞에, 앞집에는 가난히 빠진 사람이 살고 뒷집에는 부자가 살아. 그 부잣집 영감님이 이렇게 넘어다보고, 그 집이를 늘 넘어다봐. 그저 쌀 한 말도 안 줌선.

아, 그 사람이 인자 조반 먹고는 일을 갈랑개 새벽에 인나서 독을 두 짐씩. 그 앞에가 깽변이드래요. 우리 동네맹이로.

깽변에서 독을 한 바작씩 지어다 두 바작을 지어다가 갖다가 부서 놓고, 부서 놓고. 인자 근디, 그 영갬이 저 자식 미쳤는가비 인자 미쳤는가 독을 무슨 지랄로 배고픈디 독을 질어다가 마당으다 히 놓고 무슨 성을 싼다고.

뒷집에 영감님이 걍, 가족들한티 걍, 그렇게 흉을 봤싸. 근디 이 사람은 꿈에 써댔어. 니가 마당으다 성을 쌓아 놓으믄은 삼천 석이 올 것이다. 꿈에. 아 그래서 독을 그래서 쌓놔서 복이 올랑가 허고 지달르기는 지달렀어.

그랬는디 수북허니 저 마이산 탑맹이로 이렇게 쌓아놓고 제일 위에다가 요만허니 예쁜 놈을 탁 얹어 놨드랴.

아이 뒷집 영감님이 그걸 보닝개로 그게 금독여. 제일 우에다 얹어 놓은 게. 아 그 영감님 눈에는 막 불이 펀적펀적 일어나 펀적펀적 일어나드라.

아 저게 금독인지 저 놈이 저게 금독인지 알면은 안 팔을 틴디. 저놈의 독, 저놈의 금독을 어뜧게 히야 가져오꼬. 하루아침에는 갔어.

"뭣이. 뭣이."

"아 어르신이 저그 집에 어뜧게 이렇게 오셨냐고."

"아이, 이 독을 나한테 팔소."

"독을 뭣 허게요? 나도 하도 심심혀서 걍 의지가 헐라고 그냥 이렇게 쌓아놨어요."

금독인지를 몰라. 그 영감 말은,

"내가 나락을 삼백 석을 줄 팅개 이 탑을 싹 갖다 우리 마당으다 쌓주소. 그 나락부텀 실어오세." 그더래.

동네 사람 다 부역히서 밥히서 멕여 갖고 지게로 지고 오는 놈, 구루마로 실고 오는 놈 그때는 부잣집이야 구루마도 있어.

긍개 그 집 마당에 한 가득 천지가 나락여. 져다가 놓고 형개 나락을 동네 사람 다 시키서 지로 가닝개 아 그 위에치를 딱 그렇게 내려 놓드랴. 우에 가마니를.

막 이렇게 창고로 들어가서 높은 디를 올라가서 딱 이렇게 내려 놓드랴. 나도 웃독을 내리 놓고 주야겄다. 단번에 배왔어. 이 사람이.

나락을 싹 져다 놓고 인자 독을 뜯으로 간디 그 우에 금독을 딱 내리 놓네. 그것 보고 사는디 하나씨는 말도 못허고.

"아, 왜 그렇게 우엣독을 갖다 얹어 놓야는디 나도 우엣독이 예뻐서 그렇게 가지 가는디 왜."

"그러면 하나씨는 왜 우에 나락을 내려놓고 줬어요? 하나씨가 나를 보게 갈챘잖이요.."

그러니 뭐랄 것여. 나락만 뺏기고 그 독을 안 실어왔어. 우에 독을 못 준단디 어떻게 혀. 그러득시 부자가 될라믄 우연시 그렇게 부자가 되고 망헐라면 우연히 하루아침에 망허고 그려.

긍개 이 부자 가난은 불과 같여. 오고 가고 오고 가고 그러지 부자가 따로 없어. 부자로 가난헌 사람이 또 부자도 되고 부자가 또 망히서 가난헌 사람도 되고. 이렇게 왔다 갔다 이러거든. 그렁개 돌고 도는 돈이여.

각자 자기 재주로 먹고사는 잘난 사람과 못난 사람

자료코드 : 07_12_FOT_20100204_KWD_HSD_0004

조사장소 : 전라북도 진안군 마령면 동촌리 원동촌길 17-6

조사일시 : 2010.2.4

조 사 자 : 김월덕, 허정주, 진주

제 보 자 : 하순덕, 여, 80세

구연상황 : 마령마을지에 제보자가 소개된 것을 보고 제보자를 찾아갔다. 매우 적극적인 성격인 제보자는 80세의 고령임에도 불구하고 총기가 무척 좋아서 노래도 여러 곡 불렀고, 이야기도 여러 편 구연해 주었다. 가난한 집 금돌을 뺏으려다 오히려 나락 삼백 석을 잃은 부잣집 영감 이야기를 한 후에, 바로 이어서 명청한 사람과 잘난 사람 이야기를 하였다. 옛날 이야기인 듯 시작하였으나 중간에는 자기 경험처럼 이야기하다가 마지막에는 다시 옛날 이야기로 마무리를 했다.

줄 거 리 : 명청한 사람과 잘난 사람이 있었다. 잘난 사람은 필기도구가 흔치 않았던 시절에 마당에다 글씨도 쓰고 그림도 그리면서 재주를 연마해서 나중에 서당 선생이 되었다. 명청한 사람은 똥 뀌는 재주가 있어서 나라에서 불러다 상을 주었다. 명청한 사람은 명청한 대로 재주가 있어서 먹고살고, 잘난 사람은 잘난 대로 자기 재주로 먹고산다고 한다.

명청헌 사람을 인자 하나 데려다 놓고 잘난 사람을 하나 데려다 놓고 갈친디 명청한 놈보고 먼저 얘기를 허라드랴. 그러서

"아, 밭에 가서 수시 끊어야 허는디 뭔 얘기를 허래요?"

칠월 달에 수시를 끊어다가 망싱이를 히서 먹고 밥을 히 먹고 그랬거든. 긍개 본 게 그것밲이여. 가는. 근디 야는 그냥 그 뭣을 걍, 나무때기를 끊어서 연필이 없응개, 나무때기를 끊어 가지고 마당에서 이렇게 글씨를 써.

책도 뭣도 연필도 없응개. 근데 가는 커 갖고 그 서당 선생으로 나갔어. 나무때기 끊어 갖고 이렇게 걍, 이렇게, 알도 못 혀도 그렇게 썼싸.

"너는 마당으다 뭣을 쓰냐?"

"그냥 사람도 쓰고 사람도 그리고 그려."

"사람 그려서 뭣 헐래?"

저런 어디다가 문종이라도. 그때는 문종이로 책을 맸어. 아무것 없응개.

"문종으다 느 아부지보고 책을 매도래서 연필로 기려. 연필 없냐? 내가 하나 주래?" 긍개

"도라고." 그려.

연필이나 아나나 그때는 풍신 요절 났어. 그런 것도 못 사. 그놈을 주고 인자 문종이를 한 장 줬어.

"여기다 기려라. 마당으다."

"아녀. 야는 문대보믄 되지만 여기는 실수허믄 문댈 것이 없잖아."

이거는 좋은, 더 배워 가지고 여기다가는 쓰고 지금은 마당으다. 아 그 사람 의견은 백 프로가 낫드라고. 마당으다 써서 배운 놈이 백 프로가 낫드라고. 못 쓰믄 왕기고. 이 책은 써서 넘이 봐야 허고, 넘기다 줘야 허고.

이, 참 선생이라도 줘야 허고 에로운 양반도 오믄 자랑을 히얀디 아 여 그는 잘못 쓰믄 문대기라도 허고 다시 쓰지만 여기는 안 되거등. 받침이 있어야 말이 됭개.

아 또 내가 머리가 좋아서 가한티 배왔네. 나보다 더 영리허드라고. 긍개 그 멍청헌 놈은 똥을 북북북북

"아 너는 똥한질라 많이 뀌냐고."

"보리밥만 먹응개 그려. 당신 쌀밥만 먹응개 안 뀌지."

그것도 가한티 배왔디야. 보리밥이 소화가 잘 돼 똥을 뀌주는구나. 그서 인자 어머니보고,

"어머니. 우리도 보리밥만 히 먹읍시다. 가가 똥을 한 여남 방 뀝디다." 그러닝개로

"가 크게 되겠다." 그드랴.

"아 그까짓 놈이 뭣이 크게 돼야."

아이 똥을 잘 뀌서 나라에서 오락혀서 상금을 주드랴. 그놈으 똥구녁으

로… 그래서 그놈 말이 똥구녁이 제일 중요허다고 그러드랴. 밥 먹고 똥 안 싸믄 죽는다고. 그래서 가는 방구를 잘꿔어.

보통 꿔믄 열 방구, 열 방구를 꿔야 시원허댜 뱃속이. 그래서 가는 똥을 꿔서 나라 왕으서 오래서 상금을 줬디야. 너는 똥꿔어서 먹고살으라는 걸.

근디 이 사람은 글로 먹고살아서 서울 한양 천 리를 올라가서 아들들을 모집을 혀서 서당 선생이 되고 마당으다 글 쓰고 내가 연필허고 종으허고 준 사람이

그래서 사람이 영리헌 사람은 서로 이렇게 혀서 통을 허고 똥 꿔는 놈은 말허자믄 우스운 소리는 잘히 버리네. 똥 꿔서 우습고.

그래서 사람이 다 지금 자기가 타고나온 대로 먹고살드라고. 응. 긍개 저, 거시기 굼벵이도 둥그는 재주가 있다고 잉? 아 그놈은 똥구녁으로 그렇게 돈을 벌어먹드랑개.

왕의 사위가 된 가난한 집 아들

자료코드 : 07_12_FOT_20100204_KWD_HSD_0005
조사장소 : 전라북도 진안군 마령면 동촌리 원동촌길 17-6
조사일시 : 2010.2.4
조 사 자 : 김월덕, 허정주, 진주
제 보 자 : 하순덕, 여, 80세
구연상황 : 마령마을지에 제보자가 소개된 것을 보고 제보자를 찾아갔다. 매우 적극적인 성격인 제보자는 80세의 고령임에도 불구하고 총기가 무척 좋아서 노래도 여러 곡 불렀고, 이야기도 여러 편 구연해 주었다. 제보자는 대조적인 성격이나 상황의 인물이 등장하는 이야기를 많이 하였는데, 먼저 멍청한 사람과 잘난 사람이 각자 자기 재주대로 먹고산다는 이야기를 한 후에, 바로 이어서 부잣집 아들과 가난한 집 아들이 한양에 시험을 보러 가는 이야기를 하였다.
줄 거 리 : 가난한 집 아들과 부잣집 아들이 한양에 벼슬 시험을 보러 가는 길이었다. 부

잣집 아들은 하인들을 거느리고 먹을 것도 많이 싸 가지고 가는데, 가난한 집 아들의 서울 가는 길은 초라하였다. 이것을 보고 부잣집 아들은 가난한 집 아들을 하시하였다. 종이와 붓을 파는 집에서는 가난한 집 아들의 인물됨을 알아보고 종이와 붓을 주었다. 서울에 입성하자 궁궐 문지기도 가난한 집 아들이 영특한 것을 알아보고 특별히 보살펴 주어 시험을 잘 보았다. 전국에서 올라온 젊은이들 중에 그 가난한 집 아들이 가장 우수하여 왕이 인재로 등용하였다. 3년을 지켜본 후 왕은 가난한 집 아들을 사위로 삼았다. 그리고 그런 훌륭한 아들을 두었다고 해서 가난한 집 아들의 부모에게는 논밭과 집을 내려주었다.

나는 부잣집 아들인디 이를티믄 집이는 가난헌 집 아들이거든. 그렁개 한양 천 리서 왕이 불러 들있어. 그 시험을 보라고.

시험을 보서 되믄은 서울 한양으다가 대학교를 갈치서 갈친다고 그리 갖고 벼슬을 시켜 준다고. 인자 왕이.

원청 잘난 놈이 안 나옹개 벼슬을 못혀. 사람이 적어서. 그때만 히도 사람이 없응개. 그래 이렇게 히서는 한양을 못 꾸미겄다. 잘난 놈이 좀 올라와야지.

그리서 인자 영리한 놈만 뽑아서 인자, 한양으로 벼실을, 대학교 시험을 보로 가. 아 인데 이 가난한 집에 애기가 칠월 달에 갔디야.

칠월 달에 시험을 가는디 밭에 가서 수시나무를 훑어서 그놈을 씻어서 쪄어 가지고, 쪄 가지고 그놈을 망싱이를 히 갖고 이 아들을, 그때 벤또가 있었어, 도시락. 도시락을 맨들어 팔아서 속으다 넣어 갖고 가도,

그 아들 부잣집 아들은 괴기 뭣 히서 걍 싸고 또 그냥 마부가 따라 가고 말 태워 갖고 가고. 걍 그 사람들 안 묵을라고 저 한 모랭이를 떨어져서 간 거여. 이 사람이. 부끄러서. 그닝깨

"야, 그 못난 놈, 저 뒤에 따라온가 봐서 돌모랭이를 던져서 죽여 버려라." 이놈들이 그러네. 하시허고.

그리는디 이놈은 아까 말대로 연필도 못 사지 종우도 없지 형개 땅으

서 공부를 혔어. 없는 집 애기는

그리서 인자 한양 천 리로 벼슬 시험을 보로 간당개 오마니가 히 줄래야 히 줄 것이 없응개 수시를 훑어다 망싱이를 히서 싸 줬어.

그래 갖고 부잣집 아들한테 맞아 죽응개 십 리나 이십 리나 떨어져서 가그라. 그렜어. 맞아 죽을 깨미. 그때는 맞아 죽어도 한계가 없어. 제일로 천헌 게 없는 사람잉개.

그렁개 가서 종으로, 몸종으로 많이 살았지. 뱁이라도 얻어먹고살으라고. 그서 그때 부자가 그렇게 된 거여. 샀을 안 받고 밥만 얻어먹고살아도 히 줬어.

그런데 문종우(문종이)를 하나 인자 문종우 파는 데 가서 사정을 형개 문종우를 하나 줘. 붓 파는 데 가서 사정을 형개 붓을 하나를 줘. 그 아들을.

인물을 봉개 괜찮혀. 눈방울이 동글동글혀. 그서 인자 바람만 바람만 인자 모팅이를 한 이십 리나 떨어져서 걍 가고가고 헌디.

한양 천 리를 이 사람들이 먼저 싹 들어 갔는디 옷도 허술허게 입었는디 눈이 맹랑허게 생겼고 인물이 괜찮아.

긍개 문지기가 살짝이 들여보냈어. 저 잘난 놈들 땜시. 그 갖고 한쪽으어디 방에다 재왔어. 재왔는디 인자 이 머슴이 밥도 갖다 준 거여.

그 머슴이 써댔어. 지가 잘될라고. 그리서 인자 그 이튿날 시험을 보는디 이 사람이 제일 효도를 본 거여. 잘난 놈 이 저 놈이 왔다고 허까 무성개. 그서 인자 그 머심이

"다 끝났냐고. 다 그 사람들 들어갔냐고."

"들어갔다고. 닭을 잡고 시방 그런다고."

부잣집 아들잉개 잘 멕여야잖아. 그리서

"그면 닭 멀국허고 내가 갖다 드릴 것이니 가만히 도련님은 있으시오."

그서 그 머심이 그렇게 갖다 주서 먹고는 인자 그 문종우다 밤에 썼어.

그 문서를. 자기 이름 쓰고 동네 이름 쓰고 아버지 어머니 이름 씨고 왕 이름을 씨고 혀서 인자 글씨를 봉개 요놈들보다 몇 배나 아주 눈에 쏙 들어.

열여섯 명이 갔는디. 골골마당. 열여섯 명이 올라갔는디 요놈이 제일여. 글 솜씨나 말 지어서 쓰는 솜씨나. 이놈을 착착 개서 인자 옆구리다 넣어 놓고는 그놈들을 죽 불러. 불러서

"너그들 읽어 봉개 너그 오매 너그 아버지는 안 쓰고 너그 뭣만 뭣만 썼고만." 긍개

"아버지 어머니는 써락 혀야 써지라우. 암말도 안해 놓고 근다고." 이 놈들이 그러네 .

"그러기는 그려. 나도 잘못혔다."

그려 놓고는 그놈들을 싹 보냈어. 다 말을 태와서 인자 멕여서 도시락 이랑 싸서 다 보냈는디 이 사람은 갖다가 왕에다, 왕이 불러다 놓고 얘기 를 들어 보닝개,

이 가난이 사람을 베리지 사람이 똑같이 태어났는디 왜 버리냐 이 말 여. 가난이 버리지.

"내가 가난히서 무서서 그 사람들허고 함께 못 오고 내가 빠져서 이렇 게 함께 왔습니다." 긍개

"저를 죽여 주십시오. 이 못나고 가난히서 죄가 많습니다." 허드랴.

그러니 가 보고 머라고 헐 것여. 왱이 그냥 손들어 버렸어. 너한티 배 왔다 이거여. 그리 가지고 왱이 딸만 셋이네. 아들이 없고 가진 복이 없 어 긍개. 쌍가매도 근심 있다고. 그놈을 안 내려 보내고 인자 살리는 거 여. 살리고.

긍개 아 그놈이 허는 짓마동 똑똑헌 짓을 허고 삼년을 인자 그렇게 거 시기 헌디 아 고놈이 그렇게 머리가 좋아. 천재여 아주. 그서 인자 딸 셋 보고,

"누가 갈래? 자한테 시집을 갈래?"

그렁개 가운데 딸이 간다고 혀. 둘째 딸이. 그래 거기서 인자, 생례를 지내고 집을 지어서 좋게 인자 제급을 내놨어. 근디 아버지 어머니가 올라 와야 헌디 옷이 있어야 입고 올라오지.

그렁개 인자 올라오라고 형개 부잣집이서 옷을 빌려줬어. 두 내외를. 가라고. 걍 막 사둔이 오싰다고 걍 장만을 히서 걍, 막, 종이 너이 떼미다 놓응개로 그런 음석을 먹어 봤어야 말이지.

남자가 이러드랴. [허겁지겁 먹는 시늉] 남자가 왕이 보닝개 배우들 못 힜어. 배우들 못해서 이런 상을 처음으로 받아 봉개 걍, 욕심이 나 가지고.

긍개 부인은 앉은 자리 가만히 자기 앞의 치만 먹드랴. 그서 부인 사주로 그 아들이 태여났드랴.

그서 어머니기다 큰상을 주고 아버지는 적은상을 줬디야. 부인이 그런 아들을 났다고 잘 키웠다고. 그서 인자 거기에다가 돈을 내리보내 갖고 논 사고 밭 사고 집 사고. 그 아들을 잘 두믄 좋다 말여.

말로 천 냥 빚 갚은 여자

자료코드 : 07_12_FOT_20100204_KWD_HSD_0006
조사장소 : 전라북도 진안군 마령면 동촌리 원동촌길 17-6
조사일시 : 2010.2.4
조 사 자 : 김월덕, 허정주, 진주
제 보 자 : 하순덕, 여, 80세
구연상황 : 마령마을지에 제보자가 소개된 것을 보고 제보자를 찾아갔다. 매우 적극적인 성격인 제보자는 80세의 고령임에도 불구하고 총기가 무척 좋아서 노래도 여러 곡 불렀고, 이야기도 여러 편 구연해 주었다. 잘난 사람이나 못난 사람 모두 각자 타고난 재주로 먹고산다는 이야기를 구연한 후에, 사람은 똑똑하고

말을 잘해야 된다고 하면서, 말을 잘해서 빚도 모면한 여자 이야기를 하였다.

줄 거 리 : 돈을 빌려준 집에 빚을 받으러 간 사람이 그 집에서 하룻밤을 묵게 되었다. 빚을 진 내외는 빚은 졌지만 금슬이 좋았다. 이튿날 아침 빚진 집의 부인이 씨암탉을 잡아서 동네 사람들을 다 데려다 먹였다. 부인의 말과 행실이 훌륭한 것을 보고 빚 받으러 간 사람이 천 냥 빚을 받지 않겠다고 하고 갔다. 그래서 말 한 마디로 천 냥 빚 갚는다는 말이 생겼다.

말을 잘 히야 훌륭한 사람이 되고 천 냥 빚도 말로 갚는디야. 아, 이게 빚이 많어서 빚을 받으러 가는디, 올해도 못 받고 내년에도 못 받고, 참 그 사람이 실수헐 사람이 아닌디 못 살응개 헐 수가 없어.

그서 인자 한번은 인자 빚을 받으러 갔더니 저녁으 신랑이 자기한테 올라고 쩔벅거리드랴. 빚은 받으러 와서 웃방으서 잔디. 그서,

"아이고 이 철없는 남자야. 웃방으 시방 빚을 받으러 왔는디 뭣허로 내 곁으로 와. 잉. 저 양반이나 가믄 오든지 말든지 허지. 왜 이렇게 철이 없어." 헝개

"아 야가 철이 안 들어서 긍개벼."

그러드랴. 웃어 버렸댜. 둘이. 아, 웃방에서 그 양반이 다 들었네. 요리 문이 나서.

그더니 아침에 인자 조반을 먹고 갈라는디 아침에 씨암탉을 잡아서, 여자가, 남자는 잡고 여자가 끓여서, 무수를 넣고 끓여서 그냥 동네 사람 다 데려다 멕이드랴. 아 먹고 감서나

"아무것이. 나 갈라네."

"아이, 빚을 못 드려서 어뜧게 허끄냐고. 올해는 시방 송아치가 한 마리 크고 있응개 고놈 팔어서 어르신 잘 갚아 드리께요." 헝개,

"알았네. 빚 갚지 말소."

"왜 그리요."

"자네, 자네가 장개를 잘 가서 안사람을 잘 둬서, 말이, 말씀이나 허는

행동이나 나 빚을 안 받을라네.”

천 냥 빚을 그리서 말로 갚아 버렸댜. 그 부인이. 긍개 말 잘허고 뺨 맞는 디 없지. 말 한 마디에 사람이 죽고 사는 것여.

그렁개 부인 말허는 소리가, 아서라 내가 빚을 받아서는 안 되겄다, 포기를 허고 간 사람여.

그러닝개 사람이 첫째 사람을 만나면 말을 잘 히야 되야.

아버지의 재치로 아버지 고름장을 면한 아들

자료코드 : 07_12_FOT_20100204_KWD_HSD_0007

조사장소 : 전라북도 진안군 마령면 동촌리 원동촌길 17-6

조사일시 : 2010.2.4

조 사 자 : 김월덕, 허정주, 진주

제 보 자 : 하순덕, 여, 80세

구연상황 : 마령마을지에 제보자가 소개된 것을 보고 제보자를 찾아갔다. 매우 적극적인 성격인 제보자는 80세의 고령임에도 불구하고 총기가 무척 좋아서 노래도 여러 곡 불렀고, 이야기도 여러 편 구연해 주었다. 제보자는 말로 천 냥 빚을 갚은 여자 이야기 끝에 말 잘하고 똑똑한 사람은 버릴 것이 없다고 강조하였다. 특히 여자가 똑똑하고 현명해야 한다고 한참 이야기한 후에, 이어서 아버지의 재치로 아버지를 고름장(고려장) 시킬 위기에서 벗어난 아들 이야기를 하였다.

줄 거 리 : 고름장(고려장)이 있던 시절에 어떤 아들이 죽어도 아버지 고름장을 시킬 수가 없어서 고민을 하고 있었다. 아버지가 아들이 고민하는 까닭을 듣고, 그러면 원님에게 가서 어떻게 하면 고름장을 면할 수 있는지 물어 오라고 했다. 원님은 재로 새끼줄을 꼬아오면 아버지 고름장을 면해 준다고 하였다. 그 말을 듣고 아버지는 꾀를 내어 함지박에 새끼줄로 똬리 형태를 만든 다음, 그것을 그 형태 그대로 태워서 그것을 아들이 그것을 원님에게 가져갔다. 이렇게 재치가 있는 아버지를 죽일 수 없다고 하여 원님이 고름장을 면해 주었다.

한 사람은 그때 고름장 시대라. 옛날으. 지금 고름장이 다시 돌아왔어.

돌아온다고 허더니 몇 백 년 만에 지금 돌아와서 그게 화장터가 시방 고름장터거든. 화장허다 내삐링개.

그러는디 이름티믄 진안원님이 그때 노인 양반 그냥 오래 살믄은 고름장을 허라고 혔댜. 갓난이를 보라고 인자 두고 빨래, 먼 디 가서 빨래 히 갖고 옹개 애기를 삶아 놨드랴. 닭이다고.

그렁개 고름장을 시기라. 죽게. 자기가 죽게. 너무 오래 상개 못쓰겄다. 그래서 그렇게 오래 사는 사람들은 인자 허가를 내려 가지고 고름장을 허는디,

이 동네 사람이 죽었으믄 죽었지 아버지 고름장을 못 시기겄드랴. 아무리 생각히도. 어머니는 가셨는디. 내가 아부지 하나를 거천을 못 히서 그런다. 아 군수가 또 사람을 보내야.

"느그 아버지 고름장 시깄냐." 허닝개

"못 시깄어요. 으뚷게 하늘이 어마어마 혀서 못 시기겄네요." 그렁개 그런 말이 고마와.

그러나 법이 그렇게 허게 되아 있어. 안 되아. 그 집 아버지만 살릴 수가 없어. 다 고름장을 허는디.

"너만 봐 줄 수가 없으닝개 너를 내가 봐 주믄 이 자리를 내가 내려가야 혀. 근디 너 하나 때문에 내가 이 자리를 내려가야겄냐." 그렁개,

"그렇다믄 히야죠. 허께요." 그러드랴.

아 와서 걱정을 허고 밥을 안 먹고 머리를 앓고 그냥 머리를 뙹이고 작은방에가 누웠응개 아부지가

"왜 그러냐? 뭣 땜에 그러냐?" 그러닝개로

"아 원님이 오라기서 가닝개 아부지 고름장을 시기래라우."

"뭣여? 아이 그저 그러믄은 좋은 재주가 있어. 좋은 재주가 있응개 내가 재주를 부리서 주게 원님을 갖다 줘라. 그리믄은 느그 아버지 죽이지 말라고 헐 것여." 그맀대.

"으뜽게 아부지 으뜽게 혀라."

거시기 원님보고

"무신 선물을 허믄은 아부지를 그렇게 고름장을 시기라고 안 헐라요?"
그러닝개 그 원님이 그르드랴.

"재로 산내끼를 꼬으믄은 느그 아버지를 고름장을 허지 말라고 허마."

아, 재로 산내끼를 어떻게 꼬겄어 잉? 그것도 못 헐 일여. 그서 인자 걱
정을 허고 있응개

"아, 좋은 수가 있다. 왜 못 꼬겄냐."

"아부지, 꼬겄어요?"

"꼬지."

그서 인제 아부지가 짚을 당장 갖고 오라고 히서 거기서 말려 가지고
산내끼를 겁나게 꽈 놨드랴. 집에서 갖다 쓰라고. 그전에 산내끼를 많이
쓴개.

아 장대를 이렇게 큰놈을 갖고 오라드라네. 그서 그놈을 갖다 중개,

산내끼를 사름사름 이렇게 놓고는 반닥지로 하나를 놓고 여기다 인자
불을 여기서 디링개

지금 모구향맹이로 여름에 모구향 뺑뺑 돌아가지고 타지? 고것맹이로
타서 들어가드랴.

타서 이렇게 뺑뺑 다 타드락. 긍개 재가 산내끼로 됐잖아. 그놈을 인자
바작에다 지고 인자 원님한테 갔어.

"재로 산내끼 꼬아 왔어요."

"야 이놈아 재로 어떻게 산내끼 꽈. 어디 보자." 힜더니 진짜 재로 산
내끼를 꽈 왔네.

"느그 아버지 살려야겄다."

그리서 효도가 나서 효도문을 그 고을에다가 써 가지고 그 원님이 가
한티 배왔디야. 나는 놈이 있으믄 뛰는 놈이 있고, 뛰는 놈이 있으믄 나는

놈이 있다는 것여. 가 재주가 더 좋드랴. 자기보담. 군수보단.

그러닝개로 그 아부지가 군수허고 인자 친구가 돼 가지고 니냐내냐 살 드랴. 그러닝개 지금은 효도가 없어. 그때는 효도문을 많이 세웠는디 지금은 효도도 없고 열녀도 없고 아무것도 없어. 그리 갖고 여기 비루수골 이 있어.

(조사자 : 어디요?)

여기 여 골짜기 가믄 여기 방죽 막은 디가 비루수골이 있어.

(조사자 : 비루수골)

엥. 그 골. 골짜기 이름이. 그렁개 아부지를 거그다가 숨겨 놓고 밥을 아침 저녁으로 갖다 준디,

"어뜧게 혀야 울 아버지를 살리겄냐고." 그 군수보고 물으닝개로

"재로 산내끼를 꽈 오믄 느그 아버지 고름장 안 허게 히 주마." 그드랴.

그것 참 못 헐 일이고. 하양 머리를 앓고 있응애 아부지가

"아 그것 천하 쉽다."

"아부지 뭣이 천하 쉬워라우. 재로 어뜧게 산내끼를 꼬아요."

"아 그거 헐 수 있어. 밴닥지, 느그 어매보고 장꽝 장 수탱이 덮는 반닥 지를 갖고 오니라."

그리서 갖다 중개 산내끼를 수름수름.

"아부지 그게 재 산내끼요?"

"아 이놈이 재가 되믄 되아 이놈아."

그서 보닝개 산내끼를 바싹 말려 일으킹개 시나브로 이렇게 타 들어갖 고 고대로 재가 있어. 탄 태로.

그 인자 군수한테 쥐고 강개

"야 이놈아 내가 무릎 꿇고 빌으께 너그 아버지 고름장 시기지 말라 고." 드랴.

"이것을 어뜧게 히 왔냐고." 그서

"느그 아버지가 훘냐. 니가 훘냐." 형개

"우리 아버지가."

"아이고 그 양반 돌아가시서는 안 되겄다." 하고 싹싹 빌드랴.

긍개 나는 놈이 있으믄 뛰는 놈이 있고 뛰는 놈이 있으믄 나는 놈이 있다. 그렜어. 어른들이.

그러닝개 머리 영리히 가지고 버릴 것은 없어. 말 잘허고 버릴 거 없고.

이웃집 효자를 보고 버릇 고친 아들

자료코드 : 07_12_FOT_20100204_KWD_HSD_0008
조사장소 : 전라북도 진안군 마령면 동촌리 원동촌길 17-6
조사일시 : 2010.2.4
조 사 자 : 김월덕, 허정주, 진주
제 보 자 : 하순덕, 여, 80세
구연상황 : 마령마을지에 제보자가 소개된 것을 보고 제보자를 찾아갔다. 매우 적극적인
성격인 제보자는 80세의 고령임에도 불구하고 총기가 무척 좋아서 노래도 여
러 곡 불렀고, 이야기도 여러 편 구연해 주었다. 아버지의 재치로 고름장을
면한 이야기를 한 후에, 버릇없는 아들이 이웃집 아들을 보고 버릇 고친 이야
기를 하였다. 제보자는 요즘 세상에 효자나 열녀가 드물다고 한탄하면서 효도
정신을 강조하였다.
줄 거 리 : 어떤 사람 환갑에 아들을 낳아서 애지중지 키웠더니 이 아이가 버릇이 없었
다. 파리를 잡는다고 아버지, 어머니를 때려도 부모가 버릇을 쉽게 고칠 수
없었다. 앞집에서는 아버지가 늙어서 일을 못하자 아들이 나무를 하러 다녔
다. 하루는 동네 사람들이 나무를 팔러 진안장에 가는데, 동네에서 버릇없는
아이한테도 같이 가자고 해서 같이 갔다. 앞집 사는 아들이 진안장에서 나무
를 팔고 돌아오는 길에 부모님이 좋아하는 것을 사 가지고 오는 것을 보고는,
이 버릇없는 아이가 본을 받고 배워서 다시는 부모를 때리지 않았다고 한다.

아랫집 놈은 늦게사 환갑 때 애기를 난 것이 머심애를 낳았디야. 그놈
을 조손 없는 걸로 키웠더니 인자, 인자 포리를 잡은디 즈그 아버지가 이

렇게 잡응개 저도 이렇게 때려 잡드랴.

그렁개 저그 아버지가 몸땡이가 포리가 붙응개 사정 없이 패드라네. 포리 잡는다고. 긍개 아프드랴. 그서

"그러지 마라."

허닝개로 또 포리 잡는다고. 그제는 인제 나무때기로 포리를 쫓드랴. 아 아파 죽겠드랴. 그서 뺏어도 걍 지가 장난이 일어나 갖고 더 허드랴.

즈그 어매 한 번 때리고 즈그 아버지 한 번 때리고. 뭐 이렇게 고칠 수도 없고… 그 집 앞집 놈이 즈그 아버지가 인자 늙어서 나무도 못혀서 팔아먹고 허닝개, 가가 나무를 혀서 팔러 간디 동네서 가자 드랴.

가를 데리고 인자 나무를 한 짐 히 갖고 진안장 인자 팔러 가는디 그놈 나무를 팔아 갖고, 즈그 아버지가 명태를 좋아헌다고 명태 두 마리 사고, 서숙 쌀 한 납대기 팔고, 지게 다리에다 달랑달랑 지고 옹개로,

그날 그 안날 한 이틀 즈그 아버지 즈그 오매를 안 때리드랴. 머시매가. 그서 어쩐 일인고 싶어서 걍 감사혀 죽겠드랴.

긌더니 그 머심아가 아버지 좋아한 것 사고, 즈그 어매 좋아한 것 상개 뿐을 떴어. 그리서 갈치믄 갈치는 숭을 내야 헐 것 아녀.

그렁개 요새 학상들이 배우믄 배운 숭을 내야 헌디, 못다 내야. 학생이 너무 많어서.

내 복에 산다

자료코드 : 07_12_FOT_20100204_KWD_HSD_0009
조사장소 : 전라북도 진안군 마령면 동촌리 원동촌길 17-6
조사일시 : 2010.2.4
조 사 자 : 김월덕, 허정주, 진주
제 보 자 : 하순덕, 여, 80세

구연상황 : 마령마을지에 제보자가 소개된 것을 보고 제보자를 찾아갔다. 매우 적극적인
성격인 제보자는 80세의 고령임에도 불구하고 총기가 무척 좋아서 노래도 여
러 곡 불렀고, 이야기도 여러 편 구연해 주었다. 조사자가 선행 조사자료를
보고 '내 복에 산다고 한 딸' 이야기를 청하자, 그 얘기는 자신에 옛날에 해
준 이야기라고 하면서 다시 해 주었다. 제보자는 부모 자식도 인연이 닿아야
하는데 자신은 큰아들과 인연이 잘 안 닿아서 지금 멀리 떨어져 살고 있다고
하였다.

줄 거 리 : 세 딸을 둔 사람이 있었는데, 하루는 아버지가 딸 셋을 앉혀 놓고 누구 복으
로 사느냐고 물었다. 첫째 딸과 둘째 딸은 아버지 복으로 산다고 해서 아버지
가 기뻐했다. 셋째 딸은 내 복으로 산다고 해서 아버지가 당장 쫓아냈다. 셋
째 딸은 쫓겨나서 얻어먹고 다니다가 어느 집에 들어가서 더부살이를 하게
되었다. 그런데 그 집에서 셋째 딸이 마음에 들어 그 집 아들과 혼인을 시켰
다. 그 뒤로 셋째 딸이 복을 안고 들어와서 집안 모든 일이 다 잘되었고 또
시집간 지 이태 만에 아들을 낳았다. 셋째 딸은 아들을 데리고 시아버지, 신
랑과 친정집을 갔더니 친정집이 폭삭 망했다. 두 언니는 가난한 집으로 시집
을 가고 친정 부모님을 돌아가셨다. 부모와 자식 간에도 인연이 있어야 한다.

아, 딸을 삼형제를 죽 앉혀 놓고, 딸만 삼형젠디, 샘형제를 죽 앉혀 놓
고 허닝개로 큰딸보고

"너는 뉘 복으로 사나?"

"아부지 복으로 살지라우."

"그렇지."

둘째딸 보고

"너는 뉘 복으로 사냐?"

"아부지 복으로 살지라."

"그려."

셋째딸은

"너는 뉘 복으로…"

"내 복으로 살지. 뉘 복으로 살아라우."

가 말이 맞아. 당장 쫓아냈어. 싸가지 없는 년이 말을 그렇게 헌다고.

그 쫓아내서 나가서 걍 얻어먹고 댕긴개 어떤 집이서 담살이로 살으라고 허드랴.

우리 집이서 애기도 봐주고 먹고살으라고 허드랴. 그서 그 집에서 애기도 봐 주고 시세부세 먹고 산디 가시내가 잘생기고 좋아.

괜찮어겄어. 며느리를 삼으믄. 그서 인자 막둥이를 메느리를 삼아서 행례를 지내고 방을 제대로 꾸며줘서 사는디, 그냥 시집 와 갖고 한 이태 있응개 걍 애기가 있어 갖고.

그때는 애기를 첫애기를 낳아서 업고 근영을 가는 것여. 처음으로. 긍개. 시집 온디 가매로 옹개, 친정 가는 질도 몰르지. 오는 질도 몰르지. 가매문 열어 갖고 나와서 에지간허믄 그냥 산디야. 친정을 안 가고.

첫애기 낳아서 업고 오라고 허니 언지 애기가. 긍개 삼년 만에 오년 만에 친정을 가잖아. 그러닝개 그놈 애기를 낳아서 업고 가안디, 애기를 머심애를 낳아서 업고 이바지를 히 갖고 머슴한테 지고 인자 신랑 앞세우고 인자, 시아버지허고 인자.

시아버지가 질을 앙개. 아들도 몰라. 처갓집을 안 가 봐서. 그리서 인자 가닝개로 아이, 집도 없고 친정집이 쑥대밭이 되았드랴.

근디 이 집에는 이 사람허고 결혼혔드니 감자를 한 말 놓응개 다섯 가마니를 캐고 나락도 걍, 걍 풀만 히서 심궜어도 나락 모가지가 이리 갖고,

그 여자가 복이 많은디 그 복 있는 딸을 쫓아 내버리서 인자 이 친정이 쑥대밭이 된 거여. 망혀.

그러니 그 딸이 어디로 가서 사는지를 알어야지. 지금겉이. 얻어먹으라고 내보냈으니. 긍개 찾도 못허지.

그서 와 보닝개 쑥대밭이 되았드랴. 성들도 다 가난해 빠진 집으로 시집을 가고, 걍 불쌍허니 살드랴.

그서 이 딸이 그 언니들 둘을 살리고 오매 아부지 명당 사서 다 써주고 그렜댜. 그 복 많은 딸이. 그러닝개로 잘난 놈한테는 못 이긴 것여.

(조사자 : 이 얘기도 어디서 들으신 거예요?)

어디서 들었지. 인자. 외할머니가 히 주드라고.

(조사자 : 아, 외할머니한테요.)

응. 우리 외할머니가. 그리서 사람이란 것은 열 근심허믄 복 튼 놈이 하나가 있디야. 긍개 그 사람 복으로 먹고산디야.

근디 그 영감탱이가 아 내 복으로 먹고산다고 허믄 니년이 얼마나 잘 된가 보자고 기달려야지 쫓아내라고 힜어. 자기 안 들멕였다고.

당장에 이년아 나가라고 회초리 뚜드려 내보내 버렸디야. 긍개 얻어먹고 살다가 그 집에서 보닝개 그 집이가 복뎅이가 들어가서 잘되거든.

긍개 한 이태 있다가는 걍 며느리를 삼아 버렸어. 그래 갖고 아들 낳아 갖고 인자 친정으를 가닝개 친정 폭 망하고 거지가 되고 두 내외 죽어서 치상을 히 버렸드랴.

그러닝개 그 아부지 오머니가 인연이 못된 거여. 그 딸허고 인연이 못된 거여. 그서 못 여워주고 죽은 거여. 복이 안 닿응개. 긍개 부모허고 자식허고도 인연이 있어야 헌디야.

여자 말 듣다가 한양으로 못 간 숫곰산

자료코드 : 07_12_FOT_20100204_KWD_HSD_0010

조사장소 : 전라북도 진안군 마령면 동촌리 원동촌길 17-6

조사일시 : 2010.2.4

조 사 자 : 김월덕, 허정주, 진주

제 보 자 : 하순덕, 여, 80세

구연상황 : 마령마을지에 제보자가 소개된 것을 보고 제보자를 찾아갔다. 매우 적극적인 성격인 제보자는 80세의 고령임에도 불구하고 총기가 무척 좋아서 노래도 여러 곡 불렀고, 이야기도 여러 편 구연해 주었다. 마이산에 얽힌 이야기를 듣기 위해서 조사자가 먼저 마이산의 옛날 이름이 무엇이었냐고 질문했더니, 제

보자가 솟곰산 전설을 구연했다. 제보자는 마이산 탑을 쌓았다는 전설의 주인공 이갑용 할아버지의 사진을 집에 보관하고 있다가 보여 주기도 하였다.

줄 거 리 : 마이산의 옛 이름은 솟곰산이다. 솟곰산은 바다에서 태어나서 계룡산과 자리를 바꾸기 위해서 한양으로 가는 길이었다. 암솟곰산이 새벽에 가자고 하고 수솟곰산은 초저녁에 가자고 했는데 여자 말을 듣고 새벽에 갔더니 겨우 여기에 와서 날이 새는 바람에 한양에 못 가고 주저앉고 말았다. 그래서 여자 말 듣다가 한양을 못 갔다고 수솟곰산이 암솟곰산을 발로 차 버렸다.

솟곰산. 솟곰산. 수솟곰산 암솟곰산. 그 산이 한양으로 갈락 힜어. 한양 계룡산이 지금 이 마이산허고 바꿨거든.

계룡산은 요리 오고 이 솟곰산은 그리 갈락 힜는디 늦었어. 왜냐믄은 초저녁으 갔으믄은 그 서울 한양을 갔는디 계룡산은 이리 오고.

근데 아 제우 여기 옹개 날이 새 버리네. 그서 못 갔어. 못다 가고 여그서 주접을 허는 것여.

긍개 할아버지가 여편 말 듣고 여그서 주접힜다고, 한양을 못 갔다고 발로 찼어. 할아버지가. 여자 말을 듣지 말 것인디 들었다고.

초저녁으 갔으믄 헌디 여자가 새복으 가자드랴. 새복으 갔더니 여그 와서 날이 샜다는 거여.

저 바다에서 태어나 갖고 오는디 이렇게 둥둥둥둥 떠서 땅이 오는디. 갖고 여기서 주접힜어.

그서 이렇게 솟아남선 이렇게 온대서 솟곰산이라고 옛날 왱이 지었댜. 그서 솟곰산여. 요새는 인자 만 명이 와서 인자 관광을 만든대서 중년에 인자 마이산이라고 지었지.

그리서 참 한 달이믄 몇 만 명이 지내가잖아. 그리서 맞었어.

(조사자 : 그 산이 그럼 바다에서 태어나서 서울 한양으로 올라가는 길이에요?)

한양으로 올라간디 아여자 말 듣다가 날이 새 버려서 못 가서 여기가 경 그런디…… 그 할아부지가, 저, 여 시방 그 할아버지 사진을 갖다 놨거든.

(조사자 : 이갑용 할아버지요?)

예. 예. 예.

콩잎 따는 처녀를 유혹해 장가간 총각

자료코드 : 07_12_FOT_20100204_KWD_HSD_0011
조사장소 : 전라북도 진안군 마령면 동촌리 원동촌길 17-6
조사일시 : 2010.2.4
조 사 자 : 김월덕, 허정주, 진주
제 보 자 : 하순덕, 여, 80세
구연상황 : 마령마을지에 제보자가 소개된 것을 보고 제보자를 찾아갔다. 매우 적극적인
성격인 제보자는 80세의 고령임에도 불구하고 총기가 무척 좋아서 노래도 여
러 곡 불렀고, 이야기도 여러 편 구연해 주었다. 처녀 총각 연애하는 이야기
를 하다가 옛날에 총각이 콩잎 따는 처녀에게 구애한 이야기를 들려주었다.
줄 거 리 : 깔 베러 왔던 총각이 콩밭에서 콩잎 따는 처녀에게 말을 붙여 보려고 밭으로
돌을 던졌더니 처녀가 남부끄러워 응하지 않았다. 그러자 총각이 처녀의 환심
을 사기 위해서 인절미를 해 와서 밭고랑에 드문드문 놓고는 일하면서 먹으
라고 했다. 처녀는 떡을 받아서 집에 가져왔다가 들켜서 결국 그 총각한테 시
집을 갔다.

자, 한 사람은 인자 콩잎을 가을에 인자 콩잎을 뜯어서 단풍 들은 소
멕이고 사람도 삶아서 시안에 지져 먹어야 허고 허닝개로. 콩잎을 뜯는디
아 어떤 놈의 총각이 저, 깔 비로 와서 독을 홀떡홀떡 던지네.

그러닝개로, 콩잎 따는 아가씨야 콩잎을 많이 따지 말고 조금만 따고
가상으로 나오라고. 가까운 데서 땅개. 긍개 넘이 무섭다고 먼 데 사람이
보믄 숭본다고 넘이 무섭다고 허닝개로,

나중에 여기서 메칠을 그 콩잎을 따. 부잣집은 댓 마지기씩 콩을 심군
개. 그게 그 이튿날 또 땅개 또 독을 던져. 그 가상으로 오라고. 말을 히
볼라고.

그러닝개로 이 인절미를 히 갖고 가서 그 총각이 밭고랑으 가상으다 인절미를 이렇게 다문다문 인자 놓았어. 그놈 배고프믄 먹으라고. 그 큰 애기를 올굴라고.

드문드문 놓소. 너무 자주 놓으믄은 들키네. 그렇개 나는 그것도 드문디 그래 갖고 더 베껴 놓드랴.

그래 못다 헌 것은 치매에다 주서갖고 집이 갖고 왔는디 들켰어. 뭔 떡을 갖고 왔냐고. 주서 갖고 왔냐고.

그 말을 못혀. 그서 그냥, 그냥 떡을 먹고 그냥 근디 그놈의 총각이 으뜩게 쫓아댕겨서 내외간을 히 버렸어. 장개를 들어 버렸어. 중신애비를 넣어 갖고. 그리서,

콩잎 뜯는 아가씨야 떡을 드문드문 놓자네 더 베껴 났다. 배 불르게 먹고 나한테 시집을 오니라.

그때 연애헐 시상이 있기는 있었어. 영리헌 사람은 연해 힜어. 긍개 그 총객이 아가씨한티 장개를 갔지.

죽어서 시댁 식구가 된 처녀

자료코드 : 07_12_FOT_20100204_KWD_HSD_0012
조사장소 : 전라북도 진안군 마령면 동촌리 원동촌길 17-6
조사일시 : 2010.2.4
조 사 자 : 김월덕, 허정주, 진주
제 보 자 : 하순덕, 여, 80세
구연상황 : 마령마을지에 제보자가 소개된 것을 보고 제보자를 찾아갔다. 매우 적극적인
성격인 제보자는 80세의 고령임에도 불구하고 총기가 무척 좋아서 노래도 여
러 곡 불렀고, 이야기도 여러 편 구연해 주었다. 제보자는 자신이 산천에 공
을 드리러 다니기 때문에 특히 공을 드려 복 받은 이야기를 실감나게 구연하
였다.
줄 거 리 : 세비산에서 오동실로 서당을 다니던 총각이 오동실의 한 처녀를 좋아하게 되

었다. 처녀 역시도 그 총각을 좋아해서 중매쟁이를 통해 서로 혼사를 하기로 했다. 그런데 처녀가 총각을 좋아하는 마음이 너무 커서 병이 되어 혼인하기 전날 죽고 말았다. 처녀의 집에서는 자기네 선산에 처녀를 묻어 주었다. 그 후 총각은 다시 임실 관촌의 좋은 아가씨와 혼인을 하게 되었다. 그러나 몇 년이 지나도 아이가 생기지 않아서 집안 어른들이 점을 쳐 보도록 했더니 그 죽은 처녀 때문이라는 점괘가 나왔다. 그래서 처녀를 남자네 집 선산으로 이장을 하고 그 남자의 본처로 인정하여 제사를 지내 주었더니 그 공으로 그 집에 아들이 생겼다.

여기서 오동실 여기 세비산이 있어.

(조사자 : 무슨 산이요? 세비산?)

세비산 오동실. 저그 가자믄.

(조사자 : 새비산 오동실.)

잉. 동네 이름이. 요짝 동네, 요짝 동네 근디, 요 세비산서 총각이 오동실로 서당을 배우러 댕겨. 댕긴디 아가씨가 그 총각이 그 동네 가믄은 한디 시암으로 물을 질르러 나오드랴. 동우를 갖고.

그리서 인자 봉개 이쁘고 좋드랴. 요새 같으믄 말을 걸어 보지. 참 좋다 허고, 인자 가 보고 가 보고. 요놈의 큰애기 역시도 좋든가벼. 그 총객이. 쏙 들던개벼.

인자 한 번은 맷 번이나 엥깄걸래 물이 먹고 잡다고 물 조깨 도라고 허닝개로 동우로 하나를 떠 부서 놓고서는, 바가치다 물을 떠서 이렇게 외면허고 이렇게 주드랴. 그서 인자 받아서 먹고는,

"물 잘 먹었어요." 그러고는 바가치를 중개 또 외면허고 받… 그때는 내우법이 무섭거든.

그서 인자 옹개 또 그렇게 오드랴. 아 그서 인자 동네 양반을 중신을 허라고 아자씨 하나를 불러 가지고,

"오동실 아무개네 그 뉘 집 딸인고 큰애기가 참 이쁘고 잘생깄데요. 부자로 사는 개벼요. 옷도 잘 입었데요." 그래.

"그러믄 아무것이네 약방인갑다."

그 집이 어른이 약국을 혔디야.

"약방집이 딸인갑다. 그 사람밲이는 큰딸이 없는디." 그려.

"그려 글먼 중매를 허시오. 저한티."

긍개 갔어. 그 양반이. 강개

"아이고, 저, 그 집에는 아들 부자고 우리는 돈이 부잔디 아들이 잘생겼는디 우리 집이로 장개를 올랑가 모르지요." 그러드랴.

아이고 잘 되았다 싶으드랴. 그서 총각보고 그러닝개 이 동네 서당으를 댕긴개 큰애기 아부지가 인자 서당으 갔드랴. 가를 볼라고.

가닝개로 뽈딱 인나더니,

"평안허싰어요."

허고 절을 허드랴. 저, 달같이 뵈드라네. 쟁인 양반 눈에 달같이 뵈드랴.

(조사자 : 시아버지?)

친정아부지가.

(조사자 : 친정아부지가 그 사위 총각을 봤더니…)

잉. 선을 보로 갔더니. 서당으로. 그서 아무것이가 누구냐고. 새비산 아무것이가 누구냐고.

"접니다."

허고 절을 허닝개 중신애비가 왔다 갔는갑다. 인자 속으로 짐작을 혔대. 보닝개 다시 없드랴.

그서 인자 중신을 히서 인자 시집을 갔어. 시집을 갔는디 이 아가씨가 죽었네. 내일이 시집 날인디 오늘 밤에 죽었어. 상한이 일어나 갖고. 신랑이 너무 보고 자서 뱃속에서 이게 일어나.

그러믄 못 참으믄 죽는 거여. 혈압으로 떨어져서 죽는 거여. 너무나 사람을 생각해 그 시간에 못 봉개 떨어져서 죽은 거여. 그서 인자 난리가 안 났겄어 동네가? 그지만 어떻게 혀. 죽은 거.

인자 가서 인자 신랑도 가고 아부지도 가고 혀서 그 치상비를 조깨 대 주고 갔지. 그러고 같이 치상을 허고 힜는디 친정산에다 묻었디야.

(조사자 : 무슨 산이요?)

친정의 선산에다. 자기네 자식인개. 시집도 안 갔응개. 아 근디 이 사람 이 관촌으로 장개를 갔어. 후처를.

새로 인자 그 해 넘어가고 그 이듬해 인자, 그 아들은 다시 관촌다 히 서 그 중신애비가 거그다 또 히서 간 거여. 갔는디 시집을 또 잘 갔어. 장 개를 잘 갔어.

이번에도. 잘 갔는디, 아, 눈이 안 들드랴. 신랑이. 무섭게 뵈고. 한 방 으 자도 상관을 안 혔댜. 각시허고.

긍개 큰애기가 노큰애기라 날 좀 보소, 날 좀 보소, 동지섣달 꽃 본 듯 이 날 좀 보소 그렸댜. 하도 안 옹개. 애기는 있을란디. 한방으 자기는 허 고.

그서 참 그 노랫말 자욱으로 보닝개 초성이는 반달같이 이쁘드랴. 그서 인자 갔는디 신랑은 인자 풀어져서 오는디 애기가 안 들어서드랴.

2년을, 3년을 살아도 애기가 안 배아. 그렁개 인자 막 걍 집안 어른들 이랑 난리가 났어. 어디가 점을 히 보라고. 그서 점을 가서 허닝개 그 아 가씨가 탁 나오드랴.

(조사자 : 죽은 아가씨가?)

응. 나는 자기를 위해서 죽었는디, 나는 우리 친정 산에다 묻고 제사도 안 지내주고 나를 박대를 힜냐. 내가 큰사람이다 말여.

내 인제라도 너그 집이 가서 큰사람 노릇을 히얀다 이거여. 그렇지. 법 은. 그렁개 이 사람 자기 맘대로 못 허잖아. 어른들 허자는 대로 헝개.

그리서 인자 그 점을 허고 온 사람들이 인자 바깥양반들 보고 그런 애 기를 헝개 그러기는 그렇지. 큰사람은 큰사람이지.

그리서 파다가 자기네 선산에다 묻어 주고 이 아가씨가 묏동으로 깐밥을 긁어 갖고 댕김서 아들 하나 태워 주시오. 태워 주시오. 형개로 그 해 태워 줘서 떡발산 같은 놈을 났어. 그리서 지사를 그냥 잘 지내줘. 그렁개 복을 지야 복이 온다 이 말여 응.

그 사람은 그것 병을 못 이기서 죽었는디 이 사람은 후처를 장개를 가서 잘 상개 그 집이를 가서 심청을 부린 거여. 애기 못 생기게. 그서 그 사람을 좋게 위해 중개 공이 오드래.

아들 좋은 놈 낳고. 위해 놓고. 지금 같으믄 사진이나 찍어 놓지. 위해 놓고 그렇게 공을 드렸대. 그 사람이. 저 살라고. 그래 갖고 아들 삼형제 여르르 뽑드랴. 그 갖고 그 죽은 사람 앞에로 애기들을 다 올렸대.

하루저녁 자고 만리성 쌓는다는 말의 유래

자료코드 : 07_12_FOT_20100204_KWD_HSD_0013
조사장소 : 전라북도 진안군 마령면 동촌리 원동촌길 17-6
조사일시 : 2010.2.4
조 사 자 : 김월덕, 허정주, 진주
제 보 자 : 하순덕, 여, 80세
구연상황 : 마령마을지에 제보자가 소개된 것을 보고 제보자를 찾아갔다. 매우 적극적인 성격인 제보자는 80세의 고령임에도 불구하고 총기가 무척 좋아서 노래도 여러 곡 불렀고, 이야기도 여러 편 구연해 주었다. 제보자는 여자가 똑똑해야 세상이 잘된다고 하는 신념을 갖고 있었는데, 그러한 신념에 바탕을 두고 하루저녁 자고 만리성 쌓으러 간다는 이야기를 구연하였다.
줄 거 리 : 육십이 되도록 남의집살이를 하면서 결혼을 못한 노총각이 더 이상 하시를 받기 싫어서 돈을 좀 받아서 그 집을 나왔다. 하루 종일 가다가 어느 동네에서 하룻밤을 묵게 되었는데 그 동네 어떤 집에서 온 식구들의 울음소리가 났다. 사정을 들어보니 그 집의 가장이 다음날이면 만리성 쌓는 부역에 징집이 되어 가야 하는데, 가장이 가면 가족들은 굶어죽을 판이었다. 그래서 이 가정을 살려야겠다고 생각하고 노총각은 자신이 대신 부역에 가겠다고 하였다. 은

혜를 갚은 길이 달리 없어서 그 집의 아내가 이 노총각과 하룻밤을 잤다. 하루저녁 자고 만리성 쌓으러 간다는 말이 여기서 생겼다고 한다.

하룻저녁에 만리성 쌓으러 간 거 알아?

(조사자 : 몰라요.)

남자가 없는 집에가 태어나서 장개를 못 갔는디 한 집이서 걍 넘의 집을 오래 상개, 아고 어른이고 야 야 그러드랴. 아자씨더러. 늙었어도 장개를 못 갔댜.

그서 거시기, 헤이 더런 놈의 집구석 인제 나가야겄다 허고 그 집이서 인자, 십년을 넘의 집 살고 돈을 조깨 도래 갖고 나오는 거여.

한없이 하루 점드락 질을 걷는디 해가 쬐깨 남어서 어느 동네를 저녁으 자로 오드랴. 거기서 인자 저물라고 허닝개, 아, 걍 울어 쌌드랴.

"어쩌. 우리는 어떻게 살아, 어떻게 살아." 허고.

집 안사람이 울고 배깥사람도 울고, 걍 아들도 울고 글드랴. 그서 아이 집이를 한번 가 봐야 겄드랴.

"쥔 양반. 쥔 양반."

헝개 배깥양반이 나오드랴. 눈물을 썩썩 닦음서.

"왜 그러시오." 헝개

"내가 모집이 나왔다고. 모집이 나왔는디 이 다섯 금식이 내가 가믄 굶어죽을 틴디."

그때는 젖 안 먹고 사는 세상이라. 그서

"우리는 어떻게 살으야고. 안사람이 저렇게 울어쌍개 어떻게 해야 허까를 모르겄다고." 그러닝개.

"그러냐고. 좋은 수가 있응개로 들어가자고."

그서 인자 이 사람을 데리고 와서 인자 아랫방에다 앉혀 놓고 헝개,

"내가 당신 대신 내일 가리다."

"왜 그러냐고. 사둔에 팔촌도 아닌디."

"가정을 하나 살려야겄다고."

험서나 인자, 안에 들어와서 아 이 아랫방 가족 어른한테 가서 절을 히야겄네.

"왜 그냐고."

"아, 내 대신 내일 그 양반이 모집을 간다고."

"아, 어디서 그런 양반이 와야고."

"아 그렁개 말여. 우리 조상이 불러들있는가만."

그서 인자 두 내외가 아랫방으 절을 허고 걍 장닭을 씨암탉을 걍 잡아서 저녁으 밥을 히서, 밥을 잘 히서 줬더니 밤에 잠선 문 앆으서 그러드랴.

"아이고 어르신. 저그 액운을 맡아 갖고 어뚷게, 어뚷게 갚을끄나고. 언제 만나서 공을 갚을끄나고."

인자 가믄 못 오지. 그러닝개 여자가 그래 싼개로.

"내 뭠이나 하루저녁 빌려 주끄나고."

그러드랴. 하도 감사히서. 아주머니가 이 양반 자는디. 그서 들어가서 몸을 한번 빌리줬대.

하룻저녁을 자고 만리성을 쌓으러 갔다 그 말여. 그렁개 그 남자 원을 풀어줬지. 장개도 안 가본 사람, 총각인디. 육십이 다 돼간디.

(조사자 : 아, 육십이 다 된 사람이에요?)

함먼. 긍개 하루저녁을 자고 만리성을 쌓으러 갔다. 그 집 양반 대신으로. 여자가 허는 짓이 고마워서. 긍개 여자 안대고 조화가 안 나온당개. 하룻저녁 자고 만리성을 싼다. 그게 거기서 나온 거여. 그 집이서.

베틀 노래

자료코드 : 07_12_FOS_20100206_KWD_KYY_0001
조사장소 : 전라북도 진안군 마령면 강정리 원강정 128번지
조사일시 : 2010.2.6
조 사 자 : 김월덕, 허정주, 진주
제 보 자 : 김영이, 여, 77세
구연상황 : 제보자는 여러 편의 이야기를 구연한 다음, 조사자들이 옛날 노래를 청하자
흔쾌히 옛날에 베 짜면서 불렀던 베틀 노래를 부르겠다고 하며 노래를 불러
주었다. 노래를 부른 후에는 삼 삼기 전의 준비 과정에 대해서 설명을 해 주
기도 하였다.

오늘날도 하심심하여 베틀이나 놓아볼까

앉을개위에 올라앉아보니

베틀다리는 사형젠데 요내몸 다리는 형제로다

부테라고 하는것은 귀목나무 껍데기라

체라고 하는것은 무지개죽은 넋이던가 둥그름하게도 잘박혔네

부디집 탕탕치는 소리 질가는 신사가 발맞춰간다

잉앳대는 삼형젠데 눌림대는 독신이라

용두머리라 하는것은 두만강의 낚수댄가

오르락내리락 잘도나간다

배개미라 하는것은 이새저새를 갈라주고

도토마리라 하는것은 삼천만군사를 거나리고

아리랑고개로 넘어간다

끄실신은 팔자가좋아 아가씨 뒤꿈치에 다녹아난다

삼 삼는 소리

자료코드 : 07_12_FOS_20100206_KWD_KYY_0002
조사장소 : 전라북도 진안군 마령면 강정리 원강정 128번지
조사일시 : 2010.2.6
조 사 자 : 김월덕, 허정주, 진주
제 보 자 : 김영이, 여, 77세
구연상황 : 제보자는 여러 편의 이야기를 구연한 다음, 조사자들이 옛날 노래를 청하자
흔쾌히 노래를 불러 주었다. 베틀 노래를 부른 다음, 삼 삼을 때 불렀다며 이
노래를 하였다. 제보자는 "우리 시대에는 삼 삼으면서 신식 노래도 곧잘 했
다"고 설명하였다.

노랑노랑 새삼베치매 주름주름 삼내가나네
일본대판이 얼마나좋아 꽃같은날 두고 일본을갔나
얼씨구나 좋네 기화자 좋네 요롱게 좋다가는 딸낳겄네

시집살이 노래

자료코드 : 07_12_FOS_20100206_KWD_KYY_0003
조사장소 : 전라북도 진안군 마령면 강정리 원강정 128번지
조사일시 : 2010.2.6
조 사 자 : 김월덕, 허정주, 진주
제 보 자 : 김영이, 여, 77세
구연상황 : 제보자는 여러 편의 이야기를 구연한 다음, 조사자들이 옛날 노래를 청하자
흔쾌히 베틀 노래와 삼을 삼을 때 불렀던 노래를 불러 주었다. 조사자들이 시
집살이 노래를 청하자, 이런 것도 노래냐고 하면서 짧은 노래를 불렀다. 제보
자는 시부모님 안 계신 집으로 시집을 와서 시집살이를 안 했지만, 옛날에 보
면 시어머니들이 자신도 며느리 위치에 있었으면서 멍청해서 똑같이 며느리
에게 시집살이를 퍽 시켰다고 한탄을 했다.

밭에가면 바라구웬수
논에가믄 가래원수

집에가믄 시에미웬수

세웬수를 어찌허믄 웬수보를 갚을거나

고사리 노래

자료코드 : 07_12_FOS_20100206_KWD_KYY_0004

조사장소 : 전라북도 진안군 마령면 강정리 원강정 128번지

조사일시 : 2010.2.6

조 사 자 : 김월덕, 허정주, 진주

제 보 자 : 김영이, 여, 77세

구연상황 : 제보자는 여러 편의 이야기를 구연한 다음, 조사자들이 옛날 노래를 청하자 흔쾌히 몇 곡 불러 주었다. 조사자가 나물 뜯으러 다니면서 부른 노래를 청하자, 항상 노래를 한 것은 아니고 나물 뜯으러 가다가 기분이 좋으면 노래를 부르기도 하고 그랬다고 한다. 제보자는 이 근방에서 장재골, 가래골이라는 곳으로 나물 뜯으러 퍽 다녔다고 하면서, 고사리, 취, 도라지, 딱주, 삽초싹, 두릅, 미역취, 삿갓대가리, 도시락취, 망새, 둥굴레 등 나물 이름을 읊으며 나물 뜯으러 다니던 경험에 대해서도 이야기하였다.

올라가면 올고사리

내리올때 늦고사리

거등거등 끊어갖고

우는애기 젖주러 가자

상여 소리

자료코드 : 07_12_FOS_20100306_KWD_CJH_0001

조사장소 : 전라북도 진안군 마령면 평지리 원평지길 7-9 원평지마을회관

조사일시 : 2010.3.6

조 사 자 : 김월덕, 허정주, 진주

제 보 자 : 최진호, 남, 73세
구연상황 : 제보자는 원평지마을에서 황덕주 제보자의 뒤를 이어서 상여 앞소리꾼을 맡고 있다. 제보자는 상여 소리에 무슨 문자를 갖춰서 하는 것이 아니라, 유대꾼들이 힘을 좀 덜 쓰게 하려고 그냥 하고 있다고 하였다. 조사자가 상여 소리를 청하자 뒷소리꾼들이 있어야 한다고 사양하였으나 거듭 청하자, 제보자는 본래 상여 소리는 순서가 있는 것이라고 하면서 상주 집에서 상여가 출발할 때부터 장지에 이르기까지 과정을 설명하며 거기에 따르는 소리를 순차적으로 불러 주었다. 관을 상여에다 맬 때 염불 소리로 시작을 하고, 유대꾼들이 상여 양쪽에 잘 골라 섰는지를 둘러보면서 앞소리꾼은 평경을 흔들며 관아 소리를 한다. 그리고 집 밖에 나가 운상을 할 때 평지에서는 어헤 소리를 하고, 오르막에서는 넘차 소리를 한다. 장지에 도착하면 다시 관아 소리를 하고, 유대꾼들은 좀 쉰 다음에 하관시에 염불 소리를 한다. 그리고 묘를 다질 때 달구방아 찧는 달구 소리를 한다.

07_12_FOS_20100306_KWD_CJH_0001_s01 〈염불 소리〉

나무아미타불

나무아미타불

나무아미타불

07_12_FOS_20100306_KWD_CJH_0001_s02 〈관아 소리〉

관아-아-이히여

관아-아-이히여

관아-아-이히여

07_12_FOS_20100306_KWD_CJH_0001_s03 〈운상소리-어헤 소리〉

허허어 허어헤 어허에 어허에 어헤 어헤

유대꾼들 욕본질에 치욕보고 출렁출렁 잘모시세

어허이 어허이 어헤에 어헤에

먼디사람 듣기좋고 옆에사람 보기좋게 출렁출렁 잘모시세

어허이 어허이 어헤에 어헤에

07_12_FOS_20100306_KWD_CJH_0001_s04 〈운상소리-넘차 소리〉

어화농 어화농 어나리 농차 너화넝

어화농 어하농 어나리 농차 너하농

07_12_FOS_20100306_KWD_CJH_0001_s05 〈염불 소리-하관시〉

나무아미타불

나무아미타불

나무아미타불

나무아미타불

[완전히 안정되도록 이 소리를 한다고 설명한다.]

07_12_FOS_20100306_KWD_CJH_0001_s06 〈달구질소리〉

어럴럴럴 달구야

불끈들었다 쾅쾅놓고

어럴럴럴 달구야

어럴럴럴 달구야

불끈들었다 둠펑놓고

뿔끈들었다 덜픽놓고

어럴럴럴 달구야

어럴럴럴 달구야

어럴럴럴 달구야

얼럴럴럴 달구야

먼디사람 듣기좋고

옆으사람 보기좋게

불끈들었다 쾅쾅놓세

밭 매는 소리

자료코드 : 07_12_FOS_20100204_KWD_HSD_0001
조사장소 : 전라북도 진안군 마령면 동촌리 원동촌길 17-6
조사일시 : 2010.2.4
조 사 자 : 김월덕, 허정주, 진주
제 보 자 : 하순덕, 여, 80세
구연상황 : 마령마을지에 제보자가 소개된 것을 보고 제보자를 찾아갔다. 매우 적극적인
성격인 제보자는 80세의 고령임에도 불구하고 총기가 무척 좋아서 노래도 여
러 곡 불렀고, 이야기도 여러 편 구연해 주었다. 조사자가 밭 매는 소리를 청
하자 노래를 불러 주었다.

　　　　못다맬밭 다맬라다 금봉채를 잃었느니
　　　　걱정말소 내가 전주장으를 가서
　　　　송방송방 다더터서 내사다 줌세
　　　　못다맬밭 다맬라다 금봉채를 잃었느니
　　　　이사람아 걱정을 말소 전주장으 가서
　　　　송방송방 다더터서 내사다 줌세

시집살이 노래

자료코드 : 07_12_FOS_20100204_KWD_HSD_0002
조사장소 : 전라북도 진안군 마령면 동촌리 원동촌길 17-6
조사일시 : 2010.2.4
조 사 자 : 김월덕, 허정주, 진주
제 보 자 : 하순덕, 여, 80세
구연상황 : 마령마을지에 제보자가 소개된 것을 보고 제보자를 찾아갔다. 매우 적극적인 성
격인 제보자는 80세의 고령임에도 불구하고 총기가 무척 좋아서 노래도 여러
곡 불렀고, 이야기도 여러 편 구연해 주었다. 옛날에는 시어머니들의 며느리
구박이 심했다고 하면서 시집살이 이야기를 한참 하다가, 시집살이 노래를 하
였다. 제보자는 자신이 젊었을 때 이렇게 직접 노래를 지어서 불렀다고 했다.

시어머니 홰내신데는 댐뱃대가 제일이드라

시아버지 홰내신데는 술상이 제일이드라

서방님 홰내신데는 밥상이 제일이드라

시누애기 홰내신데는 연지분통이 제일이드라

요내가슴 홰내신데는 정든임이 제일이드라

그네 노래

자료코드 : 07_12_FOS_20100204_KWD_HSD_0003
조사장소 : 전라북도 진안군 마령면 동촌리 원동촌길 17-6
조사일시 : 2010.2.4
조 사 자 : 김월덕, 허정주, 진주
제 보 자 : 하순덕, 여, 80세
구연상황 : 마령마을지에 제보자가 소개된 것을 보고 제보자를 찾아갔다. 매우 적극적인
성격인 제보자는 80세의 고령임에도 불구하고 총기가 무척 좋아서 노래도 여
러 곡 불렀고, 이야기도 여러 편 구연해 주었다. 제보자는 노래를 하면 노래
에 얽힌 이야기를 함께 해 주었다. 조사자가 기존 조사자료를 보고 그네 노래
를 청하자, 그네 노래를 부르고 나서, 부잣집 아들 부부가 서로 그네를 밀어
주고 댕겨주면서 했던 소리라고 설명을 하였다.

임아임아 줄밀지말소 줄떨어지면 정떨어지네

정떨어진디는 지와로막고 문떨어진디는 종이로막세

화투 노래

자료코드 : 07_12_FOS_20100204_KWD_HSD_0004
조사장소 : 전라북도 진안군 마령면 동촌리 원동촌길 17-6
조사일시 : 2010.2.4
조 사 자 : 김월덕, 허정주, 진주

제 보 자 : 하순덕, 여, 80세

구연상황 : 마령마을지에 제보자가 소개된 것을 보고 제보자를 찾아갔다. 매우 적극적인
성격인 제보자는 80세의 고령임에도 불구하고 총기가 무척 좋아서 노래도 여
러 곡 불렀고, 이야기도 여러 편 구연해 주었다. 조사자가 기존 조사자료를
보고 화투 노래를 청하자, 자신이 지었다고 하면서 이 노래를 불렀다. 중간에
칠월과 팔월이 빠져서 뒤에 보충했다. 제보자는 머리가 좋아야 말도 잘하고
노래도 짓는다고 강조하면서 노래를 부른 것에 대해 강한 자부심을 보였다.

정월솔가지 속살근마음

이월매주에 맺어놓고

삼월사구라 산란헌마음

사월흑사리에 잡아매고

오월난초 날던나비

유월목단에 춤잘춘다

구월국진 굳은마음

시월단풍에 뚝떨어지네

동지섣달 기러기잡아

국화놓고 공산패여

한잔먹고 두잔먹세

이러다가 논팔겄네

이사람들아 집이가세

[이게 놀음헌 사람들 화투 노래여]

칠월홍사리 홀로누워

팔월공산에 달이솟네

권주가

자료코드 : 07_12_FOS_20100204_KWD_HSD_0005
조사장소 : 전라북도 진안군 마령면 동촌리 원동촌길 17-6
조사일시 : 2010.2.4
조 사 자 : 김월덕, 허정주, 진주
제 보 자 : 하순덕, 여, 80세
구연상황 : 마령마을지에 제보자가 소개된 것을 보고 제보자를 찾아갔다. 매우 적극적인
성격인 제보자는 80세의 고령임에도 불구하고 총기가 무척 좋아서 노래도 여
러 곡 불렀고, 이야기도 여러 편 구연해 주었다. 제보자는 노래에 얽힌 내용
을 이야기로 설명을 하였는데, 이 노래는 아버지 생신을 맞아 큰딸이 지어서
부른 노래라고 설명했다. 그리고 요즘 세상에 부모에게 효도가 사라지고 있다
고 한탄했다.

이때저때 어느땐가 춘춘삼월 호시절에
우리부친 생신끝에 노래한장 지어보세
무슨노래 지어볼까 꽃노래나 지어보세
먹고남는 도래꽃은 야생봉에 피어나고
씨고남는 피리꽃은 만첩산중에 피어나네
뫼기좋은 금당화는 가지가지가 금빛일래
술을걸러 술청수냐 금을걸러 금청수냐
이술한잔 들으시면 천년수요 만년수요
아버님 이술한잔 들으세요
돌아가는 만태수는 손발잡고 희롱을히라

노랫가락

자료코드 : 07_12_FOS_20100204_KWD_HSD_0006
조사장소 : 전라북도 진안군 마령면 동촌리 원동촌길 17-6

조사일시 : 2010.2.4

조 사 자 : 김월덕, 허정주, 진주

제 보 자 : 하순덕, 여, 80세

구연상황 : 마령마을지에 제보자가 소개된 것을 보고 제보자를 찾아갔다. 매우 적극적인 성격인 제보자는 80세의 고령임에도 불구하고 총기가 무척 좋아서 노래도 여러 곡 불렀고, 이야기도 여러 편 구연해 주었다. 몇 곡 노래를 부른 다음, 또 하나 노래를 부르겠다고 하면서 이 노래를 불렀다.

나비야 청산가자 범나부도 같이가오

가다가다 날이저물믄 꽃속에서 자고가세

꽃이야 마다하면 그밑이라도 자고가세

이꽃을 끊든지 못끊든지 이름이나 짓고가세

끊으면은 해당화요 못끊으면은 목당화라

얼씨구좋다 절씨구좋네 기화자 좋구나 좋구나 좋네

창부 타령

자료코드 : 07_12_FOS_20100204_KWD_HSD_0007

조사장소 : 전라북도 진안군 마령면 동촌리 원동촌길 17-6

조사일시 : 2010.2.4

조 사 자 : 김월덕, 허정주, 진주

제 보 자 : 하순덕, 여, 80세

구연상황 : 마령마을지에 제보자가 소개된 것을 보고 제보자를 찾아갔다. 매우 적극적인 성격인 제보자는 80세의 고령임에도 불구하고 총기가 무척 좋아서 노래도 여러 곡 불렀고, 이야기도 여러 편 구연해 주었다. 제보자는 일제시대에 남편 얼굴도 보지도 않고 시집을 가서 평생을 살았고, 큰 전쟁을 두 번이나 겪었던 이야기를 하였다. 남편이 일본에 징용 간 동안 시집에 살면서 일을 많이 했는데 삼 삼을 때 일이 지루하니까 이런 노래를 지어 불렀다고 했다.

뒷동산에 고릅싸리 장구열채로 다나가네

장구열채는 간곳없고 이도령만 남아있네

뉘간장을 뇌일라고 저리나 좋게도 생겼는가

장개를 들었거든 첫몸에 아들을 두거든

일본됭경으로 여워주소

두번째여 딸을두거든 전라감사 사우나삼소

어리씨구나 좋다 저리씨구나 좋네 아니좋고는 못살겄네

닐릴릴닐리리야

논 매는 소리 (1)

자료코드 : 07_12_FOS_20100306_KWD_HDJ_0001
조사장소 : 전라북도 진안군 마령면 평지리 원평지 1길 12-2
조사일시 : 2010.3.6
조 사 자 : 김월덕, 허정주, 진주
제 보 자 : 황덕주, 남, 79세
구연상황 : 원평지마을은 20여 년 전에 들 노래로 이름이 널리 알려졌고, 제보자는 들
노래 소리꾼으로 유명했다. 그러나 들 노래를 함께 했던 소리꾼들이 하나둘
세상을 떠나고 고령이 되어서 이제 예전처럼 들 노래를 할 수 있는 사람도
몇 분 남지 않았다. 제보자는 그 중 한 분이시다. 마을 분의 안내를 받아 제
보자를 찾아갔으나 제보자는 며칠 전 과음을 하여 몸이 매우 안 좋은 상태였
다. 제보자는 노래할 기력이 없어서 조사자의 요청을 거절하기도 하였지만,
들 노래는 혼자서 하는 것이 아니라 여럿이 함께 해야 힘이 나서 할 수 있는
데 뒷소리꾼이 없어서도 못 한다고 하였다. 그러나 조사자가 거듭 청하자 그
럼 몇 마디 부르겠다고 하면서 녹음기를 틀라고 하였다.

07_12_FOS_20100306_KWD_HDJ_0001_s01 〈양산도〉

에야뒤야 에헤야 에헤야 에헤야

허허-허야 이야라 양산을 돌아간다

양산을가자 양산을가자 모랭이돌아서 양산을가자

헤에 헤헤야하 에헤 허어허 어

허허여여기나 양산도로오다

꽃을끊고 머리에꽂고 산에올라서 들귀경허세

헤헤 헤헤야하 허허 허어허어

허허여기나 양산도로오다

청사초롱 불밝혀들고 산에올라서 들귀경헌다

허허야하 허허 허어허허

허허여기나 양산도로오다

산에올라 들귀경허고 농촌내려와 논매자

07_12_FOS_20100306_KWD_HDJ_0001_s02 〈산타령〉

헤헤어이 허허어 허이야 허허뒤야 산이로구나

저산너머 소첩을두고 밤질걸기가 허허난감허다

에야 뒤야하하 어허허허야 허허뒤야 산이로구나

논 매는 소리 (2)

자료코드 : 07_12_FOS_20100314_KWD_HDJ_0001
조사장소 : 전라북도 진안군 마령면 평지리 원평지2길 24
조사일시 : 2010.3.14
조 사 자 : 김월덕, 허정주, 진주
제보자 1 : 황덕주, 남, 79세
제보자 2 : 오길현, 남, 75세
제보자 3 : 최진호, 남, 73세
구연상황 : 원평지마을은 20여 년 전에 들 노래로 이름이 널리 알려졌으나 들 노래를
함께 했던 소리꾼들이 하나둘 세상을 떠나고 고령이 되어서 이제 예전처럼
들 노래를 할 수 있는 사람도 몇 분 남지 않았다. 이주일 전에 마을을 방문하
여 오길현 젯보자 자택에서 몇 분이 모여서 들 노래를 녹음하기로 약속을 해

서 약속대로 모였다. 제보자들은 들 노래는 뒷소리꾼이 많아야 하고, 술이라
도 한 잔 마시고 흥에 겨워야 노래를 제대로 할 수 있다고 하였다. 여건이 그
렇게 되지는 않았지만 제보자들은 성심껏 주어진 상황에서 노래를 불러 주었
다. 황덕주 제보자와 오길현 제보자가 주로 앞소리꾼을 하였다. 원평지 논 매
는 소리는 여러 곡으로 나누어져 있어서, 양산도와 싸오 소리는 황덕주 제보
자가, 산타령, 섬마 타령, 방개 소리, 매화 타령은 오길현 제보자가 앞소리를
주도하였다. 제보자들은 원평지 들 노래가 널리 알려진 것은 자신들이 노래를
잘해서가 아니라 들 노래 자체가 독특해서라고 그 의미를 평가했다.

07_12_FOS_20100314_KWD_HDJ_0001_s01 〈양산도〉

헤에에 헤헤야하 에에헤헤 허허어 허허기나 양산도로오다

헤에에 헤헤야하 에헤헤헤 헤헤이 허허기나 양산도로오다

양산을가자 양산을가자 모랭이돌아서 양산을가자

헤에에 헤헤야하 에에헤헤 에헤이 허허기나 양산도로오다

꽃을꺾어 머리에꽂고 산에올라서 들귀경(구경)허세

에에에 헤헤야아 에에헤헤 에헤이 허허기나 양산도로오다

저산너머 소첩을두고 밤질걸기가 허허난감허다

에에에 헤헤야아 에에헤헤 에헤이 허허기나 양산도로오다

말을타고 꽃속에놀고 말굽마다 향내가난다

에에에 헤헤야아 에에헤헤 에헤이 허허기나 양산도로오다

우수경첩(경칩) 대동강풀리고 정든임 말소리 내가슴 풀린다

에에에 헤헤야아 에에헤헤 에헤이 허허기나 양산도로오다

휘휘 둘러서 쌈을싸세

휘휘 둘러서 쌈을싸세

07_12_FOS_20100314_KWD_HDJ_0001_s02 〈산타령〉

허허이 허허허 허이야 헤야뒤혀 산허리로구나

허허이 헤헤헤 헤이야 어야뒤혀 산허리로구나

일락서산 해떨어지고 월출동녘에 달이 돋아온다

허허이 허허허 허이야 허야뒤여 산이로고나

해당화꽃 한송이를 와지작끈 끊어다 마누라머리에 꽂아나보세

허허이 허허허 허이야 허하뒤혀 산이로고나

가면가고 말면은말지 네잡놈 따라서 내가 돌아간다

허허이 허허허 허이야 허야뒤혀 산이로고나

산이높아야 골짝도깊고 조그만헌 여자속이 얼마나깊냐

허허이 허허허 허야아 허허뒤혀 산이로고나

오늘해도 다되어가고 골목골목에 연기가난다

허허이 허허허 허야아 허허뒤혀 산이로고나

07_12_FOS_20100314_KWD_HDJ_0001_s03 〈섬마 타령〉

어루와 어루와 섬마섬마가 내사 에헤에이

오늘해도 다되아가고 골목골목에 연기가난다 에헤야하

어루와 어루와 섬마섬마가 내사 헤헤에이

가면가고 말면말지 네잡놈 따라서 내가 돌아를간다 에헤야하

에헤이 여로와 여루와 섬마섬마가 내사 에헤에이

일락서산 해떨어지고 월출동녘에 달이 돋아온다 에헤야하

에헤이 여로와 어루와 섬마섬마 둥굴려라 내사 에헤헤이

오라기는 오래다 놓고 문만 잠그고 낮잠만 잔다 에헤야하

에헤이 여루와 어루와 섬마둥글려라 내사 에헤헤이

오동추야 달도나밝다 임의야생각이 저절로난다 에헤야하

에헤이 여루와 여루와 섬마둥글려라 내사 에헤에이

옥사장아 문열어다라 불쌍한춘향이 옥안에있다 에헤야하

에헤이 여루와 여루와 섬마둥글려라 내사 에헤헤이

07_12_FOS_20100314_KWD_HDJ_0001_s04 〈방개 소리〉

방개 소리 픽잘도나 허네

에헤에야 하하아 에헤에이 아헤허언개로오다

가면가고 말면말지

에헤에야 하하아 에헤에이 아헤허언개로오다

일락서산 해떨어지고

에헤에야 하하아 에헤에이 아헤허언개로오다

07_12_FOS_20100314_KWD_HDJ_0001_s05 〈매화 타령〉

에야뒤야 에헤야 에헤야 에헤야 에헤이 에헤루아 매화로구나

팔랑팔랑 홍갑사댕기 곤때도 안묻어 사주단자 온다네

에야뒤야 에헤야 에헤야 에헤야 에헤이 에헤라 에루화 매화로구나

노자놓다 젊어서놀아 늙어병들면 나못노느니라

에야뒤야 에헤야 에헤야 에헤야 에헤이 에헤라 어루화 매화로구나

07_12_FOS_20100314_KWD_HDJ_0001_s06 〈싸오 소리〉

휘휘둘러서 쌈을사세

휘휘둘러서 쌈을사세

장수군수는 곤달로쌈으로

에휘싸오

무주군수는 천엽쌈으로

에휘싸오

진안군수는 상추쌈으로

에휘싸오

우리농부는 호맹이 쌈으로

에휘싸오

에휘 뚜루룸마헤

에휘 뚜루룸마헤

에휘 뚜루룸마헤

에휘 뚜루룸마헤

청춘가

자료코드 : 07_12_FOS_20100314_KWD_HDJ_0002
조사장소 : 전라북도 진안군 마령면 평지리 원평지2길 24
조사일시 : 2010.3.14
조 사 자 : 김월덕, 허정주, 진주
제보자 1 : 황덕주, 남, 79세
제보자 2 : 오길현, 남, 75세
구연상황 : 제보자들이 논 매는 소리를 마치고 나서 조사자가 다른 노래를 청하였으나 특별한 것은 더 없다고 하였다. 조사자가 청춘가를 청하자, 황덕주 제보자가 총각 시절에는 참 많이도 불렀지만 지금은 그것도 하도 안 해서 다 잊었다고 하였다. 옛날에는 마을에서 누구 집 혼사가 있거나 해서 잔치가 벌어지면 청춘가를 많이 불렀다고 한다. 노래를 거듭 청하자 황덕주 제보자가 노래를 시작하고 나중에 오길현 제보자도 함께 따라 부르기 시작했다.

일곱치 벽락우으 쑥국새 울고요

유리명창 안에서 좋다 임소식 아는구나

아서라 말어라 네그리 말어라

사람의 괄세를 좋다 네그리 말어라

산이높아야 골속도나 깊고요

조그만한 여자속 좋다 얼마나 깊을쏘냐

우리가 살면은 몇백년 사느냐

사람의 괄세를 좋다 네그리 말어라

니가 날만큼 동정심이 있다면
가시밭길 천리라도 좋다 맨발로 가리라

도라지 타령

자료코드 : 07_12_MFS_20100206_KWD_KYY_0001
조사장소 : 전라북도 진안군 마령면 강정리 원강정 128번지
조사일시 : 2010.2.6
조 사 자 : 김월덕, 허정주, 진주
제 보 자 : 김영이, 여, 77세
구연상황 : 제보자는 여러 편의 이야기를 구연한 다음, 조사자들이 옛날 노래를 청하자
흔쾌히 몇 곡 불러 주었다. 조사자가 나물 뜯으러 다니면서 부른 노래를 청하
자, 고사리 노래를 부른 후에 도라지 타령을 불러 주었다.

도라지캐러 간다고 요핑게 조핑게 가더니
총각낭군 무덤에 삼우제 지내러 갔다네
에헤야 데헤야 에헤야 어야라난다 기회자자 좋다
니가내간장 스리살살 다녹인다

아리롱

자료코드 : 07_12_MFS_20100204_KWD_HSD_0001
조사장소 : 전라북도 진안군 마령면 동촌리 원동촌길 17-6
조사일시 : 2010.2.4
조 사 자 : 김월덕, 허정주, 진주
제 보 자 : 하순덕, 여, 80세
구연상황 : 마령마을지에 제보자가 소개된 것을 보고 제보자를 찾아갔다. 매우 적극적인
성격인 제보자는 80세의 고령임에도 불구하고 총기가 무척 좋아서 노래도 여
러 곡 불렀고, 이야기도 여러 편 구연해 주었다. 여러 곡의 노래 끝에 아리롱
을 불렀다.

아리롱 아리롱 아라리요 아리랑고개로 넘어간다

아리롱 춘자야 배띄워라 아자씨 배타고 봄나들이를 가신다

수궁가 중 토끼 화상

자료코드 : 07_12_ETC_20100306_KWD_HDJ_0001
조사장소 : 전라북도 진안군 마령면 평지리 원평지 1길 12-2
조사일시 : 2010.3.6
조 사 자 : 김월덕, 허정주, 진주
제 보 자 : 황덕주, 남, 79세
구연상황 : 제보자의 아내에 따르면 제보자는 인근에서 노래 잘하기로 매우 유명한 사람
이라고 한다. 제보자는 며칠 전 과음으로 몸 상태가 좋지 않았으나 조사자의
간곡한 요청으로 논 매는 소리 두 곡을 불러 주었다. 노래를 좀 부르고 나자
제보자 자신도 흥이 나서 총각 때부터 불렀던 별주부 타령을 하겠다고 하였
다. 할머니도 옆에서 재미있다고 하며 제보자를 북돋웠다. 제보자는 자신의
선친이 그 노래를 채록해서 부르는 것을 듣고 배웠다고 하였다. 제보자는 "어
떤 문장이 지었는지 한정이 없는 노래"라고 하고, 자신이 기력이 없어서 예전
처럼 힘차게 부르지는 못하는 것을 안타깝게 여겼다.

소생이 재주는 없사오나 상상을 높이돼 만고기를 잘아오니
토끼얼굴을 모르니 잠깐화상을 그려주옵소서
여봐라 화공을 불러라
화광을 불러들여 토끼화상을 그린다
봉교옹 국총룡 내방육지를 콱콱들어 이리저리 그리고
봉래방장 치리한 산정을 못가 들당날당 오락가락
앞발로 뒷발을 치려다녀 뒷발로 장단쾅쾅
아나 별주부야 네가 가지고 가거라

3. 백운면

증편 한국구비문학대계 ● 전라북도 진안군

▌조사마을

전라북도 진안군 백운면 노촌리

조사일시 : 2010.2.2, 2010.2.6
조 사 자 : 김월덕, 허정주, 진주

노촌리(蘆村里)라는 지명은 앞내에 갈나무가 많아서 '갈거리' '갈걸' 또
는 '노촌'이라고 부른 데서 유래한 것이다. 본래 진안군 일동면에 속했으
나 1914년 행정구역 폐합 때 비사랑리(飛仕郞里), 상미치리(上美峙里), 하
미치리(下美峙里), 마치리(馬峙里)를 병합하여 노촌리라 하고 백운면에 편
입되었다. 주변에 500~1000m의 소백산지가 있어 해발고도가 높은 산간
지대를 이룬다. 자연마을로는 윗미재, 아랫미재, 새터, 마재, 갈거리 등이
있다. 윗미재와 아랫미재를 합하여 '미비(美飛)', 새터(새뜸)와 마재(마치)

를 합하여 '신마(新馬)', 갈거리를 '원노촌'이라는 행정리로 부른다.

생업은 주로 벼농사가 대부분이고 일부는 소득작물로 인삼과 고추를 재배한다. 노촌리는 산골마을이라서 경지정리가 아주 늦게 되었다. 경지정리한 지가 5년 남짓 되었고, 노촌호라는 저수지를 막아서, 예전에 비하면 농사짓기가 아주 수월하다고 한다.

원노촌(갈거리)은 거창신씨에 의해서 이루어진 거창신씨 집성촌이다. 중종반정 이후에 입향조 신순(愼舜)이 거창에서 백운면으로 들어왔는데 처음에는 하미마을 위치에 정착했다가 나중에 노촌리로 거주지를 옮겼다고 한다. 마을은 기러기가 갈대를 물고 가는 형국으로, 나는 기러기가 갈대를 머금어야 조화를 부린다는 뜻에서 '갈거리'라는 지명이 유래되었다고도 한다. 현재 25호 정도가 거주하고 있다.

신마마을은 새뜸과 마치를 합하여 만든 지명이다. 양(梁)씨가 새로 터를 잡았다 해서 새터라고 불렀고 한자어로 신기(新基)라 불렀다. 마치(馬峙)는 마을 뒷산 모양이 마치 말 모양 같다 하여 마치라고 칭하였다.

미비는 비사, 상미, 하미마을을 합쳐서 만든 행정리 이름이다. 원노촌과 달리 미비마을은 전부 각성바지 마을이다. 마을회관이 하미마을에 있기 때문에 비사, 상미 사람들도 하미마을로 놀러 온다. 미비마을은 축산업을 하지 않기 때문에 물과 공기가 좋다고 해서 인근 도회지 사람들이 땅을 사 가지고 집을 짓고 사는 집이 몇 집 있다. 상미마을 댓 집 살고, 하미마을에 약 18호 정도가 살고 있다. 가장 안쪽 골짜기에 있는 비사에 외지에서 들어온 몇 집과 토박이 두 집이 있고 성수사라는 절이 있다. 하미는 주로 논농사를 짓고, 비사와 상미에서는 벼농사는 안 짓고 대신에 인삼과 더덕, 도라지 등을 재배하고, 고랭지 채소도 하고 있다.

노촌리에는 영모정(永慕亭)과 충효사(忠孝祠)가 있으며, 마을 어귀에 거창신씨가 배출한 효자 신의연의 효자각이 있다. 영모정은 효자 신의연의 효행을 기리고 본받기 위해서 고종 6년(1869)에 세워진 누정이다. 거창신씨 집성촌인 원노촌과 인근 마을에서는 효자 신의연의 효성 이야기를 어렵지 않게 들을 수 있다. 음력 섣달 그믐날 마을 뒤쪽 두 그루의 당산나무에서 지내는 당산제도 엄격하게 지내며 유지하고 있다.

전라북도 진안군 백운면 덕현리

조사일시 : 2010.2.3, 2010.2.6
조 사 자 : 김월덕, 허정주, 진주

덕현리(德峴里)는 내동산 아래에 있는 마을로 덕고개 또는 덕현이라고도 불렀다. 내동산 밑으로 큰 고개가 있는데, 마을이 언덕으로 둘러싸여 있어서 그렇게 부른 것이라고 한다. 본래 진안군 남면 지역으로 1914년 행정구역 개편 때 봉서촌(鳳棲村), 내동(來洞), 윤기(允基), 동산리(東山里)를 병합하여 덕현리라 하고 백운면에 편입되었다. 주변에 내동산 같은 큰

산이 있고, 대체로 산지로 둘러 싸여 있는 산지마을이다. 자연마을로는 원덕, 상서, 윤동, 내봉 마을이 있다. 내봉은 내동과 봉서를 합한 행정리이고, 상서는 상덕현과 서당뜸(서촌)을 합한 행정리이다. 원덕은 원덕현의 행정리 명칭이며, 윤동은 윤텃골(윤기)과 동산을 합한 행정리명이다. 덕현리 주민들의 생업은 주로 벼농사이며, 이 외에도 고추와 인삼을 재배한다.

원덕마을은 탐진최씨와 전주이씨가 들어와 마을이 이루어졌다고 한다. 마을 유래담에 따르면, 한 선인이 아홉 마리의 용이 노적봉을 감싸고 있는 구덩이가 있어 그 곳에 집을 짓고 살면 부자가 된다고 말하는 것을 듣고 사람들이 들어와 정착하여 살기 시작했다고 한다. 마을 이름도 '구룡촌(九龍村)', '구렁촌', '구렁뜸' 등으로 부르다가 후에 원덕으로 바꿔 부르게 되었다. 마을 어귀에는 수구막이 역할을 하는 느티나무 숲이 있다.

윤동은 윤기와 동산이 합해진 명칭인데 이 두 마을은 서로 분리된 동네였다가 행정적으로 합해져서 윤동으로 되었다가 최근 3년쯤 전에 다시 분리되어 윤기와 동산은 각각 마을이장이 따로 있는 분리된 마을이 되었다. 윤기마을은 윤씨와 김해김씨가 들어와 성립된 마을이라고 한다. 윤씨가 부자로 살아서 '윤장자의 마을'이라는 뜻으로 윤기 또는 윤텃골이라고 했다고 한다. 현재 14-5호 정도가 거주하고 인구는 20여 명이다. 윤텃골은 한때 37-8호가 거주하고 있었고, 교육열이 높아서 고등학생이 드물던 시절에 백운면에서 고등학생이 가장 많고 대졸자를 두 명이나 배출한 마을이기도 하다. 현재 마을 거주 호수가 적어서 단합이 잘된다고 한다.

상서마을은 상덕과 서촌이 합쳐져 불린 이름으로 상덕(上德)은 덕현(德峴)마을 위에 있다 하여 상덕(上德)마을이 되었고 서촌(書村)은 골짜기가 깊고 물이 좋아서 유생들이 공부하던 서당이 있었던 서당터라 해서 서촌이라 부르게 되었다. 내봉마을은 내동과 봉서가 합쳐진 이름으로 내동은 문자 그대로 내동산 기슭에 자리 잡고 있는 마을이라 해서 내동이라 하였고 봉서는 마을 뒷동산에 봉황이 집을 짓고 살았다 해서 봉서라 불렀다.

전라북도 진안군 백운면 동창리

조사일시 : 2010.1.30, 2010.2.1
조 사 자 : 김월덕, 허정주, 진주

　동창리(東倉里)는 조선시대에 이 마을에 동창(東倉)이라는 창고가 있어
서 붙여진 명칭이다. 조선시대에 전주와 군산에 북창(北倉)이 있었고, 임
실 오수에는 서창(西倉)이 있었으며, 진안 백운에는 동창(東倉)이 있었다.
1789년에 간행된『호구총수』에 따르면 동창리는 이동면 창촌리로 나오는
데, 이곳에 창고가 있어서 이런 지명이 생긴 것으로 추측된다. 동창리는
본래 진안군 남면에 속했던 지역으로, 1914년 행정구역 폐합 때 무등리
(茂等里), 신리(新里), 석전리(石田里), 화산리(化山里), 은안리(銀安里)의 일
부를 병합하여 백운면 동창리가 되었다. 섬진강 상류가 흘려 주변에는 해
발고도 300~500m의 넓은 충적평야가 펼쳐져 있다. 주민들은 거의 벼농

사에 종사하고 있으며 소득작물로 인삼과 고추를 재배하고 있다.

자연마을로는 원동창, 신리, 석전, 무등, 은안(웃뫼실), 번덕(번데미), 화산(뫼실) 등이 있다. 원동창과 신리를 행정리로 통합하여 '동신'이라 하고, 석전과 무등을 합하여 '석무', 은안과 번덕을 합하여 '은번'이라고 한다.

동창마을은 천안전씨와 거창신씨가 들어와 터를 잡고 살기 시작했다고 한다. 동창에는 진안팔명당 중 다섯 번째에 해당하는 선인무수(仙人舞袖) 혈이 있다고 전해진다. 진안군의 마을만들기 사업을 통해 동신마을은 나고 드는 길목에 자리 잡은 마을이라는 뜻으로 '나들목 마을'로도 널리 홍보되고 있다. 이 마을이 진안과 장수, 임실로 가는 길목에 위치하고 있기 때문이다. 동신마을의 별칭인 '나들목마을'(홈페이지 http:/www.e-nadulmok.org)은 팜스테이, 녹색농촌체험마을 등 다양한 사업을 통해 도농간 교류를 진행하고 있다.

석무마을은 덕태산을 옆으로 끼고 앞에는 백운천이 흐르고 있는 마을이다. 석전은 마을에 돌이 많기로 유명해서 붙여진 이름이다. 마을이 풍수상 배 형국이라서 객지에서 온 사람이 부자가 되었다가 금방 망한다는 속설이 있다고 한다. 화산마을에는 마치 벼를 쌓아놓은 노적봉 같이 보이는 3개의 산이 있는데 이 3개의 노적봉 같은 산이 진짜 노적 가리산이 되어 이 마을에 부와 복을 가져와 달라는 염원에서 화산(化山)이라 부른 것으로 생각된다. 화산마을에는 현재 24-5호가 거주하고 있다. 한때 사람들이 많이 살 때는 40가구도 살았다. 화산과 은안은 각성이 거주하고 있으며, 번데미는 전주최씨 집성촌이다.

전라북도 진안군 백운면 반송리

조사일시 : 2010.2.3
조 사 자 : 김월덕, 허정주, 진주

　반송리(盤松里)는 원반송 마을 앞에 소나무 한 그루가 있어서 유래된 명칭이다. 본래 진안군 남면에 속했던 지역으로, 1914년 행정구역 폐합 때 점촌(店村), 두원리(斗元里)를 병합하여 반송리라 하고 백운면에 편입하였다. 남동부의 팔공산에서 발원한 섬진강 상류가 흘려 주변에는 해발고도 300~500m의 넓은 충적평야가 형성되어 있다. 팔봉산의 여맥이 마을 앞뒤로 뻗어 있고 두원천의 급류가 흐르고 있으며 자연마을로는 원반(元盤)과 두원(斗元) 마을이 있다.

　원반마을은 고려 초에 전주최씨가 이곳에 정착하여 이루어진 마을로, 그 후 밀양박씨가 함께 거주하면서 번성하였다고 한다. 현재는 최씨가 한 집뿐이고 박씨도 몇 집 안 되는 각성바지 마을이다. 원반마을은 반송(盤松) 또는 원반송이라고도 하는데, 마을 앞에 최씨 집안에서 심어놓은 소나무가 커가면서 소반 모양을 닮아가서 마을 명칭이 그렇게 불렸다고 한다. 이 마을에는 정몽주 선생의 생질과 최만육 선생을 기리기 위하여 약

130년 전 건립된 구남각(龜南閣)이 오늘까지 잘 보존되고 있다. 구남각 안에는 만육 최양 선생 유허비가 세워져 있다. 유허비는 고려 우왕 때 문과에 급제한 후 사부상서대제학에 이른 만육(晚六) 최양(崔瀁)을 추모하기 위해 그의 후손과 인근 주민들이 고종 8년(1871)에 건립한 것이다. 마을 앞 천변에는 1927년 지방인사들이 건립한 학남정(鶴南亭)이라는 누정이 있다.

두원마을은 백제시대에 진안의 최남단에 위치한 진안, 장수, 임실 3개 군의 경계 지점에 위치하고 있어서 삼원이라 했으나 그 후 두원(斗元)으로 이름을 바꾸어 오늘에 이르고 있다. 원반마을보다 후에 형성된 것으로 보이며, 고종 때 광산김씨와 남원양씨, 경주김씨가 이 마을에 들어와 살았다고 한다. 원반마을과 두원마을은 풍수지리상 원반에 지네혈 명당이 있고 두원마을에 닭날이 있어서 서로 상극이라 두 마을을 연결하는 다리를 놓지 않았었다고 한다. 그러나 지금은 다리를 놓아서 두 마을이 왕래하고 있다.

원반마을에는 25호 정도가 거주하고 두원마을에는 약 20호가 거주하고 있다. 최근 반송리에도 귀농자들이 들어오고 있어서 가구수는 증가하고 있는 상황이다. 반송리 주민들은 대부분 농업에 종사하고 일부는 소득작물로 인삼을 재배하고 있다.

전라북도 진안군 백운면 백암리

조사일시 : 2010.2.3
조 사 자 : 김월덕, 허정주, 진주

백암리(白巖里)는 마을에 흰 바위가 많아서 흰 바우 또는 백암이라고 한 데서 명칭이 유래되었다고 한다. 소백산맥의 산지로 이루어져 대부분 높은 산지에 위치해 있다. 본래 진안군 일동면에 속해 있었고, 1914년 행정구역 폐합 때 번암리와 백운리를 병합하여 백암리라 하고 백운면에 편입하였다. 백암리 주민들은 주로 벼농사에 종사하며, 소득작물로 고추와 인삼을 재배하고 있다.

자연마을로는 번암(번바우), 원촌(하백암), 중백(아래 흰 바우), 상백(웃 흰바위), 백운동 등이 있다. 번암마을은 면 소재지로부터 북서 방향으로 약 300m 떨어진 곳에 위치하고 있다. 이씨, 유씨, 장씨, 전씨 등에 의해 마을이 형성되었다고 하며, 현재도 각성바지 마을이다. 마을 정자나무 아래에 편편한 바위가 있는데 이를 번바우라고 부르다가 후에 번암(磻巖)이라는 한자 지명으로 부른 것이다. 마을은 풍수상 배 형국이어서 마을에서 함부로 우물을 파지 못하게 했다고 한다. 많이 살 때는 50호도 살았으나 지금은 23호가 거주하고 있다. 그러나 실제 거주 가구는 20호 미만으로 보고 있다. 바로 옆 동네가 백운면 소재지인 원촌마을이다.

원촌마을은 하백암이라고도 하는데, 백운면의 소재지이다. 옛날 원님이 새 임지를 향하여 부임길을 가던 중 날이 저물어 이 마을에서 하룻밤을 묵고 간 일이 있었는데, 그 이후부터 원님이 머물렀던 마을이다 하여 원촌이라고 부르게 되었다고 한다.

중백마을은 백암리 가운데 위치하고 있어서 붙여진 명칭인데 아래 흰바우라고도 불렀다. 본래 마을은 현재 마을 위치에서 아래쪽에 있었는데, 마을에 살던 양반이 일꾼들을 아주 학대하자 일꾼들이 견디지 못하고 마을 전체에 불을 질렀다. 그 이후로 위쪽으로 옮겨 현재의 위치에 마을이 있는 것이라고 한다. 백운동은 밀양박씨, 강릉유씨 등이 임진왜란 때 피난하여 들어오면서 마을이 형성되었다고 한다.

전라북도 진안군 백운면 신암리

조사일시 : 2010.1.30
조 사 자 : 김월덕, 허정주, 진주

진안군 남면에 속했던 지역으로, 섬진강 최상류의 산중에서 암석이 많은 곳이라서 신암리(莘巖里)라는 지명이 생겼다고 한다. 소백산맥의 산지로 둘러싸여 있어 해발고도가 높은 산지마을이다. 마을 뒤쪽에는 해발 1,045m의 선각산이 있고, 마을 남쪽에는 진안과 장수의 경계를 이루는, 해발 1,136m의 팔공산(옛날에 중대마을이 있어서 중대산이라고도 했음)이 있고, 마을의 서남쪽은 임실군 성수면과 경계를 이루는 성수산이 있다. 이처럼 마을 주변이 해발 1,000미터 이상의 높은 산이 둘러싸여 있다. 1914년 행정구역 폐합 때 대전(大田), 유동(兪洞), 신암(薪巖), 임하(林下), 반전리(盤田里)를 병합하여 신암리라 하고 백운면에 편입되었다.

신암리에는 대전(한밭), 유동(니랏골), 임하(반절어름), 원신암 4개의 자연마을이 있는데, 현재 대전과 유동을 합하여 '대유'로, 원신암과 임하를 합하여 '임신'으로 행정리를 통합해 있는 상태이다. 대전(한밭)은 신암리 입구의 첫 번째 마을로 김해김씨와 연안송씨에 의해서 이루어졌다고 한다. 벌에 큰 밭이 있어서 이런 마을 이름이 생겼다고 전하며, 지금도 대부분의 사람들은 대전보다는 한밭이라고 부르고 있다. 유동(니랏골 또는 드래골)은 마을 주위에 큰 버드나무(또는 느릅나무)가 많아서 붙여진 지명이라고 하고, 조선시대 말 천주교 신자인 밀양박씨와 경주김씨가 피신하여 정착한 마을이라고 한다.

임하마을은 을림리(의림이)와 반전리 두 마을을 합하여 반절어름이라고 하다가 나중에 임하(林下)로 고쳐 부르게 되었다. 전주최씨 집성촌인 을림리는 신암저수지가 생기면서 수몰되었고 현재의 임하마을 위치로 옮겨졌다. 임하마을은 팔공산에서 내려온 줄기에 위치하고 있으며, 호랑이가 내려와 누워 있는 '호두혈'이라고 하며, 혹은 '누엣머리'나 '누에혈'이라고도 한다. 마을로 들어오는 도로 입구를 누엣머리라고 불렀다. 임하마을에 25호 정도, 원신암마을에 10여 호가 거주한다. 임하마을에서 팔공산 쪽으로 예전에 고을림(또는 예드림)마을과 고중대마을 두 개 마을이 있었다고 한다. 예전에는 팔공산 밑에서 산신제를 지냈다고 하나 지금은 지내지 않는다. 원신암마을은 광산김씨가 먼저 들어와 터를 잡았다. 신암리 가장 안쪽의 원신암마을은 장수군 천천면으로 넘어가는 오계치(외기재) 입구에 위치하고 있는데, 마을에서 400여 미터 올라가면 섬진강 발원지인 '데미샘'이 나온다.

조선시대 때 불교 탄압이 심해지자 탄압을 피해 사람들이 산골 오지에 절을 세우는 일이 많았는데 임하마을에도 '의림사'라는 큰 절이 세워진 적이 있었다고 한다. 이 절이 망하게 된 내력 이야기를 최만근 제보자를 통해서 들을 수 있었다. 절의 상좌들이 도승의 말을 듣지 않고 죽은 구렁이 묻은 누엣머리에 다리를 놓아서 그 때문에 구렁이 죽은 넋인 불개미들이 나타나 절을 망하게 했다는 것이다.

　임하마을은 이성계의 역성혁명에 반대한 만육 최양 선생이 들어와 은거한 곳이라고도 알려져 있다. 그래서 만육의 후손인 전주최씨들이 이 마을에 많이 살았다. 6·25 한국전쟁 전에는 임하마을에 전주 최씨가 3분의 2였으나, 현재는 거의 떠나고 몇 집 남지 않았다. 6·25 무렵에는 임신마을에만 해도 70호가 넘게 거주했다. 6·25 이전에는 원신암과 임하 합해서 40여 호 되었는데, 6·25 이후에 이렇게 산골에 많은 사람들이 살게 된 것은 생활이 어려웠기 때문이다. 지형상 논이 별로 없기 때문에 농사는 지을 수 없는 대신 산나물이나 땔감나무 등을 구할 수 있어서 농토가 없는 화전민들이 많이 들어와 살았던 것이다. 그 뒤에 정착한 사람들은 화전, 산채, 산약 등을 하고, 소도 키우고 벌도 키우며 살았다. 지금 이 마을에 거주하는 사람들의 생업도 다양하고 원래 거주하던 토박이보다 외지인이 더 많다. 논농사 짓는 사람보다 산채, 산약, 고랭지 채소 등을 재배하고 채취하는 사람이 더 많고, 귀농한 사람들도 10여 명 있다.

6·25 때는 빨치산이 후퇴하면서 임신마을에 피해를 많이 입혔다고 한다. 국가에서는 이 마을에 빨치산이 많다고 하여 마을 주민들을 신암리 벗어난 마을로 피신을 보냈다. 그래서 주민들은 3년에서 5년까지 마을을 떠나 살았고 신암리 4개 마을 전체를 국군이 불을 질렀고, 그 뒤에 점차 사람들이 다시 마을로 들어와 살게 되었다고 한다. 신암리에는 섬진강 발원지인 데미샘이 있고 산으로 둘러싸인 청정지역이라서 도에서 휴양림으로 개발하여 개장할 예정이다.

전라북도 진안군 백운면 운교리

조사일시 : 2010.2.2, 2010.2.3
조 사 자 : 김월덕, 허정주, 진주

운교리(雲橋里)라는 지명은 마을 가운데 있는 산의 형국이 '운중반룡(雲

中盤龍)' 형국이라서 붙여졌다고 한다. 또한 그 앞에 다리가 있는데 신선이 구름으로 다리를 놓고 냇물을 건너다녔다고 하여 '구름다리' 또는 '운교'라고 하였다고도 한다. 북쪽으로 백운면 평장리, 서쪽으로는 백운면 덕현리, 동쪽으로 백운면 노촌리, 남쪽으로 백운면 백암리와 인접해 있다. 구름다리에는 가진개, 장사래, 당산안, 큰뜸 등 6개 자연마을이 있었다. 1914년 행정구역 폐합 때 주천리, 신전리, 원산리를 병합하여 운교리라고 하고 백운면에 편입되었다. 소백산지가 있어 고도가 높은 산지로 이루어져 있으며 섬진강과 금강의 분수계가 있다. 주민들은 벼농사를 주요 생업으로 하며, 특용작물로 인삼과 고추를 재배한다.

백운리는 원운(元雲), 원산(元山), 주천(酒泉), 신전(薪田) 네 개의 자연마을로 이루어져 있다. 원운교마을은 큰뜸과 당산안으로 구성되어 있고, 천안전씨와 창원정씨가 많이 살고 있다. 고려 때 월랑현일 때부터 자리잡고 있던 마을로, 옛날에 신선들이 내려와 놀다갔다는 전설이 있다. 신선들이 내려와서 놀 때 용이 망을 보고 지켰다는 곳이 지금 산이 되었고, 비룡산천(飛龍山川)에 운중반룡(雲中盤龍)의 형국으로 남은 것이라고 전한다. 동네가 번성했을 때는 60호까지 살았으나 지금은 22호가 거주하고 있다. 원운마을에 거주하는 전영태 옹의 매사냥은 지방무형문화재로 지정되어 있다.

원산마을은 마을 앞에 조그만 봉우리가 있어서 붙여진 명칭이라고 한다. 일반 사람들은 그 봉우리가 돌로 되어 있는 산이라 해서 '돌뫼' 또는 '도르뫼'라고 부르기도 하였다. 정영수 제보자의 문장자 이야기 속에 이 지명이 등장한다. 원산마을은 상원산과 하원산으로 구성되어 있다. 옛날에는 하원산보다 상원산이 잘살아서 상원산에 30여 집까지 산 적도 있으나 현재 상원산에는 단 세 집만 살고 있고, 하원산에 열댓 집이 살고 있다. 신전마을은 마을 명칭을 화전을 만들 때 나무를 태워서 밭을 만든다는 뜻에서 신전(薪田)이라 하였다.

주요 제보자는 원운교에 사는 정영수 제보자와 상원산에 사는 정종근 제보자이다. 한학에 밝은 정영수 제보자는 인근 지역에 얽힌 유래담과 인물 전설을 구연해 주었으며, 정종근 제보자는 농요를 가창해 주었다.

전라북도 진안군 백운면 평장리

조사일시 : 2010.2.2
조 사 자 : 김월덕, 허정주, 진주

본래 진안군 일동면 지역으로, 해발고도 500~1,000m의 소백산지가 대부분을 차지하고 있다. 마을 이름의 유래에 대해서는, 고려 때 전주이씨 집안에서 평장사라는 벼슬을 하고 내려와 정착한 마을이라고 해서 평장리(平章里)라고 했다는 설이 있고, 평장리라는 지명의 역사가 그리 오래되지 않았으며 산지 지역 가운데서 비교적 들이 좀 넓은 곳이라서 평장이라

고 했다는 설이 있다. 1914년 행정구역 폐합 때 송림치(松林峙), 정천리(鼎
川里), 가전리(佳田里)를 병합하여 평장리라 하고 백운면에 편입되었다. 주
민들은 주로 농업에 종사하고 있으며, 특용작물로 인삼과 고추를 주로 재
배하고 있다.

진안에는 '팔명당'으로 알려진 마을들이 있는데, 일갈지, 이송대, 삼반
월, 사평장, 오동창, 육강정, 칠좌포, 팔자산이 그것이다. 이 중에서 네 번
째 명당이 바로 백운면 평장리를 뜻한다고 한다. 자연마을로는 상평장,
하평장, 동평장(골뜸), 가전(가시실), 정천(솥내), 음지뜸, 양지뜸, 송림 등
의 마을이 있다. 현재 행정리로는 상평장과 동평장(골뜸)을 병합한 '상동',
정천(솥내)과 송림, 양지뜸과 음지뜸을 병합한 '정송', 하평장과 가전을 병
합한 '평가'가 있다.

평가마을은 풍수지리설에 의하면 이 마을이 배 형국의 돛대에 해당하
여 돛들이라고 일컬어졌다고 한다. 그래서 마을에서는 함부로 우물을 파
지 못하게 했다고 한다. 우물을 파면 마을이 침수되어 망한다는 전설 때
문이다. 평가마을은 백운면 자연마을로서는 매우 큰 편인데, 과거에는 70
호가 넘게 살았지만 지금은 47호 정도가 거주하고 있다. 여조 때부터 전
주이씨가 세거하고 있는 마을로, 지금도 전주이씨가 많은 편이다. 같은
이씨지만 진안이씨는 숫자가 많지 않다.

정송마을은 정천과 송림이 합해져 이루어진 마을이다. 정천은 마을 뒷
산이 솥혈이라 하여 솥내라 불리다가 한자어로 정천이 되었다. 솥내마을
은 경주이씨와 탐진최씨 등이 들어와 마을이 이루어졌다. 솥혈에 솥을 걸
어놓을 수 있는 형태로 바위 세 개가 있다고 한다. 솥내마을에는 공기가
마터가 자리잡고 있는데 한때 60여 호가 살 정도로 옹기점이 번성했던
곳이다. 송림은 옛날에 소나무가 울창하였다 하여 붙여진 명칭이라고 한
다.

평장리에는 괭이(고양이)날과 쥐날이라는 명당에 얽힌 이야기가 전해지

고 있다. 괭이날로 인해 잘살던 전주이씨가 중을 박대했다가 도승이 보복하려고 알려준 대로 쥐날을 파 엎었다가 망했다는 이야기이다. 두 혈이 서로 상생해야 잘살 수 있는데 쥐날을 없애는 바람에 괭이날의 부자도 망했다는 것이다. 이 이야기는 평장리의 정상염 제보자와 운교리의 정영수 제보자가 들려준 것이다. 평장리 인근에서는 잘 알려진 이야기이다.

▌제보자

김금이, 여, 1934년생

주 소 지 : 전라북도 진안군 백운면 덕현리 원덕길 51
제보일시 : 2010.2.6
조 사 자 : 김월덕, 허정주, 진주

백운 마을지에 소개된 자료를 보고 제보
자를 찾아갔으나 제보자가 직장생활을 하고
있어서 저녁 늦게 오기 때문에 주말에야 만
날 수 있었다. 제보자는 진안군 마령면 평지
리 솔안(송내) 마이산 입구의 꽃밭정이에서
태어났다. 부모님은 집안 형편이 어려운데
다 제보자가 딸이어서 학교를 보내주지 않
았다. 제보자가 18세 때 부모님이 시집을
보내려고 하자, 제보자는 시집 안 간다고 도망 다니다가 혼만 나고 어쩔
수 없이 백운면 덕현리로 시집을 왔다. 신랑은 두 살 연하였는데 혼인을
하고도 두 사람 모두 수줍어서 1~2년간은 서로 말을 하지 않고 살았다.
제보자는 시부모님이 워낙 잘해 주어서 시집살이라고 할 만한 고생을 모
르고 살았고, 제보자도 시부모님을 극진히 보살폈다. 슬하에 3남 4녀 7남
매를 두었고, 남편은 53세(제보자가 55세 때)에 작고하였다.

제보자는 이제 나이가 들어서 혼자 힘으로 농사를 짓지 못하기 때문에
재작년부터 진안인삼홍삼조합에서 인삼을 선별하고 다듬는 일을 하고 있
다. 제보자는 고생을 고생으로 여기지 않고, 무슨 일이든 밝고 긍정적으
로 보는 낙천적인 성격인 듯했다. 키와 몸집은 작은 편이지만 야무져 보
였다. 더 많은 사람들을 만나기 위해서 제보자와 조사자 일행이 제보자

자택에서 회관으로 자리를 옮겼을 때, 회관에 모인 마을 주민들도 제보자가 '두꺼비 노래'를 잘한다고 하면서 추켜 주었다.

제공 자료 목록

07_12_FOS_20100206_KWD_KGY_0001 두꺼비 노래
07_12_FOS_20100206_KWD_KGY_0002 밭 매는 소리
07_12_FOS_20100206_KWD_KGY_0003 시집살이 노래
07_12_MFS_20100206_KWD_KGY_0001 도라지 타령
07_12_MFS_20100206_KWD_KGY_0002 진도 아리랑

김봉권, 남, 1929년생

주 소 지 : 전라북도 진안군 백운면 반송리 반송길 8-5
제보일시 : 2010.2.3
조 사 자 : 김월덕, 허정주, 진주

백운면 동창리에서 노인회장이 향교에서 함께 임원으로 일을 맡았던 제보자를 소개해 주었다. 김해김씨인 제보자는 김해김씨 집성촌인 진안군 백운면 신암리 한밭(대전)에서 출생하였다. 6·25 때 고향 마을이 소개되어 이웃마을인 석전마을에서 약 1년간 살다가 다시 동산리로 옮겨서 살았다. 동산리에 살다가 제보자는 군에 입대하였고, 신암리에 논이 있어서 다른 가족들은 다시 신암리로 가서 살았다. 6·25전쟁이 끝난 후에는 제보자는 반송리에 정착해서 농업에 종사해 왔다.

제보자의 집안은 시골이라고 해도 그다지 궁색하지는 않아서 부친이 임실 말목(대리)이라는 곳에서 선생님을 집으로 초청하여 제보자는 약 1년간 한문을 익혔다. 그리고 해방 후에는 약 2년간 서당에 다니면서 구학

문을 익혔다. 제보자는 그 영향으로 진안향교 전교와 장의를 거쳐서 현재 성균관 전의를 맡고 있다. 제보자는 임원 증명서를 조사자들에게 보여 주었고 향교 관련 일을 하는 것에 대해서 매우 긍지를 가지고 있었다. 향교에서는 일요학교 훈장을 맡아 학생들에게 '사자소학'을 가르치고 있다.

제공 자료 목록

07_12_FOT_20100203_KWD_KBG_0001 장군대좌 주변의 지명 유래
07_12_FOT_20100203_KWD_KBG_0002 수수빗자루가 변한 도깨비
07_12_FOT_20100203_KWD_KBG_0003 호두둔갑술을 쓴 벽해도사
07_12_FOT_20100203_KWD_KBG_0004 마이산 옛 이름은 솟금산
07_12_FOT_20100203_KWD_KBG_0005 암마이산과 수마이산

김봉례, 여, 1922년생

주 소 지 : 전라북도 진안군 백운면 동창리 석전길1
제보일시 : 2010.1.30
조 사 자 : 김월덕, 허정주, 진주

　　남원군 보절면 괴양리 양촌마을에서 태어나 18세에 진안군 백운면 동창리로 시집 왔다. 제보자는 구순에 가까운 고령임에도 마을에서는 총기가 좋고 노래도 잘하는 분으로 통했다. 그러나 가끔 숨이 차서 노래를 부르기가 어려웠고, 기억력도 많이 떨어져서 노랫말이 생각이 나지 않는다고 하였다. 그래도 옆에서 다른 사람들이 노랫말 머리를 내놓으면서 노래를 해보라고 재촉하자 기억나는 대로 노래를 불러 주었다. 나중에는 시집오기 전 고향마을의 학교에서 배운 노래라고 하면서 일본 군가를 외워서 부르기도 했다. 옛날에는 노래가 "쌨었지만(많이 있

었지만)" 지금은 다 잊어 버렸다고 하면서 세월을 아쉬워했다.

제공 자료 목록
07_12_FOS_20100130_KWD_KBR_0001 아리랑
07_12_FOS_20100130_KWD_KBR_0002 아리롱 타령

김우곤, 남, 1930년생

주 소 지 : 전라북도 진안군 백운면 덕현리 윤기길 17
제보일시 : 2010.2.3
조 사 자 : 김월덕, 허정주, 진주

제보자는 전북 부안군 변산면 변산 밑에
있는 마을에서 출생했다. 출생해서 떠갱이
(갓난아기) 때 조부와 부친의 고향인 진안군
백운면 덕현리로 왔다. 조부가 갑오년 동학
군에 가담해서 남원 아영면과 남원 마령면
계서리에서 살았는데, 부친은 마령 계서리
에서 나셨다고 한다. 9살 때는 전주에 나가
서 천자문을 배웠고, 서당에서 명심보감도
배웠다. 그러다 10살이 되어서 학교에 다녔다. 고향에서 농사를 짓다가
스무 살에 장가를 갔다. 그 후에 군대를 갔다 와서 줄곧 농업에 종사하였
으며, 28세부터는 여러 가지 동네일도 맡아서 보았다.

제보자는 현재 마을에서 노인회장을 맡고 있고, 마을에서는 흥미로운
이야기를 많이 아는 분으로 통한다. 마을의 역사와 유래에 대한 이야기도
조리 있게 구연해 주었다. 제보자는 젊었을 때, 책을 많이 읽어서 유식한
친척 당숙에게 좋은 이야기를 많이 듣고 배워서 역사와 학문에 관심을 많
이 갖게 되었다고 한다. 그 당숙의 영향으로 제보자도 다양한 책을 읽어

보았다고 한다.

제보자는 밝고 유쾌한 성격으로 매우 적극적으로 이야기를 구연해 주었다. 처음 마을에 방문했을 때는 기독교신자인 제보자가 교회에 가야 해서 많은 이야기를 나누지 못했으나 재차 방문했을 때 제보자는 이야기 구연에 흥미를 가지고 많은 이야기를 들려주었다. 아담한 체격의 제보자는 자신에 대해서 스스로 "조그맣고 힘은 없어도 군이나 면에 가서 한 마디 얘기도 활발하게 하는" 사람이라고 소개했다. 마을 주민들도 제보자를 유식한 노인으로 존중하고 있는 듯했다.

제공 자료 목록

07_12_FOT_20100203_KWD_KWG_0001 윤터골 유래
07_12_FOT_20100203_KWD_KWG_0002 이성계가 금을 묶기 위해 이름 붙인 속금산
07_12_FOT_20100206_KWD_KWG_0001 독갑이 김해김씨
07_12_FOT_20100206_KWD_KWG_0002 진안친구 망한 친구
07_12_FOT_20100206_KWD_KWG_0003 이성계의 등극을 도와준 소금장수 배극금
07_12_FOT_20100206_KWD_KWG_0004 황산대첩 승리 후 마이산에서 들러 기도한
　　　　　　　　　　　　　　　　　　　　 이성계
07_12_FOT_20100206_KWD_KWG_0005 마이산의 여러 이름
07_12_FOT_20100206_KWD_KWG_0006 사명대사와 아랑낭자
07_12_FOT_20100206_KWD_KWG_0007 정여립이 역적으로 몰린 이유
07_12_FOT_20100206_KWD_KWG_0008 두문동을 나와 청백리가 된 황희
07_12_FOT_20100206_KWD_KWG_0009 개가법을 고치도록 한 황희의 홀어머니
07_12_FOT_20100206_KWD_KWG_0010 야은 선생 출생의 비밀
07_12_FOT_20100206_KWD_KWG_0011 만육과 전라도 개땅쇠
07_12_ETC_20100206_KWD_KWG_0001 효행곡
07_12_ETC_20100206_KWD_KWG_0002 갈처사십보가

김평연, 남, 1932년생

주 소 지 : 전라북도 진안군 백운면 노촌리 평노길 177
제보일시 : 2010.2.2

조 사 자 : 김월덕, 허정주, 진주

제보자는 진안군 백운면 노촌리 하미마을
에서 태어나서 성장하여 현재까지 농업에
종사하며 살고 있다. 군대에 갔다 와서 27
세에 당시 19세이던 할머니를 만나 혼인하
였고, 슬하에 4남 1녀를 두었다. 자녀들은
모두 서울과 인천 등 대도시로 출가하여 살
고 있으며, 제보자는 약 20마지기 농사를
짓고 있다.

제보자는 어려서부터 초성이 좋다고 소문이 났었고 총기도 좋아서 노
래를 한 번 들으면 안 잊어버리고 바로 부르곤 했다고 한다. 군대에 가서
도 오락회에서 "남에게 안 빠지게(뒤지지 않게)" 노래를 해서 포상을 받
았고, 사회에 나와서도 노래자랑에 나가서 노래를 불러서 청소기나 선풍
기 같은 경품도 많이 탔다고 한다. 품앗이 할 때면 사람들이 제보자에게
는 논매지 말고 논두렁에 서서 노래만 부르라고 했을 정도였다고 한다.
젊어서 술도 잘 마시고 놀기도 좋아했는데, 지금도 술 한 잔 하면 흥이
난다고 하였다.

진안 마을조사단에서 자신의 노래를 녹음해 갔다고 하면서 조사자에게
자신의 경험을 이야기했다. 제보자는 조사자들에게 매우 친절하고 자상하
며 자신의 노래를 들려주고 싶어 했지만, 할머니는 자신의 건강이 매우
좋지 않아서 그런지 할아버지의 노래를 들으러 사람들이 오는 것이나 할
아버지 이야기가 책자에 실리는 것에 대해서 썩 좋은 감정을 갖고 있지
않았다. 그래서 처음에는 제보자 자택에서 이야기를 나누다가 할머니를
피해서 제보자와 조사자는 마을회관으로 자리를 옮겼다. 회관으로 자리를
옮기고 난 후 제보자는 허심탄회하게 이야기를 하였다. 그리고 맨 정신에

는 노래가 잘 나오지 않는다며 회관에 나와 있던 분들과 술 한 잔씩을 나누었고, 다른 어른들에게도 노래 한 마디 해 보라고 재촉하기도 하였다.

조사자가 논 매는 소리를 청하자 논매는 과정을 중간에 설명해 가면서 노래를 불러 주었다. 초벌은 호뭉이(호미)로 파고, 두벌은 호뭉이로 탁탁 파 엎고, 두벌 맨 지 15일 후에는 손으로 세벌을 맨다. 세벌 맬 때는 나락이 거의 다 되고, 칠월 칠석이나 백중날 술멕이를 하는데 나락이 잘 된 집에서 장원례를 한다. 장원례 집에서 밀주 한 동이씩을 내면 그걸 마시고 큰잔치가 벌어진다. 제보자는 방개 소리나 유행가나 모두 노래 선생님에게 제대로 배웠다면 자신은 아마 가수가 됐을 것이라고 하였다. 모심는 소리를 청하자, 모는 첫째 잘 꼽아야 하는데 한 뺌이라고 빼먹으면 손해라고 설명했지만, 정작 소리는 기억이 나지 않아서 부르지 못했다. 노래는 초성이 첫째라고 강조하면서 제보자는 노래는 남이 듣기 좋게 부르는 것이 우선이라고 말하였다.

제공 자료 목록
07_12_FOS_20100202_KWD_KPY_0001 논 매는 소리
07_12_FOS_20100202_KWD_KPY_0002 밭 매는 소리
07_12_FOS_20100202_KWD_KPY_0003 노랫가락
07_12_FOS_20100202_KWD_KPY_0004 청춘가

박정만, 남, 1945년생

주 소 지 : 전라북도 진안군 백운면 덕현리 윤기길 17
제보일시 : 2010.2.3, 2010.2.6
조 사 자 : 김월덕, 허정주, 진주

제보자는 전북 임실군 성수면 양지리(지금의 면소재지)의 구억몰이라는 곳에서 태어났다. 제보자가 7세 되던 해에 6·25전쟁이 나서 백운면으로 가족이 피난을 와서 살게 되었다. 처음 백운면에 왔을 때는 덕현리 윗동

네인 동산리 외딴집에서 살다가 내동리로 이사를 갔다. 내동리에서 초등학교에 입학하여 거기서 19세가 될 때까지 살다가, 다시 임실읍 대공리로 가서 3년 있다가 현재 살고 있는 덕현리에 정착하게 되었다. 덕현리에 정착한 후 전답을 덕현리 인근에 마련하고 계속 농사일에 종사해 왔다.

제보자는 현재 마을이장을 맡고 있는데 현재 3번째 연임을 하고 있다. 바로 윗동네인 동산리와 윤기는 별도의 동네이지만 인구가 감소하면서 행정적으로 한 분리로 묶여 마을 이름이 '윤동'으로 바뀌었다. 그전에는 윤기가 크고 동산이 작은 동네여서 윤기마을 사람이 이장을 2년 맡고, 동산마을 사람이 1년 맡다가, 윤기와 동산 마을 주민 수가 엇비슷해지자 각 마을에서 2년씩 이장을 맡았었다. 그러다가 동산에 노인성경원이 생기면서 2005년경 윤기와 동산이 다시 두 동네로 분리가 되었다.

제보자는 마을에서 상여 앞소리를 매길 만한 분이 안 계셔서 어느 땐가 우연히 앞소리를 하게 되었는데, 그것이 계기가 되어 계속 상여 앞소리꾼을 맡게 되었다고 한다. 60대 중반의 제보자는 마을에서는 젊은 축에 드는데, 본래 노래하는 데 소질이 있어서 소리 잘하는 어른들에게 소리를 녹음해서 듣고 배우기도 했다고 한다. 진안군에서 마을 축제를 할 때 어떤 사람들이 제보자의 노래를 취재해 간 적도 있다고 한다. 제보자는 이장 일을 맡고 있어서 책임의식을 갖고 조사자들에게 매우 친절하고 자상하게 대해 주었다.

제공 자료 목록
07_12_FOT_20100203_KWD_PJM_0001 여자 때문에 더 크지 못한 솟곰산
07_12_FOS_20100203_KWD_PJM_0001 초혼하는 소리

07_12_FOS_20100203_KWD_PJM_0002 상여 소리 (1)
07_12_FOS_20100206_KWD_PJM_0001 상사 소리
07_12_FOS_20100206_KWD_PJM_0002 상여 소리 (2)
07_12_FOS_20100206_KWD_PJM_0003 청춘가
07_12_FOS_20100206_KWD_PJM_0004 노랫가락

백생귀, 남, 1929년생

주 소 지 : 전라북도 진안군 백운면 동창리 석전길1
제보일시 : 2010.1.30, 2010.2.1
조 사 자 : 김월덕, 허정주, 진주

진안군 백운면 신암리 임하마을에서 출생
하였다. 제보자가 22세 때 6·25전쟁이 일
어났다. 그때 빨치산이 고향마을에 출몰하
여 마을 전체가 소개되는 바람에 고향을 떠
나 동창리로 나왔다. 가진 것이 없어서 남의
집에서 농사일을 하며 어렵게 살았다. 제보
자는 "지금 사람들은 상상도 할 수 없을 만
큼 힘들게 일을 하며 살았다"고 한다. 하지
만 낙천적인 성격을 가진데다가 술과 노래를 즐겨 하면서 힘든 시절을 극
복하였다.

마을부녀회장이 마을에서 흥이 많고 노래 잘하는 분으로 제보자를 추
천하여 제보자를 만났으나, 조사자가 1차 방문하여 노래를 청했을 때는,
건강이 좋지 않아 노래를 못한다고 하면서 처음에는 노래하기를 사양하
였다. 그러다가 나중에 몇 곡의 노래를 부르기는 했으나 그다지 적극적인
태도는 아니었다. 그러나 재차 방문했을 때는 마침 진안군수가 신년 하례
차 마을을 방문한 날이기도 했는데, 군수와의 점심식사 자리에서 술을 마

시고 흥이 나서 그런지 적극적으로 노래를 불러 주었다. 처음에는 노래를 잊어버려서 잘 못하겠다고 했지만, 회관에 모인 마을 분들이 제보자에게 노래 한 곡조 하기를 재촉하자 노래를 부르기 시작했고, 그러다가 나중에는 흥에 겨워 자발적으로 다양한 노래를 부르면서 "속에 노래가 꽉 차 있다"고 하였다.

마을에서 관광을 갈 때나 행사가 있을 때 '군밤 타령'을 자주 불렀는데, 이 노래를 하면 마을 사람들이 매우 흥겨워했다고 한다. 고령에도 불구하고 노래할 때는 힘이 있었다.

제공 자료 목록

07_12_FOS_20100130_KWD_BSG_0001 노랫가락 (1)

07_12_FOS_20100201_KWD_BSG_0001 군밤 타령

07_12_FOS_20100201_KWD_BSG_0002 담방구 타령

07_12_FOS_20100201_KWD_BSG_0003 장 타령

07_12_FOS_20100201_KWD_BSG_0004 엿 타령

07_12_FOS_20100201_KWD_BSG_0005 진도 아리랑

07_12_FOS_20100201_KWD_BSG_0006 노랫가락 (2)

07_12_FOS_20100201_KWD_BSG_0007 노랫가락 (3)

07_12_FOS_20100201_KWD_BSG_0008 청춘가

07_12_FOS_20100201_KWD_BSG_0009 상여 소리

신용권, 남, 1929년생

주 소 지 : 전라북도 진안군 백운면 노촌리 원노길 1-2

제보일시 : 2010.2.2

조 사 자 : 김월덕, 허정주, 진주

백운면 평장리 정상염 제보자의 소개를 받아 만난 제보자이다. 거창신씨인 제보자는 거창신씨 집성촌인 진안군 백운면 노촌리에서 출생하여 성장하였고 지금까지 살고 있다. 본래 선조는 경남 거창에서 세거하다가

진안으로 왔다고 한다. 마을 안에 있던 서당
을 다니면서 구학문을 조금 했고, 중학교를
제대로 마치지 못했고 부모님을 모시고 농
사짓는 일에 조력했다. 지금처럼 인삼이나
고추 재배도 안 하던 시절이라 오로지 벼,
보리, 감자 농사가 전부였다. 군 제대 후에
학교 육성회장, 치안 명예지서장, 도경 자문
위원, 전라북도 청소년 보호운동 등 사회운
동과 봉사활동을 다양하게 하였다. 그러한 경력을 통해서 1968년부터
1971년까지 약 4년간 명예면장으로 추대되어 백운면장을 지냈다. 백운면
일대에서 제보자는 아직도 '면장'으로 통하고 있었다.

키는 크지 않지만 풍채가 좋다. 학력은 길지 않지만 총기가 매우 좋은
것 같았다. 또한 향토사에 지대한 관심을 갖고 있어서 '전라북도 향토문
화연구회' 활동을 하며, 정기적으로 전국 답사여행을 다니고 있다. 역사는
학자가 기록한 것만이 정확한 것이라고 인식하고 있으며, 역사가 과학적
학문이라는 신념이 매우 강하였다. 그래서 야담이나 전설 같은 것에 대해
본인이 알고는 있으나, 이것은 전용이 많고 확대된 것이어서 정확하지가
않고 믿을 만한 것이 아니라고 불신을 표하였다. 또한 자기신념이 매우
강하고, 본인이 역사에 대해 많은 지식을 갖고 있다는 자신만만한 태도를
보이는 점이 인상적이었다.

제공한 자료는 자신의 선조인 신의연 효자에 관한 이야기와 진안 일대
에 분포하는 설화 몇 편이다.

제공 자료 목록

07_12_FOT_20100202_KWD_SYG_0001 거창신씨가 배출한 효자 신의연
07_12_FOT_20100202_KWD_SYG_0002 담배 망한 건 장수담배 친구 망한 건 진안
　　　　　　　　　　　　　　　　　　친구라는 말의 유래

07_12_FOT_20100202_KWD_SYG_0003 마이산의 여러 이름

07_12_FOT_20100202_KWD_SYG_0004 등극하려고 팔도 명산에서 기도를 드린 이성계

신용두, 남, 1936년생

주 소 지 : 전라북도 진안군 백운면 노촌리 노촌길 47

제보일시 : 2010.2.6

조 사 자 : 김월덕, 허정주, 진주

진안군 백운면 노촌리 하미마을 김평연 제보자의 소개로 찾아간 제보자이다. 거창 신씨인 제보자는 거창신씨 집성촌인 진안군 백운면 노촌리에서 태어나고 성장하여 농사 일에 종사하며 지금까지 살고 있다. 백운면 노촌리 신용권 제보자와는 친척이 된다. 호 적에는 연력이 75세로 기록되어 있으나 실 제로는 나이가 더 많다. 농사는 논 한 섬지 기, 밭 댓 마지기를 짓고, 소를 키우고 있다. 슬하에 5남 2녀 7남매를 두 었다.

제보자를 소개해 준 김평연 제보자에 따르면, 제보자가 들녘에서 논 매 는 소리를 하면 멀리에서도 듣기가 좋았다고 하였다. 제보자는 논 매는 소리와 상여 소리를 불러 주었는데, 조사자들이 청이 좋아서 듣기 좋다고 하며 감상을 표현하자 수줍어하였다. 한쪽 눈에 의안을 하고 있어서 첫 인상은 좀 무서워 보였지만, 실제로 대화를 나누는 과정에서 성품이 순박 하고 온화한 것을 알 수 있었다.

제공 자료 목록

07_12_FOS_20100206_KWD_SYD_0001 논 매는 소리

07_12_FOS_20100206_KWD_SYD_0002 상여 소리

이순자, 여, 1932년생

주 소 지 : 전라북도 진안군 백운면 동창리 석전길1
제보일시 : 2010.1.30, 2010.2.1
조 사 자 : 김월덕, 허정주, 진주

임실군 지사면 방계리 선천마을(옛 명칭은 '지원이'라고 함)에서 태어나 17살에 진안군 백운면으로 시집왔다. 제보자는 남편과 함께 농사짓다가 45세에 홀로 되자 서울로 가서 청소 일을 하며 딸 둘, 아들 5형제 7남매를 부양했다. 60세가 되어 서울에서 퇴직을 하고 막내아들을 따라 전주에서 살다가 70세가 되어 다시 백운면으로 돌아와서 9년째 살고 있다. 중년에 고생은 했지만 긍정적인 사고를 갖고 살아온 듯했다.

마을회관에 모인 분들이 노래 부르기를 사양하자, 제보자는 노래를 즐겨 부르는 사람은 아니었지만 조사의 목적을 이해하고 적극 도와주려고 노래를 불러 주었다. 불러준 노래는 시집오기 전에 고향 마을에서 들었던 노래인데, 어머니들이 밭을 매면서 심심하면 부르곤 했다고 설명하였다.

제공 자료 목록

07_12_FOS_20100130_KWD_LSJ_0001 밭 매는 소리 (1)
07_12_FOS_20100130_KWD_LSJ_0002 시집살이 노래 (1)
07_12_FOS_20100201_KWD_LSJ_0001 밭 매는 소리 (2)
07_12_FOS_20100201_KWD_LSJ_0002 시집살이 노래 (2)
07_12_FOS_20100201_KWD_LSJ_0003 자장가
07_12_FOS_20100201_KWD_LSJ_0004 아기 어르는 소리
07_12_FOS_20100201_KWD_LSJ_0005 노랫가락

이순자, 여, 1943년생

주 소 지 : 전라북도 진안군 백운면 동창리 화산마을회관
제보일시 : 2010.2.1
조 사 자 : 김월덕, 허정주, 진주

제보자는 진안군 백운면 동창리 은한마을에서 출생했다. 22살에 윗동네에서 아랫동네로 시집을 가서 농사를 짓다가 남편이 사업을 시작해서 한 3년 정도 서울에 올라가서 살았던 적도 있다. 도시에서 먹고살기 위해 별것을 다 해 봤지만 고생만 많이 하고, 도시생활이 시골생활만 못해 다시 고향으로 돌아왔다고 한다. 남편과 사별하고 지금은 고향 마을에서 혼자 지내고 있다.

60대 후반인 제보자는 마을에서는 비교적 젊은 축에 드는 편이지만 연세가 많으신 분들은 귀가 어둡거나 건강이 좋지 않아 노래를 해 줄 수 없었다. 제보자는 시집오기 전에 친정에 살 때 초등학교만 졸업하고 친정어머니랑 밭매고, 베짜고, 고사리 끊고 여러 가지 일을 많이 했는데, 밭일을 할 때 들에서 어머니들이 노래하는 것을 듣곤 했다고 한다. 그때 들은 것이라면서 밭 매는 소리를 짧게 불러 주었다. 같은 날 동창리 석전마을에서 노래를 불러준 이순자 제보자(여, 79)와 성명이 같다.

제공 자료 목록
07_12_FOS_20100201_KWD_YSJ_0001 밭 매는 소리
07_12_FOS_20100201_KWD_YSJ_0002 진주 낭군

임병조, 남, 1936년생

주 소 지 : 전라북도 진안군 백운면 덕현리 윤기길 17
제보일시 : 2010.2.6
조 사 자 : 김월덕, 허정주, 진주

제보자는 진안군 백운면 덕현리 윤기마을
에서 태어나서 자랐다. 제보자는 자신을 전
주 영생고등학교 1회 졸업생이라고 소개하
였다. 고교 졸업 후 경찰직에 종사하였는데,
집안에 사정이 생겨서 직장을 그만 두고 고
향으로 돌아와서 부모님을 모시고 살았다.
생업은 농사일을 조금 하고 특용작물로 인
삼을 재배하고 있다. 제보자의 형제는 모두
7남매이고, 제보자 자신은 슬하에 6남매를 두었다.

제보자는 허리가 약간 굽었고 겉모습도 평범한 시골 농부의 모습이지
만, 고교를 마치고 도시에서 공직 생활을 했던 제보자는 마을에서는 인텔
리에 속한다. 제보자는 처음 만난 조사자들에게 영어로 이름과 나이를 묻
는 등 농담을 건네면서 분위기를 유연하게 만들어 주었다. 마을에서는 제
보자를 '만물박사'라고 불렀으며, 농사도 잘 짓고 내외간에 노래도 잘한
다고 하였다. 요즘은 잘 치지 않지만 예전에는 마을에서 잔치가 있을 때
꽹과리와 북도 잘 쳤다고 한다. 제공한 자료는 제보자가 어릴 때 많이 들
었던 각설이 타령과 신민요 몇 곡이다.

제공 자료 목록
07_12_FOS_20100206_KWD_YBJ_0001 각설이 타령
07_12_MFS_20100206_KWD_YBJ_0001 아리랑
07_12_MFS_20100206_KWD_YBJ_0002 도라지 타령
07_12_MFS_20100206_KWD_YBJ_0003 노들강변

장이순, 여, 1929년생

주 소 지 : 전라북도 진안군 백운면 백암리 번암길 10
제보일시 : 2010.2.3
조 사 자 : 김월덕, 허정주, 진주

진안군 백운면 운교리 하원산 도르매라는
곳에서 19살에 백운면 백암리로 시집왔다.
농사짓고 살다가 서울 사는 아들네 집에 가
서 좀 살다가 다시 시골로 내려왔다고 한다.
귀가 조금 어두워서 보청기를 끼고 있다. 한
복순 제보자에 대해서 젊어서 참 일도 잘하
고 놀기도 잘하고 못하는 것이 없이 다 잘
한 사람이라고 칭찬을 아끼지 않았다. 한복
순 제보자가 먼저 이야기를 몇 개 구연하자 이런 것도 이야기가 될지 모
르겠다고 하면서 '소에게까지 높임말을 쓴 며느리' 이야기를 하였다. 처
음에 장이순 제보자가 이야기를 시작하자 한복순 제보자가 뒷 부분을 보
완하여 마무리하였다.

제공 자료 목록
07_12_FOT_20100203_KWD_JYS_0001 소한테까지 높임말을 쓴 며느리

정상엽, 남, 1933년생

주 소 지 : 전라북도 진안군 백운면 평장리 평가로 1557
제보일시 : 2010.2.2
조 사 자 : 김월덕, 허정주, 진주

제보자는 백운면 평장리 평가마을에서 태어나서 성장한 토박이다. 벼농
사에 종사하고 있으며, 이 외에 인삼과 고추 등을 재배한다. 조부는 진안

에서 '정학자'라고 하면 다 알 정도로 유명
한 한학자였고, 전주 교동에 거주했던 외조
부도 '최학자'로 알려진 인물이었다고 한다.
조부, 부친이 모두 독자였고, 제보자 자신도
누이 하나가 있지만 외동아들이어서 어려서
부터 귀하게 자랐다. 할아버지가 독립운동
을 하여 왜정 때 기관의 눈총을 많이 받았
고, 일제의 눈을 피하기 위해 청장년 대신 7
살 어린 나이의 제보자는 할아버지 심부름으로 독립운동에 관련된 일을
하기도 했다고 한다. 11살 때까지 머리를 땋고 서당에도 다녔으나, 조부
가 돌아가시고 6·25까지 겪으면서 집안이 점차 기울어가는 바람에 밤낮
쫓겨 다니는 삶을 살다가 초등학교도 다 마치지 못했고 한다.

자신은 많이 배우지 못했지만 훌륭한 조상을 둔 것에 대해 자랑스럽게
생각하고 있다. 진안군 마령면 계서리 '내산사'라는 서원에 조부 수당 정
종엽 선생이 모셔져 있고, 외조부도 옥동서원에 배향되어 있다. 본인은
유족대표로 추모제 등에 관련한 일을 맡아 보고 있으며, 향교에서 전교
일도 하였다. 이런 영향 때문인지 제보자는 역사적 유물과 그 유래에 대
해 관심을 갖고 있었다. 제보자는 친절하고 자상한 성격으로, 조사취지를
이해하고 적극적으로 이야기를 구연해 주었다.

제공 자료 목록

07_12_FOT_20100202_KWD_JSY_0001 시주승 박대하여 망한 전주이씨
07_12_FOT_20100202_KWD_JSY_0002 담배 망한 건 장수담배 친구 망한 건 진안친구
07_12_FOT_20100202_KWD_JSY_0003 임진왜란 때 왜군도 인정한 효자 신의연
07_12_FOT_20100202_KWD_JSY_0004 죽은 뒤에도 중국 천자의 문제를 해결해 준
　　　　　　　　　　　　　　　　　　율곡 선생
07_12_FOT_20100202_KWD_JSY_0005 마이산의 옛 이름 솟금산

정영수, 남, 1931년생

주 소 지 : 전라북도 진안군 백운면 운교리 운계로 68-27
제보일시 : 2010.2.2
조 사 자 : 김월덕, 허정주, 진주

창원 정씨인 제보자는 진안군 백운면 운교리(구름다리)에서 태어나서 성장했다. 전주 남중학교와 전주상고를 졸업하고 다시 고향으로 돌아와서 계속 농업에 종사하였다. 고등학교를 졸업해서 면서기가 될 수도 있었고, 사범학교 연수과에 1년만 다니면 교사가 될 수도 있었던 시절이었지만, 그런 것은 꿈도 꾸지 않고, 어머니가 농사짓는 일이 제일 편하다고 해서 군대를 제대한 후에 어머니 말씀을 따라 농사꾼이 되었다. 제보자가 25세 때에 당시 22세이던 할머니를 만나 혼인하였고, 슬하에 4남 1녀를 두었다. 현재 벼농사를 주로 하고 특산물로 인삼을 재배하고 있다.

장수군 산서면 월곡리에서 7대조 때 진안 마령을 거쳐, 증조부 때 진안 백운 운교리에 정착했다고 한다. 제보자의 집안은 인근에서는 한학자 집안으로 알려져 있었다. 제보자는 어려서 서당에도 조금 다녔고 근대 교육도 받았다. 요즈음 알고 있는 옛날이야기 같은 것들도 옛날에 서당에 다니면서 훈장님이나 어른들에게 들었던 것이라고 한다. 제보자는 집 안에 공자 상을 놓고 있으며 유교적인 사상을 신봉하고 있다. 예전에는 출행을 하거나 지붕을 이거나 이장을 할 때 항상 생기복덕을 보고 길일을 받아서 하고 음양오행을 따져서 어떤 일을 했지만, 지금은 안 지켜도 큰 해가 없어서 지키지 않고 있다고 한다. 제보자는 최근까지도 향교 일에 관여하면서 여러 직책을 맡아 활동을 하기도 하였다.

이미 선행 조사자들이 제보자를 만나서 많은 설화를 채록한 적이 있어서 그런지 제보자는 조사취지를 이해하고 조사자들에게 다양한 이야기를 들려주려고 하였다. 고령임에도 불구하고 쉬지 않고 한자리에서 많은 이야기를 연속적으로 구연하였다. 제보자는 친절하고 자상한 성품이며, 또한 이야기에 대한 집중력도 매우 높았다.

제공 자료 목록

07_12_FOT_20100202_KWD_JYS_0001 괭이날과 쥐날
07_12_FOT_20100202_KWD_JYS_0002 시주승 박대하여 망한 문장자
07_12_FOT_20100202_KWD_JYS_0003 흑칠백장을 먹고 도통한 전라감사 이서구
07_12_FOT_20100202_KWD_JYS_0004 진묵대사의 후신인 이서구
07_12_FOT_20100202_KWD_JYS_0005 이서구가 지목한 명당을 차지한 전주유씨
07_12_FOT_20100202_KWD_JYS_0006 어려서 공부를 게을리했던 이서구
07_12_FOT_20100202_KWD_JYS_0007 경천의 밀고로 잡힌 전봉준
07_12_FOT_20100202_KWD_JYS_0008 명당 묏바람에 태어난 황희 정승
07_12_FOT_20100202_KWD_JYS_0009 무고한 사람을 도둑으로 몬 포도대장 김시평
07_12_FOT_20100202_KWD_JYS_0010 곤장 한 대 맞고 죽은 중
07_12_FOT_20100202_KWD_JYS_0011 여자 때문에 더 크지 못한 솟금산
07_12_FOT_20100202_KWD_JYS_0012 이성계 등극을 반대한 속금산 산신
07_12_FOT_20100202_KWD_JYS_0013 이성계의 등극을 예견한 노파
07_12_FOT_20100202_KWD_JYS_0014 만헌 선생의 임나지송사
07_12_FOT_20100202_KWD_JYS_0015 진안친구 망한 친구
07_12_MPN_20100202_KWD_JYS_0001 도깨비가 잡아준 물고기를 받아 온 신주사

정종근, 남, 1924년생

주 소 지 : 전라북도 진안군 백운면 운교리 운원로 78-1
제보일시 : 2010.2.3
조 사 자 : 김월덕, 허정주, 진주

제보자는 진안군 백운면 운교리 상원산에서 태어나서 성장하여 지금까지 살고 있다. 지금 살고 있는 집터에서 제보자의 아버지도 태어나셨고

제보자도 태어났다고 한다. 슬하에 3남 5녀 8남매를 두었다.

제보자는 왜정 때 춘추로 위생 검사를 한다고 일본 순경이 나왔는데 그때 조금만 문제가 있어도 일본 순사가 트집을 잡아서 일본 순사들에게 맞기도 많이 맞았다고 한다. 또 호적에 2살이 적게 되어 있어서 군대를 안 가도 되었는데 징집이 아니라 소집령을 받아 제주도로 군대를 가서 학대를 당하고 고생을 무척 많이 했다고 한다. 제대 후에는 고향에 돌아와서 계속 농사를 지으며 살았다. 6·25때는 법이 제대로 기능을 못하던 시기라 보충병이 되어서 만5년 이상을 복무했다고 한다. 제보자는 자신이 고생한 이야기를 다 쓴다면 책 한 권도 부족할 것이라고 했다.

원래 고조부 때 경상도에서 구례를 거쳐 진안으로 들어와 정착했다고 한다. 제보자의 아버지는 학자라고 해서 일은 안 했고 대신 집안에 살림이 좀 있었다. 제보자는 왜정 때 장가를 갔는데 해방이 된 후에 부모님을 물론 아내까지 모두 장질부사에 걸려서 온 식구가 다 죽고 제보자만 살아남았다고 한다. 제보자는 자기 형편대로 계속 살았다면 큰 부자가 됐을 것이지만 집안이 한번 몰락하자 회복하기가 어렵게 되었다고 한다.

군대에 갔다 와서는 열댓 마지기 못 되는 농토로 농사를 지어서 처자식을 부양하였다. 지금은 나이가 많아서 농사를 지을 수 없고, 자녀들의 보살핌을 받으며 약간의 치매 증상이 있는 83세의 할머니와 함께 살고 있다. 몇 년 전 막내아들이 교통사고로 죽은 후 할머니에게 치매 가까운 증세가 나타나기 시작했고 할머니가 집안 살림을 하지 않기 때문에 제보자가 팔순 고령의 연세에 식사 준비를 비롯해 모든 집안 살림을 다 하고 있다.

조사자가 농요를 청하자 면에서 나와서 방개 소리를 조사해서 다 적어 갔다고 하면서 처음에는 노래하기를 사양하였으나 나중에는 기억이 나는 대로 노래를 성심껏 불러 주었다. 제보자는 구순에 가까운 연세이지만 총기가 좋은 편이다. 그러나 모심는 소리를 옛날에 불렀지만 모두 잊어버려서 지금은 전혀 기억이 나지 않는다고 한다. 제보자는 고생을 많이 했지만 남에게 신세를 지거나 하는 것을 싫어하고 매우 강직한 성격으로 보였다. 또 정치에 대해 관심이 많아서 시사 뉴스를 보면서 비판을 강하게 하기도 하였다. 제공한 자료는 농요와 운반요, 마이산 전설 등이다.

제공 자료 목록

07_12_FOT_20100203_KWD_JJG_0001 여자가 산이 큰다고 말하자 크기를 멈춘 솟곰산

07_12_FOS_20100203_KWD_JJG_0001 논 매는 소리

07_12_FOS_20100203_KWD_JJG_0002 달구 소리

07_12_FOS_20100203_KWD_JJG_0003 목도질 소리

07_12_FOS_20100203_KWD_JJG_0004 밭 매는 소리

07_12_FOS_20100203_KWD_JJG_0005 노랫가락

07_12_MFS_20100203_KWD_JJG_0001 도라지 타령

채규식, 남, 1935년생

주 소 지 : 전라북도 진안군 백운면 동창리 번데미마을
제보일시 : 2010.2.1
조 사 자 : 김월덕, 허정주, 진주

제보자는 경상북도 문경군 산양면 현리에서 출생했다. 8남매의 막내로 태어나서 시골에서 농사를 짓다가 군대를 갔는데, 군대에서 친해진 단짝 친구의 사촌여동생을 소개받아 제대 후 결혼을 했다. 결혼 후에는 서울, 부산, 충청도 등지에서 살다가 노년에 처가가 있는 진안으로 와서 살고 있다. 막내아들 사업에 보증을 섰다가 그 사업이 IMF 때 잘못 되는 바람

에 생활이 곤궁해졌다고 한다. 제보자 내외
는 현재 생활의 어려움은 겪고 있지만 긍정
적인 사고를 갖고 있는 듯했다.

제보자는 고향 마을에서는 친구들과 어울
려서 노래도 많이 하고 어른들이 노래하는
것도 많이 들었다고 한다. 마을 인근에서는
제보자 내외가 노래를 잘하는 부부로 소문
이 나 있었다. 인근 주민들의 추천으로 제보
자 내외를 만났으나 제보자의 아내는 옛날 노래는 부를 줄 모른다고 하여
제보자만 몇 곡 노래를 불렀다. 제보자는 언젠가는 시장에 갔다가 방송국
에서 취재하러 온 사람들이 노래를 청해서 불렀고 그것이 방송에 나온 경
험도 있다고 하였다. 경상도 출신인 제보자는 전라도 노래가 경상도와 다
르다는 점을 자신의 안목으로 설명하려고 했다.

제공 자료 목록
07_12_FOS_20100201_KWD_CKS_0001 상여 소리
07_12_FOS_20100201_KWD_CKS_0002 논 매는 소리
07_12_FOS_20100201_KWD_CKS_0003 문경새재 아리랑
07_12_FOS_20100201_KWD_CKS_0004 창부 타령
07_12_FOS_20100201_KWD_CKS_0005 노랫가락

최금순, 여, 1932년생

주 소 지 : 전라북도 진안군 백운면 동창리 화산마을회관
제보일시 : 2010.2.1
조 사 자 : 김월덕, 허정주, 진주

제보자는 진안군 백운면 동산리 폭포대 밑에서 출생하고 성장했다. 19
세에 화산마을로 시집와서 지금까지 살고 있다. 제보자는 젊어서는 노래

부르기를 좋아했으나 이제 나이도 많아진데
다 감기가 심하게 들어서 노래를 제대로 부
를 수 없었다. 그러나 조사자의 청을 거절할
수 없어서 못하는 노래나마 짧게 부르겠다
고 하며 간단히 노래를 불러 주었다.

제공 자료 목록

07_12_FOS_20100201_KWD_CGS_0001 밭 매는
소리

07_12_FOS_20100201_KWD_CGS_0002 시집살이 노래

최만근, 남, 1933년생

주 소 지 : 전라북도 진안군 백운면 신암리 임하마을 신암슈퍼

제보일시 : 2010.1.30

조 사 자 : 김월덕, 허정주, 진주

전북 진안군 백운면 신암리에서 태어나고
자란 토박이이다. 전주 최씨로 신암리에서
는 6대째 살고 있다. 17세 때 6·25사변이
일어나서 다른 마을로 피난을 갔다가 21세
에 고향으로 돌아왔다. 제보자는 7남매 중
막내였지만 부모님을 부양하고 살다가 23살
에 결혼했다. 호적에 나이가 3살 적게 기록
되어 있어서 결혼 후인 24세 때 군대를 가
야 했다. 제보자는 해병대에서 3년을 복무하고 고향으로 돌아와 농사를
지으면서 작은 가게도 운영했다. 제보자는 6·25한국전쟁 이후에 이장 일
을 오랫동안 맡았기 때문에 마을과 관련한 사건들을 많이 알고 있었다.
현재 마을회관 앞에서 신암슈퍼라는 작은 가게를 운영하면서 홀로 지내

고 있다.

제보자는 인근 어른들이 옛날이야기를 구연해 줄 만한 사람으로 적극 추천하여 만난 분이었다. 제보자는 자신이 두문동칠십이인 가운데 한 사람인 만육 최양 선생의 후손임을 매우 자랑스럽게 생각하며, 주로 만육과 그의 행적에 얽힌 이야기들을 많이 구연해 주었다. 제보자는 설화 구연 목록이 많은 편은 아니었지만 조사자들에게 매우 친절하게 대해 주었고, 적극적으로 설화를 구연해 주었다.

제공 자료 목록
07_12_FOT_20100130_KWD_CMG_0001 만육 최양 선생이 은둔했던 돈적소
07_12_FOT_20100130_KWD_CMG_0002 호랑이로 변신을 했던 벽채도사
07_12_FOT_20100130_KWD_CMG_0003 이무기 죽은 넋의 복수 때문에 망한 의림사

한복순, 여, 1936년생

주 소 지 : 전라북도 진안군 백운면 백암리 번암길 10
제보일시 : 2010.2.3
조 사 자 : 김월덕, 허정주, 진주

백운면 동창리 화산마을 이순자 제보자가 소개해 준 제보자이다. 청주한씨인 제보자는 진안군 마령면 평지리 원평지에서 18세에 백운면 백암리로 시집왔다. 슬하에 5남 3녀 8남매를 두었다. 제보자가 49세이던 해에 당시 52세이던 남편이 세상을 떠나서 자식들 부양하느라 고생을 많이 했으나 생활력이 강하고 매우 긍정적인 성격을 가진 듯

했다. 자녀들 가운데 막내아들이 전북대학교에서 인류학을 전공하고, 서울역사박물관 학예사로 근무하고 있어서 조사의 취지와 내용을 금세 이

해하고 적극 도와주려 하였다.

제보자는 삼대독자 외아들에게 시집와서 젊어서 고생을 많이 했는데, 게다가 남편도 일찍 세상을 떠나서 고생은 쉽게 끝나지 않았다. 죽은 남편은 20마지기 농사를 짓다가 자녀들 뒷바라지를 위해서 사업을 했는데 잘 안되어서 빚을 많이 졌다. 남편이 세상을 떠난 후에도 빚은 남아 있어서 그 빚을 갚느라 또 고생을 많이 했다. 일찍 취업한 아들들이 나눠서 빚도 갚아주고 대출도 받아주고 제보자 자신이 쌀계를 들어서 겨우 빚을 갚아나갔다. 평생을 그렇게 어렵게 살았지만 제보자는 성격이 낙천적이었다. 조사 과정에서도 제보자는 밝고 유쾌한 분위기를 만들어 주었으며 시종 웃음을 그치지 않았다. 제보자를 소개해 준 사람도 올봄에 제보자와 같이 남의 밭을 품앗이로 매주면서 만난 사람이었는데, 제보자가 일하면서 이야기도 잘하고 총기가 좋아서 소개를 해 준 것이었다. 백암리 마을회관에서 만난 장이순 제보자는 한복순 제보자에 대해서 일도 잘하고 놀기도 잘하고 못하는 것이 없는 사람이라고 칭찬하였다.

제보자는 각시 때 농한기에는 어느 한 집을 정해서 그 집에 장구를 들여놓고 한 달 내내 그 집에서 밥을 해 먹어가면서 "억시게" 놀았다고 한다. 생활은 어려웠지만 그때는 어울려 놀면서 재미가 있었다고 한다. 제보자는 시집오기 전에 친정동네에서는 모심고 밭매는 일은 거의 하지 않고 주로 길쌈을 많이 했다. 친정어머니와 언니가 옛날이야기를 참 잘했다. 오늘날 제보자가 알고 있는 많은 이야기들은 거의 친정어머니한테서 들은 것이라고 한다. 특히 시집살이 노래의 내용을 이야기로 재구성한 것과, '장끼전'의 내용을 구연한 이야기를 할 때는 청중들의 호응도 컸다.

제공 자료 목록

07_12_FOT_20100203_KWD_HBS_0001 시어머니를 꼼짝 못하게 한 똑똑한 며느리
07_12_FOT_20100203_KWD_HBS_0002 여자 때문에 더 크지 못한 솟곰산
07_12_FOT_20100203_KWD_HBS_0003 과부가 되어 뭇 새들의 구혼을 받은 까투리

07_12_FOT_20100203_KWD_HBS_0004 선녀와 나무꾼
07_12_FOT_20100203_KWD_HBS_0005 칠성공을 들인 덕에 살아남은 소금장사
07_12_MPN_20100203_KWD_HBS_0001 비가 올 것을 예견한 도깨비를 만난 친정
　　　　　　　　　　　　　　　　　　　　　아버지

한옥순, 여, 1943년생

주 소 지 : 전라북도 진안군 백운면 덕현리 윤기길 17
제보일시 : 2010.2.6
조 사 자 : 김월덕, 허정주, 진주

　　제보자는 임실군 삼계면 망전리에서 태어
나서 20세에 진안군 백운면 덕현리로 시집
왔다. 차분하고 조용한 성격인 듯 보이는 제
보자는 동네에서는 '가수'로 통한다. 제보자
가 잘하는 노래는 '구식'(마을 주민들의 표
현) 노래가 아니라 트로트 같은 신식 노래
이다. 제보자는 예전에 밭매면서 어머니들
이 노래를 하는 것을 듣기는 했지만 자신이
부를 줄은 모른다고 하였다. 그러나 조사자들이 거듭 노래를 청하고, 마
을회관에 모인 분들도 '구식' 노래를 재촉하자, 진주 낭군 노래를 불러 주
었다. 제보자는 잘 못 부른 노래가 녹음되면 안 된다고 하면서 녹음을 중
지시키고 몇 번 연습을 하고 난 다음에야 노래를 부를 정도로 세심한 성
격이다.

제공 자료 목록
07_12_FOS_20100206_KWD_HOS_0001 진주 낭군
07_12_MFS_20100206_KWD_HOS_0001 진안군수 노래

장군대좌 주변의 지명 유래

자료코드 : 07_12_FOT_20100203_KWD_KBG_0001
조사장소 : 전라북도 진안군 백운면 반송리 반송길 8-5
조사일시 : 2010.2.3
조 사 자 : 김월덕, 허정주, 진주
제 보 자 : 김봉권, 남, 82세

구연상황 : 동창리에서 소개를 받아 김봉권 제보자를 찾아가게 되었다. 제보자는 농사를
지으면서도 진안향교 전교를 맡는 등 사회활동을 다양하게 해 왔다. 제보자는
별로 아는 것이 없다고 겸손해 하면서 조사자의 요청에 성심껏 응해 주었다.
먼저 조사자는 풍수에 관한 이야기를 아는 것이 있는지 여쭈었는데, 특기할
만한 풍수설화는 아니지만 제보자는 장군대좌를 중심으로 인근의 지명들과
관련지어 설명해 주었다.

줄 거 리 : 반송리 옆 신암리에 한밭이라는 동네가 있는데 이 동네에 '장군대좌' 명당이
있다. 이 명당을 중심으로 '병모관', '잠병지', '둔전뜰' 등 군사적인 이름의
지명들이 있다. 이 지명들은 이곳이 장군을 중심으로 하여 큰 싸움이 있었던
곳임을 말해 준다. 마을 건너에는 여시골이 있고 그 안에 송장날이 있다. 또
인근의 두원이라는 마을은 닭날이고 반송리는 지네혈인데, 닭과 지네가 상극
이라서 두 마을 사이에는 오랫동안 징검다리만 있었을 뿐 다리를 놓지 않았
다. 그러다가 일제시대에 두 마을 사이에 나무다리를 처음 놓았다고 한다.

명당은 여그서 시방 저그 저 두원이잉개 닭날이라고 있어요. 닭날. 닭
날에 거그 저 장씨들 백운 홍덕장씨 그분 선산이 거기가 있는디 거그가
거그가 명당이라고 그런 전설이 있고.

또 요 건네 여시골이라는 데가 있어. 골짝으 탐진최씨. 성수 도통리 살
아. 거기가 많이 집단으로 탐진최씨들이. 그분 선산이 있는디 거가 명당
이라고. 날이 좋아요. 산 날맹이 높은 디 가서 묘가 있어. 야산이지만. 거
기가 명당이라고. 그러고는 뭐…

저 한밭 뒤에 장군대좌라고 있어요. 장군. 장군대좌라고. 거그는 백암리 박씨들 선산인디, 거그 한번 나도 올라가서 봉개 참 굉장히 높은 덴디 거 그 올라가서 보른요 워낙 전부다 꼴짜기 뵈도 안허고.

저 멀리 수평선만 뵈는 통으 높은 감각이 없고 낮찬 데 앉았는 것 같으 드라고. 그래서 과연 명당인개벼.

그리서 여그 지명도 여그 원적골이라고 있어요. 원적골. 거그가 장군대 좌기 때문에 아마 지명을 원적골이라고 히지 안 힜는가.

그러고 저그 저 또 유동부락에 가른은 병모관이라고 있어요. 병모관. 병모관이란 건 군대가 많이 뵈아 있는 데를 병모관이요.

거그 저 장군대좌를 두고 지어진 지명이고 여그도 여 우에 조끔 도로 로 위에 올라가자믄 시방은 그 나무도 없어져 버렸고만.

카브가 딱 있는디. 거기가 잠병지여. 거기가 잠병지. 말하자면 잠복지다 그 말여 군인. 잠병지

(청중 : 근디 어떻게 혀서 그 나무가 없어졌는가.)

요 건너 학남정 저 건네, 건네 들이 그전 어른들이 그려요. 둔전뜰이라 고 그러는디. 가만히 해석을 해보니까. 둔전 거기서 쌈터다 그 말여. 둔전 이라는 것이.

근디 어른들은 뭐라고 헌고는 거가 토지가 비옥히서 가을에 나락을 베 믄은 놓을 데가 없어.

놓을 데가 없응개 뒨전뒨전거린다 그래서 뒨전들이라고 헌다.

그게 아니고 실은 저기 장군대좌를 두고 지어진, 각 명사들이 지은 지 명이라 나는 그렇게 생각헙니다.

(조사자 : 그러니깐 군사적인 용어로 이렇게 주변 이름을 명사들이 지은 것 같다고요?)

에. 그건 틀림없어. 병모관. 이런 잠병지. 잠정리라고 헌디 잠병지고. 여 기는 둔전뜰이라고 허는 데가 둔전이. 싸움 둔자. 쌈 싸우는 데여. 거기서

싸웠다.

(조사자 : 여시골은요? 여시가 많이 나왔어요?)

여시골은 산 형태가 여시 같이 생기셔, 거 명당혈을 여시. 그려서 여시 명당이라고 그려. 근디 그리서 그 안에 가서 송장날이 있어요. 송장날. 여시가 송장을 좋아허지? 허허. 지명은 송장날여.

(조사자 : 닭날은 어디에 있는 거죠?)

두원이. 두원이 저 조왕골 가는 데 있어요.

(조사자 : 조왕골요?)

예. 예.

(조사자 : 조왕골이 어디에요?)

조왕골 입구에 들어가는데 두원이 동네 위에여 내내.

(조사자 : 거기가 닭날이고 여기는 지네혈이고…)

장씨들 선산. 거그가.

(조사자 : 근데 지네하고 닭은…)

상극이지. 상극잉개 지네는 닭이 쪼사 먹을라고 해. 그서 옛날부터 요 아래 다리를 잘 안 놔. 지금 거기가 징검다리로 건너다니게 힜지 다리를 안 놨었어요.

그러다가 일정 말엽에 인자 나무다리, 나무를 세워 가지고 다리를 히 놨는디 대수가 져 가지고 병자년에 대수가 져 가지고 떠내려 가 버렸어. 그 뒤로는 다리가 없었어요. 안 놓아.

(조사자 : 그러면 다리를 안 놓는 이유가 서로 상극이라서 그런 것 때문에 더 다리를…)

암만. 그런데서 그런디. 인자 그리서 그랬는가 어쨌는가 한참은 두원이 가 여 반송리보다 더 잘살고 농토도 그냥 저 큰 들이 다 두원이 사람들이 점유히 버렸었어요.

그렸는디 그 다리 없어진 뒤로 이상허게 두원이가 패망이 되고 반송리가 더 잘살게 되고 시방 그게 사는고 허는디. 인제 시방은 미신을 타파헌 세상이라 다리도 놓고. 한때는 다리를 못 놓게 힜어요.

수수빗자루가 변한 도깨비

자료코드 : 07_12_FOT_20100203_KWD_KBG_0002
조사장소 : 전라북도 진안군 백운면 반송리 반송길 8-5
조사일시 : 2010.2.3
조 사 자 : 김월덕, 허정주, 진주
제 보 자 : 김봉권, 남, 82세
구연상황 : 동창리에서 소개를 받아 김봉권 제보자를 찾아가게 되었다. 제보자는 농사를
지으면서도 진안향교 전교를 맡는 등 사회활동을 다양하게 해 왔다. 제보자는
별로 아는 것이 없다고 겸손해 하면서 조사자의 요청에 성심껏 응해 주었다.
조사자가 도깨비 이야기를 청하자, 제보자는 옛날 어른들한테 들은 이야기라
며 짧게 도깨비 이야기를 하였다. 제보자는 그전 어른들 말은 못 믿을 것이
"쎘다"고 하였다.
줄 거 리 : 진안 사람들은 진안장보다 임실장을 주로 다녔는데 어떤 사람이 장에 갔다가
술을 거나하게 먹고 마을로 오는데 어떤 놈이 씨름을 하자고 덤벼서 같이 씨
름을 했다. 그 사람이 씨름에서 이겨서 덤빈 놈을 방천둑에 처박아 놓고 왔는
데 다음날 아침에 가서 보니까 그 자리에 빗자루가 꽂혀 있었다. 옛날에 여자
의 월경피가 묻은 빗자루가 화해서 도깨비가 된다는 말이 있었다.

또 있기는 있어. 옛날 어른들이 시장으, 여그 저, 장이 멀거든. 여그는
주로 임실장 아니믄 관촌장을 많이 봐요. 임질장. 진안장도 가지만은 그
때 무렵으는 주로 임실장을 많이 댕깄어요. 그런데 가다가 보면 늦게 오
지. 오래 되믄. 인자 걸어댕기니까.

인자 거기서 술을 거나허니 먹고 많이 먹고 오다 보니까 어떤 사람이
그 실지인가 몰라도 그런 말이 있었어. 아 어떤 놈이 나서서 막 씨름을
허자고 달라 들드라고 혀. 아 그래서 술바람에 그러자, 히보자

그래 가지고 해서 이겨 가지고 그놈을 그냥 방천둑으다 히서 팍 처박
아서 그냥 꽂아놓고 그냥 집으로 와서, 날새서 가서 보니까 아 빗자리를
갖다 꼽아 놨드래. 빗자리. 허허. 그렇다는 말을 들었어요. 빗자리를.

빗자리라고. 수수로 맨든 비. 그 비가 왜 그런고는, 여자들은 월경이 있
잖이요. 월경. 옛날에는 부엌으서 불 때면서 빗자리를 깔고 앉어서 불을
때는 수가 많았는디, 거기에 월경이 묻으믄 그렇게 화해 가지고 도깨비가
된다는 그런 전설이 있는디 모르겠어. 그것이 맞는가.

호두둔갑술을 쓴 벽해도사

자료코드 : 07_12_FOT_20100203_KWD_KBG_0003
조사장소 : 전라북도 진안군 백운면 반송리 반송길 8-5
조사일시 : 2010.2.3
조 사 자 : 김월덕, 허정주, 진주
제 보 자 : 김봉권, 남, 82세
구연상황 : 동창리에서 소개를 받아 김봉권 제보자를 찾아가게 되었다. 제보자는 농사를
지으면서도 진안향교 전교를 맡는 등 사회활동을 다양하게 해 왔다. 제보자는
별로 아는 것이 없다고 겸손해 하면서 조사자의 요청에 성심껏 응해 주었다.
예전 어른들한테 들은 이야기라고 하면서 이야기를 했는데 전체적으로 이야
기가 짧은 편이다. 제보자는 그전 어른들 말은 못 믿을 것이 "쌨다"고 하였
다. 선각산에 얽힌 이야기를 청하자, 선각산 밑에 살았다는 벽해도사 이야기
를 했다.
줄 거 리 : 선각산 밑에 '벽해'라는 사람이 암자를 짓고 살았다. 그는 십여 리가 떨어진
한밭 동네로 와서 늦게까지 놀다가 가곤 했는데 돌아갈 때 보면 순식간에 보
이지 않고 가는 자리에 불이 번쩍거렸다. 벽해는 호랑이 둔갑술을 배워서 호
랑으로 변신을 하는 도사였다.

이건 내가 한밭 살 땐디 어느 노인, 그 어른이 또 그러드라고. 한밭은
저그 저 선각산 밑에 벽해라는 사람이 살았어. 암자를 짓고.

거기가 어딘고는 유동 뒤에거든. 한밭에서 거기를 갈라믄은 한 십 리가 넘어. 근디 그 벽해씨가 한밭 동네 사랑으로 와. 놀러. 놀러 와서 인자, 오래 놀다가 인자, 가는디 감선 지치믄, 긍개 지치믄. 보믄은 어느 새 뵈이들 안헌디,

뭔 불이 팔딱 허는 놈이 가는디 호두 둔갑법을 배워 가지고 호랭이가 되아서 올라가고 내려오고 댕기고 헌다는 그런 말은 들었는디,

실지인가를 도저히 의문시럽고, 그런 전설만 들었는디. 의문시러. 고딕으 왔다가도 그냥 놀다가도 밤중에도 가고 왔다갔다 하는 그런 말이 있어.

벽해라는 분이 살았는가 그 암자. 긍개 중이지, 일종의. 도사여 도사. 그렇게 힜단 말을 들었고.

마이산 옛 이름은 숫금산

자료코드 : 07_12_FOT_20100203_KWD_KBG_0004
조사장소 : 전라북도 진안군 백운면 반송리 반송길 8-5
조사일시 : 2010.2.3
조 사 자 : 김월덕, 허정주, 진주
제 보 자 : 김봉권, 남, 82세
구연상황 : 동창리에서 소개를 받아 김봉권 제보자를 찾아가게 되었다. 제보자는 농사를 지으면서도 진안향교 전교를 맡는 등 사회활동을 다양하게 해 왔다. 제보자는 별로 아는 것이 없다고 겸손해 하면서 조사자의 질문에 성심껏 답변을 해 주었다. 조사자가 마이산에 얽힌 이야기를 해 달라고 요청하자, 제보자는 진안 마이산 인근에 두루 분포하는 '숫곰산' 이야기를 하였다.
줄 거 리 : 마이산의 옛 이름은 숫곰산이다. 산이 막 커 오르는데 그것을 동네 여자가 봤다. 그 여자가 산이 크다고 소리치는 바람에 동네 사람들이 모두 나와 구경을 했다. 그러자 산이 더 크지 못하고 멈춰 버렸다.

우리, 내가 듣기로는 그 어른들이 뭐라고 헌고니 마이산 숫곰산이라고

그러거든 솟곰산. 솟았다고 그리요. 솟아올랐다고. 좌우간 하루아침에 보니까 막, 산이 자꾸 막 커 올라가.

아 그서 산이 큰다고 막 왜장을 쳤디야. 그렁개 동네 사람들 와서 귀경을 허라고. 그러니까, 계집이 그렇게 나서서 그걸 봤다는 것여.

그래 가지고 더 클 참인디 요망시런 계집이 방해를 해서 못 크고 말았다는 그런 전설은 들었고. 그래서 솟곰산여. 솟곰산인디.

인자 중간에 그것이, 솟곰산이 아니고 마이산이라고 헌 건 말귀같이 생겼다 혀서 마이산으로 지명을 어느 때부터인지, 여조 때부터인가 지었는 모냥이요.

그리서 시방 저, 태종께서 거기, 금척무나 그런 유래도 냉기고 그랬잖아. 근데 마이산 이름은 여조 시대부터 마이산이 되았지 않았는가 나는 그렇게……

그러니까 저게 또 과학적으로는 얘기가 인자, 화산 폭발해서 올랐다고. 긍개 솟아올랐다는 말이 맞기는 맞는개비.

암마이산과 수마이산

자료코드 : 07_12_FOT_20100203_KWD_KBG_0005
조사장소 : 전라북도 진안군 백운면 반송리 반송길 8-5
조사일시 : 2010.2.3
조 사 자 : 김월덕, 허정주, 진주
제 보 자 : 김봉권, 남, 82세
구연상황 : 동창리에서 소개를 받아 김봉권 제보자를 찾아가게 되었다. 제보자는 농사를 지으면서도 진안향교 전교를 맡는 등 사회활동을 다양하게 해 왔다. 제보자는 별로 아는 것이 없다고 겸손해 하면서 조사자의 요청에 성심껏 응해 주었다. 조사자가 마이산에 얽힌 이야기를 해 달라고 요청하자, 제보자는 '솟곰산' 이야기를 한 후에, 이어서 암마이산과 수마이산 이야기를 하였다.
줄 거 리 : 진안의 마이산은 암수 부부산으로 되어 있는데 본래는 더 높이 솟은 것이 수

마이산, 옆으로 퍼진 것이 암마이산으로 알려져 있다. 그런데 요새 와서는 반대로 얘기를 한다. 즉, 더 솟은 게 암마이산이고, 암마이산 옆에 조그만 산이 붙어 있는데 이것은 암마이산이 애기를 업고 있는 모양이라고 한다. 수마이산은 암마이산이 보기가 싫어서 그냥 옆으로 누워 있기 때문에 더 퍼진 모양의 산이 수마이산이라고 요새는 얘기한다고 한다.

누운 것이 암마이산, 선 것이 수마이산 그러는디, 요새는 또 슨 게 암마이산이라고 허데. 왜 그런고. 그 저 뭐여. 옆에가 솟은 데가 또 하나 붙어 있잖아, 뭣이. 그게 애기를 업어 있잖아. 그렁개 그런다고 그러더만은.

뵈기가 싫은개 신랑은 그냥 옆으로 누웠다. 요새는 해석을 그렇게 허는디, 그 듣기로는 전설은 좌우간 뾰족허니 솟은 게 수마이산, 애기를 업고 애기를 말허자믄 업고 이렇게 보듬고 이렇게 있응개로, 아, 부부간에는 정이 좀 희소해진개 그런 소리지.

(조사자 : 그 두 개 산이 부부지간으로 봐야 돼요?)

아 그렇지. 결국 수하고 암하고는 부부지간 아녀. 자웅을 얘기헌 것인개.

(조사자 : 그럼 암마이산이 애기를 업고 있는데 등을 지고 있다는 모양이라고요?)

아, 인자 그런 뜻으로 누워졌다. 하하. 글 안허믄 똑같이 섰던지 헐 참인디 그랬다고 전설으 나는 그렇게 들었어요. 하하.

윤터골 유래

자료코드 : 07_12_FOT_20100203_KWD_KWG_0001
조사장소 : 전라북도 진안군 백운면 덕현리 윤기길 17 윤기마을회관
조사일시 : 2010.2.3
조 사 자 : 김월덕, 허정주, 진주
제 보 자 : 김우곤, 남, 81세

구연상황 : 제보자는 윤기마을 노인회장을 맡고 있으며, 동네에서 마을의 역사에 대해 가
장 많이 알고 있는 분이라고 여겨지고 있었다. 이장님의 소개로 노인회장인
제보자와 면담을 나누었다. 만난 시간이 저녁 시간이었는데 제보자가 교회에
갈 시간이 되어서 긴 이야기를 나누지는 못했다. 자세한 이야기를 2차 조사
때 하기로 하고 간단히 이야기를 나누었다. 제보자는 성심껏 이야기를 들려주
었다.
줄 거 리 : 윤기라는 이름은 이 마을이 본래 윤씨 성을 가진 부자가 살았기 때문에 붙여
진 이름이다. 어느 때인지는 모르지만 윤기 호목재라는 동네에 윤장자가 살았
는데, 윤씨 부자가 살던 동네라는 뜻으로 윤터라고 불렀다. 그러다 일정 때
행정구역을 개편하면서 사람 성씨를 동네 이름으로 쓰는 것이 좋지 않다고
해서 말 윤(允) 자로 한자만 바꾸었다. 윤장자는 외출을 나갔다가 도적골을
지나는 길에 도둑들에게 피습을 당하여 죽었다. 그때 윤장자가 타고 가던 말
의 무덤도 남아 있었지만 지금은 없어졌다고 한다.

　그때 어느 땐지는 몰라. 그런디 일찍이 이 동네가 호목재라는 동네가
있었어요. 호목재라는 동네가 있었는디 거기가 윤장자가 살았어요.

　윤장자는 백 석에서부터 구백구십 석까지는 장자로 들어가고, 천석군이
고, 그 다음에 천석에서 구천 석까지는 말하자믄 천석군이고, 만 석은 거
부라고 허고.

　근디 인자 윤장자라고 윤씨 성을 가진 분이 말허자믄 장자라고 부자로
있어 가지고 동네가 형성되아서 거기서 동네가 형성되아 있고,

　또 거기 호목쟁이라고 산, 요 산 너메 가믄은 산 모가지에 가서 호목쟁
이라고, 모가지, 그러니까 한문으로 따지믄 범 호 자, 목 항 자, 호항치,
호목, 아니 호항장.

　그리고 호목쟁이라는 말은 거 인자 호목에 재 치 자 넣어서 인제 호항
치죠, 말하자믄 동네 이름이. 그렇게 살았었는데.

　거기서 윤장자가 말하자믄 피습을 당했어. 요 안에 들어가믄 도적골이
라고, 도적골이라는 요 골짜기, 요 구렁이 있는디,

　거기서 도둑들이 저녁이믄 말하자면 거기가 집결했다가 저녁이믄 말허

자믄 들어가서 습격을 혀 가지고 쌀을 뺏어가고 돈을 뺏어가고.

그런데 한때는 인제, 그 윤장자가 출장을 가는데, 출입을 가는데, 고리 말 타고 나가는데 고 도적골 거 우에 거기를 지나다가 피습을 당해 가지고, 거기서 말이 죽고 사람도 죽었던가 봐요.

그리서 우리들이 그 말 무덤을 봤어요. 지금은 없습니다. 요새는. 그러나 아마 20년 전만 해도 말무덤이 있었어요. 그래서 윤터골이라는 그 이름이 왜 윤터골이냐면 그 윤씨 터.

(조사자 : 부자로 살았던 윤씨 터?)

예. 윤터. 윤씨 터다. 그리서 윤터골. 골 동 자 넣어서 윤기동이라는 한문으로 한다믄 윤기동이 돼. 그리서 인자 우리말로 윤터골이라고 히 왔었지요.

그러자 인자 1914년 일정 강점기에 행정개편 될 적으 한문화해서 말허자믄 동네 이름을 해 갈 적으 윤씨 남의 성자를 넣어서 동네 이름을 지을 수가 없다.

긍개 음만 같으고 말 윤 자로 히서 말허자믄 윤기로 허자. 히 가지고 윤터가 되았죠. 지금. 그서 약 한 백 년 나오고 있지 않어요. 지금.

그래서 동네 유래는 그렇게 되아 있죠. 지금 우리가. 윤장자 터라고 집터가 있었고, 고 위에 가서 서당 터라고 글방 터가 있었어요.

그래 갖고 막 돌이, 지둥 그 자대, 말하자믄 돌이 막 있었어. 지금은 다 없어졌지만. 그 서 서당터고 부자터. 고리 형성이 되았던가 봐요.

그 이자 싹 내려와서 동네가 형성되았지 않은개비. 그래서 인자 그것이 연대로 어떻게 우리가 언제, 언제라고 말헐 수는 없지만, 지금 그렇게 전설처럼 구전으로 내려오고 있는 동네요. 지금.

이성계가 금을 묶기 위해 이름 붙인 속금산

자료코드 : 07_12_FOT_20100203_KWD_KWG_0002

조사장소 : 전라북도 진안군 백운면 덕현리 윤기길 17 윤기마을회관

조사일시 : 2010.2.3

조 사 자 : 김월덕, 허정주, 진주

제 보 자 : 김우곤, 남, 81세

구연상황 : 윤기마을 노인회장을 맡고 있으며, 동네에서 마을의 역사에 대해 가장 많이 알고 있는 분이라고 여겨지고 있었다. 이장님의 소개로 노인회장인 제보자와 면담을 나누었다. 만난 시간이 저녁 시간이었는데 제보자가 교회에 갈 시간이 되어서 긴 이야기를 나누지는 못했다. 자세한 이야기를 2차 조사 때 하기로 하고 간단히 이야기를 나누었다. 제보자는 시간이 되는 한 성심껏 이야기를 들려주었다.

줄 거 리 : 마이산은 통일신라시대에는 서다산(西多山), 고려시대에는 용출산(龍出山)이라고 했고, 조선 건국시에 이성계가 이 산을 속금산(束金山)이라고 부르도록 했다고 한다. 오행으로 보아 목(木)씨인 이성계는, 목과 금은 서로 대립하기 때문에 금에 해당하는 나도산을 묶어 놓으려고 산 이름을 속금산이라고 하도록 명했다는 것이다. 그렇게 하는 것으로도 못 미더워 산에 천지탑을 쌓았고, 주변 금당사 앞에 못을 파서 금이 빠지도록 했다고 한다. 이렇게 했기 때문에 조선왕조 오백년이 유지된 것이지 그렇지 않으면 이백년 정도 가다가 쇠했을 것이라고 한다.

(조사자 : 마이산이 옛날에는 마이산이 아니었다는 말도 있데요?)

예. 아니었어요. 아이, 그거는 내가 얘기해 주께 잉. 통일 신라 때, 통일 신라 때는 서다산이라고 혔어. 서다산. 서녘 서 자, 많을 다 자.

경주에서 보믄 서쪽 아닌개비 여기가. 서쪽, 서다. 많을 다 자. 봉오래기가 많잖아. 그래 서다산. 그 다음에 고려 때는 용출산. 용출산. 용출. 내가 알기로는 딴 양반들은 딴 자로 히 놨드만은, 용 룡 자, 날 출 자.

지금 용이란 말은 뭐냐믄은 저 나라님이 앉은상을 용상이라고 헌단 말여. 그서 왕이 난다 소리여. 말허자믄. 그 산 기운으로. 그서 용출산이라고 혔어. 근디 인제 지리적인 여건으로 이씨 조선들이, 말허자믄 그게 인

제, 이씨가 목성이라 그 말여. 잉.

목성인디 거기 나도산이 하나 있어. 나도산이. 고것이 금이여. 쇠를 돌려서 말허자믄 지리적으로 오행으로 돌리보믄은 나도산이 금이고 이건 암놈, 암산 그것은 목이란 말여.

요쪽으 수놈은 그게 화고. 그렇듯이 목허고 금허고 딱허니 맞아. 쇠를 놓고 딱 허믄. 그렁개로 금한테 당헌다 그 말여. 그래서 여따가 천지탑을 허고, 천지탑을 말허자믄 쌓었고.

이것을 속금산으로 이름을 지었어. 이성계 씨가. 명명을 혔어. 여기 속 자가 묶을 속 자여. 배추, 아니 저, 파 한 다발 두 다발 하는 속 자 있잖아? 단이라는 속 자. 속 자에다가 쇠 금 자. 속금. 금을 묶어놔. 꼼작 못허게 묶었다 소리여. 그게 말허자믄.

그래 가지고 그것도 못 믿응개 여기다 천지탑을 쌓었어. 방어로. 그 다음에 그 골짝 이름이 내가 알기로는 금동, 금동이었어. 금동. 쇠 금 자, 고을 동 자, 금동골이었었는데, 금동골이고 고 밑에 가서 금당사라고 있어. 금당사. 금당사가 그때는 금동사여. 말허자믄 그게 잉. 애당초는.

금동산데 이성계 씨, 그 때 인제 뭐여 이방원이 태종이 그리서 그때 어떻게 됐냐믄은, 그 금동을 없애고 금당으로 절 이름을 말허자믄, 절이름을 금당으로 해놓고,

해방된 뒤에 가서 봉개 금당사 앞에 가서 요렇게 방죽이 하나 파 놨어. 이것이 인제 그리서 이 못 당 자를 넣어갖고 금당이라고 혔어. 금이 둥글어오다가 그 물에 가서 빠져 죽으라 그 말여. 그서 금당사. 여기다 히 놨어.

그것도 못 믿어서, 그것도 못 믿어 요 밑에 와서 주필대라고 있어. 주필대는 말 마 변에 임금 주 자 헌 자 있잖아? 말이 달려오다 거기 와서 쉬라 그 말여. 닿을 필 자 있잖어요? 인자 대라는 말은 누대 대 자 잉. 주필대라고 딱 히 놨어.

그리 갖고 이씨 조선 오백 년을 말허자면 유지해 나온 것이지. 그렇지 않었다면 이백 년밖이 못 가. 임진왜란 때 벌써 운은 다 기울어졌는디, 잉.

이순신 죽은 뒤에, 만약으 이순신이 역성혁명 일으켰으면 뭐, 이씨 조선은 가 버렸지 뭐. 솔직허니 나는 그렇게 보고 있어요.

(조사자 : 속금산은 이성계가 명명을 했고.)

이성계가 명명을 했고, 태종이 말허자믄 거그 산은 말귀 같은 산이라고 이름 지은 것이 마이산여.

(조사자 : 태종이 이방원이?)

예. 마이산 저, 태종이 태종이 13년에 태종 13년에, 태종실록에 보면은 임실 와서 사냥 했다는데 사냥터가 없어 임실에 그리 놓고 여기 와서 십 오 일 동안 작업을 힜지 않은개비. 그 제사 지냈고 어찌고 했다고 허는디 그냥 그렇게 넹겨집고 있어요. 나는.

(조사자 : 옛날에 어르신들한테 들으셨어요?)

네.

(조사자 : 동네 어르신들한테요?)

예. 상당히 유식한 분한테 내가 들어서. 내가 그때 사람이 아니잖아. 응. 지금 사람인데. 그래 갖고 인자 어느 책에도 기록되어 있드라고.

그래 갖고 그때 잉, 태종 5년에 마령현이라고 마령 평지 앞에 고을이 있었어요. 고을. 마령현, 마령군이 아니라 그때. 현으로 딱 힜는디 그것을 없여버리고.

그렁개 자기들만 유리허게 힜잖아. 그리고 월랑군이라고. 월랑현을 맹 글어서 평장리에다가 월랑현을, 말허자믄 고을을 맨들어 놨었거든. 그것 이 임진왜란까지 내려왔어. 이백 년 동안 내려왔는데 그거 있다 소리 하 나도 안혀. 말허자믄. 세상 사람들이.

(조사자 : 지금도 월랑이라고 있잖아요.)

그려. 긍개. 거기만 있지. 그리서 백운에, 요것이 그때 임진왜란 때 오만동이란 것이 있어. 증거가. 오만동이 오만 명이 살았잖아. 피난혀서.

(조사자 : 임진왜란 때요?)

예. 여기 효자 나 가지고. 여기는 사람 났응개 그냥 가자 혀 갖고 장수로 그냥 넘어 갔잖아. 긍개로 여가 왜 그러냐믄 군 소재지가 마령은 이백년 전에 마령인개 거기 마령현에 거기가 살았응개 그러고,

여기는 새로운 군 소재지잉개로 그만큼 오만 명이나 살았다는 숫자 아닌개비? 오만동. 오만동이라는 말은 오만 명이 거기 피난히서 온전히 살았다 소리여. 그런데 그래도 소용없어. 그렁개로 나가서 대화허기가 싫어요. 그건 내가 그때 사람 아닌데, 아무것도 아닌데 뭐.

(조사자 : 그래도 이 얘기는 처음 듣네요.)

이렇게 자상한 얘기 하는 사람을 없을 거요.

독갑이 김해김씨

자료코드 : 07_12_FOT_20100206_KWD_KWG_0001
조사장소 : 전라북도 진안군 백운면 덕현리 윤기길 17 윤기마을회관
조사일시 : 2010.2.6
조 사 자 : 김월덕, 허정주, 진주
제 보 자 : 김우곤, 남, 81세
구연상황 : 조사자들은 이장님을 통해서 마을 노인회장을 맡고 있는 제보자를 소개 받았다. 처음 만났을 때는 제보자가 교회에 가는 날이어서 많은 이야기를 듣지 못했으나 두 번째 제보자를 만났을 때는 시간 여유가 있어서 여러 이야기를 들을 수 있었다. 역사에 관심이 많은 제보자는 주로 역사 인물에 얽힌 이야기를 주로 구연하였다. 김씨가 도깨비로 일컬어지는 사연을 역사적 배경을 갖고 이야기하였다.
줄 거 리 : 조선 문종대왕이 조선이 삼국으로 분열이 안 되고 통일국가가 된 것은 김해김씨인 김유신 장군 덕분이라고 하여 김해김씨를 홀로 높다는 뜻으로 '독고

(獨孤)' 또는 '독금(獨金)'이라고 불렀다. 또 이들 명문거족을 '삼한갑족'이라고도 일컬었는데 '독' 자와 '갑' 자를 따서 김해김씨가 독갑으로 불리게 되었다고 한다. 후에 경주김씨까지 아울러 김씨를 독갑이라고 하면서 김씨의 별칭이 도깨비가 되었다고 한다.

아니 저, 김씨보고 도까비라고 허는디 우리나라 문종대왕 있잖아. 문종대왕 때 문종대왕이 우리나라가 이렇게 삼국으로 안 나눠지고 단일민족으로 단일국으로 딱이 된 것은 김해김씨 김유신 덕분이다 그 말여.

지금 여그서는 우리가 백제계 사람들 아닌개비. 그서 김해김씨들이 좋아라고 않거든. 그러나 경상도 가믄은 김유신을 하나님처럼 받들고 있는디가 경상도라 그 말여. 근데 여그는 그게 아녀.

좀 계백 장군은 알아줘도, 계백 장군, 우리끼리 높이 허도 안 허면서, 그분은 인제 죽어 버렸어, 인제, 인제. 그러면서도 말하자믄 별, 안 알아주는데, 문종대왕이 어뚷게 혔냐믄은 김유신 장군의 거시기로서 그분이 그때에 왕노릇 헐 수도 있어.

말허자믄 그 자손이 얼매나, 몇 대 가든 안 혔을망정 그도 당대라도 혔을 거 아닌개비. 그때 거시로 봐서. 그 이조 때 뭐여, 이순신같이. 이순신이 그때 서울 쳐들어갔으믄 왕 1년이고 2년이고 혔을 거여. 100년, 200년 못 혔을망정.

인자 그런 식이지, 말허자믄. 그런데 그분이 사양을 허고 삼국을 통일히 가지고 이렇게 왔다는 거여. 그서 고려 때 말허자믄 인제.

그 안에 왕건이가 애썼지만은 쭉 거시기 내려왔지 않은개비. 그리서 문종이 독고라 혔어. 처음에. 홀로 독 자, 높을 고 자. 또 독금이라고 허고. 독금. 홀로 독 자, 금. 김가 중으서도 독금. 또 독고. 높을 고 자. 독고.

그래 갖고는, 그래 인제 그때 삼한 김해가 진한, 변한, 뭐여 또, 마한. 그리서 삼한이었잖아.

그서 삼한 갑족. 그때 잉. 삼한 갑족. 갑을병정 히서, 잉. 갑족이고. 고려 때는 고려 명문 거족여. 하여튼간 2급 이상이 108명인가 나왔으닝개. 명문거족. 명문.

이름 있는 명문 집안에, 클 거 자. 족속이라는 족 자. 일가 족 자. 거족. 명문거족이라고. 그서 그분들 동원했다고 히 갖고는 독갭이락 힜어. 그것을 삼한 갑족이다가 잉, 명문 거족 히서, 긍개 인자 홀로 독 자를 넣어 갖고 독갑. 그서 김해김가는 독갑이다. 홀로 높다 그 말여. 말허자믄.

홀로 높다 소리여, 그게. 그것을 인자 우리, 말허자믄 보첩에, 송우암 선생 있잖아. 우암 선생이 서문을 지었는데 서문에 기록이 되아 있어. 그놈을 이용을 힜어. 그 말을 또 인용을 힜어.

그런디 인자 경주김씨도, 경주김도 왕자왕손 아닌개비. 긍개 몰아서 독갑이가 되아 부렸단 얘기여. 뭐 가야계만 따진 게 아니라 신라계도. 신라계, 가야계 두 개가 있지 않은개비. 긍개 가야계만 독갑이 아니라 신라계도 왕자왕손이니까 똑같이 독갑이가 됐어.

그래서 요새는 모르는 양반들이 도깨비, 도깨비 허는데, 귀신 못 된 도깨비라고 생각허는데 그게 아니라 사실은 그렇다 그 말입니다. 그서 좀 안다는, 아는 양반들도 나가서 보믄은 독갑이 내용을 잘 몰라. 근데 나같이 멍청헌 놈은 좀 알지. 조끔.

진안친구 망한 친구

자료코드 : 07_12_FOT_20100206_KWD_KWG_0002
조사장소 : 전라북도 진안군 백운면 덕현리 윤기길 17 윤기마을회관
조사일시 : 2010.2.6
조 사 자 : 김월덕, 허정주, 진주
제 보 자 : 김우곤, 남, 81세
구연상황 : 조사자들은 이장님을 통해서 마을 노인회장을 맡고 있는 제보자를 소개 받았
다. 처음 만났을 때는 제보자가 교회에 가는 날이어서 많은 이야기를 듣지 못

했으나 두 번째 제보자를 만났을 때는 시간 여유가 있어서 여러 이야기를 들을 수 있었다. 조사자가 '진안친구'라는 말의 유래를 질문하자 제보자가 그 말의 유래라고 생각되는 이야기를 구연하였다.

줄 거 리 : '진안친구 망헌친구'라는 말은 100여 년 전에 진안군수와 장수현감 사이에서 있었던 일화에서 생겼다고 한다. 장수에서 무슨 사건이 있어서 장수현감이 진 안군수에게 장수 담배를 선물로 가져다주면서 도에 가서 말을 잘 해 달라고 부탁했다. 그런데 진안군수가 깜빡 잊어버리고 말을 못 했는데, 담배 피느라 말을 못했다고 핑계를 댔다. 이 일화가 널리 퍼지면서 와전되어 '담배 망한 건 장수담배'라는 말이 생겼고, '진안친구 망한 친구'라는 말이 생겼다고 한다. 한편 부임해 오는 군수들에게 진안 이방들의 텃세가 세서 진안 인심이 고약 하다는 말이 거기서 생겼다는 설도 있다고 한다.

진안친구 망헌친구 진안친구라고 허잖아. 근디 장수허고 진안허고 연결 되었어. 그래서 사현인데, 진안은 장수현이었었고, 그게 오래된 일은 아니 든 가봐. 말하자믄 지금, 지금으로부터 한 백 년 전이나 되는가 봐요. 백 년 전 일인가 백 오십 년인가 어쩐가.

진안. 장수는 현이고, 여기는 군이 있었댜. 고때 잉. 좀 커서. 군소재지 로 딱 되았는데 장수에서 뭔 사건이 있었어. 그러믄 내가 인자 부탁을 히 야 할 거 아녀. 내가 인자 장수현감잉개. 저, 지금 상대방이 진안군수고. 그, 가서.

옛날에는 담배가 좋은 놈, 담배 넣어가고 독한 놈을 좋아힜지 않은개 비. 긍개 그 좋은 놈을 갖고 왔어. 한 보루를. 싸 갖고 와서는 딱 허니 갖 다 놓으면서 나 이러이러 헝개로 도에 가서 좀, 요샛날 말로 허믄, 지사님 한티 가서 이것 좀 입안 좀 시키주소.

알았어. 인제 거기서 인자 깜박 잊어버렸어. 바빠 갖고. 공무에 바빠 갖 고는 잊어 부리고는 딱 보니, 나중에 인제 시상에 그 것 좀 히 돌랑개 그 것도 안 히줬냥개로 친구 망할 것은 진안 친구라고 힜어.

(조사자 : 친구 망할 것은 진안 친구.)

잉. 친구 망할 것은 진안친구락 힜어. 이게 인자 욕을 그렇게 힜어. 내

가. 말허자믄. 그렇개로 담배 망헐 것은 장수담래라고… 긍개, 긍개로 다섯 대는 피야 헐 것 아닌개비. 어뜧게 그냥 내가 잘못 혔네요. 히 놓으믄 될 판인데 담배, 담배 피느라고 거기서 이론이 된 것여 그게. 거기다 애당초 이뤄진 것인디 그 뒤에, 이놈이 말허자믄 왜곡되어 가지고 말허자믄 여러 가지로 나갈 티지. 지금.

그러나 사실은, 그런데, 지금 진안에 오믄은 지금 군수로 왔는데, 지금 내가 말허자면 이방여. 이방, 거기 저 육방들이 있지 않은개비. 이방, 호방, 병방, 농방 막 있어. 육방 있잖여. 정부나 똑같여. 정부 저, 육조나 여기 저 육방이나 똑같은데 이방들이 워낙 시어.

근디 지금 인자 뭐, 고시 합격히 가지고, 말허자믄, 잉. 발령 받아서 떡허니 진안군수로 왔는데 나는 벌써 수십 년 후임하고 있잖아, 지금 이방을. 긍개 맘대로잖아. 말허자믄. 긍개로 떨어낼라믄 떨어내고 있을라믄 있고, 말을 안 들으믄 쫓아낸다 말여. 그리서 아마 거기서 나온 말일 것 같여. 또. 긍개로 사실은 진안 전씨들이 이방. 진안에 있는 전씨들은 이방 곧 줄거리고 촌전은 양반이고, 잉.

그게 인제 아전 출신, 아전이라고 그러지, 말허자믄. 이방 거기를. 아전이라고 허는디 아전 출신들은 긍개로 워낙 똑똑헝개. 그냥 말 허자면 군수들이 쩔쩔 맸든가 봐요. 그래 갖고 인심 고약허다 말이 거기서 나오지 않힜는가 또 그렇게도 볼 수가 있어요. 그런 양론이 있어. 사실은 있기는.

이성계의 등극을 도와준 소금장수 배극금

자료코드 : 07_12_FOT_20100206_KWD_KWG_0003
조사장소 : 전라북도 진안군 백운면 덕현리 윤기길 17 윤기마을회관
조사일시 : 2010.2.6
조 사 자 : 김월덕, 허정주, 진주

제 보 자 : 김우곤, 남, 81세

구연상황 : 조사자들은 이장님을 통해서 마을 노인회장을 맡고 있는 제보자를 소개 받았
다. 처음 만났을 때는 제보자가 교회에 가는 날이어서 많은 이야기를 듣지 못
했으나 두 번째 제보자를 만났을 때는 시간 여유가 있어서 여러 이야기를 들
을 수 있었다. 조사자가 이성계와 마이산 이야기를 요청하자, 먼저 마이산의
내력에 대한 이야기를 한참 한 후에 인근 지명들과 이성계의 등극을 관련지
어 이야기하였다.

줄 거 리 : 마이산은 지리산에서 뻗어 나온 것이고, 마이산이 뻗어나가 계룡산이 생겼다.
이성계가 등극하려고 전국 명산에 산제를 지내고 다니는데 임실 상이암에서
산제를 지낼 때였다. 소금장수 배극금이 둥구나무 밑에서 잠을 자다가 목신들
이 대화하는 것을 듣게 되었다. 다른 산신들이 다 들어주는데 마이산 산신령
과 지리산 산신령이 반대를 해서 합의하지 못했다는 것이다. 새벽에 산제를
지내고 내려오는 이성계에게 소금장수 배극금은 우투리를 제거해야 등극할
수 있다고 알려 주고, 이성계는 등극 후에 그를 한양으로 부르겠다고 약속한
다. 이성계가 대웅재 옆 구신이라는 동네를 지나는데 불날(火日)인데 지붕을
이는 사람이 있었다. 그래서 그렇게 모를 수가 있나 싶어서 이성계가 불이 날
수 있는 날 지붕을 이느냐고 물었더니, 흰 옷 입은 군왕이 오니 기쁜 날이 아
니냐고 한다. 이성계가 자신의 존재를 알고 있는 것에 놀라서 내가 올 것을
어떻게 알았냐고 하자 염북리에 사는 사람이 지붕을 이고 있을 때 누가 와
서 묻거든 그리 대답하라고 했다고 한다.

인제 고려 때는 용출산이라고, 통일신라 때는 서다산이고, 잉. 백제 때
는 모르고. 통일신라 때 서다산이라고 허고, 인자 고려 오백 년 동안은 용
출산이라고 힜어. 그것이 내가 보는 걸로는 용출산이 앞으로 그 산 거시
기로 왕이 난다 소리여. 말허자믄.

근디 인제 또 엉뚱헌 소리 하나 헐께. 우리 산맥이 저 우에서 백두산
다녀 갔잖어. 말허자믄은. 이리 쭉 내려와 갖고 태백산으로 히서 죽 내려
와서 연결이 되어 있는데, 요것은 지리산서 나왔어. 지리산서 영령을 히
서 올라왔어. 영령을 히 갖고. 지리산 그놈이 이렇게 올라와 갖고는 영령
을 히서 올라와 갖고는 마이산 생기고 마이산서 또 나가 가지고 고 또 계
룡산이 생겼다 그 말여.

그리서 지금 진안 물만이 금강으로 흐르는 물이 있는디 진안 물 요것이 말허자믄 내가 그리 다님서 딱 보믄은, 저그 저 대전 신탄진까지 가 갖고, 신탄진서 이렇게 돌아가지 않는개비. 그믄 계룡산 저쪽으로 히서 말허자믄 군산 있는 디로 빠져나오지 않은개비. 요롷게 홱 돌아서.

그렁개로 저 위에서 내려왔다고 볼 수가 없어. 영령여 영령. 그래 갖고 마이산 이것이 또 다 산들이 위에서 이렇게 내려와 갖고 이렇게 말허자믄, 혈도 위에서 내려와 갖고 심도, 심이 모여서 내려와서 이게 되는데 여 그만은 이렇게 올라갔단 말여. 그리서 땅에서 올라 솟은 것여. 그서 유일하게도, 참 내가 볼 적으는 아 이렇구나, 아 이것이 어디까지 가냐믄 계룡산까지 올라갔어.

그 갖고 되어 있는 것여. 또 산체를 놓고 볼 적으, 산체를. 서울이 지금 중앙 아닌개비. 서울이, 서울서, 저 위에 말허자믄 두만강까지 거그를 천 리를 봐. 천 리. 그리고 내가, 내가 생각허는 거는 그려. 서울서 해남까지가 천 리여. 해남. 그리서 바다, 말허자믄 끄트리, 육지 끄터리라고 안 허는개비. 거까지 천 리를 딱 히 놓고 거기서 수로 천 리라고 제주도까지 천 리여. 아마 고 소리 들었는가. 그리 갖고 삼천 리여. 삼천 리가.

지금 이성계허고 관련 있는 거여. 그렁개 그때에 우투리라는 사람이 등장허고 이성계가 등장혔는데, 우투리가 제거되는 통으 말허자믄 이성계가 등극을 혔잖아. 우투리라는 사람이 나올 뻔 봤어요. 그때. 우투리라는 사람이, 어머니가 애를 낳는데 우투리만 낳어. 그서 별명이 우투리여. 위에만 생겼어.

그저 한 사람이 와 갖고 데려갔어. 데려감서 인자, 서숙 한 말허고, 뭐, 뭐, 팥 한 말허고, 닷 말인가 혀 갖고, 이런 것을 인자 가지고 가서 어느 굴 속으 들어갔는데 정 보고 싶으믄 보고 참다 참다 못 허믄 한 번 보라고 인자 이렇게 히서, 혔는데

그것도 저, 어떻게 되냐믄은 이성계 씨가 백일 산제를 허니 뭐니 어디

산, 명산마다 쫓아댕김선 산신제, 산제를 많이 드렸어요. 그러믄 요쪽에 와서 지금 거가 어디냐믄은 임실 지사면 가믄 관터라고 있어. 관터가 그게 지사, 옛날에 영천현여, 그게. 영천현 관터.

영천현이 있었는데 거기 왜 영천현이 없어졌냐믄은 가을에 아버지허고 아들허고 집을 지어.

나락을 비어서 집을 망우리 져 갖고 짚을 딱 잇는데 파방을 이렇게 색지로 눌러. 바람 안 타게. 요렇게 히 갖고 눌러서 놓으믄은 아들은 밑에서 이렇게 잡아댕기 갖고 밑으다 짬매고 짬매고 허는데 거그 낫이 필요허단 말여.

낫으로 이렇게 히 갖고는 끊고 끊고 허는데 사다리를 놓고 허니까. 긍개 아버지가 요렇게 요렇게 허고 일허는 새에 야가 이렇게 찍은 것이 아버지 머리를 찍었어. 낫으로. 아버지 머리를 찍어 버리서 탁 둥글어 갖고는 떨어지서 피를 토허고 죽었지 않은개비.

그서 인자 불효자가 났다고 인자, 그 고을이 없어져. 불효자가 나믄 고을을 없여버려. 불효자가 났다고. 그리서 영천 고을이 없어지고 지금도 관터만 남아 있고. 터는 남아 있어. 관터라고. 그서 여그 관터가 여, 관 자여다, 벼슬 관 자에다 터 기 자, 관터라고 그려 잉. 관기, 관터는 거기 동에가 있어.

근데 이성계 씨가 객사에서 잠을 자고 아침재를 넘었어. 아침재라고 그 조령치라고 그려. 조령치. 아침에 아침재 아침 전에 조치라고 그려 긍개 조령치라고도 허고 조령. 조령이라고 그렁개 아침재. 아침에 넘었다 히서. 이성계 씨가.

거그를 넘어가 가지고 왕방리라고 있어. 왕방리라고 허는 데는 거그서 물을 방 자, 말씀 언 변에 배아루 방 자 있어 잉. 모 방 한 자. 그게 찾을 방 자. 물을 방여. 찾을 방. 물을 방 그려. 그 자가. 긍개, 긍개 왕이 임금이 물었다 히서 왕방리여. 글자 그대로 지금도 써. 그고 또 임실 성수에 왕방리가 있어요. 거그 조금 올라가믄 수천리가 있어. 수천리라고 동네 이름이 바로.

그러닝개로 상이암이라고 허는디 생암사라고, 상이암이라고 지금 허는 데. 나는 듣기로 생암사라고 허는디, 상이암이라고 허드만 지금은. 인제 거그 가서 산제를 지낸데 어떤 사람이 있었냐믄 배극금이라는 사람이 소금장시로 소금장시가 있었어, 그때.

긍개로 이씨 조선 생기고 제 초대 정승. 배극금이가 소금장시로 직접 따라가든 못허고 뒤에 인자 암행이지. 말허자믄 설설 뒤만 따러다니지 말 허자믄. 그러다가 인자 소금장시가 수천이 그 위에선 둥구나무 밑이서 잠을 자는, 거기다 벗어 넣고 잠을 자는데, 초저녁으 목신들이 대화를 혀. 여기 목신허고 이 목신허고.

"야."

"왜 그러냐?"

"야, 오늘 이성계가 말허자믄 산제 지낸당개 어뜧게 허는가 한 번 가 보자." 인자,

"아니 나 못 가겄다. 나 우리 집에 손님 왔다. 이 손님을 두고 내 갈 수가 있나 좀 갔다, 갔다 와서 알리 주라."

"알았다." 그러고는 새벽이 됭개 인자 왔어.

"어뜧게 됐냐?" 헝개

"그렇게 다들 산신들이 다들 들어 주는데 마이산 신령은 말허자믄 지리산 신령은 안 듣는다 말여. 안 들어서 그것이 결렬되았다."

이 소리를 들었어. 긍개 인자 거기서 산제를 지내고 새벽으 일쩍 히서 내려 옹개 인자 만나게 되지 않는개비. 그 인제 가서 인사를 탁 헀어.

"대왕님."

긍개로 탁 칼을 쓱 잡었댜. 이성계가. 자기 인자 비밀을 자기를 말허자믄 먼저 뒤쫓어 온 놈이고 정체를 아는 사람 아닌개비. 긍개 죽일 수밲이

없잖아. 쑥 빼서 죽일라고 그렁개로,

"잠깐. 나 사실 소금장신디 보시면은 잉, 소금장신데 엊저녁으 여차여차 히야 이리서 좀 알려 줄라고 그럽니다. 그게 당신이 막을 적은 우투리요 말여. 이것을 제거히야 되겠소 말여."

"그러냐." 그리서 명을 딱 히 줬어.

"내가 등극했다 허믄은 바로 올라오라. 사정허라."

그게 배극금이란 사람여. 그게. 근데 그때 그 사람이 지금, 열기를 인자 보는데 여기 대웅재라고 있어. 대웅재라고. 근데 모다 인자 먼저는 큰 대 자, 구름 운 자, 대운이라고. 말허자믄 대운치라고 허고, 말허자믄 그런데 그디 요새 인자, 인자 맛뵈기로 대왕재라고 그려. 대왕동에서 대웅재라고 힜었어.

근디 요새는 가서 그 동네 봉개로 대왕이, 대왕치라고, 대왕재라고 딱 히 났드라고. 그서 인자 그 말도 맞고 그 말도 맞고 근디 뭣허로 구타여 내가 뭐 내 뭣이가디 역사가도 아니고 나한테 물론도 안 되고 그럴 것 뭣 허냐 헌데,

여 대운, 요, 요, 요, 영웅 웅 자, 영웅, 영웅이 대웅인개 대왕보다 더 크재, 대웅인개. 긍개 대웅재여 말허자믄. 나는 배우기를 그렇게 배웠어요. 애당초 말허자믄. 그서 대웅재라고 허는데, 그 뒤에 보면 대운치라고 나왔드라고.

그서 대웅재를 건너 와 갖고 또 구신이라는 동네가 있는데 구신이서 화요일날 천상천하 아주 그날 집을 지으믄은 불이 나. 오시 구제 불능여. 말허자믄. 어떻게 구허들 못 혀. 그런 날 집을 딱 잉개로 아 세상의 이렇게 모른가 허고 말여, 이성계가 말허자믄,

"여보시오. 여보시오."

"예."

"아, 오늘 화요일인데 모르고 집을 이요?"

"예. 아이고, 내가 머 아시오. 아요. 백의군왕이 도문하니 이런 경사가
어디 있소?"

아이고 보니 쏙속개같이 생깄는디 말여. 백의군왕이 흰 옷 입은 군왕.
백의군왕이 도문.

이를 도 자, 내 집에 말허자믄 이런 경사가 어디 있냐 그 말여. 이 자기
를 밝혔잖아. 그리서,

"아이, 그렇게 내가 올 줄을 어떻게 알았소?" 인자 물었어. 인자 여담으
로 잉. 그러닝개로.

"내가 뭐 아요? 오늘 집을 이으믄은 누가 와서 물거든 그렇게 대답허라
고 헙디다."

"그게 누구요?"

"예." 여그가 요 밑에 내려가믄 염북리라는 것이 있어. 염북리.

"염북리 가면은 그 아는 사람 있는데 그 사람이 그 얘기 그렇게 히서
그렇게 허고 있소. 혔소."

그리서 염북리는 왜 염북리냐. 생각 넘 자요. 그리고 왕이 있는 곳은
북쪽이라고 그려. 잉. 왕이 있는 곳을. 그서 북향사배라고 허지 않는개벼.
북향사배. 그렁개 긍개 거그 가서 인재를 데리갔어. 그 사람을.

그서 그 사람은, 그것, 그거 만날 고렇게 연결시키느라고 그 날 집을
이라고 혔고. 그래 갖고 그 유래가 있어 여기가 잉. 고것이 한 토막. 한
토막. 고런 것이 있어.

황산대첩 승리 후 마이산에서 들러 기도한 이성계

자료코드 : 07_12_FOT_20100206_KWD_KWG_0004
조사장소 : 전라북도 진안군 백운면 덕현리 윤기길 17 윤기마을회관
조사일시 : 2010.2.6

조 사 자 : 김월덕, 허정주, 진주

제 보 자 : 김우곤, 남, 81세

구연상황 : 조사자들은 이장님을 통해서 마을 노인회장을 맡고 있는 제보자를 소개 받았
다. 처음 만났을 때는 제보자가 교회에 가는 날이어서 많은 이야기를 듣지 못
했으나 두 번째 제보자를 만났을 때는 시간 여유가 있어서 여러 이야기를 들
을 수 있었다. 제보자는 조사자의 요청에 따라 이성계와 마이산 관련 이야기
를 계속하였다. 제보자는 이성계가 남원 운봉 황산대첩에서 승리를 거두고 마
이산 인근을 지나면서 남긴 여러 행적을 구연하였다.

줄 거 리 : 이성계가 운봉 황산대첩에서 승리를 거둔 후에 한양으로 올라가는 길에 진안
은천리에서 물을 마시고 쉬어 갔는데, 그곳에 왕이 마신 샘물이라 해서 '어수
정'이라는 우물이 있었으나 지금은 없다. 은천리 뒷동네에는 이성계가 등극을
위해 기도한 터가 있다. 그 기도 덕에 이성계가 등극을 이루기는 하였으나,
이씨와 상극을 이루는 속금산에 천지탑을 쌓아 금(金) 기운을 붙잡아 놓고,
인근 지명인 금동(金洞)을 금당(金塘)으로 바꾸어 금이 못에 빠지도록 했다고
한다.

저 마이산에 가면 이성계 씨가, 저그 저, 운봉, 운봉 인월서 아지발도
냐, 말허자믄 거그하고 싸왔잖아. 열일곱 살 먹었냐 열야닯 살 먹었냐 그
런디 와 갖고, 그때 막 쳐들어온디 뭐, 거기서 황산, 황산대첩이라고 허지.
황산서

나는 해방되고 바로, 그때가 언제냐믄 육이오 사변 나 가지고 일사후퇴
때 사람을 인솔히 가지고 저 진주까지 내리갔다 올라온 일이 있는디, 그
때에 올라오면서 봤어 그거를. 근데 지금은 인자 그 질이나 없어졌지만
그때 봉개로 조그만헌 돌 하나 있는디 여기 밑에로, 질 밑에로 이렇게 생
깄는데

피가 흐른, 아지발도 피라는데 뻘건허니 말허자믄 이렇게 내리간 자리
가 있드라고. 이게 기닥혀서 그런갑다 이렇게 생각힜었지요. 거기서 인월
이란 디서, 인월, 끌 인 자, 달이 안 넘어가게 달을 붙잡아 놓고 싸와서
이겼지 않은개비. 그서 지금도 인월이라고 허잖아.

그것을 일본놈들이 일본강점기에 동면이라고 힜어. 동녘 동 자, 동면이

라고 허락혀서 동면으로 히 놨었잖여. 근디 다시 인자 복구히서 인월로 되았지. 나는 그렇게 알고 있어요 지금. 그때, 그때 그리 갖고는 마이산으로 갔어. 애네들이.

그서 은천이 와서 은천이 숲속으서 그, 어수정이라고, 왕이 물 먹었닥 히서 어수정이란 시암이 지금은 시암이 없드라고, 그 시암이. 긍개 거기서 말도 멕이고 사람도 먹고 히서 어수정이란 시암이 있었다곤디.

그리 갖고 은천이 동네 뒤로 히서 고리 넘어가 갖고 기도터가 있어. 이성계 씨가 기도헌 자리가. 그러고 그때에 어쩠냐믄 정몽주가 종사관으로 따라왔었어 잉. 말허자믄 참모장으로. 종사관이 요새 말허자믄 참모장여. 참모장으로 정몽주가 따라왔어.

그리서 인자 저그 전주, 오목대에 가서 거기서 잔치 혔지 않은개비. 거기서 인자 잔치 허고 자기 고향인개 그리고 올라간 걸로 알고 있는디. 지금 인제 진안의 속금산은 그때에 인자 기도허고 그 바람에 왕은 되았는데 항시 라이벌이 있고 적이 있는 것 아녀?

그리서 속금산이 그게 그, 저 쪼그만헌데 양글아. 그것이. 근디 고것이 그것을 제거를 히야는디 없앨 수는 없고, 여기다 방패만이로 천지탑을 맹글어서 못허게 맹글았고. 그 다음에 골짝 이름을 금동인데 금당으로 했고, 그것도 방죽을 파 가지고 거기 가서 빠져 못 내려가게 빻고, 주필대 갔다 왔더니, 그것도 못 믿어서 주필대까지 고것을 혔어.

마이산의 여러 이름

자료코드 : 07_12_FOT_20100206_KWD_KWG_0005
조사장소 : 전라북도 진안군 백운면 덕현리 윤기길 17 윤기마을회관
조사일시 : 2010.2.6
조 사 자 : 김월덕, 허정주, 진주

제 보 자 : 김우곤, 남, 81세

구연상황 : 조사자들이 제보자를 처음 만났을 때는 제보자가 교회에 가는 날이어서 많은
이야기를 듣지 못했으나 두 번째 제보자를 만났을 때는 시간 여유가 있어서
여러 이야기를 들을 수 있었다. 제보자는 조사자의 요청에 따라 이성계와 마
이산 관련 이야기를 계속하였다. 마이산은 여러 이름이 있지만 제보자는 이를
부부봉으로 여기고 있었다.

줄 거 리 : 마이산은 용출산, 속금산, 문필봉 같은 이름이 있지만 우선은 부부봉이다. 속
금산이나 마이산이라는 이름은 조선을 세운 이씨가 목(木) 기운에 방해가 되
지 못하도록 하기 위해서 왕권으로 명명한 것이다. 따라서 마이산은 용출산이
나 부부봉, 천제봉 등이 산을 더 좋게 부르는 이름이다.

근데 여 봉도, 저 봉으로 볼 적으 부부봉, 첫째 잉. 첫째는 부부봉여 이
게. 금실 좋은 부부봉여. 어찌고 어찌고 혀도. 어찌서 말귀로 혔냐 이 말
여. 근데 왜냐믄은 말귀라고 혀야 가들이 기능을 발휘를 못 허잖아. 긍개
왕이 한 번 딱허니 그려 버리믄 꼼작 못 혀.

왕의 힘으로. 아까 속금산도 묶을 속 자, 쇠 금 자, 금을 딱 묶응개 꼼
작 못 허드란 것여.

말귀란 건, 그게 어찌 말귀가 됐냐 그 말여. 말귀산이라고. 긍개 지금은
참 곱게 형개 좋게 맨들아서 말귀, 마이, 마이 헌디, 나는 그게 아니거등.

엄연히 용출산으로 보고 더 좋은 산으로 봐. 부부봉으로 보고, 천지봉
으로 보고. 말허자믄 유일허게 그렇게 봐야 헌디, 그 인자, 뭐여, 지리학
도들은 문필봉으로도 많이 봐요. 문필. 붓, 붓. 긍개 문장이 많이 난다고
잉.

고 밑에 가서 인자 아마 나같이 못난 사람들이 많이 나온 가봐. 이렇게
아는 소리 허는 사람들이 말허자믄. 문필봉이라 잉. 그리서 인자 문필봉
이라 헌 것이 있고, 거기 가서 인자 나라에서 천제를 지냈어. 몇 번 지냈
어. 명산은 명산이고. 알고 있었어 이조 때부터.

사명대사와 아랑낭자

자료코드 : 07_12_FOT_20100206_KWD_KWG_0006
조사장소 : 전라북도 진안군 백운면 덕현리 윤기길 17 윤기마을회관
조사일시 : 2010.2.6
조 사 자 : 김월덕, 허정주, 진주
제 보 자 : 김우곤, 남, 81세
구연상황 : 조사자들이 제보자를 처음 만났을 때는 제보자가 교회에 가는 날이어서 많은
이야기를 듣지 못했으나 두 번째 제보자를 만났을 때는 시간 여유가 있어서
여러 이야기를 들을 수 있었다. 제보자는 이성계와 마이산에 얽힌 이야기를
한참 구연한 후에, 본인이 책에서 읽었던 이야기 중 하나라고 하면서 사명대
사 이야기를 하기 시작했다.
줄 거 리 : 사명당 유정규(제보자는 사명당의 승명 유정과 속명 임응규를 혼동한 듯함)는
밀양 출신으로 명종 때 승과에 합격한 사람인데, 그는 한 해에 조부, 부모, 연
인인 아랑낭자를 동시에 잃었다고 한다. 밀양부사 윤씨가 사명당을 잘 봐서
자신의 딸인 아랑과 가깝게 지내도록 했다. 그런데 아랑낭자를 사모하던 통인
이 아랑의 유모를 매수하여 아랑을 대나무밭으로 유인해서 겁탈하려다 실패
하자 아랑을 죽였다. 부모는 사건이 해결이 안 되자 서울로 올라갔다. 그 후
에 밀양부사로 새로 부임해 오는 사람마다 죽어 나가는 일이 벌어졌다. 그런
데 용감한 한 부사가 아랑의 혼과 대면하여 억울하게 죽은 사연을 알게 되었
다. 아랑은 이튿날 조회에서 자신이 나비가 되어 날아와서 등에 앉는 사람이
범인이라고 부사에게 말하였다. 그렇게 해서 범인을 잡았고 범인이 실토를 했
다. 그리고 윤부사가 내려와서 아랑이 사명당을 사모하다 아랑이 죽었으므로
사명당에게 아랑의 시체를 거두도록 하였다. 사명당은 또 임진왜란 때 공을
세우고 어명을 받아 3일간 정승을 했다고 한다. 어명이니 거역할 수가 없어서
3일간 정승을 하고 3일째 밤에 그만두고 나와서 산으로 돌아갔다. 그래서 사
명당은 왕의 말도 거역치 않고, 벼슬에 나가지 말라는 스승의 말도 거역치 않
은 셈이다.

어, 사명대사는 밀양 출신인데 저, 성이 유가여. 유간데 무신 유 자냐
허믄 인월도 유 자 유가여 내가 알기는. 사람 인 밑에다가 달 월허고, 요
식칼 도 잉. 인월도 유 자. 유정규. 유정규라는 사람인데 그게. 사명당.

그 사람이, 지금 그 사람이 중종 때 사람이고, 명종 때 가서 승과를 봤

지. 인제 중, 말허자믄 과거 합격헌 사람여. 승과를 헌 사람이고. 그 사람이 왜 절로 들어갔느냐. 참, 한 해에 아버지, 할아버지가 돌아가시고, 어머니 아버지가 돌아가시고,

그 다음에 저, 밀양에 아랑낭자라고 있시오. 아랑낭자. 그게 성이 윤씬데 사명당 유정규를 말허자믄 부사가, 밀양부사가 예쁘게 봐 갖고 불러다가 이렇게 앉어서 저녁이믄 서로 자기 딸허고 대화를, 앉어서 같이, 이렇게 얘기허고 놀고 그러다 가고 그랬어요.

그래 갖고 자꾸 가깝게 히라 그 말여. 근데 거기 인자 부사의 통인이라고 혔는데 지금은 비서지. 부사 비서가 그 여자를 욕심을 냈어. 냈는데 그 유모라고 있잖아. 그 여자의 유모. 그 종. 그분한테 꼬시 갖고는 그저 밀양루라고,

밀양루에 말허자믄 밀양루로 꼬셔 거기 놀러 가작 히 갖고 거기를 갔어. 간 뒤에 가가 나타나, 그 비서가 나타나지 않았는개비.

"야, 둘이 얘기하고 놀아 잉."

그러고 살짝이 뒤로 빠져나왔단 말여. 나온 후에 거기서 이야기 몇 마디 하다가는 말허자믄 겁탈헐라고 달라든다 그 말여. 그 인자 불응을 헐 거 아닌개비 여자가. 이미 서산대사, 아니 사명허고 벌써 마음적으로 약정이 딱 되어 있는디 비서허고 말허자믄 거리가 멀잖어.

근데 불응형개 거그서 죽여 버렸잖아. 아랑낭자가 거기서 죽었어. 그것도 내가 그때 가본 사람 아닌개 모르지만은 그 책자로 나온 거여 잉.

그전에 봐서 허는 소린데 근데 상하권이 나왔는데 상권만 봤어. 하권은 안 보고. 사명대사에 대해서. 그런데 그래 갖고 거가 인자 밀양루 거기, 거기 뒤에 가서 대나무 숲이 있어. 대나무밭이. 거기 딱 묻었어.

묻고는 와 버려. 왔어. 모른 척 히부링개로 아부지 어머니가 딸이 없잖아. 안 오잖아. 엊저녁으 나가 갖고 안 들어온데 모다 모른닥 히 버리잖아. 쉬쉬 히 버링개로 아 이거 알 수가 있가디? 그서 거기서 사표를 내고

서울로 올라가 버렸어. 딸이 없어졌으니 말허자믄 기가 맥힐 일 아녀.

올라갔는데 그 뒤에 후임으로 인제 밀양부사가 내려 왔어. 내려왔는데 죽었어. 밤에 나타낭개로 말허자믄 험상궂게 나타나닝개로 놀래 갖고 죽어 버렀어. 그러자 그 뒤에 또 하나가 왔는데 불을 환히 밝혀 놓고는 문을 활짝 열어 놓고는 안 자고

딱 허니 이렇게 버티고 앉었응개로 자정이 딱 됭개 바람이 휙 불더니 들어와. 안으로.

"니가 누구냐." 헝개

"내가 윤부사 딸 아랑낭자라고." 말여.

"어쩐 일이냐." 헝개

"나 원한, 원한 좀 풀어 도라고." 말여.

원한 좀 풀어 돌라고 왔더니 먼저 사또가 와서 죽어 부렀어 말허자믄.

"그러냐. 그 어뚷게, 어뚷게 말허자믄 내가 풀어주냐." 헝개로

사또는 모를 거여. 말허자믄. 근데

"내일 아침에 조회를 허시오. 전 직원들 다 조회를 시키시오. 하나도 빼 놓지 말고. 싹 뫼아 놓으믄은 내가 나비가 돼 갖고 와서 등허리가 앉으믄 그게 말허자믄 죄인인개 그렇게 다리고 나올 것이오." 말여.

"알았다."

그러고 그 뒤에 그러고 인자 간 뒤에 잠을 자. 자고 나서 조회를 싹 히서 싹 됭개 아니나 다를까 흰 나비 하나가 탁 날라오더니 이리 날라 와. 부사, 말허자믄 부사 눈에 날라오더니 이리 딱 앉아요. 그 인자 이방보고

"저놈 잡어들이라 말여. 저놈 잡아라. 묶으라고."

딱 묶어 가지고 저놈 말허자믄 곤장, 니가 범인이지아고. 아 꼼작 못허고 지가 기다고. 그서 불었잖아. 말허자믄. 고렇게 히서 그렀는디 그때 사명대사가 그 광경을 봤지 않은개비. 그 갖고 인제 시체를 찾아 왔는디 윤부사가 인자 내려 왔지 않은개비. 내려와 갖고 인제

"어차피 니가 손을 대라. 너를 사모허다 죽었지 않냐. 긍개 니 사람이다. 긍개 니가 잉."

긍개 한 번 잠도 안 잤지 않아. 근데 니 사람이란 것여. 그 갖고 긍개 한 해에 넷이 죽었어.

윤이, 봐, 할아버지 있지, 아부지, 어머니, 아까 애인까지 죽어 부렸으니 너이 죽었어. 그서 절로 들어갔지.

그 갖고 직주산가 직지산가 고리 들어갔는데 거기에 또 동네에서 또 숨어 있는 애인이 또 하나 있었네 말허자믄. 쫓아왔네. 거까지 또 인제. 그서 거기서 또 도망갔잖아 말허자믄. 또 도망가 버렸어. 예. 딴 데로 또 도망갔어.

그리 가지고 참 공부해서 아닌 그 질로 갔지. 긍개 세상이 험허다는 것이지 말허자믄. 그 뭐 글 안 혔으믄은 떳떳이 말허자믄 과거 봐서 좋은 자리 했을 챔인디

이리 갖고 사명대사가 그렇게 되았어. 근데 그분이 어느. 인자 딴 데는 없었는데 우리 집이 있는 어느 책을 보니까 삼일동안 정승을 했드라고. 정승을 혔어. 삼일간.

딱 허니 일본 갔다 와서 전쟁 끝나고 갔다 왔는디 나라에서 그냥 둘 수가 없으닝개 국무총리를 시킸어. 시깅개로 나라 어명인데 안 받을 수 있냐. 받았어. 부임헌 날 하루, 직무 하루 또 온전히 사무 보고 어제는 부임허고

오늘은 직무 보고 내일, 내일은 언지 혔냐, 내일 저녁으 야반도주를 혔어. 내일 저녁으. 내일 저녁으. 그리서 뭐냐믄 왕의 말을 거역치 않고 스승의 훈계를 거역치 안 혔다 혔거든.

스승이 나가지 말라 헝개로 스승한테, 스승의 훈계를 거역치 않고 산으로 들어갔지 않은개비. 그서 과연 훌륭허구나. 나 같으믄 그맀을까 한번 생각히 봤어요.

그 좋은 자린디 말여. 삼일간 하루 들어오고 하루 일 보고 삼일 만에 나갔다 그 말여. 제우 긍개로 부임헌 날은 바빴고 사무일이나 봤소? 제우 들어 앉었지. 제우 하루 보고 하루도 안 보인 거지 말허자믄. 그 삼일 만에 그것이 있어요. 그서 사명대사의, 인자 거기까지만.

정여립이 역적으로 몰린 이유

자료코드 : 07_12_FOT_20100206_KWD_KWG_0007
조사장소 : 전라북도 진안군 백운면 덕현리 윤기길 17 윤기마을회관
조사일시 : 2010.2.6
조 사 자 : 김월덕, 허정주, 진주
제 보 자 : 김우곤, 남, 81세
구연상황 : 조사자들이 제보자를 처음 만났을 때는 제보자가 교회에 가는 날이어서 많은 이야기를 듣지 못했으나 두 번째 제보자를 만났을 때는 시간 여유가 있어서 여러 이야기를 들을 수 있었다. 제보자는 사명대사 이야기를 한 다음에 이어서 정여립이 율곡의 신임을 받았다가 나중에 역적으로 몰리게 된 사연을 하였다. 정여립과 율곡이 관련이 있어서 중간에 율곡의 어머니인 신사임당에 관한 이야기를 잠깐 하기도 하였다.
줄 거 리 : 정여립은 전주 댁건네라는 데서 태어났는데 어려서 바위산을 뛰어다니기도 하면서 범상하지 않았다. 정여립이 혼인을 했는데 신부가 신랑을 보니 반골이 있어서 나중에 집안이 역적으로 몰려 화를 당할 바에 자기 혼자 죽는 게 낫다고 하여 죽은 일도 있었다. 처음에 정여립은 율곡의 총애를 받았으나, 정여립이 율곡에게 실망해서 탄핵상소를 올렸다. 그리고 전라도로 와서 대동계를 구성했는데 그 세력이 대단했다. 이 대동계 때문에 역적으로 몰려서 결국 죽도 천반산에서 관군에게 포위당해 잡혀갔다. 정여립은 문무를 겸비한 사람으로 역적이 아니었지만 율곡을 탄핵한 것이 빌미가 되고 미움을 받아서 역적으로 몰려서 죽은 것이다.

정여립이가 그전에 과거 봐 갖고 율곡 선생의 칭찬이 대단했어요. 어뚷게. 근데 정여립이 관상을 보든은 뒤에 가서 반골이 있어. 반골.

이성계 씨가 반골이 있어서 최영 장군이 쫓아냈어. 안에다 두믄은 못쓰게 생기서. 안에다 두믄 언제 칼로 칠지 모릉개로

외부로, 말허자믄 만주를 치라고 ○○를 힜잖아. 말허자믄. 거기를 치라고 내보낸 거여. 그런데 반골이란 것이, 뒤꼭지 남자 뒤꼭지 이렇게 폭 패인 데가 있어. 반골. 그믄 역적 요 반 자 잉. 골 자는 뼈 골자. 반골이라고 그려.

긍개 그것은 아는 사람은 알고 모르는 사람은 몰라. 반골이 뭔지도 몰라. 그것을 나도 저, 관상, 마이산서 말하자믄 마이태자가 만든 마이산서라고 있어. 산서를 쪼끔 한 학기를 봤어.

그런 일이 있어서 거기서 기초를 좀 배왔기 때문에 반골이란 것은 이해를 허지 잉.

근디 이성계 씨가 반골이어서 역성혁명이거든 역성. 역, 바꿀 역 자. 성만 바꽜어. 혁명 일으켜 갖고 들어앉은 사람 아녀.

그리고 지금 인제 저, 박정희 같은 사람은 반정이고, 말허자믄. 군사 말허자믄 반정이라고 그래. 그것을 보고. 근데 혁명이라고 그러잖아. 반정이 아니라. 근디 저그 저 이조 때도 인조반정이란 것이 있었잖아. 인조반정.

광해군 몰아내고 말허자믄 인조가 들어앉은 그건 반정여. 반정. 그게 혁명이 아니라 반정. 이성계 역성혁명이고 역성. 그것도 문단 이름이 여러 가지드라고. 아마 이런 얘기 처음 들을 거요. 말허자믄.

근데 정여립 이얘기 허다가 딴 데로 흘렀는데 정여립이가 율곡 선생 같은 분이 좋아했어. 율곡도. 참, 율곡 먼저 이야기혀야겄다. 율곡도 어머니가 태몽 잘 히 갖고 그 잘 났지 않었는개비.

열세 살 먹어서 율곡 어머니가 사명당이, 사명당이 아니라 신사임당, 그분이 딱 허니 책상으로 가서 봉개로, 요 여인, 뭐여, 유, 유, 유방. 여인 유방이라. 여자의 가슴이 참 아름답다고 딱 써 놨네.

아 요것이 그새 남자를 알아. 크게 생각 힜는데 그리 갖고는 거기서 화병이 났어요. 크게, 말허자믄 국가의 동량, 큰 인물 될 줄 알았는데 이것이 말허자믄 그새 여자를 알았으니 공부는 말허자믄 뒷전이다 그 말여.

그 갖고 율곡 열일곱 살 먹어서 죽었어요. 긍개, 긍개 신사임당 한 삼십 살 먹어서 죽었을 거여. 내가 알기로는 그려. 한 삼십. 긍개 일찍 갔어. 화병 나서 걍 스트레스 쌓여 갖고 일찍 죽어 버렸다니까.

그 뒤에사 율곡이 공부 시작힜어요. 어머니 죽고 나서. 그리 가지고 그렇게 큰사람이. 근디 그 갖고 정여립을 칭찬을 대단히 잘 힜어.

근디 정여립이 떡 허니 가서 봉개 율곡 허는 것이 안 좋거든. 탄핵을 힜잖아. 긍개 탄핵 상소지 잉. 그러믄 인자 예를 들어서 내가 탄핵을 힜다고 헙시다. 그러믄은 전부가 지금 율곡 편인데 가만히 두겄냐 그 말여. 그 때에 말허자믄.

그리 갖고 쬧기 났잖아. 정여립이가. 관직삭탈허고 쬧기났어. 그리 갖고 여그 와서 전라도 와서 뭐냐믄 대동계라고. 큰 대 자, 한 가지 동 자. 대동계라는 계를 구성힜어. 대동계를 구성히 갖고는 충성은 아무나한테 허믄 안 된다. 꼭 나랏님한테만 허는 게 아니다.

그게 저한테 허믄 된다 소리여. 말허자믄 그게. 요약히서 말허자믄은. 그러니 누가 좋아라고 허겄냐 그 말여. 그게 이것이 인제 역적으로 몰릴 수밲이 없잖아. 대동계.

근디 이것이 막, 뭐여, 정읍, 말허자믄 신태인, 말허자믄 여그 김제, 전주 꽉 차 갖고는 겁난 숫자였어요. 그 숫자가. 그 갖고 진안까지도 뻗쳐 나왔었다 그 말여. 그러자 몰링개 어떻게 혀. 그 사람 데리고는 진안으로 들어왔어.

그서 죽도라는 디를 왔지 않아. 죽도가 내가 몇 주 전에도 거기를 갔다 왔었는데, 며칠 전에 말허자믄 거기 가서 게이트볼 가서 친선경기 허고 왔는데, 거기 죽도로 말허자믄 고리 갈 때 죽도로 요리 지냈어. 올 때 인제 그 요렇게 히 갖고. 그랬더니 모다 인자 여기 백운 사람들이 처음 와 본다고.

처음 왔다고 근데. 82km 나온다냐. 키로 수로 말허자믄. 이렇게 멀드라고. 근디 죽도가 대나무 죽 자, 산죽밭이었어 말허자믄. 섬 도 자. 그면 여, 무주 안성서 물이 내려와 이렇게. 그 갖고 여기 동향면으로 와 갖고는 이렇게 와 갖고는 여기 와서 이렇게 물이 돌아. [제보자가 방바닥에다 지형을 그린다.]

그래 갖고 이렇게 허는데 비가 많이 오믄 이리 물이 넘어, 요리. 그 폭포가 돼 갖고, 요리 잉. 넘어서 이렇게 해 갖고 요리, 넘어가. 저 용담댐으로 들어가는데 이게 죽도여 말허자믄은. 그런데 일본 애들이, 요쪽에 인자 비가 많이 오믄은 요쪽에 가서 수해가 많이 나.

여기가 패인단 말여. 이게 이렇게. 긍개 제방을 헌디 그런다고 일본 애들이 꾀가 많어. 사람 난다고 못 나게 혀 가지고 여기를 뚫었어. 그서 낮췄어. 낮촤 갖고 지금은 물이 많이 내려와 요리. 그리 갖고 양쪽이 돌아간대. 이게 죽도여.

그믄 여기에 거기 동향면 성씨라고, 이룰 성 자 성씨가 있었어. 성삼문이 말허자믄 거 말허자믄 성은 그 사람들 말허자믄 성씨, 성씬데.

나라에서 고리 귀양을 보냈어. 죽도로. 그래서 2년인가 말허자믄 한 2년 살고는 귀양살이가 풀렸는데 서울로 안 가고 그냥 동향면에 주저앉아서 살았어. 그서 성씨가 대촌여 여그가. 성씨들이. 그런디 인자 그런 데요 거기가. 근디 인디 죽돈데 죽도 천반산이란 데가 있어. 천반산. 하늘 천 자, 소반 반 자. 꼭 하늘서 내려오는 소반같이 생겼다 그 말여. 그서 천반산이라고 있어. [제보자 아내에게] 그거 권사님 댁 가봤지?

저기 저 신기 청암재로. 그 앞산이 그게 천반산여 긍개. 근데 거기 가서, 그그 가서 어떻게 혀. 팥밭을 파고 말허자믄 먹고살어야 헐 것 아닌개비. 그저 이렇게 생겼는디 밭을 파고 거기서 인자 거기가 있는데 천반산여. 근디 관군들이 와서 인자 포위히 갖고 인제 정여립이 잡았잖아.

사실은 그게 역적은 아닌데 정여립이가 문무를 겸혔든 가벼. 긍개 사람은 났는데 알아주들 않지 잉. 긍개 아까 반골 있잖아. 반골이 있는디 뭔 수가 있냐믄 장개가 갔는데 장개 가는 날 예식장에서 봉개로 신부가 보닝개 반골이 있네. 큰일났네. 그리서 신부가 죽어 버렸어.

나중에 역적으로 몰리 죽느니 차라리 낫잖아. 저그 집안, 자기 집안 싹 죽이는 것보단 낫잖아. 역적으로 몰리믄 다 죽잖아. 긍개 자기 하나 죽으믄 된다 히서 그런 일도 있어. 그리 갖고는 거그 와서 인제, 왔었는데 인제 그런 디가 그런 디여.

그래 갖고 정여립이가 결국으 거기서 죽었는데 사실은 역적질을 안 혔거든 말허자믄. 근데

미움 받으믄 할 수 없더구만. 그때에, 그 인자 율곡 선생을 탄핵 한 번 했다가 그 여파로 전부가 미워혔어. 미워형개 왕따당히 부뤘잖아. 너는 죽어라 히 갖고 죽은 거여.

근디 그 사람이 어디서 컸냐믄은, 살았냐면은 지금 자네는 어디 출신인가 몰라도 전주, 전주 남문 밖에 댁건네라고 있어. 댁건네서 났어. 그래 가지고 거기 댁건네 오믄 산이 이렇게 막 바우산이 있잖아. 이렇게 내려온 거.

거기를 홀짝 뛰고 홀짝 넘어오고 말허자믄 해서 우리 보통사람의 생각보다 셌던가 벼. 댁건네서 출생했단 말이 있어요.

두문동을 나와 청백리가 된 황희

자료코드 : 07_12_FOT_20100206_KWD_KWG_0008
조사장소 : 전라북도 진안군 백운면 덕현리 윤기길 17 윤기마을회관
조사일시 : 2010.2.6

조 사 자 : 김월덕, 허정주, 진주
제 보 자 : 김우곤, 남, 81세
구연상황 : 조사자들이 제보자를 처음 만났을 때는 제보자가 교회에 가는 날이어서 많은
이야기를 듣지 못했으나 두 번째 제보자를 만났을 때는 시간 여유가 있어서
여러 이야기를 들을 수 있었다. 제보자는 정여립 이야기에 이어서 조사자의
요청에 따라 황희 정승 이야기를 구연하였다.
줄 거 리 : 장수인 황희는 고려 말에 과거를 봐서 뽑힌 인재였는데 고려가 망하자 두문
동에 은거하였다. 두문동 선비들은 녹봉 한 번도 안 받은 젊은 황희에게 조정
에서 일을 좀 하도록 두문동에서 내보냈다. 두문동을 나와 강원도로 가는 길
에 소 두 마리를 몰고 밭을 가는 노인을 만났다. 황희가 어느 소가 더 밭을
잘 가는지 묻자 노인이 밭에서 나와 귓속말로 어느 소가 더 잘 간다고 말했
다. 황희가 밭에서 해도 될 말을 왜 나와서 하느냐고 물으니 소도 귀가 있고
잘한다고 해야 좋아하지 못한다고 하면 좋아하지 않기 때문이라고 한다. 알았
다고 하고 한 서너 발짝 걸음을 떼고 사방을 보니 아무도 없었다. 신령이 황
희에게 정치의 자세를 알려준 것이다. 그래서 황희가 청렴한 재상이 되었다.
어떤 사람이 가져온 계란조차도 곯아서 먹지 못했다는 일화도 있다. 계란유골
이라는 말이 여기서 생겼다고 한다.

황희가 장수인인데 사실은 그게 장수 사람은 아니잖아. 장수 난 사람이
아니잖아. 내가 김해, 김핸디 김해 사람 아니잖아.

인자 그렇게 생각허믄 되아. 근디 그 사람 호가 방촌이거든. 그래 갖고
는 이렇게 이렇게 허는디 [방바닥에 한자를 쓰며] 클 방 자, 마을 촌 자.
긍개 큰 동네여.

긍개 서울서, 황희 황 정승은 내가 듣기로는, 알기로는 열일곱 살인가
초직에, 고려 말에 말허자믄 거기에 과거 봐 갖고 들어갔는데 문관으로
잉. 말직에 들어갔는데,

나라가 인자 망히 갖고는 모다 전부 두문동으로 들어가잖아. 근데 두문
동 72현 태종이 전부 다 죽이 버렸잖아. 72인을.

처음에 들어갈 적으는 자기 발로 들어갔지만은. 그런데 그 들어갔는데
이성계 씨가 와서 때려 붓고 들어 갔응개 사람이 없네 그려. 다 들어가

버리고.

그 일을 헐 수가 있어야지. 아, 총으로 칼로만, 칼로 어뜧게 정치를 허냐 그 말여. 그서 사람 하나 달라고 힜어. 일꾼 하나 달라고. 그 우리들이 딱 허니 생각허믄 그려 그것도. 근데 저 사람은 인자 들어왔다 그 말여. 말만 사나.

아직 월급도, 봉급도 말허자믄 월급도 응, 그것이 월급이랴고 햐. 말허자믄 수당이라고 햐. 녹봉이지 그때 잉. 녹봉, 녹. 녹 한 번도 안 타고 들어 왔다가 좀 당허겄어.

야, 너는 너무나 아깝다 말여. 나가서 일 좀 히 도라. 그 갖고 내 보냈잖아. 황희를. 그래 갖고 나와서 인자 그때 인자 황희가 시작힜잖아. 말허자믄 개정을 허는데 고려 때는 개화시대여.

여자들이 사람이 어디서 나오든지 나오기만 허믄 썼어. 그 갖고 여자가 말허자믄 이 남자 내 남자 같이 다녀도 흠이 없었어.

긍개 개방, 요샛날로 허믄 개방시대여. 똑같힜어. 그 너무나 문란허지 않은개비. 그서 그때 뭐냐믄 고려 말에 안회[안향을 잘못 기억한 듯]라는 사람이 중국 가 갖고 공자를 말허자믄 공자 사상을 모셔오고 향교를 맹글고 와서 힜잖아.

그리서 공자사당 맹글았는디 공자사당 안회가 한 말이 있거든. 내 일어났어야 전부 하나마나 형개 혀 갖고 전부 풀밭이 되어 버렸지 않은개비.

그렇게 쓸쓸했는데 안회가, 말허자믄, 근데 법은 고치서 어뜧게 해야겄는데 그때 인저 법을. 어뜧게 강원도로 갔어. 강원도로 가서 뭣을 알아볼라고.

인자 나왔응개 뭣을 모르잖아. 떡 허니 소를 두 마리를 갖고 괭이질을 혀. 밭을 갈아. 한 노인이. 그서

"여보시오. 여보시오."

"왜 그러요."

"어느 소가 더 잘 가요?" 물었어.

궁개 위워워 히 놓고는 쫓아 와. 귓속으다 가만히 대고 저쪽 검은 소가 잘 간다고 헌다든지 요쪽으 노랑 소가 잘 간다고 헌다든지 알리줬어. 들었지 않은개비.

"아, 거기서 말히도 될 소리를 여기 와서 허요?"

"허허. 가도 귀가 있어. 좋아라고 히야 이 소가 잘 가고, 이 소가 못 간다고 허믄 좋아라고 허겄어?"

정치를 그렇게 허라 소리여. 그리서 세 발이나 뜨고,

"예. 알았습니다."

허고는 세 발이나 띠고 갈라고 형개로 인영불건, 인영불견여.

사람이 간 곳이 없어. 궁개 신령이 와서 알려 줬다 그 말여. 그리 갖고 그렇게 정치를 힜어요.

궁개, 궁개로 거시기를 안 먹었어. 당신이 뭐 좀 갖고 와도 안 받아. 그저 녹봉 고것만 이자 받아서 먹고 허니 얼매나 말허자믄 배고프잖아.

밤나 포도시 사는 것이지 뭐. 그래서 계란도 유골이랴. 어떤 사람이 계란이나 한 줄 먹으라고 갖다 주는디 그것도 곯았드라 이 말여. 계란유골이 거기서 나온 소리여 말허자믄 잉.

개가법을 고치도록 한 황희의 홀어머니

자료코드 : 07_12_FOT_20100206_KWD_KWG_0009
조사장소 : 전라북도 진안군 백운면 덕현리 윤기길 17 윤기마을회관
조사일시 : 2010.2.6
조 사 자 : 김월덕, 허정주, 진주
제 보 자 : 김우곤, 남, 81세
구연상황 : 조사자들이 제보자를 처음 만났을 때는 제보자가 교회에 가는 날이어서 많은
          이야기를 듣지 못했으나 두 번째 제보자를 만났을 때는 시간 여유가 있어서

여러 이야기를 들을 수 있었다. 제보자는 두문동에서 나와 노인의 가르침을 받은 황희 정승 이야기에 이어서 바로 개가법을 고치도록 한 황희의 홀어머니 이야기를 하였다.

줄 거 리 : 황희가 퇴청하고 들어오니 어머니가 조정에서 무슨 일을 했느냐 물었더니 개가를 하지 못하도록 개가법을 고쳤다고 하였다. 일찍 청상이 된 황희의 홀어머니는 자신의 욕정을 절제하기 위해 상처를 낸 몸을 보여주면서 그 법이 잘못 되었으니 다시 고치라고 하였다. 황희가 개가법을 고치려고 했으나 지금까지도 못 고치고 말았다.

그런데 유월비상이라는 말이 있지. 유월비상. 하루는 어머니가 떡 허니 보니까 아들이 퇴직허고 퇴청, 퇴청허고 들어오는데 어깨가 서리 허연히 쩌 서렸어. 양쪽 어깨가.

그런데 바로 조복을 입고 온 때는 어머니가 말을 안 혀. 옷을 딱 허니 벗고 나오잖아. 벗어서 걸어놓고 나오는디 아침인사를 헌다 그 말여.

"야, 오늘 조정으서 뭔 일 있었냐? 무슨 법을 고쳐 제정했냐?"

"오늘 개가법을 없앴어요. 개가를 못 가게."

"그거 고쳐라. 큰일났다."

그러더니 어머니가 웃통을 탁 벗어. 옷을. 딱 벗어. 그렁개 유방이랑 싹 나타나 버리잖아. 그전 옷이 몇 개 없잖아. 우리는 몇 개 입었지만은.단 하나인데 딱 벗어 버링개 봐라고, 이걸 보라고. 여기 흉이 막 졌네.

"여기를 봐라. 내가 너를 스물두 살 먹어서 낳고 열아홉에 가서 스물두 살에 너를 낳고 너그 아버지가 죽어 버리고 너 하나 보고 내 살았는데 나도 사람이오."

이성이 말허자믄 발동헐 때 말여. 억제헐라믄 어떻게 허냐 말여. 가든 못 허고 너 하나를 위해서 이놈을 물었다 말여.

물으믄 터져 피가 나믄 아프지 않냐 말여. 아프믄 그것이 절제가 되아. 근데 이게 낫기 전에 또, 또 발동이 또 와.

"이렇게 살아왔다. 정학시키지 말고 빨리 가 고쳐라. 그게 큰 죄다."

"예."

허고 고칠라다 지금까지 못 고치고 말았어. 지금까지 못 고쳤어. 후개법을. 가라 소리를 못 힜어. 좋은 소리 듣지요? 이 얘기가 구성지고 아마 맞을 거요.

야은 선생 출생의 비밀

자료코드 : 07_12_FOT_20100206_KWD_KWG_0010
조사장소 : 전라북도 진안군 백운면 덕현리 윤기길 17 윤기마을회관
조사일시 : 2010.2.6
조 사 자 : 김월덕, 허정주, 진주
제 보 자 : 김우곤, 남, 81세
구연상황 : 조사자들이 제보자를 처음 만났을 때는 제보자가 교회에 가는 날이어서 많은 이야기를 듣지 못했으나 두 번째 제보자를 만났을 때는 시간 여유가 있어서 여러 이야기를 들을 수 있었다. 제보자는 황희에 관련된 이야기를 한 후에 바로 이어서 야은 이야기를 했다.
줄 거 리 : 고려 말 삼은 가운데 야은은 어머니가 다른 남자와 관계하여 낳은 아들이라고 한다. 야은의 아버지가 돌아가신 후 산소에 술잔을 올리는데 잘 보는 사람이 보니 술잔을 받아먹는 사람은 아버지가 아닌 다른 사람이었다. 어머니에게 물었더니, 여름에 뒷마루에서 낮잠을 자는데 울타리 밖에 있던 불무쟁이가 덮쳐서 관계하게 되어 야은을 낳았다고 한다. 그러나 그 불무쟁이의 성도 이름도 모른다.

저그 저 고려 말에 삼은이 있잖아. 포은, 야은, 목은. 근데 야은 선생은 아버지가 둘여. 그 국선생인데 야은 선생의 아버지가 정승이었었는데 정승 집안에 뭐 마누래가 딴 여자허고 잠자 갖고 낳은 게 야은 선생여.

그래서 어떻게 알았냐믄 죽은 뒤에사 알았어. 죽어서. 자기 아부지가 죽어서 뭣이 됐냐 잘 보는 사람을 데리다가 봤는데, 보는데 어떻게 됐냐 허믄 아 죽어서 잔동 앞에서 술잔을 받아먹는데 아들이 따라주는, 야은

선생이 딱 잔을 올렸을 적에는 시커먼 사람이 와서 탁 밀어내고 앉어서 받어먹는다 말여. 긍개 이상허잖아. 그리서 인제 그렇다고 얘기를 힜어. 공개는 못 허고 야은 선생 아부지한테, 아니 야은 선생한테만

"자네 술잔 받을 때 이러이러하지 않았는가. 자네 어머니한테 살짝이 좀 물어보소. 어떤 일인가 나 모르겠네마는."

그 어머니한테 물어 봤더니

"응 그런 일이 있다고."

울 밖에 뭐여, 성냥의 말하자믄 가자. 불무에 그 저, 성냥갑 있잖아. 낫도 고치고 괭이도 맨들고 허는 거. 그것을 허는 사람이 있었댜. 거그 배깥이서 말허자믄. 울타리 밖에서, 높은 울타리 밖에서.

그랬는데 한 해 여름에는 거기서 점심밥을 먹고 왔더니 피곤해 낮잠을 뒷마룽으 가서 잠을 잤는데 잠든, 잠이 살짝 들었는데 몸이 무거서 봉개로 아, 그 사람이 와서 올라 탔드라네.

그러니 그것을 인자 고함을 지르믄은 자기는 주저 못 삼추기고 그냥 받아줬어. 받아줬는데 거기서 애기가 생겼다 그 말여. 근데 인제 그 뒤에도 오는가 보자 혔더니 오도 가도 않고 말허자믄.

보따리 싸 갖고 가 부렀어 인자. 안 죽을라고 말허자믄. 그때 이야기했더니 이미 죽었는갑다 이 말여. 그런 일이 있었닥 혀.

그러믄 성은 알 거 아녀. 성도 모른다. 이름은. 이름도 모른다. 그냥 그러고 끝나 부렀다는 것여. 그리서 그 사람 직업이 불무 야 자. 불무. 그서 불무 야 자. 숨을 은 자. 야은여. 그런 일이 있었어요.

그때 그런 가정으서도 그런 일이 있는데 진짜 자네들 생각히 봐. 진짜는 어머니밲이 몰라. 아버지는 모른단 것여.

내가 그렸더니, 여기 와서 그렀더니 그런 소리를 다 헌다고. 진짜는 어머니밲이 모르잖아. 생각히 봐. 그런 데서도, 그런 데서도 그런 일이 일어났는데 생각히 봐. 있을 수도 있는 일 아닌개비.

만육과 전라도 개땅쇠

자료코드 : 07_12_FOT_20100206_KWD_KWG_0011
조사장소 : 전라북도 진안군 백운면 덕현리 윤기길 17 윤기마을회관
조사일시 : 2010.2.6
조 사 자 : 김월덕, 허정주, 진주
제 보 자 : 김우곤, 남, 81세

구연상황 : 조사자들이 제보자를 처음 만났을 때는 제보자가 교회에 가는 날이어서 많은
　　　　　이야기를 듣지 못했으나 두 번째 제보자를 만났을 때는 시간 여유가 있어서
　　　　　여러 이야기를 들을 수 있었다. 조사자가 백운면에서 많이 들었던 만육 이야
　　　　　기를 청하자 만육에 대한 이야기를 해 주었다.

줄 거 리 : 만육 최양은 이성계와 동문수학한 친구인데 조선 왕조가 들어서자 벼슬하기
　　　　　를 거부하였다. 이방원이 만육을 제거하려고 했으나 이성계가 목숨만은 살려
　　　　　주라고 하여 만육이 은거하여 살았다. 이성계가 등극 후에 만육에게 세를 받
　　　　　아서 먹고살라고 소양 땅을 하사했는데 이곳에 3년간 비가 안 내렸다. 그래서
　　　　　전라도 개땅쇠라는 말이 생겼고, 결국 그 땅은 반환했다고 한다.

　만육이 이태조의 동문한 친구였었는데 그분 이야기는 알아. 알기는. 알
라믄은 좀 알아야 어디가 얘기허고 저 사람 얘기허믄 또 내가 모른 놈 보
충도 허고 인자 글 안혀? 근디 만육이 여기 와 피난을 히여.

　저 한밭, 신암리 한밭. 그 피난처. 그리 가지고 거시기 이방원이가 죽일
라고 혔는디 이태조가 생명만은 놔두라고 부탁히 가지고 살은 거여. 애당
초 그분이 전주서, 그 봉개, 상을 봉개 그렇게 생겼어.

　"야, 니 밑에 가서 내가 뭣을 히 먹겄냐, 벼슬 히 먹겄냐, 뭣을 허겄냐."
형개로 그서 소양 땅을 비워 줬거든.

　(조사자 : 완주?)

　"완주 소양을 소양 땅을 내가 등극허믄은 그 땅을 당신이 말허자믄 세
받아서 먹고 사시오."

　근데 3년간 비가 안 와. 그서 개땅쇠여. 전라도 개땅쇠여. 그서 생긴 것
여. 개땅이. 지금 자매님 것인디 내가 갖고 있지 않은개비. 그리 갖고는 3

년간 비가 안 옹개 도로 반환히 췄어. 그런 일이 있어. 말허자믄 그게.

재미있어요. 여기 피난와서 여기 숨어 있었는디 은거, 은거지. 은거횄는디 결국은 방원이가 말허자믄 잡아 죽일라고 형개로, 이성계 씨가 생명만은 놔두라고. 그래 갖고 살았어. 어떻게 쫓아서 안 죽이겄어요.

여자 때문에 더 크지 못한 솟곰산

자료코드 : 07_12_FOT_20100203_KWD_PJM_0001
조사장소 : 전라북도 진안군 백운면 덕현리 윤기길 17 윤기마을회관
조사일시 : 2010.2.3
조 사 자 : 김월덕, 허정주, 진주
제 보 자 : 박정만, 남, 66세
구연상황 : 구술을 해 주시던 노인회장님이 교회에 가신 후에, 이장을 맡고 있는 제보자와 이야기를 나누었다. 다른 마을에서 박정만 이장님이 마을에서 상여 소리 앞소리꾼이라는 말을 들었다. 상여 소리를 청하기에 앞서서 노인회장님과 이야기를 나누던 참이라서 마이산 이야기를 마저 하였다.
줄 거 리 : 마이산은 옛 이름은 솟아올랐다고 해서 솟곰산이었다. 그 옆에 조그맣게 솟아오른 산들은 나도산이라고 한다. 솟곰산이 점점 크는 것을 새벽에 여자가 나와서 산이 큰다고 소리를 지르는 바람에 더 클 수 있었는데 그만큼밖에 크지 못했다고 한다.

솟곰산. 솟아 올랐다고 해서 솟곰산인디, 마이산은 마령에 그 전에 마령현이라고 히 갖고 마령에 속히서 마이산이라고 혔는가 우리는 잘 모르겄어요. 그러다가 그 후에 마이산으로 부르고.

(조사자 : 그러면 언제부터 마이산이라고 했어요?)

솔찬히 오래 되았지. 그래도 한 삼사십 년 되았을 거여. 그 후에로 마이산이라고 허고. 그 안에는 어른들한테 듣기는 솟곰산이니 고 옆에로 가믄 쫑긋쫑긋 헌개 나도산도 있고 그런다고

(조사자 : 나도산. 아까 회장님이 말씀하시더만요.)

그 옆에가. 솟곰산. 마이산 그 옆에가 그런 봉우리가 몇 개 있어. 그렁
개 나도산. 그것보고 나도산이라고.

(조사자 : 나도밤나무 하득기.)

나도밤나무 하득기 나도산이라고. 여자가 뭐, 전설에 여자가 안 봤으면
더 컸을 판인디 봐 갖고 그 만큼밲이 안 컸다 소리도 있고. 일종의 전설
이지 머. 믿을 만헌 건 아녀. 새복에 가서 새복에 여자가 봐서 큰다고 소
리를 질러 갖고 그 자리에 앉았다고 그러고. 아니 그게 처음으로 보믄 신
기혀.

거창신씨가 배출한 효자 신의연

자료코드 : 07_12_FOT_20100202_KWD_SYG_0001
조사장소 : 전라북도 진안군 백운면 노촌리 원노길 1-2 원노촌마을회관
조사일시 : 2010.2.2
조 사 자 : 김월덕, 허정주, 진주
제 보 자 : 신용권, 남, 82세

구연상황 : 평장리 제보자들의 소개를 받아 노촌리로 신용권 전 면장을 찾아가 마을회관
에서 제보자를 만났다. 제보자는 어떤 이야기든지 매우 확신에 찬 어조로 표
현하였다. 제보자는 특히 역사에 많은 관심을 갖고 있었다. 그는 역사기록은
신빙성이 있지만, 야담이나 전설은 허구라서 믿을 게 못된다고 강조했다. 역
사에 관심이 많은 제보자에게 먼저 거창신씨 집성촌인 원노촌 마을에서 유명
한 역사적 인물이 있으면 이야기해 달라고 요청하자, 별로 많이 없다고 하면
서 자신의 선조 중에서 임진왜란 때 효행으로 이름이 알려진 신의연 효자에
대한 이야기를 해 주었다.

줄 거 리 : 진안 노촌리에 살던 거창신씨 신의연은 임진왜란 때 문민공 황진, 건재 김천
일과 함께 출병하기로 되어 있었으나 부친이 죽음에 임박하여 약속을 지키지
못했다. 그때 일본군 대장이 조선은 충효 정신이 강하다는데 신의연이 효자인
지 검증하기 위해 '효자'라고 종이에 써서 태우니 종이가 타지 않고 하늘로
올라갔다. 일본군은 신의연이 효자인 것을 알고 해치지 않고 살려 주었다. 그

후에 선조가 그 일을 알고 효자 정려를 내려 주었고 후손들은 그의 효행을 기려 영모정을 세웠다.

선조도 별로 거시기가 없어. 임진왜란, 1592년 임진왜란 때 의 자, 연, 의연이라고.

(조사자 : 예. 의 자, 연 자요?)

잉. 여기 효자거든. 그분이, 황진이라고 허지. 황진, 문민공, 저 문민공 황진 장군허고 거, 김천일, 김천일 건재 선생허고 같이 진주성에 가도록 했어. 임란 때 할아버지가 같이. 교우가 있어 갖고. 근디 아버지가 사경에 있어서 못 갔단 말여, 우리 할아버지는.

그래서 참, 그 어른이 수난을 겪으셨어. 그래 가지고 선조가 효자라고 해 가지고 명을 내려줘서 정자가, 효자 정자가 거기가 있고. 그러고 세 분을 모시는 충효사가 있어. 충효사라고 뒤에 가 있어. 그래서 유림 배향을 해. 근데 그렇게 그런 정도지. 그렁개 인자 일본놈이 여기 들어와.

(조사자 : 임진왜란 때요?)

응. 임진왜란 때. 긍개 인자 아버지가, 아버지가 사경에 있는디 말여 인자 부모를 해를 헐라고 그려 부모를. 그 연고를 알고. 그래서 몸으로 막고 사정을 혔어. 긍개 일본 병장이 뭐 대장이든지 뭐 어떤 것 되겠지. 그 분이 인자 한국은 충효정신이 강하다, 효자가 많다고 그러는디.

인자 글을 써 가지고 효자를 써 가지고 말여 태우니까 타들 않고 하늘로 올라가. 효자라고 글을 써 가지고 태우니까 안 타고 하늘로 종이가 올라가. 그렁개 일본 대장이 해허지 말라고 혀 갖고 방이라고 써 붙였어. 이곳은 효자가 있는 곳이니 절대 여기 총칼 써대지 말라고 철군을 시켰어.

그래 가지고 그것이 인자 선조 왕이 알아. 그리서 더구나 내력을 보니까 임진왜란 때 진주성에서 사망한 황진, 잉, 문민공이거든, 황진이.

그러고 건재라고 허는 이가 김천일여. 거기도 삼장사로 죽었잖여. 진주성에서. 그분하고 교유 할아버지허고 가기로 했는디 못 갔단 말여. 선조가 알고 직접 그 효자 정려를 내려 준 거여. 저기 가면 딱 되야져 있어.

(조사자 : 영모정 근처인가요?)

영모정 가기 전에 오른쪽에. 오른쪽에 거 있어. 한문으로 써놓은 거. 영모정은 자손들이 했고.

그리고 상량문은 누가 했냐믄 심환지 좌의정이 상량문 써 놓은 거여 그게. 일반 요새 뭐뭐 효자 그런 거하고 달라.

궁개 거 거시기가 글을 보면 길 도 자라고 써, 이렇게. 도의. 도의. 응. 도의지교라고. 그분들허고 도 자라고, 길 도자로 바른 길여. 도덕이라는. 그리 가지고 열문이 있어서 충효사에다 세 양반을 모시고 유림 배향을 해. 여기서 진안 유림들이 와서. 그냥 요새 머, 보훈처에서 받는 것허고 다르지 그때 시대는.

담배 망한 건 장수담배 친구 망한 건 진안친구라는 말의 유래

자료코드 : 07_12_FOT_20100202_KWD_SYG_0002
조사장소 : 전라북도 진안군 백운면 노촌리 원노길 1-2 원노촌마을회관
조사일시 : 2010.2.2
조 사 자 : 김월덕, 허정주, 진주
제 보 자 : 신용권, 남, 82세
구연상황 : 평장리 제보자들의 소개를 받아 노촌리로 신용권 전 면장을 찾아가 마을회관에서 제보자를 만났다. 역사에 관심이 많은 제보자는 먼저 자신의 선조이자 임진왜란 때 효행으로 이름이 알려진 신의연 효자에 대한 이야기를 해 주었다. 그리고 조사자가 "진안친구"라는 말이 있는데 그에 얽힌 이야기가 있는지 묻자, 있다고 하며 이야기를 해 주었다.
줄 거 리 : 장수원님과 진안원님이 서울 관리들에게 선물로 줄 담배를 싸 갖고 함께 서울을 올라가는 길에 같은 숙소에 머물게 되었다. 그런데 새벽에 장수원님이 먼저 일어나서 출발하면서 진안원님의 보따리를 갖고 가 버렸다. 진안원님이

서울에 가서 보니, 본래 싸 갖고 왔던 좋은 담배가 아니었다. 좋지 않은 담배를 관리에게 주는 바람에 진안원님이 평판이 안 좋게 되었다. 원님들 사이에서 일어난 이 일이 일반 사람들에게 퍼져서 "담배 망한 건 장수담배, 친구 망한 건 진안친구"라는 말이 생겼다.

긍개 외부에서 허는 말이 담배 망헌 건 장수담배, 친구 망헌 건 진안친구 그런 말이 있거든. 친구가 나쁘다 그런 얘긴디 그 유래가 있어. 요때 장수현감이 원님이고 진안도현감이 원님여. 그러믄 원님들이 요새 말허믄 군수가 중앙을 올라가.

근디 요새는 선물이 많지마는 옛날에는 시골서 잎새기 담배, 담배 그놈을 인자 쫙 만들어 갖고 따라가는 놈한테 지고 가. 가믄 걸어가니까. 말이 있는 사람은 말로 가지만. 인자 서울을 갈라면은 여기서 올라갈라면 장수군이 올라와 같이 가, 이렇게.

그러믄 그전에 여관도 있지만 여관이, 요새 여관이 있던지 모텔이나 호텔이 있지마는 옛날에 하숙집도 아니고 왜, 주막집 같은 디 옛날에 있잖아, 왜. 과부가 술 팔고 밥 한 그릇 먹고 자고 올라고 원님도. 응. 긍개 어쩔 수 없이 올라가. 장수원님도 서울 갈랑개 선물 헐 것이 없어. 또 무겁고.

그렁개 담배는 좋은 놈 싹 해 갖고 대리 갖고, 잎새기 담배, 옛날에 잎새기 담배였었거든. 그렁개 그놈을 지고 가는디 같이 가 자. 그렁개 진안원님도 담배를 갖고 가. 가믄 선사허잖아. 자기 관계된 사람이 있잖아. 군에 있으믄 도에 가믄 관계 있는 놈 선물 주드끼.

인자 같이 잤는디 장수원님이 일쩍 일어나 먼저 올라가 버렸단 말여. 감선 진안 담배, 장수 담배가 좋아, 질이 참 좋아. 요렇게 났는디 지 것은 안 갖고 가고 진안원님 보따리까지 갖고 가 버렸어.

낭중에 봉개 진안원님이 봉개 담배 좋은 놈이 있어. 그놈 갖고 올 수밖에. 좋은 놈이 어디로 가 버렸응개. 서울에 가서 보니 작것 줘 버렸는디 담배가 안 좋거든. 진안원님 관계가 담배가 준개. 다 있잖아. 내직이라고 그러거든. 그런 데는 내직이라고 주고 그랬어.

인자 그것이 낭중에 알게 되야 가지고. 담배 망헌 건 장수담배. 친구 망헌 건 진안친군디. 아 지놈이 새복으 일찍 일어나서 감선 가지고 가 놓고는, 넘의 담배 가지고 가 놓고는, 그리서 인자, 그 내용과 같이 담배 망헌 건 장수담배, 친구 망헌 건 진안친군디 아 지놈이 가지고 갔지 뭐. 진안원님이 가지고 갔가디?

그리서 그것이 인자 번져 나와 가지고 담배 망헌 건 장수담배, 친구 망헌 건 진안친구 인자 이렇게 번져 온 것이거든. 그렁개 원님들 모다 그 사이사이서 번져 가지고 말여. 오래 옴서 그 말이 나온 거지. 그리 가지고 그 말이 이와 같이 와 가지고 퍼진 것이 그런 얘기여.

(조사자 : 담배 망한 것은 장수담배?)

응. 친구 망한 건 진안친구. 응. 그렇게 일화, 그런 말이 있다고 그러거든. 그것도 인자 아마 그것이 소상헌 것 같여.

마이산의 여러 이름

자료코드 : 07_12_FOT_20100202_KWD_SYG_0003
조사장소 : 전라북도 진안군 백운면 노촌리 원노길 1-2 원노촌마을회관
조사일시 : 2010.2.2
조 사 자 : 김월덕, 허정주, 진주
제 보 자 : 신용권, 남, 82세
구연상황 : 평장리 제보자들의 소개를 받아 노촌리로 신용권 전 면장을 찾아가 마을회관
에서 제보자를 만났다. 역사에 관심이 많은 제보자는 역사는 실증적이어야 한
다는 신념을 강하게 갖고 있어서 어떤 이야기든지 역사적 사실에 근거해서
이야기한다는 태도를 보였다. 조사자가 마이산에 얽힌 유래를 이야기해 달라
고 청하자, 마이산은 옛날에 도읍터가 된다는 의미에서 속금산이라고 했다는
이야기를 해 주었다. 산이 커 오른다는 전설에 대해서는 그것이 산세를 보고

말쟁이들이 지어낸 거짓말이라는 점을 강조했다.

줄 거 리 : 마이산은 금수강산을 묶었다는 의미의 속금산(束金山)이라고도 했고, 붓처럼
뾰족해서 문필봉이라고도 했다. 마이산은 암마이산과 숫마이산이 있는데, 두
산이 같이 커 오르다가 암마이산이 더 크려고 하자 숫마이산이 여자가 더 크
면 안 된다고 해서 암마이산을 밀쳤다. 그 바람에 암마이산이 주저앉아서 지
금처럼 넙죽해지고 숫마이산은 뾰족하게 솟아올랐다고 한다.

마이산 거 잘 모르겠드라고. 마이산을 속금산이라고 그랬다 그러거든.
묶을 속 자. 금수강산이라는 금 자. 그렁개 인자 떠도는 말을 들어보믄 뭐
냐믄, 마이산이, 마이산 주위가 서울이 된다는 얘기여. 쉽게 얘기허믄 도
읍터가. 금수강산을 묶었다 그리 갖고 속금산이다.

어느 땐가 거그가 말하자믄 서울 터가 된다, 청와대 터가 된다 쉽게 얘
기허믄. 그래서 속금산이라고 그랬다는 거여. 폭 솟은 솟금산이 아니라.
묶을 속 자. 금수강산을 묶었다 이 말여. 그렇게 얘기를 하는 사람도 있는
가 하면, 그게 붓대롱 같으거든.

이렇게 붓 꽂아 놓은 것 같으잖어 이렇게. 그 산 이름을 문필봉이라.
문필봉이라, 왜, 왜, 붓 꼽아 놓은 것 같으잖아. 긍개 그거는 대학자, 대학
자라고 허믄 요새 박사 정도는 박사가 아니고, 응, 그런 사람이 그 고장에
서 난다. 근디 난 일이 없고.

인자 산 지형이나 터를 놓고 뭘 놓고 그렇게 말쟁이들이 지어 놓은 얘
기지. 지리설에 맞겄어? 이렇게 보고 있어. 그런 이야기 등. 마이산이라고
허는 것은 인자 말귀 같으니까. 그리고 마령면이 있거든. 마령면권 안이
거든 거기가 절반이.

그렁개 인자 풍수설로 본 것 같어 거기는. 마이산은. 내가 볼 적으는.
꼭 말귀 같으거든. 퍼져 갖고. 그리고 면도 마령이 마령여. 령자는 신령
령 자거든. 귀순 죽은 령이 있다는 얘기거든. 그렁개 또 지명 질 적으 그
전에 인제 우리 여조 때 행정 구역허고 이조 때 행정 구역허고 바꽈졌거

든. 한때 이조 때는 장기현에 속해 있어.

장계가 성이었어. 군청이. 한때 어디가 있었냐 허든은 마령 평지에 와 있었어. 그 뒤에 인자 합병돼 진안이라 혀 가지고 진안이라고 혔거든. 행정구역 개편헐 적으 산 이름을, 산의 형태를 보고 말귀 같응개 마이산허고 면은 마령면이라 안 했겠느냐, 나 이렇게 보거든.

어떠한 그 특별한 역사적 기록돼야 있는 고증에 의해서만 그런 건 아니다 그 말여. 내가 시방 봐도 그래. 그렁개 그때만 허드라도 사람도 적고 허닝개 머리 있는 분들이 여그를 산 이름을 이렇게 지면 지어. 그래 그렇게 지은 거 아니냐 그러는디.

우리 백운면도 백운이 백운이 아녀. 그 전에 여게 일동면여. 저쪽에가 남면여. 두 면 합형개 이름은 지얄 것 아녀. 글쎄 모르겄는디 내가 추상적으로 말헌다면 어디든지 남자는, 여자가 말하면 동토가 나거든 비교적.

남자는 큰 편 아녀. 긍개 뾰쪽헌 놈은 숫마이산. 요 톡 헌 놈은 암마이산, 나 그렇게 봐. 여 그런 말이 있거든. 말은. 말쟁이들이지. 물이 있었는디 둘이 올라오드래 이렇게. 이렇게 독같이 올라와.

(조사자 : 산이요?)

산이. 긍개 큰다 그 말여. 뭐, 무수 크득기 컸댜. 긍개 거짓말이지. 비과학적이지. 근디 큰디 뾰족헌 놈이 수놈여. 긍개 이놈이 더 올라갈라고 형개 밑에서 넙죽헌 놈, 왜 넙죽헌 거 있잖어 암마이산. 그리서 짜그라졌응개 암마이산이고 수마이산이라고 그런 얘기를 허는디 그것도 거짓말.

(조사자 : 두 산이 같이 커 올라가다가 어떻게 했다고요?)

커 올라가는디 요쪽으서 여기서 보믄 좌측, 여기서 보믄. 진안서 보믄 우측이잖아, 그놈이 넙죽허니 짝잖아. 키가. 암마이산이. 긍개 이놈은, 수마이산이 니가 커믄은 안 된다고 내가 남자라고 미크러서 넙죽허다 인자 그런 말이 있는디

(조사자 : 그러니까 수마이산이 자기가 남자니까 더 커야 된다고 얘를

밀쳐서 더 작아졌다고요?)

뭐 그렸단 얘긴디 그것도 어떻게 인자 그 뒷사람들이 산세 보고 뭐라고꼬 말쟁이들이 이치를 맞춰 줄라고 그렇게 혔겄지. 말이간디? 어떻게 올라가겄어. 커져?

등극하려고 팔도 명산에서 기도를 드린 이성계

자료코드 : 07_12_FOT_20100202_KWD_SYG_0004
조사장소 : 전라북도 진안군 백운면 노촌리 원노길 1-2 원노촌마을회관
조사일시 : 2010.2.2
조 사 자 : 김월덕, 허정주, 진주
제 보 자 : 신용권, 남, 82세
구연상황 : 평장리 제보자들의 소개를 받아 노촌리로 신용권 전 면장을 찾아가 마을회관에서 제보자를 만났다. 제보자는 역사에 관심이 많은데 실증적인 것만 역사로 인정할 수 있다는 신념이 강해 보였다. 이야기를 하면서도 사실 여부에 대해서 해명하려고 하였으며, 허구적인 이야기에 대해서 그것은 사실이 아니라는 점을 강조하였다. 마이산의 여러 이름의 유래에 대한 이야기를 하고 나서, 마이산과 이성계에 얽힌 이야기를 이어서 해 주었다.
줄 거 리 : 이성계가 임금으로 등극을 하려고 전국 팔도 명산에 가서 기도를 드렸다. 무등산에 가서 기도를 하니 대답이 없어서 산명을 무등산으로 했고, 지리산에 가서 기도를 하니 승낙을 안 해 줘서 본래 경상도 땅에 있던 지리산을 전라도로 보냈다. 또 남해 금산에 가서 기도를 하니 산에 금칠을 해 주면 허락해 준다고 해서 그렇게 해 준다고 약속하고 임금이 되었다. 임금이 된 후에 실제 금칠을 해주는 대신, 비단 금 자를 써서 산 이름을 '금산'으로 바꿨다. 또 이성계가 마이산에 와서 빌고 임금이 되었다고 해서 진안에서 금척무를 하게 되었다고 한다.

저기 인자 이성계가 등극을 헐라고. 임금에 올라갈라고. 명산에 가서는 인제 모셔놓고 빌고 말하자면 기도를 허고 큰 산의 승낙을 얻어야 한다고 허는 게 있다는 것여. 그것도 사실인가 어쩐가는 모르고.

지금 무등산한테는, 한번 쉽게 말허께. 무등산은 거기 가서 비닝개 산이 답을 안 해줘. 그서 무등산으로 히놔 버렸어, 이름을. 그러고 또 요 지리산은, 지리산은, 경상남도가, 경상도가 절반 이상이거든. 근디 전라도로 넹겼다 이 말여.

근디 전라도는 원래부텀도 질이 좋은 디가 아녀. 전라도는 전주가 관찰사가 있고, 나주목사 제주목사 그랬거든. 그렇개 여기서 지리산에 와서 기도를 헝개 승낙을 안 혀. 그렇개 전라도로 띠어 줘라. 긍개 그런 말이 있거든. 그래 전라도로 왔다고 그러고.

저 남해 금산현이라고 있어. 금산. 남해 금산. 산에 가 봉개 좋대. 금산에 가 기도를 혔어. 졸개를 데리고. 그렇개 거기서, 말도 아닌 소리여. 산에서 산 거기다가 금칠을 해 주면 승낙을 한다고. 그렇개 칠히 준다고 그랬단 말여. 아 그놈의 산으다가 어떻게 금을 칠혀?

그렇개 따라간 사람이 있다가 아, 산 이름을 금산이라고 허믄 되아요. 그서 금산이라는 것여. 그런 말이 있고. 에, 지금, 태조 이성계가 그렇게 돌아다닐 시간이 없었어. 응.

여그는 전라도가, 그때 경상, 경상도거든. 지금은 경상남북지만 경상도. 전라도가 전주관찰사가 있고 나주목사가 있고, 제주목사가 있고 전라도 해서 팔도 때여. 아 긍개 신이 가서 봉개 무모허거든. 네 이놈 전라도로 가 버리라. 그래서 지리산을, 지리산이 그렇게 큰 놈이라도 경상도가 70 프로가 된 놈을 전라도 지리산이 됐당개.

원래부터 전라도가 보잘 것 없는 디여. 선비들도 그랬어. 응. 승낙을 혔는디 걱정을 혀. 그렇개 아 산명을 금산으로 허믄 돼요. 그리 갖고 비단 금 자, 뫼 산자로 혀 줬어. 딱.

(조사자 : 임금이 된 다음에 금산으로 이름을 바꿔줬다는 거죠? 마이산 금척무는 어떻게 되는 거죠?)

금척무가 거그가 임금이 된 뒤에 와서 기도드리고 했다고 금척무를 하거든.

(조사자 : 이성계가 임금이 된 후에?)

에. 왔다 갔다 그 말여. 이성계가 와서 빌어다는 거여. 마이산에 와서.

(조사자 : 마이산에 와서. 임금 되기 전에요?)

응. 그리고 됭개 금척무를 해 준다 그서 만들어졌어. 야, 이 미친놈들아
내가 그러거든. 내비두지 머.

소한테까지 높임말을 쓴 며느리

자료코드 : 07_12_FOT_20100203_KWD_JYS_0001
조사장소 : 전라북도 진안군 백운면 백암리 번암길 10 번암마을회관
조사일시 : 2010.2.3
조 사 자 : 김월덕, 허정주, 진주
제 보 자 : 장이순, 여, 82세
구연상황 : 마을회관에 모여 있던 분들 중에서 한복순 제보자가 주로 이야기를 하였다.
　　　　　시집살이 이야기가 나오자 옆에 있던 장이순 제보자가 젊어서 이런 말을 들
　　　　　었다고 하면서, 시집에 가서 소한테까지 높임말을 쓴 며느리 이야기를 하였
　　　　　다. 그러자 옆에서 듣고 있던 사람들도 한 마디씩 더 보태기도 하면서 한바탕
　　　　　웃었다.
줄 거 리 : 옛날에 시집에 가면 존대말을 써야 한다고 가르침을 받은 새 각시가 시집을
　　　　　갔다. 시집에서는 소를 키우고 있었는데 며느리가 소가 거적을 두르고 나가는
　　　　　것을 보고 소한테까지 높임말을 써서 시아버지에게 이렇게 말했다고 한다.
　　　　　"소시시가 꺼시시를 입으시고 오방을 두르시고 뛰시시니 개시시가 지시신다."

옛날에 새 각시가 시집을 와 갖고, 시집을 와 갖고 봉개 소를 키우더랴.
소를 키웅개 어른들한테 존경허던 말씀을 소한테도 혔어. 소가 인자 꺼적
이를 입고 배깥으로 나가고 그렁개,

"아부지시시여. 소시시가 꺼시시기를 입으시고…"

(청중1 : 오방을 두르시고 뛰시신다고 그러드랴. 하하하.)

(청중2 : 시집가믄 존대말을 쓰라고 헝개.)

소가 꺼적이를 입고 나간다고 허는 소리를 "소시시가 꼬시시를 입으시고…"

(청중1 : 오방을 두르시고 뛰시싱개 개시시가 보시시고 지시신다고 그렀디야. 하하하.)

(조사자 : 아, 그러니까 시집가기 전에 시집가면 높임말을 쓰라고 하니까.)

(청중1 : 존대말을 갖춰서 써라 헝개.)

어른들한테 존경하는 말씀을 소까장도 히 줬어. 소시시가 꺼시시를 입으시고.

(조사자 : 그것도 옛날 어른들이 하신 얘기에요?)

예. 그런 얘기가 있어. 아버님이시여 소시시가 꺼시시를 입으시고 오른 편을 돌으시시니…

(청중1 : 뛰시싱개 개시시가 보시시고 지시시오.)

(청중2 : 짖는다 소리를 그렇게 말을 허잖아. 개시시가 짖는다고.)

(조사자 : 소시시가 뭘 어떻게 한다고요?)

(청중1 : 떵개. 이렇게 꺼적을 입잖아. 추울 적으는. 꺼적을 입고 댕깄거든.)

(조사자 : 소가 꺼적이를 입어요?)

(청중1 : 춥다고. 추웅개 시안에는 꺼적을. 지푸락을 엮어서 이렇게 쇠 방석을 입어. 시안에는. 그게 꺼시시지.)

(조사자 : 원래는 꺼적이죠?)

응. 꺼적. 소 꺼적이.

(조사자 : 오방천지가 어디에요?)

(청중1 : 아 이렇게 둘레를 둘른다 소리지. 오방을 둘르시며 뛰시싱개 개시시가 보시시고 지시신다고 그러드랴. 하하하.)

한 살이나 젊응개 끄트리를 안 잊어 버렸네. 나는 잊어 버렸는디……

시주승 박대하여 망한 전주이씨

자료코드 : 07_12_FOT_20100202_KWD_JSY_0001
조사장소 : 전라북도 진안군 백운면 평장리 평가로 1557 평가마을회관
조사일시 : 2010.2.2
조 사 자 : 김월덕, 허정주, 진주
제 보 자 : 정상염, 남, 78세
구연상황 : 평장리 이웃마을인 노촌리에는 오암정(五巖亭)이라는 곳이 있고, 이곳 주변에
　　　　　는 고인돌군이 있다. 길가에 오암정기(五巖亭記)가 각서된 비가 있다. 회관에
　　　　　모인 이상기(남, 73) 제보자가 오암정비에 얽힌 이야기를 먼저 꺼냈다. 그러나
　　　　　이상기 제보자가 아주 간략히 이야기를 하자 정상염 제보자가 보완해서 다시
　　　　　이야기를 하기 시작했다.
줄 거 리 : 오암정이 있는 곳은 본래 전주이씨들이 들어와 터를 잡고 살던 곳이다. 전주
　　　　　이씨 집안 어른이 시주하러 온 중을 대테를 매게 하여 박대하자 중이 그 대
　　　　　가로 복수를 한다. 중의 복수는 쥐혈 명당을 차지하고 있던 전주이씨들에게
　　　　　그 앞이 고양이혈이니 거기를 끊어야 한다고 알려준 것이다. 더 잘살고 싶은
　　　　　욕심에 전주이씨들은 고양이골짝을 단절시켰는데 그 결과 상생이 막혀 그만
　　　　　전주이씨 집안이 망하고 말았다.

　　그렁개 옛날 저 정승인개 바로, 그래서 권한이 좋아, 또 그리고 유교를
숭상을 혀. 그런디 중은 불교 아닙니까? 그런디 중들이 와서 거 동냥 돌
라고 허믄은 막 혼을 내고. 그리도 인제 또 오고 또 오고 형개 나중에 그
런 대테를 매고 중을 고생을 시켰어.

　　막 투들고 거기서 그냥 박살을 냉개, 긍개 중이 생각형개 힘으로는 도
저히 못 당허겄고 자기 도술로 뭣인가 요놈 보갚이를 히야겄다 히서,

　　"저, 상주님 용서 히주십사, 제가 저 좀 비는 것이 있어서 알려 드릴라
고 왔습니다."

그렁개 거 뚜드리다 생각헝개 좀 욕심이 생겨. 그렁개 인자 끌러주고는 불러다 놓고,

"니가 헐 얘기가 뭐냐." 헝개로

조 앞에, 긍개 저, 쥐혈인디, 괴양재가 있어. 괭이가 이렇게 들여다보고 있는디,

(청중 : 괭이날이라고 허지.)

응. 괭이날. 그렁개 그 모든 것은 상생이 되야. 상극이 있어야 거 발휘를 헌디, 근디 구녁 뚫은 게 괘양재여. 긍개 괭이 골짝이라고. 괘곡. 그리서 있는디 말이 그럴듯허단 말여.

"그것 없여버려야 그러믄 더 잘 산디 저것이 저렇게 잡아먹을라고 쫓아와서 있응개 이것 문제가 있어서 꼭 말씸 드릴라고 헙니다."

"그러믄 어뜩게 허믄 좋냐?"

"그 모가지를 끊으라고." 시켰어.

그리서 대처 생각히봉개 좋다고 헝개 뭐 중은 때리눕힜을지언정 고놈 생각이 나서 끊어버맀는디 그 질로 망혔다. 그런 전설이 그렇게 있어요. 보든 안힜는디.

(조사자 : 이게 지금 오암정에 얽힌 이야기지요?)

예. 오암정이 거기 살았다는 그 유적여.

(조사자 : 부자가요?)

아니. 거기서 터를 잡고 전주이씨가 살았는디

(조사자 : 전주이씨가요?)

잉. 그것이 인제 망해가지고 푼산히서 객지로 갔는디 나중에 그런 것이 있응개 거 서운헝개

그 유적이라도 하나 냉기자 허는 비여.

담배 망한 건 장수담배 친구 망한 건 진안친구

자료코드 : 07_12_FOT_20100202_KWD_JSY_0002
조사장소 : 전라북도 진안군 백운면 평장리 평가로 1557 평가마을회관
조사일시 : 2010.2.2
조 사 자 : 김월덕, 허정주, 진주
제 보 자 : 정상염, 남, 78세
구연상황 : 회관에 제보자를 비롯해 여러 사람이 모였다. 점심식사 전이라서 회관에서 이
런 저런 얘기를 나누며 식사 시간을 기다리고 있었다. 조사자가 진안과 장수
일대에서 속담처럼 쓰이는 '진안친구'라는 말의 배경 이야기를 들려달라고 요
청하자 제보자가 이야기를 했다.
줄 거 리 : 조선시대에 장수에서는 담배를 많이 재배해서 임금님께 진상을 했는데 담배
맛이 하도 좋아서 고관대작이 진상품인 담배를 중간에 펴 버리고 결국 임금
에게 진상된 것은 품질이 안 좋아서 '담배 망한 건 장수담배'가 되었다고 한
다. 진안 사람들은 산중 사람들이라서 숫기가 없고 순진해서 아무라도 친구가
될 수 있어서 '친구 많은 건 진안친구'라고 했는데 이것이 반대로 '친구 망한
건 진안친구'로 와전되어 비웃는 말이 되었다고 한다.

담배 망한 것은 장수담배라고 헌 것은 옛날에 좋은 거 있으믄은 임금
한테 진상허는 것이 아주 통례였어. 그래서 있는디 워낙 개려서 좋은 놈
으로 갖고 강개로 그 밑에 있는 놈이 펴 봉개 기가 맥히게 좋단 말여.

그 바꿔졌다고 히서 임금이 허는 얘기가 좋다고 허더니 담배 망헌 것
은 장수담배라고 그러고.

아 저 친구 망한 건 진안친구라고 힜는디 친구 많은 것은 암디 가도 다
좋아. 진안 사람들은.

숫져가지고는 누가 뭐라고 허믄 다 들어줬어. 긍개 친구 많은 것은 진
안친구, 가믄 다 친구여.

그리서 그맀다는 학설이 있는디 고것을 반대로 비웃니라고 허는 소리
를 인자 그렇게 되았다, 인자 이런 얘기가 있어요. 거, 사실, 진안 사람들
은 아무 종도 모르고. 그렁개 장수서 담배를 많이 힜어.

(청중 : 지금도 많이 히여.)

많이 헌 디에서 좋은 담배를 진상허기 마련인디 진상을 혀서 고 밑에 고관대작들이 펴 봉개 참 좋아. 그러다 걍 피어 버리고 어면 담배를 갖다 줬단 말여. 그렁개 임금은 딱 치고는 좋은 담배 왔을 것이다 허고 피어 봉개 지랄여, 그것이.

그려서 허는 얘기가 장수담배 좋다고 허더니 담배 망헌 것은 장수담배 라고 그렇게 인자 호칭을 혔다 그런 얘기여.

(조사자 : 그럼 진안친구라는 말은 진안 사람이 친구가 많다는 얘기인가 요?)

진안 사람이 숫져. 숫져서 누가 얘기허믄 달콤헌 얘기허믄 다 좋다고 그려. 거 꾀부릴 줄도 모르고. 산중 사람이라. 이 사람도 물어보믄 내 친 구 같고 저 사람도 참 히보믄은 내 친구 같고 다 히서 진안 가믄은 아무라도 사구믄 다 친구다, 뜻은 그런 얘기에서 나왔다.

(조사자 : 친구가 하도 많아서 이 친구 저 친구 챙기다 망해 버렸다는 얘기인가요?)

아, 그렁개 그것을 비유히서 말하는 것이 친구 망헌 건 진안친구, 담배 망헌 것은 장수담배 이렇게 평가를 허고 농담도 허고, 인자 그것이 비유 가 되었다 이런 것여.

(조사자 : 얘기를 그 속담의 의미는 말하자면 진안 사람들이 숫지다는?)

그렇지. 아믄. 산중에서, 나도 누가 와서 예쁜 사람이 와서 뭐라고 허믄 아, 그러냐고 이렇게 들어주고 혔다 그 소리여.

임진왜란 때 왜군도 인정한 효자 신의연

자료코드 : 07_12_FOT_20100202_KWD_JSY_0003

조사장소 : 전라북도 진안군 백운면 평장리 평가로 1557 평가마을회관
조사일시 : 2010.2.2
조 사 자 : 김월덕, 허정주, 진주
제 보 자 : 정상엽, 남, 78세
구연상황 : 회관에 제보자를 비롯해 여러 사람이 모였다. 점심식사 전이라서 회관에서 이
　　　　　런 저런 얘기를 나누며 식사 시간을 기다리고 있었다. 조사자가 이 마을 출신
　　　　　의 역사적 인물에 대한 이야기를 요청하자 제보자는 평장리 인근 마을인 노
　　　　　촌리에 세워진 효자문의 주인공인 신의연이라는 인물에 대해 이야기했다.
줄 거 리 : 백운면 노촌리는 거창 신씨 집성촌인데 조선시대에 신의연이라는 효자를 배
　　　　　출했다. 임진왜란 때 왜적들이 진안까지 쳐들어왔을 때 마을 사람들은 모두
　　　　　'오만동'이라는 곳으로 피난을 갔지만 신의연은 아버지의 임종을 지키기 위해
　　　　　집을 떠나지 않았다. 왜군이 신의연이 핑계를 대고 있는지 아닌지 확인하기
　　　　　위해서 이름을 써서 불에 넣었다. 진짜 효자라면 이름을 써서 불 속에 넣어도
　　　　　타지 않는다는 말이 있어서 그렇게 했는데 '신의연'이라는 이름 석 자가 불에
　　　　　넣어도 타지 않아서 그를 살려줬다. 그 후손들이 조정에 글을 올려 효자 신의
　　　　　연의 효행을 기리고 본받기 위해 효자문을 세웠다.

　여기 효자문이 누군고 허믄은 신, 의 자, 연 허는 분의 효자문여. 또 밑
에 전각도 그 효자문을 위해서 기념으로, 요새는 기념관이라고 허지만은,
그 참, 명물로써 전각을 지은 것이고. 그런가 허믄은 유림들이 추천을 히
가지고는 그 안동네를 가믄은 자손들이 돈을 많이 내고 히서 그 충효사라
고 묘 있어요.

　근디 그 사적이 누군고 허믄은 임지왜란 당시에 그때 여기 와서 살았
어. 노촌리 와서, 미재 와서 살았어. 원래 터가. 미재라고 허는 디가 바로
그 웃동네여. 원노촌 이쪽허고 요쪽 양쪽인디. 그리서 근거가 거기 있다,
그런 얘기여. 그리서

　(청중 : 구천동도 거기가 있잖아. 저 위에 가서.)

　아니, 구천동이 아니라 오만동이지. 인자 고 얘기를, 고 얘기를 해 드릴
게. 내 명색이 거기 원장도 좀 허고 그리서, 거기 발족허는 디 나가서 조
금 뭐 좀 얻어 오고 그리서 그런디, 그 분이 임진왜란 당시에 왜놈들이

막 쳐들어 온개 다 도망갔어. 도망간 근거가 아까 그 오만동이라고. 오만 명이 가서 그 꼴짝에 가서 피난힜다 히서 그 골짝 이름이 오만동여.

(청중 : 오만동이라고 있어, 거가, 골짜기.)

그렁개 머 세상은 다 비어 버렸지. 왜놈이 막 쳐들어 와도. 그리도 가 서 봉개 젊은 친구가 딱 버티고 있어. 싸리문 알에(앞에). 우리 집에는 오 지 말라고.

"너 이 놈 왜, 왜 다 도망가고 없는디 너는 여기 와 있냐." 긍개 그 얘 기를 힜어.

"내가 참 자기 아버지가 금방 참, 운명헐라고 지금 허고 있는디 그런 것을 보고 자식으로서 갈 수가 없어. 그렁개 집에 들어가봤자 아무도 없 고 우리 아버지 병중에 있는 분밖인개 니가 필요헌 것이 뭐냐?" 긍개,

"이놈 요무래기 새끼가 지 애비 핑계 대고 살라고 헌다고."

인제 그 왜정, 아니 일정, 응 임난 당시의 장교가 그려도 좀 알았던 개 벼.

"이놈이 지 애비 맹세허고 살라고 그런다고. 이놈 니가 진짜 효잔가 아 닌가는 이름을 써서 불에다 넣어도 안 탄다드라. 긍개 히보자."

그렁개 머 그런 대로 와서 막 모닥불로 네 이름이 머냐 헝개 의연여. 의연이를, 신의연을 딱 써서. 그렁개 옛날에는 머, 볼펜으로 쓰고, 머 연 필로 쓰고 그런 것이 아니라 붓으로 썼거든. 금방 이렇게 써서 히 농개 종우가 수북하게 젖은 놈을 불에다 탁 넣응개 옆에 있는 종우는 타고는 고거만 안 타. 그렁개 할 수가 없어.

그리서 살리줬어. 그런 연유가 있어서 인제 평정이 되고 난 다음에 여 기서 상소를 히서 어전에서 해 준 거, 효자문 안에 가서 간판, 쉽게 따져 서. 그게 그 때에 준 그거여.

죽은 뒤에도 중국 천자의 문제를 해결해 준 율곡 선생

자료코드 : 07_12_FOT_20100202_KWD_JSY_0004
조사장소 : 전라북도 진안군 백운면 평장리 평가로 1557 평가마을회관
조사일시 : 2010.2.2
조 사 자 : 김월덕, 허정주, 진주
제 보 자 : 정상염, 남, 78세
구연상황 : 회관에 제보자를 비롯해 여러 사람이 모였다. 점심식사 전이라서 회관에서 이런 저런 얘기를 나누며 식사 시간을 기다리고 있었다. 조사자가 역사 인물에 대한 이야기를 요청하자 제보자는 노촌리의 신의연 효자에 얽힌 이야기를 한 뒤에 이어서 자신이 정여립의 후손이라면서 정여립 이야기를 꺼냈다. 정여립 이야기인가 싶었으나 뒤에 가서는 정여립과 절친했다는 율곡에 얽힌 이야기로 전개를 하였다. 제보자는 이런 이야기를 어렸을 때 서당에 다니면서 훈장 선생님으로부터 들었다고 하였다.
줄 거 리 : 정여립과 절친했던 인물 중에는 율곡이 있다. 율곡은 십만양병을 주장하며 선조에게 건의하기도 했으나 잘못된 여론을 일으킨다는 비난을 받고 옥에 갇혀 죽었다. 그런데 그 뒤에 조선에서 중국 천자에게 보낸 귀한 공작새가 아무것도 먹지를 않아서 천자가 조선의 인재들에게 문제 해결을 요청했다. 만조백관이 다 모여도 공작이 무엇을 먹는지 알지 못해서 혹시나 하여 율곡 선생의 집에 가서 물었다. 율곡 선생이 돌아가신 뒤라서 그 부인에게 물었더니, 율곡 선생께서 생전에 늘 "공작은 낙거무를 먹지만 사람은 부지런히 일해서 먹고 살아야 한다"는 말씀을 했다고 하자 그때서야 공작이 거미를 먹는다는 것을 알고 천자에게 답을 알려주었다.

인자 그런 얘기를 허고 싶으믄 또 저, 역사박물관에서 정여립 작년에 그것도 했잖여. 그것도 우리 일가여. 그리서 그 연고가 진안에 있거든요. 사실은 우리가 풍남동 근방에서 선조가 살으싰는디,

그 여립공 관계 때문에 우리 그 중시조 복재공 그 양반이 연촌허고 함께 전주 와서 계셨어요.

그리서 전주군지에 옛날에, 전주군지에 명현으로 아까 그 학행이나 이런 것은 인제 책을 허는디 문자가 많이 들어가믄은 돈을 수단 요금을 받는디,

그때 당시에 그것을 근거를 알고 갔다가 대믄은 그분이 과연 명현 축에 들어가면은 전부를 거기서 책 맨드는 사람이 부담을 허고 다 늫거든요. 그 왜 그런고 허니 손해가 안 가. 명예가 나옹개. 그래서 힜는디, 그런 양반이 거기서 살다가 여립공 관계, 인제 우리 친계는 아니여. 방곈디.

그 저, 거시기라고, 저 역적이라고 히 가지고, 정가라고 허믄은 다 때려 죽여. 그리서 인자 헐 수 없이 도망 와서 진안 와서 산 것이 오백 여 년 되았어요. 그때부터서 여기서 진안서 살고 있는 사람이, 이 집이는 거기서 중한테 혼나서 그렇고[중 박대한 이씨 집안을 말하는 것임.]

우리는 거, 저, 뭐여, 여립공 때문에, 정가라고 허믄 역적이라고 죽잉개 안 죽을라고 도망히서 피난허고 살았던 사람이요. 인자는 피언허고 다 이야기를 허고, 인자 그것을 계를 대고 그랬는디, 긍개 일가들도 보첩을 안 해줬어.

빼내 버리고 일가라고 허믄 그것도 역적이라고 형개. 그리서 힜는디 그 설원을, 학술연구회를 역사박물관에서 저번에 힜지. 긍개 술만 주고 밥만 주믄 잘 쫓아댕긴당개.

(조사자 : 그 정여립 이야기는 천반산 쪽에도, 죽도에 재실이 있다고 그러고.)

암믄. 그리서 죽도 선생여.

(청중 : 죽도허고 천반산허고 같은 디가 있어.)

아, 그렁개. 싱은 죽도 선생이라고 그랬고 거기가 인제, 그 말허자믄 훈련장이라고.

(조사자 : 천반산이요?)

암믄. 천반산이 훈련쟁이여. 쉽게 생각히서. 그리서 뭣인고 허이믄, 율곡 선생이 거그도 많이 베실을 헌 줄 알지만 이조 판서밖이는 못 힜는디, 선조 임금한티다가 앞으로 장래가 위험헝개 십만장병을 좀 양성허자고 힜다가 귀양을 가서 그냥 평안부사시에 매급시 여론 일으키서 걍 난리 맨

든다고,

오장난리 시킨다고 히 가지고는 귀양 가서 히서 그렸어. 그런디 아까 그 어립공허고 아주 절친혀 거기는. 그리서 인자 허다가 거기는 죽었어 옥중에서. 그 인자 히서 그 뒤에 중국에서 뭣인가 거 저, 봉황, 봉황인가, 아니 공작새.

공작새를, 좋은, 인자 거, 히 놨는디 먹들 안햐, 암것도 먹들 안허고. 거, 안 먹으믄 죽을 거 아녀. 그런데 한국에다가 물었어. 그 너그는 인재가 많고 형개 공작새가 뭣을 먹고 사는가를 연구를 혀 물응개 다 몰랐단 말여.

근디 율곡 선생께서는 돌아가신 뒤에야. 근디 그 부인이 거 계셔. 그리서 있는디, 그리도 인자 어따가 뭐 참, 신하들을 다 불러서 애기를 히 봐도, 누가 뭐, 만조백관이 다 몰라 그건. 글은 걍 서로 아는 사람이 많이도 그런 것까지는 몰른다 그 말여.

그리서 인제 혹시나 그 율곡 선생께서 그 유언이라도 가정에 있는가 싶어서 물었어. 물었더니 그 부인이 그건 몰르는디, 가정훈기 허시면서 사람은 먹어야 살고 잉, 긍개, 부지런히, 근감, 근검허게 히라, 허는 디에서 공잭이래야 낙거무를 먹제,

(조사자 : 예?)

공잭이래야 낙거무, 거무를 먹고살아 그건, 공잭이는. 딴 것을 안 먹고.

(청중 : 거미.)

응. 거미. 막 줄 치고, 거무줄 친다고 히서. 공작이래야 낙거미를 먹지 사람은 부지런히 히서 먹고살아야 헌다고 그 말씀을 허시드라. 아 그리서 인자 헐 수 없이 그놈을 갖다 제공을 히서 인자 중국으로 그 천자한티로 보냈어. 보냉개 거무를 잡어댕겨 낙곰낙곰 받아 먹드라고 인자 그런 것이 전설이 있고.

(청중 : 긍개 율곡 사후에 율곡한테 들었다 소리고만.)

응. 그렁개. 아니, 중국에서 천자한티로 그 저, 공잭이를 좋은 새잉개 잡어다가 줬는디 아 이놈을 두고두고 키우고 오래 볼라고 헌디 먹는 것이 없어. 고기를, 쇠고기를 썰어다 줘도 안 먹고 뭐, 안 먹어. 그러니 안 먹으믄 죽는 거 아니냐 그런 얘기지.

그리서 인자 조선은, 그렁개 옛날 조선이지, 조선은 참, 잘 아는 이인이 인재가 많이 상개 거기다 물어볼 수뱎이 없다고 히 가지고는 그건 특령이여 또. 천자가 그때 당시에 임금한테 물어서 그것을 못 알아 주면은 그건 벌을 받아야 혀. 그냥 머 마는 것이 아니고.

그 인자 대국으로 모시고 허는 제국주의 정치지. 쉽게 따져서. 그리서 인자 그런 것을 그때 돌아가신 뒤라도 그것을 맞췄다. 긍개 보통 조금 유식헌 분은 그런 것 정도는 알고 있어.

마이산의 옛 이름 솟금산

자료코드 : 07_12_FOT_20100202_KWD_JSY_0005
조사장소 : 전라북도 진안군 백운면 평장리 평가로 1557 평가마을회관
조사일시 : 2010.2.2
조 사 자 : 김월덕, 허정주, 진주
제 보 자 : 정상염, 남, 78세
구연상황 : 회관에 제보자를 비롯해 여러 사람이 모였다. 점심식사 전이라서 회관에서 이런 저런 얘기를 나누며 식사 시간을 기다리고 있었다. 조사자가 마이산에 얽힌 이야기를 요청하자 제보자는 자신이 들은 이야기와 책에서 언젠가 본 적이 있는 이야기를 적절히 섞어서 이야기하는 듯했다.
줄 거 리 : 진안의 마이산은 말 귀처럼 생겼다고 해서 붙여진 이름인데, 그 이전에는 솟금산 또는 용출산이라고도 했다고 한다. 솟금산에 얽힌 이야기는, 어느 여자가 아침에 산이 점점 솟아오르는 것을 보고 산이 솟아오른다고 말을 하자 산이 그대로 멈췄다는 내용이다.

긍개 첫째, 마이산 허른 말 그대로 말 마 자, 귀 이 자, 말귀같이 이렇

게 쫑긋허다 허는 원인이고, 또 인제 더 한 번 더 생각허믄 옛 명에 솟금산이라고 그렸거든.

(조사자 : 아 솟금산이라고 그랬어요?)

잉. 그런 것도 옛 전설에 나오는 것이 솟금산이라고 힜다가 현 그대로 글자를, 글자도 맞고 생김새도 그렇고 말귀마냥으로 뾰족허니 그리서 인자 마이산이라고 힜다 그려.

(조사자 : 솟금산이라는 뜻은 뭐예요?)

아이, 금복직개가 두 개가 엎어져 있다, 옛날 그 속설로 봐서는 그러지. 그리서 긍개 금이 자꼬 불어 잉. 올라와서 헌디 뭐 어느 여자가 아침에 봉개 산이 자꾸 불어. 아 저 산 봉개 만정시럽다고 그대로 끄쳤다고 헌다고 인제 그런 전설도 있고,

그렁개 그것은 풍설이라고, 전설이라도 인제 돌아댕기는 애깅개 꼭 곧이들을 수는 없어요. 그리서 헌 것이고 또 인제 마이산에 대한 얽힌 것이 많지.

(청중 : 용출산이라고도 허고.)

(조사자 : 마이산이 옛 이름이 용출산이었어요?)

(청중 : 거기, 거 저 유래에 보믄은 거기 가믄 많이 나와요. 거기 나오드라고.)

그렁개 요게 또 산맥으로 보믄 지리산이 명산인디 지리산 줄기로 히서 산 지형이 그렇게 나와 가지고 마이산 줄기로 히서 충청도 계룡산이 생겼다, 그리서 먼 진안에만 명산이 아니라 크게 보믄은 국가적으로 이건 조화를 부리는 산이다, 인제 이렇게 평가도 혀요.

괭이날과 쥐날

자료코드 : 07_12_FOT_20100202_KWD_JYS_0001
조사장소 : 전라북도 진안군 백운면 운교리 운계로 68-27
조사일시 : 2010.2.2
조 사 자 : 김월덕, 허정주, 진주
제 보 자 : 정영수, 남, 80세

구연상황 : 백운면 평장리 제보자들의 소개를 받아 운교리 정영수 제보자 자택을 찾아
갔다. 제보자가 출타 중이어서 자택에서 한참 기다렸다가, 귀가한 제보자를
만나 이야기를 나누었다. 제보자는 매우 친절하고 자상한 성격으로, 조사자의
취지를 이해하고 적극적으로 이야기를 구연해 주었다. 이미 제보자를 대상으
로 채록된 설화 몇 편이 있어서 조사자는 선행 자료도 참고로 하였다. 조사자
가 먼저 운교리 인근에 유명한 풍수 관련 전설이 있는지 질문하였다. 제보자
가 해 준 이야기는 평장리의 제보자들에게 들었던 것과 비슷한 내용이었다.

줄 거 리 : 평장리에 고양이날과 쥐날 형국의 터가 있는데, 쥐날에서 부자로 살던 어느
성바지가 부자로 살면서도 시주 받으러 오는 중을 대테를 매면서 박해를 하
였다. 중이 앙갚음을 하려고 쥐와 고양이는 상극이니 고양이날의 모가지를 파
면 더 잘살 것이라고 부잣집에 알려 주었다. 쥐날에 살던 부잣집에서는 더 잘
살고 싶은 욕심에 중이 시키는 대로 했다가 그만 망해 버렸다.

평장리 웃동네가 상평 섬뜸이라고 그런디, 상평이라고 그런디 상평이고
동평이라고 고을뜸허고 합쳐서 동평이라고 그렇게 시방 명명이 되아 있
는디, 동평 위에가 그게 옛날 여기 저 거시기에 나왔더구만, 백운지.

근디 고 앞으가 괭이날이라고, 또랑 건네가 괭이날이고 고 옆짝이 쥐날
이라고 그런디. 긍개 괭이허고 쥐허고는 상극이라 인제 이렇게 버구는디
그게 인자 옛날로 어느 성바지가 부자로 살다가 중을, 중이 오믄은 대테
를 매고 그렁개 중이 괭이 모가지를 파라고, 끌르라고 그맀어.

그 인제 중 말대로 대체 그러면 부자로 산다고 헌개 그 땅을 좀 팠더니
괭이 모가지를 팠단 말여. 그러고나서 그 동네가 죄다 망힜다고. 긍개 넘
말은 그리여. 앞으가 괭이 산이 있고 저기 쥐날인디 쥐날 거기다가 집을
짓고 행랑을 거기를 짐선 거기를 파냈단 말여.

그렁개 괭이, 괭이 목을 더 파내고 쥐가 안 망할 수가 있냐 그리서 살림이 망했다고 그리드라고 어떤 사람은.

시주승 박대하여 망한 문장자

자료코드 : 07_12_FOT_20100202_KWD_JYS_0002
조사장소 : 전라북도 진안군 백운면 운교리 운계로 68-27
조사일시 : 2010.2.2
조 사 자 : 김월덕, 허정주, 진주
제 보 자 : 정영수, 남, 80세
구연상황 : 평장리 제보자들의 소개를 받아 운교리 제보자 자택을 찾아갔다. 제보자가 출타 중이어서 한참 기다렸다가 귀가한 제보자를 만나서 이야기를 나누었다. 제보자는 매우 친절하고 자상한 성품으로, 조사취지를 잘 이해하고 다양한 이야기를 구연해 주었다. 풍수에 얽힌 이야기에 이어서, 중을 박대하다 망한 부잣집 이야기를 하나 더 하였다.
줄 거 리 : 운교리 지동마을(못골)에 남평문씨 문장자가 부자로 살았는데 중이 시주를 오면 대테를 매어서 박해를 하였다. 박해받은 그 중이 문씨들 시향산 앞 방죽을 메우면 문씨집안이 더 부자가 된다고 말했다. 더 부자가 되고 싶은 욕심에 문씨들이 그 방죽을 메웠는데 사실 그 방죽은 누운 소 형국의 터에 소 구수에 해당하는 것이었다. 소 밥통에 해당하는 방죽을 메우는 바람에 문씨네는 그만 망해버리고 말았다.

옛날 중이 오믄은 그냥 동냥을 주기 싫응개 요렇게, 저 대로 요렇게, 여기다 콩을 속에다 넣고는 대로 이렇게 테를 매요 여기다, 그러믄 인자 물을 뿌리믄은 콩이 불을 거 아니요. 그러믄은 그냥 못 견디지. 콩을 넣고 이렇게 인자 대로 테를, 테를 헝개. 그게 대테요.

그러믄 콩이 불응개 그냥 꼼짝 못허고 인자 기합을 주는 턱여. 긍개 시방 여 도르매, 바로 여 당산안서 하원산으로 넘어가자믄은 못골 지동이라고 그런디,

(조사자 : 못골 지동.)

못골 지동.

(조사자 : 못골하고 지동요?)

지동, 못, 못 지 자, 못 지자허고, 지동. 지동이라고 그려. 그런디 한 호 밖에 안 남었는디 거기 남평문씨 문장자가 거그 부자로 살았대요 고려 때. 그래 문장자가 대처 아까 말헌 대로 중이 오믄은 대테를 매여. 긍개 중이 그 안에 문씨들 시향산이 있는디 시향산 앞으가 이렇게 방죽이 있어 요. 긍개 인자, 중이

"저 방죽을 메우믄은 더 부자로 사요."

그게 소 구순디 소 방죽이. 와우라고 그려 와우. 소가 드러누운 와우라 고 그런디 거기를. 아 그냥 부자가 된당개 메워 버렸어요 그 방죽을. 아 그게 소 밥통을 메워 버링개 망해 버렸어 문가가. 그리서 문씨가 망해. 시 방도 한 집 살아요 문씨가. 옛날 잘살아. 뫼가, 문가들 뫼가 거그 시방도 수십 뎅이 있는디, 몇 대조인지를 몰라 어떤 게 어떤 할아버진지 몰라서 그냥 채려만 놓고 제사만 지내지.

(조사자 : 그러니까요. 못골 문씨들이 망했구나.)

지금도 하원산에 도르매(도르뫼)라고 그러지. 도르매. 돌매(돌뫼).

(조사자 : 돌매?)

도르매 그렇게 부르기도 허고.

(조사자 : 돌매. 어디가요?)

바로 요 앞으 동네 저짝. 도르매. 하원산이라고 그래요.

흑칠백장을 먹고 도통한 전라감사 이서구

자료코드 : 07_12_FOT_20100202_KWD_JYS_0003

조사장소 : 전라북도 진안군 백운면 운교리 운계로 68-27
조사일시 : 2010.2.2
조 사 자 : 김월덕, 허정주, 진주
제 보 자 : 정영수, 남, 80세
구연상황 : 평장리 제보자들의 소개를 받아 운교리 제보자 자택을 찾아갔으나 제보자가
　　　　　출타 중이어서 한참 기다렸다가, 귀가한 제보자를 만나서 이야기를 나누었다.
　　　　　제보자는 매우 친절하고 자상한 성품으로, 조사취지를 잘 이해하고 다양한 이
　　　　　야기를 구연해 주었다. 조사자가 전라감사 이서구 이야기를 요청하자 이서구
　　　　　이야기는 많다면서 그 중 하나를 구연해 주었다.
줄 거 리 : 이서구가 전라감사로 있을 때 완주군 소양면에 있는 위봉사를 방문하게 되었
　　　　　다. 위봉사 주지가 감사에게 대접할 음식이 마땅치 않아 상좌와 함께 어떤 별
　　　　　미를 준비할지 고민했다. 마침 여름인데 담장에 큰 구렁이가 있어서 주지는
　　　　　그것을 잡아서 머리와 꼬리를 떼고 요리를 해서 감사를 대접했다. 그런데 이
　　　　　서구가 대가리와 꼬리 없는 고기가 어디 있느냐며 대가리를 가져오라고 하자,
　　　　　주지가 죽을죄를 지었다며 실토를 했다. 주지가 대접한 것은, 먹으면 도통한
　　　　　다는 흑칠백장이었다. 이서구는 위봉사 주지가 대접한 흑칠백장을 먹고 천기
　　　　　와 지리에 도통을 하게 되었다.

(조사자 : 전라감사 이서구 같은 경우는?)

암문. 전라감사 이서구 얘기는 쌨응개 머. 전라감사 이서구가 처음에
전주 뭣이냐 관찰사로 와 가지고 소양, 소양면 저 거시기 위봉사가 있어
요. 위봉사가 지금은 쬐깐허지만은 옛날은 고찰로 컸던 모냥인디, 고리
인자 봄에 소풍 겸, 뭐라고 보꼬 초도순시 겸 위봉사를 갔는디,

아 인자 절에서 주지가 있다가 도관찰사가 사또가 오신단디 여름에 대
접헐 것이 없단 말여.

그 인자 나와서 대처 전주장까지 올라니 거리도 멀고, 그 인자 상좌를
시켜서 하여간 뭣을 좀 별미를 좀 히드리야것다 허고 인자, 그러고 걱정
을 헌디, 강개 인자 밖으 여름엔디 구렝이가 큰놈이 한 마리 다무락가에
어디가 있단 말여.

게 그놈을 잡아갖고 거두절미혀서 대가리 내쏘고 꼬랭이도 내쏘고 그

놈을 허서 드렸어. 그래 감사가 잘 잡솨요. 맛있게 참 술허고 잘 잡솨. 먹고 나서는,

"아, 괴기 치고 뭣이냐 대가리허고 꼬랭이 없는 고기가 어디가 있냐? 어두일미라니 대가리 좀 갖고 오니라."

아 이거 큰일 났거든. 비암 대가리를 갖다 주믄 죽게 생겼는디 그냥,

"아이고 죽을죄를 졌습니다." 인자 주지가 그렁개

"아, 내가 다 안다."

그렁개 인자, 그게 흑칠백장인디 전어. 전사. 전사를 먹었는디 하늘을 보믄은 천기를 전부 도통을 허고 땅을 보믄은 지리를 도통헌다는 것이래야. 그걸 먹으믄. 게 어쩔 수 없이.

"내가 다 안다. 괜찮응개 어서 가져 오니라."

갖다 준 걸 맛있게 잡수고 그러고 인자 지리에 박사가 됐다구 그리요, 훤히. 인자 그렇고 시방.

진묵대사의 후신인 이서구

자료코드 : 07_12_FOT_20100202_KWD_JYS_0004
조사장소 : 전라북도 진안군 백운면 운교리 운계로 68-27
조사일시 : 2010.2.2
조 사 자 : 김월덕, 허정주, 진주
제 보 자 : 정영수, 남, 80세
구연상황 : 평장리 제보자들의 소개를 받아 운교리 제보자 자택을 찾아갔다. 제보자가 출타 중이어서 제보자를 한참 기다렸다가 만나서 이야기를 나누었다. 제보자는 자상하고 친절한 성품으로 다양한 이야기를 들려주었다. 특히 전라감사 이서구 이야기가 많다고 하며, 이서구에 관한 두 번째 이야기를 계속 하였다.
줄 거 리 : 완주군 소양면 위봉사는 진묵대사가 도통을 한 곳인데 이 절에는 무엇이 들어 있는지도 모르고 열쇠로도 열리지 않는 궤짝 하나가 있었다. 전라감사 이서구가 주지에게 그 궤짝이 무슨 궤짝인지 묻고는 열쇠를 가져오도록 한다.

그런데 그동안 어떤 열쇠로도 안 열리던 궤짝이 열리고, 그 안에 조그만 책에는 모월모일모시에 전라감사가 연다는 내용이 적혀 있었다. 그 궤짝은 진묵대사가 남긴 것으로, 전라감사 이서구는 진묵대사의 후신이라는 설이 있다고 한다.

위봉사에 또 진묵대사가, 진묵대사가 거기서 도통을 혔다는디. 궤짝으다가, 쪼그만헌 궤짝이 하나 있는디 고 속으다 뭣을 넣었는지 모른디 쇠때를 잠궜는디 쇠때가 안 끌러져요. 거 인자 몇 대를 주지가 이렇게 내려와서. 끌러볼 생각도 안 허고 끌르도 안허고 안 끌러징개. 별로 많이 들도 안 허고.

게 인자 몇 대를 지냈던지 인자, 진묵대사허고 아까 이서구허고는 연대가 인자 많은디, 이서구가 와서는 참 머라고 허는고니 궤짝을 보고는,

"저 궤짝이 무신 궤짝이냐?" 그렁개

"아 옛날부터 진묵대사가 스님이 쓰던 것인디 그냥 내방쳐 두고 뭣이 든지도 모르고 쇠때도 안 끌러지고 그런다고." 그렁개,

"아 쇠때가 있으믄 안 끌러지는 법이 어디가 있냐? 쇠때 가져 오니라."

끌릉개 툭 끌러져. 그 인제 보닝개 쪼그만헌 책이 하나 들었는디 아무 날 아무 시에 전라감사 이감사 개택이라. 감사 그 시간이 딱 맞아. 그 날짜로 적히서 전라감사가 개탁, 연다, 그렇게 적혔드라요. 그리서 이서구가, 뭣이냐 저, 아까 그 진묵대사의 죽어 가지고 혼이 태어났다, 인자 그런 설이 있는디 야사 설이지.

진묵대사의 궤짝도 후신이 이서구가 되았다, 인자 그런 얘기고.

이서구가 지목한 명당을 차지한 전주유씨

자료코드 : 07_12_FOT_20100202_KWD_JYS_0005
조사장소 : 전라북도 진안군 백운면 운교리 운계로 68-27

조사일시 : 2010.2.2

조 사 자 : 김월덕, 허정주, 진주

제 보 자 : 정영수, 남, 80세

구연상황 : 평장리 제보자들의 소개를 받아 운교리 제보자 자택을 찾아갔다. 제보자가
출타 중이어서 제보자를 한참 기다린 끝에, 귀가한 제보자를 만났다. 제보자
는 자상하고 친절한 성품으로, 조사자의 취지를 잘 이해하고 적극적으로 이야
기를 구연해 주었다. 특히 이서구 이야기가 많다고 하면서 이서구에 얽힌 이
야기 네 편을 들려주었다. 이 이야기도 그 중 하나이다.

줄 거 리 : 전주유씨 유진사가 이서구의 차사로 심부름을 하며 따라다니던 사람이었는데,
하루는 임실을 거쳐서 진안읍내를 가다가 운교리 금동에 있는 옥녀직금 명당
을 보고, 앞으로 세 번 패일 것이라고 예견하였다. 이 말을 듣고 유진사가 감
사에게 이 땅을 달라고 청하여 허락을 받았다. 이 땅에는 신씨들이 많이 살았
고 신씨들의 시향산도 있었다. 돈이 많았던 유진사는 신씨들에게 조건없이 돈
을 마구 빌려 주었다가 신씨들이 갚을 수 없을 정도가 되자, 돈 대신 그 산을
내 놓으라고 했다. 어쩔 수 없이 신씨들은 시향산까지 유진사에게 빼앗기고
객지로 떠나게 되었다. 이때 신씨 집안의 고자대감(환관) 하나가 이 소식을
듣고 서울에서 내려와 보니, 신씨선산에 유씨들이 이미 자기네 묘를 쓰고 피
한 다음이었다. 신씨 고자대감은 부아가 나서 그만 그 자리에서 죽고 말았다.
그러나 나중에는 신씨나 유씨 후손이 모두 부자도 되고 집안에 판검사도 나
고 다 잘 되었다.

그렇지 인자. 그러고 또 하나 허께. 여 재실, 금동 재실이라고 들었는
가, 운교리 구역여. 운교리 하나의, 운교리가 일곱 동넨디 시방은 한 집밲
이 안 살아. 칠팔 호 살았는디. 금동이 그게 옥녀직금 명당인디, 명당인디
전라감사 이서구가 인자 그 옛날은 가매에 타고 댕긴개 각 군에.

근디 인자 원 주원에서 그렇게 진안읍내를 갈라고, 임실 댕기서 갈라고
헌디, 인자 그 금동 앞으, 신작로, 옛날은 신작로 갖고 인자, 가매만 대고
댕기고. 인자 거기서 감사가 인자 담배를 핌선 그 인자 옥녀직금을 바라
보더니,

"좋기는 좋다마는 세 번 패이겠다고." 인자 군담을 혀.

긍개 그때에 전라감사 이서구의 차사가, 따라댕기는 비서지 요샛말로.

총각으로 따러대니는, 댐뱃대도 태여 드리고 인자 그런 심바람꾼으로. 유진사, 시방 전주 유판사도 있고 전주유씨들이 부자로 살았어요. 그 유진사 아버지가 차사로 댕겨. 열아홉 살 먹어서. 머리 지드란히 따고 비서로 따러 댕겨. 그게 가만히 봉개 원님이 사또가 거기를 바라보더니 군담을 형개,

"아, 사또, 못 쓰면 저를 주시오." 그렁개,

"그러냐."

그래 거기서 얻었어. 얻었는디 뭔 수가 있는고니, 거기에 쓸 신(辛)자 신가들이 거기 많이 산디, 신가들 시향산여 거기 저, 그 자리가. 근디 그 인자 유진사 아부지가 신가들한테 인자 막 돈을 들고 대줘. 돈이 있응개. 빚을 주고는 받을 생각도 안 허고 그냥 대줘.

긍개 인자 이자가 그냥 이렇게 불고 그냥, 돌라믄 주고 주고 형개 그렇게 줬느디 갚을래야 갚을 재간도 없고. 그 나중에 있다가,

"내가 이 산을, 산으로 도라, 그러믄 빚은 내 안 받으마."

게 인자 별수 없이 그냥 자기네 묘만 파 가고 신가들이 떠나고 산으로 줬어요. 게 인자 뫼를 썼어. 전주유씨 유진사가. 묘를 썼는디 그러자 인자 신가들 중에 이조 말엽쯤, 이조 중엽, 중엽까지는 안 되고, 말엽은 안 되고.

몇 대가 되어서 시방 인자 부자로 상개 허기는. 철종 때나 되았든. 하여간 서울서 고자대감이 있어요. 신가들 중에. 게 인자 그 기별이 서울로 들어갔단 말여. 게 고자대감이 있다가는 그냥 부아가 나거든.

"이놈 당장으 내가 내려가서……"

고자대감이 뭣이냐 저, 임금님 하인 아녀. 저, 궁궐에서. 긍개 하나쯤 죽이고 와서 죽있다고 허믄 그저 상관이 없단 말여. 그 인자 노하인을 데리고 와서 패 죽일라고 인자 시방 오는 판여.

"전주 사는 유가 그까짓것들이 뭣이가니 우리 선산을 죄다 뺏어가고

그렸담선. 이놈을 당장 죽인다고."

근디 유진사네는 시방 여기다가 묘를 쓰고 사흘 만에 요리 가고 전주로 가고, 고자대감은 여기서 내려오는 판여. 근디 질이 상관 저그서 요리가는 질이 있고 요리 가는 질이 있댜. 근디 만났으면 거기서 당장으 죽이는디 하상 요리 피허고 요리 오고 그렸단 말여. 와봉개 뫼는 써 놨는디도망가 버리고 없네. 그냥 부아가 나서 그냥 피를 토허고 죽어버렸어. 고자대감이.

화가 나서 그렀던지, 인자 뫗바람에 그렀던지 뫼를 파 냉기 버리서. 게 그냥 그 질로 인자, 유 거시기가 유진사가 나고, 유씨가 부자요, 전주서시방 뭣이냐 저 서정으 유씨들이 등황허니 살았어요. 게 여기다 논도 많이 사놓고 부자여. 시방 그 자손이 뭐 유장교가 일본 조도전 대학도 댕기고. 인자 뫗바람이 나서.

그리고 전주지방법원에 판사도 유판사도 하나 났고. 부자여. 요새는 인자 맞는가 모르겄소. 인자 그렇게 잘 되았어. 그게 인자 신가들도 죄다 객지 분산허서 인자 나가 버렸는디 고 신가들도 신태일이라고 내동리 살다가 인자 쬦기나 갖고, 내동리 살다가, 신태일이 아들이 고등고시 서울대법대를 나와 고등고시 봐서 히서 거시기 법원 판사로 있어. 법원장. 근디죽었어요. 근디 신태일이 손자도 아들은 죽고 손자도 또 판사랍디다. 인자그렸고.

긍개 신가들도 나중에 뫼는 팠어도 부자가 되았고 검판사가 나왔고 유가들도 부자가 되아 버렸고 인자 그런 얘기 한 토막.

어려서 공부를 게을리했던 이서구

자료코드 : 07_12_FOT_20100202_KWD_JYS_0006

조사장소 : 전라북도 진안군 백운면 운교리 운계로 68-27
조사일시 : 2010.2.2
조 사 자 : 김월덕, 허정주, 진주
제 보 자 : 정영수, 남, 80세
구연상황 : 평장리 제보자들의 소개를 받아 운교리 제보자 자택을 찾아갔다. 제보자가
　　　　　출타 중이어서 제보자를 한참 기다린 끝에, 귀가한 제보자를 만났다. 제보자
　　　　　는 자상하고 친절한 성품으로, 조사자의 취지를 잘 이해하고 적극적으로 이야
　　　　　기를 구연해 주었다. 특히 이서구 이야기가 많다고 하면서 이서구에 얽힌 이
　　　　　야기 네 편을 들려주었다. 이 이야기도 그 중 하나이다.
줄 거 리 : 이서구의 집안이 본래 가난하여 이서구가 어려서 서울 어느 집 양자로 보내
　　　　　졌다. 그런데 공부를 좀처럼 하지 않고 친아버지가 올라와도 인사조차 제대로
　　　　　하지 않았다. 이것을 괘씸하게 여긴 양아버지가 이서구를 시험하느라고 들깨
　　　　　를 한 말 주면서 하루 안에 다 세어 놓으라고 과제를 냈다. 저녁에 양아버지
　　　　　가 돌아와 깨알 수가 몇 개인지 묻자 이서구가 몇 만 개라고 답한다. 이서구
　　　　　가 한 홉에 들어가는 깨알을 하인들에게 먼저 세도록 한 다음에, 나머지를 되
　　　　　로 계산하여 깨알 수를 알았다는 말을 듣고, 양아버지는 이서구가 멍청하지는
　　　　　않다고 생각하여 공부를 하지 않아도 내버려 두었다. 그러나 공부를 게을리해
　　　　　서 이서구가 좋은 문장가는 되지 못했다고 한다.

　그러고 이서구가 긍개 딴 사람, 이서구가 원래 촌에 산디, 서울 대감네
집으로 양자를 갔어요. 즈 아부가 아니고. 즈 아버지는 가난혀. 양자를 갔
는디 즈 아부가 인자 한번은, 긍개 사촌이나 육촌쯤 되는디, 아들 보러 인
자 갔더니 대감네 집을 갔더니 인사도 잘 안 혀 이놈이. 지 애비한티.

　긍개 양아버지가 있다는 저런 망한 놈이 있는가 지 애비가 왔는디 암
만 촌에서 온 시커먼 애비지만은, 잉. 괘씸하게 생각을 혔어. 근디 공부를
안 해요. 그게 저 놈을 공부를 좀 갈쳐야겠는디 공부를 안 혱개, 하루는
대감이 깨를, 들깨를 한 말을 되아 줌선,

　"너 오늘 이것 죄다 시어 놔라."

　인자 놀기만 혱개 열중해서 인자 시라고. 그 인자 그렁개 하인들을 죄
다 시겨 갖고는 되로 한 홉으로 너 이놈 시어라, 너 시어라, 쬐그만허니

한 되씩 한 홉씩 나눠줘. 그러고 인자 몇 홉이 그놈을 되아 봐. 몇 홉이나 되는가. 그래 갖고는 그놈 계산해서 딱. 저녁판에 와서 인자 이놈이 와서 참말로 셌는가 안 셌는가 허고 물어 봉개,

"아, 몇 만 개요." 그러거든.

"그 너, 어떻게 몇 만 개를 알았냐?"

"아, 알았다고."

그 인자 하인들 보고 물어 봉개 역차역차 해서 세였다고. 그 멍청하지는 않구나 그냥 그러고 내비 둬. 공부를 안 형개 유식허들 못히서 외직 감사를 나가도 긍개 인자, 뭐 아는 건 그냥 허두로 첫 번에 그냥 모릉개 글도 못 짓고. 허두로 그냥 히갖고 어떻게 얼렁뚱땅 넹깄다고 그럽디다. 인자 그런 말이 있고.

경천의 밀고로 잡힌 전봉준

자료코드 : 07_12_FOT_20100202_KWD_JYS_0007
조사장소 : 전라북도 진안군 백운면 운교리 운계로 68-27
조사일시 : 2010.2.2
조 사 자 : 김월덕, 허정주, 진주
제 보 자 : 정영수, 남, 80세

구연상황 : 평장리 제보자들의 소개를 받아 운교리 제보자 자택을 찾아갔다. 제보자가 출타 중이어서 제보자를 한참 기다린 끝에, 귀가한 제보자를 만났다. 제보자는 자상하고 친절한 성품으로, 조사자의 취지를 잘 이해하고 적극적으로 이야기를 구연해 주었다. 전라감사 이서구 이야기를 구연한 후에, 제보자가 전봉준 할아버지 이야기를 하겠다고 하며 이야기를 하였다. 제보자의 할머니가 스물 대여섯에 동학란이 일어났는데 동학군이 마을에 직접 들어오지는 않았지만 그래도 무서워서 뒷동산으로 밤이면 밤마다 피난을 갔다는 얘기를 제보자가 어렸을 때 할머니한테서 들었다고 한다.

줄 거 리 : 전봉준이 동학군을 이끌고 서울로 진군할 적에 '경천땅을 넘지 마라'는 비결을 담은 동요가 퍼져 있었다. 전봉준과 동학군이 충청도를 지날 때 충청도 경

천이라는 곳을 넘지 않고 있었는데, 관군, 일본군, 청국군이 무장을 하고 내려와서 동학군은 퇴병할 수밖에 없었다. 동학군 패잔병은 낮에는 산에 숨어 있다가 밤에 무리를 지어서 무기를 갖고 마을 사람들을 위협해 먹을 것을 해결하며 고향으로 후퇴하였다. 이때 전봉준과 손화중, 김개남 세 사람이 동학군을 지휘하고 있었는데, 어느 날 세 사람이 모여서 대책 회의를 하고 있을 때, 호가 경천인 사람(제보자는 손화중 또는 김개남 둘 중의 한 사람이라고 생각함)의 밀고로 전봉준이 관군에 붙잡혀 서울로 압송되어 남대문에서 효시를 당했다.

거 내가 뭔 얘기를 헐라다가… 전봉준 얘기 우리 할아버지 얘기를 한 번 햐. 뭣이냐, 갑오동학란 때 동학군을 따라서 인자 고부에서, 그 인자 뭐 다 아는 얘긴디 고부에서 인자 히 갖고 뭣여 저, 고부군수 김 뭣여? 김병갑이?

(조사자 : 조병갑.)

응? 조병갑이. 잉. 조병갭이를 도망가 버리고 없응개 조병갑이 즈 어마니만 그냥 작대기로 막 거시기 허고 인자 그랬단 얘기. 인자 히 갖고는 몇 만 명을 시방, 그 주로 부장이 전봉준이허고 김 뭣여 저.

(조사자 : 김개남?)

응 김개남 또 하나는……

(조사자 : 손화중?)

응 손화중. 인자 서인디. 그때 비결이 경천 땅을 넘어가믄 망헌다. 경천 가지마라. 그런 동요가 있었대요. 그 인자 충청도 지내가믄 경천 땅이 있디야 어디가.

그 인자 경천, 그 동요만 믿고 인자 전라감영 죄다 때리붓고 충청도 올라가다가 그때 그냥 바로 그냥 서울로 직진혔으믄은, 일본군 내리오기 전에 청국군 내리오기 전에 서울 가서 중앙만 거시기 혔으믄은, 대원군허고 손잡으믄 민비 떨어내고 혔을 판인디 충청도 가다가 하여간 들고 인자 민병대는 많이 인자 증원이 되닝개, 그 인자 경천 땅을 안 넘어가고 거그가 망헌다고 그렁개 안 넘어갔어.

그러자 인자 일본 군인들이 인자 총 갖고 청병, 청국 군대가 와 갖고는 대원군 잡어가지 않았어요?근디 인자 그러고 관군들허고 인자 일본군대, 청병들허고 인자 옹개 대체 머 몇 만 명 몇 십만 명 되지만은, 뭣여 저, 동학군이 어떻게 이길 수가 없거든. 하다가 인자 망하게 생겼으니까 전부 도망해서 패잔병으로, 그 인자 패잔병 얘기여 시방.

근디 인저 전부 인자 도망해서 패잔병 고향 앞으로 인자 오는디, 고 열 명이고 스무 명이고 한 부대가 올라믄은 총을 한 자루 들어야 허지. 글 안허믄 누가 봐. 낮에는 관군 무서운개 산에 가서 숨어 있다가 저녁으로만 인자 고향 앞으로 온디야. 옛날 저 의용군들 남에 갔다가 도망해서 오듯기.

총을 한 자루 단체가 하나 메야 고놈 갖고 들이대고 밥 내놓으라고 그러고 그냥 돼아지도 잡아먹고 그냥 그러장개 그 난리가 그 난리였다고 그리요. 그러나 올라갈 때는 글 안혔는디 패잔병, 배는 고픈개 부잣집으 가서는 개고 돼아지고 잡아먹고 그냥 머 그냥 금은보화도 뺏어가고.

우리 동네도 우리 할마니 말씀을 들으면 낮에는 차라리 집에 있어도 밤이믄 요 뒤에 뒷동산에 가서 가만히 이렇게 딜여다 보면은, 닭소리만 꾁끼오 꾁끼오 나고 조용하다 죄다 뒷동산에 여그 와서 피난을 허고 인자 그랬다고 그럽디다.

그런디 그 인자 전봉준이가 도로 후퇴해 갖고는 정읍 왔다 두고 김개남이네 집인가 호가 경천이댜. 김개남이 호가 경천인가, 아까 저 딴 사람 호가 경천인디 거기서 인자 서이 뫼어서 시방 재기헐 계획을 세우는 판인디, 긍개 그때 전봉준이 밀고해서 잡으면 돈이 상금이 천 냥인가 팔백 냥인가 되아. 밀고만 허믄.

긍개 경천 김개남인가 또 하나 누구? 손화중인가? 손화중이 호가 경천이든가 경천인디 밀고를 혔어 살짝이. 저는 살라고. 같은 부장이 서이가

대장인디. 아 밀고를 형개 그냥 딱 김개남이네 집이 사랑에서 숨어 있는
디, 딱 둘러짜고 인자 일본군대하고 관군 둘러짜 갖고는 헌디 뭐 별 수
있었어요.

헌디 전봉준이 쬐그만혀도 똥똥허니 기운이 장사랴. 그래 이렇게 밖에
서 괴암을 이렇게 들여다봉개 다무래기가 이렇게 훨씬 높으대요. 그 집
사랑이. 들여다 봉개 꽉 둘렀다네. 그래 홀떡 뛰어서, 그냥 다무래기(담장)
이렇게 높아도 전봉준이가 인자 힘이 세고 헌개, 그냥 담을 홀쩍 뛰어서
넘어갈라고 형개 꽉 둘러짜 갖고 잽혔디야.

그래 갖고는 전라감사 또 누가 포박히 가지고는 서울로 압송히서 인자
서울서 모가지를 끊어서 남문시장으다 효시를 힜다고 그러지요. 고것뿐
여. 인자.

명당 묏바람에 태어난 황희 정승

자료코드 : 07_12_FOT_20100202_KWD_JYS_0008
조사장소 : 전라북도 진안군 백운면 운교리 운계로 68-27
조사일시 : 2010.2.2
조 사 자 : 김월덕, 허정주, 진주
제 보 자 : 정영수, 남, 80세
구연상황 : 평장리 제보자들의 소개를 받아 운교리 제보자 자택을 찾아갔다. 제보자가
　　　　　출타 중이어서 제보자를 한참 기다린 끝에, 귀가한 제보자를 만났다. 제보자
　　　　　는 자상하고 친절한 성품으로, 조사자의 취지를 잘 이해하고 적극적으로 이야
　　　　　기를 구연해 주었다. 조사자가 황희 정승 이야기를 청하자 이야기를 들려주었
　　　　　다.
줄 거 리 : 제주목사가 욕심이 있어서 유명한 대사에게 천 냥을 주고 명당을 잡아달라고
　　　　　했다. 남원에 '황곡단풍' 명당이 있는데 멀리서는 보이지만 옆으로 가까이 가
　　　　　면 재혈을 못해서 대사는 명당을 잡지 못한 채 1년이 지났다. 제주목사가 마
　　　　　침 남원을 지나다가 그 대사를 만났다. 중이 아직 명당을 잡지 못했다고 하자
　　　　　제주목사가 화가 나서 중을 말에 묶어서 끌고 갔다. 남원에서 벼슬을 하던 황

희 정승 할아버지가 그 모습을 보고 중이 불쌍해서 천 냥을 대신 갚아주고 집으로 중을 데려와서 보살펴 주었다. 은혜를 갚기 위해서 중이 '황곡단풍' 명당을 잡아 주었고, 거기에 조상 묘를 쓴 후 그 뒷바람으로 황희 정승이 태어났다.

황희, 황정승이 긍개 에 또 뭣이냐 뭔 황가여. 장수황씨지. 장수 살았는디 장수 황정승, 황희의 할아버지 때부터 시조가 그것뿐이 모르더구만. 황가들이. 그 인자 장수 살아서 장수 황씬디 저그 남원에 가믄은 황정승 아부지가 뭣이냐 뭔 벼슬을 쪼깨 힜어요.

힜는디 제주목사 아무것이가 그때 중 도사 중 아따 뭔 도사중이냐. 유명헌 중인디 그때, 뭔 대사여. 뭔 대사를, 뭔 대사라고 그러냐, 대사를 제주목사가 고 대사한테 명당을 하나를 잡아 돌라고 천 냥을 줬어요.

그 인자 대사가 천 냥을 거시기로 받았응개 명당을 하나 잡아줘야 겄는디, 남원에 뭣이냐 그 명당 이름이, 하, 인자 이것, 명당 이름이 아따 뭔. 뭔 명당이 있는디 먼 디서 보믄 거기가 뷘디 높게 높게 달렸는디 옆으 가믄 재혈을 못혀. 꼭 고 자리를 못 뚫어. 멀리 보믄 거기가 긴디.

그 뭔 명당이라고 허는디. 그러자 어언 서너 달이, 일년이 지냈든가 그런디 그 인자 그 자리를 하나 꼭 잡아줘야 것는디, 큰 자링개. 그 제주목사가 서울 갔다가 그때 인자 가매로 가는디 남원을 지내다가 마침 그 중을 만났어요. 돈 준 중을. 중을 만나고,

"너 왜 여태 잘 잡았냐? 명당 하나 잡았냐?" 그렁개

"아직 못 잡았습니다."

"하, 이런 도둑놈이라고. 중놈이 세상으 네가 알고도 고걸 안 잡아줄라고 못 잡았느냐고."

중놈 모가지를, 거시기를 말 뒤캐다 매달고는 끌고 가. 이놈 쥑이버린다고. 그 인자 황정승, 황희의 할아버지가 그걸 보고는 대처 불쌍허거든.

"아 사또 대체 뭔 죄가 졌가디 그 사람을 중인디 보아하니 중인디 불쌍

허지 않소."

"허, 이놈이 내 돈 천 냥을 떼먹고 명당 하나 잡아 돌라고 혔더니 여태 안 잡아 주고 이놈 쥑이버리야 헌다고. 중놈이 도둑놈여."

"그러믄 천 냥만 갚으믄 살려 줄 거 아니요."

"아 그렇지. 천 냥 내놓으면 내가 살려주지."

"아 그려요. 그러믄 내가 천 냥을 갚아 드릴팅개 놔 주시오." 그렁개 제주목사는

"아 그러지아고."

천 냥을 주기로 약속을 혔어요. 그 인자 중을 엔간히 끌리가다가 수염이 넘어가게 생깄는디 인자 그 덕택으로, 황생원 덕택으로 살아났어. 그 인자 뭣이냐 죽을 끓여 멕이고 한 이틀을 쉬었던지 살아났어요. 그러고 나서 인자 고 자리를 봉개 훤히 뵈어. 아까 명당. 뭣이냐, 풍취나대.

높이 백힌 명당인데 아따 머라고 허니라. 그 인자 훤히 뵈야. 높이 백 힜는디 그 인자 그 인자 은혜 갚은 건 그것뿐이 없어요. 거기다 뫼를 썼어. 그 바람으로 황희 황정승이 났다 그러지요. [조사자가 기존에 조사된 책자를 보고 그 명당이 '황곡단풍' 아니냐고 하자]

응 황곡단풍. 예, 맞아. 황곡단풍여. 예. 황곡이 저 따오기 곡자일 것여. 새. 따오기. 누런 꾀꼬리가 저, 단풍을 만났다, 인자 그런 얘기 같아요.

무고한 사람을 도둑으로 몬 포도대장 김시평

자료코드 : 07_12_FOT_20100202_KWD_JYS_0009
조사장소 : 전라북도 진안군 백운면 운교리 운계로 68-27
조사일시 : 2010.2.2
조 사 자 : 김월덕, 허정주, 진주
제 보 자 : 정영수, 남, 80세

전라북도 포도대장 김시평이, 김시평이가 여 평지 오, 오씨가 많이 산디, 오씨 오세열 씨 누님여, 매형여. 김시평이가. 이조 말년에 대원군 시절에 전라북도 포도대장여 김시평이. 근디 김시평이가 용머리 고개를 넘어가다가,

긍개 인자 잽히면 그냥 강제로 인자 고문을 헝개, 그때도 요새는 글 않지만은, 어먼 죄인도 많이 잽힐 거 아니었어요? 그렁개 한번은 밥집에서 밥을, 여관에서 밥을, 질 가다 인자 중간에서 인자 밥집에서 밥을 먹는디 가만히 한 놈 상을 봉개, 생김새가 도둑놈같이 생겼어.

그래 그러니 그걸 거시기도 못 잡고 도둑놈이라고 할 수도 없고, 긍개 먼 꾀를 냈는고니, 가만히 봉개 그놈이 밥을 뒤에서부터 퍼 먹어. 그 괴상시런 놈이. 포도대장이 있다가는 밥을 뒤에서부터 퍼 먹는 놈은 도둑놈이다, 인자 그렸단 말여. 그러고 살짝이 그놈 눈치를 봉개 살짝이 밥그릇을 돌려놔.

옳다! 이놈이 죄가 있응개 밥그륵을 돌리는 갑다. 가서 돌리는 걸 가서

잡았단 말여. 그래 갖고 인자 무조건 죄가 있던지 없던지 잡았어요. 인자 그렀는디 김시펭이가 한번은 용머리 고개 너머를 지내다 봉개 도둑놈한 테 걸렀어.

긍개 도둑놈이 그때, 시방은 꽉 집이 찼지만은 그때만 해도 인제 집이 없던 곳이죠. 거기가. 으슥헌 잰디. 도둑놈이 옳다 이놈 너 이놈 김시펭이 란 놈이지. 이놈 잘 걸렀다. 그 혼자 도둑놈들이 달라등개 별 수가 있어 요?

딱 냅히 놓고는 배에 걸터앉아 갖고는 칼로 죽일라고 헌단 말여. 너 같 은 놈 죽인다고. 그러자 꾀를 내기를,

"내가 오늘 너한테 죽는다. 죽지마는 너 뭣허게 사람을 데리고 대니냐. 너 혼자 히도 나 충분허니 죽인다."

헝개 뭣이 사람이 있다고 헝개, 도둑놈이 있다가는 돌아볼 뿐이. 깜짝 그런 새에 칼을 뺏어갖고 그냥 도로 뺏았어요. 그래 갖고 살아났댜. 글 안 허믄 죽을 틴디. 인자 그런 얘기가 있고. 근디 아들도 없고 김시펭이가 나 중에 거시기 횄다고 그럽디다. 못된 사람만 죄다 잡아다 헝개 잘못 되었 다고 그려요.

곤장 한 대 맞고 죽은 중

자료코드 : 07_12_FOT_20100202_KWD_JYS_0010
조사장소 : 전라북도 진안군 백운면 운교리 운계로 68-27
조사일시 : 2010.2.2
조 사 자 : 김월덕, 허정주, 진주
제 보 자 : 정영수, 남, 80세
구연상황 : 평장리 제보자들의 소개를 받아 운교리 제보자 자택을 찾아갔다. 제보자가 돌
        아올 때까지 한참 기다렸다 제보자를 만날 수 있었다. 제보자는 매우 친절하
        고 자상한 성품으로, 조사자의 취지를 이해하고 이야기를 여러 편 들려주었다.

줄 거 리 : 전주 남고사에 중이 하나 있었는데, 그 중은 대원군에게 돈을 바치고 비호를
받으면서 동네에서는 패악을 일삼았다. 전라감사가 이 중을 잡아다가 죽이려
고 대원군에게 허락을 구하니 대원군이 곤장 한 대만 쳐서 내쫓으라고 했다.
그래서 중을 잡아다 곤장을 때리는데, 몇 십 번을 때릴 듯이 하면서 때리지
않고 엄포만 주었다. 그러자 중이 허허하고 웃었는데 그 사이에 곤장 한 대를
쳤더니 중이 허파가 떨려서 즉사하였다. 전라감사는 대원군의 처분대로 곤장
한 대만 쳐서 중을 죽였다.

서정 그 안 골짜기 뭔 절 있는디 뭐라고 그러지요? 서정서, 사범대학
그 안에 골짝을 뭔, 뭐라고 그리여.

(조사자 : 어디요? 서정?)

전주. 사범대학 있는 고 안에 골짜기를 뭔, 뭔 골짜기라고 허지? 절도
있고.

(조사자 : 동서학동?)

암믄 서학동. 고 골짝을 갖다가 뭐라고. 응. 남고산. 남고사에 중이 하
나 있는디. 이조 말년여. 중이 행실이 나빠요. 그냥 동네 와 술을 처먹고
그냥, 뭣이냐 울타리가에다 오줌을 싸고 지르고. 인자 젊은 여자가 혼자
있으믄 와서 히야까시를 허고. 동냥 헌다고.

전라감사가 가만히 생각헝개, 그때 이서구가 그렸든가 누가 생각헝개,
이런 괘씸헌 놈이 있는가 허고는 목을 쳐 죽일라고 갖다 놓고는 죽이던
못허고. 대원군이 그때 집행헐 땐디 대원군한테 이런 중놈이 이런 나쁜
짓을 헝개 죽일라요. 허락을 맡어야 헝개, 중앙.

근디 이 중이 대원군한테 뭣을 세금을 바치고 돈을 바쳐요. 긍개 대원
군허고 그런 거시기가 있어. 빽이 있단 말여. 긍개 대원군이 생각혀 봉개,
아 그런 놈을 죽이면 못쓰거든. 그러게 뭐라고 혔는고니 곤장 한 대만 쳐
서 내쫓아라 그렸단 말여.

아 긍개 전라감사가 생각헝개 아 요놈이 돈을 바쳐서 대원군이 곤장
한 대로 죽이라고 그러니 이것 참 죽이기는 꼭 죽여야것는디, 그 인자 무

신 수가 있는고니 딱 묵어서 인자 업어 놓고는 그냥 막 죽인다고 막 달래기를 허고는 안 때려.

또 그냥 막 달려갖고는 이러고 또 안 때려. 그 인자 조용히 중놈이 있다가는 매겹시 엄포만 허지 안… 긍개 인자 맞을 티튼은 탁, 긴장을 허믄 안 죽는디 허허 허고 그냥 웃음선 긍개 몇 십 번을 그렇게 연습을 형개 인자 웃었단 말여.

인자 보통으로 알고 허허 웃을 적으 때렸단 말여. 긍개 그냥 거시기가 허파가 그냥 뭐라고 헌고. 생리학적으로 뭐라고 혀. 허파가, 그냥 웃음선 때링개 허파가 떨려갖고 간이 떨려갖고 즉사를 했어요. 그래 한 번만 때렸거등. 긍개

"한 번 때렸는디 죽었소."

형개 별 수가 있가디 대원군이. 그렀단 말이 있어요. 그렁개 감사도 꾀가 많어고. 그렀단 말이 있고.

여자 때문에 더 크지 못한 솟금산

자료코드 : 07_12_FOT_20100202_KWD_JYS_0011
조사장소 : 전라북도 진안군 백운면 운교리 운계로 68-27
조사일시 : 2010.2.2
조 사 자 : 김월덕, 허정주, 진주
제 보 자 : 정영수, 남, 80세
구연상황 : 평장리 제보자들의 소개를 받아 운교리 제보자 자택을 찾아갔다. 제보자가 돌아올 때까지 한참 기다렸다 제보자를 만날 수 있었다. 제보자는 매우 친절하고 자상한 성품으로, 조사자의 취지를 이해하고 이야기를 여러 편 들려주었다. 조사자가 마이산에 얽힌 이야기를 요청하자, 먼저 마이산 이름은 본래 속금산(束金山)이라고 했다. 그리고 나서 암수솟금산 이야기를 해 주었다.

줄 거 리 : 마이산은 본래 솟금산으로 불렸다. 옛날에 은천이라는 동네에서 여자가 새벽에 물을 길러 나왔다가 산 크는 것을 보고 산이 큰다고 말을 했다. 산이 비

밀스럽게 커 가고 있었는데 여자가 방정맞게 발설을 했다고 해서 수숫금산은 암숫금산을 발로 차 버렸다. 그래서 수숫금산에 비해 낮아진 암숫금산에는 사람이 올라갈 수 있지만, 수숫금산에는 올라가지 못한다.

긍개 꼿꼿이 선 놈은 수놈이고 요게 이렇게 누운 놈은 암놈이라고 그런디, 옛날 고 밑에 은천이 동네에서 여자가 인자 봉개 날마다 이렇게 커 올라가 새벽이믄.

(조사자 : 산이요?)

산이. 긍개 여자가 있다가는 저것 보게 저것 보게 산이 들고 큰다고 인자 여자가 새복으 또랑으 물을 질르러 오다가 인자 들고 올라옹개 큰다고 그랬단 말여. 긍개 그냥 수숫금산이 있다가는 발로 차버렸어. 암놈을. 왜 여자가 저렇게 방정맞게 비밀로 커 간디 못 크게 헝개.

그서 수놈이 암놈을 발로 차서 이렇게 넘어졌다고. 암놈은 이렇게 넘어졌어. 긍개 암놈은 올라갈 수 있어요 포도시. 수놈은 못 올라가. 헌디 인자, 인공 때 이갑용이가 요 수놈허고 암놈 사이에다 뻘건 줄로 이렇게 줄을 맸어요. 여기는 못 올라간디 줄을 맸어.

긍개 삼국 대장 이갑용이라고 뻘강 글씨로 써 가지고 거기다 놨다고 말은 그런디. 몰라 그렇개 참말로 줄을 맸든가 어쨌든가 맸다고 그런 말이 있었어요.

이성계 등극을 반대한 속금산 산신

자료코드 : 07_12_FOT_20100202_KWD_JYS_0012
조사장소 : 전라북도 진안군 백운면 운교리 운계로 68-27
조사일시 : 2010.2.2
조 사 자 : 김월덕, 허정주, 진주
제 보 자 : 정영수, 남, 80세
구연상황 : 평장리 제보자들의 소개를 받아 운교리 을 찾아갔다. 제보자가 돌아올 때까

지 한참 기다렸다 제보자를 만날 수 있었다. 제보자는 매우 친절하고 자상한 성품으로, 조사자의 취지를 이해하고 이야기를 여러 편 들려주었다. 마이산의 옛날 이름은 마이산이 아니란 얘기를 들었다고 하며 조사자가 마이산 이야기를 꺼내자 제보자는 속금산과 이성계 이야기를 해 주었다.

줄 거 리 : 마이산의 본래 이름은 속금산이었다. 이성계가 등극하기 위해서 여기서 산신제를 지냈으나 산신이 허락을 하지 않았다. 이성계가 왕이 된 뒤에 속금산 산신이 미워서 산 이름을 마이산으로 바꿨다. 이성계가 지리산에서도 산제를 지냈는데 지리산 산신도 이성계 등극을 허락하지 않아서 왕이 된 후에 전라도 지리산을 경상도로 귀양 보냈다.

속금산이라고 그렸지. 금을 묶어 놨다고 왜. 속금산인디, 이성계가 거그 와서 시방 이성계 주춧돌 자리가 있다고 말은 그래요. 거 바우 밑에.

(조사자 : 어디 바위 밑에요?)

마이산에 가자믄 이산묘 밑에 큰 바우가 이렇게 있어요. 아까 저 이 대장이 거그 저, 뭣여 저, 의병 기념제를 지내고 헐 적으. 김구 선생도 왔다 가서 김구 선생이 거기다가 거시기도 써 놓고 갔어.

근디 이성계가 그렁개 공을 석 달 열흘 산제를 드렸는디 저그 저 성수면 가서 뭔 절이냐. 왕뱅이. 왕뱅이 그 안에, 거기를 태조가 지냈다고 해서 왕방리 동넨디, 왕뱅이 안에 뭔 절여. 거그 와서 인자 공을 드리고 갔다고 그러고.

마이산에서도 공을 디렸는디 산신이 승낙을 안 해줘. 왕 살아먹으라고 승낙 안 히줘서 미웁다고 혀서 속금산을 말 대가리같이 생겼다고 인자 마이산이라고 혔다고 그런 말이 있는디 그것도 말이 안 된 소리고.

(조사자 : 그 얘긴 어디서 들으셨어요? 이성계가 산신제)

이성계가 그렇게 마이산이라고 혔다고 그런 말이 있어요. 원래는 속금산인디.

(조사자 : 그러니까 마이산 산신이 허락을 안 했고만요. 이성계 등극을.)

예. 허락을 안 혔다고. 왜 지리산도 승낙을 안 히서 전라도가 있는디

경상도로 귀양을 보내서 지리산이 경상도 지리산 그렸다고 허지요. 전라
북도가 더 많이 있는디 지리산이. 경상도 지리산 그러는디, 지리산 산신
만 승낙을 안 혔어 이성계한테. 그래서 귀양을 보냈다고.

(조사자 : 어디에서 어디로요?)

원래는 전라도 지리산인디 경상도로 귀양을 보냈어. 이성계가 왕이 된
뒤에. 승낙 안 혔다고.

긍개 시방 경상도 지리산 그래요. 전라도에도 많이 경계는 경겐디. 경
상도허고 저 남원 운봉허고. 경상도 지리산 그렇게 부른다고.

이성계의 등극을 예견한 노파

자료코드 : 07_12_FOT_20100202_KWD_JYS_0013
조사장소 : 전라북도 진안군 백운면 운교리 운계로 68-27
조사일시 : 2010.2.2
조 사 자 : 김월덕, 허정주, 진주
제 보 자 : 정영수, 남, 80세
구연상황 : 평장리 제보자들의 소개를 받아 운교리 제보자 자택을 찾아갔다. 제보자가
출타 중이어서 제보자를 한참 기다린 후에 만날 수 있었다. 제보자는 매우 친
절하고 자상한 성품으로 조사의 취지를 이해하고 적극적으로 이야기를 구연
해 주었다. 여러 편의 이야기 끝에 마이산 이야기가 나왔고, 이성계와 마이산
산신 이야기를 한 후에 다시 이성계에 관한 전설을 구연하였다. 이 이야기는
야사 책에서 본 것이라고 하였다.
줄 거 리 : 이성계가 왕이 되기 전에 어디를 가다가 큰비를 만났다. 이성계는 어느 집 대
문가에서 비를 피하고 있었는데 집 주인인 노파가 들어와서 비를 피했다 가
라고 했다. 그 집에는 노파와 어린 딸이 살고 있었다. 비가 그치지 않아 이성
계가 그 집에서 하룻밤을 묵게 되었다. 노파는 이성계에게 모일모시에 왕이
될 것이라는 비밀을 알려 주었다. 그런데 옆에서 자고 있던 어린 딸이 일어나
참견을 하자, 노파는 이성계에서 볼을 한 대 때려서 혼내 주라고 했다. 이성
계가 시키는 대로 어린 딸의 볼을 한 대 때렸는데 아이가 죽고 말았다. 노파

는 비밀이 새어나갈 뻔 했는데 잘 죽었다고 했다. 이성계가 왕이 된 후로 국사당을 지어 섣달 그믐날이면 노파를 위한 제사를 지내 주었다.

그 인자 야사에 있는 소린개. 이성계가 인자 서울서 하루는 인자 어디를 지내다가 비가 막 쏘내기가 쏟아져. 그 인자 어디 집, 간신히 집 대문간에서 비를 개는데 비가 안 개야. 그 인자 안에서 할망구허고, 노파허고, 쬐깐헌 딸허고 둘이 사는디, 노파가

"아 아따 손님 들어와서 비를 개라고."

그 인자 들어가서 비를 개는디 비가 안 개요. 안 갱개, 그러자 인자 저녁으 별수 없이 밥을 좀 채려서 얻어먹고는 비가 안 갱개 잘 수밖이 없어. 그 인자 이슥허드락 그 노파 할마니허고 자는디 노파가 있다 비밀적으로 인자 이야기를 한 마디 허마고 그럼선,

"당신이 인제 아무 날 아무 시에 왕이 되닝개 그렇게 허라고." 인자 그런 말을 헝개,

근디 인자 쬐깐헌 거 시방 잔단 말여. 그게 오르르 인나더니 아 이것이 참견을 혀. 그렁개 그 노파가 있다가는,

"아 저런 패씸헌 것이 있다고. 비밀로 시방 얘기를 히야는디 요망시럽게 인난다고. 손님이 저것을, 내가 때리도 허지만 보래기를 한 번 때리시요. 벌로." 그러거든.

이 비밀이 대믄 큰일 낭개 보래기를 한 번 때려 혼을 내라고. 보래기 한 번 때린 것이 죽어 버렀어 이것이. 하 이거 큰일 났거든. 거 인자 뭐라고 허는고니 그 노파,

"그거 잘 죽었다고. 아 저것이 안 죽으믄 비밀이 탄로나믄 우리가 다 죽어. 죽는디 잘 죽있다고."

그 질로 가서 인자 묻자고. 그대로 인자 어따 묻었어요. 그러고는, 그러고 그 할망구 노파 말대로 나중에 인자 혁명이 되아서 왕이 되았는디, 인

자 이성계가 국사당이라고. 합방될 때까지 거시기 뒤에다가 쪼그만한 국
사당을 지어놓고 그 할마니를,

인자 저 위패를 하나 맨들어 놓고 고종황제대까지 거기다 섣달 그믐날
저녁으 제를 지냈다고 그럽디다. 합방 무렵으 없어졌디야. 국사당인디. 쪼
그만헌 암자 하나 지어놓고 섣달 그믐날 저녁이면 술을 한 잔 붓어 났디
야. 허허.

만헌 선생의 임나지송사

자료코드 : 07_12_FOT_20100202_KWD_JYS_0014
조사장소 : 전라북도 진안군 백운면 운교리 운계로 68-27
조사일시 : 2010.2.2
조 사 자 : 김월덕, 허정주, 진주
제 보 자 : 정영수, 남, 80세
구연상황 : 평장리 제보자들의 소개를 받아 운교리 제보자 자택을 찾아갔다. 제보자가
출타 중이어서 제보자를 한참 기다린 후에 만날 수 있었다. 제보자는 매우 친
절하고 자상한 성품으로 조사의 취지를 이해하고 적극적으로 이야기를 구연
해 주었다. 두어 시간 동안 계속해서 이야기를 구연한 후에 제보자는 화장실
에 다녀와서는 그 사이에 또 새로운 이야기가 생각이 났는지 다시 뭣 하나
얘기하려고 한다면서 먼저 종이에 '七十生男子 非吾子 子之畓井上 婿畓井下
家産一切 給與婿外人勿浸'이라고 써 놓고 이야기를 시작했다. 옆에 계시던 할
머니는 할아버지가 총기가 참 좋다고 감탄하였다.
줄 거 리 : 조선시대에 만헌 정염이 나주목사로 부임했을 때 임씨와 나씨의 송사를 맡게
되었다. 임씨(또는 나씨)가 칠십 세에 아들을 하나 낳았는데 아들이 너무 어
려서 데릴사위인 나씨(또는 임씨)가 집안 살림을 맡아서 하였다. 칠십 세의
아버지는 나이가 많아서 죽게 되었는데, 유서를 써서 병풍 뒤에 남겼다. 유서
의 내용은 '七十生男子 非吾子 子之畓井上 婿畓井下 家産一切 給與婿外人勿浸
(칠십생남자 비오자 자지답정상 서답정하 가산일체 급여서외인물침)'이었다.
아들이 차차 커서 재산을 사위에게 다 빼앗기게 생겨서 유서 내용을 놓고 데
릴사위와 송사를 하게 되었다. 부임하는 원님마다 유서 내용을 '칠십에 아들

을 낳으니 내 아들이 아니오. 아들 논은 샘 위에 있고 사위 논은 샘 아래 있다. 가산 일체는 사위에 주고 그 외 사람은 침범치 말라.'로 해석하여 샘 위의 건답은 아들이, 샘 아래의 옥답은 사위가 갖고 재산도 사위가 관리하도록 판결하였다. 그런데 만헌 정엽이 나주목사로 와서 그동안의 판결을 뒤집었다. 만헌의 부인은 유서의 내용을 '칠십에 아들을 낳은들 내 아들이 아닐 것이오? 아들의 논은 샘이 위에 있고 사위의 논은 샘이 아래에 있다. 가산 일체를 주되 사위는 외인이니 침범치 말라.'로 해석한 것이다. 그래서 만헌은 그동안의 판결을 뒤집어 임씨와 나씨의 송사를 해결했다.

　우리 방조, 방조 저, 만헌이라는 양반이 나주목사로 가서, 나주목사로 가서 소지가, 송사가 올라왔는디, 요게 병풍 속으다 나가허고 임가허고 임나지송사라고 혀서 유명헌 얘기요. 그 얘기 들었는가 모르겠소.

　근디 부잔디, 인자 시암이 가운데가 있는디 사우, 데릴사우를 히서 칠십에 생남자하니 참, 그것이 빠졌네. 칠십에 생남자하니, 칠십에 생남자하니 비오자라 들었어요? 이런 이야기?

　(조사자 : 아니요. 처음 들어요. 임씨 송씨, 아니 임씨 나씨 송사 이야기지요?)

　임나지송사, 임가허고 나가. 그 임생원들 집이 아들이 인자 칠십에 났어 아들은. 데릴사우가 인자 살림을 해요. 수천 석인디. 그런디 논이 가운데 시암이 하나 있고 우 아래가 이렇게 수백 마지기가 있는디, 그 인자 저 병풍 속으다가 요 유서만 써 놓고 죽었어.

　나이가 많응개. 어린 건 쬐깐헌개 차차 차차 커 가는디, 송사를 허믄 요걸 병풍 속으 유선디 이걸 내놓으믄은 원님마동 사우기다 죄다 줘. 뭔 소린고니 칠십에 생남자 비오자라. 칠십에 아들을 낳으니 내 아들이 아니다. 비오자. 잉.

　자지답은, 아들의 논은, 정상, 시앰의, 시앰의 우고, 서답은 정하라, 사우답은 시앰 밑에다. 시앰이 물이 시앰 밑에가 있어야 물을 대서 옥답이지 시앰 우는 건답 아니것어요? 긍개 인자 우 아래로 갈러야겠는디 그렇고. 가산 일체는 살림살이 일체는 급여서, 사우에게 주고. 급여서. 사우에게 주고. 외인은 물침하라. 그 해석히 봐요. 인자.

(조사자 : 가산 일체를 사위에게 주고…)

외인은 물침하라. 남은 뎀비지 말어라. 원님마동 송사를 허든은 요대로 칠십에 아들을 낳았응개 내 아들이 아니다 그 소리여. 그 인자 사우가 살림살이 혔응개 논을, 아들의 논은 시암 위에가 있고, 시암 위에가 있응개 건답 아니겠어요?

서답은, 사우논은 시암 아래가 있다. 시암 아래 있응개 물이 좋응개 옥토란 말여. 가산 일체는 급여서, 사우를 주고 외인은 뎀비지 말어라, 사우 줬다. 하하. 그렇게 해석을 헌디,

우리 인자 방조 만헌, 이름은 외자 염 자라고 만헌, 이 양반이 인자 호가 만헌여. 만헌이 정염이고, 이름은. 만헌이 인자 나주목사로 와서 또 이것이 올라와. 아들이 차차 차차 커갖고는 사우한테 죄다 뺏기게 생겼응개 송사를 헌단 말여. 송사를 혀서 가만히 생각헌개 그 만헌 양반의 마누래가 집이 와서 인자 뭐라고 허는고니,

"아 여보시오. 대감. 아무리 칠십에 아들을 낳았지만은 칠십에 생남자한들 비호자리오. 내 아들이 아닐 것이오? 비오자리오, 잉. 아들의 논은 시암이 위에가 있고, 아들의 논은 시암이 위에가 있고, 사위 논은 시암이 아래가 있다."

마누래가 그렇게 해석을 혔디야. 만헌의. 가산의 일체는 주는디 서외는 외인인개 뎀비지 말어라. 서는 외인이 물침하라. 급여. 가산 살림살이 일체는 주는디 서는 외인인개 뎀비지 침노하지 말어라. 그렇게 해석을 형개 배뀌버렸단 말여. 먼저는 사우를 죄다 주라고 돼 있는디 이렇게 해석을 히 버링개.

칠십에 생남자한들 비오자리오. 자지답은 정상이요. 시앰이 위에가 있고. 시암이 위에가 있응개 시암 밑에를 차지하고, 서답은 시암이 아래가

있다. 가산 일체는 사우에게 가산일체는 급여, 주는디, 서는 외인이 물침 하라. 사우는 외인인개 사우는 뎀비지 말아라. 그러닝개 아들을 줘라.

아 그래서 인자 사우네 나가가 인자 그 좋은 논만 지어서 인자 헌디 아 그냥 뜻밖에 뺏기버링개 거라시가 되았어요. 아들이 좋은 데 시암 밑에를 차지하고 살림살이도 아들을 주어뺑개.

그래 이 만헌 이 양반이 그렇게 히서 그렀는디, 아 인자 만헌 거시기가 나주목사를 그만두고 인자 죽은 뒤에 사장관 도문을 인자 서원에다 모실라고, 서원에다 인자 설치히서 모실라고. 사장관 동문이라는 게 전주 나주 광주 인자 본 골허고 사장관 도문을 맡어 가지고, 서울로 중앙이다 여조다 올리믄 나라에서 인자 명령을 혀.

정문을 포정을 허믄 인자 그때사 효자든지 열녀든지 나라 거시기를 받어야 헌단 말여. 근디 나주, 나주 거시기를 받어얀디, 유림들한테 향교서 받어얀디 요 사우네 임가들이, 나간가 임간가, 유림에 꽉 쥐어갖고는 괘씸히서 그때 그 원님이 와서 살림을 죄다 뺏겼응개 안 히줘.

그래 갖고는 힘이 들어갖고 포도시 히서 서원 설치히서 시방 아까 정염 만헌 선생을 임실 서원에 배향했어요. 이 임나지송사라구려. 임가와 나가의 송사여. 요 글귀여. 요 글귀를 적어두믄… 허허허.

(조사자 : 임씨가 아들이고 나씨가 사위인가요?)

몰라 나. 누가 임씨든지 하나는. 임가 나가의 송사여. 임나지송사라고 유명헌 얘기요.

진안친구 망한 친구

자료코드 : 07_12_FOT_20100202_KWD_JYS_0015
조사장소 : 전라북도 진안군 백운면 운교리 운계로 68-27
조사일시 : 2010.2.2

조 사 자 : 김월덕, 허정주, 진주
제 보 자 : 정영수, 남, 80세
구연상황 : 평장리 제보자들의 소개를 받아 운교리 제보자 자택을 찾아갔다. 제보자가
출타 중이어서 제보자를 한참 기다린 후에 만날 수 있었다. 제보자는 매우 친
절하고 자상한 성품으로 조사의 취지를 이해하고 적극적으로 이야기를 구연
해 주었다. 제보자는 두어 시간 동안 그치지 않고 계속 이야기를 구연했다.
조사자가 진안에서 많이 들었던 '진안친구'라는 말의 유래를 묻자 그 뜻을 이
야기해 주었다.
줄 거 리 : 진안에는 '진안친구 망한 친구, 담배 망한 것은 장수담배'라는 말이 있다. 이
것은 진안사람이 산중 사람이라 배포가 크지 못해 생긴 말인데 진안사람들이
망한 친구 대신 많은 친구라고 해서 좋게 해석을 하기도 한다.

진안친구 망헌 친구. 담배 망헌 건 장수담배. 산중 사람이라 진안 사람
들이 모다 깍쟁이고 쫌보고 그려요. 정읍으로 김제로 들녘 사람들 사귀
보른은, 학교 댕김선, 들녘 놈들은 포가 크고 넉넉허고 암만히도 헌디,

진안 장수 산중 놈들은 쫌보고 어딘가 그냥 사굴성이 없어 말하자믄.
진안친구 망헌 친구라고 그러고. 술 한 잔도 안 받아주고. 말하자믄. 담배
가… 긍개 일설은 그렇고.

진안친구가 또 많은 친구 인자 그렇게 해석을 허기도 허고. 많으다. 사
람이 좋다. 반대로. 장수가 담배가 많이 나서, 장수가 담배 고장인디 옛날.
그렇지 왜. 장수담배가 왜 나빠. 많이 생산진디. 긍개 담배 망헌 건 장수
담배라고 그러지마는. 많이 낭개 헌 소리지 왜 나쁘겄냐 인자 그렇게 해
석도 허고 그리요.

많은 친구라고 인자 해석을 허지. 진안 사람들은. 망헌 것이 아니라 많
으다고.

여자가 산이 큰다고 말하자 크기를 멈춘 솟곰산

자료코드 : 07_12_FOT_20100203_KWD_JJG_0001
조사장소 : 전라북도 진안군 백운면 운교리 운원로 78-1
조사일시 : 2010.2.3
조 사 자 : 김월덕, 허정주, 진주
제 보 자 : 정종근, 남, 87세
구연상황 : 제보자가 논 매는 소리 등 노래를 몇 곡 부른 후에 좀 쉬었다가 조사자는 다시 옛날 얘기를 청했다. 제보자는 나이가 많아 다 잊어 버렸다고 하였다. 조사자가 마이산 이름이 옛날에 마이산이 아니었다고 들었다는 말을 꺼내자, 마이산 이름에 얽힌 이야기를 구연해 주었다.
줄 거 리 : 진안 백운에서는 마이산을 솟곰산이라고 부른다. 옛날에 암수 두 산이 커 올라가는데 여자가 아침에 물을 길러 나왔다가 저 산 큰다고 말을 하자, 여자가 마정스럽다고 하면서 수마이산이 암마이산을 발로 차 버렸다. 그래서 암마이산이 더 비스듬하게 기울어졌다고 한다. 또 수마이산은 필봉이라고도 하는데 그 산이 비치는 곳에서는 명필이 난다는 말이 있다. 수마이산이 비치는 곳은 백운면 덕현리라고 한다.

여기서 시방 누가 부르기는 솟곰산이라고 그려. 솟곰산. 마이산이 그전에 우리가 이얘기 헐 적으는 마이산이 자꾸 크는디, 수마이산허고 암마이산허고 둘이 크는디 낮에 크다가 뭣이냐 여자가 말하자믄 저 산 큰다고 형개 말허자믄 마정을 당혀서 못 크고,

저, 솟곰산이, 수솟곰산이 발로 탁 차 버리서 그것이 비스듬허니 그렇다고 누가 인자 지어서 그렀을 티지 참말로 그랬을라고? 여자가 물 질러 가서 아침까지 큰개 저 산 큰 거 보라고 그렀디야. 그렁개 저 뭣이냐 수솟곰산이 뭐라고 말허나믄 마정시럽게 여자가 그렀다고 그럼서, 발로 탁 차 버리고 이렇게 돌아서 버렀다고 그러지. 그리 갖고 솟곰산에서 보믄 글 안혀.

이 산이고 이렇게 생기고 요놈 이렇게 생기고. 발로 탁 차 버리서 그렇다고 하하. 그렁개 그거 말쟁이들이 지어서 그렀을 티지 그것이. 그리서

마이산을 여기서 저, 마이가 말 귀때기란 말여. 말 귀때기 맹이로 마이산이라고 그러고 여기서는 수마이산 보고 필봉이라고 그려. 필봉. 붓 맹이로 그렇게. 붓 맹이로 끄터리가 뾰쪽허니 생겼어.

그려서 마이산이 비치는 디가 저 덕현리가 비쳐요. 수마이산이. 그리서 그것 비친 디가 말허자믄 명필이 잘 나. 명필. 명필이라고 글씨 잘 쓰는 사람. 명필이 나오고.

여그서 고닥산이라고 저기가 있어요. 고닥산. 고닥산은 임실 고닥산 아니요? 근디 그 산은 이름이 세 개여. 세 갠디, 이 백운면서, 진안서 고닥산이 비친 디는 고악산이고, 고악산여. 높으고 악산이고. 임실서 부르기는 고덕산여. 고덕산. 고덕산이라고 허고. 남원에 그 산이 비치면 고달산이라고 그려. 고달산. 그래서 이름이 세 가지라고 그려. 이름이 세 가지라고 그러고.

만육 최양 선생이 은둔했던 돈적소

자료코드 : 07_12_FOT_20100130_KWD_CMG_0001
조사장소 : 전라북도 진안군 백운면 신암리 임하마을 신암슈퍼
조사일시 : 2010.1.30
조 사 자 : 김월덕, 허정주, 진주
제 보 자 : 최만근, 남, 77세
구연상황 : 제보자는 마을회관 앞에 있는 작은 가게를 운영하고 있다. 조사장소는 제보자의 가게에 딸린 작은 방이었다. 만육 최양 선생의 후손이라는 제보자는 만육 선생과 그에 얽힌 이야기를 주로 해 주었다. 제보자는 2008년에 백운면지가 발간될 때에도 발간추진위원으로 활약하면서 여러 가지 자문을 했다고 한다. 제보자는 시종일관 진지한 자세로 이야기를 구술해 주었다.
줄 거 리 : 만육 최양 선생은 태조 이성계와 동문수학한 사이이다. 이성계가 역성혁명으로 조선을 세우자, 만육은 충절을 지키기 위해서 조정에서 일하기를 거부하고, 진안과 장수에 걸쳐 있는 팔공산에서 '돈적소'라는 석굴에서 은둔을 했다.

이곳은 원래 절터였는데 이곳의 한 스님이 만육에게 식량을 공급해서 만육이
살았다는 내용이다.

만육 선생님이요? 여기 오신 지가 이조 초에 들어왔지. 이태조 이성계
씨 왕 들어시면서부터 오셨어요. 만육 할아버지가 고려 시대에 문신, 거
시기 그러자면, 이르자면 이성계 씨는 군인이고 이 양반은 학자로서 행정
가여, 말하자면 지금으로 봐서는.

근디 이성계 씨가, 근디 그 동맥(동학)여 둘이. 만육 할아버지하고 이성
계 씨허고. 같이 서당 글도 배우고. 고려시대에 같이, 이성계 씨는 장군으
로서 전쟁터에 나가고 이 양반은 인제 내무에 행정을 허면서 왕 밑에 있
으면서 충신인디, 인제 성과를 올리면 가서 환영도 해 주고 이 어른이 그
러신 분인데, 같이 인제 충정하고 있는데 그러다가 인제 고려가 망허고
고려가 그냥 씰씰헝게 이성계 씨가 혁명을 해 가지고 등극을 혔잖이요.
왕으로 앉아버리싰잖이요.

그러니까 우리 만육 할아버지가,

"너는 왕을 배신허고 저, 왕으로 앉었응개 너는 역적이다. 너 밑에 가서
일 안 허겄다."

허고 배신허고 요리 오신 거요.

(조사자 : 어디에서 이리 오신 거예요?)

그렁개 그, 그게 그때는 개성에서 오셨등개부지 고려시대였응개. 서울
인제, 이성계 씨가 왕 되면서 서울을 도둑질을 했잖여요? 그랬지요? 그렁
개 개성에 있을 적으 그때 이리 오신 것이지. 고려가 망하면서 이성계씨
가 왕 되면서. 두문동의 72인의 한 분인디, 이 어른도 만육 선생님도 두
문동 72인 중의 한 분여.

그런데 두문동 72인들이 있는디 막 이성계가 등극허고 이방원이가 막
거기를 사람들을 다 죽이고 난리를 내 버렸잖이요. 불을 내버리고. 그렁

개 거기 있으면 죽게 생겼고 그러니까 일로(이리로) 오셨는디, 만육 선생님이 누구냐? 정포은 선생의, 정포은 선생이 저, 국선생 아니요? 정포은 선생의 생질여. 근디 정포은 선생을 죽있잖여. 여기서 이방원이 그때 그랬는가 죽었어.

죽잉개 자기도 생질잉개 까딱하면 여기 있다가는 죽게 생겼응개 일로(이리로) 오신 거셔, 피신을. 그래서 피신을 오신 거셔.

(조사자 : 피신을 오셔서 여기서 어떻게 무슨 일을 하셨어요?)

피신하셨는디 그때는 오래된 일인디 인제, 오백년 전 뭐 고려가 망하고 이조 초니까. 여그를 어떻게 아셨던가봐. 와 가지고 저기 팔공산이라는, 장수 팔공산 산이 있어요. 긍개 진안 쪽에 가서 팔공산 8부 능선쯤 가 가지고 이런 석굴이 있어요. 돌로 된 굴이. 거기에 그 안에 가서, 지금도 있는디, 거기 가서 피신을 허고 계셨었어요.

거그를 보고 만육 선생, 최양 선생님이고 해요. 만육 최양 선생이라고 그러잖여. 그 양반이 그 석굴 속에서 피신을 허고 계셨다고. 거 돈적소라고 그려, 거기 보고. 돈적소. 만육 선생이 피신헌 자리가 돈적소. 긍개 돈이라는 게 돼아지같이 굴 속에서 살았다 그 얘기여. 돼아지같이. 그래 거기서 삼 년간을 계셨대요.

그런디 이런 꼴짜기에 와 있으니 나라에서 찾을래야 찾들 못허잖이요? 이성계가 저 거시기 신하를 시기서 찾아내라 그랬단 말여. 그래도 이런 데가 있으니 어떻게 찾아내요? 못 찾아내지. 그래갖고 인자 못 찾고 그란디 나중에는 사방 골골에다 얘기를 힜든개벼 찾아보라고.

그 찾아서 모셔 오믄은 나라에서 신하로 쓰겠다고 힜는디 이 양반이 여기 와서 숨어 있었단 말여.

삼 년 있다가, 그래도 이 꼴짝으로도 뭔 소식을 전하는 사람이 있겠지 잉? 근디 피신험선 어떻게 계셨냐 ? 그 속에서 인자, 굴 속에서 밥도 히 먹고. 물도 나요 거기서. 불도 놓고. 그렇게 은신하고 살았겠죠. 눈비는 안 맞응개. 굴이 이렇게 질어요. 한 삼십 명 있을 수 있는 굴이에요, 그게. 돈적소라는 그 굴이.

근디 식량은 어떻게 조달히서 잡샀냐 그런 문제란 말이에요. 생활 헐라면 뭣을 먹어야 살 것 아녜요? 여기가 그 전에 절터였었대요. 고려 시절에. 중 한 분이 식량을 조달히서 먹고 계셨단 것여. 긍개 스님도 알았던 개부죠. 그런 분을. 그렁개 그 식량을 굴에다 갖다가 드리고 드리고 인제 잡수고 계시게끄롬 그렇게 했던가 봐요. 그리서 사셨다는 그런 전설이 있어요.

호랑이로 변신을 했던 벽채도사

자료코드 : 07_12_FOT_20100130_KWD_CMG_0002
조사장소 : 전라북도 진안군 백운면 신암리 임하마을 신암슈퍼
조사일시 : 2010.1.30
조 사 자 : 김월덕, 허정주, 진주
제 보 자 : 최만근, 남, 77세
구연상황 : 제보자는 마을회관 앞에 있는 작은 가게를 운영하고 있다. 조사장소는 제보자의 가게에 딸린 작은 방이었다. 만육 최양 선생이 팔공산의 석굴에서 은둔했다는 이야기 후에 선각산의 석굴에 살았다는 도사 이야기를 해 주었다. 임하마을은 주변에 선각산과 팔공산 등 해발 1,000미터가 넘는 높은 산으로 둘러싸여 있는데, 제보자는 이들 산에 옛날에 큰 절터가 있었다거나 어느 도술가가 호랑이로 변신을 하며 살았다는 이야기를 진지한 자세로 들려주었다. 이 이야기를 옛날 어른들에게 어려서부터 전해 들었다고 한다.
줄 거 리 : 선각산 중턱에는 석굴이 하나 있는데 여기에 벽채도사와 그 부인이 살고 있었다. 그런데 벽채도사는 책을 보고 호랑이로 변신할 수 있는 호두법을 익혀 밤이면 호랑이로 변신을 하여 돌아다니고 낮에는 사람으로 되돌아왔다. 하루는 벽채도사 부인이 남편이 호랑이로 변신한 것을 보게 되었고 호두법을 쓰지 못하게 하려고 주문이 나오는 책을 모두 불태워 없앴다. 그 후로 벽채도사가 변신을 못하게 되었다.

저 웃동네 마을 선각산이라는 산이 있어요. 저쪽으가. 그 중턱에 가서 거기도 석굴이 있어요. 거기서, 석굴이 있는디, 이름은, 우리가 지금, 어른 들 듣기는 벽채라고 그렸어요. 그 분의 이름을 벽채. 그분이 그 굴 속이서 산디, 거기도 보믄 절터같이 지금 형이 있어요.

절터같이 그 앞을 따듬고 배나무도 심어 놓고, 거기도 굴이 있는디, 거 그 굴 속이서, 석굴 속이서 내외분이 살았대요. 근디 그분이 뭣을 가지고 있냐, 도술을 가지고 있었대요, 도술. 도술이라믄 옛날에 거, 도술 가진 사람들이 그 저, 절의 중이나 거, 축지법이라고, 옛날에 그런 얘기가 있잖 이요?

그런 법을 가지고 있었어 가지고 밤이면 나가면은 호랭이로 나가요, 호 랭이로. 호랭이로 변신히서 나가. 들어올 적으는, 집이 들어올라고믄 마당 이 딱 들어오믄 사람으로 변신히서 여자 부인 있는 디 들어가요.

그러구 인자, 그런 호두법을 가지고 있었는디, 그러구 인자 밤이는 그 렇게 나가구, 낮이는 인제, 아니, 들어올 적이는, 문 앍으(앞에) 사람으로 변신히서 들어가구 그런디, 책이 많았든가봐요. 책이 있는디 책을 늘 읽 드랴, 이 부인이 보믄. 글구 인제 나가고.

근디 한번은 나간 뒤 가만히 이 구녁을 뚫고 가만히, 앞에는 뭘 개렸을 (가렸을) 거 아녀. 가만히 봐서 이렇게 멀리 좀 어떻게 간가 허고 봉개요, 아, 그 마당으 나가드니 호랭이로 변신혀서 가드래요. 그분이. 자기 남편 이.

긍개 여자가 놀랬어. 호랑이로 변신혀서. 그런데 들어올 적에는 여전히 또 사람으로 들어와요.

그리 갖고 의심을 혀 가지고 그 여자분이 책을 부엌에 가서 사라 버렸 대. 그 호두법을 못허게, 주문을 못 읽게.

호두법을 헐라믄 호두법을 헐라믄 주문을 읽어야 된다등만. 주문 읽는 책을 소각시켜 버렸대. 그렁개 나중에는 거기 그분이 있는디, 그래 버링개 호두로 히서 변신허서 못 나가지. 주문을 못 외긴개, 인제는. 그렇게 사신 분도 있었드래요.

(조사자 : 선각산에 있는…)

중터리. 벽채 집터라고 그리요. 거기가 있어요 지금, 벽채 집터 자리가. 중턱에.

(조사자 : 벽채 집터?)

예. 벽채 집터가 있어요.

(조사자 : 벽채 집터는 아까 도술 부리는 내외분이 살던 집터인가요?)

예.

이무기 죽은 넋의 복수 때문에 망한 의림사

자료코드 : 07_12_FOT_20100130_KWD_CMG_0003
조사장소 : 전라북도 진안군 백운면 신암리 임하마을 신암슈퍼
조사일시 : 2010.1.30
조 사 자 : 김월덕, 허정주, 진주
제 보 자 : 최만근, 남, 77세
구연상황 : 제보자는 마을회관 앞에 있는 작은 가게를 운영하고 있다. 조사장소는 제보자의 가게에 딸린 작은 방이었다. 제보자는 어려서부터 마을 어른들에게 들은 이야기라고 하면서 팔공산에서 은둔했던 만육 최양 선생 이야기, 선각산에서 호두법 도술을 부렸던 벽채도사 이야기 등을 들려 준 후에, 조사자가 백운면지에 나온 의림사라는 절에 대해서 질문하자 제보자는 옛날에 마을 가운데에 있던 의림사라는 절이 망한 이유에 대해서 이야기를 해 주었다. 제보자는 시종 진지한 자세로 이야기를 하였다.
줄 거 리 : 임하마을은 옛날에는 도랑을 사이에 두고 판전이와 의림이라는 두 개 마을로 되어 있었다. 의림이에는 '의림사'라는 큰 절이 있었는데, 하루는 계곡의 이무기가 마을 입구의 '누엣머리'에 똬리를 틀고 있는 것을 의림사 중들이 때려 죽였다. 그 뒤 마을에 들른 도승이 누엣머리 내려오는 길목에 다리를 놓지 말라고 했는데, 시주를 다니던 의림사 중들이 큰물이 지거나 하면 절로 왕래가

불편하여 다리를 놓았다. 그랬더니 이무기 죽은 넋이 불개미가 되어 다리를 타고 절로 들어와 의림사 중들을 괴롭히는 바람에 절이 망하고 말았다.

(조사자 : 근데 그 의림사가 여기 굉장히 큰 절이었다고 그래요?)

예. 굉장히 큰 절이었드래요.

(조사자 : 근데 절이 왜 무슨 계기로 그 큰 절이 망했을까요?)

절이 망하는 이유가 있어요. 유래가. 여기 보면은 면지에도 나왔는데, 이 절이 있는데, 저 팔공산에서 내려오는 물이, 계곡에 물이 많이 내려와요. 멀어 저 큰 산이라. 거기서 내려와서 동네 저쪽이는 판전이, 동네 이쪽이는 의림인디, 이쪽으 와서 절이 있는디, 가운데로 물이 흘러가. 동네 가운데 양쪽 두 동네 사이로.

근디 옛날에는 계곡에 짚은(깊은) 쏘가 들어 있었드래요. 깊은 쏘들이 이렇게 둠벙 짚은 거.

뭐, 말 들으면 뭐 몇 질 되는 쏘도 있고 그랬었대요. 근디 여 누엣머리라고 아까 얘기 힜잖이요. 뉘엣머리라고 들어오는 입구.

거그를 조끔 들어오믄은, 마을 입구를 들어오믄은, 정자나무도 있고 거그가 석각이, 반석이 쪽 내려와서 이렇게 딱 허니 동네로 감어진 반석이 있었어요, 이렇게. 울타리같이 감아진, 이렇게 동네를 딱 싸고 있는 반석이 있는디, 이 반석이 청돌인디 납작하니 사람이 오륙 명 누워 있게 돼 있고, 납작하니, 이렇게 생겼어.

사람이 비스듬허니 누워 있을 수 있는 데고, 그 밑에는, 정자나무 밑에는 따듬았는가 납작한 돌도 있고. 거기서 앉아서 놀게도 돼 있고. 그런 자리가 있는데 그 옆에 가서 계곡에 바로 옆에가 계곡이 흘러간 물이 있는디 쏘가 깊은 쏘가 있었대요. 쏘가 있는디 거기가 이무래기란 것이 살았든개비요. 이무래기 알어요? 용 못된 이무래기라고.

(조사자 : 아, 이무기?)

이무기인가. 인제 그것보고 이무래기라고 그러제. 용 못된 이무래기라고 안혀? 배암 구랭이 큰 것 보고 이무래기라고 그려요. 인자. 그것이 크면은 용 될라고. 용 못 되아서 있는 큰 뱀 보고 이무래기라고 그랬대요.

(조사자 : 들어는 봤죠.)

예. 근데 중들이 저그 가서 외지 가서 시주를 히 갖고 들어오고 그러면 누엣머리 입구 들어오는디, 거그가 자리가 있는디 석각이 있어요. 쉬는 터가 있는데, 또 여기서 중들도 더우믄은 정자나무가 있고 그렁개 그리나가서 쉬기도 허고 그렀든가봐.

근디 여름철에 비가 와서 쏘나기가 오믄은 쏘낙비가 오고 딱 끈치믄은 (그치면) 아, 거그 인자, 거기를 나가믄은 이무래기가 와서, 사람들 누워 있고 그런 반반헌 거기 가서 이무래기가 사리고 있어, 항시. 큰 놈이 죽작치고 사리고 있응개 인제 중들이 놀랠 거 아녀. 스님들이. 그러고 있응개. 징허고 또. 긍개 징허고 그렁개.

(조사자 : 징하다고요?)

아, 징그랍지. 징그랍고 그러니까 중들이 몇이 모여서 그 이무래기를 때려 죽였어. 이무래기를. 때리 죽이 가지고 그것을 이쪽에다 묻으믄 냄새나고 거시기 뭐, 괴롭고 뵈기 싫응개 그 뉘엣머리라는 데, 고리(그리) 가서, 저기서 또 흘러가는 계곡이 있어요.

저쪽 원신암서 흘러오는 계곡이 있어, 이렇게 선각산 밑에로 해서 이렇게 흘러오는 계곡이 이 있는디 요놈하고 저그 가서 합쳐. 합친디 거기를 내려온 계곡을 건너다닐라믄은 그전에는 돌로 노독다리, 또닥다리 돌로 놓고 건네 또닥또닥 뛰어서 건네다니든 그거 있었잖이요?

고런 걸 놓고 중들이 댕겼대요.

시주를 허러 나가고 들어오고 어찌고 그러는디 이 이무래기를 죽이서 그 물 건네다 갖다 묻는다고. 여기 지금 바로 뒤 앞, 동네 여기서 보믄은 앞에 부들양기라고 있어요. 부들양기.

(조사자 : 부들양개?)

예. 부들양개라는 산이 있어. 그 중턱에다 갖다 이무래기를 갖다가 묻었대요.

(조사자 : 부들양지?)

부들양기. 산 이름이 부들양기여. 그래 갖고 그 이무래기를 거기다 묻었디야. 그래 갖고 이무래기 묻은 자리다 중들이 잡귀 안 생기고 거시기 허라고 부두(부도)까지 세웠당 것여. 부두. 부두란 것을.

부두 알아요? 절 중들이 허는 거. 부두를 세워놓고 그랬었디야. 거기다 고사를 지내고 인제, 잡것 생기지 말라고 해로운 것 생기지 말라고. 근디 그러고 인자 지내는디 어떤 도승이 하나, 절이 있응개 스님이 하나 도승이 절에를 왔다가 나가면서 그 스님한테 여기 있는 스님한테 그드래요.

"요왕 때 그 누엣머리 가서 저기서 내려오는 그 계곡에다 절대 다리를 놓지 말어라. 왜 그러냐 허든 거그다 다리를 놓으믄은 이무래기를 죽여서 저 부들양기다 묻은 이무래기 넋이가 불개미가 지금 되아 있다." 불개미. 뻘건헌 개미.

"불개미 떼가 거가 있으니까 다리를 놓으면 그것이 틀림없이 내려와서 다리를 타고 건너와서 자기 원수를, 원한을 풀기 위해서 절을 망친다. 그렁개 절대 다리를 놓지 말라"고 혔어. 그러고 나갔어요, 도승은.

그런디 그렇게 인자 허고 있었는디 다리를 안 놓고 있었는디 큰물이 지면 못 댕겨. 거기를 못 건너와. 시주 나갔다가도.

우리 어렸을 적도 그랬어요. 우리 어려서도 그 학교를 댕겼어도, 댕기기는 내가 저 소재지로 댕겼는디. 거기는 겨울에 물이 많으면 참 건너 댕기기가 힘들어요, 그냥 빠지면서 댕기고 얼음이 얼른 미끄럽고 그렇게 댕겼어요 우리들도.

근디 중들도 그렇게 댕겼었는디 귀찮허고 큰물 지면 거기서 있고 요리 (이리) 절로 못 들어옹개 나무를 비어다가 다리를 놨어, 걸치서.

사람이 건너다닐 수 있게크롬. 나무를 비어다 엮어 가지고, 저쪽의 엉떡(언덕)허고 이쪽에 걸쳐서 다리를 놨어. 그러면 큰물이 지거나 겨울이 되거나 물이 안 빠지고 항시 건너가고 건너오고 헐 수 있잖이요. 그렇게 놓고 댕겼었디야.

아 그러니까 도승 이얘기대로 불개미 떼가 내려와 가지고 절로 들어와 가지고 내려와서 인자 요리 물이 없으니까 올라와가지고 절로 들어와 가지고, 이무래기 넋이가 불개미가 돼 가지고 절로 들어와 가지고 중들을 물어 싸서 못 살아.

물으면 이렇게 막 몸땡이가 뭣이 자꾸 불툭불툭거리고 그래 가지고, 넋이라, 그래 갖고 절의 중들이 여기서 유지를 못 허고 망하고 나갔다는 것여. 절이. 나갔는디 그 뒤 그리서 절이 망혔다. 그리서 절이 망했다 얘기여. 의림사가.

절을 망치고 절에 중들이 없으니까 그 불개미 떼는 어디로 갔냐. 그냥 계곡을 인자 저쪽 계곡을 못 가니까 이렇게 팔공산 쪽으로 올라갔어요. 또 거기도 절이 있는가 싶응개 이놈들이 올라갔나 올라가서 히 가지고 거기 불개미 떼가 주재혔다고 해서 불개미등이라는 데가 팔공산 밑에가 산 이름이 있어요.

(조사자 : 불개미등?)

불개미등. 불개미가 모여 있다고 해서 불개미등이라고 이름이 있는 산이 있어요. 불개미등.

그렇게 절을 망치고 고리 올라가서 집결해서 있었다. 거기도 지금도 가서 떠들르면 불개미가 그득그득 히요.

(조사자 : 지금도 나와요?)

지금 전설이 거짓말 아니요. 지금도 거 독 떠들면 자잔한 불개미가 있어요. 그리서 절이 망했대요. 절이 망하고, 망한 뒤에, 절이 있응개 주변에 또 사람들도 일부 살았을 거 아니요. 토지도 있구 그러니까. 긍개 그분

들이 절이 망한 데, 절 망한 자리에다 마을을, 집을 짓고 살면서 마을이
형성되었든가 봐요.

(조사자 : 그 마을이?)

의림이.

(조사자 : 지금은 저수지로 잠긴…)

잠기고. 의림인디. 나중에 왜정 때 '임하'로 고쳤어. 의림이 마을인디
이 마을을 고친 것은 일본시대 때 임하로 개명을 힜어요. 그렇게 된 거에
요.

시어머니를 꼼짝 못하게 한 똑똑한 며느리

자료코드 : 07_12_FOT_20100203_KWD_HBS_0001
조사장소 : 전라북도 진안군 백운면 백암리 번암길 10 번암마을회관
조사일시 : 2010.2.3
조 사 자 : 김월덕, 허정주, 진주
제 보 자 : 한복순, 여, 75세
구연상황 : 동창리 화산마을에서 소개를 받아 한복순 제보자를 찾아갔다. 동창리에서 한
복순 제보자를 소개해 준 사람은 한복순 제보자가 아는 사람의 여동생이다.
한복순 제보자가 아는 사람은 오종리 사람으로, 미재에 있는 산으로 감자 심
으러 가서 한복순 제보자가 들려준 얘기를 듣고 재미있다고 하면서 적어 달
라고까지 했다고 한다. 조사자는 소개해준 사람으로부터 제보자가 노래를 잘
한다고 들어서 시집살이 노래를 청했는데, 제보자는 노래가 아니라 이야기라
고 했다. 시집살이 노래를 이야기로 재구성한 것으로 보이는데, 제보자는 노
래로 하면 노래도 되고 얘기로 하면 얘기가 된다고 하였다. 이 이야기는 제보
자가 시집오기 전에 친정어머니가 밤낮 하는 것을 들어서 알게 된 것이라고
한다.
줄 거 리 : 옛날에 서울에 처녀 하나가 얌전하고 잘났다고 소문이 자자했다. 어떤 집에서
두 번이나 선을 보여도 처녀가 이유를 대며 다 거절을 했다. 세 번째 갔더니
이미 다른 곳으로 혼처를 정해서 처녀가 시집을 가게 되었다. 시집을 간 지

사흘 만에 새 각시가 아침에 밥을 하러 부엌에 나가다가 금동이를 깼다. 그러자 시어머니가 친정식구를 다 팔아서라도 금동이를 새로 해 오라고 하였다. 그랬더니 며느리가 "당신 아들이 와서 요내 몸을 헐어 냈고, 대창문 밖 봉숭아도 마디마디 생겼는디 인간이 이런 흉이 없겠느냐"라고 했더니 시어머니가 아무 말도 못하고 들어갔다.

그리서 옛날 그 노래가 아니라 이얘기여. 말허자믄 옛날에 큰애기 하나가 그냥 소문이 났드랴. 어떻게 잘나고 얌전허다고. 그렁개로 그 서울이라 치치달라 화잘났다 소문났네.

그리서 첫 번째는 선을 보러 강개 키가 작다고 마다 드랴. 큰애기가. 두 번째를 거듭 간개 또 병들었다고 마다 드랴. 하하하. 그리서 삼 세 번을 인자 거듭 갔댜. 그리도. 그맀더니 벌써 다른 디로 혼인 질을 챙깄드랴.

(청중 : 총각이?)

아니. 큰애기가. 큰애기가 얌전허다고 소문이 나서 갔어. 잉. 그랬더니 외씨 같은 겹버선을 고아동창 박아 신고. 저 물명지 고두바지를 치닷분에 질러 입고 남방 소하지 홑단치매 허리 우에 넌짓 입고 금비단의 저구리다 백비단으 동정 달아 북도명지 고름 달아 고름 끝을 볼작시고. 벌써 혼인 질을 챙깄드랴.

긍개 그 사람이 자꾸 쫓아댕김서나 그 며느리를 삼아 올라고 힜더니 그맀는디 인자 그이가 시집을 가 갖고. 삼일 만에, 왜 옛날에는 풍속이 밥을 허로 나가잖아. 삼일 만에. 근디 부엌으 나와서 밥을 허다 금동우를 깼드랴. 그 각시가.

(청중 : 얌전허다고 소문 났는디 잉?)

잉. 금동우를 깽개 시오마니가 머라고 허는고는, 알상골상 요 며늘아, 너그 집에 가거들랑 너그 식구 다 팔아 갖고라도 양의양동을 물어 오라드랴. 금동우를 물어오라 그거여. 며느리 보고.

(청중 : 옛날에는 시집살이가 컸어.)

그려. 그렁개로 며느리가 허는 소리가,

"야속없이요. 시어마니. 요내 말을 들어보라고. 마부 같은 당신 아들이 제비 같은 몰을 타고 요내 집에 돌아와서 요내 몸을 헐어냈는디 대창문 밖에 마디마디 쇵인 봉숭아도 마디마디 쇵였는디 물로 인간 이런 치고 거 한 숭이가 없을쏘냐고."

헹개로 시오마니가 꼼짝도 못허고 들어가드랴. 하하하. 대처 그럴 거 아녀. 평상을 살라믄 그 은혜를 안 갚었어. 근디 시오마니가 물어오라고. 동우를 물어오라고. 하하하.

식구를 팔어서라도 물어오라드랴. 긍개 메느리가 그 소리를 헝개 헐 말은 못허고 들어가. 긍개 메느리는 똑똑허지. 똑똑허기는.

그래서 그 얘기를 힜더니 아이구 그냥 나 적어줘, 적어줘, 오종리 그 여자가. 그 여자가. 그리 갖고 적어 갖고 갔어. 갔는디 내가 아 배왔어? 그 소리? 그렁개 못 배왔어. 하하하.

여자 때문에 더 크지 못한 숫곰산

자료코드 : 07_12_FOT_20100203_KWD_HBS_0002
조사장소 : 전라북도 진안군 백운면 백암리 번암길 10 번암마을회관
조사일시 : 2010.2.3
조 사 자 : 김월덕, 허정주, 진주
제보자 1 : 한복순, 여, 75세
제보자 2 : 장이순, 여, 82세
구연상황 : 조사자가 마이산의 옛날 이름을 물으며 마이산에 대한 이야기를 꺼내자 주요
　　　　　 제보자 외에 마을회관 할머니방에 모인 분들이 모두 한 마디씩 하였다.
줄 거 리 : 마이산은 예전에는 숫곰산이라고 했다. 두 산이 커 올라가다가 여자가 나와서
　　　　　 산이 큰다고 했더니 그 소리에 놀라서 산이 크다가 멈췄다. 산이 계속 커 올
　　　　　 라갔으면 여기가 서울이 될 텐데 여자 때문에 서울이 못 되었다는 말도 있다.

수솟곰산은 서울로 가자고 하고 암솟곰산은 안 간다고 했다. 수솟곰산 옆에 작은 산이 딸려 있는데, 이것은 암솟곰산이 자식을 수솟곰산에게 빼앗겨서 그렇다고 한다.

솟곰산이라고 힜지 옛날에는. 마이산이라고 지금 허드만. 우리 에리서는 거기가 솟곰산이지. 솟곰산.

(조사자 : 솟곰산은 뜻이 뭐에요?)

아 이렇게 솟아올랐다고 그렇게. 아 거시기 탑이. 탑이 솟아올랐다고.

(청중1 : 탑이 아니지. 돌이 솟아올랐지. 탑은 맨들었지. 돌탑은 맨든 것이고.)

(청중2 : 수마이산 암마이산 바위가 커 올라간다고. 옛날에 산이 두 개가 커 올라간디.)

여자가 저녁으 나와서 봉개로 커 올라가드랴. 그리서 저 산이 큰다고 힜더니 그 소리에 놀래 갖고는 멈췄다고 그러거든. 전설이.

(청중3 : 누구 말 들응개 신랑은 서울로 가자고 허고 여자는 안 간다고 형개 여자 암산이 되고. 왜 수솟금산은 딱 붙었잖어. 여자가 삐쳐 갖고 자식을 남자한티 뺏깄다고. 그런 소리가 있었어.)

(청중1 : 다 그게 붙여서 허는 소리여.)

(청중2 : 그때도 서울이 있었는가. 여기가 서울이 될 참인디 그 여자 땜이 서울이 못 됐다고. 우리 클 때는 그러드라고.)

(청중1 : 서울이 될 수가 없지. 서울이 될라믄 강을 끼어야 허고, 큰 강이 있어야 도시가 되지 이런 골짝으가 될 수가 없어.)

(청중2 : 밤에 나가서 소매 봄선, 앉어서 소매 봄선 아우 저렇게 바우가 커 올라간다고 산이 큰다고 막 그리 갖고 더 클 놈이 못 컸다고. 여자가 방정맞다고 그렇게 우리 클 때 할머니들이 그러고 얘기허드라고.)

과부가 되어 뭇 새들의 구혼을 받은 까투리

자료코드 : 07_12_FOT_20100203_KWD_HBS_0003
조사장소 : 전라북도 진안군 백운면 백암리 번암길 10 번암마을회관
조사일시 : 2010.2.3
조 사 자 : 김월덕, 허정주, 진주
제 보 자 : 한복순, 여, 75세

구연상황 : 제보자는 시어머니를 꼼짝 못하게 한 똑똑한 며느리 이야기에 이어서, 본래
노래로 전해지는 것을 이야기로 풀어서 구성지게 구연하였다. 제보자도 이것
은 꿩 타령을 이야기로 한 것이라고 하였다. 청중 한 사람은 자신이 갓 시집
왔을 때 제보자가 이 꿩 타령 이야기하는 것을 듣고 무척 많이 웃었다고 했
다. 회관에 모인 청중 가운데 한 사람은 제보자의 친정어머니도 이야기를 참
잘하는 사람이었는데 제보자도 역시 이야기를 참 잘한다고 하면서 제보자를
추켜 주었고, 이런 분위기 속에서 이야기판의 분위기가 시종 유쾌하였다. 장
끼타령의 내용을 구연한 제보자는 이 이야기를 친정어머니한테서 들었다고
한다.

줄 거 리 : 꿩 가족이 산으로 나들이를 나섰다. 덤불 속에 푸른 콩이 놓여 있는 것을 장
꿩이 보고는 자꾸 먹으려 하니까 까투리가 간밤 꿈이 좋지 않다고 하면서 먹
지 못하게 하였다. 그런데도 장꿩이 말을 듣지 않고 콩을 먹고, 그만 죽어 버
렸다. 까투리가 과부가 되자, 까마귀, 황새, 따오기가 까투리에게 같이 살자고
구혼을 하였다. 까투리는 까마귀는 너무 까매서, 황새는 너무 다리가 길어서,
따오기는 소리가 너무 커서 무서워 못산다고 하면서 그 새들의 구애를 다 거
절을 했다. 하지만 그 새들은 까투리를 차지할 욕심으로 장꿩의 장례를 도와
주었다. 장례를 지내는데 부장끼 한 마리가 날아와서 까투리를 낚아채가 버렸
다. 과부 까투리에게 구혼했던 새들은 결국 아무 성과도 얻을 수 없었다.

옛날에 노인들이 그러고 얘기를 혀싸. 꿩이 저, 열두 아들을 앞세우고
뉘영머리 곱게 땋아서 앞세우고 이렇게 덤불 위그로 올라가는디, 온식구
가. 푸른 콩이 하나가 걸렸드랴. 옛날이나 지금이나 죽으라고 약을 넣어
서 놓은 콩이든가 봐. 근디 인자 남자가, 남자가 인자 이 콩을 먹을거나
말거나. 올라감선 그러드랴. 그 콩을 보고. 그렁개 여자가,

"먹지 말라고. 먹지 말랄 때 먹지 말라고. 간밤의 꿈에 잔삼대는 씨러

져 뵈고 굵은 삼대만 골라서 뵈니 그것도 과부 될 꿈이라고. 긍개 먹지 말라고."

"아따, 야야 걱정 마라 돈품에 아들 날 꿈이로다."

그러드랴. 하하하. 그러더니 또 먹을라고 허드랴. 그렁개

"먹지 말랄 때 먹지 말라고. 간밤의 꿈에 짚신 발에 감발해 보니 그것도 과부 될 꿈이라고." 그럼서나 못 먹게 헝개.

"아따, 야야 걱정 마라. 앞냇강에 뒤또랑이 과거 볼 꿈이로다."

그러드랴. 과거를 볼 꿈이라고. 아 그러고는 홀딱 먹드랴. 그놈을. 먹응개 그냥 죽어 버렸어 긍개. 장꿩이.

장꿩이 죽어 버링개로. 아, 새카먼 까마귀가 훌훌 날라옴서 청춘에 혼자 못사느니 나랑 살믄 어쩔것냐고 험선 날아오드랴. 그렁개로 까투리란 놈이, 아이고 나는 옷이 껌어서 무서워서 못 산다고. 긍개 두 번째 다리 긴 황새가 훌훌 날아오더니

"청춘에 혼자 못사느니 나랑 살믄 어쩔것냐고."

"아이고, 나는 다리가 질어서 무서워서 못 산다고."

아 긍개 조깨 있응개 소리 잘헌 따오기가 또 훌훌 날아옴선, 하하하,

"청춘에 혼자 못사느니 나랑 살믄 어쩔것냐고."

"아이고 나는 소리를 크게 혀서 무서워서 못 산다고."

"그나저나 그러믄 우리 송장이나 치자고."

그서 인제 댕댕이 넝쿨 뜯어서 감발 허고 칡잎 뜯어서 염허고, 그러고는 다리 긴 황새는 앞다리를 들쳐 매고 다리 짤룬, 소리 잘헌 따오기는 소리꾼으로 내세우고, 때죽 많은 종도리는 보인으로 내세우고,

그러고는 인제 어기영차 어기영차 허고는 그놈을 송장을 끌고 올라강개, 어디서 부장끼라는 놈이 오더니 까투리를 톡 채 갖고 가드랴. 그렁개로 까투리 보고 그렇게 송장을 치는디 까투리를 뺏기 부렀어. 하하하.

그맀더니 이 양반이 그렇게 하하하. 그게 꿩 타령여. 꿩 타령. 하하하.

(조사자 : 아까 때죽 많은 뭐를?)

종도리. 종도리 새는 보인으로 내세웠디야.

(조사자 : 보인이 뭐에요?)

아, 생여 뒤에 쭉 따라가잖아. 그게 보인여. 생여 매고 나가는. 하하하.

(조사자 : 근데 때죽이 많아요? 종도리가.)

잉. 때죽 많은 종도리새라고 이름이 있어. 긍개 때죽이 많은개 보인으로 내세운 거여. 그러고 다리 진 황새는 앞다리를 들춰 메고. 인제 새카만 까마귀는 뒷다리를 들춰 메고. 소리 잘허 따오기는 앞서서 이렇게 펑경 내두름서 소리 지르잖아. 긍개 소리꾼으로 내세웠어. 그러고 인자 송장을 칠라고, 하하하, 소리꾼으로 내세우고 어기영차 어기영차 하고 인자 올라가는디 어디서 부쟁끼란 놈이 날라오더니 까토리를 톡 채 갖고 가 버리드라.

(조사자 : 부장끼가 뭐에요?)

까투리가 암꿩. 암꿩이 까토리지.

(조자자 : 암꿩이 까투리.)

그리여. 부장끼는 장꿩여. 남자. 하하하. 남자가 장꿩인디 장꿩. 근디 인자 잡을라고 푸른 콩 속으다가 약을 넣어갖고 걸어 놓은 놈을 장꿩이 먹을라공개 암꿩이 못 먹게 헌 거여. 그렁개. 못먹게 히도 개정 먹었어. 먹응개 죽어 버렸지. 인제.

(조사자 : 지금 사실 장꿩 장사 지내는 이야기죠?)

그리 갖고 꿩 타령도. 그렇게 히쌌고 그러드라고.

(조사자 : 이것도 어머니한테서 들으신 거에요?)

잉. 우리 친정어머니가.

선녀와 나무꾼

자료코드 : 07_12_FOT_20100203_KWD_HBS_0004
조사장소 : 전라북도 진안군 백운면 백암리 번암길 10 번암마을회관
조사일시 : 2010.2.3
조 사 자 : 김월덕, 허정주, 진주
제 보 자 : 한복순, 여, 75세
구연상황 : 제보자가 여러 편의 이야기를 한 후에, 조사자가 또 생각나는 이야기가 없는
         지 묻자 제보자가 선녀와 나무꾼 이야기의 대략적인 줄거리만 구연했다.
줄 거 리 : 나무꾼이 목욕하고 있는 선녀의 옷을 감추었다가 옷이 없어서 하늘에 올라
         가지 못한 선녀를 데리고 와서 살았다. 아기를 셋 낳기 전까지 옷을 주면 안
         되는데, 둘 낳았을 때 나무꾼이 안심하고 선녀에게 옷을 주었더니 양쪽에 아
         이를 끼고 선녀가 하늘로 올라가 버렸다. 그 뒤로 나무꾼은 죽어서 닭이 되어
         하늘을 보며 울었다.

하늘에 뭐, 저 애기 셋 낳으믄 뭐, 가라고 가라고, 잉. 둘 낳으믄, 셋 낳
으믄 가라고 혔는디 둘 나서 다홍 치매를 벗어 줬더니, 셋 낳기 전에 줘
버렸더니 양쪽으다 찌고 올라갔다네. 선녀가.

선녀가 옷을 벗고 목욕을 허는디 나무꾼이 가서 그놈을 감췄더니 그
치매 땜에 못 올라가고 데리고 와서 사는디, 애기 셋 낳으믄 줄라고 혔더
니 둘 날 적으 그놈을 줬더니 그놈을 입고 애기를 양쪽으다 찌고 올라갔
댜. 그리 갖고 그 저, 남자가 머 죽어서 닭이 되었다냐 히 갖고 울믄 머
바고리를 헌다냐. 하하하.

(청자1 : 하늘을 쳐다보고 그리서 운다고.)

하늘을 쳐다봄선.

(청자2 : 움선 대처 닭이 꼬꼬 험서 허흐 허거든. 대처 그 말이 맞어. 꼭
그렇게 하늘을 보고. 그러게 말 지어내기도 참.)

칠성공을 들인 덕에 살아남은 소금장사

자료코드 : 07_12_FOT_20100203_KWD_HBS_0005
조사장소 : 전라북도 진안군 백운면 백암리 번암길 10 번암마을회관
조사일시 : 2010.2.3
조 사 자 : 김월덕, 허정주, 진주
제 보 자 : 한복순, 여, 75세

구연상황 : 도깨비 이야기를 비롯해 여러 이야기를 나누다가 조사자가 소금장사 이야기
를 청하자 제보자가 칠성공을 들인 덕에 목숨을 건진 소금장사 이야기를 짧
게 구연했다.
줄 거 리 : 소금장사가 어느 집에서 하룻밤을 묵게 되었는데 도둑이 들어와서 소금장사
를 죽이고 돈을 뺏으려고 했다. 그런데 소금장사는 한 명인데 방에서 자는 사
람은 일곱이어서 도둑이 다른 사람이 일어날까 무서워서 소금장사를 죽이지
못했다. 소금장사는 칠성공을 들인 사람이라서 도둑의 눈에 그렇게 보인 것이
었다. 칠성공을 들인 덕분에 칠성이 도와줘서 소금장사는 살 수 있었다고 한
다.

옛날에 뭣, 소금장사가 어디 들어가서 잠을 자는디 그 사람을 돈을 뺏
을라고 누가 죽일라고 저녁으 와서 인자 보믄은, 사람이 일곱이드랴. 신
은 한 켜린디 일곱여. 가운데서 그 사람이 자. 그렁개 무서서 인자, 여러
사람이 인나까 무서서 못 죽이고, 못 죽이고, 그랬더니 그이가 칠성공을
드리드랴. 일곱 칠성공을 드링개로 그 사람이 도와줘서 그렇게 눈에 뷔여
갖고 못 죽였다고 그런 이야기도 있드라고. 하하하.

(조사자 : 소금장사가 하룻저녁 묵어가는 집에서 그런 일이…)

잉. 집이서 장개 도둑놈이 인자 그 사람을 죽이고 돈을 뺏아 갈라고 와
서 보믄 사람이 일곱 새에서 그 사람이 자. 그믄 여럿이 장개 못 죽이지.
못 죽있는디 그 사람이 공을 들있댜. 칠성공을.

도깨비가 잡아준 물고기를 받아 온 신주사

자료코드 : 07_12_MPN_20100202_KWD_JYS_0001
조사장소 : 전라북도 진안군 백운면 운교리 운계로 68-27
조사일시 : 2010.2.2
조 사 자 : 김월덕, 허정주, 진주
제 보 자 : 정영수, 남, 80세

구연상황 : 평장리 제보자들의 소개를 받아 운교리 제보자 자택을 찾아갔다. 제보자가 돌아올 때까지 한참 기다렸다 제보자를 만날 수 있었다. 제보자는 매우 친절하고 자상한 성품으로, 조사자의 취지를 이해하고 이야기를 여러 편 들려주었다. 조사자가 도깨비 이야기 아는 것 있는지 묻자, 별로 아는 것은 없다면서 옛날에 제보자의 집에 머슴 일을 하던 신생원이 들려주었다는 도깨비 이야기를 짧게 하였다.

줄 거 리 : 노촌마을 사는 신주사가 서울 갔다 돌아오는 길에 도랑에서 도깨비들이 물고기를 잡고 있는 것을 보았다. 뭐 하러 고기를 잡느냐고 하니까 도깨비들이 신주사 나리가 가신다고 하면서 물고기를 많이 잡아다가 신주사 도포 속에 넣어줬다.

별로 뭐 헌 건 없는디 저 노촌, 아까 신씨, 신주사라고 허는 양반이 옛날, 옛날은 서울 가, 신주사라는 노인이 전주서 인자 걸어서 인자 마령으로 히서 송가장이라고 요 밑에 또랑을 걸어서 요리 노촌에 올라가는디, 밤에, 저녁 판에 인자 걸어서, 걸어서 올라옹개 도깨비들이 괴기를 잡고 있어요. 긍개,

"너희들 뭣허게 괴기 잡냐?" 허고 헝개,

"아따 저 주사 어른 나리 가신다고."

그냥 괴기를 막 잡어다가 그냥 도포 소매에다 넣어 줘서 도포에 괴기를 갖고 왔대요. 인자 부황한 소리것죠. 그런 얘기가 있다고. 신생원이 그

런 얘기를 한 번 허드라고.

(조사자 : 어떤 신생원요?)

옛날 우리 집 머심 살던 늙은 신생완이 있었어요. 당신네 당숙이 신주 산디 옛날 우리 당숙이 서울 갔다 오시다 그렀다고 그 부황한 소리를 얘 기를.

비가 올 것을 예견한 도깨비를 만난 친정아버지

자료코드 : 07_12_MPN_20100203_KWD_HBS_0001
조사장소 : 전라북도 진안군 백운면 백암리 번암길 10 번암마을회관
조사일시 : 2010.2.3
조 사 자 : 김월덕, 허정주, 진주
제 보 자 : 한복순, 여, 75세
구연상황 : 제보자가 두어 편의 이야기를 구연한 다음, 조사자가 도깨비 이야기를 청하였 더니 요새는 도깨비가 다 없어졌다고 하였다. 그러면서 제보자가 첫돌도 안 되었을 때 제보자의 친정아버지가 경험했던 도깨비 이야기를 구연하였다.
줄 거 리 : 제보자의 친정은 방천둑가에 집이 있었다. 병자년 어느 날 맑게 갠 날 저녁인 데 친정아버지가 마령장터에서 술을 마시고 집에 돌아오는 길에 큰애기 하나 가 하늘을 가리키며 비가 온다고 하면서 뛰어다니는 것을 보았다. 전혀 비가 올 날씨가 아니었는데 그날 밤에 갑자기 큰물이 져서 방천둑가에 있던 친정 집으로 물이 들어왔다. 그래서 살림살이는 물론 할머니까지 물에 떠내려갔다. 나중에 할머니도 찾고 집도 새로 고쳐서 살았다. 친정아버지가 장에서 돌아오 는 길에 만난 큰애기는 도깨비였고, 그 도깨비는 비가 올 줄을 알고 있었던 것이다.

시방은 도깨비 없어졌어요. 옛날에 나 평지서 살 적으 그 계남리 방천 둑이 우리집이 갓집이라 평지 저 밑에 내려가는 집이라, 저녁으로 으시무 레 허니 비 올라고 허고 이렇게 내다 보믄 그 큰 방천둑으가 그냥 한 간 디서 불이 펀덕 허믄 그냥 여그서 저그서 그냥 펀덕펀덕펀덕 막 도깨불이

그랬거든. 그리 갖고는

(청중1 : 이상하게 없어졌어. 잉.)

잉. 그렇게 도깨비불이 날만 궂을라고믄 펀덕거리고 허더니 요샛날에는 가로등이 있응개 그런가 없어졌어. 도깨비불을 못 보잖아. 지금.

(청중2 : 아 귀신이 없어졌어. 달나라 가는 세상인디 그것이라고 그렇게 오래까지 있었어? 세상 따라서 그것도.)

(조사자 : 어디로 없어졌는가 모르겄네. 다 어디로 갔을까…)

(청중1 : 다 지옥으로 가 버리고 인자 밝은 세상 된 거여.)

(조사자 : 옛날 머 이렇게 귀신 얘기나 그런 건 없어요?)

그런 것도 쌨지. 그러지만은 뭐. 현재 도깨비 본 사람도 있고. 우리 친정아버지도 나를 병자년에 났다는디 병자년 유월 달에 큰물이 졌었디야. 큰물이 졌는디 그, 저, 마령장터서 술을 먹고 저녁으 올라오는디 우스름 허니 우수 달밤인디 참, 날은 괜찮허니 비도 안오게 생기고 혔는디,

아, 다발다발헌 요만헌 큰애기가 신작로 가운데서 뛰어 쌌드랴. 하늘을 가르침선 비가 온다, 비가 온다, 비가 온다, 비가 온다고 허고 뛰어 쌌드랴. 그서 옆으 가서 봉개 아무것도 없드랴. 그 도깨비가 그랬든가벼.

그서 인자 그날 저녁으 와서 자는디 그 평지 뒷골짝 이렇게 큰 또랑이 이렇게 있어. 그 동네 배깥으로 빠지는 또랭이 있는디, 우리가 바로 그 옆집이 살아. 그 또랑가양으로 집인디,

우리 친정할머니가 청춘 과택으로 참, 젊어서 혼자 되아 갖고, 인자 살아 갖고 우리 아버지랑 이렇게 살았는디,

가는 삼베옷을 생전 한 벌 히 줬더니 애끼라고 안 입더니 하당 그날 싹 입드랴. 입고, 칠월잉개로 콩잎을 뜯어다 아랫목에다 이렇게 말리는디, 수북허니 쟁여놓고 말리는디, 아, 비가 그냥 자다가 느닷없이 쏟아져 갖고는 뒤또랑이 우리 집 있는 디로 터졌어. 터져 갖고는 물이 막 방으로 막 들어오드라고 그라네. 펄펄펄펄.

긍개 할마니가 막 콩잎을 갖다 문턱으다 꾹꾹꾹꾹 놓응개 툭 터져서 들어오고, 들어오고. 아, 우리 할마니가 어디로 떠내려가고 없드라. 그리서 나는 그 짝으 옆으가 이렇게 조깨 엉덕 비슷헌 디가 배나무가 하나가 이렇게 큰 놈이 있는디,

그리서는 방으로는 물이 차고 히서 내가 정월에 났응개, 칠월잉개로 솔찬히 컸을 거 아녀. 떡갱이. 그리 배나무 위에다 올려 놨디야. 나를. 떠갱이를 올려놓고 우리 할마니를 찾는다고 돌아댕긴개. 아, 행랑, 요 밑에가 행랑이 있는디, 모래, 뭣, 몰아다부치고 허는디 그 속으서 어떻게 할마니가 나오드라네.

옷을 싹 벳기가 버렸드라. 그리고 알몸땡이로 나오드라. 그리 갖고는 자고 나서 봉개 장도가지 뚜껑까지 모래가 쳐 앵겼드라. 거기서 또랑이 터져 갖고. 그리서 인자 싹 인자 걍 살림을 떠낼려 보내고 인자 그 집을 새로 고치고 히서 그리서 살았는디,

그 도깨비가 그렇개로 알았다고 그려. 멀쩡헌 날인디 그렇게 올라옹개로 막 비가 온다, 비가 온다, 비가 온다고 뛰어 쌌드라네. 아, 긌더니 자다가 비가 와 갖고는 그 병자년에 그렇게 큰물이 져 갖고 우리가 수해를 봤다고 그러고 얘기를 허드라고.

(청중2 : 비 올라고 허믄 왜 도깨비가 발등을 허잖아.)

응. 발동을 혀.

두꺼비 노래

자료코드 : 07_12_FOS_20100206_KWD_KGY_0001
조사장소 : 전라북도 진안군 백운면 덕현리 원덕길 51
조사일시 : 2010.2.6
조 사 자 : 김월덕, 허정주, 진주
제 보 자 : 김금이, 여, 77세
구연상황 : 백운면 마을조사단이 조사한 자료를 보고 제보자를 찾아갔다. 제보자는 잘 못하는 노래나마 일부러 멀리서 찾아온 손님들이니 부르겠다고 하며 두꺼비 노래를 불러 주었다. 옛날에는 장마가 올 때쯤에 두꺼비가 많이 나왔는데 두꺼비는 영물이니 죽이지 말라고 어른들이 이야기했다고 한다. 제보자에게 이 노래를 어디서 배웠는지 물었다. 마을 저 건너편에 관촌댁이라는 할머니가 살았었는데 그 할머니가 제보자의 집에 삼 삼는 일 도와주러 자주 왔었다고 한다. 그때 할머니에게 심심하니 노래 좀 해 보라고 하면 두꺼비 노래를 곧잘 불렀는데 여러 번 듣다 보니 저절로 노래를 배운 것이라고 한다.

두껍아
예
네걸음이 왜그리 엉거불식 허느냐
예 그전에 금전낱이 있다고
엉거불식 걸었더니 이때조차도 그런가보오
두껍아
예
네등어리 왜그리 넙죽허느냐
예 그전에 금전낱이나 없다보니
독짐한짐을 지었더니 이때조차도 넙죽허는가 보오
두껍아

예

네등어리 왜그리 우둘투둘 허느냐

예 그전에 금전낱이나 있다고

홍진낱이나 히였더니 이때조차도 그런가보오

두껍아

예

네가슴이 왜그리 벌떡벌떡 허느냐

예 그전에 금전 낱이나 있다고 기생의물팍의 잠을자다

본가장한테 뜰켜서 이때조차도 벌떡벌떡 허는가보오

두껍아

예

네눈이 왜그리 불그죽죽 허느냐

예 그전에 금전낱이나 있다고 쇠주야 약주를 먹었더니

이때조차도 불그죽죽 허는가보오

밭 매는 소리

자료코드 : 07_12_FOS_20100206_KWD_KGY_0002
조사장소 : 전라북도 진안군 백운면 덕현리 원덕길 51
조사일시 : 2010.2.6
조 사 자 : 김월덕, 허정주, 진주
제 보 자 : 김금이, 여, 77세
구연상황 : 제보자가 두꺼비 노래를 부른 후에 조사자가 밭 매는 소리를 청했다. 제보자
는 젊었을 적에 어머니들이 밭에서 노래하는 것을 듣기는 많이 했지만 많이
부르지 않아서 거의 생각이 나지 않는다고 하면서 짧게 한 소절을 불렀다.

못다맬밭 다맬라다가 얻었던인심 잃고나가네

시집살이 노래

자료코드 : 07_12_FOS_20100206_KWD_KGY_0003
조사장소 : 전라북도 진안군 백운면 덕현리 원덕길 51
조사일시 : 2010.2.6
조 사 자 : 김월덕, 허정주, 진주
제 보 자 : 김금이, 여, 77세
구연상황 : 밭 매는 소리를 부른 후에 시집살이 노래를 요청했다. 제보자는 좋은 시부모
님을 만나 그 옛날에도 시집살이를 해 보지 않았다고 하였다. 그래도 조사자
가 노래를 청하자 옛날에 밭 매면서 불렀다는 이 노래를 불러 주었다. 제보자
는, 옛날에는 논에 가서 가래라는 잡초를 하루 종일 뽑았는데 이것이 잘 안
뽑아질 뿐만 아니라 생명력이 질겨 이튿날 논에 가면 다시 둥둥 떠 있어서
시집 어른들이 잡초를 안 뽑았다고 구박하는 일이 있었다며 노래에 얽힌 일
화를 이야기했다.

논에로가믄 가래웬수
밭에로가믄 바라구웬수
집에로가믄 시누애기웬수
세웬수를 범의골로 몰아다놓고
벼락이나 딱때립소사

아리랑

자료코드 : 07_12_FOS_20100130_KWD_KBR_0001
조사장소 : 전라북도 진안군 백운면 동창리 석전길1 석전마을회관
조사일시 : 2010.1.30
조 사 자 : 김월덕, 허정주, 진주
제 보 자 : 김봉례, 여, 89세
구연상황 : 부녀회장이 김봉례 할머니가 총기가 좋고 재미있는 노래도 많이 안다고 하며
제보자 댁에 가서 제보자를 회관으로 모시고 왔다. 회관에 도착한 제보자는
왜정 때 배운 노래를 기억하고 있다면서 일본 군가를 자기 흥에 겨워 불렀다.

조사자가 옛날 노래를 청하자 열대여섯 살 무렵 시집오기 전에 시집 안 간 큰애기들이 밤에 어느 한 집에 모여 놀면서 부른 노래라고 소개하면서 노래를 해 주었다.

꽃같은 각시가 백로산 들고
유리영창 고금방에 돈따로 드네
지름(머릿기름을 말함)놓고 꽃놓고 사시랑낭자
군청에 서기간장을 왜저리 뇍이냐(녹이냐)

아리롱 타령

자료코드 : 07_12_FOS_20100130_KWD_KBR_0002
조사장소 : 전라북도 진안군 백운면 동창리 석전길1 석전마을회관
조사일시 : 2010.1.30
조 사 자 : 김월덕, 허정주, 진주
제 보 자 : 김봉례, 여, 89세
구연상황 : 부녀회장이 김봉례 할머니가 총기가 좋고 재미있는 노래도 많이 안다고 하며 제보자 댁에 가서 제보자를 회관으로 모시고 왔다. 제보자는 90에 이른 고령자이지만 한창 시절에는 노래도 잘하고 놀기도 잘해서 마을에서 유명한 듯했다. 처음에는 숨이 가쁘다며 노래하기를 사양했으나 주변에서 노래를 재촉하자 시집오기 전에 큰애기 때 친구들과 놀면서 부른 노래라고 하면서 이 노래를 불러 주었다. 청중들이 더 해 보라고 자꾸 권하자 옛날에는 노래도 "쌨었는데(많았는데)" 지금은 모두 다 잊어버려서 못한다고 사양했다.

멀구야 다래야 열지를 마라
산골짝 큰애기 뱃동투(뱃동티) 난다
울너메 달(담)너메 깔베는 총각
눈치만 있거든 떡받아먹게
떡일라컨 받아먹고 정일라컨 두고가게
가시난(가시는)님 허리를 아다담쑥 안고서

가시지 말라고 시시원정 했네

아리롱 아라리요 아리롱고개로 날넝거(넘겨)주소

논 매는 소리

자료코드 : 07_12_FOS_20100202_KWD_KPY_0001

조사장소 : 전라북도 진안군 백운면 노촌리 평노길 177 하미마을회관

조사일시 : 2010.2.2

조 사 자 : 김월덕, 허정주, 진주

제 보 자 : 김평연, 남, 79세

구연상황 : 제보자가 노래하는 것을 제보자의 아내가 싫어해서 제보자 자택에서는 노래
를 부를 수 없었다. 제보자의 권유로 마을회관으로 자리를 옮겼다. 마을회관
할아버지방에는 두 분이 나와 계셨다. 제보자는 진안 마을조사단에서 자신의
노래를 녹음해 갔다고 하면서, 잘하든 못 하든 대회에 나가서 노래로 상을 받
은 적도 있다고 자신을 소개했다. 처음에는 노래를 잘 못한다고 하면서 노래
부르기를 사양했지만, 나중에는 그냥은 노래가 안 나온다고 하면서 방에 계신
분들과 약주를 같이 몇 잔 나누었다. 그리고 나서 술 한 잔 먹었으니 노래 한
마디 하겠다며 조사자의 요청에 따라 논 매는 소리를 해 주었다. 처음에는 모
심는 소리를 청했는데 이 동네에서 부르던 소리가 있기는 했지만 제보자는
모심는 소리는 잘 못한다고 했다.

에헤야 하아아 어-허이여 아헤에-벙개로오다

벙개소리 아헤헤 잘도나허어네

에헤야 하아아 어-허이여 아헤에-벙개로오다

일락서산 아헤헤 해떨어지네

에헤야 하아아 어-허이여 아헤에-벙개로오다

우수경첩 아헤헤 대동강 풀리고

에헤야 하아아 어-허이여 아헤에-벙개로오다

오늘논도 다매여가네 우리농부들 쌈을싸세

어어이 싸호오

뒷둑벼루는 앞둑으로

어어이 싸호오

앞둑벼루는 뒷둑을보고

어어이 싸호오

우리농군은 지심쌈으로

어어이 싸호오

휘휘둘러서 쌈을싸세

어어이 싸호오

밭 매는 소리

자료코드 : 07_12_FOS_20100202_KWD_KPY_0002
조사장소 : 전라북도 진안군 백운면 노촌리 평노길 177 하미마을회관
조사일시 : 2010.2.2
조 사 자 : 김월덕, 허정주, 진주
제 보 자 : 김평연, 남, 79세
구연상황 : 제보자가 노래하는 것을 제보자의 아내인 할머니가 싫어해서 제보자 자택에
서는 노래를 들을 수 없었다. 제보자의 권유로 마을회관으로 자리를 옮겼다.
그냥은 노래하기가 어색하다면서 제보자는 마을회관에 나와 계신 할아버지들
과 약주를 몇 잔 나눈 후에 조사자들의 요청에 따라 논 매는 소리를 먼저 부
른 다음, 여자들이 하는 노래를 듣고 따라한 것이라면서 밭 매는 소리도 몇
소절 불러 주었다.

못다맬밭 다매고나니 골골마다 밥연기나네

저산너메 깔비는총각 눈치나 있으면 날따라오소

언제는 좋다고 날데리 가더니

언제는 날마다고 날박대 하느냐

노랫가락

자료코드 : 07_12_FOS_20100202_KWD_KPY_0003
조사장소 : 전라북도 진안군 백운면 노촌리 평노길 177 하미마을회관
조사일시 : 2010.2.2
조 사 자 : 김월덕, 허정주, 진주
제 보 자 : 김평연, 남, 79세
구연상황 : 제보자가 노래하는 것을 제보자의 아내인 할머니가 싫어해서 제보자 자택에
서는 노래를 들을 수 없었다. 제보자의 권유로 마을회관으로 자리를 옮겼다.
그냥은 노래하기가 어색하다면서 제보자는 마을회관에 나와 계신 할아버지들
과 약주를 몇 잔 나눈 후에 조사자들의 요청에 따라 논 매는 소리와 밭 매는
소리를 부른 다음, 자진해서 유행가도 한번 부르겠다며 노랫가락과 청춘가를
불렀다. 제보자는 옛날에 나무 등짐을 해 가지고 산에서 내려오면서 이런 유
행가를 불렀다고 설명했다.

에-헤에 말은가자 네굽을놓고 임은날잡고1낙로(낙루)를하네
임아임아 날잡지말고 지는저해를 잡아매오
에-헤에 나비야 청산을 가자 파랑나비야 너도가자
가다가 날저물면 꽃밭에가서 자고가자
꽃밭에가 못자게되면 임한테가서 자고가자

청춘가

자료코드 : 07_12_FOS_20100202_KWD_KPY_0004
조사장소 : 전라북도 진안군 백운면 노촌리 평노길 177 하미마을회관
조사일시 : 2010.2.2
조 사 자 : 김월덕, 허정주, 진주
제 보 자 : 김평연, 남, 79세
구연상황 : 제보자가 노래하는 것을 제보자의 아내인 할머니가 싫어해서 제보자 자택에
서는 노래를 들을 수 없었다. 제보자의 권유로 마을회관으로 자리를 옮겼다.
마을회관에 나와 있던 분들과 몇 잔 약주를 나눈 후에, 제보자 요청에 따라

논 매는 소리와 밭 매는 소리를 불러 주었고, 그리고 흥에 겨워 청춘가를 짧게 몇 마디 불러 주었다. 제보자는 예전에 산에서 나무 등짐을 해서 지고 내려오면서도 이런 노래를 불렀다고 회상했다.

청천에 뜬구름 비실러 가건만
한강에 뜬배는 좋-다 임실러 가노라
알뜰히 살면은 내살림 되느냐
오동통 팔아서 좋-다 술받이 갑시다

초혼하는 소리

자료코드 : 07_12_FOS_20100203_KWD_PJM_0001
조사장소 : 전라북도 진안군 백운면 덕현리 윤기길 17 윤기마을회관
조사일시 : 2010.2.3
조 사 자 : 김월덕, 허정주, 진주
제 보 자 : 박정만, 남, 66세
구연상황 : 인근 마을에서 소개를 받아 찾은 제보자는 마을이장을 맡고 있다. 제보자는 몇 번인가 다른 사람들이 이런 옛 노래를 요청해 와서 응해준 경험이 있기 때문에 협조적으로 대해 주었다. 장례 절차를 차근차근 설명하면서 먼저 복을 부르는 소리라고 하면서 초혼하는 소리를 해 주었다.

[복을 부르는 소리라고 설명한다.]

해동조선 전라북도 진안군 백운면 아무개 복 복 복

상여 소리 (1)

자료코드 : 07_12_FOS_20100203_KWD_PJM_0002
조사장소 : 전라북도 진안군 백운면 덕현리 윤기길 17 윤기마을회관
조사일시 : 2010.2.3

조 사 자 : 김월덕, 허정주, 진주
제 보 자 : 박정만, 남, 66세
구연상황 : 인근 마을에서 소개를 받아 찾은 제보자는 마을이장을 맡고 있다. 제보자는
 몇 번인가 다른 사람들이 이런 옛 노래를 요청해 와서 응해준 경험이 있기
 때문에 협조적으로 대해 주었다. 장례 절차를 차근차근 설명하면서 먼저 복을
 부르는 소리하고 나서, 관을 들어 올릴 때 하는 소리인 '관아' 소리와 운상할
 때 소리인 '어하' 소리를 해 주었다.

관아— 혜에에–이 나아암호

관아— 혜에에–이 나아암호

관아— 혜에에–이 나아암호

이성주 밑에서 오늘밤은 잤건마는

내일이면 뗏집으로 나는가네

관아— 혜에에–이 나아암호

방실방실 웃는손자 옆에두고 나는가네

어허어 어허하 어어허 어어하아

새재강변 종조리새는 천질만질 구만질 떴네

어허어 어허하 어어허 어어하아

올라가세 올라가세 태산주령을 올라가세

어허어 어허하 어어허 어어하아

상사 소리

자료코드 : 07_12_FOS_20100206_KWD_PJM_0001
조사장소 : 전라북도 진안군 백운면 덕현리 윤기길 17 윤기마을회관
조사일시 : 2010.2.3
조 사 자 : 김월덕, 허정주, 진주
제 보 자 : 박정만, 남, 66세
구연상황 : 윤기마을에 두 번째 방문하여 제보자를 만났다. 제보자는 마을이장을 맡고

있으며 조사취지를 이해하고 적극 도와주었다. 모심는 소리를 요청하자 다 잊어버려서 못 한다고 하면서 짧게 한 소절을 불러 주었다. 진안에서는 모심는 소리를 채록하기가 매우 어려웠다.

어여허 여허루 상사뒤야 여기도 꽂고 저기도 꽂고
서마지기 논배미가 반달만끔 남았구나
어여 여허루 상사뒤야

상여 소리 (2)

자료코드 : 07_12_FOS_20100206_KWD_PJM_0002
조사장소 : 전라북도 진안군 백운면 덕현리 윤기길 17 윤기마을회관
조사일시 : 2010.2.3
조 사 자 : 김월덕, 허정주, 진주
제 보 자 : 박정만, 남, 66세
구연상황 : 윤기마을에 두 번째 방문하여 제보자를 만났다. 마을에서 이장을 맡고 있는 제보자는 상여 앞소리꾼이기도 하다. 제보자는 첫 번째에는 엉겁결에 했지만 그 사이에 연습을 좀 했다고 하면서 상여 나갈 때 쓰는 평경도 준비하였다. 그러나 소리를 할 때는 장애가 되어서 평경 없이 하였다. 마을회관에 여러 사람이 모인 가운데 제보자가 상여 소리를 하니 회관에 모인 분들이 호응을 해 주었다.

관아ー아 아아 에헤이 나아암 호오
관아ー아 아아 에헤이 나아암 호오
관아ー아 아아 헤에이 나아암 호오

[이것은 마당에서 밖으로 나가려고 하는 소리라고 설명한다.]

이성주 밑에서 어젯밤은 잤건마는
오늘밤에는 펫집으로 나는가네

관아–아 아아 헤에이 나아암 호오

방실방실 웃는손자 여기두고 나는가네

오호하 어어하 어이가자 오오하

이제가면 언제오나 명년춘삼월 올동말동

오호하 어어하 어이가자 어어하

새재강변 종조리새는 천길만길 구만질떴네

어어하 어어하 어이가자 어어하

임아임아 날섬겨주소 나도나도 임셈겨줌세

어어하 어어하 어이가자 어어하

욕들도보네 욕들도보네 우리유대꾼 욕들도보네

어어하 어어하 어이가자 어어호

산천초목은 늙어나가고 인생청춘도 늙어나간다

어어하 어어하 어이가자 어어하

올라가네 올라를가네 태산준령을 넘어가네

어어하 어어하 어이가자 어어하

북망산천 멀다더니 문턱너머가 북망산천이네

어어하 어어하 어이가자 어어하

청사초롱 불밝혀라 임의방에 놀러를가세

어어하 어어하 어이가자 어어하

청춘가

자료코드 : 07_12_FOS_20100206_KWD_PJM_0003

조사장소 : 전라북도 진안군 백운면 덕현리 윤기길 17 윤기마을회관

조사일시 : 2010.2.3

조 사 자 : 김월덕, 허정주, 진주

제 보 자 : 박정만, 남, 66세
구연상황 : 이장을 맡고 있는 제보자는 특기가 상여 소리이다. 모심는 소리와 상여 소리
를 부른 후에, 조사자가 다른 노래를 또 청하였더니 더 없다고 하였다. 회관
에 모인 분들의 호응이 좋아서 제보자가 청춘가를 불렀다.

산이 높아야 골짜기도 깊고요
우리네 인생은 좋다 끈 넘어가는구나
무정세월은 연연이 오건만 한번간 우리님은
좋다 영 무소식이로다
나비없는 동산에 꽃피어 뭣하리
임없는 이내몸 좋다 화장하여 무엇하리
무정세월은 연연이 오건만 한번간 우리님은
좋다 영 무소식이로다

노랫가락

자료코드 : 07_12_FOS_20100206_KWD_PJM_0004
조사장소 : 전라북도 진안군 백운면 덕현리 윤기길 17 윤기마을회관
조사일시 : 2010.2.3
조 사 자 : 김월덕, 허정주, 진주
제 보 자 : 박정만, 남, 66세
구연상황 : 이장을 맡고 있는 제보자는 특기가 상여 소리이다. 모심는 소리와 상여 소리
를 부른 후에, 조사자가 다른 노래를 또 청하였더니 더 없다고 하였다. 회관
에 모인 분들의 호응이 좋아서 제보자가 청춘가와 노랫가락을 불러 답례를
하였다.

세천당 세모진낭기 그네줄을 메어놓고
임이뛰면은 내가밀고요 내가뛰면은 임이밀어
임아야 줄살살밀어 줄떨어지면은 정떨어진다

노랫가락 (1)

자료코드 : 07_12_FOS_20100130_KWD_BSG_0001
조사장소 : 전라북도 진안군 백운면 동창리 석전길1 석전마을회관
조사일시 : 2010.1.30
조 사 자 : 김월덕, 허정주, 진주
제 보 자 : 백생귀, 남, 82세
구연상황 : 마을회관 할머니방에서 먼저 노래를 들은 다음, 부녀회장이 백생귀 제보자를
적극 추천하여 자리를 할아버지방으로 옮겼다. 제보자는 술도 좋아하고 흥도
있는 분이었으나 건강이 좋지 않아서 노래를 못한다고 노래하기를 사양하였
다. 그러나 주변에서 노래를 재촉하자 노랫가락을 불러 주었다. 어릴 적부터
어른들을 따라 산에 등짐을 하러 다니면서 등짐을 지고 내려올 때 이런 노래
를 불렀다고 한다. 등짐 때뿐만 아니라 여럿이 어울려 놀 때도 부르고 아무
때라도 흥에 겨우면 부를 수 있다고 설명하였다.

에헤헤에 세천당 세모진가지 오색가지로 군디(그네)를매고
임이뛰면 내가나밀고 내가뛰면은 임이밀어
임아야 줄살살밀어요 줄떨어지면은 정떨어집니다
높은산에 눈날리고 야찬(낮은)산에는 재날린데
악수장마 비바람불듯 대천바다에 물민듯이
가네가네 나도나가네 임을두고서 나는가네
내가가면 아주나가오 아주간들 잊을쏜가
말은가자 네굽을놓고 임은날잡고 놓지를않네
임아야 날잡지말고 지는해를 잡어매소
저게가는 저구름속에 눈들었냐 비들었냐
눈도비도 아니나들고 도라지병풍에 내들었네

군밤 타령

자료코드 : 07_12_FOS_20100201_KWD_BSG_0001
조사장소 : 전라북도 진안군 백운면 동창리 석전길1 석전마을회관
조사일시 : 2010.2.1
조 사 자 : 김월덕, 허정주, 진주
제 보 자 : 백생귀, 남, 82세
구연상황 : 백생귀 제보자를 만나기 위해 재차 방문하였다. 이 날은 진안군수가 신년하례
차 마을을 방문한 날이라서 제보자는 군수와의 점심 식사 자리에서 술을 마
시고 흥이 난 상황이었다. 처음에는 노래를 잊어버려서 못한다고 했으나, 회
관에 모인 마을분들이 "백생원 노래 한 번 해보라"며 자꾸 재촉하였다. 그러
자 군밤 타령을 먼저 한 곡조 부른 다음에는, 노래가 꽉 찼다고 하였다. 제보
자는 자신이 곡조도 모르고 가사도 모르는데 어려서부터 산에 다니면서 하도
심심하니까 가는 걸음에 지게 목발을 두드리면서 이런 노래를 불렀다고 설명
했다.

어군밤이요 군밤군밤 곁에는 조각밤

조각밤 곁에는 강대추 강대추 곁에는 애개미(벌레)가 왔더냐

군밤군밤 삶은밤

너도도령에 나도도령에 열이열두도령이 징장구를매고 긍강그라졌
구나(시들었다는 뜻)

군밤군밤에 삶은밤

너도처녀 나도처녀 열이열두처녀가 시집을못가고 긍강그라졌구나

군밤군밤에 삶은밤

너도도령에 나도도령 열이열두도령이 징장구를매고 긍강그라졌
구나

군밤군밤 삶은밤

담방구 타령

자료코드 : 07_12_FOS_20100201_KWD_BSG_0002
조사장소 : 전라북도 진안군 백운면 동창리 석전길1 석전마을회관
조사일시 : 2010.2.1
조 사 자 : 김월덕, 허정주, 진주
제 보 자 : 백생귀, 남, 82세
구연상황 : 백생귀 제보자를 만나기 위해 마을에 재차 방문하였다. 이 날은 진안군수가
          신년하례차 마을을 방문한 날이라서 제보자는 군수와의 점심 식사 자리에서
          술을 마시고 흥이 난 상황이었다. 처음에는 노래를 잊어버려서 못한다고 했으
          나, 회관에 모인 사람들이 군밤 타령과 담방구 타령을 해 보라고 독촉하였다.
          마을 사람들은 이미 많이 들어서 알고 있는 노래를 제보자는 흥겹게 불러 주
          었다.

　　담방구야 담방구야 동래울산에 담방구야
　　조선땅도 좋지마는 일본땅에는 뭣하러갔소
　　조선땅도 좋지만 일본땅에는 유람왔소

장 타령

자료코드 : 07_12_FOS_20100201_KWD_BSG_0003
조사장소 : 전라북도 진안군 백운면 동창리 석전길1 석전마을회관
조사일시 : 2010.2.1
조 사 자 : 김월덕, 허정주, 진주
제 보 자 : 백생귀, 남, 82세
구연상황 : 백생귀 제보자를 만나기 위해 마을회관에 재차 방문하였다. 이 날은 진안군수
          가 신년하례차 마을을 방문한 날이라서 제보자는 군수와의 점심 식사 자리에
          서 술을 마시고 흥이 난 상황이었다. 처음에는 노래를 잊어버려서 못한다고
          했으나 제보자의 특기인 군밤 타령을 부른 후 담방구 타령에 이어 장 타령을
          불렀다.

　　얼-씨고 씨고씨고 들어간다 작년에왔던 각설이 죽지도않고나 또

왔네

일자나한자나 들고봐 일월이송송 해송송 밤중새별이 완연허고

두이자나 들고봐 두월이기생이 춤을추고 어느기생이 춤안추리

삼자한자나 들고봐 사시삼천 바쁜질에 중간척이 여기로구나

사자한장 들고봐 사시사천 바쁜질에 중간척이 여기로구나

오자한장 들고봐 오갈에천장 관운장 적투마를 빌려타고 제갈 이
선생을 찾아간다

육자한장을 들고봐 육육은 삼십육 비철이선생을 찾아가고

칠자한장 들고봐 칠년대년 가물음에 소내기 한두름만 와도 어느
백성이 춤안추리

팔자한장을 들고봐 팔아팔아 칠팔아

구자한장을 들고봐 구구구 삼십육 남았네 남았네 삼자한장이 남
았네

이장처 저장처 만장가운데 포장처

포장가운데 개숙아 조선에있는 배숙아다

쿵쿵쿵쿵 다잡았어요 허허 굵은엿

엿 타령

자료코드 : 07_12_FOS_20100201_KWD_BSG_0004

조사장소 : 전라북도 진안군 백운면 동창리 석전길1 석전마을회관

조사일시 : 2010.2.1

조 사 자 : 김월덕, 허정주, 진주

제 보 자 : 백생귀, 남, 82세

구연상황 : 백생귀 제보자를 만나기 위해 마을회관에 재차 방문하였다. 이 날은 진안군수
가 신년하례차 마을을 방문한 날이라서 제보자는 군수와의 점심 식사 자리에
서 술을 마시고 흥이 난 상황이었다. 처음에는 노래를 잊어버려서 못한다고

했으나, 회관에 모인 사람들이 재촉을 하자, 노래가 꽉 찼다고 하면서 군밤 타령, 담방구 타령, 장 타령을 비롯해 여러 곡을 불렀다. 엿 타령은 심심하니까 괜히 씨부렁거리느라고 하는 소리였다고 설명한다.

화전엿이나 울긋엿 울긋줄긋이 찹쌀엿

이리와요 이리와 어디가면은 그저주는 엿이냐

허랑에 중탕에 막파는엿 채챙채챙 채챙챙(꽹매기 두드리는 소리라고 함)

아하 에헤야 어여라 난다 뒤여라 어따 싸구리야

진도 아리랑

자료코드 : 07_12_FOS_20100201_KWD_BSG_0005
조사장소 : 전라북도 진안군 백운면 동창리 석전길1 석전마을회관
조사일시 : 2010.2.1
조 사 자 : 김월덕, 허정주, 진주
제 보 자 : 백생귀, 남, 82세
구연상황 : 백생규 제보자를 만나기 위해 마을에 재차 방문하였다. 이 날은 진안군수가 신년하례차 마을을 방문한 날이라서 제보자는 군수와의 점심 식사 자리에서 술을 마시고 흥이 난 상황이었다. 군밤 타령, 담방구 타령 등을 부르기 시작해 진도 아리랑을 불렀다. 산에서 등짐 해 가지고 지게 목발 두드리면서 이런 노래를 불렀다고 설명했다.

아리아리랑 스리스리랑 아라리가났네 에에에

아리랑 음음음 아라리가 났네

문경새재는 웬고-갠가 구부야 구부구부 눈물이로구나

아리아리랑 스리스리랑 아라리가났네 에에에

아리랑 음음음 아라리가났네

저건네 갈미봉은 비가 묻어오는데

우장삿갓 허리두리고(두르고) 몬돌이나 맬까
아리아리랑 스리스리랑 아라리가났냐
아리랑 음음음 아라리가났네
세월이 가기는 봄한철인디 사람이늙기는 가을한철이라
아리아리랑 스리스리랑 아라리가 났소
아리랑 음어어 아아 아라리가났네
아리아리랑 스리스리랑 아라리가났네
아리랑 음음음 아라리가났네
세월아 네월아 오고가질말소
아까운 이팔청춘 다늙어가네
아리아리랑 스리스리랑 아라리가났네
아리랑 음음음 아라리가났네
날좀보소 날좀보소 날조매보소
동지섣달 꽃본듯이 날조매보소
아리아리랑 스리스리랑 아라리가났네
아리랑 아리알씨구 아라리가났네

노랫가락 (2)

자료코드 : 07_12_FOS_20100201_KWD_BSG_0006
조사장소 : 전라북도 진안군 백운면 동창리 석전길1 석전마을회관
조사일시 : 2010.2.1
조 사 자 : 김월덕, 허정주, 진주
제 보 자 : 백생귀, 남, 82세
구연상황 : 백생규 제보자를 만나기 위해 마을에 재차 방문하였다. 이 날은 신년을 맞아
　　　　　진안군수가 어르신들께 인사를 드리고 마을의 애로사항을 주민들로부터 직접
　　　　　듣기 위해 마을을 방문한 날이었다. 제보자는 군수와의 점심 식사 자리에서

술을 마신 상황이어서 흥이 나 있었다. 처음에는 노래를 다 잊어버려서 못한다고 했지만, 회관에 모인 마을 분들이 재촉하자 한 곡 두 곡 노래를 불렀다.

녹수로다 녹수로구나
녹수청강 흐르는물에 배차(배추)씻는 아가씨야
배추씨는 속에다두고 나만보면은 생짜증내냐
저게가는 저구름속에 눈들었든가 비들었냐
눈도비도 아니나들고 도라지병풍에 내들었네
도라지병풍 은단장안에 잠들은아가씨 문열어라
바람불고 비올줄알았지 내낭군오실줄 내몰랐네
바늘겉은(같은) 서방님몸에 태산겉은(같은) 병이들고
은가락지팔고 은비녀팔아서 인삼녹용을 지어놓고
화리(화로)풍로 약달여놓고 무정한 잠이들어 서방님죽는줄 내몰랐네
아이고데고 내팔자야 서방님간곳을 내몰랐네
아이구나데고 어찌헐까 이내팔자를 어찌헐까
얼씨구나좋다 기화자좋네 아이까나 노지는 못살아요
자두는 입에물고 너만갈질이 웬말인가
오동추야 달밝은밤에 처녀둘이 도망가고
석자수건 목에나걸고 총각둘이 따라가네
그것도 인생이라 가는낭군을 괄세하요
얼씨구나좋다 기화자좋네 아니까나 노지는 못살겄소
진국명산 화란봉에 바람이불어서 쓰러졌소
송죽과같이 곧은절개 매맞는다고 허락할까
어리씨구나좋소 정말좋네 아이까나 노지는 못살겄네
왔소왔소 나여기왔소 바람불어서 나여(여기)왔소
아마도 나여기온건 당신을보랴고 나여기왔네

노랫가락 (3)

자료코드 : 07_12_FOS_20100201_KWD_BSG_0007
조사장소 : 전라북도 진안군 백운면 동창리 석전길1 석전마을회관
조사일시 : 2010.2.1
조 사 자 : 김월덕, 허정주, 진주
제 보 자 : 백생귀, 남, 82세
구연상황 : 백생귀 제보자를 만나기 위해 마을에 재차 방문하였다. 이 날은 진안군수가
신년하례차 마을을 방문한 날이라서 제보자는 군수와의 점심 식사 자리에서
술을 마시고 흥이 난 상황이었다. 처음에는 노래를 잊어버려서 못한다고 했으
나 흥이 나자 여러 곡의 노래를 연달아서 계속 불러 주었다.

에헤헤에에 앞동산에 봄춘자요 뒷동산에는 푸를청자

가지가지는 꽃화자요 굽이굽이는 내천자라

동자야 먹갈어라 임한테서 편지가왔소

편지는 왔건마는 나이가어려서 못읽겠네

동산에 밤줏는(줍는)아가씨 밤한톨만 던져를주소

외톨밤을 던져줄까 쌍톨밤을 던져를줄까

이밤저밤 다제쳐놓고 동지섣달에 진진밤에

나도총각 너도처녀 처녀 총각이 노다가세

나무라도 고목이되면 오던새도 아니오고

물이라도 단수가되면 놀던고기도 아니놀고

임이라도 늙어지면 오던낭군도나 아니오네

얼씨구나좋다 기화자좋네 아니가나 노지는 못하리

청춘가

자료코드 : 07_12_FOS_20100201_KWD_BSG_0008
조사장소 : 전라북도 진안군 백운면 동창리 석전길1 석전마을회관

조사일시 : 2010.2.1

조 사 자 : 김월덕, 허정주, 진주

제 보 자 : 백생귀, 남, 82세

구연상황 : 백생귀 제보자를 만나기 위해 마을에 재차 방문하였다. 이 날은 진안군수가
　　　　　신년하례차 마을을 방문한 날이라서 제보자는 군수와의 점심 식사 자리에서
　　　　　술을 마시고 흥이 난 상황이었다. 처음에는 노래를 잊어버려서 못한다고 했으
　　　　　나, 회관에 모인 사람들이 자꾸 재촉을 하자 못 이겨 한 곡조를 다음부터는
　　　　　노래가 꽉 찼다고 하면서 노래를 연달아 불렀다.

높은산에 상상봉 왜돌아진 저소나무

날과같이도 좋다 홀로나섰구나

알뜰히 살뜰히 정들여서 놓고요

정들고 내못살면 좋다 화류계여자라

녹두산몬당에 비온동만동에

요내품안에 좋다 잠들어갑시다

우수야경첩에 대동강이 풀리고

정든임 말속에 좋다 내가삼(가슴) 풀리네

우리도 언제나 돈많이 벌어서

물없는 한강수에 좋다 배타고 갈꺼나

나는간다네 나두나간다네

우련님 뒤를따라 좋다 나도간다네

니가잘나서 일색(일색)이좋던가

내눈이 어두워서 좋다 환장이라네

우리가 살면은 얼매나 살꺼나

죽음을 얻어서 좋다 노소가 있던가

알뜰히 살뜰히 정들이서 놓고요

어린가장에 품안에 좋다 잠들어 갑시다

상여 소리

자료코드 : 07_12_FOS_20100201_KWD_BSG_0009
조사장소 : 전라북도 진안군 백운면 동창리 석전길1 석전마을회관
조사일시 : 2010.2.1
조 사 자 : 김월덕, 허정주, 진주
제 보 자 : 백생귀, 남, 82세
구연상황 : 백생귀 제보자를 만나기 위해 마을회관에 재차 방문하였다. 이 날은 진안군수
가 신년하례차 마을을 방문한 날이라서 제보자는 군수와의 점심 식사 자리에
서 술을 마시고 흥이 난 상황이었다. 처음에는 노래를 잊어버려서 못한다고
했으나 여러 곡의 노래를 부른 다음에, 조사자가 상여소를 청하자 상여 소리
를 불러 주었다.

관아 헤에에 나아호호
어-허-호 어 어 하
관아 헤에에 나아호호
가세가세 어서를가세 우리들유대꾼들 조심혀 발맞촤가소
어허허어 어 어 하
어허허허 어러리 넘차 어어하
가세가세 나는가네 내가가면은 언제나올까
내년요때에 이삼월이면은 오겄네
어허허허 어 허 하
가네가세 어서가세 우리가가면 빨리빨리가고
가다가세 어이갈까 어 어 하
동달해였소 동달하였소 노수가 없어서 못가겄네
어허허허 어 허 하
한강철교 앞에가 동달하였으니 노자없이는 못가겄네
어허허허 어허하 어허리 넘차 어허허
노자없이는 못가겄네 앞에 한강다리가 만나였으니

노자없이는 못가겠네 어허허허 어하하

논 매는 소리

자료코드 : 07_12_FOS_20100206_KWD_SYD_0001
조사장소 : 전라북도 진안군 백운면 노촌리 노촌길 47
조사일시 : 2010.2.6
조 사 자 : 김월덕, 허정주, 진주
제 보 자 : 신용두, 남, 75세
구연상황 : 백운면 노촌리 하미마을 김평연 제보자의 추천으로 신용두 제보자를 찾아갔
다. 약간 무뚝뚝해 보이면서도 수줍은 성격의 제보자는 조사취지를 이해하고
적극 도와주려고 하였다. 조사자들이 모심을 때 하는 소리를 요청하자, 제보
자가 알기로는 이 근방에서는 '여어 여허루 상사두야'라는 후렴을 넣어서 상
사 소리를 했다고 한다. 그러나 곡조와 가사 등이 헷갈리고 잘 기억나지 않아
서 모심는 소리를 몇 번 시도하다가 포기하고 제보자가 잘 할 수 있는 '논 매
는 소리'를 불러 주었다. 가창 후 제보자는 논매기 관행에 대해 한참 설명하
였다. '쌈 싸는 소리'는 점심이나 저녁에 일을 마무리하고 논에서 나올 때 불
렀다고 한다.

07_12_FOS_20100206_KWD_SYD_0001_s01 〈논 매는 소리〉

에야야 아아 여어허어 아헤헤에에 어허헝엉개로오다

우리농부 아헤헤에에 잘도나허네 에헤

에헤야 하하 여어허어어 아에헤에- 방개로오다

우리농군 잘도나허네 어서매고 쉬어허세

이논배미 어서매고 장구배미로 건너가세

에야아 하아아 여어어어 아헤에에- 방개로오다

우리농부네 욕들보네 어서매고 쉬어서매세

에야아 하아아 여어허어 아헤에에- 방개로오다

07_12_FOS_20100206_KWD_SYD_0001_s02 〈쌈 싸는 소리〉

어서매세 어서를매여

앞둑베루는 뒷둑으로

뒷둑베루는 앞둑으로

에야하아 에야아 여어어

우리농부네 지심쌈으로

우리농부네 상추쌈으로

임실남원은 해우쌈으로

어휘싸오

우리농부네 욕들보네

휘휘둘러서 쌈을싸세

어휘싸오

우리농부네 욕들보네

어이싸오

휘휘둘러서 쌈을싸세

[쌈을 싸고 끝마친다고 설명한다.]

상여 소리

자료코드 : 07_12_FOS_20100206_KWD_SYD_0002
조사장소 : 전라북도 진안군 백운면 노촌리 노촌길 47
조사일시 : 2010.2.6
조 사 자 : 김월덕, 허정주, 진주
제 보 자 : 신용두, 남, 75세
구연상황 : 백운면 노촌리 하미마을 김평연 제보자의 추천으로 신용두 제보자를 찾아갔
다. 약간 무뚝뚝해 보이면서도 수줍은 성격의 제보자는 조사취지를 이해하고

적극 도와주려고 하였다. 먼저 자신이 많이 불러 본 '논 매는 소리'를 부른 다음에 조사자가 '상여 소리'를 청하자 불러 주었다. 제보자는 '상여 소리'하면서 따르는 행위들에게 대해서도 상세히 설명을 하면서 노래를 하였다. 처음에 관아 소리는 집에서 출발할 때 세 번을 하고 나가는데 두 번째 '관아 소리'를 할 때 유대꾼들이 관을 어깨에 들어 올린다고 한다. 제보자는 상여 소리란 가사가 따로 정해진 게 아니고 소리 메기는 사람이 자꾸 지어내서 부르는 것이라고 설명하였다.

관아아 이여어
관아아 이여어
관아아 이여어
우리유대꾼 욕들보네 우리유대꾼 욕들보네
어서어서 갑시다
가세가세 어서가세 우리유대꾼 어서가세
오오헤 오오헤 어리갈까 오오헤
잘도허네 잘도허네 우리유대꾼 잘도허네
오허호 오호에 어리갈까 오오헤
인제가면 언제와 태평바다 육지가되면 그때내가 오겼구나
오호헤 오호헤 어리갈까 오호헤
산천초목은 저젊어간데 우리인생은 늙어가네
오호헤 오오헤 어리갈까 오호에
일락서산에 해떨어지고 월출동령 달돋았네
오호헤 오호에 어리갈까 오호헤
먼디사람 듣기좋고 옆엣사람 보기좋게
오호헤 오호헤 어리갈까 오호헤
인제가면 언제와 훗년요때 올동말동
오호헤 오호에 어리갈까 오호에
시내강변 저종달새는 천질만질 구만질떴네

오호혜 오호혜 어리갈까 오호혜

시내강변 자갈도 많고 정든임 마음은 왜그리 고와

오호혜 오호혜 어리갈까 오호혜

북망산천이 멀다더니 문전앞이 북망일세

오호혜 오호혜 어리갈까 오호혜

산천초목 멀다더니 바로저기가 문전일세

오호혜 오호혜 어리갈까 오호혜

일락서산에 해떨어지고 이내마음에 숨떨어지네

오호혜 오호혜 어리갈까 오호혜

밭 매는 소리 (1)

자료코드 : 07_12_FOS_20100130_KWD_LSJ_0001
조사장소 : 전라북도 진안군 백운면 동창리 석전길1 석전마을회관
조사일시 : 2010.1.30
조 사 자 : 김월덕, 허정주, 진주
제 보 자 : 이순자, 여, 79세
구연상황 : 부녀회장이 마을회관에 모인 할머니들에게 노래를 독려하자 제보자가 먼저
나서서 노래를 불러 주었다. 제보자는 시집오기 전에 친정어머니가 밭 매면서
하던 소리를 기억해서 하는 것이라고 하였다. 노래 내용에 대해서도 해가 넘
어가면 일꾼도 집에 가야 하는데 날이 저물도록 밭 임자가 일꾼을 데리고 일
을 하면 일꾼이 좋아하지 않는다는 뜻이라고 설명을 덧붙였다. 밭 맬 때 이
노래를 했는데 여럿이 친구들과 어울려 놀 때도 부르기도 했다고 한다.

못다맬밭 다맬라다 얻었던인심 잃고나가네

호박넝쿨 박넝쿨 왜저리좋아

오늘갈지 내일갈지 내모른데

세월아 네월아 오고가지를 말아라

아까운 내청춘 다늙어간다

세월이 갈라면 너만가지

아까운 내청춘을 다리고(데리고)가냐

못다맬밭 어서나매고 우는애기 젖주러가세

시집살이 노래 (1)

자료코드 : 07_12_FOS_20100130_KWD_LSJ_0002
조사장소 : 전라북도 진안군 백운면 동창리 석전길1 석전마을회관
조사일시 : 2010.1.30
조 사 자 : 김월덕, 허정주, 진주
제 보 자 : 이순자, 여, 79세
구연상황 : 조사자가 시집살이 노래를 청하자 이 노래를 불러 주었다. 계속 이어서 노래를 청했으나 기억이 나지 않아 부르지 못했다.

밭에가면 바라구웬수

집에오면 시어마니웬수

밭 매는 소리 (2)

자료코드 : 07_12_FOS_20100201_KWD_LSJ_0001
조사장소 : 전라북도 진안군 백운면 동창리 석전길1 석전마을회관
조사일시 : 2010.2.1
조 사 자 : 김월덕, 허정주, 진주
제 보 자 : 이순자, 여, 79세
구연상황 : 석전마을 제보자들을 만나기 위해 마을에 재차 방문하였다. 이 날은 진안군수가 신년하례차 마을을 방문한 날이라서 마을 주민들이 회관에 많이 모였다. 점심식사 후에 할머니방에서 지난주에 만났던 이순자 제보자를 다시 만났다. 조사자가 밭 매는 소리를 청하자 제보자는 옛날에 밭맬 때 어머니들이 청승

스럽게 이런 노래를 불렀다고 하며 노래를 불러 주었다.

못다맬밭 다맬라다 얻었던인심을 잃고나가네
어서매고 우는애기 젖주러가세
못다맬밭 다맬라다 금봉채를 잃고나가네
호박넝쿨 박넝쿨 왜저리좋아
오늘갈지 내일갈지 내모른데
호박넝쿨 박넝쿨 왜저리좋아
정지구석 들여다보니 살동말동
선각산 중터리 비오나마나
어린가장 품안에 잠자나마나

시집살이 노래 (2)

자료코드 : 07_12_FOS_20100201_KWD_LSJ_0002
조사장소 : 전라북도 진안군 백운면 동창리 석전길1 석전마을회관
조사일시 : 2010.2.1
조 사 자 : 김월덕, 허정주, 진주
제 보 자 : 이순자, 여, 79세
구연상황 : 석전마을 제보자들을 만나기 위해 마을을 재차 방문하였다. 이 날은 진안군수
가 신년하례차 마을을 방문한 날이라서 마을 주민들이 회관에 많이 모였다.
조사자에게 협조적인 제보자에게 시집살이 노래를 청하자 노래를 불러 주었
다.

웬수놈의 시집살이 밭에가면 바라구웬수
논에가믄 가래웬수
집에오면 시어마니 시집살이웬수
웬수로다 웬수로다 이놈의팔자 웬수로다

자장가

자료코드 : 07_12_FOS_20100201_KWD_LSJ_0003
조사장소 : 전라북도 진안군 백운면 동창리 석전길1 석전마을회관
조사일시 : 2010.2.1
조 사 자 : 김월덕, 허정주, 진주
제 보 자 : 이순자, 여, 79세
구연상황 : 석전마을 제보자들을 만나기 위해 마을에 재차 방문하였다. 이 날은 진안군수
가 신년하례차 마을을 방문한 날이라서 마을 주민들이 회관에 많이 모였다.
제보자는 지난주에 한 번 만난 적이 있기 때문에 매우 친근한 느낌이 들었다.
밭 매는 소리와 시집살이 노래 후에 자장가를 청하자 노래를 불러 주었다.

자장자장 우리애기 잘도잔다
넘의애기는 개똥밭에 잠자고
울애기는 꽃밭에서 잠잔다
자장자장 잘도잔다
우리애기 잘도잔다

아기 어르는 소리

자료코드 : 07_12_FOS_20100201_KWD_LSJ_0004
조사장소 : 전라북도 진안군 백운면 동창리 석전길1 석전마을회관
조사일시 : 2010.2.1
조 사 자 : 김월덕, 허정주, 진주
제 보 자 : 이순자, 여, 79세
구연상황 : 석전마을 제보자들을 만나기 위해 재차 방문하였다. 이 날은 진안군수가 신년
하례차 마을을 방문한 날이라서 마을 주민들이 회관에 많이 모였다. 지난주에
제보자를 만난 적이 있어서 친근한 느낌이 들었다. 자장가와 구분하여 아기
어르는 소리를 불러 주었다. 중간에 가사가 기억이 안 나는 부분은 회관에 모
인 분들이 알려줘서 전체를 부를 수 있었다.

달깡달깡 우리애기 잘도잔다

서울가서 밤한토리 주서다가 시금창에 묻었더니

머리감은 새앙쥐가 들랑날랑 다까먹고

한쪼가리 남았걸래 껍데기는 애비주고

비늘은 에미주고 알랑구는 너허고 나허고

갈라먹응개 꼬숩고도 달드라

노랫가락

자료코드 : 07_12_FOS_20100201_KWD_LSJ_0005

조사장소 : 전라북도 진안군 백운면 동창리 석전길1 석전마을회관

조사일시 : 2010.2.1

조 사 자 : 김월덕, 허정주, 진주

제 보 자 : 이순자, 여, 79세

구연상황 : 석전마을 제보자들을 만나기 위해 마을을 재차 방문하였다. 이 날은 진안군수
가 신년하례차 마을을 방문한 날이라서 마을 주민들이 회관에 많이 모였다.
지난주에 만난 적이 있는 제보자를 할머니방에서 다시 만나서 노래를 들었다.
할머니방에 모인 분들이 노래를 듣고 호응을 해 주었다.

달아달아 두렷헌달아 임의동창에 비춘달아

임홀로 누웠던가 임홀로 앉았던가

어느부량자 품었던가

밭 매는 소리

자료코드 : 07_12_FOS_20100201_KWD_YSJ_0001

조사장소 : 전라북도 진안군 백운면 동창리 화산마을회관

조사일시 : 2010.2.1

조 사 자 : 김월덕, 허정주, 진주
제 보 자 : 이순자, 여, 68세
구연상황 : 회관에 모여 있는 분들은 많았지만 건강이 좋지 않거나 연세가 너무 많거나
혹은 너무 젊어서 옛 노래를 할 수 있는 분은 거의 없었다. 제보자는 60대 후
반으로 화산마을회관 할머니방에서 비교적 젊은 축에 드는 편이다. 제보자가
시집오기 전에 친정어머니가 부르는 소리를 들은 것이라면서 밭 매는 소리
몇 소절을 불러 주었다. 같은 날 동창리 자연마을에 속하는 석전마을에서 노
래를 불러준 이순자 제보자(여, 79)와 성명이 같다.

못다맬밭 다맬라다 금봉채를 잃고가네
일락서산에 해떨어지고 월출동경에 달이 솟아온다
메끗겉이 지신밭을 날더러만 매라허네

진주 낭군

자료코드 : 07_12_FOS_20100201_KWD_YSJ_0002
조사장소 : 전라북도 진안군 백운면 동창리 화산마을회관
조사일시 : 2010.2.1
조 사 자 : 김월덕, 허정주, 진주
제 보 자 : 이순자, 여, 68세
구연상황 : 마을회관에 모여 있는 분들은 많았지만 건강이 좋지 않거나 연세가 너무 많
거나 혹은 너무 젊어서 옛 노래를 할 수 있는 분은 거의 없었다. 제보자는 60
대 후반으로 화산마을회관 할머니방에서 비교적 젊은 축에 드는 편이다. 시집
살이 노래를 청하자, 이웃 사람에게 배운 노래라고 하면서 진주 낭군을 불러
주었다. 몇 소절 부르다가 노래가 막히자 아예 종이에 가사를 적어 놓고 그것
을 보고 불러 준 것이다.

울도담도 없는집에 시집살이 삼년에 목매달아
시어머니 하신말씀 얘야아가 며누리아가
진주 낭군이 오셨으니 진주남강 빨래가라
진주남강 빨래가니 돌도좋고 물도나좋네

검은빨랜 검게빨고 흰빨래는 희게빨아
집이라고 돌아오니 하늘같은 갓을쓰고
용과같은 말을타고 기생첩을 옆에나끼고 여영구영 하는구나
집이라고 돌아와서 목을 매여 죽었노라
진주 낭군 이말듣고 버선발로 뛰어나와
사랑사랑 내사랑아 기생첩은 삼년이고
본댁정은 백년인데 어찌이리 엉뚱망뚱 목을매어 죽었는가

각설이 타령

자료코드 : 07_12_FOS_20100206_KWD_YBJ_0001
조사장소 : 전라북도 진안군 백운면 덕현리 윤기길 17 윤기마을회관
조사일시 : 2010.2.6
조 사 자 : 김월덕, 허정주, 진주
제 보 자 : 임병조, 남, 75세
구연상황 : 공무원을 중간에 그만두고 고향으로 돌아온 제보자는 회관에서 분위기를 이
끌어주었다. 제보자에게 노래를 청하니 옛날 노래는 못 한다고 사양하다가 회
관에 모인 분들이 다 잘한다고 추천하여 거듭 노래를 청했다. 그랬더니 옛날
거지들 많았다고 하면서 각설이들이 동냥 얻으러 와서 부르던 노래를 하겠다
고 하였다.

얼씨구씨구 들어간다 거들거리고 들어간다
작년에왔던 각설이는 죽지도않고 또왔네
일자나한자 들고봐 일월이송송 해송송
두이자 들고봐 이등에저등에 북을친개
행수기생이 춤을춘다
석삼자 들고봐 삼월이신령 도신령
신령중에는 제일이구나

넉사자 들고봐 사시장철 바쁜중에

점심참이 늦어간다

다섯오자 들고봐 오관천장 관운장

적두마를 집어타고 제갈이선생을 찾아간다

육자한자 들고봐 육한대한의 성진이

칠선녀를 희롱한다

칠자한자 들고봐 칠년대한에 가물현

어느방죽이 안말라 앞산뒷산 비묻었네

팔자한자 들고봐 우리형제는 팔형제

외나무다리에 만나도 인사성이나 밝아라

구자한자 들고봐

귀먹고 늙은중 염불하기가 바쁘구나

장자한자 들고봐

이장치고 저장치고 만장가운데 포장친다

논 매는 소리

자료코드 : 07_12_FOS_20100203_KWD_JJG_0001
조사장소 : 전라북도 진안군 백운면 운교리 운원로 78-1
조사일시 : 2010.2.3
조 사 자 : 김월덕, 허정주, 진주
제 보 자 : 정종근, 남, 87세
구연상황 : 논맬 때 하는 방개 소리를 조사자가 청하자, 면에서 여러 번 와서 적어갔다고 하면서 처음에는 사양하다가 농사짓던 이야기를 한참 한 후에 나중에 노래를 불러 주었다. 여럿이 논을 맬 때 술 한 잔씩을 먹으면 자꾸 이야기를 하기 때문에 논매는 데 집중을 못한다. 그런데 선창자가 노래를 부르면 노래에 집중하기 때문에 일을 독려하기 위해서도 더 노래를 한 것 같다고 하였다. 논맬 때 하는 소리는 <방개 소리>라고 하는데 '느린 방개'와 '된 방개' 두 곡

으로 이루어져 있다. 제보자는 '느린 방개'는 술을 막 먹고 논맬 적에 논에 들어가서 하는 것이고, '된 방개'는 어지간히 논을 매고 기운이 좀 남아 있을 적에 하는 것이라고 설명했다. 논을 어느 정도 다 매고 해가 질 녘이 되면 '쌈 싸는 소리'를 하고 마친다. 기억을 더듬어 봤으나 노랫말이 잘 기억을 나지 않아서 길게 부르지는 못했다.

07_12_FOS_20100203_KWD_JJG_0001_s01 〈자진 방개 소리〉

에헤야아 아헤-에이 에헤루 방개로오다

[느린방개 한 조절 후 잊어버려서 된방개밖에 못하겠다고 설명한다.]

07_12_FOS_20100203_KWD_JJG_0001_s02 〈된 방개 소리〉

에헤에야 하아 에에기나 에헤이이 에헤루 방개에에헤로구나 헤에
에
청사초령(청사초롱) 불밝혀 들고서 임의방으로 잠자로가세 헤에에
에헤에야 하아 에에기나 헤에에이 에헤루 방개에에헤로오다 하

07_12_FOS_20100203_KWD_JJG_0001_s03 〈쌈 싸는 소리〉

[어지간히 다 되고 어둑어둑 해지고 한 두렁이나 남았을 정도가 되면 쌈을 싸기 시작한다고 설명한다.]

어어휘 쌈이오
어어휘 쌤이오
진안장수는 곤달로쌈으로
어어휘 쌤이오
전주판관은 천엽쌈으로
어어휘 쌈이오
남원부사는 해우쌈으로
어어휘 쌈이오

우리농군들은 상추쌈으로

달구 소리

자료코드 : 07_12_FOS_20100203_KWD_JJG_0002
조사장소 : 전라북도 진안군 백운면 운교리 운원로 78-1
조사일시 : 2010.2.3
조 사 자 : 김월덕, 허정주, 진주
제 보 자 : 정종근, 남, 87세
구연상황 : 조사자가 모심는 소리를 청하자 죄다 잊어버렸다고 하면서, 대신에 제보자가
달구방아 찧을 적에 하는 소리를 하겠다고 자청하였다. 제보자는 젊어서 안
해 본 일이 없을 정도로 고생을 많이 했다. 제보자는 일제시대에 일본 사람들
이 방죽을 여기저기에 많이 만들었는데 인근에 방죽 만드는 일이 있어서 일
당 5전을 벌려고 가서 일을 한 적이 있다고 했다. 그때 엔토라는 도구를 여럿
이 잡고 쾅쾅 놓으면서 달구질소리를 했다고 한다.

[한 사람이 메기는 역할을 한다고 설명한다.]

얼럴럴 상사되야 상사 소리 듣기나좋네

얼럴럴 상사뒤야

동래부산이 살기는 좋아도 왜놈의 등쌀에 못살겄네

얼럴럴 상사도야

청천하늘에 잔별도 많고 요내가슴에 수심도 많네

얼럴럴 상사뒤야

어럴럴럴 상사뒤야

동래부산에 살기는 좋아도 왜놈의 등쌀에 내못살아

[자진소리는 제보자도 의미를 모르는 일본어를 넣어서 빠르고 절도 있
게 한다.]

엔또 존네

엔또 존네

고로고로가 존네

엔또 존네

고로고로가 존네

엔또 좋다

목도질 소리

자료코드 : 07_12_FOS_20100203_KWD_JJG_0003
조사장소 : 전라북도 진안군 백운면 운교리 운원로 78-1
조사일시 : 2010.2.3
조 사 자 : 김월덕, 허정주, 진주
제 보 자 : 정종근, 남, 87세
구연상황 : 일제시대에 태어난 제보자는 젊어서 안 해 본 일이 없을 정도로 고생을 많이
했다. 일제는 방죽을 여기저기에 많이 만들었는데 인근에 방죽 만드는 일이
있어서 제보자가 17-18세 때에 일당 5전을 벌려고 가서 힘든 일을 했다. 방
죽 만드는 노동판에서 기운 좋은 젊은이들이 큰 독을 매고 목도를 할 때 구
령 맞추는 것을 보고, 그 소리를 구연해 주었다. 그러나 제보자는 공사장에
있어 보니 사람이 있을 곳이라는 생각이 안 들어서 얼마 후에 집으로 돌아왔
다고 한다.

[목도 매면서 하는 소리라고 설명한다.]

혜기야

혜기자

혜기야

혜기자

헤기야

헤기자

[둘이 그렇게 주고받는다고 설명한다.]

헤기자

헤기야

헤기자

헤기자

밭 매는 소리

자료코드 : 07_12_FOS_20100203_KWD_JJG_0004
조사장소 : 전라북도 진안군 백운면 운교리 운원로 78-1
조사일시 : 2010.2.3
조 사 자 : 김월덕, 허정주, 진주
제 보 자 : 정종근, 남, 87세
구연상황 : 제보자는 일제시대에 고단했던 삶에 대해 한참 이야기했다. 방죽을 만들 때 여럿이 일하며 불렀던 달구 소리와 목도소리를 부른 후에, 조사자가 밭 매는 소리를 청하자 남자들도 산에서 더러 이런 소리를 할 때가 있었다고 하면서 짧게 불러주었다.

[밭 매는 소리를 남자들도 산에서 더러 했는데 지금은 다 잊었다고 한다.]

못다맬밭 다맬라다 금봉채를 잃고나왔네

노랫가락

자료코드 : 07_12_FOS_20100203_KWD_JJG_0005
조사장소 : 전라북도 진안군 백운면 운교리 운원로 78-1
조사일시 : 2010.2.3
조 사 자 : 김월덕, 허정주, 진주
제 보 자 : 정종근, 남, 87세
구연상황 : 논 매는 소리를 비롯해 노동요를 몇 곡 부른 후에 조사자가 여럿이 어울려
놀 때 부른 노래를 청하자, 제보자는 노랫가락을 불러주었다.

노세 젊어놀아 늙어지면은 못노나니
화무는 십일홍이요 달도차면은 기우나니
인생 일장춘몽인들 아니놀고서 무엇하리
나비야 청산가자 호랑나비야 나도가세
청산을 가다가 날이저물면 꽃속으들어 잠자고가소
그꽃이 푸대접허걸랑 잎에서라도 자고가게

상여 소리

자료코드 : 07_12_FOS_20100201_KWD_CKS_0001
조사장소 : 전라북도 진안군 백운면 동창리 번데미마을
조사일시 : 2010.2.1
조 사 자 : 김월덕, 허정주, 진주
제 보 자 : 채규식, 남, 76세
구연상황 : 경상도 문경 출신인 제보자는 경상도, 충청도, 전라도에서 고루 살아보면서
각 고을에서 상여 앞소리꾼을 해 본 경험이 있는데, 각 고을 상여 소리가 모
두 다르다고 했다. 대개 경상도와 충청도는 비슷하지만 전라도에 오니 소리가
한 박자 느려서 잘 맞지 않는다고 했다. 진안에 와서도 상여 소리를 매겨 본
적이 있다는 제보자는 회심곡으로 앞소리를 매기는 상여 소리를 불러 주었다.

세상천지 만물중에 사람밖에도 또있는가

어어하 너어하 너하 넘차 너어호

여보시오 시주님네 이내말씀 들어보소

이세상에 나온사람 뉘덕으로 나왔는가

석가여래 공덕으로 아버님전 뼈를빌고

어머님전 살을빌어 이내일신 탄생하니

한두살에 철을몰라 부모은공 알을쏘냐

부모은공 못다갚고 무정세월 여류해라

원수백발 돌아오니 없든망령 절로난다

망령이라 흉을보고 구석구석 웃는모양

애달고 슬픈지고 절통하고 통분하다

너어하 너어하 어하 넘차 너어호

논 매는 소리

자료코드 : 07_12_FOS_20100201_KWD_CKS_0002

조사장소 : 전라북도 진안군 백운면 동창리 번데미마을

조사일시 : 2010.2.1

조 사 자 : 김월덕, 허정주, 진주

제 보 자 : 채규식, 남, 76세

구연상황 : 인근 마을 주민들의 소개로 찾아간 제보자는 경상도 문경 출신이라고 했다. 제보자에게 모심고 논맬 때 하는 소리를 청하였더니, 전라도와는 완전히 다르다는 점을 강조하면서 고향에서 논맬 적에 들었던 소리를 짤막하게 불러 주었다. 자신의 고향에서는 두벌 맬 때 손으로 풀을 제거하면서 이런 소리를 했다고 설명했다.

노세노세 쾌지낭이나처절철 노오세

온달만한 논매미가 반달만큼 남았구나

노세노세 쾌지낭이나처절철 노오세

문경새재 아리랑

자료코드 : 07_12_FOS_20100201_KWD_CKS_0003
조사장소 : 전라북도 진안군 백운면 동창리 번데미마을
조사일시 : 2010.2.1
조 사 자 : 김월덕, 허정주, 진주
제 보 자 : 채규식, 남, 76세
구연상황 : 경상도 문경 출신인 제보자는 자신의 고향에서 많이 부르는 노래라고 하면서
　　　　　이 노래를 불러 주었다. 문경에서는 '새재'와 '물박달나무'가 유명한데 전국
　　　　　에서 이 노래를 모르는 사람이 없을 것이라고 설명하였다.

문경아새재야 물박달나무 홍두깨방망이로 다나가네
못살면 말았지 못살면말아
너아니 나한테 아니온가 모든걸 다포기하고 산다
놀자는청춘에 쓰자는금전 아니놀고 아니쓰진 못하리라

창부 타령

자료코드 : 07_12_FOS_20100201_KWD_CKS_0004
조사장소 : 전라북도 진안군 백운면 동창리 번데미마을
조사일시 : 2010.2.1
조 사 자 : 김월덕, 허정주, 진주
제 보 자 : 채규식, 남, 76세
구연상황 : 경상도 문경 출신인 제보자는 경상도에서 놀 때 청춘가나 노랫가락을 많이
　　　　　불렀다고 하면서 이 노래를 불렀다. 주로 친구의 결혼식이나 특별한 잔칫날
　　　　　여럿이 모여서 이런 노래를 하면서 놀았다고 한다.

아니노지는 못하리라 아니아니 쓰지도 못하리라
남날적에야 나도나고 내날적에야 남도났지
어떤사람은 팔자가좋아 휴지로궁딩이를 쓱닦는데
어떤사람은 팔자가망해서 새갱이(억새)로궁딩이를 짓닦느냐

옛날한량을 활잘쏘고 지금의한량은 돈잘쓴다

어리씨구 좋아요 기화자자 좋네 거들거리고 놀아봐요

놀다가요 자다가가요 보름달이 기울어지도록

놀다가가요 자다가가소 보름달 다지나도록 놀다가요

얼씨구나 좋아요 기화자자 좋네 아니놀지는 못하리라

활을잘쏴야 한량이냐 돈을잘써야 한량이지

옛날한량은 활잘쏘고 지금의한량은 돈잘써야

얼씨구야 좋아요 기화자자 좋네 아니노지는 못하리라

노랫가락

자료코드 : 07_12_FOS_20100201_KWD_CKS_0005
조사장소 : 전라북도 진안군 백운면 동창리 번데미마을
조사일시 : 2010.2.1
조 사 자 : 김월덕, 허정주, 진주
제 보 자 : 채규식, 남, 76세
구연상황 : 경상도 문경 출신인 제보자는 고향에서 동네잔치가 있는 날이면 친구들과 어
울려 청춘가나 노랫가락을 많이 불렀다고 하면서 이 노래를 불러 주었다.

놀자 젊어서놀자 늙어지면은 못노나니

일생은 일장춘몽인데 아니노지는 못하리로다 좋다

세천당 세모진낭개(나무에) 높다랗게나 쌍그네를매고

임이뛰면 내가나밀고 내가뛰면은 임이민다

임아임아 줄잡지마라 줄떨어지면은 정떨어진다

밭 매는 소리

자료코드 : 07_12_FOS_20100201_KWD_CGS_0001
조사장소 : 전라북도 진안군 백운면 동창리 화산마을회관
조사일시 : 2010.2.1
조 사 자 : 김월덕, 허정주, 진주
제 보 자 : 최금순, 여, 79세
구연상황 : 회관에 모여 있는 분들은 많았지만 건강이 좋지 않거나 연세가 너무 많거나
혹은 너무 젊어서 옛 노래를 할 수 있는 분은 거의 없었다. 제보자는 젊어서
노래 부르기를 좋아했으나 이제 나이도 많아진데다 감기가 심하게 들어서 노
래를 제대로 부를 수 없었다. 조사자가 밭 매는 소리를 청하자 짧게 한 소절
불러 주었다. 노래에 대해서는 어머니가 자식을 두고 개가를 하니 자식이 하
는 소리라고 설명했다.

절편같은 우리오마니 실패같은 저를두고
임의정이 좋지마는 자식의정을 떼고간가

시집살이 노래

자료코드 : 07_12_FOS_20100201_KWD_CGS_0002
조사장소 : 전라북도 진안군 백운면 동창리 화산마을회관
조사일시 : 2010.2.1
조 사 자 : 김월덕, 허정주, 진주
제 보 자 : 최금순, 여, 79세
구연상황 : 회관에 모여 있는 분들은 많았지만 건강이 좋지 않거나 연세가 너무 많거나
혹은 너무 젊어서 옛 노래를 할 수 있는 분은 거의 없었다. 제보자는 젊어서
노래 부르기를 좋아했으나 이제 나이도 많아진데다 감기가 심하게 들어서 노
래를 제대로 부를 수 없었다. 조사자가 시집살이 노래를 청하자 노래라기보다
말로 읊조리듯이 해 주었다.

시집간지 석달만에 밭을매로 가라해서
한골매고 두골매고 세골맹개

친정오매 죽었다고 부음이왔네

호미자루 집어던지고 집이라고 돌아와서

시어마니한테 말씀드리니 시어마니 본시만시(본체만체)

시아바님한테 말씀드리니 시아바님도 본시만시해서

신랑한테 여쭤본개 신랑은 혼자가라고히서

혼자감선 한모탱이 돌아감선 비녀풀고

한모탱이 돌아감선 머리풀고

한모탱이 돌아감선 아이고데고찾고 집이라고 들어간개

엄마가슴에 풀이났드랴

진주 낭군

자료코드 : 07_12_FOS_20100206_KWD_HOS_0001
조사장소 : 전라북도 진안군 백운면 덕현리 윤기길 17 윤기마을회관
조사일시 : 2010.2.6
조 사 자 : 김월덕, 허정주, 진주
제 보 자 : 한옥순, 여, 68세
구연상황 : 남자 어르신들이 먼저 노래를 몇 곡 부르고 난 후, 조사자가 할머니들께도 노래를 요청했다. 마을에 모인 분들이 제보자가 노래를 잘한다며 추천했다. 제보자는 새각시 때 여자들끼리 모여서 삼을 삼거나 어울려 놀 때 이 노래를 불렀다고 하였다. 노랫말이 잘 기억나지 않아서 우선 연습을 좀 한 다음, 노래를 불러 주었다.

야야아가 메늘아가 진주 낭군님을 보려거든

진주남강에 빨래를가라

이것을 이말을들은 며늘애기

진주남강에 빨래를갔네 빨래라고 빨고있네

구름같은 말을타고 바늘같은 갓을쓰고

못본듯이 지나를가네
이것을본 며늘애기 검은빨래 검게빨고
흰빨래는 희게나빨아 집이라고 돌아오니
진주 낭군님이 돌아왔네
이것을본 며늘애기 진주오색같은 잔을놓고
기상첩을 옆에다끼고 못본듯이 술많이먹네
이것을본 며늘애기 옆방으로 들어를가네
명주베석자 목에다걸고 못본듯이 죽었구나
이것을본 낭군님은 어하둥둥 내사랑아
기상첩은 삼년이고 본처는 백년인데
너죽을줄 내몰랐다 어하둥둥 내사랑아
좀도나좋게 살아나볼걸

도라지 타령

자료코드 : 07_12_MFS_20100206_KWD_KGY_0001
조사장소 : 전라북도 진안군 백운면 덕현리 원덕길 51
조사일시 : 2010.2.6
조 사 자 : 김월덕, 허정주, 진주
제 보 자 : 김금이, 여, 77세
구연상황 : 제보자는 두세 곡 노래를 한 후에, 조사자가 청한 도라지 타령을 불러 주었다. 제보자는 옛날에 나물 캐고 도라지 캐러 다니면서 한 번씩 부르곤 했다고 하였다.

도라지 도라지 도라지 심심산천에 백도라지
한두뿌리만 캐어도 대바구리로 반에반실만 차노라
에헤요 데헤요 에헤요 어야라난다 기화자자 좋구나
니가 내간장을 스리살살 다녹인다

진도 아리랑

자료코드 : 07_12_MFS_20100206_KWD_KGY_0002
조사장소 : 전라북도 진안군 백운면 덕현리 원덕길 51
조사일시 : 2010.2.6
조 사 자 : 김월덕, 허정주, 진주
제 보 자 : 김금이, 여, 77세
구연상황 : 제보자에게 놀 때 하는 흥겨운 노래를 청하자 어려서 시집오기 전에 친정동네에서 동네 아주머니가 하는 노래를 듣고 배웠다며 진도 아리랑을 불렀다. 친정어머니 환갑 때 이 노래를 불렀더니 많은 사람들이 좋아했다고 한다.

집우에 밝은달은 구름속에 놀고

명기명창 화중선이는 장구품안에 논다

아리아리랑 스리스리랑 아라리가났네

아리랑 음음음 아라리가났네

홍당목 치매는 불그데데 좋고

물명지 단속곳 아이고보드라 좋네

아리아리랑 스리스리랑 아라리가났네

아리랑 음음음 아라리가났네

아리랑

자료코드 : 07_12_MFS_20100206_KWD_YBJ_0001

조사장소 : 전라북도 진안군 백운면 덕현리 윤기길 17 윤기마을회관

조사일시 : 2010.2.6

조 사 자 : 김월덕, 허정주, 진주

제 보 자 : 임병조, 남, 75세

구연상황 : 다른 제보자가 구연하거나 노래할 때는 제보자는 모인 사람들이 호응할 수
있도록 분위기를 조성하였다. 조사자가 제보자에게 노래를 청하니 잘 못한다
고 하면서 일제시대 때 부르던 노래들 중 아리랑을 불렀다. 제보자는 일제에
압박받을 적에 우리 국민이 고통이 많아서 슬퍼서 이런 노래를 불렀다고 설
명했다.

아리랑 아리랑 아라리요 아리랑 고개로 넘어간다

나를 버리고 가시는 임은 십리도 못가서 발병난다

아리랑 아리랑 아라리요 아리랑 고개로 넘어간다

청천 하늘엔 별도나 많고 요내야 가슴에는 수심도 많다

아리랑 아리랑 아라리요 아리랑 고개로 넘어간다

풍년이 왔다네 풍년이 와요 삼천리 이강산에 풍년이 와요

아리랑 아리랑 아라리요 아리랑 고개로 넘어간다

도라지 타령

자료코드 : 07_12_MFS_20100206_KWD_YBJ_0002
조사장소 : 전라북도 진안군 백운면 덕현리 윤기길 17 윤기마을회관
조사일시 : 2010.2.6
조 사 자 : 김월덕, 허정주, 진주
제 보 자 : 임병조, 남, 75세
구연상황 : 다른 제보자가 구연하거나 노래할 때는 제보자는 모인 사람들이 호응할 수
         있도록 분위기를 조성하였다. 조사자가 제보자에게 노래를 청하니 잘 못한다
         고 하면서 일제시대에 부르던 아리랑과 도라지 타령을 불렀다.

    도라지 도라지 도라지 심심산천에 백도라지
    한두뿌리만 캐어도 우리서방님 반찬은 되노라
    에헤용 에헤용 에헤요 어야라난다 기화자자 좋구나
    니가 내간장 스리살살 다녹힌다
    석탄백탄 타는데는 연기만 오봉봉 나고요
    요내가슴 타는데는 연기도 짐도 안난다
    에헤용 에헤용 에헤요 어야라난다 기화자자 좋구나
    니가 내간장 스리살살 다녹힌다

노들강변

자료코드 : 07_12_MFS_20100206_KWD_YBJ_0003
조사장소 : 전라북도 진안군 백운면 덕현리 윤기길 17 윤기마을회관
조사일시 : 2010.2.6
조 사 자 : 김월덕, 허정주, 진주

제 보 자 : 임병조, 남, 75세
구연상황 : 제보자가 구연하거나 노래할 때는 제보자는 모인 사람들이 호응할 수 있도록 분위기를 조성하였다. 조사자가 제보자에게 노래를 청하니 근대민요를 주로 하였다. 도라지 타령도 그 중의 하나이다.

노들강변에 봄버들 휘휘늘어진 가지에다가
무정세월 한허리에 칭칭동여서 매어나볼까
에헤에요 봄버들도 못믿을이리로다
흐르는 저기저물만 흘러흘러서 가노라
노들강변에 백사장 모래마다 밟히는자취
만고봉산 빛바람에 몇몇대나 흘러서왔나
에헤에요 백사장도 못믿을데로다
흐르는 저기저물만 흘러흘러서 가노라

도라지 타령

자료코드 : 07_12_MFS_20100203_KWD_JJG_0001
조사장소 : 전라북도 진안군 백운면 운교리 운원로 78-1
조사일시 : 2010.2.3
조 사 자 : 김월덕, 허정주, 진주
제 보 자 : 정종근, 남, 87세
구연상황 : 논 매는 소리를 비롯해 노동요를 몇 곡 부른 후에 조사자가 여럿이 어울려 놀 때 부른 노래를 청하자 제보자는 별것이 없다고 하였다. 조사자가 도라지 타령을 청하자 제보자가 불러주었다.

도라지 도라지 도라지 심심산천에 백도라지
한두뿌리만 캐어도 대바구리로 반씩만되노라
에헤용 에헤용 에헤용 어야라난다 기화자자 좋네
니가 내간장 시리살살 다녹이냐

이몹쓸놈의 도라지야 날데가없어서 양바위틈에가 났느냐

진안군수 노래

자료코드 : 07_12_MFS_20100206_KWD_HOS_0001
조사장소 : 전라북도 진안군 백운면 덕현리 윤기길 17 윤기마을회관
조사일시 : 2010.2.6
조 사 자 : 김월덕, 허정주, 진주
제 보 자 : 한옥순, 여, 68세
구연상황 : 진주 낭군을 불러준 제보자에게 다른 노래를 청했더니 어릴 때부터 부른 노래라고 하면서 이 노래를 불렀다. 제보자가 노래를 시작하자 모여 있던 다른 분들도 함께 따라 불렀다. 임병조 제보자는 진안군수의 권세가 세서 이런 노래가 나온 것 같다고 했다.

진안읍내 군수야 딸자랑 말아라
연지찍고 분바르면 너나나나 땅닥궁

효행곡

자료코드 : 07_12_ETC_20100206_KWD_KWG_0001
조사장소 : 전라북도 진안군 백운면 덕현리 윤기길 17 윤기마을회관
조사일시 : 2010.2.6
조 사 자 : 김월덕, 허정주, 진주
제 보 자 : 김우곤, 남, 81세
구연상황 : 제보자는 어렸을 때 역사에 능통하고 구학을 많이 한, 집안 당숙 어른에게 공
부를 했다고 한다. 효행곡도 그분에게 들은 것이라고 한다. 중국 순임금이 임
금으로 있을 때 그 아버지가 살인을 했는데 법을 존숭하기 위해서 임금 자리
에서 내려와 아버지를 업고 망명길에 오르니 백성들이 그것을 알고 죄를 사
해 줄 테니 오라고 해서 아버지도 살리고 법도 살렸다는 내용이라고 한다. 8
글자씩 내용 단락이 구분되어 있다. 제보자는 세상에 나가도 이런 노래를 아
는 사람이 없다고 하면서 본인이 효행곡을 구연할 수 있는 것에 자부심이 컸
다.

　　　남녀노소 동포들아 시오일언(是吾一言) 들어보소
　　　부정모혈 생여치니 은약천고(恩若天高) 여지후라
　　　만성천자 몸이되어 당신수중 달렸건만
　　　정대할쏜 국법이라 사곡(私曲)행정 할수없어
　　　부친고수 등에업고 동해상에 피했더니
　　　일월같이 빛난배에 자고극금(自古極今) 제일이라
　　　삼강오륜 끝없으니 불행시를 만났도다
　　　위난도명(危難導命) 하려거든 부모공양 극진하소

갈처사십보가

자료코드 : 07_12_ETC_20100206_KWD_KWG_0002

조사장소 : 전라북도 진안군 백운면 덕현리 윤기길 17 윤기마을회관

조사일시 : 2010.2.6

조 사 자 : 김월덕, 허정주, 진주

제 보 자 : 김우곤, 남, 81세

구연상황 : 제보자는 집안 할아버지가 갖고 있던 책에 갈처사십보가가 나와 있었는데 내
용이 흥미로워 여러 번 쓰면서 암송을 했다고 한다. 제보자는 막힘없이 이 가
사를 암송했는데 회관에 모인 분들이 모두 감탄했다. 제보자는 여러 번 쓰면
서 머리에 입력이 된 것 같다고 했다. 제보자는 갈처사십보가를 소개하면서
신재효가 지은 가사라는 점에 대해서는 말하지 않았고, 200년 전에 갈처사라
는 분이 예언을 한 내용을 설명했다.

천지가 광대하되 일신에 강개하야

금풍추야 달밝고 여관한등 잠아니와서

이리저리 생각하니 세상사가 말아니라

예의동방 좋은나라 삼강오륜 없어지니 뉘아니 한심하랴

문을열고 뜰에내려 이리저리 방황타가

열걸음 걸어서서 십보가나 불러보세

한걸음 걸어서서 일천지를 넘겼나니

일치일난 고금사가 일성일쇠 분명하다

일편영대 맑은마음 일년삼백 육십오일에 일심으로 지켜보세

두걸음 걸어서서 두가지로 생각하니

이성지합 좋은예법 이십팔수 종개하야

이천만동포 생겨나서 이세상이 다죽을까

이군불사 충신절과 이부불경 열녀행을 잃지말고 지켜보세

세걸음 걸어서서 삼천리를 넘겼나니

삼강오륜 어데가고 삼태육경 쓸데없다

삼시세때 생각하여도 삼십육계 날데없다

삼통에 싸이지말고 삼가조심 하여보세

네걸음 걸어서서 사해를 넘겼나니

사방이 열광이요 사고무인이라

사세가 급박하니 사정을 어이할꼬

악한일 하지말고 사면춘풍 하여보세

다섯걸음 걸어서서 오백년사 생각하니

오쟁이 무쟁이요 오생이 무생이라

오만재변 다난다해도 오락신명 그아닌가

오소서 어서오소 오리안에 어서오소

여섯걸음 걸어서서 육리청산 망겼나니 육조번화 경각이라

육별기산 공명선생 육도삼략 잘읽어서

육도도통 하였어도 육지가 바다되았냐

일곱걸음 걸어서서 칠성에 한성하네

칠년대한 가뭄에도 곡식씨가 남아있고

칠종칠금 높은재주 칠십이인이 다늙었다네

여덟걸음 걸어서서 팔자한탄 하여보세

팔도강산 다돌아도 팔년풍진 지내날새

팔십만병 어데간가 팔방상고 다모아

팔다팔다 팔것없어 이강산을 다팔았지

아홉걸음 걸어서서 구구는 팔십에일

구구막심이 이세상의일

구천통곡 하여볼까 구곡원장 꺾어볼까

구성없는 저사람은 구할것이 무엇인가

열걸음 걸어서서 십자가상 왕래하니

십상팔구 애호인은 십년공부 허사로다

십년장신 중신못해 십년구산 하우장하니
십승지지 찾지말고 십보가나 불러보세
백년이 여류하야 천장만고 살아나서
억조창생 건져볼까 청학백학도 많다마는
천상선관 아니어든 학타기가 용이하며
천하갑부가 아니어든 집마다 남을쏘냐
동으갈까 서으갈까 주저말고
하늘넓은 이세상에 마음대로 살다갑시다

4. 부귀면

▌조사마을

전라북도 진안군 부귀면 거석리

조사일시 : 2010.1.22
조 사 자 : 허정주, 진주

거석리는 본래 진안군 내면(內面) 지역으로서 큰 바위가 있으므로 거석 이라 하였다. 거석리는 1914년 행정구역 폐합에 따라 부귀면에 편입되었 고, 금마(금평, 마곡), 사인암, 상거석(상, 중거석), 신거석(신거석, 신평), 하금(하거석, 금계곡) 마을로 구성되어 있다.

금마(琴馬)마을은 지금으로 부터 약370여 년 전에 마(馬)씨가 정착하면 서 부터 마을이 형성되기 시작하였다. 금평(琴平)과 마곡(馬谷) 2개 마을이 통합되어 금마(琴馬)라 불리게 되었다. 금평은 당시에 마씨가 말을 타고

다니면서 피리를 불었다하여 금평(琴平)이라 이름 하였다는 설과 불당산
에서 흘러내린 산등성이가 마을 동쪽으로 칼날처럼 마을 옆으로 내려 뻗
은 산이 거문고를 타는 형국이므로 금평(琴坪)으로 불렀다는 설이 있다.
마곡(馬谷)은 그때 당시 말을 매어 두었던 곳이라 해서 마곡(馬谷)이라 불
렀다는 것이다. 마을 북쪽 부귀천변 둔치에는 마을 숲이 크게 조성되어
풍치림을 이루고, 주민들이 쉼터로 이용하고 있다.

사인암(舍人岩)마을은 마을 뒷산이 사자 형국이고 큰 바위가 있어 사인
암이라 불렸다는 설이 있고, 고려 때 사인이란 벼슬을 했던 사람이 살고
있어서 사인(舍人)이라 부른다는 설도 있다. 상거석(上巨石)마을은 진안 이
씨에 의해 형성되었으며 본래 면소재지였다. 약400여 년 전에 형성된 마
을로 전해지고 있는데, 해발 320m의 비교적 높은 지대에 속하는 마을이
다. 마을 뒷산에 있는 백색 바위가 자꾸 커간다하여 마을 명칭을 상거석
이라 하였다는 설화가 있으나, 지금은 퇴화되어 자갈만이 남아 있다.

신거석(新巨石)마을은 현재 면소재지이며 본래 신평마을이었으나 신거
석으로 불린다. 이 마을 끝 도로변 오른 쪽에 5기의 지석묘가 있는데 원
형을 크게 잃어버린듯하다고 한다.

하금(下金)마을은 해발 320m지대의 마을로 지금으로부터 약 330년 전
에 마을이 형성된 것으로 전해지고 있다. 이 마을은 하거석(下巨石)마을과
금계곡(金鷄谷)마을이 통합되어 하금이라 불리게 되었으며, 땅이 매우 기
름지어 이 고장에서는 토질이 제일 좋은 곳으로 알려져 있다.

전라북도 진안군 부귀면 궁항리

조사일시 : 2010.1.20, 2010.2.5
조 사 자 : 허정주, 진주

궁항리는 신궁(신촌, 하궁항, 중궁항), 정수궁(상궁항, 정수암)으로 구성

되어 있는데, 본래 진안군 내면(內面)지역으로 활목골 또는 궁항이라 하였다. 신궁(新弓)마을은 밀양박씨, 성산배씨, 죽산안씨, 창녕조씨에 의하여 형성 되었다. 마을 지세가 활과 같다하여 궁항이라고 하며 활의 화살이라고 하는 화시네골이 있다.

하궁항마을 앞에는 숲이 많이 우거져 있는데 이것을 '덜'이라고 하는데 '덜밑'이라 불렸으며 '하궁(下弓)'이라고 한다. 지금으로부터 약 310여 년 전에 형성된 마을로서 궁항리의 하단에 있다하여 하궁이라 칭하게 되었다 한다. 기와나 도자기 조각이 많이 나와 그릇을 굽던 곳이라고 여겨지고 있는 마을로 기와골이라고도 불렸다. 60년생의 노거수 느티나무가 우뚝 서있는 운장산 줄기에 자리한 해발 340m의 고랭지 마을이다. 6·25동란으로 완전히 소각되어버린 상궁, 중궁 주민들이 이곳에 정착하여 이루어진 마을로서 새로 형성된 마을이라 해서 신촌(新村)이라 부르게 되었다.

이 신촌마을과 하궁마을이 통합되어 신궁이마을이 형성된 것이며, 마을 도로변에 충의혼(忠義魂)비석이 세워져 있다.

정수궁(亭水弓)마을은 정수암(汀水岩)이라는 큰 절이 있었고, 산세가 활 모양으로 되어 있어서 활목골인 상궁항(上弓項)이 있는데 이를 합하여 정 수궁으로 불렀다. 약 500여 년 전에 배(裵)씨가 이곳에 정착하게 되면서 부터 마을이 형성되기 시작하였다. 그 후 다수의 성씨가 함께 정착하게 되면서 마을은 본격적으로 형성되고 번성하게 되었으나, 6·25동란으로 말미암아 마을전체가 불타버려 궁항리 신촌마을로 이주하였다가 다시 이 곳에 주민들이 이주하여 오늘의 정수궁마을이 형성된 것이다. 운장산을 끼고 있는 이 마을은 자연경관이 좋아서 외지에서 새로 이사 온 집들이 점차 늘어나고 있는 추세이다.

전라북도 진안군 부귀면 봉암리

조사일시 : 2010.1.18
조 사 자 : 허정주, 진주

봉암리는 봉란산 밑에 있어서 봉이알, 봉암이라고 하였는데, 1914년 행 정구역 개편에 따라 미곡리, 소태정리와 오산리를 일부 병합하여 봉암리 라 하였다. 이 마을은 미곡, 소태정, 원봉암(원봉암, 신촌)마을로 구성되어 있다.

미곡(美谷)마을은 운장산 줄기의 중간지점에 위치한 해발 340m의 고랭 지 지대이다. 지금으로부터 약 400여 년 전에 김해김씨가 이곳에 정착하 게 되면서부터 마을이 형성되기 시작하였다. 마을 입구에는 조선시대의 활터가 있었으나 현재는 답(畓)으로 변하여 그 옛날의 흔적만이 남아 있 다. 이 마을이 형성된 뒤 마을에 여자가 귀하여 마을 이름을 아름다울 미 (美)자를 붙여 미곡이라 하였는데 그 후부터 이 마을에 여자가 많이 탄생

되었다는 이야기도 있다. 또한 마을 뒷산이 미인단좌(美人端坐) 형국이라 해서 마을 이름이 유래한다고도 한다. 이 마을의 제보자인 장윤자 어르신은 인공 때 쌀 한 되, 옷 한 가지, 밥 한 그릇, 뺏기지 않은 곳은 이 마을밖에 없다고 하면서 피난처라고 했다. 지금도 정월 초사흗날 당산제 지내고 있다.

소태정(小台亭)마을은 마을에 정자가 있어 붙여진 이름이라고도 하고, 삼한시대의 소도(솟대)가 있어서 붙여진 명칭이라고도 한다. 미곡마을과 마주보고 있는 마을인데 이 마을에는 한량봉이 있어 한량이 미인을 바라보고 있는 모습을 하고 있다고 한다.

원봉암(元鳳岩)마을은 전주이씨에 의해 형성된 마을이고, 마을 뒷산이 봉란산이어서 봉암이라는 마을 명칭이 여기서 기인한다고 한다. 또한 이 마을은 지금으로 부터 약 350여 년 전에 봉(鳳)이 바위에서 나왔다 하여 봉암리라 불렀다 한다는 설이 있다. 그러나 그 바위는 지금은 흔적도 없어 찾아볼 수 가 없다고 한다. 현재 이 마을은 지금으로 부터 약 100여년 전에 오(吳)씨가 정착 거주하고 있었는데 6·25동란 이후에 피난민이 자리를 잡고부터 마을이 본격적으로 형성되고 번성하게 되었다. 이 마을은 천주교 공소가 있는 마을로 천주교 교우촌이다.

전라북도 진안군 부귀면 수항리

조사일시 : 2009.12.23, 2009.12.24, 2010.1.22, 2010.2.5, 2010.2.7
조 사 자 : 허정주, 진주

전라북도 진안군 부귀면 수항리 대곡마을 전경

본래 진안군 삼북면(三北面) 지역으로 각처에서 흘러 내려온 물이 합치는 곳이라 하여 물목 또는 수항리라 하였는데, 1914년 행정구역 개편에 따라 부귀면에 편입되었다. 수항리(水項里)에는 대곡, 대동, 신기, 하곡마을로 구성되어 있다.

대곡(大谷)마을은 사천 김씨, 창녕조씨에 의하여 형성 되었다. 한식골이라고 불리며 남쪽의 부귀산 줄기가 마을의 동서로 흘러내린 가운데 좁은 골짜기의 충적지에 위치한 마을이다. 천변에 네그루의 노거수가 있는데 병자년 수해 전에는 큰 규모의 숲이 있었다고 한다. 360년 전에 형성된 마을로서 산이 높고 골짝이 길다 하여 대곡이라 불렀다 한다. 해발 806m의 부귀산 북쪽 바로 산 밑에 자리 잡고 있는 해발 330m의 고냉지 마을이다. 현재의 마을에서 골짝을 따라 약 500m쯤 들어가면 옛날 오동곡(梧棟谷)이라는 마을이 있었는데 화재로 인하여 마을 주민들이 대곡마을로 모두 이주하고 지금은 흔적만 남아 있다.

대동(大洞)마을은 옛날 30리 숲이 시작되는 지점에 거북다리가 있고 산수가 매우 아름다워 이조 중엽에는 중앙의 고관들이 이곳에 자주 왕래 한 바 있었다 한다. 이씨 조선 건국 이래 불교의 탄압에 반감을 갖고 있던 승려들이 이 마을을 폐촌으로 만들고자 벌리(伐里)라 부른바 있었으나 그 후 들이 넓다하여 대동(大洞)이라 개칭되어 오늘에 이르고 있는 것이다.

신기(新基)마을은 본래 현 마을 앞쪽에 형성 되었으나 병자년(1936년) 홍수에 의해 현 위치로 옮겨졌다. 그 후 마을은 차츰 번창하여 지금은 근 50가구의 마을을 형성하기에 이르렀다.

하곡(下谷)마을은 300년 전에 형성되기 시작한 마을로서 하수항(下水項) 마을과 야곡(野谷)마을을 통합하여 이뤄진 곳이다. 백옥 줄기와 같은 폭포의 낙차물소리가 우렁차게 울려 퍼지는 해발 330m의 고냉지 마을이다. 상곡과 중곡의 물이 하곡에서 합수되어 마을 앞 냇가로 흘러들어 오기 때문에 그물목이 있다 하여 마을 명칭을 수항이라 칭하고 있는 것이다. 하수항(下水項)마을은 운장산에서 흘러내려오는 냇가 제방에 대단위의 마을 숲이 조성되어 있는데 풍치림과 휴게림 역할을 하고 있다.

전라북도 진안군 부귀면 황금리

조사일시 : 2010.1.22, 2010.2.3
조 사 자 : 허정주, 진주

전에 황금이 나왔다고 하여 황금리라고 하였으며, 현재 가치, 방곡(방각, 봉곡), 진상마을 등으로 구성되어 있다. 가치(歌峙)마을은 옥녀봉 중턱에 자리 잡은 마을로서 산세가 수려하여 명당자리가 있다고 믿고 이곳에 묘를 많이 썼다. 지금도 묘(墓)자리를 찾기 위해 많은 사람들이 찾아오고 있다. 부귀면에서는 가장 지대가 높은 이 마을은 지금으로 부터 약 300년 전에 형성되었다 하는데 옛날 옥녀가 노래를 부르며 이 고개를 넘었다 하여 일명 '노래재'라고 불렀다.

인삼농사가 잘되어 예전에는 아주 큰 마을에 속한 편이었다. 해발 450미터 정도 되는 마을인데 주민들은 원예 농사를 하다가 지금은 인삼과 벼농사를 짓고 있다고 한다. 방곡(方谷)마을은 방각과 봉곡을 합한 지명으로 마을 주민 대부분이 농업에 종사하고 있으며 운장산에서 나는 감으로 만든 '씨 없는 곶감'이 특산품이다. 그리고 주민들이 직접 운영하는 두부공장이 있어 활발히 도.농 교류를 하고 있는 마을이다. 20여 세대가 살고 있다.

진상(鎭裳)마을은 아득한 옛날 옥녀가 거문고와 더불어 노래 부르며 살았다는 전설의 봉우리가 있으며, 옥녀봉을 따라 산세가 매우 좋아 풍수지리설에 의하여 마을이 형성된 것이다. 그런데 그 옥녀봉에 흡사 여인의 치마를 펼쳐 놓은 것 같은 바위가 있어, 치마바위라고 하였고 마을 명칭도 치마 상(裳)자를 써서 진상(鎭裳)이라 하였다는 것이다.

▌제보자

고수정, 여, 1933년생

주 소 지 : 전라북도 진안군 부귀면 황금리 가치마을회관
제보일시 : 2010.1.22
조 사 자 : 허정주, 진주

고향이 전북 완주군 용진면인데 19살에
선 한 번도 못 보고 진안군 부귀면 황금리
로 시집을 왔다고 하였다. 슬하에 1남 6녀
를 두셨는데, 아드님이 목사라고 하였다. 처
음 만났을 때는 틀니를 빼고 노래를 하였는
데, 두 번째 만났을 때는 틀니를 끼고 계셔
서 이미지가 많이 달라 보였다. 밖에 나가서
노래 불러 본 적이 없고 밭 맬 때 주로 혼

자 부르셨다고 한다. 예전에 동네에 노래 잘 부르시는 할머니가 계셔서
노래를 많이 들을 수 있었다고 하였다. 일정시대에 들은 노래가 잊어버리
지 않고 기억난다며 부르기도 하였고, 일본 애국가도 잊지 않았다며 불렀
다.

제공 자료 목록

07_12_FOS_20100122_HJJ_GSJ_0001 환갑 노래
07_12_FOS_20100122_HJJ_GSJ_0002 사랑가
07_12_FOS_20100122_HJJ_GSJ_0003 물아 물아 청산물아
07_12_FOS_20100122_HJJ_GSJ_0004 시집살이 노래 (1)
07_12_FOS_20100122_HJJ_GSJ_0005 나물 노래
07_12_FOS_20100122_HJJ_GSJ_0006 노리개 노래
07_12_FOS_20100203_HJJ_GSJ_0001 시집가는 노래

07_12_FOS_20100203_HJJ_GSJ_0002 시집살이 노래 (2)
07_12_FOS_20100203_HJJ_GSJ_0003 천자 뒤풀이
07_12_MFS_20100122_HJJ_GSJ_0001 손목 잡힌 노래

문보덕, 여, 1949년생

주 소 지 : 전라북도 진안군 부귀면 황금리 가치마을회관
제보일시 : 2010.1.22
조 사 자 : 허정주, 진주

　고향이 진안군 정천면인데, 24세에 이곳
부귀면 황금리 가치마을로 시집을 왔다. 슬
하에 5남매를 두었으며 주로 밭농사를 지으
신다고 하였다. 목소리가 크고 힘찼으며, 매
우 활달한 성격이었다. 먹을거리를 챙겨 주
기도 하며 어르신들이 제보를 잘 할 수 있
도록 유도하였다. 옛날에 어르신들이 부르
던 노래를 잘 못하지만 들은 기억으로 불러
보겠다며 적극적으로 나서서 부르셨다.

제공 자료 목록
07_12_FOT_20100122_HJJ_MBD_0001 오시오 가시오 자시오
07_12_FOS_20100122_HJJ_MBD_0001 나물 뜯는 소리
07_12_FOS_20100122_HJJ_MBD_0002 시집살이 노래

문해룡, 남, 1936년생

주 소 지 : 전라북도 진안군 부귀면 황금리 중수항마을회관
제보일시 : 2010.2.3
조 사 자 : 허정주, 진주

제보자는 이곳 진안군 부귀면 황금리에서 태어나 줄곧 고향을 떠나지 않고 살아 오셨다. 부귀 초등학교를 졸업하였고, 마을 반장일을 30년간 했으며 지금은 이장을 하고 계신다. 슬하에 5남매를 두셨으며, 교회를 다니신다. 힘찬 목소리로 말은 빠른 편이었으며 체구도 좀 큰 편이었다. 옛날이야기는 많이 알았는데 이젠 TV보느라 이야기를 다  잊어 버렸다고 하였다. 옛날이야기 속에는 미래를 예견한 내용이 많이 있는 것 같다고도 하였다. 농사 이야기를 하면서 농사도 단계가 있는데, 계절에 맞게 농사를 지으면 95%가 성공이라며 농사짓는 것은 자신감이 있다고 하였다. 주로 쌀, 인삼, 콩, 감자 농사를 짓고 계신다.

제공 자료 목록

07_12_FOT_20100203_HJJ_MHR_0001 내외간이라도 속에 있는 이야기 하지 말라는
도깨비

07_12_FOT_20100203_HJJ_MHR_0002 여자 때문에 더 크지 못한 솟금산

박예선, 여, 1931년생

주 소 지 : 전라북도 진안군 부귀면 수항리 신기마을회관
제보일시 : 2010.1.22
조 사 자 : 허정주, 진주

제보자는 슬하에 4남 2녀를 두셨는데, 진안군 부귀면 황금리에서 태어나 바로 옆 동네인 수항리로 시집오셨다. 5년 전에 전주에 살고 있는 자녀분 집에 잠시 나가살다가 다시 돌아오셨다고 한다. 지금 복지회관에 나가 노래도 부르기도 한다고 하여 제보를 청하자 못 한다며 극구 사양하였다. 막상 노래가 나오기 시작하자 유행가도 부르며 흥이 나게 부르셨다.

청중들과 이야기하고 있는 중간 중간에 갑자기 노래를 시작하기도 하였다. 노래 부르니 막걸리가 생각난다고도 하였는데, 목소리가 큰 편이었고 말씀도 논리적인 편이었다.

제공 자료 목록

07_12_FOS_20100122_HJJ_PYS_0001 창부 타령
07_12_FOS_20100122_HJJ_PYS_0002 성주 풀이
07_12_FOS_20100122_HJJ_PYS_0003 청춘가
07_12_FOS_20100122_HJJ_PYS_0004 석탄가
07_12_MFS_20100122_HJJ_PYS_0001 아리랑

손종임, 여, 1934년생

주 소 지 : 전라북도 진안군 부귀면 거석리 상거석마을
제보일시 : 2010.3.1
조 사 자 : 김익두, 허정주, 진주

제보자는 처음에는 적극적으로 나서지 않고 조용히 앉아 계시다가, 다른 제보자가 노래 부르고 나면 제보자가 알고 있는 노래 가사와는 좀 다르다며 달리 불러 주셨다. 청중들이 돌아가면서 노래 부르는 분위기가 되자 점차 적극적으로 부르기 시작하였다. 목소리가 고우신 편이다.

제공 자료 목록

07_12_FOS_20100331_KID_SJI_0001 백발가
07_12_FOS_20100331_KID_SJI_0002 자장가

07_12_MFS_20100331_KID_SJI_0001 노들강변
07_12_MFS_20100331_KID_SJI_0002 도라지 타령

송경섭, 남, 1933년생

주 소 지 : 전라북도 진안군 부귀면 궁항리 신궁마을 113번지
제보일시 : 2010.1.20, 2010.2.5
조 사 자 : 허정주, 진주

송경섭 제보자는 여산송씨로 진안군 부귀
면 궁항리에서 태어나 6대째 이 마을에 살
고 있다고 하였다. 부귀면에서 초등학교를
마치고 전주에 나가 중고등학교를 다녔다.
고향에 돌아와서 농사를 지으며 사회봉사를
많이 하였다고 한다. 새마을 지도자를 40년
이상 해왔는데, 현재 진안군 부귀면 새마을
협의회장이기도 하다.

구연 중에 조사자에게 '이것은 무슨 뜻이지?'라며 질문 위주로 말을 하
는 편이었으며, 목소리는 크고 힘찼다. 또한 제보 중간 중간에는 설명하
는 식으로 구연을 하였다. 한자는 글을 써서 설명하기도 하고 퀴즈를 내
면서 조사자에게 알아맞혀 보라고 하기도 하였다. 각종 봉사단체에서 봉
사활동을 하였는데, 마을이장, 산림조합 진안군 감사, 부귀농협 이사직을
맡고 있다. 거실에는 태극기와 새마을기, 박정희 전 대통령 초상이 걸려
있었다. 그리고 각종 표창을 받았는데, 훈장, 포장, 지자체 단체장 상을
비롯하여 각 종 봉사활동으로 받은 공로상, 공로패 등을 볼 수 있었다.

트랙터로 어려운 사람 일을 도와주는 것을 기쁘게 생각하고 가서 일을
해 준다고 하였다. 설화와 민요를 제보해 주었으며, 제보한 실제 장소도
직접 차로 조사자를 태우고 가서 보여주고 설명도 해주셨다. 노장 육상선

수로 진안군 마라톤 대회에 2005년도까지 출전하여 달렸다고 하였다. 스포츠 신문에 나오는 퀴즈를 매일 즐기며, 소설을 읽기도 하며 지금까지 일기도 계속 써 오고 있다고 하였다.

제공 자료 목록
07_12_FOT_20100120_HJJ_SGS_0001 황새혈과 개구리 명당
07_12_FOT_20100120_HJJ_SGS_0002 시아버지가 준 쌀 열 톨로 재산을 불린 지혜로운 며느리
07_12_FOT_20100120_HJJ_SGS_0003 개과천선하여 효자가 된 전일귀
07_12_FOT_20100120_HJJ_SGS_0004 사천원님과 지혜로운 천서방 부인
07_12_FOT_20100205_HJJ_SGS_0001 시주승을 박대하여 망한 부자
07_12_FOT_20100205_HJJ_SGS_0002 은혜 갚은 도둑
07_12_FOT_20100205_HJJ_SGS_0003 이웃한 중들의 시기 때문에 사라진 절
07_12_FOT_20100205_HJJ_SGS_0004 미인단좌와 갈마음수 명당
07_12_FOT_20100205_HJJ_SGS_0005 목탁혈과 바랑혈에 묘를 쓴 박씨네들
07_12_FOS_20100120_HJJ_SGS_0001 논 매는 소리
07_12_FOS_20100120_HJJ_SGS_0002 상여 소리

양점례, 여, 1931년생

주 소 지 : 전라북도 진안군 부귀면 거석리 상거석마을 노인정
제보일시 : 2010.3.1
조 사 자 : 김익두, 허정주, 진주

조사를 하는 날, 비가 많이 내렸는데 손님이 와서 집에 계시던 조사자는 마을회관까지 나와 주셔서 제보를 하였다. 일하다가 와서 그런지 숨이 차서 힘들어 하셨는데, 어렸을 때 축음기를 통해서 들었던 노래를 불러보겠다고 하면서 농부가를 부르셨다. 제보자는 전주가 고향이신데, 일정 때 진안군

성수면으로 이사오셨다. 성수면에서 초등학교를 다녔고, 이곳 부귀면으로 23세에 시집오셔서 농사지으면서 살았다. 노래 부르는 것을 좋아하시며 실제 주민들도 잘 부른다고 하였으나 목이 좋지 않아 제보를 많이 할 수 없었다. 노인대학을 다니고 계셨으며, 슬하에 9남매를 두셨다.

제공 자료 목록

07_12_FOS_20100331_KID_YJR_0001 농부가

우종예, 여, 1938년생

주 소 지 : 전라북도 진안군 부귀면 수항리 신기마을회관
제보일시 : 2010.1.22
조 사 자 : 허정주, 진주

제보자는 전주에 태어나 초등학교를 다니다 6·25사변 때 진안군으로 피난을 왔다. 슬하에 3남 2녀를 두었으며, 쾌활한 성격이어서 조사자의 뜻을 잘 이해하고 적극적으로 해 주었다. 어른들 특히 제보자의 아버지한테 들었던 여러 가지 이야기와 노래를 해 주었다. 제보자의 아버지께서 풍수를 하셔서 따라다니기도 했다고 했으며, TV에서 한 번 들은 노래라며 부르기도 하였다. 말이 빠른 편이며 목소리도 큰 편이었다.

제공 자료 목록

07_12_FOT_20100122_HJJ_WJY_0001 칠년홍수를 대비해 배를 만들어 살아남은 임금님

07_12_MPN_20100122_HJJ_WJY_0001 주역을 읽어 귀신을 물리친 친정아버지

07_12_FOS_20100122_HJJ_WJY_0001 창부 타령

07_12_FOS_20100122_HJJ_WJY_0002 이별가
07_12_FOS_20100122_HJJ_WJY_0003 베틀가

이정순, 여, 1940년생

주 소 지 : 전라북도 진안군 부귀면 황금리 가치마을
제보일시 : 2010.1.22
조 사 자 : 허정주, 진주

강원도가 고향인 이정순 제보자는 결혼
한 뒤에 이곳 전북 진안군 부귀면 황금리로
이사를 왔다. 농사를 지으며 살아왔으며, 슬
하에 4남 3녀를 두었다. 제보자들이 흥이
날 수 있도록 이야기를 해가며 분위기를 이
끌어 주었다.

제공 자료 목록
07_12_FOS_20100122_HJJ_LJS_0001 밭 매는
소리
07_12_FOS_20100122_HJJ_LJS_0002 아리랑

이축생, 여, 1949년생

주 소 지 : 전라북도 진안군 부귀면 황금리 가치마을
회관
제보일시 : 2010.1.22
조 사 자 : 허정주, 진주

부귀면 황금리에서 태어났고 결혼해서도
고향을 떠난 적이 한 번도 없이 줄곧 살아
오고 계셨다고 하였다. 슬하에 5남매를 두

셨으며, 조용히 계시다가 다른 제보자들의 노래 소리를 듣고 한 곡 불러 주셨다.

제공 자료 목록

07_12_FOS_20100122_HJJ_LCS_0001 삼 삼는 소리

임순예, 여, 1935년생

주 소 지 : 전라북도 진안군 부귀면 거석리 상거석마을 노인정
제보일시 : 2010.3.1
조 사 자 : 허정주, 진주

충청도 강경군이 고향이고 15세 때 진안군 부귀면으로 이사왔다. 16세에 결혼하였고 슬하에 5남매를 두었다. 베 짜는 일을 주로 하면서 농사를 지으셨다. 제보자는 노래를 즐겨 부르신다고 하면서 제보 도중에 대중가요도 즉흥적으로 부르기도 하였다. 목소리 고우셨으며 적극적으로 제보하기도 하였다.

제공 자료 목록

07_12_FOS_20100331_KID_LSY_0001 이별가
07_12_FOS_20100331_KID_LSY_0002 신세 타령
07_12_FOS_20100331_KID_LSY_0003 농부가
07_12_MFS_20100331_KID_LSY_0001 도라지 타령

임택기, 남, 1934년생

주 소 지 : 전라북도 진안군 부귀면 황금리 가치마을회관

제보일시 : 2010.2.3
조 사 자 : 허정주, 진주

　진안군 부귀면 수항리에 태어났으나 얼마
되지 않아 상전면으로 이사 가서 살았고,
다시 부귀면 황금리로 오게 되었다고 한다.
슬하에 1남 6녀를 두었으며, 한때 가수가
되고 싶었다고 하였다. 일정 때 초등학교 2
학년까지 다니다 그 후 학교는 다니지 못하
게 되었다. 제보 중간에 초등학교 다닐 때
배웠던 일본말을 하면서 구연하기도 하였다.
그리고 조사자가 계속 제보를 요구하자 고문관이라고 하면서 일본 노래
를 부르기도 하였다. 제보자는 팔을 다치셔서 깁스를 하고 계셨는데 아픈
몸으로도 유쾌하게 제보를 하셨다. 노래할 때 '띵까띵'을 넣어서 불렀는
데, 조사자가 재미있다고 하자, 군대에서도 전우들이 재미있어 하며 따라
부르곤 하였다고 했다. 조사자가 이해가 안 되는 부분을 질문을 하자, 잘
받아쓰는지 보고 싶다고 하면서 조사 노트를 보여 달라고 하기도 하였다.

제공 자료 목록
07_12_FOT_20100203_HJJ_LTG_0001 아버지 말씀을 따른 효자 막내아들
07_12_FOS_20100203_HJJ_LTG_0001 너냥 나냥
07_12_FOS_20100203_HJJ_LTG_0002 양산도 타령
07_12_MFS_20100203_HJJ_LTG_0001 아리랑
07_12_MFS_20100203_HJJ_LTG_0002 노들강변
07_12_MFS_20100203_HJJ_LTG_0003 연애 거는 노래

장윤자, 여, 1928년생

주 소 지 : 전라북도 진안군 부귀면 봉암리 미곡마을회관

제보일시 : 2010.1.18

조 사 자 : 허정주, 진주

진안군 마령면 연장리에서 태어나고 17
세에 부귀면 봉암리로 시집오셨다. 60세에
서울로 올라가 10년 정도 살았는데 거기에
서 손자들을 돌봐주셨고 이곳 봉암리 미곡
마을로 다시 내려와 전답을 일구신다. 마을
노인정에서 노래 잘하신다고 하셔서 찾아가
게 되었는데 타지에서 형제분들과 자녀분들
이 와 계셨다. 오랜만에 만난 분들과의 만남

을 방해 할까봐 조심스럽기는 했으나 자녀분들이 어머니 노래를 하시게
끔 적극 도와 주셨다. 슬하에 7남 1녀 두셨고, 한 명뿐인 따님이 와 계셨
는데 어렸을 적에 어머니 노래를 많이 듣고 자랐다며 많은 노래를 기억해
냈다. 그러면서 약주를 드시면 노래를 잘하신다고 제보자에게 약주를 계
속 권하기도 했다. 조카분과 가끔 모여 장구를 치면서 노래를 부르신다고
하시면서 큰 아드님께서 조카에게 전화하여 오게 했다. 조카 내외가 와서
장구를 쳐 주어서 제보를 더 잘 할 수 있게 해 주었다. 제보자는 목소리
가 힘차고 유머도 풍부했다.

제공 자료 목록

07_12_FOS_20100118_HJJ_JYJ_0001 모심는 소리

07_12_FOS_20100118_HJJ_JYJ_0002 밭 매는 소리

07_12_FOS_20100118_HJJ_JYJ_0003 논 매는 소리

07_12_FOS_20100118_HJJ_JYJ_0004 신세 한탄하는 노래

07_12_FOS_20100118_HJJ_JYJ_0005 아기 어르는 소리

07_12_FOS_20100118_HJJ_JYJ_0006 사발가

07_12_FOS_20100118_HJJ_JYJ_0007 권주가

07_12_FOS_20100118_HJJ_JYJ_0008 노랫가락 (1)

07_12_FOS_20100118_HJJ_JYJ_0009 창부 타령
07_12_FOS_20100118_HJJ_JYJ_0010 노랫가락 (2)
07_12_FOS_20100118_HJJ_JYJ_0011 노랫가락 (3)
07_12_FOS_20100118_HJJ_JYJ_0012 청춘가

조낙주, 남, 1927년생

주 소 지 : 전라북도 진안군 부귀면 수항리 대곡마을
제보일시 : 2009.12.23, 2009.12.24, 2010.2.5, 2010.2.7
조 사 자 : 허정주, 진주

제보자는 진안군 부귀면 수항리에서 태어
나 현재까지 살고 있다. 부귀초등학교를 다
녔으며 한문을 공부하였다. 22살에 부귀산
에 들어가 풍수지리를 공부를 시작한 뒤부
터 지금까지 연구하고 있다. 슬하에 3남을
두었는데, 현재 막내 아드님 식구와 같이 살
고 계신다. 옛날에 모심을 때 노래 하셨냐고
했더니 노래는 못했다며, 노래 잘 했으면 학
교 다닐 때 일등 했을 것이라고 하여 웃었다. 일정 때에 일본에 건너가 2
년간 공장에서 일을 하였고, 귀국하여 농사를 지으면서 풍수일을 보러 다
니셨다고 한다. 조사자가 네 차례 방문하는 동안 제보자가 외출을 하면
따라다니면서 이야기를 들었는데, 항상 지치는 기색 없이 목소리가 힘이
넘쳤다. 조사자에게는 질문하는 식으로 물어보며 구연하였다. 자전거를
타고 운동을 하고 계신다는데 연세에 비해 매우 건강하고 목소리도 힘이
넘쳤다.

제공 자료 목록
07_12_FOT_20091223_HJJ_JNJ_0001 역적으로 몰린 신현충

최실경의, 여, 1931년생

주 소 지 : 전라북도 진안군 부귀면 수항리 신기마을

제보일시 : 2010.1.22

조 사 자 : 허정주, 진주

마을 어르신들 중에 재미있는 이야기를 주로 많이 하시는 편이라고 하였다. 이야기는 거짓말이라고 청중 한 분이 말하자 그렇기는 하지만 재미

있으려고 거짓말도 하게 된다며 웃으신다. 그러면서 제보자는 거짓말은 하지 않는데 듣는 사람이 거짓으로 알아듣는 거라고도 하였다. 청중 한 분이 조사자에게 이야기 듣다가 집에 못가겠다고 말하자 제보자는 '마당 꺼지는데 솔뿌리 걱정한다'며 걱정 말라고 하여 사람들을 웃게 만들었다. 차분하게 말하면서 웃음을 유발하는 그런 분이었다.

제공 자료 목록

07_12_FOT_20100122_HJJ_CSGY_0001 호랑이와 곶감
07_12_FOT_20100122_HJJ_CSGY_0002 손 귀때기와 잠을 자는 할머니
07_12_FOT_20100122_HJJ_CSGY_0003 할머니들 방에 잘못 들어간 영감

한해순, 여, 1946년생

주 소 지 : 전라북도 진안군 부귀면 황금리 가치마을회관
제보일시 : 2010.1.22
조 사 자 : 허정주, 진주

충청남도 부여군에서 19세 때 이곳 진안군 부귀면 황금리로 시집오셨다. 슬하에 5남매를 두셨으며 조사자의 취지를 잘 이해하여서 마을에 노래 잘하는 분을 모셔 오기도 하였다. 노래를 잘 부르지 못하지만 들은 소리로 한 곡 부르겠다고 하였다.

제공 자료 목록

07_12_FOS_20100122_HJJ_HHS_0001 댕기 노래

허정선, 여, 1954년생

주 소 지 : 전라북도 진안군 부귀면 거석리 신거석 황금식당
제보일시 : 2010.1.22
조 사 자 : 허정주, 진주

전라남도 영광군이 고향인 허정선 제보자
는 식당을 운영하고 있다. 30여 년 전에 이
곳 진안군으로 이사를 왔으며, 슬하에 1남
1녀를 두고 있다. 어려서부터 노래를 좋아
하고 잘 불러서 고향인 영광군에 살았을 적
에 노래꾼들이 모이는 곳에 부모님 몰래 가
서 따라 부르기도 하였다고 한다. 노래를 요
청하자 잘 부르려고 하지 않았고, 청중들은
계속 재촉하였다. 노래를 시작하자 빠르게 부르셨는데 청중들이 너무 빠
르다고 하자 편안하게 천천히 부르려고 하였다.

제공 자료 목록
07_12_FOS_2010122_HJJ_HJS_0001 물레 타령

황옥례, 여, 1928년생

주 소 지 : 전라북도 진안군 부귀면 거석리 상거석마
        을 노인정
제보일시 : 2010.3.1
조 사 자 : 김익두, 허정주, 진주

제보자는 일정 때 초등학교를 다녔고, 정
신대에 끌려갈 시절이라 시집을 일찍 보내
어 17세에 결혼하셨다고 한다. 조용히 앉아
계시다가 예전에 들은 노래라며 적극적으로

제보해 주셨는데 총기가 좋으셨다. 제보자는 다른 분들이 적극 제보할 수 있도록 분위기를 이끌어 주시기도 하였다.

제공 자료 목록

07_12_FOS_20100331_KID_HOR_0001 밭 매는 소리
07_12_FOS_20100331_KID_HOR_0002 봄 노래
07_12_FOS_20100331_KID_HOR_0003 창부 타령
07_12_FOS_20100331_KID_HOR_0004 백발가
07_12_FOS_20100331_KID_HOR_0005 자장가
07_12_FOS_20100331_KID_HOR_0006 베틀가

오시오 가시오 자시오

자료코드 : 07_12_FOT_20100122_HJJ_MBD_0001
조사장소 : 전라북도 진안군 부귀면 황금리 가치마을회관
조사일시 : 2010.1.22
조 사 자 : 허정주, 진주
제 보 자 : 문보덕, 여, 62세
구연상황 : 제보자는 마을회관 부엌에서 먹을거리를 들고 방으로 들어오면서 어르신들께
먹기를 권하였다. 이야기들을 하느라고 먹을거리에 관심이 없자 큰소리로 이
야기를 구연하기 시작하였고, 다시 재차 같은 내용을 반복하여 주의를 끌었다.
줄 거 리 : 오씨 성을 가진 사람이 어떤 마을에 갔는데 오시라고 해서 갔더니 앉으라고
한다. 잣을 보고 이게 무엇이냐고 물으니 '자시오'라고 한다. 그래서 먹게 되
었는데, 갓을 보고 이게 무엇이냐고 물으니 '가시오'라고 한다. 그래서 자리에
서 일어나 가는데, 묵이 보이자 이것은 무엇이냐고 물어보니 묵이라고 한다.
'어떻게 묵냐(먹냐)'고 물으니 '쳐 묵는다(쳐 먹는다)'고 한다. 그래서 맛있게
쳐 먹고 갔다.

"오시오."

"나는 오가요."

오시오.

"이게는(이제는) 앉으시오."

앉었어.

"이게는 무엇이오?"

"잣이오"

잣을 먹었어. 긍게,

"이게는 무엇이오?"

"갓이오." 간게.

"오시오, 오시오."

"아이, 오시오 해 놓고 또 뭘 줄라요?"

"이게는 뭣이오?"

"묵입니다."

"이게는 어떻게 묵소?"

"쳐 먹습니다."

쳐 먹고 갔어, 또. 또 쳐 먹고 간게.

"아자씨, 아자씨."

돈을 내고,

"나는 오라고 해서 오시고, 가라고 해서 가시고, 앉으라고 해서 앉으시고, 자시라고 해서 자시고, 가라고 해서 지금 갑니다." 그더래야.

내외간이라도 속에 있는 이야기 하지 말라는 도깨비

자료코드 : 07_12_FOT_20100203_HJJ_MHR_0001
조사장소 : 전라북도 진안군 부귀면 황금리 중수항마을회관
조사일시 : 2010.2.3
조 사 자 : 허정주, 진주
제 보 자 : 문해룡, 남, 75세
구연상황 : 가치마을 조사를 마치고 이장직을 맡고 있는 제보자에게 전화를 하여 회관에서 만나기로 약속을 하였다. 마을회관에 갔더니 여러 어르신들이 나와 계셨다. 제보자는 주민들에게 회의 결과를 이야기하고 서류를 작성하고 계셨다. 전화로 조사자의 취지를 이미 설명했기 때문에 방문 목적을 알고 계셔서인지 하시던 일을 마치고 이야기를 하겠다고 하였다. 일이 끝나자 이야기를 듣게 되었는데 처음에는 6·25사변 이야기를 하였다. 조사자가 재미있는 이야기를 부탁하자, 지금은 귀신, 도깨비도 전깃불 때문에 맥을 못 쓴다며 도깨비 이야기를 시작하였다.
줄 거 리 : 한 여자가 도깨비와 사는데 도깨비 덕분에 땅 부자가 되었다. 그런데 도깨비 신랑이 싫어지기 시작하였는데, 잠을 자면서 도깨비 신랑이 제일 무서워하는

것은 무엇이냐고 물었다. 그러자 도깨비는 말 피나 말 뼈다귀가 제일 무섭다고 말하였다. 여자는 말 피와 말 뼈다귀를 사다가 문 앞에 뿌려 놓고 도깨비가 집에 들어갈 수 없게 했다. 도깨비는 동네 사람들에게 내외간이라도 속에 있는 이야기는 하지 말라고 충고하고는 그 여자의 논에다 자갈을 가져다가 뿌려 놓았다. 그러자 여자는 독이 논에다 오줌을 싸서 농사 잘되겠다고 말하자, 이번에는 도깨비가 개똥을 갖다 뿌려 놓았다. 도깨비가 논에 개똥을 뿌려 놓은 덕분에 농사는 더 잘되었다.

그전에 아 저 논으를 간 게 도깨비란 놈이, 아, 그 저 그 얘기가 참 오래돼서 잘 몰르겠네. 그 내외간이라도 속 있는 얘기 허지 말라 소리가 도깨비가 헌 소리여. 그게. 도깨비가 도망가서 이러드래야. 내외간이라도 속 있는 얘기 허지 말라고 허드래야.

"여보게, 동네 사람들 내외간이라도 속 있는 얘기 허지 말라고."

아 그랬는데, 한 여자가 [전화가 와서 잠시 중단하며] 부자가 되었어. 도깨비를 사귀어서 부자가 되었는디, 인자 그전부텀 도깨비한테 저 돈을 히서 벌으면은 땅을 사야 헌다고 했어. 땅을 안 사면 가져 가 뻐려. 도깨비가. 땅을 사.

땅을, 땅을 샀는디 인자 집 앞의 터를 좋은 놈을 샀는디, 아 인자 내외간에 저녁에 자면서 물었어. 저 각시가 그 도깨비 남편한테,

"당신은 뭣을 제일 무서워하냐고." 물은게로,

"말 뼉다구가 최고 무섭다고." 그러드래야. 말 뼉다구.

(청중 : 말 피.)

말 뼉다구.

(청중 : 말 피.)

말 핀가 말 뼉다구간 하여튼 말여. 말. 그것이 젤로 무섭다고 허드래야. 아 그렇게로 이 여자가 부자는 됐는디, 인자 도깨비 신랑이 싫어. 도깨비 신랑을 띠 내버릴라고 인제 물은 거여. 말 뼉따구, 말 피가 젤로 무섭다고 허드래야.

긍게 여자가, '아따 인자 됐다. 오늘 가서 말 잡는디 가서 뼉다구 사고 말 피를 갖다가 문 설지방 이런 디다 막 뿌리고 말 뼉다구를 갖다 놔 서….'

아 이놈의 도깨비란 놈이 와서 본게 말 피를 뿌려 놓고 말 뼉다구를 뿌 려 놨으니 들어갈 수가 있어야지. 그렇게,

"동네 사람들! 동네 사람들!" 막 도깨비가 그러드래야, "내외간이라도 속 있는 얘기 허지 말라고." 도깨비란 놈이. 그리 놓고는 인자 그 논 산 놈을, 이놈을 거시기가 도깨비가 미운게로 그냥 독을 흠뻑 찝어 놨드래야. 논으다가 도깨비란 놈이. 그렁게로 그 사람이 어쩔랑가 영리허지. 저 그 사람이 참 영리, 영리 혀.

"아따, 이놈의 도깨비가 우리 논이다 그냥 독을 갖다 놔서 독이 오줌을 싸서 농사가 내년에는 잘 되겠네." 인자 그랬어.

돌아다님서 도깨비가 들으라고, 긍게 아 이놈의 도깨비 가만히 들응게, 아 그 농사 못쓰게 헐라고 독을 갖다 내버렸는디, 자갈이 오줌 싸서 농사 가 잘 되겠다고 허거든. 에라, 독을 싹 주서 내버리고 개똥을 주서다 그냥 쑤지 허질렀드래야. 그런게로 개똥을 놔서 오직 잘될 거여, 농사가. 긍게 여자가 꾀가 있어야 혀.

여자 때문에 더 크지 못한 솟금산

자료코드 : 07_12_FOT_20100203_HJJ_MHR_0002
조사장소 : 전라북도 진안군 부귀면 황금리 중수항마을회관
조사일시 : 2010.2.3
조 사 자 : 허정주, 진주
제 보 자 : 문해룡, 남, 75세
구연상황 : 도깨비 이야기가 끝나고 다시 6·25사변 인민군 이야기를 시작하였다. 옛날 에는 사랑방에 모여 앉아 돌아가면서 이야기를 한 편씩이라도 하였는데, 지금

은 TV를 보느라 옛날이야기를 다 잊어버렸다면서 안타까워 하셨다. 제보자는 교회를 다니는데, 조상들의 옛날이야기에는 미래에 관한 이야기를 예언하고 있다고도 하였다. 다시 진안군에 관련된 이야기를 부탁하자 마이산에 관한 이야기를 하기 시작하였다.

줄 거 리 : 지금의 마이산을 옛날에는 솟금산이라고 불렀다. 솟금산은 암솟금산과 수솟금산이 있는데, 수솟금산이 초저녁에 크자고 그랬는데 암솟금산은 새벽에 크자고 했다. 서로 의견이 맞지 않았는데, 결국 암솟금산의 뜻에 따라 새벽에 크고 있었다. 그런데 새벽에 한 여자가 샘에 물을 길러 오다가 그 모습을 보고 동네 사람들에게 산이 크고 있다고 소리를 쳤다. 그러자 수솟금산이 여자가 새벽에 방정맞게 그랬다며 암솟금산을 발로 차며 애기도 뺏어 양쪽에 품었다. 그래서 지금 암솟금산은 한쪽이 푹 들어간 모양을 하고 있으며, 수솟금산은 양쪽에 아기를 품은 형상을 하고 있다. 솟금산 가까이에 '나도 큰다!' 하면서 컸다는 '나도산'이 있다.

솟금산은 그것이 옛날에, 지금은 마이산이라고 허는디, 옛날에는 솟금산여. 근디 인자 암솟금산이 있고 수솟금산이 있거든. 근디 인자 예, 남자는, 남자는 초저녁으 커자 그러고, 산이 솟금산이 많이 컸으면 여그가 서울이 된다고 그랬는데, 커다가 주저앉아서 못 커서 서울이 안 됐는디.

그리고 여자는 새벽에 커자고 그래 갖고 결국 남자가 져고, 인자 저 솟금산이 새벽에 크는데, 아 여자가 물을 질러로(길러) 와서, 물을 질러. 그전에는 할머니들이 서로 물을 막, 그때는 이게 두룬박(두레박) 시암이(샘이) 있잖아. 그러면 서로 먼저 지르다가 먹으면은 그 공이 되고 거시기 한다고, 막 부지런한 양반은 서로 먼저 물을 질르러 갈라고 혔어.

이 양반한테도 물어봐. 서로 먼저 물을 질르러 갈라고 혔어. 새벽에 찬물 먼저 먹을라고.

아 물동이를 이고 가서 물을 질러 가서 물을 이렇게 본게로, 아 이놈의 솟금산이 차꾸 크거든. 그렁게로 그 여자가,

"동네 사람들! 저 솟금산이 큰다고. 저것 좀 보라고."

그렁게로, 여자가 새벽에 방정맞게 근다고 남자가 여자를 발로 팍 차

버려 가지고 암숫금산 한쪽이 푹 들어갔어.

그래 가지고 애기도 다 뺏어 버리고, 수숫금산 남자가 애기도 양쪽에다 품고 있어. 그래서 참말로 그려. 양쪽으로 애기를 양쪽으로 품고 있어. 암숫금산은 이렇게 생기고 한쪽이 푹 들어가 남자가 발로 팍 차 버렸어.

초저녁에 커잔게로 새벽에 커자고 했다고. 그래 갖고 거기가 나도, 나도산도 있고, 여그가 그 밑이 쭉 산이 있는디 그게 나도산도 있고,

"나도 큰다! 나도 큰다!"

그래 갖고는 막 그놈이 쭉 따러 크다 그렇게 되었대야.

황새혈과 개구리 명당

자료코드 : 07_12_FOT_20100120_HJJ_SGS_0001
조사장소 : 전라북도 진안군 부귀면 궁항리 신궁마을 113번지
조사일시 : 2010.1.20
조 사 자 : 허정주, 진주
제 보 자 : 송경섭, 남, 78세
구연상황 : 마을에 관한 이야기를 하다가 마을과 경계를 이루는 완주군에 대한 이야기를
          했다. 군계를 이루는 곳에 보령재, 모래재 등이 있는데 거기에는 약수터가 있
          어 제보자의 자녀분들이 피부에 효험을 보았다고 하였다. 그러나 지금은 큰
          도로가 나서 없어졌다고 하면서 그곳의 풍수에 관한 이야기를 하였다.
줄 거 리 : 완주군과 진안군 사이에 '황새목'이라는 재가 있다. 그곳에는 풍수지리상으로
          '사두혈'이라는 뱀자리가 있고, 그 옆으로 개구리자리가 있다. 누가 봐도 뱀
          이 개구리를 잡아먹게 생긴 형상인데, 어떤 사람이 개구리자리에다 묘를 썼
          다. 그런데 황새는 뱀을 잡아먹기 때문에 이 개구리자리는 실상 안전한 명당
          자리였던 것이다.

[손으로 방향을 가리키면서] 요리(이리) 가면은 완주군하고 우리 진안 군하고 경계선 쪼끔 못 가서 황새목재가 있어. 황새목. 황새목이라 하는 것은 뭣이냐? 황새. 황새. 그런디 사두혈(蛇頭穴)이 있어. 비암(뱀), 비암

대가리. 비암, 비암하고 개구리, 밥이잖아. 개구리는 비암의 밥이다 그 말여. 그런디 그 묘를 묘를 그 개구리에다 묘를 썼어. 누가 보더라도,

"아이고, 저런 바보 같은 사람 봐. 개구리는 독사의 밥인데, 거그다 갖다가 묘를 쓰면 망하는데."

그렇잖아? 천만에 말씀.

황새. 황새는 비암을 잡아먹는 거여. 응. 긍게 황새가 딱 쳐다보고 있은게 뱀이, 뱀이 독사가 개구리를 못 잡아먹어. 그리서 거그다 묘를 쓰고 부자가 되었다. 그런 것이 있어. 실제가 이 재 이름이 황새목재, 개구리 명당. 재미있지?

시아버지가 준 쌀 열 톨로 재산을 불린 지혜로운 며느리

자료코드 : 07_12_FOT_20100120_HJJ_SGS_0002
조사장소 : 전라북도 진안군 부귀면 궁항리 신궁마을 113번지
조사일시 : 2010.1.20
조 사 자 : 허정주, 진주
제 보 자 : 송경섭, 남, 78세
구연상황 : 상여 소리를 하고 나서 잘 들어 보라며 이야기하나를 해 주셨다. 그리고 적을 수 있으면 잘 적어 보라고 하면서 들려주신 이야기이다. 이야기를 구연한 뒤에 제보자는 청소년 선도위원으로 청소년들한테 강의할 때 해 주신 이야기라고 하였다.
줄 거 리 : 옛날 한 고을에 아들 삼형제를 둔 아버지가 첫 아들을 장가보냈다. 새 며느리에게 시아버지는 훗날 가져오라고 할 때 가져오라고 하면서 쌀 열 톨을 주었다. 둘째, 셋째 시집오는 며느리에게도 똑같이 쌀 열 톨을 주면서 훗날 가져오라고 할 때 가져오면 된다고 했다. 시아버지가 나이가 들어 세 며느리들에게 지난번에 주었던 쌀 열 톨을 가져오라고 하였다. 둘째 며느리와 막내며느리는 쌀 열 톨을 그대로 가지고 오고, 큰며느리는 문서를 가지고 왔다. 시아버지는 큰며느리에게 이게 어찌 된 일이냐고 물었다. 큰며느리는 시아버지가 준 쌀 열 톨을 가지고 새를 잡아서 이웃 할머니네 달걀과 바꾸고, 달걀을 부

화시키는 데 맡겨서 병아리를 얻고, 그 병아리가 커서 닭이 되고, 닭이 알을 낳아 병아리가 되고 이렇게 해서 닭이 되면 다시 팔고 해서 돼지를 사고, 돼지를 키워 소를 사고, 소를 팔아 전답을 샀다고 한다. 그러자 시아버지는 재산 전부를 큰며느리에게 준다.

옛날에 어느 고을에서 아들을 삼형제 둔 할아버지가 첫 아들을 여의었어요. 그랬는데 첫 번째 아들을 딱 여의고 나면은 그 하루 저녁을 자고 어머니 아버지를 뵈러 가는 거여. 세수 딱하고 신부는 단장하고 신랑은 다 차려입고.

(청중 : 아침 세배.)

그러면은 어머니 아버지는 더 미리 준비를 허고 있어. 인사를 올 것이다고. 그러면 인제 거그 가서,

"어머님, 아버님, 감사합니다. 이렇게 어머님, 아버님이 고생하셔서 우리한테 이렇게 좋은 배필을 이렇게 맹글어(만들어) 줘서. 잘살면서 어머님 아버님 공양 잘 허겄습니다."

하고 인제 절을 혀. 그러니까 시아버지가 며느리한테 쌀 열 개를 딱 주면서,

"이 쌀 열 개를 잘 간수혔다가 내가 아무 때라도 갖고 오란 때 갖고 오니라."

열 개 딱 주어. 둘째 며느리한티도 역시 똑같이 쌀 열 개를 딱 주면서, "이 쌀 열 개를 간수를 잘 허고 있다가 아무 때라도 내가 가지고 오란 때 갖고 오니라." 그러니까 둘째 며느리,

"예, 그러고말고요, 잘 간수하고 있다가 가지고 오란 때 가지고 오겠습니다." 하고 이제,

"아버님, 감사합니다."

하고 이렇게 나갔어. 셋째 며느리 역시도 쌀 열 개를 주면서 그렇게 허니까, 셋째 며느리도 두째 며느리나 똑같으게,

"아버님, 제가 잘 간수했다 아무 때라도 가지고 오랄 때 갖고 오겠습니다." 큰며느리만은 천만에 말씀여.

"네, 잘 간수허겠습니다. 가지고 오란 때 가지고 오겠습니다."

히 놓고는, 그놈을 가지고 가서 얼개미다 놓고는 그 말총, 말꼬리 그놈으로 올무개롤 히 갖고 새를 한 마리 딱 잡았어. 쌀을 놓고는 얼개미다가 그놈 말 꼬랭이, 저 머리카락 그놈으로 올무개를 놓아 가지고는 새가 한 마리. [제보자의 부인이 새 잡는 방법을 보여준다.]

(청중 : 옛날에는 이렇게 해서 대 놓고는 여기다 이렇게 작대기를 이렇게 받쳐 놓고 쌀을 여기다 놓으면 새가 여기 와서 먹잖아.)

그럴 적에 새 들어가는 것을 보고 탁 채면은 이렇게 새가 잡혀지잖아. 말총으로 새가 잡었는데, 그 새가 잽힌 것을 막 딸라고 허는데, 그 말허자면 인제 새 각시 아녀?

(조사자 : 그렇죠.)

새 각시가 그랬는데 윗집의 할머니가 손자를 엎고 가다가 보니까, 새가 있으니까 애기 손자가 막 우는 거여. 저 새 나 달라고. 새 달라고 막 울으니까 그 할머니가 그 새댁보고 하는 소리가,

"새댁, 새댁, 우리 손자가 울고 허니까 그 새 우리 손자 좀 주지." 허니까,

"안됩니다." 그 말여.

"그냥은 안 됩니다. 그냥은."

"그먼 어떻게 혀?" 그랬더니,

"계란 하나하고 바꿉시다. 계란 하나하고."

계란하고 바꿨어. 그 계란을 잘 간수하고 있다가 남이 닭을 깨울 적으, 뺑아리 깨울 적에.

(청중 : 부화할 적에.)

알 하나를 갖다 넣어 주면서,

"이놈 하나만 좀 더 넣어 갖고 이따 깨면 나 병아리 한 마리만 주쇼."
누가 마다고 허겄어. 그러라고. 용케 병아리가 깨 갖고 주은 것이 암평아
리여. 가을이 되면 그놈도 알 낳잖아?

그 이듬해 그놈도 병아리 까잖아. 봄에 병아리 다 깨갖고 잘 키워 가지
고 가을이 그 닭을 싹 팔아 가지고 돼야지를 한 마리 사. 돼야지도 한 해
만 지나면 이태째(두 해 반에) 새끼 낳는 거여. 잘 멕여 가지고는 이태째
새끼를 여러 마리, 십여 마리를 나.

그놈을 또 싹 팔어 가지고 송아지를 한 마리 샀어. 소도 이 년이면 새
끼를 나. 그 다음에는 인제 이 년 후에는 한 마리, 한 마리, 한 마리 막
나중에 새끼가 새끼 낳고 허니까 계속 낳고 많이 되잖아.

그렇게 되니까, 그 근방에서 논밭을 내 놓기만 하면 그 아줌마가 다 사
들여. 소 한 마리 팔으면 또 사고, 소 한 마리 팔어서 사. 이렇게 해서 논
문서가 이렇게 [손으로 산더미 같은 모양을 짓는다.] 많아졌어. 논문서만.

시아버지가 나이가 인제 먹고 했으니까, 아, 인자는 애들한테 정리를
히 주야 한다. 그걸 알어. 그래 갖고 며느리들한테,

"내가 그때 느그들한테 준 쌀 열 개씩을 다 갖고 오너라." 가지고 다
왔다 그 말여. 맨 막내부텀,

"너 가지고 왔느냐?"

"예, 열 개 틀림없습니다. 아버님, 시어 보세요."

"응, 욕봤다. 그간에 쌀 열 개 간수허느라고 욕봤다."

"둘째, 너도 갖고 왔느냐?"

"네, 저도 갖고 왔습니다. 열 개 딱 맞어요. 시어 보세요."

쌀 열 개가 틀리겄어? 하나 모자러면 딴 놈 하나 넣어 갖고 오지. 근디
큰며느리는,

"너는 어딨어?" 긍게,

"여기 있습니다." 논문서를 한 뭉텡이 딱 내놔.

"너는 어째서 내가 쌀 열 개를 줬는디, 이런 문서 보따리를 갖고 오는 고?"

그 얘기를 다 했어.

"쌀을 열 개 가지고 새를 한 마리 잡어 가지고, 새를 계란 하나하고 바꿔 갖고, 계란을 깨서 병아리가 되어 갖고, 병아리가 닭 되어 갖고, 닭을 병아리를 깨 갖고 또 그놈을 팔어서 돼야지가 되고, 돼야지가 소가 되고, 소가 되어 갖고는, 이 소를 팔고 팔고 히서 사서 보탠 것입니다."

시아버지가 그것을 그 며느리들의 머리를 볼라고 쌀 열 개씩을 준 거여. 막내며느리 딱 불르더니,

"너는, 느 식구 다섯이니까, 어디 어디 논 닷 마지기만 가지면 너 먹고 살어. 더 주어야 소용이 없어."

"두째, 두째, 너 이리 와. 너는 식구 하나 더 많아. 어디 어디 히서 엿 마지기 가지면 너 먹고살어. 나머지기는 내 재산은 전부가 다 큰며느리니꺼여. 너는 쌀 열 개가 이 많은 논밭이 되았는데, 내 재산을 전부를 가지고 얼마든지 불구건(불리건) 간에 늘쿠고(늘리고) 불퀴서(불려서) 없는 이웃 없는 동기간 다 구제해 감선 너는 그렇게 살아."

험선 시아버지가 재산 분배를 다 그렇게 해 주더래야. 그래서 지혜로운 며느리.

개과천선하여 효자가 된 전일귀

자료코드 : 07_12_FOT_20100120_HJJ_SGS_0003
조사장소 : 전라북도 진안군 부귀면 궁항리 신궁마을 113번지
조사일시 : 2010.1.20
조 사 자 : 허정주, 진주
제 보 자 : 송경섭, 남, 78세

구연상황 : 제보자의 부인이 호랑이 이야기를 해 주라고 했으나, 그런 이야기는 별 흥미 없다며 조사자에게 퀴즈를 내며 맞춰보라고 하였다. 조사자는 제보자가 내준 몇 가지 문제를 풀고, 그리고 설명도 들었다. 설명이 끝나고 호랑이 이야기 해 달라고 하자, 호석이라는 바위가 있는데 호랑이 때문에 없어진 마을이 있었다는 것이다. 그러나 그 이야기는 시작하면 길어지니까 오늘은 부인이 하라는 이야기를 하겠다고 하면서 구연하기 시작하였다. 고등학교 다닐 때 역사 선생님한테 들은 이야기로 실지 있었던 이야기라고 하였다.

줄 거 리 : 옛날에 자식이 없이 노부부가 살고 있었다. 늦게 아들을 하나 낳았는데, 얼마나 귀한 아들이던지 하나밖에 없는 귀한 아들이라고 해서 '일귀(一貴)'라고 이름 지었다. 성은 전씨, 전일귀라고 불렀다. 아버지가 산에 나무를 하고 집에 돌아와 아들의 이름을 부르면 아들은 아버지 얼굴을 때렸다. 그게 하도 귀여워서 어머니도 가서 때리라고 했다. 어려서부터 이렇게 때리는 버릇이 들어 전일귀는 나무를 해 올 나이가 되어서도 계속 부모를 때렸다. 하루는 장에 나가서 만난 친구들이 나무를 팔고 조기, 명태 등을 사다가 자기 부모님께 드리는 것을 보고, 부모에게 효도하는 것을 깨닫게 된다. 그래서 조기를 사 가지고 부모님께 드리려고 갔는데 부모님은 아들이 또 때리려는 줄 알고 숨어서 밖에 나오지 않았다. 뒤에 아들이 변한 것을 보고 효도를 받으며 살았다. 그 후 아버지가 돌아가시고 상여를 나가려는데 큰비가 내려 상여를 운구할 수가 없었다. 아들은 자기가 불효를 해서 하늘이 노하여 날씨가 이러는가 하며 죽겠다고 물에 뛰어 들었는데, 물이 갈라져서 상여가 나갈 수 있었다. 그 뒤 삼년간 시묘살이를 하는데 하루는 호랑이 한 마리가 찾아와서 서로 해코지 없이 같이 살게 되었다. 시묘살이가 끝나갈 무렵쯤 호랑이가 며칠째 들어오지 않았다. 하루는 기다리다 잠을 자는데 꿈에 호랑이가 나타나 함정에 빠졌다며 구해 달라고 하였다. 전일귀는 호랑이가 꿈에서 알려준 대로 찾아가 보니 꿈 대로 호랑이가 함정 안에 있는데, 사람들이 호랑이를 죽이려는 순간이었다. 전일귀는 호랑이를 구하고 호랑이와의 인연을 말하였다. 그의 효행을 알게 된 고을 수령은 전일귀가 죽은 뒤 효비를 세워 주었다.

[온전 전(全)자를 쓰는 성을 가진 분이라고 제보자는 먼저 말했다.] 옛날 그 한 고을에 그 전씨 성을 가진 분이 살고 있었어. 근디 어떻든지 아들을 후딱 못 두었어. 아들을. 아들을 후딱 못 두어 갖고 오래간만이 오십세 때 늦둥이로 쉰둥이로 아들을 하나 낳어.

그서 아들 이름을 얼마나 귀혀야(귀한지) 전일귀라고 이름을 지었어.(하
나 밖에 없는 귀한 아들이라고 해서 '일귀(一貴)'라고 한다는 뜻하며, 준一
貴임.) 긍게 내가 지금 하는 얘기는 세살 버릇이 여든 간다라는 그런 문제
점이 있는 얘기여. 그리서 그 참 얘기를 참, 불으면 날를까(날아갈까), 놓
으면 깨질라 그렇게 길른(기른) 애기다 그 말여. 그리믄 아버지가 인자 가
서 산에 가서 나무 히 갖고 와 갖고,

"아, 일귀야!"

하고 오면은 인제 애기가 아버지를 한 번 딱 때리면, 이게 하도 그 좋
아서,

"하, 옴마도(엄마도) 가서 한 번 때려 주라."

옴마도 한 번 가서 딱 때려. 그럼 또 옴마는,

"아빠도 한 번 가 때려 줘라." [청중, 조사자 모두 웃는다.]

이게 어렸을 적에는, 어렸을 적에는 하도 귀여워서 귀엽게 알고 부모가
이렇게 자꾸 허게 만들고 그랬는데, 이게 버릇이 되어 갖고 나이가 한 열
살 먹드락까지(먹도록) 인제 그렇게 허니까 아퍼.

이게 완전히 몸에 베이고 마음에 짜들려 갖고는 이렇고 꼭 허는 걸로
인자 그렇게 알어 버려.

엄마 아빠가 허지 말라고 해도 안 들어. 엄마 아빠가 허지 말라고 해도
안 들고. 근게 이놈이 커서 나무를 히 와. 커서. 부모는 못 허고.

나무를 히다가 허청에 딱 부리고는 와서, 지 옴마, 아빠를 한 번씩 와
서 처 돌리는 거여. [청중, 조사자 모두 웃는다. 밖에 갑자기 비가 쏟아진
다.] 인제 그때는 안 맞을라고 숨고 그러는 거여.

(청중 : 인제 성인이 돼서 때리니까 아프지.)

그러기를 여러 해 이렇게 하는데, 인제 나무를 갖고 가서 팔아. 시장에
가서 짊어지고 가서. 그래야 먹고살으니까. 그래 인제 어뚷게 허는지 몰
르고 이놈은 그렇게 허고 댕겼는데, 한 번은 보니까 어떤 놈 하나가 조고

(조기), 시장에서 조고를 사 갖고 꼭꼭 쫌 매고. 지게, 응 굴비를 사 갖고 지게 가져다가 딱 걸어. 그러니까 일귀가 그랬어,

"야, 너 머 헐라고(뭐 하려고) 그것 사냐?" 헝게,

"야, 이놈아, 이렇게 우리가 나무 해 갖고 와 갖고 돈을 벌었은게, 이놈을 사다가 어머니 아버지를 드리야 할 것 아니냐."

가만히 생각해 본게, 저 허는 생각으로는 저는 집이를 가면 부모님이 크, 막, 반찬 같은 것을 맛있게 해서 이렇게 해 주고 그러는디, 그놈은 굴비를 사 가지고 지게꼬리다가 딱. 긍게 몰리(몰래) 살살 한 번 따라가 봤어. 전일귀가 그놈 뒤를. 그러니까 이놈은 가서 지게를 탁 벗어 놓더니,

"어머니, 아버지, 장으 다녀왔습니다."

그렇게 절을 허고 지게꼬리에서 ○○○○ 굴비를 갖다 주면서,

"어머니, 아버지, 이것 사 왔어요."

근데 또 그 다음날 또 장으를 갔는디, 딴 놈도 역시 뭐 명태 같은 것을 사 가지고 지게꼬리에다 딱 걸어.

"야, 임마, 느 그거 머헐라고 그러냐?" 긍게,

"하, 이놈아, 생각을 히 봐라. 우리 어머니, 아버지가 나를 낳아서 이렇게 키워서 이렇게 힜은게, 인제 우리가 돈 벌어서 어머니 아버지 뭣이든 사다 드려야 할 것 아니냐."

긍게 하도 이상혀. 그놈을 또 따라가 봤어. 가만 가만 따라가서 본게 이놈이 지게를 탁 벗더니,

"아버지, 아버지, 장으 갔다 와서 나무 팔고 왔어요."

생선 갖다 줌서나,

"오늘도 이것 사 갖고 왔어요."

그놈은 먼저 어저끄(어저께) 아보다 배운디, 뵌 디가 부족해. 어저끄 애는 가정교육이 아주 잘 되어 갖고, 참 그렇게 부모님한테 절을 허고 그 공손허게 인사를 허고 그러는디, 이놈은 그것이 아녀. 그렇게 가만히 전

일귀가 생각을 히 봤어.

'내가 옳으냐? 이놈이 옳으냐?' 다른 사람들 다 그렇게, 내가 잘못했어.

그리 갖고는 그 이튿날 나무를 저도 히서 팔어 갖고, 지게꼬리에다가 생선 하나 사 가지고 탁 갖고와 갖고, 집에 와서 지게 벗고는 그놈을 갖고,

"어머니, 아버지!"

허고 불르고 들어가니까, 지 엄마, 지 아버지가 숨어 버렸어.

(청중 : 무서워서.)

안 맞을라고.

(청중 : 때리는 줄 알고. 또.)

"어머니, 아버지 안 때리께, 나오라고." 말여.

"안 때리께 나오라고."

나오니까 저도 어저끄 그저끄(어저께, 그저께) 그놈같이,

"어머니, 아버지, 나 오늘 나무 팔어 갖고 이것 사왔어요."

아 부모님이 생각히 볼 적으 야가 돌아도 백팔십도가 아니라 삼백육십도가 돌았어. 어저께까지만 해도 나무 히다가 팔고 오면은 허는디(때린다는 뜻임), 오늘은 탁 허니 이렇게 맘이 변했어. 그리 가지고 그 뒤에부텀은 부모한티 너무다 다른 애들보다 두 곱절 세 곱절 효도를 허는 거여.

그런데 지그 아버지가 세상을 떴어. 세상을 떠 가지고 생여가 나가는디, 이보다 몇 배 비가 왔던가. [제보자가 구연하는 동안에 밖에 비가 쏟아지고 있었다.] 묘를 써러 가야는데 비가 와 가지고 또랑을 못 건너. 상여꾼들이. 상모군들이 상여를 못 가. 엄청 비가 와 갖고는, 그렇게 전일귀가 생각을 헐적으,

'야, 이 자식 놈이 어머니 아버지 살아 생전에 너무나 불효막심해 갖고 하느님이 벌을 줬다. 내가 이 물에 빠져 죽어버린다' 말여.

상주가 물로 뛰어들어가니까, 물이 짝 갈라져버려. 물이 쫙 갈라져. 그

래 가지고 생여꾼들이 그리 가서 묘를 썼다, 그 말여. 얼마나 그때는 그 맘이 달라지냐 그 말여. 반성을 너무나 혔지. 내가 평생에 부모한테 불효 자 노릇을 너무나 히 갖고,

하늘에서 나를 벌을 주니라고 울 아버지 묘도 못쓰러가게 이렇게 허는 구나. 내가 차라리 죽어버려야지 험서나 물로 뛰어드니까, 물이 짝 갈라 져 상여가 딱 가서 묘를 썼다 그 말여. 그전에 시묘살이를 하잖아. 묘를 쓰면 거기서 삼년간을 집에 오지도 안허고 거기서 묘에다가 토굴을 파 놓 고 묘 옆에다 토굴을 파 놓고 거기서 시묘살이를 허는 거여.

삼년간 시묘살이를 하는데, 한 이 년이나 지냈을까 하는데, 호랭이가 한 마리 찾어와. 호랭이가. 호랭이도 사람한테 해꼬자를(해코지를) 안 하 지, 사람도 호랭이한테 해코자를 안 혀. 전일귀 역시. 그래 갖고 한 토굴 에서 자. 참 쓰다듬어 주고,

"조심히 잘 가서 사냥 잘 히서 잘 먹고 오너라."

하고는 아침 새벽에 내보내고, 내보내고.

(조사자 : 호랑이를요?)

응, 호랑이를. 그런데 자기 아버지 시묘살이 메칠을(며칠을) 앞두고 호 랭이가 안 와, 호랑이가 안 와. 기달리다, 기달리다 잠이 사르르 들었는디, 호랭이가 막 와서 꿈에 머리를 흔들면서

"상주님, 상주님, 나 좀 살려 줘요."

그러니까 불끈 정신이 들어서 깨 보니까 호랭이는 안 오고 꿈여. 역시 또 잠, 이 이 무심헌 놈의 잠이 스르르 들어 가지고 잠을 요렇게 잠을 들 라고 하는데, 한 또 막 호랭이가 흔들어 깸서나,

"상주님, 상주님, 내가 금방 죽어. 내가 지금 어느 어느 지점, 어느 어 느 지점 함정에 지금 빠졌소." 그 말여.

그 말하자면 그전에 그런 거를 잡을라고 말허자면 굴 같은 지금 그렇 게 파논 함정에 빠졌소.

"내일 아침이면 죽어요, 나 좀 빨리 살려 주쇼."

그런디 거그서 거그까지는 백 린가가(백리가) 되야. 묘 있는 디서 호랭이가 빠졌다는 디가. 불끈 인나서(일어나서) 눈을 떠서 본게 안 왔어. 크버선발로 뛰었어. 그냥 막, 말이 백 리지. 지금 백 리는 사십 킬로 아녀, 잉?

삼십 분도 안 걸려서 가지. 팔십 킬로로 가 보면. 그전에는 빨리 걸어야 한 사십 분 걸려야 십 리를 갔잖아? 백 리를 한 번 따져 봐. 말하자면 지금 십 리라고 가, 십 리가 사 킬로여. 백 리는 사십 킬로.

그냥 그 삼년간을 세수도 안 허고 이발도 안 허고, 인제 상투 틀은, 빨래도 안하고 막 그 버선발로 막 뛰어가는데, 아니나 다를까 그 지점쯤 거운(거의) 가니까 사람들이 막 백사장을 쳤어. 호랭이 함정에 빠져 갖고 호랭이 잡는다 그 말여. 그러니까 이 상주가 막 뛰어가면서,

"내 호랭이 손대지 말라고." 말여.

우스운 일이지. 산에 있는 호랭이가 어떡해서 니것이냐, 그 말여. 거그서 말허자면 이 짝으는 지금은 임실이고, 지금 호랭이가 빠진 데는 남원여. 근디 막 그 상주가 막 그 귀신같이 막 달려옴서나,

"내 호랭이 손대지 말라고."

그 전에는 말허자면 원님이 지금으로 군수. 원수님이 있다가, 원님이 있다가,

"어떻게 해서 호랭이가 니 호랭이냐? 너 그럼 저기를 한 번 들어가 봐라." 그 말여.

그 호랭이가 지금 사람들이 막 둘러서 잡을라고 하니까, 말허자면 인제 독이 찰 대로 차서, 딴, 몰르는 사람이 들어가면 금방 죽이 버릴 것 아녀. 그렇게 원님이랑 거기 사람들이 있다가,

"너 들어가 봐라!"

"아이고, 들어가고말고."

하고 들어간게 그 호랭이가 눈물을 줄줄 흘림서, 꼬랭이(꼬리) 이렇게 [꼬리로 사람을 감싸는 모양을 하면서].

"얼마나 고생했냐고."

가서 이렇게. 긍게 거기 사람들이 하도 신기하거든. 물었어. 물어. 그렇게 자기가 어려서부터 부모한테 한 이야기, 그 친구들이 잘허는 친구들보고 지가 맘이 뉘우쳐 갖고 그때부터 부모한테 잘 헌 얘기, 부모 출상허는데 큰물이 져가지고 생여가(상여를) 못 나가게 생겨서 내가 전상에 죄를 많이 지어서 이렇게 생겼으니까, 내가 죽는다고 물이 뛰어 들어가니까 물이 짝 갈라져 가꼬 생여가 나가서 묘를 쓴 얘기, 시묘살이를 허는데 호랭이가 늘 와 갖고는 이 인제까지 이 호랭이랑 같이 지냈다는 이야기를 거기서 다 허니까, 이름을 말허자면 그 사람이 죽었을 적으, '전일귀 효비'라 딱 썼어. 남원 원님이. 나도 이게 저 고등학교 때 그 역사 선생님이 헌 얘기여. 실지로 있다 그 말여. 어디 뭐, 임실서 어디 뭐, 밤재라는가 어디 그 감서 보면 전일귀 효비가 있디야. 그래서 전일귀 효비 얘기여.

사천원님과 지혜로운 천서방 부인

자료코드 : 07_12_FOT_20100120_HJJ_SGS_0004
조사장소 : 전라북도 진안군 부귀면 궁항리 신궁마을 113번지
조사일시 : 2010.1.20
조 사 자 : 허정주, 진주
제 보 자 : 송경섭, 남, 78세
구연상황 : 호랑이 이야기를 하고 난 뒤, 다른 이야기를 더 해주시라고 부탁하자 지혜로운 부인 이야기라며 구연하기 시작하였다.
줄 거 리 : 사천원님이 임지인 경상남도 사천으로 가는 길이었다. 원님이 배에 올라타고 사공들이 노를 저어 나가려고 할 때, 한 아낙네가 뛰어 오면서 배 멈추라고 소리쳤다. 아낙네는 원님에게 자기가 천서방 부인인데 남편이 병이 나서 약을 지어오느라 무례한 짓을 했다면서 용서를 구했다. 원님은 괘씸하다고 여겼지

만 젊은 아낙네가 사정을 하니 딱히 여겨 배에 타도록 하고는, 천서방 부인에게 "천서방(천 명의 남편)을 데리고 사느라고 애쓴다"라고 농담을 했다. 그러자 천서방 부인이 "나는 젊어서 천서방하고 사는데, 원님의 부인께서는 늙어서까지 사천원님을 모시느라고 고생한다"라고 맞받았다. 배가 부두에 닿자 천서방 부인이 배에서 먼저 뛰어 내리더니 원님보고 "동생, 어이 내려오소!"라고 한다. 한배(같은 배) 속에서 있다가 내가 먼저 나왔으니 누님이라는 것이다. 그러고는 사천 고을을 다스리다가 어려운 일이 있으면 천서방 부인을 찾으라고 했다. 어느 날 젊은 여자가 빨래를 하다가 칼에 찔려 죽는 살인사건이 발생한다. 범인을 잡지 못하자 원님은 천서방 부인을 찾았다. 천서방 부인은 원님에게 스님을 위한 잔치를 열게 하고, 스님들이 각자 하나씩 갖고 있는 장도칼을 모두 잔칫상 위에 두고 잠시 자리를 비우도록 시킨다. 그런 다음 칼 없는 자리에다 범인이 쓰던 칼을 놓고, 스님들께 다시 와서 잔치를 즐기게 한 뒤 잘들 가시라고 했다. 그런데 한 스님이 칼을 그대로 두고 갔는데, 한 스님이 아무개 스님의 칼이라고 말해 범인을 잡게 되었다. 그래서 지혜로운 부인 덕분에 천서방은 족보와 벼슬을 얻게 되었다.

경상도 가면 사천이 있지? 사천. 지금은 사천군수지만, 그 전이는 원님 아녀? 그런데 그 진주에서 남강을 건너야 사천여. 지금은 다리가 놓아졌지만은 그전에는 나룻배로 건너는 시절이라 그 말여. 근디 서울에서, 한양에서 인자 과거를 합격 히 갖고 사천원님으로 막 나가는 판여, 지금. 발령이 나 갖고 지금 말허자면.

그리 갖고는 남강을 진주에서, 진주에서 인자 그 사천으로 갈라고 그 원님이랑 전부가 그 배를 탔어. 지금. 갖고 그 사공들이 노를 저을라고 혀. 그런디 여그서 그 새파란 아낙이라고 보면, 한 삼십대 안짝 된 부인, 아낙이라고 하면 부인, 한 삼십대 안짝 된 부인이 막 뛰어 오면서,

"그 배 거그 멈춰라!" 그러거든.

"그 배 거그 멈춰라!" 그전이 원님 간다고 길차라고 했잖아.

'원님 간다 길차라'(원님 나가신다. 길을 비켜라! 라는 뜻임) 하면 전부다 이렇게 땅바닥이다 고개 수그리고 원님 지나가야 고개 드는 시상(세상)아녀?

[전화가 와서 잠시 멈추게 된다.] 새파란, 듣도 보도 못한 사람, 긍게 새파란 아낙이 막 뛰어 오면서나, 원님이 탄지도 다 알면서,

"그 배 거그 멈춰라!" 허니까 명령이잖아.

'나 좀 태워주쇼!' 하면 사정이고, '배 거그 멈춰라!' 하면 명령이잖아. 원님이 있다 괘씸하기도 하지만 이 젊은 아낙이 뛰어 오면서 '거 배 거그 멈춰라!' 하니까 사공이보고 배를 멈추라고 했어. 긍게 젊은 아낙이 배를 폴짝 뛰어 타면서 허는 소리가,

"원님, 원님, 대단히 죄송합니다. 제가 어느 어느 사는 천서방 부인인데 병환이 나 갖고 내가 약을 지어 갖고 오느라고 이렇게 무례한 짓을 했습니다. 원님 용서허십시오."

하고 사과를 했단 그 말여. 그렇게 원님이 농을 쳤어. 뭐라고 농을 쳤냐?

"어허, 젊은 아낙이 사천 남편을 데리꼬 살면서 욕보는고만." 아, 아니,

"천서방을 데꼬 살면서 욕보느만."

천가, 천서방이라고 했은게, 성을 천가라고 했는데, 원님이 농을 치기를 천서방이라 이렇게 혔다 그 말여. 요 젊은 아낙이 탁허니 받아 치면서,

"예, 저는 젊으니까 천서방하고 삽니다만은, 원님 사모님께서는 노허셔 갖고, 늙으셔 갖고 사천원님을 모시니라고 더 애쓰십니다."

얼마 밑졌어? [모두 웃는다.] 사 배 밑졌지? 재밌잖아? 배가 이렇게 딱 허니 부두에 딱 다니까, 그 천서방 부인이 폴짝 내려 뛰더니, 원님보고 허는 소리가,

"동생, 동생, 어여 내리소." 그 말여.

어찌서 이 부인이 원님 보고 동생이라고 히었겠는가? 왜 그려? 원님은 나이도 많고 헌디, 이 젊은 아낙이 배에서 폴짝 뛰어 내려가더니 원님보고,

"동생, 동생, 어혀 내려오소."

어찌서 그렸겄어? 몰르지?

"야 이놈아, 너하고 나하고 한배 속에서 있다 내가 먼저 나왔으니까 오빠(잘못 말한 것임), 누님이다." 그 말여.

[모두 웃는다.] 재밌지?

(조사자 : 예, 너무 재밌다.)

그래 딱 허니 그리 가지고는 인제 얼마쯤 가다가는 무릎을 딱 꿇고,

"원님, 제가 잘못 헌 거 다 용서허십시오. 제가 사천 어느, 어느 골 사는 천 아무개 안식구인데, 원님께서 이 고을을 다스리시다가 어려운 일이 있어서 해결을 못 허시거든 나한테 연락을 주십시오." 그 말여.

"나를 찾아 주십시오."

그 말은 '니가 이놈아, 원님이지만 내가 너 보다 낫다' 그 말여. '니가 해결 못허는 것을 나한테 물어라' 헐 적으는 '너보다는 니가 임마, 남자 과거 합격해 갖고 원님으로 오지만 너보다 내가 낫다' 그거 아녀?

벌써 눌려 버린 거여. 원님이. 몇 배도, 이렇게도 밑지고 저렇게도 밑져 버렸잖아. 그런데 그 원님이 잘히 나가다가, 그전에는 원님이 책임져야 하는 것이 도둑놈 나와도 도둑놈 잡아야 허고, 그 고을에 어떤 놈 못 된 놈들이 침범허도 그놈 물리쳐야 하고, 배고픈 사람들 멕여 살려야 하고, 모든 전체적인 책임이 원님한테 다 있는 거 아녀.

지금은 교육장도 있고, 경찰서장도 있고, 예비군 중대장도 있고, 군수도 있고 다 허지만, 그때는 원님 권한으로 허서, 그 고을을 전부다 다스려야 허는 땐디, 해필이면(하필이면) 살인 사건이 났어. 살인 사건이. 그것을 육 개월이 기한인디, 그 범인을 못 잡으면 옷 벗고 가야 혀. 하루 가, 이틀 가, 이 원님이 고민이 쌓여.

'아, 사실 내가 이것 과거에 합격 할라고 집이서 공부는 혔지만은, 이 도둑놈 잡는 공부는 못했다.' 그 말여. 도둑놈 잡는 공부는. 육 개월인디 다섯 달쯤이 다 흘러가 버리고 한 달쯤 남었는디, 고민 끝에 자 생객이(생

각이) 나. 아, 천서방 부인이 허던 말이 생객이 나.

그러니까 원님께서 지금 말하자면 군수, 군수 말허자면 고을님, 말허자면 고을님은 우리 부귀, 원님은 말허자면 군수가 원님이고, 고을님은 말허자면 면장급이 고을님이다 그 말여. 고을. 그런디 그 고을님한티 천서방네 집 주소 딱 대주면서,

"그 아무개 아무개네 집이 넉넉하게 좀 양식도 좀 주고, 질도(길도) 좀 닦어 주고, 내가 몇 월 며칟날 그 천서방 부인을 모시러 간다고." 했어. 모시로 간다고, 원님이.

"그러니까 그 준비를 니들이 다 잘히라."

긍게 그 지금도 그러지만은 그전이만 해도 더 횄지.

고을님이 그 천서방네 집이를 가서 막 전부다 막 질도 내주고, 양식도 갖다 주고 막 으리으리허니 다 히주고 횄는디.

지금 원님이 타는 가마를 탁 보냈어. 그래 갖고는 그 천서방 부인을 모셔 왔는디, 때는 어느 때냐면 동지섣달 눈이 온 때여. 천서방 부인을 태운 가마가 오니까, 원님이 버선발로 뛰쳐나가. 그리면서 천서방 부인이 나오니까 절을 하면서,

"먼저 내가 대단히 그 잘못헌 거 다 용서하고."

방도 자기가 앉었던 따순(따뜻한) 그 원님자리에다 다 앉게. 사람도 그 머리도 한 번 좋아야 헐 일이지. 그리서 원님이 이야기를 혀.

"내가 이만 저만해서 내 고을에서 이런 살인 사건이 났는데, 내가 지금 여섯 달을 이걸 해결을 못 허면 서울로 도로 올라가야 하는디, 용케 먼저 우리 참, 낭자님께서 허신 말씀이 생각나서 내 모셔 왔노라고."

이야기를 한번 해 보라고 했어. 그렁게로,

"어느 어느 고을에서 젊은 여자가 빨래를 허고 있는데, 빨래를 허고 있는데, 뒤으 칼로 찔러서 죽었다. 근디 그 범인을 못 잡겄다." 그 말여.

그러니까, 그 천서방 부인이,

"그러면 그 자리 아무 증거도 없소?"

"이렇게 칼은 있다." 그 말여.

칼을 갖고 오라고. 딱 칼을 보더니,

"내가 잡았소. 그만."

그 칼은 지금 군대들은 자기 의무적으로 딱 맡고 있는 권총 아니면 소총이 하나씩 있어.

그전이 중들은 칼, 장도칼. 장도칼이 중마동(중마다) 중이 되면 딱 하나씩 배정이 되야. 그서 평생토록 그 장도칼을 지니고 있어야 혀. 그리 갖고는,

"내가 시키는 대로만 허쇼."

그리고 원님이 한번 새로 딱 들어 오면은, 그때만 해도 중들이 엄청 억씨 갖고, 말허자면 교회도 없는 때이니까, 그때는 중들이 막 득세를 허고 그랬는디, 중들이 말 안 들어주면 그 고을 원님을 허기가 힘든 때여.

"중 잔치를 한번 허쇼." 그 말여. 중 잔치를.

"방을 써 붙이시오."

방을 어떻게 썼냐?

"몇 월 며칟날 스님 잔치를 어디서 허니까, 절에는 한 분도 빠지는 스님이 없이 다 참석을 하시오!"

방을 딱 써 붙여 갖고는 잔치를 허는디, 얼마쯤 중들이 막 먹고 허는디, 원님이 이거 천서방 부인이 다 일러준 거여.

"스님들이 자기 수저 옆으다가, 밥그릇 수저 옆으다가 그 장도칼을 좀 빼 놓고 잠깐 나가보시오!"

없는 놈이 있을 거 아녀? 그렇잖아? 그렁게 없는 자리에다가 그놈을 갖다 딱 갖다 놓았어. 그리고 아시겠지?

"여러분들 전부 다 와서 맛있게 드시오." 다 와서 먹어. 먹고 인제,

"다들 자셨으면 인제들 가셔야죠."

원님이 그러니까 다 나가는디, 그 장도칼을 안 가져가. 그러니까 원님이,

"아, 이거 어느 스님이 장도칼이간디 안 가져가시냐고."

그렁게로. 아주 쬐깐은(작은) 까까중이 와서 보더니,

"아이고, 이게 아무개 스님 칼인디." 그려.

그놈 잡아다가 곤장 두 번도 안 친게 불어 버려.

"나도." 그 말허자면 중이,

"나도 사람인지라 어느 어느 고을 시주를 가다가 보니까, 하도 그 예쁜 여자가 빨래를 허고 있는디, 몹쓸 맘이 먹어져 갖고, 내가 잘못하고 오니까 소리를 질러서 나도 엉겁결에 이렇게 죽였노라고." 불어 버려.

그냥 뭐 그냥 두말할 것도 없이. 그래서 원님은 그 범인을 잡고, 천서방 부인은 원님이 동생을 삼었어. 동생을. 그래서 원칙은 뭐 이거 아니 할 말이지만, 천치는 천방지축마골피라고 허잖아. 그 족보도 없는 사람들여.

그런디 그도 자기 원님이 매제(妹弟)다 해 갖고는 족보도 하나 맹글어 주고, 쬐깐은 벼슬이라도 베슬을 하나 주고, 그게 누구 덕이여? 재주 좋은 부인을 둔 덕으로 그렇게 잘 되드래야. 이상.

시주승을 박대하여 망한 부자

자료코드 : 07_12_FOT_20100205_HJJ_SGS_0001
조사장소 : 전라북도 진안군 부귀면 궁항리 신궁마을 113번지
조사일시 : 2010.2.5
조 사 자 : 허정주, 진주
제 보 자 : 송경섭, 남, 78세
구연상황 : 두 번째 찾아가 만난 제보자의 집에는 손님이 와 계셨다. 반가이 조사자를 맞
          아 주셨고, 손님이 가신 뒤 이야기를 들으러 왔다고 하였다. 그러자 사람이
          평생 살면서 선하게 살아야 한다는 내용의 이야기를 하겠다면서 구연을 시작

하였다.

줄 거 리 : 전주시 안골이라는 곳에 도마다리가 있었다. 그 근처에 소 명당자리가 있고 그 곳에 묘를 쓰고 부자가 된 집안이 있었다. 본래 그곳에 있던 도마다리는 소구유를 가리키는 '구수다리'라는 이름을 갖고 있었다. 하루는 그 근처 절에 서 나온 스님이 그 부자 집에 시주를 좀 부탁 하였는데 거절을 하였다. 또 다 른 절의 스님들이 여러 번 시주를 부탁하여도 계속 거절을 하였다. 화가 난 스님들은 이 집을 망하게 하고자 아이들에게 엿과 떡을 줘가면서 그 구수다 리를 도마다리로 부르게 했다. 어느덧 사람들 입에서 '구수다리'라 불렸던 다 리가 '도마다리'로 불리게 되자 그 집은 점차 망해 갔다.

전주 가면 안골이라고 있지? 안골서 쪼끔 이짝으 전주고등학교 쪽으로 오면 도마다리라고 있어. 도마다리라고 하면 아주 옛날부터 긍게 널리 알 려진 그 지명여. 도마다리. 그 도마다리가 본래는 구수(구유) 다리여. 구 수, 소 구수. 도마다리허고, 도마허고 구수허고는 어떤 차이가 있느냐? 근 디 그 문제가 어떻게 해서 나왔느냐?

그 안골이라고 허는디 가서 소 명당이 있어. 소, 소 명당. 소 명당이 있 는데 소 명당이 있는데 그 소가 먹고살을라면 구수가 있어야잖아. 구수. 긍게 구수다리에서 멀리 떨어진 디, 멀지 않은 자리에 가서 소 명당이 있 어. 소 명당. 그리 가지고는 그 명당 앞에 그 다리를 구수다리라, 소 밥통, 구수. 구수 다리라 히 갖고는 그 소 명당으다 묘를 쓴 집안이 엄청나게 부자가 되었어.

응, 그렇잖아? 소가 대간허게 일을 허고 와서 구수에서 먹을 밥을 배불 리 먹고 허믄은 양이 차잖아. 그리 가지고는 거기다 묘를 소 명당으다가 묘를 쓴 분들이 아주 부자가 되었는데, 그 근방에 중들이 중, 중들이 시주 를 가. 말하자면 그 시주라 하잖아. 시주를 가서,

"우리 어느 어느 절에서 시주 왔습니다. 시주 좀 해 주십시오."

안 줘. 안 줘. 긍게 또 다른 절에 있는 중이 또 가서,

"우리 아무 디 아무 디 절에서 이렇게 왔습니다. 시주 좀 하여 주십시

오." 안 히 줘.

그것도 한두 번이지 일 년, 이 년, 삼 년, 그렇게 계속 거절을 허니까, 이 중들이,

"니가 한 번 망히 봐라. 한 번 망히 봐라."

그리 가지고는 절 중들이 그 구수다리 이름을 도마다리로 고쳤어. 도마. 도마 우에 올린 소는 칼로 짤리는 것 아니냐. 그리 가지고는 그 중들이 그 근방 마을을 전부다 다니면서 애들한테는 엿을 한 가락씩 사 줘. 그전에도 엿이라는 것은 있었잖아. 엿 겉은 것을 또 사 주고, 떡 겉은 것도 사다가 하나썩 나눠 주면서,

"저 다리가 구수다리가 아니다. 저 다리가 도마다리니까 앞으로 도마다리라고 불러라."

이것이 한 사람 번처(번져) 두 사람 번처 허니까, 차츰차츰 구수다리는 없어져. 없어지고 도마 다리로 이름이 배껴(바뀌어), 다리 이름이. 그리서 완전히 도마다리로 이름이 배뀌니까(바뀌니까), 소 명당으다가 묘를 쓴 그 분들이 싹 망해 버렸다 그 말여. 싹 망해 버렸다.

그래서 남한테, 남한테 내가 넉넉허니 좀 살고 헐 적에는 어려운 사람을 도와줘라. 그리야만 그 자기 그 재산이 길게 가고 인심도 얻고 허는 것이지, 자기보다 못한 사람한티 눈물 빼고 속 짜게 허면은 언젠가는 망하는 것이다.

은혜 갚은 도둑

자료코드 : 07_12_FOT_20100205_HJJ_SGS_0002
조사장소 : 전라북도 진안군 부귀면 궁항리 신궁마을 113번지
조사일시 : 2010.2.5
조 사 자 : 허정주, 진주

제 보 자 : 송경섭, 남, 78세

구연상황 : 남에게 좋은 일을 많이 하라고 하면서, 아주 옛날이야기하나 해 주겠다고 하였다. 도둑에 관한 이야기인데 공을 받으려고 좋은 일을 하면 안 되지만, 못된 짓 하고는 살지 말라고 하면서 해 주셨다.

줄 거 리 : 옛날 부잣집에 도둑이 들어 쌀가마니를 짊어지고 가려는데, 주인양반이 이를 알고 살짝 등 뒤에서 밀어 줘서 쌀가마니를 가지고 가게 하였다. 몇 해가 지나고 아들을 장가보내려고 부인과 장을 보러 가는데, 재를 넘어가다가 산적들에게 붙잡혔다. 그런데 산적 두목이 이 양반을 알아보고 풀어 주라고 하며 큰절을 하는 것이었다. 산적 두목이 예전에 도둑질 할 때 쌀가마니를 등에 밀러 주면서 가져가게 해 준 그 주인양반이라는 것을 알아본 것이다. 도둑은 은혜를 갚겠다면서 혼사에 보태 쓰라고 돈을 주었다. 그래서 그 양반은 넉넉한 혼사를 치를 수 있었다.

인제 이건 또 옛날이야기여. 그전에는 지금은 인제 막 날치기 같은 것이 있고, 지금은 막 사람을 죽이고 막 그 돈을 뺏어 갈려고 하는 일이 많이 있잖아. 근데 그전에 부잣집이 하나 있었는데, 주인이 자면서 가만히 들으니까 도적이 와 갖고, 쌀가마니를 짊어지고 쌀가마니를 짊어지고 인날라고(일어나려고) 인날라고 허는디 후딱 못 인나.

이렇게 인날라다 도로 자빠지고, 자빠지고. 주인이 방으서 가만히 보니까 이 도적이 그려. 그렇게 문을 살짝이 아무도 모르게 열고 나와서 이렇게 짊을라고 짊을라고 허는디 살짝 밀어 줬어. 도적이 그걸 몰랐겄는가, 도적도 그것 알았잖아. 속이 얼마나 고마운 마음이 있었을 거여.

웬만한 사람 같으면, 우리 집 도둑 왔네, 그럴 것 아녀. 도둑 잡어, 그랬을 텐데, 이 사람은 그게 아니고, 이렇게 못 인나서 몇 번을 허는디 살짝 밀어 줘 갖고 있으니, 얼매나 도적이 가면서 고마움을 느끼고 갔겄어.

세월이 몇 해를 흘렀는가는 모르는데, 아들을 여일 때가 되어서 아들을 여일라고 장보기를 허로 가는데, 지금은 자가용도 있고, 뭐 그냥 버스도 있고 헌게로 교통수단이 걸어가지 않고 그냥 차타고 댕기지만은, 몇 백 년 전에만 해도 이 전대라는 것이, 전대, 전대, 전대, 알어? 몰라? 돈 차는.

[조사자가 전대를 허리에 차는 흉내를 낸다.] 응 바로 그거. 거그다가(거기에다가) 전대다가 돈을 몽땅 해서 딱 싸 짊어지고,

이젠 솜바지 입고 우에다 두루마기 입고, 그리고 내외간에 아들 그 결혼 장보기를 허로 가는데, 재를 넘어야 혀, 재. 재를 넘어야 하는데, 재 중간에만치 간게 도적들이 나와 갖고 딱 붙잡아. 도둑들 여럿이 나와 갖고 딱 붙잡어 갖고는 끌고 가는 거여. 그 사람은 그 근방에서 부자로 소문이 났기 때문에 도적들도 다 안다 그 말여.

도적들도 다 알고 허니까 틀림없이 이 사람이 내외간이 어디를 가는 것은 틀림없이 돈을 가지고 간다. 그걸 알고는 그 둘이 내외간을 데리꼬(데리고) 말허자면 도둑놈들이 있는 본부까지 가는 거여. 도둑놈들 본부까지 갔는데 그 본부에서 딱 허니 하나가 참 맨발 벗고 뛰어나와. 그러더니 데리꼬 온 놈들을 호통을 쳤어.

"이 양반이 어떤 양반이간디, 이렇게 니들 이렇게 이런 디까지 막 모시고 왔냐고." 말여.

그게 도둑 대장인데, 먼저 쌀가마니 짊어지러 갔을 적으 이렇게 밀어줬던 그 사람이라 그 말여.

언젠가 도적도 그분한테 공을 갚을라고, 갚을라고 맘을 먹고살았는데, 얼마나 그 기회가 좋아. 그 공을 갚어야 할 기회가. 딱 모셔다 놓고 절을 딱 허고는,

"참 고맙습니다. 고마웠습니다. 먼저 번에 너무다(너무나) 고마웠습니다. 어찌 어디를 가시다가 이렇게 되었습니까?" 하고 딱 물으니까,

"우리 아들이 장성해서 정혼이 되어서 장보기를 허로 가니라고 이렇게 간다고."

"아이고, 그러시냐고." 험서나 오히려 그 도적 대장이 아들 혼사에라도 좀 보태 쓰라고 돈을 많이 주어 가지고,

그 아들 혼사를 생각보다 넉넉허게 잘 끝냈다라는 그런 말이 있어. 그

서 어떻든지, 어떻든지 남에게 좋은 일을 허게 되면은, 그 좋은 일을 내가 그 공을 받을라고 히서는 아니 되지만은, 언젠가는 그런 공을 받게 되는 것이다. 어떻든지 이 세상을 살면서 좋은 맘먹고 좋은 일을 많이 허고 살으라는. 허허허허.

이웃한 중들의 시기 때문에 사라진 절

자료코드 : 07_12_FOT_20100205_HJJ_SGS_0003
조사장소 : 전라북도 진안군 부귀면 궁항리 신궁마을 113번지
조사일시 : 2010.2.5
조 사 자 : 허정주, 진주
제 보 자 : 송경섭, 남, 78세
구연상황 : 제보자는 조사자가 1차 조사했을 때 정수암과 관련된 이야기를 해 주었냐고 물었다. 듣지 못했다고 하자 제보자가 살고 있는 궁항리에 운장산이 있는데 그 산에 절이 두 개 있었다고 한다. 그런데 두 절이 모두 망했고, 정수암이라는 절은 지금 일부 복원이 되었다고 한다. 그 절이 망하게 된 이야기를 해 주겠다고 하면서 시작하였다.
줄 거 리 : 진안군에 운장산이 있고 그곳에 정수암과 내원사라는 절이 가까이 있었다. 정수암에서 저녁밥을 하려고 쌀을 씻으면 그 쌀뜨물이 십 리까지 내려갔다. 정수암은 발복을 해서 부자가 되었는데, 그것을 시기한 내원사 중들은 어느 날 정수암에 찾아가 절터도 좋고 잘 지었지만 한 가지가 빠졌다고 한다. 정수암 중들이 무슨 뜻이냐고 궁금해 하자, 기다렸다는 듯이 이쪽 흙을 파다가 저쪽에 성을 쌓으라고 말한다. 흙을 파내라는 곳이 풍수지리상으로 뱀 모가지에 해당하는데 그곳 흙을 파다가 뱀 머리에 쌓으라는 말이다. 그러니 뱀이 죽게 되므로 당연히 그 절도 망하게 되었다고 한다.

그 정수암이 한 오륙백 년 만에 또 복원이 되았어.

(조사자 : 그럼 지금 현재 있다는 얘기여요?)

응, 바로 그 자리는 아녀. 거기서 한 이백 미터 떨어졌어.

(조사자 : 옛날 자리하고 이백 미터 떨어져 있어요?)

음, 그 원인을 내가 또 이야기 해 줘 보께. 그 운장산을 기준해서 이게 말하자면 운장산이라고 보면은, 이짝으는 정수암 이짝에는 내원사 똑같은 절이 두 개 있었다 그 말이여. 그런디 그 이 정수암의 절 크기가 얼마만큼이나 큰 절이냐?

저녁에 저녁밥을 헐라고 쌀을 그 씨꺼(씻어) 갖고 부은, 부은 뜨물이 여기까지 허면 4킬로가 넘어. 요 밑에 미실이라는 데가 있는데 그 지점까지 쌀뜬물이(쌀뜨물이) 내려왔다. 그러면 과연 그 얼마나 큰 절인가라고 느껴지잖아?

그런디 사람이라는 것이 밤낮 나보다 잘되는 것을 시기하는 사람이 한국 사람여. 일본 사람은 자기 마을에서든지 자기 클라스(class)에서든지, 자기보단 똑똑허게 잘나고 머리 좋은 사람이 나오면은 그 사람 뒷받침을 무지하게 히 주는 디가 일본(日本)이여. 그래서 그 사람은 머리를 최대한도로 개발할 수 있도록 그 노력을 해 주는 디가 일본인데, 한국 사람은 반대여.

나보단 잘사는 사람 있으면 깔아뭉갤라고 혀, 깔아뭉갤라고. 근디 같은 그 절하고 그 절하고 사이는 잘히야 한 4킬로, 십 리도 안 되야. 이 산 잔등을 하나 넘으면 저짝으는 내원사요, 이짝으는 정수암이여. 긍게 거운 같은 세대에 내원사도 지어졌고 정수암도 지어졌는데, 정수암이 무지하게 발복을 혀, 발복.

발복이라는 것은 그 복을 받어 가지고 자꾸 부자가 된다 그 말이여. 자꾸 절이 부자가 되면은 절 그 식구들이 늘어나는 거 아니냐. 식구들이 늘어난게로 오직해야 거기서 그 쌀 씻끈(씻은) 쌀뜬물이 한 십 리까지 뿌연허게 내려올 정도로 그렇게 많은 중들이 많았다.

그러니까 이 내원사에 있는 중들이 배가 아퍼. 사촌 논 사면 그 배 아프다고 그러잖아. 그러득기(그러듯이) 그 바로 같은 부근에 있는 절이, 이 절은 잘되고 저들은 못되니까 배가 아프니까, 요놈들을 망히 먹어야겠는데 어떻게 히야 망해 먹으꼬. 한 놈이 그 자리를 와서 싹 답사를 히보니까, 그 혈이, 절 지은 혈이 독사혈여. 독사, 독사혈.

'음, 이놈들, 되았다.' 그러고는 얼마쯤 있다가 모르는득기(모르는 듯이) 그 절을 내원사를 갔어.

아무 표시도 없이 가서 중들이 많이 있는 디서 군담을 했어. 군담을. 군담을 어떻게 했느냐.

"허허 참 자리는 참 좋다마는 그 한 가지가 빠졌구나."

이런 군담을 딱 허니까 절 중들이 그 정수암 절 중들이 듣고,

"그게 무슨 말이요?"

말허자면 그 말을 듣기 위해서 내원사 중놈이 가서 그런 소리를 헌 것이다 그 말여. 군담을 허는득기(하는 듯이) 험서.

"허허 참 절터가 좋고 참 잘 지었다만은 그 한 가지가 빠졌다."

그러니까 그 정수암 중들이,

"하, 왜 그러느냐고?"

"하, 왜 그렁게 아니라, 저그 저그다가 말하자면 뱀 모가지를 끊으라." 뱀이라 소리를 안 허고 전혀 안 허고,

"이 여그를 끊어서 파다가 여그다가 성을 쌓으면은, 대가리다가 뱀 모가지를 끊어 갖고 모가지 있는 흙을 파다가 뱀 대가리다가 성을 쌓아라." 그 말여.

그러면 그 뱀이 죽어? 살아?

(조사자 : 죽죠.)

죽잖아. 근디 정수암에 있는 중들은 그걸 몰랐어. 그게 혈이 비암(뱀)혈이고 헌, 그걸 몰랐어. 그리 놓고 내원사 중놈이 와 갖고, 긍게 그 내원사 중놈도 몰르게 가장을 하고 갔다 그 말여.

(조사자 : 그렇겠지요.)

그리 가지고는 그 인제 뱀 대가리라 소리라고도 안했지. 허면은 들통이

나서 허겄어?

"여기를 파다가 여그다 성을 쌓거라."

그렇게 그 말허자면 정수암에서 그 많은 중들이 달라 들어서 메칠 걸쳐서 그놈을 파다 짊어다가 이 대가리 우에다가 갖다 부섰단 말여. 지금도 가서 보면 표가 나. 완전히 표가 나. 이 파간 자리가 푹 들어가 버렸어. 모가지를 끊어 뻐렸어. 뱀, 뱀혈 모가지를 착 끊어 버렸어. 그리 갖고 이 대가리다가 성을 쌓았기 때문에 대가리가 뽈록 허니 갖다 파다 부순 놈이 나와.

그렇게 되면 그 절이 망허겄어? 흥허겄어? 그렇게 해서 그 정수암 절이 일시에 망해 버렸다.

그 자취가 절터 자취가 무지무지하게 컸어. 지금도 가서 보면 표가 나. 그전 기왓장이 있고 그 기왓장 속에는 빈대, 빈대가 허 백빈대라고. 뜯어 먹어야 그 빈대가 빨간허잖은 거 아녀.

근디 못 뜯어 먹고 굶었기 때문에 그 기왓장 밑에 가서는 하얀은 빈대가 살아 있었다. 우리가 초등학교 때까지도 가서 기왓장을 떠들러 보면은 그런 빈대가 있었다.

그런디 지금 거그 그 자리를 쪼끔 내려 와 갖고 그 정수암 그 암자를 새로 지었는데, 백 프로 아직 복원은 못 허고, 지금은 그때같이 큰 암자가 아니고 보통 이런 데서 있는 그 절, 그런 규모로 지어 갖고 있다. 단, 그 절터는 좀 한 이백 미터 옮겼다.

(조사자 : 아, 그 머리에서 옮긴 거예요?)

음. 인제 또 그 얘기도 끝났어. 하하하하.

(조사자 : 내원사는 어떻게 되었어요?)

응?

(조사자 : 내원사는? 커졌어요?)

내원사는? 그놈들도 말허자면 없어져 버렸어.

미인단좌와 갈마음수 명당

자료코드 : 07_12_FOT_20100205_HJJ_SGS_0004
조사장소 : 전라북도 진안군 부귀면 궁항리 신궁마을 113번지
조사일시 : 2010.2.5
조 사 자 : 허정주, 진주
제 보 자 : 송경섭, 남, 78세

구연상황 : 제보자는 약속이 있었기 때문에 바쁜 듯이 보였다. 정수암에 관한 이야기가
끝나자 조사자는 옛날에 그 절에서 내려온 쌀뜨물이 미실마을까지 내려왔다
고 하였는데, 그 미실마을 '미'자가 한자로 쌀 미(米)자 인지 궁금하였다. 그
래서 한자로 무엇을 뜻하냐고 묻자 아름다울 미(美)자라고 하면서 그곳에 미
인봉이 있다고 했다. 그러면서 말이 나온 김에 미인과 관련된 이야기를 한마
디만 하고 약속 장소에 가겠다고 하시면서 구연을 하였다.

줄 거 리 : 예쁜 여자가 산봉우리가 되어 앉아 있었는데 그곳을 미인봉이라고 불렀다. 하
루는 선비가 말을 타고 가다가 미인봉을 바라보니 예쁜 여자가 거울을 보고
단장을 하고 있었는데, 선비가 쳐다보는 것을 알고 고개를 돌렸다. 그곳에는
미인단좌(美人端坐)라는 명당이 있고, 말 형상을 한 말다루목 재와 말머리가
있는데 그 아래에 물웅덩이가 있다. 그곳은 선비가 말을 타고 가다가 목마른
말에게 물을 먹이는 갈마음수(渴馬飮水)라는 명당이 있다고 한다.

미인봉이라는 것은 예쁜 여자가 이렇게 그 산봉우리로 되어 가지고 있
다. 그서 미인봉이다. 그런디 미인봉이 있는데, 지금 저 짝여. 내가 문을
열고 쪼끔만. [제보자가 창문을 열어 조사자에게 산봉우리들을 가리키며
설명한다.] 이리 와 봐, 저기가 저그 저기가 말,

저그 저그 저그 저그 거기가 말 다루목여. 말 이렇게 저 모가지 이렇게
다루, 다루라고 히잖아. 말 다루목. 그래서 우리가 다루목재다. 그리고 저
기 저게는 말 대가리다. 그런디 저 아래 가서는 물 둠벙이(웅덩이) 있어.
저 산 끄트리. 거그 보고는 뭐라고 허냐? 갈마음수(渴馬飮水).

(조사자 : 갈마음수.)

음, 갈마음수라는 건 뭐냐? 목마른 말이 잉, 가다가 물을 마셔. 그런디
말을 크 선비가 타고 간단 말여. 이게 선비여. [산 쪽을 가리키면서] 이게

말허자면 그 선비가 말을 인제 끌고 가다가, 그 말이 목마르니까 거기서 물을 멕여. 그리서 갈마음수라는 디가 아직도 명당이 있어.

그러믄 그 갈마음수는, 음 말허자면 한량이, 한량, 한량이라고 보면, 지금을 뭐라고 허까? 그전 한량. 거 한량이라고만 알아봐 바. 한량이라고 보면 말허자면 그 무식한 사람도 아니고, 아주 그 벼슬아치도 아니고 돈도 잘 쓰고, 인물도 잘나고 사회적으로 뭐 이렇게 좀,

그 활동 같은 것도 많이 하고, 그런 사람이 말을 타고 가다가 말을 물을 멕일라고 보니까 옥녀봉이 있다 그 말여. 미인봉. 미인봉은 여자 아녀? 그러니까 말을 타고 가는 그 한량 선비가 그 미인봉을 이렇게 쳐다보니까, 미인봉은 옆으로 틀었어. 옆으로. 외면을 했다 그 말여. 그러면은 미인봉이 그때 무엇을 허든 판이냐? 단장을 허는 판이여, 단장.

단장을 허고 있는데 그 아까막새 그 한량 선비, 선비가 가다가 이렇게 쳐다 보니까, 고개를 딱 돌렸다. [고개를 옆으로 돌리는 흉내를 낸다.] 그런데 그 미인봉 앞에는 그게 뭣이냐? 뭔 이렇게 화장 험서나 미인경. [거울을 보고 화장하는 흉내를 낸다.] 사람이 화장을 할라면 거울을 보잖아. 지금은 말허자면 미인경이라는 또 산이 있어.

미인경을 보고 단장을 하고 있는디, 그 활량이 말을 타고 가다 이렇게 쳐다본게, 고개를 좀 돌렸다. 그런디 그 갈마음수라는 디는 지금도 갈마음수라는 명당이 있어. 이 근방에서 손꼽히는 명당이여. 그러면 이 미인단좌, 미인봉에는 미인단좌라는 또 명당이 있어. 저그는 말허자면 선비가 말을 몰코 가다가 말이 목이 마른게 물 멕이는(물 먹이는) 그 명당.

이짝으는 여자가 이렇게 단장을 허다가 선비가 쳐다보니까 고개를 돌렸는데, 그 미인단좌라는 그 이쁜 여자가 앉어서 단장을 허고 있는 그 명당, 미인단좌가. 그 명당이 있는데, 미인단좌 명당은 우리가 썼다 지금. 하하하하하. [모두 웃는다.]

미인경이라는 산이 있어. 마을 바로 앞으는 미인경이고, 미인경 맞바래

기는 저 미인봉이고, 그 미인봉 밑이는 또 미인단좌가 있어, 명당. 저그는 갈마음수가 있고 다루목이 있고, 그 헌디 거그 가서는 말허자면 그 갈마음수라는 명당이 있다. 긍게 두 가지 명당이지. 저짝으는 그 한량이 그 말을 몰코 가다가 물을 멕이던 자리는 갈마음수라는 명당이고, 이짝으 그 미인봉 밑으는 미인단좌 명당이고. 재미있지?

목탁혈과 바랑혈에 묘를 쓴 박씨네들

자료코드 : 07_12_FOT_20100205_HJJ_SGS_0005
조사장소 : 전라북도 진안군 부귀면 궁항리 신궁마을 113번지
조사일시 : 2010.2.5
조 사 자 : 허정주, 진주
제 보 자 : 송경섭, 남, 78세
구연상황 : 조사자가 마을 지명에 관한 것을 묻자, 약속 시간에 늦어 이야기를 그만 해야
하는데 또 하게 되었다면서 구연을 시작하였다.
줄 거 리 : 부귀면 궁항리 상촌에서 황금리로 넘어가는 고개 이름이 중고개이다. 중은 시
주를 받으려면 목탁과 바랑이 있어야 한다. 중고개에는 목탁명당과 바랑명당
이 있는데, 궁항리에 사는 밀양박씨들이 그곳에 묘를 썼다. 박씨네들은 목
탁과 바랑을 든 중처럼 고향을 떠나게 되었지만 명당자리에 묘를 썼기 때문
에 잘살고 있다고 한다.

상촌에서 말허자면 황금리로 넘어가는 그 재 이름이 뭣이냐? 중고개 재. 중, 중 고개, 그 재 이름이 중고개다. 그리믄 거기에는 중고개에는 무슨 명당이 있겠는가? 중고개는, 중은 무엇이 젤로 생명여? [목탁 두드리는 흉내를 낸다.] 이 목탁하고 목탁하고 바랭(바랑)이다. 누(누구) 집이로 가서라도 목탁 뚜드려 감서나 시주 히 달라고 허잖아.

그리고 그 시주 받은 놈을 이 뒤여 중들 치 놓고는 전부다 뒤에다 바랑을 짊어지고 다니잖아. 긍게 그놈을 받어서 바랑 속에다 넣는다. 그리기

때문에 바랑하고 그 목탁허고 그 명당이 있다. 목탁명당, 그 바랑명당. 그 렇게 있는디, 그 명당은 누가 거기다가 묘를 썼느냐?

밀양박씨가, 밀양박씨가 이 우리 궁항리에 한 네 번째쯤 들어온 성씨여. 중고개에다가는 어떤 성씨가 묘를 썼느냐?

아까 그 목탁허고 바랑하고. 밀양박씨네들이 썼어. 밀양박씨네들이. 그 러면 중이 가만히 앉아서 목탁 뚜드리면 누가 시주 줘? 어떻게 히야 혀? 그먼 어떻게 히야 혀, 중이?

(조사자 : 돌아다녀야죠.)

바로 그거여. 바랑을 짊어지고 절을 떠나야 한다 그 말이여. 그렇잖아. 떠나 갖고 집집마동 다님서나 목탁 뚜드리고,

"시주하여 주십쇼."

히야 바랑이 차. 왜 이 이야기를 허느냐?

박씨네들이 이 고장을 거의 다 떴다. 거의 다 뜨고 한 두어 집뿐이 없다. 그서 나가서, 나가서 잘들 직위도 이렇게 높아지고, 금전적으로도 다 잘살고 있다. 넉넉허게 되어서. 그래서 그 중 바랑혈이나 목탁혈에다 쓴 사람들은 그 고장을 떠야 허는 것이다. 근디 떠 갖고 그도 잘 되었다.

칠년홍수를 대비해 배를 만들어 살아남은 임금님

자료코드 : 07_12_FOT_20100122_HJJ_WJY_0001
조사장소 : 전라북도 진안군 부귀면 수항리 신기마을회관
조사일시 : 2010.1.22
조 사 자 : 허정주, 진주
제 보 자 : 우종예, 여, 72세
구연상황 : 제보자가 칠 년 동안 가뭄이 들어 부른 노래라며 창부 타령을 부르고 나자, 가뭄 들었을 때 이야기를 해 달라고 부탁했다. 옛날 어른들이 말하는 이야기를 들었다면서 구연하였다. 제보자는 목소리도 크고 말이 빠른 편이다.

줄 거 리 : 칠년대한이 지나고 칠년 군항이 온다는 걸 알고 임금님이 배를 만들라고 지
시한다. 비가 내리기 시작하여 배에 탔다. 그러자 점차 물이 불어 배가 산꼭
대기에 이르고, 비가 그친 뒤에 배에 탄 사람들은 살아남았다.

칠년대한을 가물었대야.

(조사자 : 칠 년 동안?)

칠 년 동안 가물은게 인자 대통령, 지금으로 말하자면 임금여. 그 전이
는. 임금님이 가만히 본게 어떤 사람이 단박질을 하더래야. 긍게,

"이놈들아, 저그 저놈 잡아 오너라!" 그렸어. 긍게,

"왜 잡으러 가냐고." 헌게 잡어 왔어. 하인들이 그서,

"왜 이렇게 좋은 비가 오는디 단비가 오는디 너는 담박질을 치냐?" 긍
게,

"우리 동네도 오는가 볼라고 단박질 히 가서 볼라고, 이렇게 칠년이 가
물어 갖고 비가 온게,우리 동네도 오는가 볼라고 담박질 헌다고." 그렁게
"그러냐고. 어서 가라고." 그러더랴.

임금님이 비가 온게 담박질을 허는디 단비가 오는디, 비 안 맞을라고
그러는 줄 알고 임금님이. 그리서 칠년, 칠년대한이 가물고 칠년 군항이
(물이 많이 찬다는 뜻임) 졌었대야. 배를 그 저 임금님이 배를 하나를 크
게 만들어라고 했어.

큰 배를 맹글어라고 헌게 인자 이런 주민들은 탈라고 배도 없는디, 탈
맘을 못먹은게, 그전에는 왜 이렇게 몽낭구를 이렇게 히 갖고, 왜 땜 막
어, 그렇게 해 갖고 저런데 가잖아. 이렇게 젓어 갖고. 그걸 만들어라고
했어. 인자. 임금님이 지시를 내렸어. 그렁게로,

"뭣 헐라고 그러냥게."

"군항 칠년, 군항이 져면은 이놈이 산 뽁대기까지(꼭대기까지) 물이 찬
게, 이놈을 타고 있으면 자꾸 점점 올라가면 안 죽고, 여기 있는 사람은
다 죽는다고." 횄대야.

긍게 임금님이 인자 그걸 탔어. 임금님이 부하들하고 탄게로, 점점점 자꾸 물이 막 엄청 비가 온게 올라 가드래야. 그래 갖고 산 날맹이에 가 있는게로 비가 그치 갖고는, 갖고 양 몇 달 있는게 물이 빠지드라네.

그리 갖고 씨가 남었대야. 글 안 허면 씨도 안 남고 다 죽었었대야. 그런 때가 있었대야. 옛날에 그런 때가 진짜 있었대야. 칠년을 가물고 칠년을 군항이 져서 비가 칠년을 오면 살겄어? 그렇게 그런 때가 있었대야. 그랬다고 옛날에 어른들이 그렇게 말씀을 허셨어.

아버지 말씀을 따른 효자 막내아들

자료코드 : 07_12_FOT_20100203_HJJ_LTG_0001
조사장소 : 전라북도 진안군 부귀면 황금리 가치마을회관
조사일시 : 2010.2.3
조 사 자 : 허정주, 진주
제 보 자 : 임택기, 남, 77세
구연상황 : 제보자가 집에 가서 점심식사를 하고 다시 마을회관에 오셨다. 다른 제보자의 노래 제보가 끝나고 효자 이야기를 부탁하자 들려주셨다.
줄 거 리 : 옛날 한 노인이 큰아들 부부를 불러서 그 부부의 자식을 뒷동산에 파묻으면 영감이 살 수 있을 것 같다고 말하였다. 그러자 부부는 영감이 노망들었다며 자식을 안고 나가버렸다. 다음에 둘째 아들 부부를 불러 부부의 자식을 밤나무 밑에다 묻으면 영감이 살 수 있을 것 같다고 말하였다. 둘째 아들 부부도 영감이 노망들었다며 나가 버렸다. 이번에는 막내아들 부부를 불러 막내아들 자식을 동산에 파묻으면 병이 싹 낫겠다고 말하자, 가만히 있다가 그렇게 하겠다고 말하였다. 그러자 영감은 막내아들과 그 자식을 데리고 뒷동산에 올라가서 밤나무 밑을 파게 했다. 그러자 금덩어리가 나와 막내아들네 집은 잘살게 되었다.

[옛날 한 노인이 큰아들 부부를 불러서 그 부부의 자식을 뒷동산에 파묻으면 영감이 살 수 있을 것 같다고 하는 대목부터 구연하였다.]

"짊어지고 가서 저 동산 뒷동산에 가서 파묻으면 내가 살겄다."

"이놈의 영감대가리가 그냥…." 메느리랑 큰아들이랑

"이놈의 영감대가리가 그냥 아버지가 노망들렀다고."

막 고함을 지르고 애기를 보듬고 나가 뻐리거든. 그러니,

"앵, 그렇구나."

둘째 며느리랑, 큰아들이랑(둘째아들을 말함), 둘째 아들이랑 오라고 히 갖고.

"야들아, 이리 오너라." 또 들어왔어.

"느 아들을 저 동산 밤나무 밑이다 파묻으면 내가 살겄다."

"이놈의 아버지가 노망들렀어. 영감대가리가 죽을라고 환장힜는가."

하고 막 튕기치고 막 도망을 가거든. 그러니 막동이를 또 불렀어.

"막동아, 이리 오너라." 막동이가 왔어.

"너 아들 저 동산에다가 파묻으면 내가 내 병이 인자 싹 낫겄다. 너 아들 갖다 파묻어야 내가 다 나슨다."

긍게 이놈이, 막동이가 말도 못 하고 가만히 있다가,

"아버지 허는 대로 해. 예, 그래요."

"가자, 됐다."

싸 짊어지고는 뒷동산에 가서 밤 밤나무 밑구녁을(밑구멍을) 팠어.

"됐어요?"

"더 파라!"

더 짚이 파닝게로 금덩어리가, 이런 금덩어리가 나와 가지고,

"가자, 인제 됐다."

아들은, 막동이는 집을 지어 갖고 좋게 잘하고 마음씨가 좋아서, 긍게 큰며느리랑 작은며랑,

"아이고, 우리 아들을 거기다가 파묻어 가지고 내가 부자 될 것을."

그리 쌌드랴.

역적으로 몰린 신현충

자료코드 : 07_12_FOT_20091223_HJJ_JNJ_0001

조사장소 : 전라북도 진안군 부귀면 수항리 대곡마을

조사일시 : 2009.12.23

조 사 자 : 허정주, 진주

제 보 자 : 조낙주, 남, 84세

구연상황 : 귀신이야기를 해 달라고 하자 역적 이야기를 하나 하겠다며 구연하였다.

줄 거 리 : 진안군 용담면 황산리에 말미산이 있는데, 그 산은 말이 트림하는 소리가 나
는 곳이 있다. 그 곳이 묘를 쓰면 역적이 나올 거라는 자리인데, 신현충이라
는 사람이 그곳에 묘를 쓰려고 하였다. 그러자 신현충의 누나가 그것을 알고
그곳에 꼭 묘를 써야겠으면 거꾸로 쓰라고 하였다. 그러자 신현충은 왜 그러
냐며 누나와 다툼을 하였다. 그래서 누나는 동생이 말을 듣지 않을 거라고 생
각하고는 누나는 도포를 짓고, 동생 신현충은 떼를 가져오는 내기를 하여 이
긴 사람의 뜻대로 하기로 하였다. 그러나 누나는 내기가 끝날 즈음 차마 남자
를 이길 수가 없어서 도포에 동정을 아직 못 달았다고 하자 동생이 누나의
목을 쳐서 죽였다. 그런 뒤, 말 트림하는 자리에 묘를 쓰고, 그 후 무술법을
배워서 성남에 성을 쌓기 시작하였다. 그러자 역적으로 몰린 신현충은 도망
다니는 신세가 되어 굴속에 숨어 지냈다. 그러나 관군들은 신현충의 마누라
머리를 말꼬리에 묶어 보여주며 굴 밖으로 나오게 하였다. 할 수 없이 마누라
가 죽게 생겨 굴 밖으로 나와서 잡혀 죽었다.

    그러면 진안군에 역적이야기하나 할게. 신현충(辛賢忠)이라는 사람이
있어. 신현충이. 어질 현 자, 현충. 충신 충 자, 현충, 신가. 쓸 신 자, 여
그 신 자를 아는가 모르것어? 이렇게 쓰는 신자. 납 신 자가 아니고 쓸
신, 신 자.

    [탁자 위에 한자를 쓴다.]

    그 사람이 남매가 있었는데, 유서를 헐라고 인제 나섰어. 근디 그저 지
금 용담 황산리, 황산리라는 디가 있어요, 황산리 용산 황 용담 황산리 동
앞에 말미산이라는 산이 있어요. 말미산. 말미산이 지금 인자 물속에 들
어 갔고만은, 물속에 들어가기 전에는 트리미를(트림을) 혀. 말이 푸- 이

것 보고 말 트리미라고 혀. 푸- 이렇게. [말이 트림하는 흉내를 낸다.] 말을 가서 구경 한번 혀 봐. 그짓말인가? 말이 트리미를 하는가 안 하는가.

(조사자 : 알아요.)

산이서 말 트리미를 혀. 날 궂을라면은. 그런 산이 물에 들어갔어요. 진안군에 참 그런 유명한 산이여. 물이 안 들어갔으면 누구든지 산 기운이 있다는 것을 가서 얘기할 수가 있어요. 누가, 누가 곧이듣겄어? 멀쩡한 산이 왜 말 트리미 소리를 헌다 소리를 누가 곧이듣냐고. 한두 사람이 본 것 아니고 동네 사람이 다 알고 거그(거기) 가서 구경한 사람은 다 알어. 비가 올라면 말 트리미를 허는 산이여. 근디 거기 가서 역적 날 자리가 있어요. 그걸 잡아 쓴다고 써. 누나가 말긴 거여.

"그거를 쓰면은 꺼꿀로(거꾸로) 써라. 역적난게."

"이게 무슨 소리여? 왜 꺼꿀로 쓰냐고."

다툼을 혀. 아 도저히 누나가 못 말리것네.

"야, 그러면 그러지 말고 우리 내기를 하자."

"어떻게?"

"너는 선산을 전부 자고 인나서(일어나서) 띠, 떼로 가서 묘를 선산 묘를 다 이고 오고, 나는 베를 내가지고 네 도복을 지으마. 도복을 내가 너, 니가 머냐(먼저) 오면 니가 이긴 것이고, 내가 도복을 머냐 지어 놓으면 니가 진 것이고 그렇게 해서 내기를 허자."

"아, 그렇게만 하지 말고 진 사람 목을 짜르자고."

그러고 달라 들어, 동생이.

"아, 그럼 그렇게 허자고."

그랬어요. 그래 놓고 날 새고 새던 꼴로,

"자 인자부터 시작!"

하고 뫼에 가서 풀을 이기로 허고, 이 사람 누나는 인제 밥 짓고 도포 베 나서 도포를 짓고. 차마 대장부를 이길 수 가 없어서 동전을(동정을)

안 달었다 그 말여, 동전만. 안 달고 기다리고 있는 판여.

이해가 안 되는 소리지. 어떻게 베까지 만들어서 어떻게 도포를 짓는다는 하루아침에 진다는 게 말이나 되는 소리여 그게. 근디 이 사람은 각종 뫼마다 가서, 하루아침에 가서 떼를 매다 이고 온다는 게 누가 곧이들어? 남자가 와서, 이고 왔어.

"누나, 나 다 허고 왔어. 누나 어떻게 되었어?"

"아, 동생, 나 동전을 아직 못 달았네."

"목 바쳐!"

탁, 쳐 뻐렀어요. 그리 놓고 역적 날 자리 제대로 써 뻐린 거야. 말 트리미 허는 디다가. 거그 쓰고 그 다음에 자기 아버지 그렇게 쓰고 자기 어머니를 또 사지를 갈라서 썼어. 그러고도. 어디따 썼냐? 지금은 정천이 되었겄지만, 그전에 상전 족대부리라는 디여, 요 밑이. 거기 가서 장군대좌, 장군대좌 거기다가 한 군데 쓰고, 또 그 담에 정천면 만덕 동네 뒤에다 또 썼어요. 자기 어머니 뼈를 갈라서.

그런지 이후에 이 사람이 인제 무술법을 배우고 해서, 용담 가서 성남이란 데가 있어요. 성남. 성남 가서 성을 쌓기 시작 혀, 인제. 전쟁을 할라고. 그리 가지고 그 도술로 해 가지고 독을 인제 채질을 해서 몰코(몰고) 간다 이거여. 채질이라는 게 말 쫓는 채 있잖여? 채질을 혀서 독을 몰코 가.

근디 그것이 어디가 있냐면은 몰고 가다가 역적으로 몰려서 못 몰고 간 곳이 어디가 있었냐면은, 거기가 [잠시 생각하며] 여의고(여의곡如意谷을 말함), 여의고 동네 앞에 가서 열한 개, 열한 개가 반듯하게 일 줄로 여기서 저까지 그냥, 한 여기서 요만큼씩 떠어 가지고 열한 개가 일자로 쭉 있는디, 요만썩은(이만한) 독 납작한 놈 양, 거개가 요렇게 커요. 큰 디인 줄로 쫙 있어요.

몰코 가다가 역적 때문에 못 몰코 가다가 놓은디. 그것도 그 신현충이 기억 속으로 남아 있는, 그 물건이 물속에 들어갔어요. 참 그런 거 너무 아깝게 되었어요. 물속에 들어간 거.

그래 가지고 지금 인자 역적, 역적 노릇을 정부에서 알아 가지고 인제 신현충 잡어 죽이라고 내려올 것 아녀. 지금 용담 소재지 들어가자면 거 그 가서 저 지금 거기도 또 그 굴이 물속으 들어 갔고만. 바우(바위) 음지 가서, 바우 굴속으로 들어가요.

바우 굴속의 들어가서 바우를 이렇게 닫고 들어가 버려. 그러니 잡아갈 수가 있어야지. 잡을 수가 있어야지 그걸. 그런게 인자 할 수 없이 나중에 는 뭐라고 허냐면은, 이 사람이 인자 역적을 잡으러 내려 온 사람들이, 신 현충의 엄마, 아니 저 신현충이 마누래(마누라), 마누래 머리를 갖다가 말 끝트리다가 말 말 말꼬리에다가 찜매(묶어) 가지고 달린다 이거여.

"이것 봐라!"

할 수 없이 지가 어느 때 어느 때 죽던지 지금 말허자면 역적으로 먼저 죽게 생겼는데, 마누래 죽게 생겼어서 헐 수 없이 나왔어요. 그냥 열고 나 왔어요. 그서 잡혀 들어갔어요. 잡혀서 죽었어요.

(조사자 : 역적 이야기네요? 역적.)

네. 역적으로 몰려 들어간 신현충. 그리서 용담에 가서 거그 가서 성남 이라는 동네가 있어요. 성남, 성을 쌓다 말었어요.

(조사자 : 성을 쌓은 흔적 있어요?)

응?

(조사자 : 성을 쌓던 흔적 있어요?)

지금도 흔적이 있지요.

황금리 옥녀봉 주변의 명당 유래

자료코드 : 07_12_FOT_20091223_HJJ_JNJ_0002
조사장소 : 전라북도 진안군 부귀면 수항리 대곡마을
조사일시 : 2009.12.23
조 사 자 : 허정주, 진주
제 보 자 : 조낙주, 남, 84세
구연상황 : 진안군은 산이 많은 지역이어서 산과 관련된 이야기를 부탁하였더니, 진안군
에서 제일간다는 명당자리 이야기를 하겠다면서 구연하였다.
줄 거 리 : 진안군 부귀면 황금리에 옥녀봉이 있다. 옥녀봉 주변으로 소리목, 삼기창, 치
마바위, 노래재, 분통골, 장구봉 등의 지명이 있는데, 이는 모두 옥녀가 필요
한 물건들의 이름이기도 하다. 증상리에는 상상리, 중상리, 하상리가 있는데
이곳에 기생 세 명, 즉 옥녀 세 명이 방 하나씩 차지하고 있는 봉우리가 있다.
옥녀에게는 얼굴에 분을 바르기 때문에 분통이 있어야 하므로 분통골이 있다.
또한 장구를 치며 노래를 부르기 때문에 장구봉과 노래재가 있는데, 그 곳에
자손들이 문무겸전하고 부귀하다는 명당이 있다는 것이다.

산은 얘기 허면 인제 거시기 얘기 허께. 그러면 진안군 일개 일류제일,
제일 명당이라는 제일 큰 명당.

(조사자 : 명당이야기네, 그럼.)

응?

(조사자 : 명당이야기.)

응, 명당. 제일 큰 명당이 어디가 있냐면 부귀면 황금리 가서 있어요.
황금리. 거기 가서 옥녀봉이라는 산이 있어요. 옥녀봉.

(조사자 : 옥녀봉.)

옥녀봉 하에 가서 삼정승 육판서가 난다는 그런 자리가 있어. 옛날에는
장관이 세 정 세 장관여. 그 밑이 차관이 육판서, 그래 삼정승 육판서. 그
리서 인자 거기가 옥녀봉 이하에 소리목이 있어요. 소리목. 소리목 밑이
가서 삼기창(三妓唱)이라 삼기창이라는 게 있어. 삼기창.

삼기 기상(기생) 기 자, 기집녀(계집녀) 변에다가 기상 기 자, 가지 지

(支) 자가 아니라 삼기.

또 그러고는 인제 고 안에 그 안에 가서 폭포수가 있어. 이중 폭포, 좌
측에 가서 좌측에 가서 이중폭포 우측에 가서 치매바위가 있어요. 그리서
고 밑에 가서 동네 이름, 치매바우(치마바위) 밑에 가서는 증상(繒裳), 증
상이 있고 증상 동네 있고, 증상 비단 증 자, 치매 상 자, 비단 증 자, 치
매 상 자. 그 담에 요쪽의 저 옥녀봉 밑에 가서는 노래재라는 동네가 있
고.

(조사자 : 노래?)

노래재.

(조사자 : 노래개.)

노래, 노래하는 재.

(조사자 : 예, 노래재.)

노래함서 허는 재, 재를 올라감서 노래 허는 재. 고 노래재, 고 밑에 가
서 소리목이 있는데 소리목 그 산 밑에 가서 상상리(上裳里)라는 동네가
있어요. 웃 상 자, 의상 상 자, 의 자, 의 자, 의상 상 자 의상, 그것보고
의상 상 자라고도 허고 방 상 자라고도 허고. 그 다음에 중상리(中裳里)가
있어요. 또 가운데 중 자, 의상 상 자. 또 하상리(下裳里)가 있어. 아래 하
자 의상 상 자.

또 그 담에 고 안배에(안에) 가서 분통골이 있어. 분통골 분 분 분바르
는 분통골, 사치. 또 고쪽에 가서 장구봉이 있어. 또 북봉이 있어. 북 북
북 치는 북. 그리서 옛날에 지명도 그냥 함부로 짓는 것이 아녀. 명당에
따라서 지명이 있어요. 그리고 삼지창을, 삼기창을 삼지창(三支唱)이라고
그려, 가지가 세 개 라고 이렇게 말을 혀. 기상이 세 개다 이 말이야.

그런게, 기상이 세 갠게, 상상리가서 기생 하나 방하나 차지하고, 중상
리가서 또 하나 방 하나 차지하고, 하상리가서 방 하나 차지하고, 기생이
세 갠게, 방이 세 개 있지 않느냐 이 말이야. 그럼 기생인게 분을 발를랑

게, 이게 그 인제 그 한 층을 올려서 기생이 아니라 옥녀여, 옥녀. 저 옥
녀봉이 있어서 옥녀가 셋이라 그 말이야.

옥녀 옥녀들이 분을 바르기 위해서 분통이 있다 그 말이야. 노래 노래
를 불를랑게 북 장구가 있어야 할 것이 아닌개벼. 그래서 거그 가서 그
자리가 정승판사가 막 나고 한다는 자리가 있고. 십이대부귀지진이라, 십
이 대간을 부하고 귀가 난다고 하고 그랬어. 그 다음에 문무겸전(文武兼
全) 힜다. 문관(文官)도 나고 무관(武官)도 나고 막 쏟아진다. 그랬는데 그
것을 요번에 결록(訣錄)에 다 썼어요.

호랑이가 된 김용담

자료코드 : 07_12_FOT_20091224_HJJ_JNJ_0001
조사장소 : 전라북도 진안군 부귀면 수항리 대곡마을
조사일시 : 2009.12.24
조 사 자 : 허정주, 진주
제 보 자 : 조낙주, 남, 84세
구연상황 : 문화원장의 소개로 제보자를 찾아가게 되었다. 문화원에서 용담 수몰 지역을
　　　　　풍수 조사하여 결록을 만드셨다. 조사자는 어제에 이어 아이들한테 들려줄 수
　　　　　있는 옛날이야기를 해 달라고 했더니 담이 약해진다고 그런 얘기를 하면 안
　　　　　된다고 하였다. 그러자 조사자가 호랑이를 보셨냐고 물었더니 보았다고 하여
　　　　　이야기를 부탁드렸다. 실제 있었다는 이야기라며 구연을 시작하였다.
줄 거 리 : 김용담이라는 사람의 어머니가 병이 들었다. 황구(黃狗) 수십 마리를 먹어야
　　　　　어머니가 낫는다는 소리를 듣고, 산속에 들어가 기도를 올렸다. 기도한 후 한
　　　　　권의 책을 받았는데, 그 책에 있는 주문을 읽으면 호랑이로 변할 수 있게 된
　　　　　다고 하였다. 그래서 물동이에다 물을 떠다 놓고 짚을 열십자로 깔고 기도를
　　　　　하면서 그 책을 읽었다. 그러자 호랑이로 변하여 황구를 잡아다가 어머니를
　　　　　드시게 하였다. 그러던 중 마누라가 남편이 밤에 나갔다 오면 개 비린내가 나
　　　　　자 이를 수상히 여겨 남편 뒤를 밟는다. 그러자 남편이 책을 읽으면 호랑이로
　　　　　변하는 것을 보고 책을 없애 버리면 이런 일이 없을 거라고 생각하여 그 책

을 불태워 버렸다. 사람이 채 되기도 전에 책을 불 질러 버렸으니 호랑이로 남을 수밖에 없게 되었다. 그러자 호랑이는 여자 때문에 이렇게 되었다면서 여자를 잡아먹기 시작했다. 그래서 관에서 용담 범을 잡으라는 관사냥이 내려 졌다.

용담이라고 이렇게 호가 되는 범이 있어요, 용담. 지금으로 말하자면 몇 년 전 얘기냐. 우리 작은 아버지가 숙부님이 갑오생이야. 그 양반이 여 남은 살 먹었으니까 저그 여기 부귀산(富貴山)에 올라갔지.

우리 아버님께서는 뭐냐 을유생이고 숙부님은 갑오생이야. 갑오생인게 그 같이 형, 형 따라서 그 용담 용담이 거그 가서 용담, 용담 범이 누워 있다 소리 듣고 귀경허로(구경하러) 갔었다는 거여. 그렇게 그 산에 올라 갔을 적에는 여남은 살 먹었으니까 올라갔을 것 아니겄어? 그서 낙락 같 은 나무를 타고 올라가서 귀경을 했대.

그럴 적에 그때 그전에 관사냥이라고 있어요. 관사냥. 관사냥이 뭣이냐? 행정에서 사냥을 허라고 부치는 것을 보고 관사냥이에요. 관사냥을 부쳐 가지고, 용담 범을 용담이라는 범을 잡으라, 령을 내리게 되었어요. 그 어 찌서 그걸 잡아야 하냐? 그 근거를 내가 얘기를 허께.

어찌서 그 범이 용담 범이냐? 그 사람이 자당께서, 자당 알어? 자당.

(조사자 : 어머니 말씀하시는 거 아녜요? 다른 분 어머니.)

자당이라고 허면은 아버지를 잃고 혼자 계시는 게 자당여. 물론 어머니 는 어머니인데, 알어?

(조사자 : 자당님, 편히 계시냐고 하잖아요?)

사랑 자 자, 자당여. 그서 그 구분이 있는 것이요. 자당이라고 허면은 홀로 계시는 어머니를 보고 자당 그런 거여. 병이 들었어요. 병이 들었는 디 명의가 와서 보기를

"황구, 개 중에도 황구, 노란 개, 털이 노란 털을 입은 개를 잡어다 개 를 해 드리야 낫는다."

그러니 뭐 황구가 한두 마리도 아니고 수십 마리를 잡어서 멕이야(먹여야) 헌다는디, 가만히 생각하니 길이 없어 산속에 들어가 기도를 히야겄어. 내가 황구를 구할 수 있는 길을 찾아 달라고 했던 것인디, 책 한 권을 받았어요. 그 책을 주문을 읽으면 범이 되야.

그런 술법이 있는 책을 얻었어요. 그 산신제를 지내고. 아, 그리 가지고 그놈을 밤중에 인제 범은 언제나 밤에 행사하는 것이니까. 그 책을 마당에 가서 그 동우에다 물을 떠다가 놓고, 짚을 열십자로 이렇게 깔고 동위에다 거기따 허고 기도 절을 허고 기도를 허면서 그 책을 읽으라는 거여.

범 될 수 있는 그 주문을 읽고 재주를 뽈딱 넘으면 범이 되어 뻐려. 그리 나가서 황구를 있는 디가 잡아다가 어머니 병을 구환을 허는기라. 그렸는디 아낙네가 개가 와서 있고, 그 이튿날 개 잡어서 어머니를 구환을 하는 개를 이제 멕이다가(먹이다가) 보니까, 그런디 어쩐들 밤중에 남자가 어디 갔다 오면 아, 개 비린내가 나. 그 참 이상혀.

그 인자 하루 이틀도 아니고 이놈의 개 비린내를 유심히 살폈던 건 사실 아니겄어? 그전에는 창문을 이렇게 종이를 하니까 이렇게 침 발라 이렇게 뚫고 보니까, 마당에서 물동을 갖다 히 놓고 뭣을 책을 보고 읽은게, 읽고 재주를 뽈딱 넘으니까 범이 되어 휙 나가 뻐리네.

멍청헌 놈의 부인이 남자가 도로 환히서(날이 밝아서) 오거든 그걸 처댈 일이지, 홀딱 처대 뻐렸어요. 불을 처질러 버렸어요.

아, 책이 있어야 오지. 그 질로(길로) 범이 되어 버렸어요. 범이 되야 가지고 하루 이틀 하루 이틀 이렇게 허다가 원통스럽게 그냥 생각을 허고 별짓을 다하고, 친구 만나서 내가 이러 저러고 한 사람이라고 얘기를 헐라고 허면은, 범이 되어 가지고 어흥! 어흥! 소리만 나와. 말을 못 허고. 긍개 친구도 전부 도망가. 무서서. 그러니 하루 이틀, 하루 이틀 배가 고프니까 범이 먹을 것이나 개나 사람 아니겄어.

만일에 청춘 여자 때문에 내가 변신을 못했기 때문에, 그냥 잡어 먹는 게 젊은 여자를 잡아먹는 기라. 그래 젊은 여자가 살 수가 없으니까 그것 내용을 알고 정부에서 관사냥을 붙였어요. 잡어 죽이라! 그서 관사냥이 된 것여. 그 적으 우리 조부님께서 살어 계셨을 적인데 사냥꾼들 데리꼬 가 가지고, 저 배딱산 저쪽의 남쪽에 가서 상사바우라는(상사바위라는) 바 우가(바위가) 있어요. 아주 높아요. 요 높이 세 배는 세 개는 될 거여.

그런 바우 밑이 가서 누워 있다. 그서 인자 그 우리 할아버지가 데리꼬 간 상사바우 바로 우에(위에) 우에 포수 둘을 데리고 들어갔다는 거여. 다 른 사람 다른 데로 가. 얼매나 큰지 범이 얼매나 큰지 무서 가지고 쏘 들 못하고 있어 가지고, 우리 할아버지가 총을, 총을 뺏어서 때려 부셔 버 렸다고 혀.

"죽일 놈들이라고. 관사냥 부쳐 논게(놓은 게) 왜 안 잡냐."

콩을(총을 잘못 발음 한 것임), 총을 때려 부셔 뻐렸드래야, 우리 조부 님께서. 그렸는디 여기 요 웃동네(윗동네) 가서 살막이 있어요. 살막이 여 남 호, 열네 호인가 몇 호가 살았었어요. 거기 가서 호랭이 이서방이라는 사람이 있었어. 근디 그 그분네(그 분을) 우리도 봤어요. 호랭이. 이씨라는 사람인디 당초에는 이 뭣이였는디, 호가 호랭이 이서방, 호랭이를 가서 히 가지고 다쳐서 호랭이 이서방.

대나무로 대창을 맨들어(만들어) 가지고 가 가지고, 아 우리 조부님이 랑 아버님이 다 본 얘기여 이게. 그 범 들어갔은게 들어가지 말라고 항개,

"아, 범이 뭔 소용 있냐고." 들어가 가지고.

범이 누웠는디 덜썩 큰 놈이 누웠는디, 그 창을 갖다가 푹 찔름서 인나 (일어나), 아 그런게 범이 뿌드득 히서 인나서 본게 사람이 와서, 한쪽서 밭을 파면은 산을 파면은 장정이 그분을 못 따러 가드래야. 그렇게 장사 드래야. 호랭이 이서방이라고 있었어요. 나도 봤어요.

그래 가지고 그 질로 그 범이 일어나 가지고 어디로 행했냐면, 이 부귀

면 황금리로 히서 정천 넘어가는 심연재라는 재가 있어. 학골 넘어가는 재. 심연재 거그서 잡았대. 잡어서 그 지소, 짝 지소, 지소 오는 담이 높아요. 거기다 달으니까, 호랭이가 발가시 밑이가 설름설름 그렇게 크더래야.

그게 그서 용담이란다는 범이라. 결국은 부모를 위해서 활동허던 그 효성, 효성이 제대로 이루지 못하고 범이 되어 죽었어요. 직접이여, 이게 대화가 아녀. 우리 조부님 이하 아버님, 숙모님, 숙부님이 직접 본 거여, 직접 이 얘기. 그게.

(조사자 : 불과 몇 십 년 전에도 호랑이가 살았다는 거네요?)

긍게 갑오생이거든. 그 양반이. 우리 아버지가 을유생이고. 그러면 을유 을유니까 하나, 둘, 셋, 넷, 을유생인게, 예순 한 살, 두 살, 세 살, 네 살. 예순네 살요. 예순네 살에다가 거기따 육십을 보태면 백이십 네 살이라는 거여. 우리 아버님이. 그 양반이 그 양반이 한 열대여섯 살 먹었을 적에 그래요. 그러면은 열대여섯 먹어서 그러면 한 백 년 얘기요, 지금 이게. 이것은 확실한 얘기여, 흘르는 얘기가 아니고 이게.

축지를 한 유씨네와 이석우

자료코드 : 07_12_FOT_20091224_HJJ_JNJ_0002
조사장소 : 전라북도 진안군 부귀면 수항리 대곡마을
조사일시 : 2009.12.24
조 사 자 : 허정주, 진주
제 보 자 : 조낙주, 남, 84세
구연상황 : 용담 호랑이 이야기가 끝나고 곧바로 진안군에 특수한 것이 두 가지가 있는
　　　　　 데, 축지법과 차력에 관한 것이라고 하였다. 조사자가 흥미롭겠다고 말하자
　　　　　 구연을 시작하였다.
줄 거 리 : 진안에 축지하는 사람이 둘이 있었는데, 한 사람은 상전면에서 사대째 약방을
　　　　　 하는 집안의 유씨네 조부, 그 아들이 했다. 그 약방은 병자들이 약을 지으러
　　　　　 오면 비싼 약을 팔지 않고 단방약을 지어서 보냈다. 한 해는 비가 많이 와서

산 위에까지 물이 차올랐는데, 동네 사람들이 모여서 보니까, 유씨네 조상 묘가 물에 잠기게 생겼다. 같이 보고 있던 유씨네는 물 위를 건너가서 묘 위를 돌아다니며 살폈는데, 이때 동네 사람들이 유씨네가 축지하는 줄을 알게 되었다. 두 번째 축지하는 사람은 마령면에 이석우라는 사람인데, 경찰서장이 부임을 해 오기만 하면 이석우를 불러 차력을 시키곤 했다. 하루는 한 노인이 전주를 갔다 와서 담뱃대를 놓고 와서 노인은 이석우를 찾아가 담뱃대를 놓고 왔다고 말했다. 그러자 이석우는 노인에게 잠깐 기다리라고 하고는 노인이 담배 한 대 피우는 사이에 담뱃대를 갖다 주었다. 농부들이 농사철에 물을 대기 위하여 이석우의 논을 손대기만 하면 큰 바윗덩이를 손댄 사람 논에 갖다 놓았다. 차력을 이용해서 이런 나쁜 짓을 하자, 그보다 더한 선생이 나타나 이석우를 병들어 죽게 했다.

또 한 가지 진안에 가서 특수한 것이 또 하나 있어요. 차력이란다는 것 들었지?

(조사자 : 차력. 예.)

차력 허는 걸 봤어?

(조사자 : 본 적 없어요. TV에서.)

축지도 한다 소리 들었지?

(조사자 : 축지. 예.)

못 봤지?

(조사자 : 보진 못 했죠.)

진안군에 축지한다는 사람이 둘이여. 차력헌 사람. 이석우라는 사람이 마령 가서 하나가 있고, 그 다음에 상전 가서 유정식이네 조부께서 했어. 그런디 유정식이네가 사대(四代)약국이라 사대를 약국을 했어. 그런디 그 약국은 병자들이 약을 지으러 가면은 자기 약을 안 팔고, 단방약(單方藥) 그냥 집이가 장만해서 멕이서(먹여서) 헐 수 있는 약.

그걸로 나술(나을) 수 있으면 단방약을 시켜서 보냈다는 거여. 지금 사람들 그러겄어? 약 팔라고 약, 약 팔지. 덕인이라는 거여 그렇게. 될 수 있으면은 단방으로 나술 수만 있으면 단방약을 시켰다는 거여. 약을 안 팔고.

그런 사람인데 그렇게 축지를 유정식이 때는 못 했고, 유정식이 아버지 때까지 축지를 했대.

헌디 동네 사람들이 그걸 몰랐어. 축지를 허는지를. 몰랐는디 병자년, 병자년이면 지금 육십 몇 년이냐?

지금 하나, 둘, 육십 셋인가? 지금. 아 참, 칠십 서이. 여그는 병자년 수해를 많이 봤고요, 그쪽은 신사년이라. 신사년은 병자년 하나, 둘, 싯, 넷, 다섯, 오 년 후에 물이 얼마나 지었는디(비가 많이 와서 물이 가득하다는 말임), 거그 들판이 큰데 국민핵교 마당까지 올라왔더래야. 긍게 벙벙 요쪽(이쪽) 산에서 저쪽 산이 벙벙했었대. 신사년. [이쪽에서 저쪽으로 손으로 방향을 가리킨다.]

동네 사람들이 전부 나와 가지고 그 국민핵교 마당에서 도로가 한 요 정도. [손을 위로 올리면서 높이를 재는 듯이] 요 정도 진 것 봐. 도로에 나와서 전부 물 구경을 했다는 거여. 그 동네 사람들이. 같이 구경을 했다는 거여. 유정식이 아버지랑 같이. 그렀는데 물 건네 가서 그 사람네 묘가 있어. 그리 그 묘가 그냥 묘 뜰판에 물이 절름절름 허드래야. 같이 구경험서,

"아 저기 묘가 곧 묻히겠네, 묻히겠네." 그렀다고 그러거든.

그렀는디 같이 서서 이야기를 혔는디, 거기가 여기서 비교적이면은 거시기만이나 헐 거여. 여 큰 다리만이나 할 거여. 큰 다리보다 더 멀 거이네. 저 우리 들어오자면 큰 다리 있잖여. 그보다 훨씬 더 멀어. 거시기 동네만침이나 될 거여. 물이 바다가 되었는디를 건너가서 묘에 가서, 가서 돌아 댕기드래야.

그서 그때사 축지 한다는 것을 안 거여. 그때사 유정식이네가 축지를 했고. 그 담에 이석우가 축지를 했는디, 이석우는 차력할 적에 왜정 때에 순사하고 교장하고는 한국사람 안 줬어요. 순사하고 교장직은 인제 선생

은 일반들이 우리 한국 사람들이 했고, 면서기나 면장도 한국 사람이 했지만은, 지서주임 순사의 지서 주임 경찰서장은 절대 한국사람 주들 안 했어요. 근디 진안으로 경찰서장이 오기만 되면은 차력꾼 이석우를 불러.

"어, 차력 좀 해 봐!"

대못, 이것보다 진 놈이 있어요. 이렇게 요정도 뚱뚱하고 대못 큰 것. 이렇게 딱 붙으면 대못 대가리, 대가리가 이렇게 요게 크거든. 이게. [대못의 크기와 두께를 그리면서, 옆에 있던 나무 조각을 구부리는 흉내를 내며 던진다.] 그럼 이렇게 하면 손톱으로 이렇게 하면 조리(저리) 뺑뺑 떨어져 도망가드라는 거여. 아 손톱이 어떻게 쇠때기보다 더 양그냐고 이게.

곧이도 안 들잖애, 누구든지. 이건 세상이 다 인정을 혀 알고 있어요. 왜정 때 경찰서장이 그랬다는 것 세상이 다 알고 있어요.

그렇게 차력을 했는디, 축지도 허고. 한 번은 동네에서 그더래야. 어떤 노인이 전주를 갔다 와서 담뱃대를 내 뻐리고 왔다는 거여. 긍게 노인이 역부러(일부러) 그 사람을 찾어갔어. 찾어가서,

"아, 이 사람아, 석우!"

"예, 어여 오세요."

"아 자네한테 뭐 좀 부탁할 말이 있어."

"뭐요?"

"아 이거 늙은이가 노망헌게, 댐뱃대를 놓고 왔네 그려. 암디다가(어디다가)."

갖다 주더래야, 바로.

"잠깐 앉어 계셔요." 댐배 한 대 피댕긴게 갖다 주더래야.

그맀고, 또 그 다음에 그 마령 소재지 뒤에 가서 모정이 있어요. 모정 끄트리가 딱 쪼글트리고(쪼그리고) 이렇게 쪼글트리고 앉어 가지고[쪼그려 앉은 모습을 하면서] 그전에 동애줄이라고(동아줄이라고) 있어요. 그

동애줄. 동애줄 뚱뚱허게 산내끼로 매어 가지고 헌 거. 동애줄을 딱 붙들고 여덟 명이 잡아댕기라고 허드래야. 이렇게 난간에 가서 쪼글트리고 앉아서 이렇게 이렇게 잡고 꼼짝도 않드래야.

모정이 으드득! 으드득! 허드라네. 그서 그서 일반인이 그리서부터 차력 허는 줄 알았고, 축지 허는 줄 알았단 말애. 근디 요놈이 한갓 못된 짓을 해. 그 사람 논 닷 마지기가 있는디, 가물 적에 자기에다 딱허니 논물이 대 논 놈을, 다른 사람이 댈라고 건들기만 혔다 허면은 그 사람 논은 가서 이만한 바위덩이가 가서 딱 물코에다 놓는다는 거여.

지금은 중장기가 있으니 그놈을 끄집어내지만 그전에는 중장비가 없는디, 그 사람한테 가 잘못했다고 싹싹 빌어야 돼. 글 안허면 치울 수가 없어요. 그래서 그냥 이 사람 닷 마지기는 그 사람 헌 대로 놔둬야지, 건들들, 건들덜 못 혀요. 나쁜 놈이지. 차력을 해서 그렇게 나쁜 짓을 혀서 쓰겄어? 그러면 인자 차력도 단수가 있어요.

힘도 요것 들을 사람 저것 들을 사람 요것 들을 사람 있득기(있듯이). 그놈보다 웃질 만한 놈이 죽이러 와. 한 해 봄에 소 가지고 쟁기질을 허는디, 그리 왔드래야. 왜정 때는 외장목도 두루마기 입으면 참 선비라고 했어. 참 잘 입었다고. 외장목 두루매기 흰 두루매기 히 입고는 그러 드래야 와서.

"아, 농부어른 미안하지만, 말 좀 물읍시다."

"예, 뭔 말씀이요?"

"아, 이석우, 마령 가서 계신다는 말을 들었는디, 이석우 그 양반 좀 만나러 찾어왔는디, 그 댁이 어디요?"

이석우 와서는 묻는 거여. 역부러 찾어왔어. 이석우 대답이,

"아 예, 그 사람 어디 출타하고 없어요."

지가 김서(자기가 이석우이면서), 그렇게 인제 가서 이 사람이 쟁기줄 소를 인제 소 쉬는 놈을 소 띠어 놓고 쟁기질 딱 띠고, 외정질 뒤를 붙들

고는 막 밀어서 가는데 닷 마지기, 스물 네 망을 탁 뜨는데 축축축축 가드라네.

"야 빌어먹을 에이, 나둬 보쇼." 간 뒤에 나도 히 본다고.

장비를 잡고 밀어 당기본게 다섯 망밖에 못허겄드래야. 죽어도 못 하겄드래야. 그랬으면 그 버르장머리 말고 다시는 말어야 하는데, 그도 이놈 버르장머리가 안 고쳐지는 기라. 그리 가지고 한때에 마령 독다리 사람이여. 독다리 동네 사람이 다 봤디야. 바를, 소 매는 바가 있어요. 소를 이렇게 코빼기다 질게 해 가지고 돌아다님서 풀 뜯어 먹게하는 바. 바를, 참바 진(긴) 놈을 둘이다 똑같이 무게를 똑같이 달어 가지고 허리끼다(허리에다) 딱 달드래야.

요이, 땡! 하고 달리는데 축지를 하는데, 그 사람은 참바 열 발짜리가 끄트머리가 땅에 안 닿고 발이 공중의 떠드라네. 그 비행기지 뭐여, 그거. 이 차도 그렇게 타려도 안 돼요. 그렇게. 근디 이건 질질 끄시데, 그리 가지고 그 사람이 손으로 조몰락 조몰락 해서 그서 병들어 죽어 뻐렸어요. 손으로 조몰락거러서.

"네 이놈, 괘씸헌 놈!"

손으로 조몰락 조몰락 거린게 죽어 버렸어요. 긍게 불량한 짓하면 자기 우에 사람이 와서 죽이러 와요. 그서 진안에 축지하는 사람이 둘이요.

진안의 지명 유래

자료코드 : 07_12_FOT_20091224_HJJ_JNJ_0003
조사장소 : 전라북도 진안군 부귀면 수항리 대곡마을
조사일시 : 2009.12.24
조 사 자 : 허정주, 진주
제 보 자 : 조낙주, 남, 84세

구연상황 : 중농정책에 대한 이야기를 하고 상사바위에 대한 이야기를 해 달라고 하자 진안 유래에 관한 이야기를 하기 시작하였다.

줄 거 리 : 군청 터를 살펴보니 거북이 머리 형상인데, 거북이가 달밤에 물결을 일으켜 달을 농간하고 있는 모양이었다. 달을 희롱하는 거북이라 해서 월랑이라고 했다. 그러나 뱀이 진동을 하고 하늘로 올라간다는 부귀산(富貴山)이 있는데, 훗날 이 진동을 편안하게 한다고 하여 진안(鎭安)으로 바뀌었다.

진안 허면은 진안이란다는 지명이 어느 때 지명이냐? 그전에는 월랑이여, 월랑(月浪). 월랑이란다면 어째서 월랑이라고 지었다는 걸 여지까지 아무도 몰라요.(月浪과 越浪 이 두 가지 설(說)이 있다.) 그걸 책이다 썼어요. 내가. 어째서 월랑이라는 것이 지었냐. 인제 진안읍을 전부 책을 써 달라고 해서 진안읍을 책을 쓰면서 군청 터를 살피고 보닝개 그 뒷산을 올라가게 되었어요. 그서 봉개 거북 등허리라.

"아, 이게 거북등허리네."

그렇게 내내 사무국장이 허는 소리가, 내내 그 옆에서 출생자야.

"예, 이게 구두요."

"구두라니, 사람 신는 구두여?" 내가 그렇게,

"아니요. 선생님 저 거북 등허리, 거북머리라고 해서 구두라고 했어요."

그러네, 거북, 거북머리네. 그래서 거북머리를 딱 살펴보니까 거북이라는 놈이 달밤에 물을 훌렁훌렁 허고 달빛을 있는 놈허고 히서 달을 농간하고 노는 거북이라 그게. 그게 물결 랑 자인 거여. 월랑. 달 월 자. 달 물결을 갖다 희롱하는 있는 거북이라 그게. 그서 그걸 썼어요. 설명했어요. 그 책에 올렸습니다. 어째서 이 월랑이라 지은 거. 이래서 이만 저만 이만 지세에 의해 가지고 월랑이란다는 것.

그서 물결은 뭣 때문에 어떤 물결 뭣 뭣 전부 그걸 책에 써 낳어요. 그리고 이게 본래 배탁산여. 배탁산. 근디 왜놈들이 와서 부귀산(富貴山)이라고 지은 것이라. 진안이란다는 명호가 어느 때 명호가 되었냐면 고려 때 이게 명호가 된 것이요. 이게. 어째서 그러냐? 배딱산 가 가지고서 지세가 뭣이 있냐 허면, 사기양천이라고 있어. 사기양천. 비암이(뱀이) 진동을 허고 머리가 치면서 하늘로 등천을 혀.

하늘을 보고, 그리서 진안이 흔들린단 것이여. 진동. 그리서 진압할 진(鎭) 자, 편안 안(安) 자. 진압하게 해 가지고 편안하게 해 달라고 해서 지명을 그서 진안이라고 해 둔거라.

돌아가신 어머니를 엎드린 채 묻고 천석꾼 된 수원 백씨

자료코드 : 07_12_FOT_20091224_HJJ_JNJ_0004
조사장소 : 전라북도 진안군 부귀면 수항리 대곡마을
조사일시 : 2009.12.24
조 사 자 : 허정주, 진주
제 보 자 : 조낙주, 남, 84세
구연상황 : 두 번째로 만난 제보자는 조사자의 의도를 알아서인지 만나자 편안하게 이야기를 시작하였다. 다시 만나면 이야기 해 주겠다고 했던 수원 백씨에 관한 이야기를 먼저 시작하였다.
줄 거 리 : 고창군 흥덕에 수원 백씨들이 살았는데, 그들 조상의 명당을 팠는데 그 뒤로 명당 파낸 사람 등 여러 사람이 죽었다. 하루는 할머니가 선몽을 사흘 밤 내내 꾸었는데, 자손을 살리려거든 남쪽으로 떠나라고 한다. 그래서 떠나오고 보니 진안군 부귀면이었는데 살 곳이 없어 물방앗간에 살았다. 어느덧 아이들이 자라고 어머니가 죽자 이웃에 연장을 얻어 산에 묻었다. 추워서 오그린 채로 죽었기 때문에 묻을 때도 엎드린 채로 묻게 되었다. 그 뒤로 자손들이 천석을 받게 되었는데, 한 번은 풍수지리를 잘 보는 지관이 그 묘를 보고 엎드려 묻었으면 천석 받고, 반듯이 뉘여서 묻었으면 오백 석 받는다고 했다고 한다.

수원 백씨들부텀 이야기 허세. 수원 백씨들이 흥덕, 흥덕서 살았어.

(조사자 : 고창 흥덕요? 고창 흥덕요?)

그렇지, 고창 흥덕. 고창 흥덕 가서 그 사람들이 백씨들이 살았는디, 그 좋은 명당을 갖다가 팠다 그 말이여. 파닝게 꽝! 소리가 나더래야. 그 이후에 사람이 막 명당을 팔면 그 명당바람으로 난 사람들이 죽어. 사람이 막 죽어나가는 거여.

그렸는디 인자 수원 백씨네 여그 부귀면 정곡리라는 데가 있어요. 정곡리 가서 살던 할만씨가(할머니가) 선몽(先夢)을 내려서 자기 남편이 죽고, 선몽을 사흘 저녁을 내더래야.(사흘 밤마다 꿈을 꾸었다는 뜻임)

"너, 이 질로(이 길로) 자손을 하나라도 씨를 냉길래면은 밤중에…."

그전에는 이렇게 나무 나뭇가지로 홀타리를(울타리를) 맨들었다 그 말여. 담 싼(쌓은) 것을 그전에는.

"홀타리에 개구녘을(개구멍을) 뚫고 나가서 남쪽으로 행하고 가거라."

사흘 저녁을 선몽을 하더래. 그서 인자 그 할만씨가, [구연하는 도중 손녀가 들어오면서 인사를 한다.] 하나는 업고 하나는 걸리고 이렇게 해 가지고 둘을 데리꼬, 참 밤중에 홀타리 구녘을 뚫고 이렇게 남쪽으로 행해서(향해서) 온 것이, 진안을 여그를(여기를) 왔다 그 말이야. 정곡리를 정곡리가 여그 부귀산(富貴山) 여기 바로 넘어요. 거그 와서 집도 절도 없이 거그 무조건 왔으니까.

그전에 물방애라고 있어요. 물레, 물레는 이렇게 똥그랗게 해서 돌아가는 것을 물레라고 그러고, 물방아라는 것은 이 방아 방아 이렇게 나무가 올라갔다 내려갔다 찧는 방아, 요 뒤에다가(뒤에다가) 하꼬짝을(나무상자) 물이 담는 하꼬짝을 맨들어요.

물이 담으면은 무게로 히서 이놈이 올라선다 그 말이지. 올라서면 이놈이 꺼울러진게(기울러 진 게) 꺼울러질 것 아니겄어? 물이 꺼울러지면 팍 찧고 이렇게 해서 그전에 그걸로 해서 방애를 찧어 먹었어요. 나락을.

인제 그전 옛날 도고통으로(절구통으로) 찧어 먹다가 좀 연구를 해서 물방애로 이렇게 찧어 먹고 그러다가 물레를 맨들어서도 방애를 힜다. 물레방애. 물방애실 가서 한데 가서 사는 거여. 거라시(거지) 노릇을 허고 사는데, 그전에는 인제 없으니까 얻어먹고 인제 윗간에 가서 얻어다가 아들들 먹여 살리고 보호를 하고 그러는데, 추울 적에는 늙은이가 먼야(먼저) 죽어요.

피가 작으니까 추워서 얼어 죽는 거여, 먼야. 그래 갖고 수년이 걸려 가지고 큰 아가 어떻게 자기 어머니를, 돌아가신 어머니를 업을 정도 컸던개벼. 죽었어. 얼어서. 이렇게 스이(셋이) 요게 요게 뭐 짚도 깔고 뭣 허고 허서 이렇게 요게 요게 있다가 요러고 죽었다 그 말여. 이렇게.[오그린 모습을 흉내 냄.]

추운게 오그리고 죽지. 아 죽었는디 그때에는 정곡리가 신씨네가 살았대야. 신씨네가 살았는디 아, 이놈의 꽹이가 있어, 뭐 연장이 있어. 긍게 힐 수 없이 신씨들 집이 가서 신씨들 사는 디 가서,

"우리 어머니가 돌아가셨는디 아무 것도 없은게 어떻게 허겠습니까. 그저 꽹이도 주시고 산태미도(삼태기도) 달라고." 허고.

그때 삽도 없고 꽹이하고(괭이하고) 산태미야. 얻어 가지고 인제 와서 작은놈은 그놈을 들고 연장을 들고, 인자 큰놈은 돌아가신 어머니를 업고 산속에 가는 기라. 산으로 가서 보니까 용소로 이렇게 초석 한냉이(하나)가 이렇게 눈이 없어. 녹았어. 초석을 알어?

(조사자 : 잘 몰라요.)

초석이라는 게 뭣이냐면은 밭에 가서 띠 나는 것이 있어요. 그걸로 자리를 쩔은 것을 보고 초석이라고 하는 거여. 띠 그것보고 띠 모 잔인데. 그 띠를 갖다가 이렇게 자리를 맨들어서 허는 것보고 초석이라고 허는 거여. 초석한 자리가 이렇게 녹아서, 거기다 녹은 자리다가 하는데 애들들이 힘 없것다 그걸 어떻게 짚이 파겄는개비.

오작오작 파다가 본게, 아 이러고 죽은 사람을 말여 이렇게 반듯이 누인게 요게 추켜 뜰것 아닌가 [엎드린 모습을 하면서] 아 이놈의 이놈의 것 흙을 많이 갖다 히얀게 이놈을 엎어 봤어. 엎어 본 게 이놈이 궁둥이

가 요렇게 생겨서 뫼같이 생겼으니까 절반도 안 들어가지 흙이. 엎어 묻었다 그 말여. 이렇게 엎어서 묻어 뻐렸어. 이렇게 쭈글트리고 있는 사람을. 궁둥이가 추켜 떠서 이렇게 뫼같이 생겼단 말여.

뒤집어 놓은 게 밑이가 이렇게 등이 불끈 솟은 게 흙이 겁나게 들어가야 하고 할 수 없이 엎어서(엎드려) 뫼를 썼어. 그런 이후에 뽀짝뽀짝 가들들이 커 가지고 거기서 그 질 후로 천석을 받았어요. 천석꾼이라고 하면 말허자면 벼를 한 섬이, 소도 말로 히서 이십 개가 그게 한 섬이라, 열 개는 한 가마니고, 천 석 천섬을 도조로 받아들였어.

그전에는 이렇게 논을 사서 넘을 주면은 지금은, 지금은 인제 그 뭐냐 한 마지기에 한 가마니씩 쌀을 주고 짓득기(짓듯이) 그놈을 인제 도조를 댕김서 매요. 매서 받어들인 것이 천석을, 긍게 천 마지기 이상을 가지고 있단 얘기여. 그랬는디 그렇게 잘 되서 인제 참 기와집도 짓고 그냥 잘 사는데, 어떤 지사 풍수 하나가 그것보고 지사라고 그러지.

풍수가 지관이라고도 허고 지사라고도 허고 풍수라고 허고 풍수 하나가 가서 금일 딱 본게,

엎어서 뉘였으면 천석 받고 빤듯이(반듯이) 뉘었으면 오백 석 받고 근다고 그러더래. 그 얼마나 잘 아느냐, 그 말이지.

땅속에 묻혀 있는 체백을 보고, 엎어서 이렇게 썼으면 천석을 받고, 빤듯이 뉘었으면 오백 석밖에 못 받는다고 그더래야. 그렇게 잘 아는 풍수가 있더라는 게야. 그래서 거그가 지리적으로 우리나라뿐 아니라 진안군 허고도 대표적으로 그 지리 학술적인 문제를 가서 볼 수 있는 디가 거기가 하나 있고, 그 인제 그리서 그것이 우리가 눈이 안 뵈는 것을 아니다고 허지 말고, 전제의 유래를 이렇게 비쳐보면 아는 기라. 그서 그 뫼 쓰고 천석을 받았어요.

도둑도 비켜 지나간 덕인(德人) 황진사

자료코드 : 07_12_FOT_20091224_HJJ_JNJ_0005
조사장소 : 전라북도 진안군 부귀면 수항리 대곡마을
조사일시 : 2009.12.24
조 사 자 : 허정주, 진주
제 보 자 : 조낙주, 남, 84세
구연상황 : 다음에 만나면 이야기해 주겠다고 하던 황씨네 이야기가 생각나서 부탁하자
　　　　　 바로 구연하기 시작하였다.
줄 거 리 : 황진사는 진사까지 했지만 가난한 선비였다. 황진사는 부인에게 십 년 간 콩
　　　　　 나물죽만 먹고 저축하며 살자고 하였다. 하루는 황진사의 어린 아들이 남의
　　　　　 집에 놀러 갔다 오더니 그 집은 흰 쌀밥을 먹는다면서 엄마에게 울면서 우리
　　　　　 도 흰밥 좀 먹어 보자고 하였다. 그러자 부인은 황진사가 밖에 나가는 틈을
　　　　　 타 뚝배기에다가 밥을 끓였는데, 황진사가 갑자기 되돌아오는 것을 알아채고
　　　　　 아랫목 이불 속에 뚝배기를 감추었다. 황진사가 이불 밑에 뚝배기 안에 든 쌀
　　　　　 밥을 보고 약속을 지키지 못했다고 하면서 뚝배기를 부인에게 던졌다. 그래서
　　　　　 부인의 얼굴에는 평생 흉터가 남게 되었다. 이후 황진사는 부자가 되어 덕을
　　　　　 베풀어 덕인이라는 소문이 자자했다. 한 번은 경상도에서 전라도로 넘어오는
　　　　　 곳에 검령재라는 곳이 있는데 그곳 주막에 도둑이 들었다. 도둑이 주막집 손
　　　　　 님들이 주무시는 방에 들어갔는데, 황진사와 비슷한 사람이 있었다. 그 사람
　　　　　 은 경상도 사람이었는데, 도둑은 그를 황진사로 착각하여 '여기 용담 사는 덕
　　　　　 인 황진사가 주무신다'며 그냥 조용히 나갔다.

　아까 말한 황씨네들 얘기.

　(조사자 : 안천.)

　안천, 안천, 거기 가서 상배실, 중배실, 하배실, 세 동네가 배실이라고
해서 배 배 배 혈(穴)이라고 배. 먹는 배. 그서 백화리라, 백화리. 배꽃이
있다고 해서 상백화리, 중백화리, 하백화리라고 이렇게 나눠져 있는데, 거
그서 중백화리 가서 황씨네가 진사 하나가 있었어요. 그 사람이 부모한테
글을 많이 배워서 진사까지는 했지만은, 그 전에는 선비들이 가난하게 살
았어요. 일을 못 허니까.

지금같이 기계화가 아니고 직접 손으로 해야는데 선비들이 가난하게 살았다 이 말이여. 장개를(장가를) 말허자면 장개를 가기 전 진사를 했어. 장개를 가게 될 적에 서로 피차 내외간을 맞이해서 첫날 저녁으 그 잘 생각해야 돼. 첫날 저녁이 뭣이냐? 혼사가 뭣이냐? 요새 날 그냥 장개 시집을 가면 그 예식을 허고는 놀러간다고 휙 가 뻐리네. [손녀가 전화 받는 소리가 들린다.]

여행을 헌다고. 그게 아주 잘못돼 있는 거요. 뭣 때문에 잘못되었냐? 부모네가 혼사를 맞이하게 되면 방도 깨끔하게 잘 벽도 맨들고, 이불 만들고 해서 누운 자리라든가 갖가지를 전부 준비해 놓는 것 아니것어? 그리고 심지어는 저들들이 제금나가서(따로 살림을 나서) 살 수 있는 대책을 재비까지도 만들어 놓는 사람이 있거든.

그러면 그것을 첫날 저녁에 부모네가 방 다 가꿔서 다 해 놓고 해 놓은 그 방에서, 자, 우리가 인연을 맺었으니까 평생 우리가 후손까지 어떻게 어떻게 설계를 내는 것이 첫날 저녁이라.

'우리는 이렇게 하고 살세. 요렇게 하고 살고, 자네 뜻이 어떤가?'

'아, 나도 그렇게 허겄습니다. 아 나는 생각이 이렇게 하면 좋겠습니다.'

설계를 내는 것이 그게 첫날 저녁여. 장개 시집 올 적에 육례법을 아냐고 묻는 거여. 육례(六禮)가 처음 먼저 선을 보잖애. 그럴 적에 이 영예장(연길장涓吉狀을 뜻함) 그것보고 영예장이라는 거여. 영예장, 허락장(허혼서). 그 인자 거기다 박잖여. 거기에다가 납폐(納幣), 납폐를 또 있어요. 뭐이냐 거기다가 한 봉 글자 세 개, 하나, 둘, 싯, 네, 다섯를 해 가지고,

시집갈 적으 여기 옷고름에다 찜매고(묶고), 농에다 집어넣고 함에다 집어넣고 평생 두고 이게 그 계약서라. 그것이 영예장, 혼서지, 또 인자 결국 그 곡어 해서 네 개 아녀? 첫날 저녁 자고, 그것이 인제 다섯 개야. 그리고 나머지 인제 여섯 개는 부모한테 내가 장개 시집을 가, 나도 이집에 와서 살겠다고 가서 인사하는 기라. 그것이 육례여. 여섯 가지 예라.

근디 이거 요새 날 부모들이 실컷 길러서 잘 해가지고 다 물자 준비해서 방까지 사제까지 저그 잘 방을 해 놨는디도 불구하고 휭 가서, 저그들끼리 놀 때는 놀고 그냥 부모네 소용없어요. 인사도 없고, 고맙습니다 인사도 없고. 그 무례하다는 거여. 그제 잘 못 되어 있는 거요. 그리서 나는 내 큰 아들서부터 그렇게 절대 그냥 안 보냈어요.

"와서 첫날 저녁에서 겪이고 가거라. 어디 그런 뱁이(법이) 있냐. 그 말 허자면 놀러 간다는 건 맞들 않는다. 가거라."

첫날 저녁에는 우리 집이 직접 겪이 놓고 보냈지 그렇게 그냥 안 보냈어요. 시집 장개 가면서 어찌 그렇게 무례허냐 이 말여. 그것이 육례라. 그럴 적에,

"콩나물밥을 십 년을 먹자." 그맀어.

(조사자 : 그 황씨네가요?)

콩나물죽. 황씨네 황진사가. 그 왜 그러냐? 콩이란 이렇게 자잘허단 말여. 질구면은(기르면은) 열 배가 늘어 뻐려. 이렇게. 콩나물이. 긍게 그놈으로 히서 먹는 것을 저축하자는 거여. 그서 약속을 했어. 십 년 간을 콩나물죽을 끓이기로. 밥도 아니고 콩나물죽. 그러자 저러자 보닝게 참 살다가 본게, 애가 낳아 가지고 애가 어린 것이 넘의(남의) 집에 가서 밥을 먹는디 본게 우리 집은 늘 죽만 준다고 앵! 앵! 허는 거여.

"밥 좀 줘! 엄마!"

긍게 진사가 출입을 허로 어디를 가는 판여. 의복 입고 출입하로 나갔는디, 남편 없는 새에 어린애가 졸라싼게(졸라대니) 오모가리, 그전에 오모가리다 그놈을 화덕에다 화리 불을 담어 놔. 화덕에다 올려놓고 인제 보글 보글 보글 밥이 되는 판이었는데, 진사가 휴대폰을 가지고 갈 것을 안 가지고 가서 도로 집으로 오는 판이야. 보글보글 끓는디 발자국이 오는디 보니까 아 이거 진사님이 도로 집으로 오거든.

그전에는 아랫목에다가 포대기를 깔고 있었어요. 포대기 속에 집어넣었

어. 근디 이놈의 투가리가(뚝배기가) 쇠그릇은 후딱 식는데 안 식어요. 그래. 포대기 밑에서 뭣이 보글보글 허거든. 그 떠들릉게 밥이라. 그서 그놈을 그렇게 아낙네가 약속 위반힜다고 던진 것이 얼굴을 디었어요.

디어서 평생 아낙네 얼굴에 던진 것이 그때에 배깥(바깥) 사람한테 그 밥그릇으로 맞은 터가 죽도록까지 있었어. 디어 가지고. 그래서 인제 지금 같으면 여자들 안 살어요.

"내가 뭘 잘못힜냐? 자식 좀 멕일라고 헌 것이 그것이 잘못힜어? 저 놈의 남자 데리고 내가 못 살었어. 나는 가." 나가는 거요, 지금은.

근디 그걸 다 순종허고 받었어. 약속헌 이상 약속 위반이야. 그리고 십 년 간을 그렇게 허는데, 처가 집으 가서 덕석 하나, 괭이, 산태미(삼태기), 이런 거 갖다가 논을 치기 시작 힜어.

근디 부인네는 그때 부잣집이서, 진사집이라 헌게 부잣집이서 왔다 그 말여. 옷을 많이 히 갖고 왔는디 치매에다 독을 집어넣어서 다 떨어져 버렸단 말여. 그렇게 논밭을 쳐 가지고 천석을 거기도 받었어요. 황진사가.

그렇게 지독허게 엄숙허게 노력 쌓고, 쌓아 가지고 헌 그 재물을 덕을 많이 풀어요. 피가 나게 했는데. 그리서 황진사 덕인이다 소문이 났는데. 저 그 전에 저 경상도에서 거그를 넘어올라면은 안성 가서 꺼럼령, 검령재라는 재가 있어요. 껌령재.

경상도서 꺼럼령재 그려. 검령재라. 칼 검 자, 검령. 그 장군대좌가 있다고 해서 칼 날릴 재라고 해서 검령재라. 근디 경상도에서는 꺼럼령재 그래. 되게 부치는데. 그걸 한 사람이 경상도 사람이 거그를 넘어 오는 판이었는데, 재가 커. 커 가지고 미처 못 넘어 와 가지고 저쪽에서 주막에 주막집에서 자게 됐단 말애. 그날 저녁 해상 도적이 왔어.

떼도둑에 와 가지고 털어 먹으러 왔는데, 아 황진사 자는 방을 불끈 열더니, 아니 저 뭐 그 뭐이냐 경상도 사람 자는 방을 불끈 열더니,

"응, 여그 아 저 저 용담 황진사 덕인이 여그 주무신다. 어라 가자. 덕

인 계신다. 여그."(안천면에 사는 황진사 이야기로 시작했는데, 여기에서 용담면 황진사로 바뀌었다)

문을 닫고 그냥 그 집 주방도 떨도(털지도) 않고 가 버렸어요. 자기가 황진사 아닌데,

"아! 이상하다. 용담 황진사가 있나?"

요쪽을 넘어 와 가지고서 용담 쪽을 와서 황진사 댁을 물어 본게 중배실 가서 황진사가 있다 그 말야. 그서 가서 보니까 황진사가 그 사람이나 얼굴이 흡사햐. 그 사람들이 그리서 황진사로 봤다 그 말이야. 도적놈도 황진사 덕인은 털들 안 했어요. 그 참 좋은 얘기요.

이태조에게 후처로 시집간 강씨의 딸

자료코드 : 07_12_FOT_20091224_HJJ_JNJ_0006
조사장소 : 전라북도 진안군 부귀면 수항리 대곡마을
조사일시 : 2009.12.24
조 사 자 : 허정주, 진주
제 보 자 : 조낙주, 남, 84세
구연상황 : 황씨네 이야기를 하는 도중에 혼사에 관한 이야기가 나오자 잠시 다른 이야기를 먼저 하겠다면서 구연을 시작하였다.
줄 거 리 : 이태조가 전쟁에서 이기고 황해도 부자인 강씨네 집에 가서 자게 되었다. 강씨는 장군 덕에 이렇게 부자로 잘살고 있으니, 편히 계시라고 했다. 강씨의 딸이 장군을 보고 국왕이 될 기상임을 알고 아버지에게 장군에게 시집가겠다고 청했다. 강씨는 장군에게 물었으나 이미 결혼한 몸이라 안 된다고 했다. 그러자 강씨의 딸은 후처라도 좋으니 가겠다고 했다. 그래서 장군으로부터 혼서지를 받았는데 혼서지가 잘못 되었다고 강씨의 딸이 따져 물었다. 그러자 다들 잘 썼는데 무엇이 문제냐고 하자, 결혼해서 본처가 있으면 혼서지에도 결혼했다고 써야지 왜 미혼이라고 썼느냐고 똑 부러지게 말하였다.

그러자마자 또 한 가지 떨어져서 이야기를 좀 허겄네. [앞에 구연했던

이야기들과 좀 다른 이야기를 먼저 하겠다고 함.] 태조가 전장을 성전을 허고 나서 가지고는 황해도 강씨네들 부잣집에서 잡었어.

"장군 때문에 우리가 부자로 제대로 허고 살겠으니까 그저 치백이나 하라고 여기서 놀다 가십시오. 전부 먹는 거나 갖가지를 다 대리다."

그랬는데, 거기서 강씨 부인이, 처녀가, 아 보닝게 저게 장군이 아니라 일개 국왕이 될 기상이드라 그 말이야. 처녀가 그 상을 볼 줄 알아. 기상을. 그서 인자 자기 아버지를 청했어.

"나 그리 시집갈란다고. 긍게 남자 삼게 해 달라고."

아버지가 가서 청했어. 청헝개 장군이 뭐라고 그러냐면,

"나는 이미 장개를(장가를) 간 사람이요. 본처가 있는 사람이요."

와서 인자 아버지가 와서 딸보고 그랬어.

"야, 이 사람아, 본처가 있다네."

"아니, 나 후처라도 괜찮습니다. 갈랍니다."

그리서 인제 간다고 히서 마무리가 될 적에, 혼서지, 혼서지. 그것보고 혼서지라고 하는 거여. 혼서지를 쓰는데. 유성지미혼미유항이라. 이렇게 끄트머리가 그렇게 쓰거든. 누구누구는 그렇게 쓰고. 내가 장개 안 간 것을 미성이라고 허는 거여. 어 유성은 장개 간 것보고 유성이라고 그러고.

미성지유해하지 유해한이라고 그렇게 딱 써 놓고, 혼서지. 내가 장개 가겠다고 허락장이라. 받어서 본게 잘못 썼거든. 이거 잘못 썼다 그 말여. 아 긍게 아버지도 본게 잘 썼고, 장군도 본게 잘 썼어. 근디 뭣을 잘못 썼냐 이거여.

"유성이라고 해야지 왜 미성이라고 썼냐?"

이 말여. 왜 그짓말(거짓말) 허냐 이거여.

참 본처 있응게, 유성, 한 번 갔은게. 내가 재처 간다는 거여. 여자라도 그렇게 똑 부러진 것이라. 사실대로 쓰지 왜 거짓말 허냐 이거여. 그것이 혼서지예요.

밤나무를 심어 호식을 면한 율곡

자료코드 : 07_12_FOT_20100205_HJJ_JNJ_0001
조사장소 : 전라북도 진안군 부귀면 수항리 대곡마을
조사일시 : 2010.2.5
조 사 자 : 허정주, 진주
제 보 자 : 조낙주, 남, 84세

구연상황 : 조사자를 다시 찾은 것은 이번이 세 번째이다. 전화를 드렸더니 집 근처에 있는 절에 가 계셨다. 그래서 절에 가서 모시고 제보자의 집으로 왔다. 효자 이야기를 부탁하자 율곡 선생 이야기하나 해 주겠다고 하면서 구연하기 시작하였다.

줄 거 리 : 율곡 선생이 어렸을 때 스님이 시주를 받으러 와서 쌀을 담아서 내갔다. 어린 율곡을 보고 스님은 '딱한 일이라, 안됐다'고 말하자 이를 넘겨듣지 않고 아버지에게 아뢰었다. 그러자 아버지는 스님을 모시고 오라고 하고, 왜 그런 말을 했는지 물었다. 그러자 스님은 율곡이 기세가 큰 아이인데 십여 세에 호식을 당할 운명이라고 말했다. 그러자 아버지는 그걸 면할 방도가 없겠느냐고 묻자 밤나무 천 주를 심고 다른 사람이 따 먹든지 말든지 밤 한 톨 따 먹지 말라고 했다. 밤나무를 계곡에다 심어서 잘 키우고 있는데, 어느 날 중이 와서 '이 아이의 사주팔자가 험악하니 내 밑에서 중이 되게 해 달라'고 했다. 그러자 아버지는 밤나무 천 주 심고 열심히 공을 들이고 있는 중'이라고 대답했다. 그러자 밤나무 천 주가 안 되는데 무슨 소리냐고 하면서 만약 천 주가 못 되면 내 밑에 중이 되게 하고, 천 주가 되면 목숨을 걸겠다고 했다. 다 같이 세어 보는데 한 주가 부족한 구백구십구 주였다. 그때 밤나무와 비슷한 쇠박달나무가 '나도밤나무'라고 외치며 나서서 천 주를 채우게 되었다. 그러자 중으로 둔갑했던 범이 고개 너머로 도망갔다. 그래서 지성이면 감천이라고 율곡 선생이 살아날 수 있었다. 이때 밤 율(栗) 자와 골짜기 곡(谷) 자를 써서 율곡이라 지었다고 한다.

율곡이가 지금 삼백 칠십은 얼마 될 거여, 아마 년 수가. 그때 사람여. 율곡이 뭐냐, 그 송구봉, 또 저 이퇴계. 이퇴계보다 삼십칠 년인가 앞에 사람여. 고때 무렵 사람인데, 그때 긍게 사람이 구름이 났어요. 많이 났어요. 송구봉이 얼매나 잘난 사람이간디. [잠시 멈추면서]

(조사자 : 그래 가지고요?)

긍게 어렸을 적에 스님이 그 집으로 시주를 허로 갔다 그 말여.

"시주를, 시주를 좀 해 주십시오!" 하고 목탁을 뚜드리고 했는디,

그 안이서 인제 밥지기에다가(밥그릇에다가) 쌀 하나를 담어서 시주를 내보내 줬어. 지금인게 그러지 그전에 밥지기 하나 시주해 주는 것은 많은 시주여. 그전에 요만큼씩 쪼금씩 줬지. 그전에 쌀이 귀하니까 지금은 쌀이 흔해 빠져서 그러는데, 그전에는 이 밥지기로 하나 큰 밥지기로 한 되씩여. 한 되의 쌀을 주는 시주가 그전에 큰 시주여. 큰 시주를 받고 나선게 스님이 허는 소리가,

"허허, 그것이 참 딱한 일이로구나. 안 됐구나." 군담을 허고 나갔어.

근데 그때에 나이는 자세히 모르지만 육칠 세 지나지 않은 소동(小童)이가 가서 주었는데, 소동이었을망정 그것을 유심히 생각을 달리했어.

"아, 아버지, 스님께서 시주를 받어 들이면서 하는 말이 '아, 그 참 딱할 일이 있구나. 안 됐구나, 참' 이러면서 세를(혀를) 차고 갑디다."

아버지한테 고허니까 율곡을 가서 보냈어.

"가 시주 스님을 모시고 오너라."

"아, 아버지께서 시주 스님을 모시고 오라고 해서 왔습니다." 따러갔어. 율곡이 선친허고 인제 만나서 대화를 헌게,

"야헌티(이 아이한테) 딱한 얘기를 했다는디, 무슨 이치로 했습니까?" 하고 물으니까,

"예. 소승이 알건대 십여 살 넹기(넘게) 되어 가지고 호식(虎食)에 갈 팔자입니다. 그리서 참 기세가 큰 기센디, 참 그리서 내가 한 소리입니다. 장차에 아주 크게 쓰여 먹을 사람인디 기세가 만만한데 그 참 안됐습니다."

하고 왔는데, 율곡이 아버지께서,

"아, 그렇다면은 그런 경우를 알았다면 어떻게 면할 수 있는 재주는 없소?" 하고 물으니까,

"있죠. 그 있는디 그 실천이 어렵습니다."

"아, 무엇인가 알려주쑈. 아 내 자식이 부족하다는디 실천을 안 하겠습니까? 열심히 할 테니까 그거까지는 염려허시지 말고, 꼭 제대로 알려 주면 실천을 해 보겠소."

"그렇다면 말씀을 드리겠습니다. 이제 속히 밤나무 천 주를 빌려 심으시오. 심어 가지고 밤이 연다고 해서 내가 따 먹지 말고, 한 톨 따 먹지 말고 넘들이(남들이) 따먹든지 말든지 이렇게 열심히 천 주를 길러 주면은 알 도리가 있을 것입니다. 근디 이 애가 내가 볼 적에 많이 해 봤자 열다섯 살 미만으로 문제가 붙는데, 봄철에 한 번 중이 와서 '이 애 사주 팔자가 참 부디 험악하니까 자기 밑이 중으로 좀 넣어 달라'고 부탁이 올 것이오. 그거 절대 들어 주면은 안 되고, 안 되는, 안 되는 것이고, 또 그 다음에 밤나무 천 주를 심었다고 보면은 인지 안 심었네, 심었네, 이런 문제가 대두가 되는데, 그럴 적에 열심히 천 주를 심으십시오. 그리고 밤 한 톨이라도 따 먹지 말고, 넘이(남이) 따먹든 말든."

긍게 그제부터 그 영웅을 낳아주고 길러낸 어버이이기 때문에, 좀 이런 사람과 달버(달라) 가지고(달라 가지고) 참 밤나무 천 주를 즉시 심고, 참 열심히 노력해서 밤나무 천 주를 길러 내고, 그 다음에 한 톨 가서 뭐 손대 본 일이 없이 했는데, 열세 살인가 열네 살인가 먹어서 봄, 봄 춘절이 와 가지고,

"아, 그, 이 집 아들이 명(命)이 짤룹다든가(짧다든가) 뭔 일 있다든가 해서 내 밑에 중으로 넣어 주시면 좋겠다"는 이야기를 해서,

"아 그 당치 않는 일이라고 그리서 밤나무 천 주를 길러 놓고 공을 열심히 다르고, 닦고 있는 중이라고."

"그 내가 볼 적에 밤나무 천 주를 못 히 놓고는 밤나무 천 주라고 허냐고."

"아, 시 밤나무 천 주를 길러 내는디 왜 아니냐고."

인제 유경질이(신경질이) 나다가 보니께 머라고 허냐믄,

"밤나무 천 주가 만약 못 되면은 내 밑이 중이 넣어 줄 걸로 약속을 허고, 밤나무 천 주가 된다면은 어떻게 목숨을 짜르겠다."

요렇게 계약을 허고, 서필, 서필 계약을 허고 수장(손도장)을 꽉 찍었단 그 말여. 옛날에는 수장여. 그것보고 수장기표 그러지. 수장기표를 해서가 밤나무 천 주를 지금 시는(세는) 중이라. 시다가 보닝게 한 주, 두 주 시다가 본게 막판에 가서 시는데 아흔아홉 주밖에 안 돼. 한 주가 모지래. 하 그거 참. 그런 판이었는디,

"나도밤나무!"

허고 쑥 나서는 나무가 있어. 나도밤나무. 그 밤나무가 뭣이냐? 쇠박달나무여. 쇠박달나무가 밤나무와 흡사합니다. 쇠박달나무가,

"나도밤나무!"

천 주가 딱 되었어. 구백구십구 주에서. 아 그니까 그 자리서 고개를 빨딱 넘는디 보니까 범이 되어 가지고 가는 거여. 범이 호식 허로 왔어. 그서 지성이면 감천이라고 한 주가 부족한디도 불구하고, 나무가 '나도밤나무!' 해서 율곡이가 그때에 밤 율 자, 골 곡 자 해서, '밤 심은 골짜기 하나 차지하고 있는 분이다' 해 가지고 율곡이란 지명이 지은 것여, 그때에. 율곡이란 지명이 함부로 지은 것이 아녀. 그서 지은 거여.

부인 덕에 살아난 율곡

자료코드 : 07_12_FOT_20100205_HJJ_JNJ_0002
조사장소 : 전라북도 진안군 부귀면 수항리 대곡마을
조사일시 : 2010.2.5
조 사 자 : 허정주, 진주
제 보 자 : 조낙주, 남, 84세

구연상황 : 제보자는 밤나무를 심어 호식을 면한 율곡에 관한 이야기를 하고 나서, 말이
나온 김에 계속 이어서 율곡 선생에 관한 이야기를 하겠다고 하였다. 이번에
는 율곡 선생 부인에 대한 이야기라고 하면서 구연을 시작하였다.
줄 거 리 : 율곡 선생이 장가를 갔는데 부인의 얼굴이 얽어 험상궂게 생겨 보기 싫었다.
율곡선생이 부인에게 상대를 안 해주자 부인이 밥상을 공부방에 챙겨 들여다
주고는 나와 버렸다. 선생이 밥을 먹으려고 밥뚜껑을 열려고 하자 열리지 않
고 수저도 들려고 하자 들어지지 않았다. 밥상을 가지러 온 부인이 공부도 좋
지만 진지를 드셔야 하지 않겠느냐고 하면서 밥상을 들고 나온다. 매 끼니마
다 밥상을 들고 오기는 하는데 도대체 먹을 수가 없었다. 네 끼째 들고 왔을
때 부인에게 밥을 먹을 수 있게 해 달라고 청했다. 부인이 밥을 먹게 해 주고
는 지금까지 당신이 헛공부 했으니 나한테 가르침을 받겠느냐고 물었더니 율
곡 선생은 매라도 맞아 가면서 배우겠다고 했다. 어느 날 부인이 오늘 손님이
올 텐데 손님이 와서 바둑을 두자고 하면 먼저 두지 말라고 했다. 손님이 먼
저 두게 되는데 봄철에다가 두었고 다음 율곡 선생이 가을철에다 두었다. 생
동하는 봄에다가 가을에 내리는 서리를 왔으니 죽을 수밖에 없는 꼴이 되었
다. 그래서 그 손님은 살려 달라고 하면서 책 두 권을 주려다가 한 권만 겨우
뺏다시피 하여 받았다. 부인이 두 권을 다 뺏어야 한다고 했는데, 미처 빼앗
지 못한 책이 지리책이어서 율곡 선생은 지리에 능통할 수는 없었다. 그 손님
은 천년 묵은 너구리가 사람으로 변한 것으로, 율곡 선생을 죽여야만 세상을
장난칠 수 있는 능력을 가질 수 있었는데, 율곡 선생 부인 때문에 그럴 수 없
었다. 한편 율곡 선생은 부인 덕에 큰 화를 면할 수 있었다.

율곡 선생 장개를(장가를) 갔는디, 마누라가 어떻게 험상궂은지 얼굴이
빡빡 얽어 가지고 그냥 두 번도 보기에 무섭게 생겼어. 근디 그리 아버지
가 그리 장가를 보냈단 말여. 아, 이거, 율곡이가 그때 볼 적에 첫날 저녁
에도 보기가 싫어서 첫날 저녁부텀 너는 너, 나는 나. 아, 그리 가지고 시
집간 과년 찬 여자가 그냥 첫날 저녁부터 배반을 당했네. 끝까지 배반을
혀.

그 말만 시집갔지, 뭐, 양, 남편 상대를 히보도 못허고, 남자가 여자라
고 상대할라고도 안하고 그냥 순전. 공부방에 밥상 들고 가서 인제 밥상
만 들여다 주고 내오고 인자 그런디, 율곡 선생 마누래가 가만히 보니 큰

일 났어. 밥상을 떡 허니 챙겨 갖고 가서,

"아, 그 서방님 진지나 잡수고 공부허시겨."

미운 것이 간이나 미운 소리를 허고 가네. 문을 닫고 간 뒤에, 밥상을 이렇게 잡아 당긴게, 아 밥상이 움직이들 안 해. 그전에는 인자 밥상을 앞에다 딱 허니 바치고 갔는디, 저기다 문 앞으다 이렇게 갖다 놓고 갔다 이 말여. 이렇게 땡긴게 밥상이 움직이들 안 해. 희한하지.

가서 그러고 저러고 밥상을 복지(밥그릇 뚜껑)를 열고, 수지를(수저를) 들라고 헌게 복지도 안 열리지, 수저도 안 들려. 한 끄니(끼니) 굶었어. 오더니,

"아, 우리 서방님 공부도 좋지만 식사를 금지허면은 큰일 나는 것인디, 왜 식사를 안 챙겼어?" 홀딱 나가 버려. 내가 뻐려.

한 끼니 굶었어. 두 끄니째 또 굶었어. 아니 도저히 먹을 수가 없어. 세 끄니 굶었단 말여. 이제 세 끄니 굶었은게 배도 고프지. 하 이거 참, 근디 이 밥상이 뭐 움직이들 아녀. 아 근디 마느래가 뽈껀(불끈) 들어가고, 뽈껀 내가고. 그때부터 인제 생각이 달비(달리) 된 것이라.

'아하, 이것 내가 큰일나겄구나.'

네 번 밥상이 들여왔을 적에 청했어.

"마누라님, 들어오셔서 내가 사룰(사뢸) 말이 있소." 들어 앉었어.

"내가 밥상을 먹을래야 못 먹고 말았는데, 네 끄니쟁데 아무리 생각해도 아무리 미웁지만도 그래도 네 끄니째 굶겨서 쓰겄소. 나 밥을 먹도록 해 주쇼."

밥을 먹도록 해 주간디. 뭣 뭣 뭣 뭣 품서, 그전에는 밥상이 전부 간장 뚜껑까지 다 있었어요. 반찬 뚜껑까지 다 있었고. 그것보고 반상기라고 허는 거요. 뭣 뭣 뭣 뭣 뚜껑을 다 열어라고 다 들어라고 해서 밥상을 네 끄니째 먹었단 말여. 인제 그 밥상을 치우러 왔어.

"그 전부텀 당신 공부 헛공부 했는디, 내 말 듣고 배울 거냐, 안 배울

거냐? 어떻게 헐 거요?"

"들었습니다."

"그믄 앞으로 내가 선생이 되는데 종아리 걷어 치고 매도 맞을라오?"

"맞겄습니다."

선생이 됐으면 선생 지배를 받어야지. 그 안 헐 테면 말어야지, 선생을 삼을 수 없는 거 아니겄어? 근디 지금은 못돼 쳐 먹은 세상이 왔어요. 선생이라면은 생화지자여. 나를 길러주는 사람여. 모든 걸 알켜주고(알려주고). 매질을 쪼금 잘못 이렇게 했다고 해서 부모헌티 말을 허면 선생을 공격을 허고 별짓을 다허고 고발까지 허는 세상이 왔단 말여.

긍게 인제 글을 배우는 기라. 그게 내내 그게 뭣이냐? 진도여, 진도. 밥상을 진도를 부쳐 놓은 거여. 구분, 구분 둔법을 부쳐서 그렇게 히라고 하면 못 외는 것이요. 당신네들 그 소리허면 헛소리라고 알어 들어요. 그게 되는 것이요? 그게.

그래서 매질도 당하고 그렇게 해서 열심히 배웠는데, 한 번은 가만히 세상 운수를 돌아가는 걸 살피니까, 아주 큰 위인이라 거시기가(율곡 선생 부인을 말함). 마빡을 얽었어도 큰 위인여. 긍게 남자가 크게 될라면 여자를 배필을 잘 만나야 돼요. 또 여자도 자기가 편할라면 남자를 잘 만나야고, 근디 이 배필 관계가 아주 에루운거요(어려운 거요).

그런 건데 요새 날 툭 허면은 시집 강개 갈 적에 제 뜻만 맞고 조금 남자가 고분 고분허면 그게 내 남자고 주서(주어) 붙이는 게 실패가 많다는 거여. 그 잘못 되어 있는 거요. 긍게 가정교육이 모재랐단(모자랐단) 얘기여. 가정교육을 제대로 했으면 여자한테 그런 왕성이 없어요. 그럴 수가 없는 것인게. 그 자기 남편 보고,

"오늘은 스님 오실 것 같으오. 근디 오면은 스님을 모셔 놓고 바로 저기 나를 좀 방문허쇼."

아 대처 아니랄까 스님이 와서 찾어서 객실로 인제 스님을 모시고 왔

어요.

"큰일났소. 틀림없이 바둑을 뒤자고(두자고) 허는디, 바둑을 뒤면은 절
대 먼이(먼저) 두면 안 됩니다. 절대 머니(먼저) 뒤면 안 된게 뒤지 말고,
인지 내기를 허자고 헐 적에 생명을 걸고 내기를 허자고 헐튼게, 그때 상
대가 져면은(지면은) 책 두 권을 내 놓고 사정을 헐 것이니, 책 두 권을
냄서 뺏어야 합니다."

그리 놓고 인제 손님이 왔은게 술상을 드려서 술상을 인제 대접을 허
고, 그 나머지 인제 술상을 갖다 맞이하고 물러 세워 놓고, 바둑을 청해서
바둑을 두게 되는디 서로 먼야(먼저) 뒤라는겨. 그자 인제 손님께서 먼야
두시라고 해 가지고 손님이 먼야 두게 되는데, 지금 바둑이 구단이니, 팔
단이니 뭐다 뭐 별지랄 다 하드만은, 바둑이 그게 이십 사쥬(二十四柱)요.
그게. 이십사주법이 들어 있어요.

춘하추동 사시절이 포함되어 있고. 먼야 두는디 봄철이다 딱 해 났다
그 말여. 봄, 만물이 시생, 봄은 만물이 생(生)하는 거이다 그 말여. 난다
그 말여. 딱 놓으니까, 춘절이다 딱 놓아 뻐렸어. 추절, 가을철. 만물이 시
생허는디, 삐죽 삐죽 올라 오는디다가 써리(서리) 오거든, 싹 죽지 않습니
까? 추절, 써리(서리)를 갖다 붙여 놓은 거라. 한 방 놓고 졌다고 사정을
허는 거여. 생명 끊기로 했는데. 그게 막 추상같이 명령을 혀.

"아니 이게 무슨 소리냐고. 당장 목을 바치라고."

장검를 빼고 이렇게 들고 야단을 허닝께,

"아, 그러지 말고 내 생명만 살려주면 좋은 보배를 전해주리다."

긍게 막 강제로 추서를 허다가 나중에 들어주라고 했다 그 말여. 긍게
들어주는데 품에서 이렇게 책 두 권을 뺏어 가지고, 하 그냥 미처 못 뺏
어 가지고 한 권을 다르르 빼 가 뻐리고(뺏어 가버리고) ○○○○, 이렇게
○○○○ 되어 뻐렸어.

한 권을 인제 뺏었는디 보니까, 지리 지리서고. 나같이 지리 보는 서적

여. [옆에 있던 책을 만지다가 탁자에 내려놓으면서] 천문지리를 갖고 왔어. 그래서 거시기가 율곡이 천문을 못 봤다. 지리는 봤는데. 그리 인제 그게 뭣이냐? 그게 삼돌이여. 삼돌이가 뭣이냐? 산에 있는 오소리.

(조사자 : 오소리?)

아니, 너구리, 너구리, 산너구리.

(조사자 : 산너구리, 삼돌이라고 해요?)

삼돌이. 그놈이 천년 묵은 너구리가 돼 가지고, 뭐냐 율곡을 잡아 죽여야만이 지가 세속의 장난을 허게 생겨서, 천년 먹은 너구리니까 인제 사람 변화되어 가지고 별지랄 다 헐 수 있는 능력을 갖춰서, 율곡을 죽여 뻐려야만이 지가 세상에 나와 별 장난 다 허게 생겨 가지고 나온기라. 그때 율곡한티 당해 가지고, 율곡 선생 마누라 때문이 당히 가지고 삼돌이 그 질로(그 길로) 들어가서 심매고 죽어 뻐렸어.

대사의 보복을 받아 망한 사씨네와 송장바위 유래

자료코드 : 07_12_FOT_20100205_HJJ_JNJ_0003
조사장소 : 전라북도 진안군 부귀면 수항리 대곡마을
조사일시 : 2010.2.5
조 사 자 : 허정주, 진주
제 보 자 : 조낙주, 남, 84세
구연상황 : 율곡 선생 이야기를 하고, 실제 있었던 이야기라고 하면서 진안군 동향면에 있는 사씨 이야기를 시작하였다.
줄 거 리 : 동향면 들 한가운데로 내(川)가 흘렀는데, 이 마을에 사씨네 집안들이 살고 있었다. 이 사씨네들은 동네에서 유세도 하고 남한테 못할 일을 많이 하자, 대사 한 명이 사씨네를 몰살시키려고 물길을 바꾸었다. 그러자 큰비가 와서 사씨네들이 떠내려갔는데, 한 바위 근처에서 송장을 많이 건져 올렸다. 그 바위를 송장바위라 하게 되었고, 그 와중에 살아남은 유일한 한 사람 있었는데, 서당에서 공부를 하다가 비가 많이 와서 집에 돌아오지 못하고 서당 방에서

잠이 들어 살아남았다는 것이다.

동행면(동향면) 현 소재지 바로 밑이, 거그 가서 인제 큰 쏘(沼)가 있어요. 지금도 그 쏘가, 쏘가 되어 있어요. 바우(바위) 밑이가. 거그 가서 그전에 사씨네들이 살았다는 거여. 동행면 들 가운데로 똘(도랑)이 났고, 사씨들들이 동냥이나 주고 잘 지내고 유세를 많이 허고, 허면서 남한테 못헐 일을 많이 하고 그랬는데, 저 우에(위에) 가서 창말, 창말 앞으로 오는 보(洑)가 있어.

저 웃말에(윗마을에) 가서, 그 있는디, 그 있는 디서 또랑을 변경시켰어요. 어떤 대사 하나가.못 견디게(못 견디게) 사람을 못살게 이놈들을 몰살시킬라고. 그럴 적에 무주 부남면 짚은다리라는 데가 있어요. 거기 가서 사씨들이 거그 가서 사는데 사종준이라는 사람이 있어요. 사종준.

(조사자 : 종준?)

사종균.

(조사자 : 균?)

준. 그 사람이 갑오생(甲午生)여, 아니 갑자생(甲子生)여. 나보단 하나, 둘, 세 살 더 먹은 사람여. 그 사람 입이서 나왔어. 그 사람이 나보고 인제 지리를 보아 달라고 허면서 자기 인자 선산도 보았고, 그러자 인자 그 동행면 거기를 가게 되었는디, 동행면 와 가지고 요 밑이 동행면 끄트머리 동네 거기 가서 용암리라는 디 그 근방 와서 송장바우라는 데가 있어요, 송장바우.

그 송장바우가 어째서 송장바우라고 그걸 이름이 지어졌냐면, 사씨네들이 그때 물을 돌려 가지고 큰물이 져서 떼밀려 가지고 겁나게 죽었다는 거여. 그서 거기 와서 이미 물이 빙빙 돌아 송장이 많이 거기서 건져냈다는 거여. 그래서 그때에 사씨네들이 그 물로 떠밀려가 죽었을 적에, 거기서 건질 적에 그서 송장바우라고 이름이 지어졌고, 바우가.

아주 소생한 얘기 히 주께. 지금 동행면 사람들도 몰라요. 그 송장바우가 어찌서 송장바우란다는 걸 모릅니다. 사씨들이 죽으면서 그리 가지고 송장바우라고 지명이 되어있고. 지금 현재에 그 쏘(沼) 우에 가서 뒤 산에 가서 사씨네 묘가 이십 여 분상이 있어요. 그때 그 물이서 건지다가 거기다 묘를 썼다는겨. 사씨들 묘가 지금 거기가 이십 여 분상(墳上)이 있어요.

그리 가지고 사종준이는 어뜩해서 그 게 중에 웃사람이 살어났냐? 자기 오대조(五代祖) 때 그랬다는 거여. 종균이 오대조 때, 오대조 때에 오대조 할아버지가 안쇠실, 배깥쇠실이라는 데가 있어요. 동행면. 안쇠실 가서 서당을 댕겼다는 거여. 서당을 가서, 가서 글을 배우러 가 가지고 비가 녹락(낙락)같이 쏟아져 가지고 집이를 못 오고, 서당 방에서 그냥 잤단 말야. 그리서 그 종자 하나 살았다는 거이라.

사종준이 오대조 할아버지가 그리서 살어 가지고 그 사가들이 거기서 안 살고, 무주 부남면 짚은다리라고도 허고 유단실이라고도 허고 그려. 그리 와서 살게 되어 가지고 사종준이가 오대조 사람으로 해서 그 얘기를 해서 내가 알게 되었어요.

행인 덕에 잘못 쓴 명당을 바로잡은 한씨네

자료코드 : 07_12_FOT_20100205_HJJ_JNJ_0004
조사장소 : 전라북도 진안군 부귀면 수항리 대곡마을
조사일시 : 2010.2.5
조 사 자 : 허정주, 진주
제 보 자 : 조낙주, 남, 84세
구연상황 : 근거가 맞는 이야기를 해야 한다고 하면서 진안군 안천면에 있는 명당 이야기를 하겠다면서 구연하였다.
줄 거 리 : 진안군 안천면 보한리에 한씨들이 금구몰니(金龜沒泥) 명당을 차지하고 있었다. 잘 알지 못하는 풍수가 한씨네에게 금구몰니 혈 자리에 집안 비석을 세우

고, 그 근처에 바위덩어리들도 땅에 묻게 했다. 그런 뒤 그 집안 자손들이 한 명씩 죽기 시작했다. 하루는 행인이 보한리를 지나가다가 일하던 농부에게 담배를 피우자며 부시를 달라고 청했다. 그러자 농부도 쉴 참이라면서 이야기를 나누는데, 그 행인은 저기에 비석 세운 집안사람들은 혀를 빼고 죽지 않으냐고 물었다. 농부가 그렇다고 대답하면서 어떻게 그걸 아는지 놀라면서 사람 좀 살리고 가라고 하였다. 행인은 그 바위덩어리들이 자라 알인데, 자라 위에 흙을 덮은 꼴이니 죽게 되고, 앞에 있는 비석으로 자라목을 눌러 놨으니 혀를 빼고 죽을 수밖에 없다고 말하였다. 그래서 농부는 한씨네 집안에 그 이야기를 전하고 그 흙을 치우고 비석을 옮기게 하였더니 그 뒤로는 한씨네 집안에 혀를 빼고 죽는 사람이 없어졌다.

또 안천에 가서 이런 것이 하나가 있어. 요새 하도 명당이 필요, 명당이 어디 어디가 있냐 허기 때문에 이 소리를 혀. 또. 진안군 안천면 보한리 가서 그것이 있어요. 보한리. 한가들이 많이 살아. 청주 한가들이 많이 사는디, 용안 벼실(벼슬)한 사람이 있어. 용안 벼실. 용안 벼실 한 사람이 자기 웃대에서 금니(금구몰니) 바람으로 용안 벼실을 허닝게, 지금은 비석 석물 같은 거 기계로 막 허닝께 별것이 아니고 에롭지(어럽지) 않고 개격도(가격도) 싸지만, 옛날에는 손으로 전부 정으로 쫒아서(쪼아서) 맨들었단 말여.

이게 긍게 엄청나게 시간이 많이 걸리고 인건이 많이 걸리고 또 운반을 헐랑게, 또 운반도 수십 명이 달라 들어 운반을 혀야 혀. 지금은 기계로 간편하게 하지만. 그전에는 큰 석물 같은 걸 헐라면 참 애로가 많았어요. 그리 인자 그 명당이 금구몰니(金龜沒泥)라고 허는 명당여. 금구몰니.(금거북이 진흙 속에 묻힌 터를 말함)

(조사자 : 금구몰니.)

금구몰리.

(조사자 : 몰리?)

응, 그 뭔 소리냐? 금구라는 것은 거북이를 갖다가 한층 빛나게 허기 위해서 금구라 허는 기라. 거북을. 거북이 땅을 헤비적 헤비적거리는 것을 몰리라고 허는 거여. 그런 혈이 있는디. 그 저 옆에 가서 오른쪽, 오른쪽, 저 앞으 오른쪽 편에 가서 바위가 요만헌 놈이 옹개종개 이렇게 모여 있는 놈이 있어요. 이렇게 쌓여 있는 놈이 있어요. 발복을 히서 인제 비석 석물을 그때 허면서 풍수란 놈이 잘 몰라 갖고,

"저 바우를 헝저지게 묻어라!"

땅을 묻어서 말허자면 뙤를(떼를) 안 입혀서 그렇지 인제 뫼똥(묘)같이 되어 있었어. 인제 그 봉분 앞에다 상석을 이렇게 큰 놈을 갖다 놓았다 그 말여. 상석을 놓고 망주석을 양쪽으로 세우고 그렸는디, 아, 그 집의 자손들이 막 죽어, 죽어 나가. 그 자손들이 죽는, 매 죽는지만 알았지. 알았간디 몰랐는디.

그러자마자 그때 봄철이었던가? 일간(이른) 봄에는 고래실(고라실논), 반고래실을 이렇게 물을 가둘라고 미리 가둘라고 논두럭을 해요. 그리야 농사지으니까. 논두럭을 허느라고 허고 있으니까, 지나는 행인 하나가 농부를 청허는 거요.

"아, 여보시오. 내 지나가는 행인으로서 부수가(부시가) 없오. 아, 부수 좀 빌립시다. 댐배(담배) 한 대 피게." 농부가 있다가,

"아, 그러십시다. 나도 때 참이 되어서 지금 쉬고 싶은 생각이 있었는디 마침 잘되었소."

인제 나가서 부수를 빌리고 또 댐배 청했은게 담배를 한 대 주고 감서 서로 교환해 감서 댐배를 피면서,

"저 건네 저그, 저그 저 뵈는 저그 석물 헌 뫼, 저게 누구 뫼요?"

"저 묘는 저 보한리 사는 한씨네들 묘입니다."

"그리요, 아 자손들이 안 죽어 나가요?"

"예, 죽어 나갑니다."

죽어나가도 세를(혀를) 쏙 빼고 죽네. 죽는 놈마다 세를 쏙 빼고 죽는다

이거여. 근디 참 죽는 놈마다 세를 빼고 죽었드라는 거여. 긍게 이 농부가 붙들었어. 사람 좀 살리고 가라고. 행인이 뭐라고 허냐면,

"내가 아문 디(아무 데)까지 가야 할 사람인디, 그 가서 그 사람들 보고 헐 새가 없고, 다만 그 상석을 옮기라고 허쇼. 옮기고 저 뫼똥에서 이렇게 만든 거 저 바우로 묻은 거 아니오." [손으로 방향을 이리저리 가리키면서]

"예, 그렇습니다."

"저 뫼똥 흙을 부지런히 없애라고 허쇼. 그게 자라 알입니다."

자라를 묻었은게 자손이 죽는다는 거여.

그리고 목을 갖다가 큰 독으로 눌렀으니까, 이렇게 눌르면(누르면) 세를 쏙 빼고 죽는겨. 아 그 뭣이냐 목 매달은 사람 다 세를 빼고 죽잖애.

(조사자 : 그렇죠.)

"목을 눌렀은게 그리서 세를 빼고 죽습니다."

그리서 부랴부랴 가 가지고 그냥 그 얘기를 해서 걷어내고 상석을 들어내고, 묘 앞에 있는 거 저 옆에 가서 있어요. 지금도 옆에가 저쪽으 가서 있어. 들어서 내 가지고 그리고는 자식 자손들이 안 죽었어요. 그리도 명당이 없어? 그도 명당이 없냐고.

명당 발복을 못 받아서 다리를 잃은 조선 사신

자료코드 : 07_12_FOT_20100205_HJJ_JNJ_0005
조사장소 : 전라북도 진안군 부귀면 수항리 대곡마을
조사일시 : 2010.2.5
조 사 자 : 허정주, 진주
제 보 자 : 조낙주, 남, 84세
구연상황 : 명당 이야기를 하고 나서, 전주이씨에 관한 이야기를 시작하였다.
줄 거 리 : 이씨 집안의 이교순이라는 사람의 오대조는 중국에 사신을 갔다 온 적이 있

는데, 중국 천자가 그에게 "조선 사신은 아는 것이 많고 영웅이라서 불에도 타 죽지 않는다고 하니, 불 위에 한 번 올라서 보라"고 했다. 천자의 명이라 거역할 수 없어서 이교순의 오대조는 불 위에 올라섰다가 다리 하나를 잃었다. 천자는 과연 영웅이라고 하면서, 왕 이외에는 쓸 수 없는 금으로 된 허리띠를 특별히 하사했다. 이교순의 오대조는 중국에서 돌아와서 명당자리에다 조상의 묘를 하나 썼더라면 다리를 잃지 않았을 것이라고 한탄하면서, 자신은 명당에 묻지 말고 그냥 선산밑에다 묘를 쓰라고 했다. 그 후 이교순네 집안은 별 볼 일 없어지고, 이씨 집안의 막내인 이승철네 집안은 계속 명당에 묘를 써서 인물이 많이 났다.

이철승이 이가(李家)들. 거그가 이철승이네가 막내가 되드라도만. 이교순이라는 사람이 있었어. 이교순, 이교순이가 칠정리 사람여. 칠정리 사람인디.

(조사자 : 어디 칠정리요?

익산쪽으로 나가자면. 칠정리라는 동네가 있어요. 이교순이한테 들었는데, 그분 아마 돌아 가셨을 거여, 아마. 그분네의 오대조 이야기가 나와. 그렇게 그분네의 오대조, 오대조 얘기가 그때 거시기로 가셨다는 거여, 중국 사신. 중국 사신을 가서 혔다는 얘긴데, 아, 사신을 가서, 갔는데, 아, 천자가 하는 말이,

"조선 나라서 온 사신은 아주 독특이 아는 것이 많고, 영웅이라는 말을 들었는디."

영웅은 불에도 안 타 죽는대야. 그리고 숯불을 벌건허니 피워 놓고 숯불이 올라서란다는 거여. 옛날 보면 천자나 왕이 허라는 대로 안하면 역적 몰려 죽여 버렸어요. 이판사판이라 도시(도무지) 죽으니까, 에그 올라서 버린다고 올라선 것이라. 그래서 인제 다리 하나가 타 뻐렸어. 긍게,

"아, 그 참 영웅이라고. 내려서라고." 혀.

죽이든 안 허고 다리 하나 짤라 버렸단 말여. 그리 인제 그리 가지고 사신도 그만두고 나와 가지고는, 그래서 인제 그때 중국서 사신치고 이

띠, 띠를 전부 은이면 은이었지, 전부 금을 헌 일이 없다네. 그 사신의 띠는 중국서 왕 이외에는 금을 못 허게 되어 있대. 금으로 넣어준 띠가 있대야. 그거 아무도 몰라, 그걸. 금을, 금을 넣어준 띠가 그때 그분의 오대조 조부께서 중국에서 타 갖고 온 금띠가 하나 있대요. 금띠를 타 갖고 왔는데, 자기 말이 하는 소리가,

"내가 명당을 하나 썼더라면 이 다리가 병신이 안 되고 성한 사람이 되었을 참인디, 내가 그 까짓것 내가 사신을 해서 뭣 허냐. 멀쩡한 다리를 내가 끊게 되었으니, 내가, 나는 명당을 원치 않는다. 그냥 선산밑에다 써 달라!"

그서 선산밑이다 썼고, 나머지 사람들은 내내 이철승이네는 명당을 썼다네. 그 이철승이네 얼마나 사람이 많이 났는가? 이철승이 자기 작은아버지가, 아버지가 판사였잖여, 판사였고, 이철승이 대한민국 떠들썩한 사람이었고 말여.

천반옥도 명당과 천반산의 명칭 유래

자료코드 : 07_12_FOT_20100205_HJJ_JNJ_0006
조사장소 : 전라북도 진안군 부귀면 수항리 대곡마을
조사일시 : 2010.2.5
조 사 자 : 허정주, 진주
제 보 자 : 조낙주, 남, 84세
구연상황 : 제보자는 음양에 관한 이야기를 하였고, 조사자는 진안군에 있는 천반산에 관한 이야기를 여쭈었다. 그러자 다른데서 천반산에 관한 이야기를 들어 본 적 없냐고 물으셔서, 조사자가 없다고 대답하자 구연을 시작하였다. 이야기가 끝나고 천반산은 정여립과 관련이 깊은 산으로 알려져 있어서 정여립에 관한 이야기를 여쭈었는데, 얼마 전에 학계에서 이미 잘 밝혀 놓았다고 하면서 다른 이야기를 하자고 하였다.
줄 거 리 : 천반산에는 천반옥도(天盤玉桃)라는 명당이 있는데, 하늘 소반에 놓인 복숭아

를 옥황상제가 드신다는 곳이다. 천반산이라는 명칭이 이 명당 이름에서 유래했다.

천반산이란 다는 산이 어찌서 천반이라고 했냐, 이것부터 알아야 돼. 거 들은 얘기 없어?

(조사자 : 없어요. 하나도.)

거그가 천반옥도(天盤玉桃)란다는 명당이 있어. 천반옥도. 하늘 소반에 복숭이 있다. 그 뭔 소리냐? 옥도란다는 것을 누가 먹느냐? 옥황상제란다는 산신이 자신다는 거여. 그것보고. 그리서 예, 복숭이란다는 것은 잡귀를 쫓는 방식이 있어요.

그리서 일반 상에다 일반 제사에는 복숭을 안 놓는, 안 놓습니다. 일반 제사에 복숭 놓는 것 봤어? 근디 상제도 신은 신인디, 상제는, 옥황상제는 천도복숭아를 자셔요. 그 내내 그 천도요, 천도, 천반옥도. 그리서 인제 그 하늘 소반에 옥도가 있는 디(데)다.

원님이 깨뜨린 바위 때문에 망한 절

자료코드 : 07_12_FOT_20100205_HJJ_JNJ_0007
조사장소 : 전라북도 진안군 부귀면 수항리 대곡마을
조사일시 : 2010.2.5
조 사 자 : 허정주, 진주
제 보 자 : 조낙주, 남, 84세
구연상황 : 제보자는 이야기를 하다가 조사자가 왜 이런 조사를 하는지 갑자기 다시 물었다. 제보자가 대답을 하자 진안군에 있는 운장산에 관한 이야기를 하겠다면서 시작하였다.
줄 거 리 : 운장산에 칠성대가 있었는데 그 근처에 절이 하나 있었다. 그 절을 지을 때 여러 사람이 새끼를 꼬아야 집 짓는 데 새끼를 대줄 수 있었는데, 열대여섯 살 먹은 소동이 혼자 새끼를 꼬아서 다 대주었다. 그 절을 짓고 난 뒤, 절도 흥하고 인재도 났다. 그런데 새로운 진안 고을 원님이 절 마당 가운데에 있는

바위를 깨뜨려 없애는 바람에 절이 망하게 되었다.

운장산이서 운장산에 가서 칠성대라는 데가 있어요. 오성대가 있어요. 오성대가 있고 칠성대가 있고 두 군데. 칠성대 우에(위에) 가서 그 전에 절이 있었어요. 그 전에 지금 그 절터가 지금도 있어요. 그게.

그 절을 짓는, 지어 가지고, 질 적에 옛날에는 외때기를 엮을 적에 산내끼로(새끼로) 꼬았어요. 산내끼.[양 손을 비비며 새끼 꼬는 모양을 하면서]

(조사자 : 외때기? 그걸 산내끼라고 해요?)

벽을, 벽을 엮는 외때기.

(조사자 : 벽을?)

벽을, 벽을 엮는 외때기나 또 그 다음에 지붕 우에 가서 외때기를 엮어야 흙을 얹거든. 그 왜때기를 엮을 적에 수많은 사람이 여러 사람이 엮는데, 혼자 산내끼로 다 대주었다는 거여. 그것 두 사람이 엮는 것도 못 대줘요.

그게. 근디 그 사람이 또 꼬마였었대. 열대여섯 살 먹은 꼬마였었는데 그 다 대주었단 말여. 그 절을 짓고 홍왕허고 대단히 참 절이 좋았었는데, 인재도 나고 인제 그랬는데 큰 인재는 아니라도. 진안에 와서 고을 살이 허는 나쁜 놈이 하나 있었어.

(조사자 : 뭘 사려는?)

고을 원, 군수 놈. 그놈이 가 가지고 그 앞에 가서 마당 앞에 가서 그 바위가 하나 있었어요. 요렇게. 그걸 깨 뻐렸어요. 그래 폭 망해 버렸어요. 그리서 그 좋은 놈의 절이 파괴시켰어요.

(조사자 : 그 절 이름이 뭐예요?)

그 절 이름까지는 모르겠네요. 아 칠성댄게 칠성암자라고 했을 티지 뭐. 하는 거지. 글 안 혀? 칠성암자일 티지 뭐.

일지승이 잡아준 묏자리 발복 덕택에 당대에 중군 벼슬한 사람

자료코드 : 07_12_FOT_20100207_HJJ_JNJ_0001
조사장소 : 전라북도 진안군 부귀면 수항리 대곡마을
조사일시 : 2010.2.7
조 사 자 : 허정주, 진주
제 보 자 : 조낙주, 남, 84세
구연상황 : 제보자와의 만남이 네 번째이고, 조사자가 댁을 찾아갔을 때에 외출 준비 중
이었다. 산책 가신다고 하여 조사자도 따라 나섰는데, 동행하면서 조사가 이
루어졌다. 일지대사에 관한 이야기를 묻자 구연을 시작하였다.
줄 거 리 : 아전 신분을 벗어나는 게 소원인 사람이 조상 묘를 잘 쓰면 양반이 된다는
소리를 듣고는 전라도 무주에서 강원도 금강산으로 일지승(一指僧)을 찾아갔
다. 그러나 세 번을 찾아가도 번번이 일지승을 만나지 못하자, 절 마당 가운
데서 통곡을 하는데 누군가 '왜 우리 절 마당에서 울고 있느냐?'고 하였다.
그간의 사정 이야기를 했더니 고향으로 돌아가 있으라고 했다. 그분이 바로
일지승이었는데, 절 안에 있으면서도 만나주지 않았던 것이다. 약속대로 일지
승이 무주군 적상산성에 왔는데, 천인을 면하려면 삼십 리가 되는 산성에 있
는 절까지 백일 동안 밥을 해서 나르라고 하였다. 그래서 부부는 백일 간 성
심껏 밥을 해 나르고 나자, 일지승은 당대에 중군 날 묏자리와 만대영화(萬代
榮華) 날 묏자리를 선택하라고 했다. 그러자 천인은 당대에 중군 날 묏자리를
선택해서 당대에 중군을 했다. 그러고 나서 만대영화 날 묏자리도 하나 더 봐
달라고 하자, 일지승은 안 된다며 금강산으로 돌아가 버렸다. 일지승이 돌아
가는 길에 무주군 부남면 주가(朱家)들 집에서 머물게 되어 대가로 면장 셋
날 묏자리를 봐 주었다. 일지승이 그 밑에다 묘를 쓰지 말라고 했지만 그 말
을 듣지 않고 또 묘를 써서 면장이 한 명밖에 안 났다.

아주 쌍놈이라. 문서 쌍놈이라. 옛날 문서 쌍놈이라는 것은 뭣을 문서
쌍놈이라 했냐면, 아전(衙前), 아전 알어? 아전 모르지? 아전이라면 군수
밑에서 뭐냐 죄인들 잡어다 주고 하는 것 보고 아전이라고 허는 거여. 그
전에 고을살이는 사법까지 겸전했어. 그서 원이 사형 선고까지 내릴 수
있는 권한을 가졌었어.

지금 대통령 권한보다 더 무서운기라. 지금 대통령은 사법 권한을 못

갖잖여. 자기 맘대로. 옛날 고을살이는 사법권까지 가지고는 사형까지 막 내릴 수 있는 권한을 가졌었단 말여. 그전에 고을살이가. 그리 가지고 평생 천인이 되어 가지고 남 앞에 큰소리 못 허고 그냥, 넘이 시키면 시키는 대로 꼬박꼬박 히야 하고, 아 그렇게 그냥 그 사람이 원, 소원이 됐어.

'우리는 조상을 어떻게 잘못 만나 가지고 이렇게 천인이 되야 하느냐. 어떻게 천인을 면해야 허느냐 허고 생각해 볼 적에 묘를 잘 써서 선영을 잘 모시면 양반이 된다더라.'

이 소리를 듣고는 어디를 갔다면 강원도 금강산을 갔었단 말여. 금강산에 가서 일지승(一指僧)이라는 승. 일지승이라는 것이 뭐이냐면 손가락이 하나밖에. 하나여. 그 스님이 질을(길을) 잘 안단다. 아주 기가 막히게 도저히 명당을 잘 알 수 있는 사람이라.

그 소리를 듣고 참, 돈을 장만을 해 가지고 괴나리보따리 짊어지고는 강원도 금강산을 걸어가는기라. 그전에 돈이 있어도 말을 못 타요. 양반 아니믄은. 천인들은 못 타. 걸어가는 것여. 옛날인게. 강원도 금강산이 무주에서 얼마간디 거기가. 걸어가 가지고 인제 메칠을(며칠을) 걸어 가지고, 적상산, 저 뭐이냐 금강산 가서 일지승 있는 절을 찾어갔는디, 없어. 아 그리서 할 수 없이, 없어서 거기서, 거기서 살 수도 없고 그냥 도로 내려 왔잖여.

내려와서 인제 또 얼매끔 있다가 또 장만히 갖고 노자(노자) 장만히 갖고 또 갔단 말여. 또 간게 또 없네. 또 내려와서 노재(노자) 장만히 갖고 또 갔어. 세 번을 갔는디, 세 번째 못 만나. 긍게 절 마당에서 다리를 쭉 뻗고 막 통곡, 대통을 허면서,

"세상에 우리 선영 이래에부터 우리는 천상에다 대체 득지를 얼마나 횟길래, 아 일지승을 한 번 만날려고 왔는디, 일지승 한 번 면담도 못 허고 가니 이렇게 원통할 수가 있느냐고."

막 두 다리 쭉 뻗고 절 마당에서 통곡을 하니까, 절 문을 삐드득 열면

서 손을 푹 내놓서,

"왜 그대는 우리 마당에 와서 울고 다 허느냐고."

막 이럼서 본게 손가락이 하나. 그게 일지승이라. 일지승이 있으면서 안 만나 줘. 그전에는 그런 지식을 가진 사람들이 함부로 만나주들 안 혔어요. 아, 그리 가지고 그런 사연을 이야기 혔어. 그러니,

"그렇겄다. 얼른 내려가라고. 내가 아무 날 내려가마고."

긍게 약속을 허고 내려왔는데, 참 다행이라. 약속대로 내려 왔기 때문에.

적상산성, 적상산성 알어?

(조사자 : 예.)

무주 적상산성 그전이 절이 있었어. 절이 딱, 산성 가서 산성 안에가 절이 있었어. 그전에는. 산성 가서 떡 허니 앉어 가지고는 배골이 거그가 삼십 리 질(길)여. 정상 산성 절까지 올라갈라면 삼십 리 질이 반듯해. 삼십 리 질을 밥을 히 날르랴.

아, 그렇게 인자 안사람은 밥을 히서 이고 가고, 배깥사람은(바깥사람은) 밥을 먹은 놈 그릇을 가지고 내려오고 도중에서 삼시 세 끄니 주거니 받거니 헌다 그 말여. 삼십 리 질을 그냥 절반씩 왔다갔다 하닝께, 한 번이면 두 번이면 삼십 리, 세 번이면은 삼십오 리 아녀? 삼십오 리를 매일 같이 걸어 다니며 밥, 밥그릇을 주고받고 이렇게 히 갖고 히 날리는디, 백일 간, 백일 간을 히 올라는 거여. 거 부인께서는 내가 높은 산에 앉어서 뭐냐, 밥 사흘만 히 올리라면 히 올리갔어? 안 허지? 말히 봐.

(조사자 : 헐 수 있죠?)

몰라. 아이고, 그놈의 영감 너무나 시망스럽게 허네 허고 안 허지? 백일 간을 히 올리니까 그전에는 그러더래야. 응, 그만허면 큰 대지를 줄 만허구나. 성심성의를 보닝게. 그럼 거기서 활을 쏘아 가지구 배골 안산에다 활을 쏘고는 활 쏜 디를 가자고 그래 가지고 들어가서 잡어서 쓰는디,

"당대, 니 대에 중군 날 자를 쓸래, 만대에 영화 이 질을 쓸래?"

묻는 거여, 뭘 쓰겠어?

(조사자 : 만대겠죠.)

어?

(조사자 : 만대.)

아따, 또 포는 크네. 그렇지. 아믄, 만대영화(萬代榮華) 쓴다 그러는 거이지. 아, 그 사람은 어떻게 소원이 당대 중군 날 자리, 양반 될라고 그냥 당대 중군 날 자리를 쓴다고 했단 말여. 당대 중군 날 자리를 써 줬어. 그리 가지고 그 사람이 당대 중군을 했어요. 대장 밑이 중군. 그리 인자 그 놈 쓰고는 인자 나머지 만대영화 헐 때 또 하나 써 주라고 헌게.

"응, 안 돼. 못 히줘." 만대영화 날 자리를 안 써 주고 가 뻐렸어.

그리고는 인자 거기서 써 주고는 세재를 넘어서서 무주 부남면 소재지가 나와. 소재지 내려 와서 자게 되면서, 붉을 주(朱) 자 주가들 집에서 자게 되었는데, 넘의 집에서 자면서 그냥 갈 수 없고 한 군데 일을 히 주면서 허는 말이,

"여기 쓰면은 훈장 셋이 나리라."

훈장 알어? 훈장 알어? 훈장, 면장이 훈장여. 면장 셋 날 자리를 히줬어. 히 주면서 하○이 자리 밑이다 또 묘를 쓴다고 헐 것이니, 뫼를 쓰면 면장 다시는 안 난다. 하나밖에 안 난다. 쓰지 말라 그렀는디, 아 잡을 놈들이 그, 그런 것을 받았으면 말어야지, 썼다 그 말여. 면장 하나밖에 안 났어.

왜놈을 까마귀라고 부르게 된 이유

자료코드 : 07_12_FOT_20100207_HJJ_JNJ_0002

조사장소 : 전라북도 진안군 부귀면 수항리 대곡마을
조사일시 : 2010.2.7
조 사 자 : 허정주, 진주
제 보 자 : 조낙주, 남, 84세
구연상황 : 제보자는 조사자에게 왜놈들을 왜 까마귀라고 부르는지 아냐고 물어보고 난
뒤 이야기를 시작하였다.
줄 거 리 : 일본의 무관 풍신수길(豊臣秀吉)이 일본을 통일하려고 말을 사러 나갔다. 맘에
드는 말이 있었지만 돈이 없어 못 사고 돌아왔는데, 얼굴 표정이 어두운 남편
을 보고 부인이 무슨 일 있느냐고 물었다. 돈이 없어 말을 못 사고 왔다고 하
자, 시집올 때 아버지가 꼭 필요할 때 쓰라고 주신 돈이라며 내주었다. 그 돈
으로 말을 사게 되었고 나라를 통일했다. 그런 뒤 조선을 침략하려고 까마귀
로 둔갑하여 날아왔다. 이를 미리 알아채고 사 년간 벙어리 노릇을 하고 지내
던 김개감 선생이 입을 열었다. 동생이 놀라 형님이 어떻게 말을 하느냐고 묻
자, 오늘 손님이 올 테니 손님이 오면 내 집으로 안내하라고 했다. 그리고 동
네 아이들에게는 동구 밖에 나가면 이만 저만한 사람이 나갈 테니까, 자갈을
가지고 훌훌 던지면서, "저놈 왜놈 풍신수길이란 놈이 우리나라를 침해할라
고 왔다."고 외치라고 했다. 얼마 지나지 않아 손님이 나타나자 동생은 손님
을 형님 댁으로 모셨다. 김개감 선생과 이야기를 나누고 나갔는데 대문을 찾
아 여기저기 다녀도 울안을 빙빙 돌고 있는 거였다. 진도법을 써서 자기를 함
정에 빠뜨렸다는 걸 눈치 챈 풍신수길은 김개감 선생을 찾아 잘못했다면서
살려 달라고 했다. 그래서 동구 밖에 나가게 되었는데, 이번에는 어린 아이들
이 욕을 하고 돌을 던지면서 우리나라 침략하러 왔다고 외치자, 어린아이들도
다 위인이라며 놀라서 침략하지 못했다.

왜놈들 보고 까마귀라고 부르거든, 까마구라고. 그리서 어째서 까마구
라고 부르느냐? 그 문제를 내가 또 알아. 도요토미 히데요시 알아?

(조사자 : 예. 도요토미 히데요시.)

풍신수길(豊臣秀吉)이, 그게 왜놈으로, 왜놈으로 히서 무관으로 히서 최
고 무관여. 그게. 사 개 국(國)으로 분리되어 있는데, 누가 통일을 했냐면,
풍신수길이가 통일을 헌 사람인데. 풍신수길이가 무술을 많이 양성해서
배웠고, 인제 통일을 헐라고 나설라고 헐 적에, 지금은 차 같은 것 모두
기계고 모다(모두) 무기가 있었지만, 옛날에는 말(馬)이여. 말을 보러 나가

서 본게 자기가 탈 말이 하나 있는데, 돈이 없어서 못 사.

그렇게 생물통을 앓고 있으니까 마누래가(마누라가) 있다가 물어봐.

"왜 그러냐고." 헌게,

"자네 뭣 헐라고 내가 나 허는 일을 알라고 그러냐고."

"부부 간, 부부 간 입장에서 좀 알어서 좀 나쁠 것이 뭣이 있냐고." 헌게,

"내가 인제 나서서 통일을 좀 히야겄는디, 내가 말을 보러 나가서 본게 내 말이 있는데 돈이 좀 모자라서 못하고 있네." 긍게, 돈을 내 놔.

"내가 시집올 적에 아버지께서 남편이 꼭 필요허는 금액이 있을 적에 이 돈을 내 놓아라, 내 줘라. 그리서 시집올 적을 가져온 돈을 지금 내가 보류하고 있으니, 이 돈으로 가서 사시오."

그 말을 샀어. 사 가지고 전장을 허는데, 도요토미, 도요토미 히데요시, 풍신수길이가 전술법을 뭣을 썼냐면은 큰 황소, 황소다가 관솔이라고 소나무 뿌리.

(조사자 : 아, 관솔.)

소나무 뿌리 가서 그놈이 썩어 가지고 속 알맹이만 남는 게 불을 댕기면 안 꺼져요. 잘 타고. 관솔을 그놈을 뿌리에다 창창 감어 가지고는 인제 그놈을 관솔을 불을 댕겨. 댕겨 놓고는 그냥 수십 발을 요쪽에서 내쫓아, 막 저 쪽으로 저쪽으로 막 궁둥이를 뚜드려 패서 내쫓으면은, 아 저쪽에 가서 그냥 상당히 이놈이 뿌리 가서 지글지글 끓고 막 사정없이 막 그림서(그러면서), 사정없이 사람을 막 들이받어 뻐려요.

그런 전술을 히서 이겼어요. 그리 가지고 사 개 국 통일허고 한국을 먹을라고 나왔다 그 말이야. 그럴 적에 그때 유개감 선생이 사 년간을 벙어리(벙어리) 노릇을 힜어요. 유개감 선생 동생이 그때 조회를 나댕기는데 사 년간을 버버리 노릇을 힜어. 아, 뜻밖에,

"아, 동생!"

"응! 우리 형님이 사 년간 버버리였었는데 말을 허네."

(조사자 : 벙어리.)

응. 쫓아나감서,

"아, 형님이 어쩐 일이요? 형님 어떻게 말을 허다니요? 아, 어여 오세요. 우리 형님."

"자네헌테 내 꼭 헐 말이 있어."

"예, 뭐여요?"

"오늘 조회, 조회를 나가지 말고 손님이 와. 연락허고 조회를 못 나겄다는 결석계를, 결석계를 다 내게. 그리고 방 있는 대로 전부 뜯소. 그러고는 그 손님이 오거든 우리 집으로 보내게."

"예, 형님 시키는 대로 허겄습니다."

긍게 조회를 못 나가는 결석계를 내고 방을 뜯기 시작했는데, 아니랄까 점심때가 된게 주인을 찾어서 왔기 때문에,

"내 집은 이렇게 방을 뜯고 있어서 형, 형님 집으로 모시겄다."

형님 집으로 모셔.

그게 내내 풍신수길여. 풍신수길이가 자기가 잘 아는 법도를 써 가지고 가마고도에서 널러왔는데, 모든 이야기를 허다가 이제 갈라고 인제 나서서, 못 나서고 갈라고, 간다고 히서 나시고는(나서고는) 뺑뺑 가다가 보면 내내 울안이라, 못 가.

(조사자 : 뭐라고 못 가요?)

집 안에서만 돌아다녀.

(조사자 : 울안?)

울안. 헐 수 없이 가서 제독 기감 선생한테 살려달라고 빌었어. [양손을 비비면서] 뭣이냐? 그 진도법을 쓴 거여. 진도법 써 놓으면 진도법 푸는 방식을 알아야지 풀어 나가지 못 나가.

(조사자 : 진토법?)

팔진도법(八鎭道法)이라고 있어요.

(조사자 : 음 진도법, 팔진도법.)

긍게 그리 놓고 미리 사전에 아들들(아이들)을 동네 아들들을 시켰어. 동 밖에 나가면 이만 저만한 사람이 나갈 테니까, 자갈을 가지고 홀홀 던짐서,

"저놈 왜놈 풍신수길이란 놈이 우리나라를 침해할라고 왔다고."

이러면서,

"너 이놈 쳐 죽일 놈이라고. 돌을 던져라!"

긍게 사정을 히 가지고 인자 풀어줘서 나가게 되는디, 아 동구 밖으를 간게, 아 꼬마 놈들이 있다가 포케트(주머니) 속에다 자갈을 한나(한가득) 넣어 가지고 홀홀 던짐서,

"저놈 풍신수길이, 저놈 왜놈 아니냐고. 저놈의 자식 우리나라 먹을라고 왔다고. 개 같은 놈!"이라고 욕을 헌단 말여.

아 풍신수길이가 가만히 생각허닝께, 꼬마둥이도 전부, 전부 위인이네. 다시는 한국을 먹을 생각을 안 하고 말아 뻐렸대요. 그리서 까마귀가 되었다가 날러 왔다가 그냥 그놈이 걸어가는디, 죽을 청을 쳤어.

사명당이 대사가 못되는 이유

자료코드 : 07_12_FOT_20100207_HJJ_JNJ_0003
조사장소 : 전라북도 진안군 부귀면 수항리 대곡마을
조사일시 : 2010.2.7
조 사 자 : 허정주, 진주
제 보 자 : 조낙주, 남, 84세
구연상황 : 서산대사나 사명당 이야기를 여쭈었더니 바로 구연하였다.
줄 거 리 : 서산대사는 사명당의 스승인데, 하루는 서산대사를 모시고 뒤따라가는데, 인
        물이 잘생긴 사명당이 스승을 볼 적에 선생 같아 보이지 않았다. 사명당은 단

지 그러한 생각을 하고 있었을 뿐인데, 선생은 벌써 그 마음을 들여다보고는 사명당이 그런 생각을 할 때마다 뒤돌아보면서 "그러면 네가 선생 하라"고 했다. 세 번째로 사명당이 그런 생각이 들었을 때 이번에도 스승은 그렇게 말하는 것이었다. 그러자 사명당이 다시는 그런 마음이 들지 않았다. 한 번은 왕이 왜놈들의 항복을 받아내려고 서산대사를 일본에 보내려고 했다. 그러나 서산대사는 사명당에게 그 일을 시키면서 일본에서 일어날 일들을 미리 일러 주었다. 일본에 도착하니 병풍에 있는 글을 외워 읽으라고 했다. 그래서 두 폭에 있는 글만 빼고 모두 외웠다. 그러자 왜놈들이 왜 두 폭에 있는 글은 외우지 못하냐고 따지자, 덮여 있는 글을 어떻게 읽느냐고 말했다. 그래서 병풍을 확인 해보니 바람결에 두 폭이 가려져 있었다. 이번에는 쇠로 만든 방에 사명당을 가두고 방을 뜨겁게 달구었다. 다음날 문을 열어보니 사명당의 수염에 고드름을 달려 있었다. 이번에는 쇠말을 타고 가라는 것이었는데, 서산대사가 가르쳐 준 도법으로 쇠말을 타고 걸었다. 그러자 놀란 일본 놈들은 항복을 했는데, 이때 사명당은 불알 세 말과 인피(人皮) 삼백 장을 요구했다. 이리 하여 살생이 일어날 수밖에 없었는데 이는 부처의 가르침에 어긋나므로 대사라고 할 수 없다는 것이다. 그러나 사명당이 왜국의 항복을 받아온 공을 기리기 위해서 나라에서 밀양에 표충사(表忠寺)를 지어주었다.

　서산대사는 사명대사의 선생이고, 사명대사는 제잔디(제자인데), 사명대사, 사명대사가 인물을 잘생겼어. 서산대사는 사명당만 어림도 없고. 사명당(서산대사를 잘못 말한 것임) 앞에다 세우고, 제자라고 뒤에 따라가면서 사명당이 생각하기를, 같잖게 뵈여.
　'저게 내 선생일까?'
　이렇게 맘을 두고 가면, 뒤여(뒤로) 이렇게 돌아봄서,
　"야 이놈아, 니가, 니가 선생 히라!"
　혼이 났어. 또 혼이 나고 인자 가. 가다가 아무리 생각해도 같잖애. 또 돌아서,
　"야 이놈아, 글씨 니가 허랑게, 선생 혀. 그러면 이놈아!"
　또 혼났어. 혼이 나고 인제 안 그러리라 하고 인제, 인제 뒤에서 가다가, 또 그 생각나. 세 번을 혼나고 다시는 그런 생각을 안 먹었다는 거여.

사명당이 그서 사명당, 요새 대사라고 혀. 사명대사가 아녀.

(조사자 : 근데 왜 이름이 그렇게 붙었지?)

사명당 대사라 허는 것은 중놈들이 그렇게 말을 허는 것이지. 사명대사라 아닌 것을 어떻게 말헐 수 있느냐? 그때 서산대사가 전장에 참여해 가지고 임진왜란 때 같이 전장을 헌 분이어요. 그리 가지고 왜놈들한테 항복을 받을 적에 국가에서 서산대사를 내세웠었어. 서산대사가 갈 수가 없어.

그리서 인제 사명당을 보내기로 약정을 히 가지고, 사명당한테 전부 허니 일본을 가면은 어떤 어떠헌 사항이 벌어질 테니까, 어떻게, 어떻게 대책을 혀라. 전부 알려 가지고 보냈단 말여.

"제일 첨(처음) 먼지(먼저) 배를 타고 썩 건너가면 하관을 가면은, 병풍, 그 병풍이 피어(펴) 있는 병풍 글을 읽으라고 헐 것이다. 인제 가면."

병풍 글을 전부 다 외워주었어. 병풍 글을 외라고 해서. 가서. 긍게 그때만 히도 지금 동경이 아니라 교토란 말여. 경도, 경도 가서 병풍을 싹 왼게, 두 장 두 폭을 안 외거든. 두 폭을 안 왼 게 있다가,

"아 병풍을 접어서 안 뵈는 걸 내가 어떻게 외라고 허냐." 그 말여,

"가 봐라!"

아 긍게 참 두 폭이 바람결에 이렇게 덮여 있다 그 말여. 그런 것까지 사명당이 훤히 알었어. 그런 나머지 인제 쇠방을 맨들어 가지고 방의 창고같이 만들어 가지고 방으다 집어넣어 놓고는, 딱 허니 쇠등을 딱 잠가 놓고 그냥 밖에다 벌건허게 그놈 쇠를 달고(달구고) 있느라.

'얼어 죽어 있으리라(타 죽었을 것이라고 짐작했다는 말임)' 허고 문을 열어보니까 수염에 가서 고드름이 대대허니 매달려 있어요. 그것도 사명당(서산대사를 잘못 말함)이 갈쳐 준 거여. 그리고 난 나머지 말을 갖다가 쇠말을 맨들어 가지고 쇠말을 타고 걸리라는 거여. 아 쇠말을 어떻게 걸려, 걸어가는 거여?

쇠말을 올라타더니 인제 그 법을 갈쳐 줘 갖고(서산대사가 가르쳐 주었다는 말임), 더벅더벅 걸어가거든. 그리서 일본 놈들이 가만히 생각해 본 게 뭐 상당히 봐도 큰일 나게 생겼은게, 그선 항복을 허게 됐어. 항복을 헐 적에 사명당이 인제 뭐 항복을 받을, 인제 항복을 허게, 내릴 적에는 어떻게 하고 오너라.

"불알 서 말을 까고 인피(人皮) 삼백 장을 바쳐라. 그러기 전에는 절대 너들들 항복을 허용 헐 수가 없다."

그래 가지고 헐 수 없이 불알 서 말하고 인피 삼백 장을 바치기로 허고, 양, 불알 서 말은 남자 놈 서 말이고, 사람 까죽(가죽)은 여자 까죽이고. 긍게 인자 약속을 혔는데, 이놈이 날이 궂어 탱이(곰팡이) 난다든가 하면 받어주지도 안햐. 그렇게 사람 몇을(몇을) 까죽을 벗겼는지, 불알 몇을 깠는지 모르지. 그런 유설이 계속히서 있었어요. 한국에서도.

'그 무슨 그런 소리가 있어 말이나 되는 소리야지, 이치가 닿냐?'

나도 이렇게 생각을 혔었어요. 그걸.

그맀더니 내가 어디를 갔었냐면 일본 경동에를 갔었어요. 히까마시, 효고겐 히까마시가 있었는데. 그렇게 히서 야마구치겐, 산구현(山口縣)을 나가서 알밤을 좀 사 갖고 올라고 나갔었는디. 그 주인네 집에서 보닝게 뭔 사진이 있는디, 한국사람 같애. 쳐다보고 있은게, 주인이 말하기를, 그게 한국 뭐이냐, 스님이라는 거여. 그러면서 사명당 이야기를 혀.

아 저게 인간이냐고 말여. 우리 일본 사람 항복 받으면서 불알 서 말과 인피 삼백 장을 까 간 놈이라고 그러더라고. 그리서 그게 진짠 줄 알았어. 그전에는 나 그 헛소린 줄 알았어. 그리서 어 일본 놈들 말 듣고 보니, 그러기 때문에 중이 살상을 혔기 때문에 그게 아니라는 거여. 그게.

(조사자 : 대사가 아니라고 그래서.)

부처는 제일 살상(殺傷)여, 제일 나쁜 게. 더구나 사람을 살상을 시켰는디, 어떻게 대사냐 이 말여. 대사가 아니라는 거여. 중들이 요새 사명대사,

사명대사 허는 것이지. 아녀.

(조사자 : 그런 큰일을 했다고.)

그때 항복을 받어, 받어 왔다고 해서, 거시기 가서 저 어디냐 경상남도 아따 거 밀양, 밀양 가서 그 우에 표충사라는 절이 있어.

(조사자 : 예. 표충사가 있어요.)

충신의 표시로 지어 줬어, 나라에서. 사명당을 지어 준 거여, 그리서. 항복을 받어 갔다 와서, 왔다 가서 표창을 허기 위해서 절을 지어줬어.

이순신의 기지와 퇴계 선생의 거북선 설계

자료코드 : 07_12_FOT_20100207_HJJ_JNJ_0004
조사장소 : 전라북도 진안군 부귀면 수항리 대곡마을
조사일시 : 2010.2.7
조 사 자 : 허정주, 진주
제 보 자 : 조낙주, 남, 84세
구연상황 : 사명대사 이야기를 구연한 뒤 제보자는 곧바로 이순신 장군 이야기를 하겠다
며 구연을 시작하였다.
줄 거 리 : 이퇴계와 송구봉은 서로가 옆에 있지 않아도 무슨 일을 하는지, 무슨 일이 일
어날지를 알고 있었다. 직접 같이 있는 것도 아닌데 서로를 무얼 하고 있는지
아는 두 선생을 보고, 제자들은 두 분이 큰 위인인 줄을 알게 되었다. 퇴계가
제자들을 가르칠 때, 스승이 항상 가래침을 요강에 뱉는 것을 제자들이 못마
땅하게 여기고 있었다. 또 벽장 속에 곶감을 넣어 놓고는 이건 약이니 먹으면
죽는다고 하면서 혼자 드셨다. 구봉 선생이 칼로 나무 조각을 하는데 잠자리
를 만들고 있었고, 퇴계 선생은 거북이 모양을 만들었다. 구봉 선생이 이제
집에 간다고 나설 무렵 퇴계 선생은 그 잠자리 모양을 보고 이것은 아직 써
먹을 시대가 아니라고 말하고 같이 밖에 나갔다. 그러자 스승이 나간 사이에
이순신은 거북이 등에다 먹칠을 했는데, 제자 한 명이 왜 그렇게 했느냐면서
이제 우리 맞아 죽었다며 스승이 벽장에 두고 드시던 약이나 먹고 죽자고 하
였다. 이순신이 그동안 마땅치 않았던 요강을 깨뜨리고 곶감을 먹고 다들 바
닥에 누워 버렸다. 스승이 들어와서 보니 방바닥에 물이 흥건하고 제자들은

누워 있으니 호통을 쳤다. 그러자 이순신이 벌떡 일어나 '내가 요강을 깨서 스승님이 벽장 속에 넣어 둔 약을 먹으면 죽는다고 하여 약을 먹고 모두 죽었다'고 했다. 이퇴계는 할 말을 잃고 말았다. 그래서 거북선의 설계는 일찍이 퇴계 선생이 가르쳐 준 것이고, 이순신은 장차 장군이 되어 그것을 잘 이용한 것이라 한다.

이순신 장군, 우리, 뭐이냐, 거북선을 만들었다고? 거북선 아녀. 이순신이가 만든 거 아녀. 그것도 역사가 잘못 되어 있어요.

(조사자 : 어떻게요?)

그것을 허면은 그 사람 참 이상스런 사람이라고 나보고 그려. 역사가 기록되어 있는디 무슨 소리냐고 그렇게 나가. 그게 퇴계, 구봉, 율곡. 율곡이 삼십칠 년인가 앞에 사람일 거여, 아마 퇴계보다. 그때 퇴계 제자가 이순신이라고, 이순신이가 그때 제자 시절에 제일 나이가 작었어. 작었었는디 여기가 뇌란허니(노랗게) 그렸었대.

아 선생이 글을 읽히다가 퇴계 선생이 삐식 삐식 삐식 웃었싸. 혼자. 왜 저런가 그렸어. 아 조금 있은게 구봉 선생이 문을 펄쩍 열면서,

"당신 내가 물에 빠진 것이 얼매나 좋아서 그렇게 웃냐고." 그러더라는 거여.

아, 오다가 물에 빠진 것을 퇴계가 알고 삐식 삐식 웃었고, 삐식 삐식 웃는 것을 송구봉이가 물이 빠짐서 그걸 봤다 그 말여. 긍게 화를 벌쩍 내드라네. 그때사 아하 퇴계가, 송구봉이 야, 큰 위인들이구나 허고 그때사 제자들이 알었어, 몰랐는디.

근디 상용, 그 전이는 노인들이 가래가 나오면 가래침을 뱉어 가지고 요강을 갖다 놓고 뚜껑 덮어 가면서 요강에다가 이렇게 가래침을 뱉었어요. 근디 그 제자들이 그거 참 마땅치 않았어, 맘에. 그렸고 곶감을 벽장 속에서 넣어 놓고 내서 먹음서 하는데, 해서 내면서 물어보면,

"너들 이걸 먹으면 약이다. 죽는 것이다."

그러고 인제 퇴계가 먹었다 그 말여.

긍게 인제 둘이 앉아서 칼 장난을 허는디 보니까, 하나는 자마리(잠자리) 같은 것을 맨들고 있고, 구봉이는, 송구봉이는, 하나는 목침 뎅이를, 거북 같은 것을 만들어, 깎어. 그래 가지고 실패를 허다가 갈 무렵이 됨서 구봉, 구봉 선생이 가겠다고 헌게, 퇴계가 보내면서 그랬어.

"자마리 같은 것은 아직 시대에 씌어 먹을 때가 아녀."

그 비행기를 얘기헌 거여.

(조사자 : 자마리가 비행기요?)

비행기, 자마리같이 생겼잖어?

(조사자 : 아, 잠자리.)

응, 잠자리. 그리고 인제 나가 된게, 인제 퇴계 선생님께서 인제 나가는 바양(배웅)을 허로 나갔어. 나간 사이에 이순신이가 거기다가 먹칠을 했단 말여, 이렇게. 거북이, 거북이같이 생겼은게 거북이 같은 비늘을 거기따 했던 모양여. 모다 제자들이.

"야 이놈아, 선생한티 맞아 죽어났다. 이놈들아, 이놈아, 왜 그러냐? 야 그러고 저러고 약 먹고 죽어 뻐리자, 야."

이놈이 요강을 들어서 팍 깨뜨린단 말여 양. 이순신이가. 그렇게 막, 막 방으로 오줌이 막 홍건 허고 긍게, 그렇게 그놈이 곶감을 내서 ○○○면서,

"이놈이나 먹어! 먹고 나 죽자!"

먹어 뻐렸어. 아 인제 선생이 왔단 말여. 와서 지침(기침) 허고 들어오니까, 아 이놈들이 전부, 전부 눈을 깜고 누웠어. 이놈들이 방바닥으 누웠다고 막 호령을 허면서,

"아 이놈들, 왜 뭣이 이렇게 홍건허냐?"

이순신이가 인나서(일어나서),

"아, 선생님 뭐이냐 약을 먹으면 죽는다고 해서, 요강을 내가 깨 가지

고 약 먹고 모다 죽어 뻐렸어요."

헐 말이 있는가, 배짱이 달븐(다른) 놈이라, 이순신이가. 그래서 설계는 그때부텀, 저 놈이 장군 되게 생겨서 병법, 손자병법을 오백만 번 띠라고 히서 오백만 번을 띠었어. 그러니 그 뒤에 왕대같이 커 가지고 장군이 되었는데, 그래서 이퇴계 선생이 설계를 내 준거여.

(조사자 : 그 얘기는 어디서 들으신 거예요?)

쓰여 먹기는 이순신이가 쓰여 먹었지만 설계는 이순신, 이퇴계가 내 준 거여.

(조사자 : 어디서 들으신 거예요?)

어디서 들어? 내가 알지.

(조사자 : 어떻게요?)

어떻게든 알어.

병풍을 잘 만들어 나라를 구한 원효대사

자료코드 : 07_12_FOT_20100207_HJJ_JNJ_0005
조사장소 : 전라북도 진안군 부귀면 수항리 대곡마을
조사일시 : 2010.2.7
조 사 자 : 허정주, 진주
제 보 자 : 조낙주, 남, 84세
구연상황 : 이퇴계에 대한 이야기를 한 뒤 원효대사 이야기를 구연하였다.
줄 거 리 : 원효대사가 중국에 가서 병풍을 팔러 다녔다. 한 사람이 병풍을 사겠다고 하여 그 집에 머물며 백일 안에 병풍 하나를 만들어 주겠다고 했다. 그런데 매일 먹만 갈고 있지 병풍을 만들지 않는 것이었다. 주인은 이상히 여겼지만 백일 간 약속을 한 것이기 때문에 아무 말도 못하고 있었다. 드디어 병풍 각을 가져다 달라고 하여 병풍에 그림을 그리는가 싶더니 백일 동안 갈은 먹물에 붓을 대고 나서 병풍에 쭉 일자로 뿌렸다. 화가 난 주인은 말짱한 병풍을 버려 놓았다면서 원효대사를 내쫓았다. 쫓겨 나와서도 병풍을 팔러 돌아다녔는

데 이호생의 조부께서 무슨 병풍이냐고 구경하자고 했다. 밤에 잠잘 때 병풍을 펴 놓고 자보라고 했는데 병풍에서 물 흐르는 소리가 났다. 다음날에는 낚싯대를 드려놓아 보라고 해서 낚싯대를 놓았더니 잉어가 낚였다. 이것은 개인이 가질 수 있는 물건이 아니라고 여기고 천자께 바쳤다. 그때 천자는 이호생을 장군으로 발탁하였는데, 원효대사가 왜놈들과 전쟁 치를 수 있게 해 달라고 하자 이호생 장군이 도와주었다.

긍게 확실성을 모르면 내가 이야기를 않는데, 원효대사가 또 재주가 좋았어, 원효가.

(조사자 : 어떻게요?)

원효대사는 지금 저 남해 금산 보리암 앞에 가서 석탑이 있는데, 석탑이 사층인데 이 지남석을 갖다 대면 말여, 이 쇠를 갖다 놓으면, 십이도 각도로 돌아가요. 한 층 한 층 올라감서. 말이, 말이 안 되는 소리지. 지남은 이북만 갈치는(가리키는) 것인데 왜 십이도로 돌아가냐 이 말여.

누구든이 안 가봤으면 거짓말 찔찔 헌다고 그래. 아 지금이라도 가면, 아믄 그렇게 재주가 좋아. 또 원효대사가 환을 쳐 가지고서 평풍(병풍) 그 원효대사가 만든 평풍이 중국 가서 보류되어 있어요.

그 평풍이 낚시를 이렇게 달어서 놓아 노면 고기가 낚이는 병풍여. 그 병풍 때문에 임진왜란 때 중국서 와 가지고, 전장으 와 가지고, 그 뭣이냐 이여송이가 와서 청장을 와 가지고 전장을 해 줬단 말여. 그 평풍 때문에 왔어. 그 왜 그러냐? 그 중국, 중국을 가 가지고서,

"평풍을 사쇼, 사쇼."

헌게 평풍을 한 사람이 산다고 그래 가지고 백일 간을 약속을 했어.

백일 간을 아 인자 백일 간만에 평풍 하나 맨들어 주겠다고. 그렇게 해 달라고. 아 인제 날마다 이놈의 먹만 갈어. 주인이 본게.

'아, 참 이상허다.'

백일 간 약속을 헌 이상 별수 없이 그러고 있는 판여. 평풍 각을 갖다

달라고 해서 평풍 각을 좋은 놈을 갖다 주니까, 인제 먹을 갈은 놈을 백일 간을 갈은 놈으다가 붓을 인제 탁 큰 붓을 딱 병풍 딱 펴 놓고는,

'윅!' 하고 쭉 찌끌은(뿌린) 것이 일자로 이렇게 먹탄만 쭉 갑니다. 평풍 속에 그것 밖에 없어. 그러니 주인이 화가 났다 그 말여. 좋은 놈의 병풍을 갖다가 베려났다(버려놓았다) 그럼서 화를 내. 멀쩡헌(말짱한) 놈을.

"당장으 집을 나가 뻐리라고." 집을 나왔어. 나와서,

"평풍 사쇼, 평풍 사쇼." 헌게 내내 이여송이가 조부께서 그걸

"평풍, 어떤 병풍인가 그러냐고. 보자고." 그리서

"저녁으 피어 놓고 평풍을 피어 놓고 자 보라고."

평풍 평풍을 피고 자는데 석간수가 흐르는 소리가 찔찔찔찔찔찔찔찔 소리가 난다고.

"어 이거 이상하다!"

행여나 비가 와 가지고 지상 물소리가 나냐? 나가 본게 청천(晴天)이라. 근디 평풍 속에서 뭐냐 석간수 부닥치는 소리가 나. 자고 인나서 그 얘기를 힜어.

"예, 그러면 오늘 저녁에는 거그다가, 저 낚시에다가 낚시 밥을 달아 놓아 둬 보십시오."

잉어가 냈어. 그러니 그리서 평풍을 그놈을 이여송이 조부께서 사 가지고, 가만히 생각이 개인이 가질 수 있는 물건이 아냐. 천자한테 전했단 말여. 천자한테 전해 가지고 그 이여송이를 장군을 쓰여 먹게 되었었어, 천자가.

그래 가지고 인자 왜놈들 때문에 청병을 허로 가 가지고 그 얘기를 헌게, 아 그 병풍 때문에 두 번 말헐 것도 없이 천 명을 이여송이를 내보내 가지고 우리나라와 전장을 힜잖은가. 그리서 그때 원효가 그림을 그렇게 평풍을 잘 맨들어 가지고 우리나라를 구출헌 유명한 사람여.

신통력을 가진 진묵대사와 그를 방해한 김봉곡

자료코드 : 07_12_FOT_20100207_HJJ_JNJ_0006

조사장소 : 전라북도 진안군 부귀면 수항리 대곡마을

조사일시 : 2010.2.7

조 사 자 : 허정주, 진주

제 보 자 : 조낙주, 남, 84세

구연상황 : 진묵대사 이야기를 부탁하자 곧바로 구연하였다. 진묵대사에 대한 많은 일화가 있는 걸로 알고 있지만 제보자는 사실로 알고 있는 이야기만을 한다고 하였다. 전라북도에는 많은 진묵대사 이야기가 전해지고 있기 때문에 조사자는 제보자가 진묵대사에 대해 알고 있는 이야기를 더 해 달라고 부탁하였다. 그러자 사실로 알고 있는 이야기가 아니면 하지 않는다고 하면서 더 이상 진묵대사에 관한 이야기를 하지 않았다. 그리고 진묵대사 사당을 잘 가꾸지 않는 것 같다고 덧붙였다.

줄 거 리 : 진묵대사(震默大師)가 포행을 다녀오는데 김봉곡(金鳳谷)이라는 선비가 진묵대사에게 천렵국을 먹고 가라고 해서 끓고 있는 천렵국을 솥단지째 들어 마셨다. 그러자 먹으라고는 했지만 다 먹어 버렸으니 괘씸하기도 하여 다른 사람은 뭘 먹으라고 그렇게 다 먹었느냐고 호통을 쳤다. 그러자 진묵대사는 다 게워 내놓겠다고 하며 족대를 대라고 했다. 족대에다 먹은 것을 다 게워 내놓자 이번에는 네 마리가 부족하다고 야단을 쳤다. 안 먹은 고기를 어떻게 내놓느냐며 솥에 눌어붙어 있을 거라고 말하였다. 솥을 들여다보니 그 안에 네 마리가 눌어붙어 있었다. 그래서 중이 토해 낸 물고기라고 해서 그 물고기 이름이 중토구가 되었다. 진묵대사가 서천서역국에 가서 팔만대장경을 엮으러 간다고 스님들에게 말하면서, 닷새 만에 돌아올 테니 그 안에 김봉곡이가 와서 시신을 달라고 하면 절대 내주지 말라고 신신 당부를 하고 갔다. 그러나 봉곡이가 큰 소리로 호통을 치니 스님들은 어쩔 수 없이 시신을 내놓았다. 봉곡이가 진묵대사의 시신을 태워 버렸는데, 닷새 만에 진묵대사가 돌아와서 보니 체백이 없어져서 혼이 체백으로 들어갈 수가 없었다. 그래서 공중에서 팔만대장경을 불러주어서 엮어내게 만들었다.

대한민국 중, 중에는 제일 그게 오야붕여. 왜 오야붕이냐?

(조사자 : 오야봉? 오야.)

말하자면 아버지라 이 말여. 오야봉, 제일 어른. 왜 그러냐? 진묵대사가 팔만, 팔만대장경을 엮어 갖고 온 사람이란 말여. 우리나라에 팔만대장경이, 그전이 진묵대사 전에는 없었어. 그면 팔만대장경이 뭣이냐? 팔만, 팔만 가지를 실천을 혀서 안 것을 갖다가 팔만경이라고 허는 것여. 팔만경.

석가모니가 팔만 가지를 알아냈다는 거여. 팔만 가지를 알아내고 실천을 혔던 사람여. 근디 그 경을 갖다 가서 그전에 인도를 갖다가 설천서역국, 서천서역국이라고 혔단 말이지, 그전에는.

서천서역국에 가서 엮으러 갖고 올라고 헐 적에 봉곡이라는 광산 김가 봉곡(鳳谷)이란다는 선비가 하나 있었어요. 봉곡. 그때에 진묵대사하고 같이 거주지 거그 가서 살았는데, 아 진묵이가 중으로서 어디를 갔다 온게, 그전에는 중이 대사가 아니라 사람들이 다 천대를 받았단 말애. 아 봄인데,

"아 자네 어디를 갔다 오는가?"

"예, 어디 아무개 아무개한테 이러고 저러고 갔다 옵니다."

"응, 자네 시장허지? 아 여그 우리 천렵헌게 천렵국 먹고 가게."

"아, 예 그래요, 감사합니다."

그 전에는 천렵국을 끓이면 그 가매솥, 솥 꺼먼솥 그 밑에 돌아빠져서 그 밑에 빠진 그걸 걸고 천렵국을 끓였어요. 그전에는. 아 천렵국을 북적북적 북적 끓는 판인디,

"아, 천렵국 먹고 가게." 긍게,

"예, 그러지요." 가서 이놈을 둘러 마셔 뻐렸어, 다. 끓는 놈을.

아 그렇게 가만히 생각헌게 먹으라고는 히 놓긴 혔지만, 아 저놈 자식 홀딱 다 쳐먹은게

"나머지 사람 뭣 먹으라고 허냐고. 아 이 사람아, 자네 먹으란다고 혼자 다 먹어 뻐리면 나머지 사람 뭣 먹으라고 허냐." 그 말여.

"그렇게 아까우면 제가 게워 내놓죠."

"게워 내놓아. 니 놈이 어떻게 쳐먹고 어떻게 게워 내뇌, 이놈아. 그럼

게워 내놔라.” 이거여.

(조사자 : 그래 가지고 내놨어요? 그래 가지고.)

게워 내놓으란게 게워 내놓기로 작전이 되는데,

“물이다 족대를 대시오.” 족대를 대고,

“우억! 우억!”

다 게워 내놔. 다 게워내서 족대를 들고 본게, 괴기가(고기가) 끓었다 뿐이지 결국 깨들 안 했었는데 대가리가 네 마리가 없거든.

“야 이놈아, 네 마리 내 놔, 다 내놔. 이놈아!”

“내가 안 먹은 고기를 나 보고 내놓으라고 허면 어떻게 합니까? 가 솥이 가보시오!”

솥이가 대가리 네 개, 네 개가 늘어붙어 있었다 이 말여. 왜 그 산중에 가면 고기, 여, 피리같이 생긴 거, 껍데기가 꺼뭇 꺼뭇 꺼뭇 허잖어. 그 고기가 중토구여. 중태기가 아니라 중토구, 중이 토한 괴기다. 중토구.

(조사자 : 아, 중태기라고 허더구만, 그게 중태기가 아니고 중토구예요?)

중태기가 아니라 종토구여 토구. 중토구는 인제 그리서 그때 중이 토해 입이서 토해 냈다고 해서 중토구. 그랬는데 그제 우에 봉곡 선비가 전혀 통허들 안했다 그 말이야. 인제 설천서역국에 가서 이 경문을 엮어 갖고 오겠다고 인제 중들보고 얘기를 했어.

“내가 이 길로 내 닷새 만에 오는데, 오일 만에 오는 순간에 봉국이가 와서 내 시체를 내 달라고 허면은 죽어도 내주지 말라. 내주면 안 된다.”

그리고 부탁갔는디, 부탁허고 갔어. 간게 샘일 만에 봉곡이가 알았네. 알고 와서 내 놓으라고 허는디 지가 안 내놓고 배기간디. 그때 뭐 그냥 막 반절을 죽이는디 어떻게 안 내놔. 내농게 그냥 그 장작 우에다 지름 찌끄러서(부어서) 그냥 홀딱 쳐대 뿌려 뿌렸어. 체백(體魄)을.

오일 만에 와서 보닝게 아 체백이 있어야 붙지. 혼이 붙지. 혼이 못 붙고 그냥 공중에서 일러 가지고 팔만대장경을 엮어 낸 거여 그게. 긍게 그것만 보더라도 증명을 허는 것여. 체백이 없으면 혼이 있을 수가 없다는 거여.

그렸는디 소각을 시키면 쓰겄냐 그 말여. 소각을 시키면 쓰겄냐 그 말여. 그것만 봐도 아는 것여, 당장. 화장허는 것이 아녀. 그서 진묵이가 팔만대장경을 엮어 왔기 때문에 대한민국 불교에 제일 큰일을 헌 사람이 진묵대사야. 그서 진묵대사가 '오야봉이다'란다 허는 거여.

호랑이와 곶감

자료코드 : 07_12_FOT_20100122_HJJ_CSG_0001
조사장소 : 전라북도 진안군 부귀면 수항리 신기마을회관
조사일시 : 2010.1.22
조 사 자 : 허정주, 진주
제 보 자 : 최실경의, 여, 79세
구연상황 : 조용히 앉아 계시다가 여러 사람들이 이야기를 하고 있는 도중에 옛날이야기하나 하겠다면서 구연을 시작하였다.
줄 거 리 : 호랑이가 먹을 것을 찾으러 민가에 내려 왔다. 어떤 집에서 아기가 울어 보채자, 할아버지, 할머니가 달래기 시작하였다. 그러나 아기는 그칠 줄 모르고 계속 울어 대었다. 그러자 '곶감 줄게' 하니까 울음을 그쳤다. 밖에서 이 소리를 듣던 호랑이는 곶감이 제일 무서운 줄 알고 도망갔다.

호랭이가, 애기가 저녁에 하도 울어 쌌게, 옴마(엄마), 할아버지, 할머니가 다 달개도(달래도) 안 듣더래야. 울고. 근디 꽂감(곶감) 주께. 그렁게 안 울드래야. 꽂감 주께. 긍게 애기가 안 울드래야. 애기가 그렇게 울어 싸서 달개도 안 듣더니 꽂감 주께. 그렇게 안 울드래야. 호랭이가 잡어먹으로 왔다가 '아 곶갬이 젤로 무섭고나!' 하고 도망갔대야.

손 귀때기와 잠을 자는 할머니

자료코드 : 07_12_FOT_20100122_HJJ_CSG_0002
조사장소 : 전라북도 진안군 부귀면 수항리 신기마을회관
조사일시 : 2010.1.22
조 사 자 : 허정주, 진주
제 보 자 : 최실경의, 여, 79세
구연상황 : 조용히 앉아 계시다가 여러 사람들이 이야기를 하고 있는 도중에 옛날이야
기하나 하겠다면서 구연을 시작하였다. 호랑이와 곶감 이야기를 구연한 후에
이어서 계속 이야기하였다.
줄 거 리 : 혼사는 할머니가 있었는데, 동서가 누구랑 자냐고 물어보았다. 그래서 '손귀
때기(손과 귀)'하고 잔다고 하였다. 할머니가 밤에 손을 귀에 대고 잔다는 뜻
인데, 동서가 '손귀택'이라는 사람과 사는 줄 알고 놀랐다. 그러면서 자기 남
편이 알면 큰일 나니 남편 환갑 때 손귀택이는 데리고 오지 말라고 하였다.
그래서 할머니가 인제 만나서 죽어도 떨어질 수 없으니 함께 가겠다고 하였
다. 갔더니 왜 혼자 왔느냐고 동서가 물어보자, 자네가 놓고 오라고 해서 놓
고 왔다고 했다. 그러자 손귀택이에게 맛있는 것 사다 주라면서 동서가 할머
니에게 돈을 주었다.

난 우리 동세(동서)가 누구랑 자냐고 그려. 혼자 자는디 누구랑 자냐고
헌게 부화가 나잖아. 누구랑 자냐고. 그서,

"손귀태기(손과 귀) 얻어 갖고 사네." 긍게,

"히, 손귀택이 얻었다고." 동세가 환장을 허네.

시아재(시아주버니)는 몰릉게(모르니까) 데리고 오지 말래야. 환갑 때
손귀택이를 데리꼬 오지 말래야.

"인자 만나서 죽어도 안 떨어진게 함께 가야 혀."

긍게, 그리도 띠(떼어) 놓고, 띠 놓고 오라네.

손하고 귀때기하고 자는데 어떻게 이것 띠 놓고 가겄어? 손 귀태기 얻
었다고 했는데, 거짓말로. 하하하하.

(조사자 : 아, 그 말이야? 손, 귀.)

응. 귀때기. 귀 대고 잔게 손 귀떼기 얻었다고 그렸더니,

(청중 : 데리꼬 오지 말라고 해서 어떻게 했어?)

데꼬지(데리고 오지) 말래야. 그리서 인자 만나서 죽어도 안 떨어지잖아. 이것이 긍게,

"인자 만나서 죽어도 안 떨어진게 못 가." 그맀어.

"못 데꼬 온게."

"그러믄 헐 수 없이(할 수 없이) 데리고 오라네."

그래서 인자 그냥 갔잖아. 갔더니,

"왜 안 데리고 왔냐고." 히서,

"자네가 하도 그래서 띠 놓고 왔네." 그맀어.

그맀더니, 다른 사람은 돈 안주고 나만 몰래 삼만 원을 줌서 손귀택이 맛난 거 사다 주라고.

할머니들 방에 잘못 들어간 영감

자료코드 : 07_12_FOT_20100122_HJJ_CSG_0003
조사장소 : 전라북도 진안군 부귀면 수항리 신기마을회관
조사일시 : 2010.1.22
조 사 자 : 허정주, 진주
제 보 자 : 최실경의, 여, 79세
구연상황 : 조사자가 제보자에게 재미있는 이야기를 많이 아시는 것 같다고 하자, 들려준
　　　　　 이야기이다. 청중들은 이미 알고 있는 것 같았는데, 청중 한 분이 이야기는
　　　　　 전부다 거짓말이라고 말하여 모두 웃었다.
줄 거 리 : 시골에 사는 한 영감님이 도시로 구경을 갔는데, 잠잘 방을 잘못 들어가 할머
　　　　　 니들이 자는 방으로 들어갔다. 할머니들은 여자인 줄 알고 할아버지 성기를
　　　　　 만지면서 미주알 빠졌다고 주물럭거린다. 할아버지는 어찌하지도 못하고 그
　　　　　 냥 그대로 있다가 몰래 빠져 나왔다.

어떤 영감들이 도시로 구경을 갔는디, 거기는 방이 이렇게 죽 있잖아.

그런디 영감님에 제 방을 못 찾어 갖고 할머니 방으로 들어 갔드래야. 영감님이. 누웠은게 할머니들이 막 불알을 만침서(만지면서) [청중들이 그런 소리 하지 말라고 하면서 웃는다.] 불알을 만침서

"미자발(미주알) 빠졌다더니 이렇게 미자발이 이렇게 빠졌는갑다고."

여잔 줄 알고. 남자 아닌 줄 알고. 남자는 아닌게. 근게 인제 할아버지 가만히 둔게 붕알을, 와서 여자들이 막 주물럭거리거든. 아 근게 못 주무르게 허도 못 허고 할머니 방으로 들어와서.

(청중 : 그짓말도 픽 혀.)

아, 그리서 그냥 할아버지가 그냥 여기서 실컷 주물러 갖고는 각시 잘 때 살짝 몰래 도망갔다네. 여기 실컷 주물르고. 붕알이 물렁물렁헌게 미자발 빠졌다고.

주역을 읽어 귀신을 물리친 친정아버지

자료코드 : 07_12_MPN_20100122_HJJ_WJY_0001
조사장소 : 전라북도 진안군 부귀면 수항리 신기마을회관
조사일시 : 2010.1.22
조 사 자 : 허정주, 진주
제 보 자 : 우종예, 여, 72세
구연상황 : 조사자가 마을회관에 들어섰을 때 할머니들 몇 분이 나와 계셨다. 조사자의
　　　　　 의도를 이야기하고, 옛날이야기를 기억나는 대로 해 달라고 부탁하자 제보자
　　　　　 가 적극적으로 관심을 보이며 제일 먼저 구연을 시작하였다. 제보자는 마을회
　　　　　 관에 모이신 분들 중에서 젊은 편이어서 점심 식사를 준비 중이었고, 목소리
　　　　　 가 좀 크고 말이 빠른 편이었다.
줄 거 리 : 박씨가 대통령을 하면 오래 한다는 것을 알고 있던 제보자의 친정아버지가
　　　　　 만날 앉아서 서당 공부만 하니까 고창병이 생겨서 일어나 매사냥을 떠났다.
　　　　　 동네마다 돌아다니면서 마을 사랑방에서 춘향전이나 심청전 같은 이야기책을
　　　　　 읽어 주었다. 그러다 집에 돌아오니 부인이 죽게 생겨서 주역을 읽으니 사자
　　　　　 가 물러갔다. 제보자의 아버지는 동쪽으로 뻗은 복숭아나무 가지로 환자를 때
　　　　　 리면서 주문을 외워서 도깨비에 홀린 사람이나 병자를 고쳐 주었다. 제보자의
　　　　　 남편이 시름시름 앓았을 때 친정아버지가 팥죽 아홉 그릇을 장독대에 차려
　　　　　 놓게 하고는, 동쪽으로 뻗은 복숭아나무 가지로 때리면서 주문을 외웠더니 병
　　　　　 자가 그 자리에서 폴딱 일어났다.

　긍게 우리 아버지가 그려 꼴대 박첨지라고 그러라고. 우리 아버지는 거
시기는 글을 많이 배워 갖고 알어. 그서 꼴대 박첨지가 뭐냐고 헌게. 우리
아버지가 그려, 꼴대 박첨지라고 허는 것이 박가가 임금이 되면 오래 산
다는 것이대야. 오래 이렇게 저 거시기를 대통령을 딴 사람보다 수명이
좀 오래 헌다는 일이대야.

　긍게 인지 꼴대 박첨가 나오면 이 사람 대통령 오래 한다고 그러더라

고. 우리 아버지가 그려.

근디 이것을 책을 보고 그 전이는 뭣이다고 허도만. 그걸 보고 말씀헌디. 우리 아버지가 십 년을, 십 년을 서당 공부를 힜디야. 독서당을 앉혀 놓고.

긍게 나중에는 고창병(鼓脹病)이 생기드리야. 우리 아버지가 막 붓고 막글만 배운게. 그서나 인자 매사냥을 히로 막 저 거시기를 이런 머슴을 데리꼬 작은 머슴, 큰 머슴을. 머슴을 데리고는 막 저 인자 매사냥을 헌게로 그때는 인자 이 거시기가 자꾸 댕김서 거시기헌게로 고창이 부운 체중이 내려가고 괜찮드래야.

그래 갖고는 우리 아버지가 그전에는 왜 이런 디가 서당, 아니 저 그게 뭐여 거시기가 있었잖아. 다 동네마동 가면은 사랑방이 있었어. 그래 갖고 사랑방에 들어가면 가서 들어 앉어서 이야기책을 춘향전도 읽고 심청전도 읽고, 우리 아버지가 초성이 참 좋았어. 그런디 그렇게 읽으면 할매들이 꾸리 감는 꾸리를 하나씩 갖고 온디야.

꾸리 갖고, 감도 갖고 오고, 뭣도 갖고 오고 막 이야기책을 막 읽어대면 참 초성이 좋아. 그리면 그 사람들이 다 꾸리 갖고 오면은 오늘 저녁은 여기서 허고 딴 디로 또 간디야. 그 매를 갖고, 그러믄 토끼도 잡고, 막 꿩도 잡고, 거기서 히서 먹고, 그렇게 히서, 히서 우리 아버지가 병을 낫었대야.

그래 갖고 우리 아버지가 십 년을 독서당을 앉혀 놓고 공부를 히 갖고 주역을 달통한 양반여. 그래 갖고 우리 친정어머니가 죽을라고 헌게 문을 확 열어 놓더니 주역을 막 읽으드라고. 주역을 막 읽어댄게로, 사자가 잡으로 왔었드래야. 그때 잡으로 온게로 사자가 물러가 버렸어. 우리 아버지가 주역을 읽어댄게.

그렇게 물러가더니 그 건네 사람이 꿈을 꾼게로 막 갓을 쓴 사람이 막 그냥 뭣을 벙거지를 쓰고 막 도망가드래야, 꿈에. 그더디 또 어느 날 하루

저녁에 가만히 우리 어머니가 죽을라고 허는데, 아이 느닷없이 뒷문이, 앞으로는 못 오고, 뒷문이 막 확 열리드라고.

옛날에는 이렇게, 이렇게 문 이렇게 발러 갖고 헌 것이 있었어. 그것이 문이 확 열리드니 우리 어머니가 운명을 허시드라고. 내가 그걸 봤어. 그렇게 우리 아버지 무서서 귀신이 못 들어온 거여. 귀신도 막 물리쳐 내고 그려. 그래 갖고 막 옛날에 도깨비한테 홀린 사람도 우리 아버지가 와서 주문을 막 읽어 내면 낫어 버려. 떨어져서 낫었어.

우리 아버지가 그렇게 유명한 양반이었었어. 주문을 막 읽어대야. 막 주문을 읽어대면 복숭나무, 저그 저 동쪽으로 뻗은 복상을 막 복숭아나무를, 이불을 덮어 놓고 막 때림서 주문을 읽도만, 그럼 귀신이 달어나 버리고. 그냥 낫어 버려.

(조사자 : 복숭아나무요?)

응, 동쪽으로 뻗은 복숭아나무. 그래 갖고 또 가들 아버지가(제보자의 남편) 한 일 년을 거즘 시름시름 아프드라고. 틀을 하나를 우리가 사다 놨어. 틀을 옛날 발틀을 사다 놓고는 거그 와서는 맨날 가들 아버지가 아퍼. 오빠가 말히 갖고 전주서 사왔는디.

그서 대처 어째서 그런가 싶어서 내가 정천재를 넘어가서 점을 힜어, 내가. 점을 헌게 그 양반이 헌다 소리가 팥죽을 아홉 그릇을 끓여 놓고 쌀을 한 가마니를 놓고, 자기가 와서 굿을 허면, 쌀을 한 가마니 놓고 팥죽을 아홉 그릇을 끓여 놓고 굿을 허라고 허도만. 나보고 그려. 그서나 그렇게 헌게로 아버지가 그러도만.

"그럴 것 없이 그럼 팥죽만 아홉 그릇을 끓여 놔라."

그러도만. 아버지가.

그서 팥죽을 아홉 그릇을 끓여서나 인자 그놈을 막 저 칠성당에다 놓았어. 말허자면 장꽝이 칠성당여. 거기다 물을 떠 놓고 놓은게로,

"그러면 내가 주문을 읽을 턴게. 저 거시기서 읽는다고." 그려. 그더니

막 이렇게 팥죽을 끓여 놓고 막 우리 아버지가 주문을 막 읽도만.

읽고는 주문을 읽고는 이불을 덮어 놓고 막 우리 쥔 양반을 막 이렇게 복숭나무로 때림서 주문을 읽드라고. 그래 갖고는 언제 아팠냐고 뻘딱 일어나 뻐려.

환갑 노래

자료코드 : 07_12_FOS_20100122_HJJ_GSJ_0001
조사장소 : 전라북도 진안군 부귀면 황금리 가치마을회관
조사일시 : 2010.1.22
조 사 자 : 허정주, 진주
제 보 자 : 고수정, 여, 78세
구연상황 : 동네 어르신 한 분이 노래 잘하시는 분이 계시다며 집에 가서 모셔 오셨다. 제보자는 어떤 노래를 부르면 좋겠냐고 하자 동네 분들이 아무 노래나 부르라고 하였다. 그러자 앉자마자 부르기 시작하였다.

> 내조하는(뜻은 잘 모름) 내아들아 일월화초 내손자야
> 백년효자 내며늘아 반달같은 내딸이야
> 남선일색 내사우야(사위야) 웬만하믄(웬만하면) 놀다가소
> 이렇게 좋은경사 만족하게 놀다나가소

사랑가

자료코드 : 07_12_FOS_20100122_HJJ_GSJ_0002
조사장소 : 전라북도 진안군 부귀면 황금리 가치마을회관
조사일시 : 2010.1.22
조 사 자 : 허정주, 진주
제 보 자 : 고수정, 여, 78세
구연상황 : 시집살이 이야기 등 이야기를 주고받다가, 오다가다 들은 노래라고 하면서 특히 지금은 돌아가셨지만 오래 전에 노래 잘하시는 할머니가 계셨는데 그 어른에게 배우기도 했다고 한다. 그 어른한테서 더 많이 배우지 못한 것을 안타까워 하셨는데, 그 할머니 이야기를 하다가 갑자기 생각이 났는지 노래를 부

르기 시작하였다. 노래가 끝난 후, 조사자가 노래의 뜻을 묻자 청중들이 나서
서 설명하기 시작하였다. 사랑가로 부르던 노래로 청주 박씨 집안으로 한 번
시집왔으니, 제사는 안 지낼망정 다른 집에 다시 시집가지 말고 이 집에 끝을
내고 살라는 뜻이라고 한다.

수박같이 둥근사랑

참외같이 번접히여(예쁘다를 뜻한다고 함)

앵두같이 고으신얼굴

박속겉이(같이) 맑은영료(염료)

백년언약 맺었건만

주리줄줄 괴롭힘을받아

뺑 뺑돌아 박을심어

마당가운데 앉은처녀

왜저리도 곱게생겨

누구간장을 뇍히려고(녹이려고)

저리곱게도 생겼을까

내사뭣이 고아실망정(내 집안 제사 안 지낼망정을 뜻함)

　청주박씨나 끝을내라(한 번 시집왔으니 청주 박씨 집안에 남으라
는 뜻이라고 한다)

물아 물아 청산 물아

자료코드 : 07_12_FOS_20100122_HJJ_GSJ_0003
조사장소 : 전라북도 진안군 부귀면 황금리 가치마을회관
조사일시 : 2010.1.22
조 사 자 : 허정주, 진주
제 보 자 : 고수정, 여, 78세
구연상황 : 일곱 살에 배운 노래인데 잊으려고 해도 잊히지 않는 노래가 있다고 하였다.

모두들 궁금하여 빨리 불러 보라고 재촉하자 부르기 시작하였다. 노래가 끝나
자 다들 박수를 치며 좋다고 하면서 옛날 노래인 것 같다고 하였다. 조사자가
노래의 뜻이 무엇인지 물어보자, 일정시대 때 딱 들어맞는 노래라고만 하였다.

올라가는 궁감님네 내리가는 쌍감님네
요내귀경(구경) 허고가소
요내귀경 좋네마는 길이바뻐서 못보것네
물아물아 청산물아 어디씌게(쓰이려고) 뛰어가냐
조선객이 병이나서 약대 게 흘러간다

시집살이 노래 (1)

자료코드 : 07_12_FOS_20100122_HJJ_GSJ_0004
조사장소 : 전라북도 진안군 부귀면 황금리 가치마을회관
조사일시 : 2010.1.22
조 사 자 : 허정주, 진주
제 보 자 : 고수정, 여, 78세
구연상황 : 시집살이도 여러 가지가 있다면서 부르기 시작하였다.

높으고 높은재 다섯식구 사는집에 나하나만 넘(남)이라네
아니먹은 붕애(붕어)좃도 나더러만 먹었다네
아니꺾은 난초꽃도 나더러만 꺾었다네
죽고자라(죽고 싶어라) 죽고자라 일세라도 죽고자라
천이천말 하고 만이만말 하여도 내말한마디 못전해라

나물 노래

자료코드 : 07_12_FOS_20100122_HJJ_GSJ_0005

조사장소 : 전라북도 진안군 부귀면 황금리 가치마을회관

조사일시 : 2010.1.22

조 사 자 : 허정주, 진주

제 보 자 : 고수정, 여, 78세

구연상황 : 조사자에게 녹음이 되는지 물어보고 노래를 시작하였다. 삼십 년 전에 부른
노래라며 몸을 좌우로 조금씩 흔들면서 부르기 시작하였다.

저건네라 강강(강가)논에 미나리를 심어놓고

은장수라 드는칼로 사흘만에 가서보니 울짱같이 커있구나

은장수라 드는칼로 엉금종금 비어다가

생수같이 솟는물에 흘림할림 씻처(씻어)갖고

어리설설 끓는물에 살짝 디쳐(데쳐)갖고

오물쪼물 열두가지 간장으다(간장에다)

서른두가지 양념으다(양념에다) 오물쪼물 무쳐갖고

울(우리)아버지 밥상에도 소복소복 놓아주고

울어머니 밥상에도 오복소복 놓아놓고

우리오빠 밥상에도 오복소복 담어놓고

우리올키 밥상에도 오복소복 담어놓고

울아버지 밥상에는 좋다꽃이 피었구나

울어머니 밥상에는 허허꽃이 피었구나

우리오빠 밥상에는 호령꽃이 피었구나

우리올키(올케) 밥상에는(무슨 꽃인지 잊어버렸다고 함)

노리개 노래

자료코드 : 07_12_FOS_20100122_HJJ_GSJ_0006

조사장소 : 전라북도 진안군 부귀면 황금리 가치마을회관

조사일시 : 2010.1.22

조 사 자 : 허정주, 진주

제 보 자 : 고수정, 여, 78세

구연상황 : 조사자에게 녹음이 되는지 물어보고 나물 노래를 부른 후에 노래를 시작하
였다.

　　　　울아버지 노르개는(노리개는) 담배설대가 노르개요

　　　　울어머니 노르개는 막내딸이 노르개요

　　　　우리오빠 노르개는 붓대설대가 노르개요

　　　　우리올키 노르개는 연지분탱이(연지분통이) 노르개라

　　[노래가 끝난 뒤 우리 올케 노리개는 '바늘, 골무'가 노리개라고 다시
말해 줌.]

시집가는 노래

자료코드 : 07_12_FOS_20100203_HJJ_GSJ_0001

조사장소 : 전라북도 진안군 부귀면 황금리 가치마을회관

조사일시 : 2010.2.3

조 사 자 : 허정주, 진주

제 보 자 : 고수정, 여, 78세

구연상황 : 늙은이 노래를 부르겠다고 하면서 몇 소절 부르시다가 잊어 버렸다며 중단하
였다. 마을 어르신이 한 분 오셔서 제보자는 일본 노래도 잘한다고 하자, 일
본 국가를 불렀다. 그런 뒤 시집가는데 얼굴 탓하는 노래라며 부르기 시작하
였다.

　　　　임실땅에서 커갖고 남원땅으로 시집을가니

　　　　얽고도푸른 왜그렇게 껌고도 푸리냐(푸르냐)

　　　　푸린(푸른)것이 내탓이오 얽은것이 내탓이오

　　　　강남군에 손님님네(마마) 탓이로다

　　　　맥주병에 막걸리들고 청주은주병에 청주들어

그술한잔 다주었으면 백년언약을 못허리까

시집살이 노래 (2)

자료코드 : 07_12_FOS_20100203_HJJ_GSJ_0002
조사장소 : 전라북도 진안군 부귀면 황금리 가치마을회관
조사일시 : 2010.2.3
조 사 자 : 허정주, 진주
제 보 자 : 고수정, 여, 78세
구연상황 : 조사자가 시집살이 노래를 부탁하자, 시집살이 하는 신부가 죽었는데 신랑은
잘살고 있다는 내용이라며 부르기 시작하였다. 1차 조사 때 만났던 제보자들
이 노래 중간에 들어오고 나가고 하였다.

아래웃논에 맑은물에 아래논에 맑은물에
맑은백자 빠져나노네 시집온 샘(삼)일만에
적삼일랑 주는것은 짓(깃)만남은 행주적삼
치매라고 주는것은 말만남은 행주치마
우타리도 못헐턴디 시아바니 하시는말씀
노래조차 하라하네 소리조차 하라하네
점심참이 되았어서 점심일랑 주는것은 어제저녁에 먹던 보리 찬밥
경개라고(반찬이라고) 주는것은 어제저녁 먹던 된장덩어리
한번뜨고 두번뜨고 삼세 을 거듭뜨니
아이고배야 나죽겄네 아이고배야 나죽겄네
골방으로 들어가서 비단공단 웃거렁(윗도리)은 벗어내서
허리만차(만큼) 걸어치고(걸치고)
말꼴레같은 은반지는 손고락(손가락)에 반만찌고
석자세치 명지수건 학대끝에 목을매어 죽었구나

학도도령 오시더니 여섯째동상 보던짐(김)에 또하나는 어디갔냐

어제저녁 들은잠이 아니깨고 주무시오

이방저방 제쳐놓고 골방문을 열어보니

석자세치 명지수건 목을매어 죽었다네

애기자는 죽었다네 죽었다네 죽었다네 애기자는 죽었다네

처남매제 있더라면 사령죄가 없을쏜가

잘산다네 잘산다네 어화둥둥 잘산다네

천자 뒤풀이

자료코드 : 07_12_FOS_20100203_HJJ_GSJ_0003

조사장소 : 전라북도 진안군 부귀면 황금리 가치마을회관

조사일시 : 2010.2.3

조 사 자 : 허정주, 진주

제 보 자 : 고수정, 여, 78세

구연상황 : 제보자와 통화하여 마을회관에서 만나기로 약속을 하였는데, 조사자가 도착
했을 때 이미 나와 계셨다. '천자 뒤풀이'를 1차 조사 때 부르시다가 잘 생각
이 나지 않아 중단했던 노래이다. 그래서 다음에 다시 조사 나오면 불러 달라
고 하였기 때문에, 기억나는 대로 불러 달라고 하자 부르셨다.

하늘천 따지자에다

집우자로나 집을지어

날일자 어느날날짜

찰영 찰영창문에

달월자로나 달아놓고

별진잘숙 잘살어나 봅시다

나물 뜯는 소리

자료코드 : 07_12_FOS_20100122_HJJ_MBD_0001
조사장소 : 전라북도 진안군 부귀면 황금리 가치마을회관
조사일시 : 2010.1.22
조 사 자 : 허정주, 진주
제 보 자 : 문보덕, 여, 62세
구연상황 : 조사자가 마을회관에 들어갔을 때 마침 어르신들이 많이 나와 계셨는데, 조
　　　　　사자의 방문 목적을 말하자 이해를 잘하셨다. 기억을 더듬으며 어르신들이 민
　　　　　요를 불렀던 당시를 회상하며 이야기를 나누었다. 그러면서 가사도 이런 저런
　　　　　것들이 있었다며 진지하게 이야기가 오고갔다. 제보자는 적극적으로 조사자
　　　　　의 의도를 어르신들께 잘 전달하여 분위기를 돋우었다. 그리고 먹을거리를 가
　　　　　져와 나누어 먹게 했으며 먼저 노래를 부르기 시작하였다.

　　　머루야 다래야 열지를 마라
　　　산골짝 큰애기 목매달아 죽는다
　　　울어머니 울아버지 너물(나물)뜯어 오랬는디
　　　너물은 못뜯고 멀구만(머루만) 따왔네 다래순만 따왔네

시집살이 노래

자료코드 : 07_12_FOS_20100122_HJJ_MBD_0002
조사장소 : 전라북도 진안군 부귀면 황금리 가치마을회관
조사일시 : 2010.1.22
조 사 자 : 허정주, 진주
제 보 자 : 문보덕, 여, 62세
구연상황 : 시집살이는 부르지 않으셨냐고 하니 부르긴 했었는데 기억이 나지 않는다면
　　　　　서 내용을 기억해서 읊어 주셨다. 그래서 노래로 불러 달라고 하자 듣기만 했
　　　　　다면서 모른다고 하였다. 청중 한 분이 옛날 어른들은 청을 길게 빼면서 노래
　　　　　불렀다고 하자 제보자가 한 번 불러 보겠다며 부르기 시작하였다.

　　　멧갓같이 지신(긴)밭을 매여매여 끝이없네

한골매고 두골매니 친정아버지 죽었다고 부골(부고를)받고
칼날겉은(같은) 시아바니 허락맡어 갈라허니
에라이년 그게뭔소리

[무슨 시어머니인지 생각이 안 난다며 중단하자, 다른 분도 모른다고
한다. 청중 한 분이 밭맬 때 부른 노래라고 하신다. 시숙님도 있는데 생각
이 안 난다고 하면서 이어서 부른다.]

호랭이같은 시어머님전 여쮤주니(여쭤보니) 에라이년 못간다
고추같이 매운시누 허락받어 언니언니 못가오니
서방님한테 허락받으니 에라이년아 부모형제 싫다는디 어디가냐

창부 타령

자료코드 : 07_12_FOS_20100122_HJJ_PYS_0001
조사장소 : 전라북도 진안군 부귀면 수항리 신기마을회관
조사일시 : 2010.1.22
조 사 자 : 허정주, 진주
제 보 자 : 박예선, 여, 80세
구연상황 : 마을회관에서 어르신들과 점심을 먹고 난 후에, 제보자는 점심 먹었으니 다
시 노래 부르자며 시집살이 노래를 하였다. 한 소절하고 난 뒤 생각이 나지
않는다며 멈추고 창부 타령을 부르기 시작하였다.

너물먹고 물마시고 팔을비고(베고) 누웠으니
대장부 살림살이 요만허면은 넉근(넉넉)허지
얼씨구나좋네 저절씨구기화자 참말로좋네

성주 풀이

자료코드 : 07_12_FOS_20100122_HJJ_PYS_0002
조사장소 : 전라북도 진안군 부귀면 수항리 신기마을회관
조사일시 : 2010.1.22
조 사 자 : 허정주, 진주
제 보 자 : 박예선, 여, 80세
구연상황 : 내내 별 부를 것이 없다고 앉아 계시더니, 점심을 먹고 나자 흥이 나게 노래
를 부르기 시작하였다. 모이신 분들과 노들강변을 같이 부르다가 기억이 잘
나지 않는다며 멈추었다. 그러자 잘 들어 보라며 성주 풀이를 부르기 시작하
였다.

낙양성 십리 에 높고낮은 저무덤은

영영호걸(영웅호걸)이 몇몇이냐 절세가인이 그누구냐

우리네인생 한번가면 저기저모냥(모양) 될터이니

에라만수 에라대신이야

한송정 솔을비어 조그맣게 배를띄워 술렁술렁 배띄워놓고

술이나한잔 가득싣고 한경장턱에 달구경가세

두리둥실 달구경가세 에라만수 에라대신이야

[숨 가쁘다고 하면서 다시 시작한다.]

저건네 잔솔밭에 솔솔기는 저푀수애[청중 한 분이 '저 포수야'라
고 말한다.]

저산비둘기 잡지마라

저산비둘기 나와같이 임을잃고

밤새도록 임을잃고 찾어서 헤매노라

에라만수 에라대신이야

청춘가

자료코드 : 07_12_FOS_20100122_HJJ_PYS_0003
조사장소 : 전라북도 진안군 부귀면 수항리 신기마을회관
조사일시 : 2010.1.22
조 사 자 : 허정주, 진주
제 보 자 : 박예선, 여, 80세
구연상황 : 어디부터 노래를 시작해야 하는지 모르지만, 중간부터 시작하겠다고 하였다.
청중들이 놀면서 심심할 때 부른 노래인데, 옛날 노래가 좋다고 하면서 요즘
결혼 세태에 대해서 이야기하였다.

혼인신고 힜다고(했다고) 날믿지 말어요
보름달만 떤다면(뜬다면) 에헤 나도망가노라
세월이 갈라면 너혼자 가거라
아까운 이내청춘 에헤 날버리고 가느냐

석탄가

자료코드 : 07_12_FOS_20100122_HJJ_PYS_0004
조사장소 : 전라북도 진안군 부귀면 수항리 신기마을회관
조사일시 : 2010.1.22
조 사 자 : 허정주, 진주
제 보 자 : 박예선, 여, 80세
구연상황 : 조사자가 '석탄 백탄~'하는 노래가 있던데 모르시냐고 했더니, 제보자가 그
런 노래도 있다며 부르기 시작하였다. 그러자 모여 있던 청중들도 같이 부르
기 시작하였다. 노래를 다 부르고 나자 청중 한 분이 노래에는 거짓말이 없다
고 말하였다.

석탄백탄 타는데 연기만폴폴 나는구나
요내가슴 타는데는 연기도김도 아니나네
에헤라난다 기화자좋다

니가내간장 스리살살 다녹인다

백발가

자료코드 : 07_12_FOS_20100331_KID_SJI_0001
조사장소 : 전라북도 진안군 부귀면 거석리 상거석마을 노인정
조사일시 : 2010.3.1
조 사 자 : 김익두, 허정주, 진주
제 보 자 : 손종임, 여, 77세
구연상황 : 늙은이 노래라고 하며 황옥례 제보자가 백발가를 부르고 난 뒤, 이어서 손종
임 제보자가 부르신 노래이다.

　　　이팔청춘 소년들아 백발보고 웃지마라
　　　엊그저끄 소년이더니 백발되기가 천하쉽다

자장가

자료코드 : 07_12_FOS_20100331_KID_SJI_0002
조사장소 : 전라북도 진안군 부귀면 거석리 상거석마을 노인정
조사일시 : 2010.3.3
조 사 자 : 김익두, 허정주, 진주
제 보 자 : 손종임, 여, 77세
구연상황 : 황옥례 제보자가 자장가를 부르고 나자, 제보자는 가사 내용이 다르다며 부르
기 시작하였다.

　　　자장자장 우리애기 잘도잔다
　　　울애기는 꽃밭에다 뉘여놓고
　　　넘의애기 개똥밭에 뉘여놓고

논 매는 소리

자료코드 : 07_12_FOS_20100120_HJJ_SGS_0001
조사장소 : 전라북도 진안군 부귀면 궁항리 신궁마을 113번지
조사일시 : 2010.1.20
조 사 자 : 허정주, 진주
제 보 자 : 송경섭, 남, 78세
구연상황 : 설화를 제보한 후, 상여 소리를 부탁하자 제보자는 좀 할 줄 안다면서 그러
　　　　　나 논 매는 소리부터 하겠다고 하였다. 한 마디 또는 한 소절 부를 때 마다
　　　　　노래를 끊고, 설명하는 식으로 하여 녹음이 순조롭지 않았다. 다시 부탁하였
　　　　　으나 설명을 더 자세히 해 주려고 애쓰셨다. 그래서 조심스레 다시 부탁하여
　　　　　녹음하게 되었다.

　　　　오날(오늘)도 오날 하심심헌데 노래허며 일들을합시다
　　　　앞둑벼루는 뒷둑을보고 뒷둑벼루는 앞둑을보고
　　　　어여들매세 어여들매야 얼리씨구나~아헤헤히
　　　　월출동녘에 달돋아나고~ 일출서녘에 해떨어지네
　　　　어리씨구나~ 헤에에헤에 잘도매네 잘도들매야
　　　　우리나일꾼들 잘도나매네 어리씨구나~에헤~

상여 소리

자료코드 : 07_12_FOS_20100120_HJJ_SGS_0002
조사장소 : 전라북도 진안군 부귀면 궁항리 신궁마을 113번지
조사일시 : 2010.1.20
조 사 자 : 허정주, 진주
제 보 자 : 송경섭, 남, 78세
구연상황 : 옛날이야기를 하는 걸 좋아하고 옛것을 많이 아신다고 하면서 상여 소리를
　　　　　오래전에 불렀었는데 지금은 장례식장으로 가기 때문에 부르지 않는다고 하
　　　　　였다. 이야기를 하다가 조사자가 상여 소리를 부탁하자 논 매는 소리를 먼저
　　　　　하고 나서 상여 나갈 때의 구성에 관한 이야기를 하고 부르기 시작하였다.

'어허웅' 하면서 요령을 흔드는 것은 그 동안 상여 준비를 하라고 하는 소리라고 하였다.

07_12_FOS_20100120_HJJ_SGS_0002_s01 〈상여 소리〉

어허웅 어허웅

어허웅 어허웅

인제가면은 언제나오나

어허웅 어허웅

명년요때 춘삼월이 꽃이피거든 오실라요

어허웅 어허웅

가네가네 내가가네 저승길로 내가가네

어허웅 어허웅

나는가네 나는가네

어허웅 어허웅

동네어른들 잘들계시오 이제나는 떠나가요

어허웅 어허웅

일락서산에 해떨어지고 월출동녁에 달돋아나네

어허웅 어허웅

가네가네 내가가네 저승길로 내가가네

어허웅 어허웅

인제가면은 언제나오나

어허웅 어허웅

명년요때 춘삼월이 꽃이피거든 오실라요

어허웅 어허웅

동네어른들 잘들계시오

어허웅 어허웅

내가가면은 아주갈까

어허옹 어허옹

07_12_FOS_20100122_HJJ_SGS_0002_s02 〈달구 소리〉

어혀루 사호

사호소리도 듣기나좋게

어허루 사호

뿔껀(불끈)들어서 쾅쾅놓아

어여루 사호

사호소리도 듣기도좋네

농부가

자료코드 : 07_12_FOS_20100331_KID_YJR_0001

조사장소 : 전라북도 진안군 부귀면 거석리 상거석마을 노인정

조사일시 : 2010.3.1

조 사 자 : 김익두, 허정주, 진주

제 보 자 : 양점례, 여, 80세

구연상황 : 조사자가 사전 조사 때 연락처를 알게 되어 전화를 드렸더니 집에 계셨다. 조사자의 의도를 말하자 마을회관으로 나오겠다고 하면서 거기에서 만나자고 하였다. 비가 많이 오고 있었는데 마을회관에는 할머니들이 나와 계셔서 먼저 제보를 받고 있었다. 집에 손님이 오셔서 좀 늦게 도착한 제보자는 비 오는데 회관에 나오시느라 힘들어 보이셨다. 일하다가 와서 그런지 숨이 차서 힘들어 하면서 부르셨다. 어렸을 때 축음기를 통해서 들었던 노래인데 불러보겠다고 하였다.

아나농부 말들어 아나농부야 말들어

서마지기 논바미(논배미)가 반달만큼 남었네

어화농부 말들어 어화농부야 말들어

일락서산에 해는 떨어지고 월출동량 달돋아오네
에라농부 말들어 아나농부야 말들어

창부 타령

자료코드 : 07_12_FOS_20100122_HJJ_WJY_0001
조사장소 : 전라북도 진안군 부귀면 수항리 신기마을회관
조사일시 : 2010.1.22
조 사 자 : 허정주, 진주
제 보 자 : 우종예, 여, 72세
구연상황 : 조사자가 왜 조사하는지 다시 물어보아서 대답을 하고 나자, 그럼 박수치라
고 하면서 부르기 시작하였다. 칠년 동안 가뭄이 들어 부른 노래인데, 친정어
머니가 부르시던 노래라고 하였다.

높은산에 눈날리고 얕찬(낮은)산에 재날리고
칠년대한 가물든날에 악수장마로 비퍼붓네
얼씨구나좋네 저절씨구 아니놀지는 못하리라

이별가

자료코드 : 07_12_FOS_20100122_HJJ_WJY_0002
조사장소 : 전라북도 진안군 부귀면 수항리 신기마을회관
조사일시 : 2010.1.22
조 사 자 : 허정주, 진주
제 보 자 : 우종예, 여, 72세
구연상황 : 베틀가 노래가 끝나자, 며칠 전 TV에 강원도 산골에 사는 할머니가 나오는
것을 보았다고 하였다. 그러면서 그 할머니는 13살에 그 산골로 시집을 갔다
는데, 할아버지를 그리는 노래를 부르면서 눈물 흘렸다는 것이다. 그때 그 할
머니가 부르던 그 노래를 한 번 불러 보겠다고 하시면서 불러주신 노래이다.

한 번 듣고 그냥 부른다며 부르셨다.

저건네 초상하에(초당 앞에) 백년초를 심었더니
백년초는 간데없고 이별초만 남아있네
나를두고 가시는임은 가고싶어서 가오런가
저승문이 열렸으니 할수없이 가는게지

베틀가

자료코드 : 07_12_FOS_20100122_HJJ_WJY_0003
조사장소 : 전라북도 진안군 부귀면 수항리 신기마을회관
조사일시 : 2010.1.22
조 사 자 : 허정주, 진주
제 보 자 : 우종예, 여, 72세
구연상황 : 마을회관에 할머니들이 모여 계셔서 조사자의 조사 목적을 말하자 옛날 노
래가 좋기는 좋았다고 말하였다. 조사자가 베를 많이 짜 보셨느냐고 묻자 당
연하다면서 청중들이 각자 자기의 경험 이야기를 하였다. 베 짤 때는 노래 부
를 시간이 없다면서 노래를 부르지 않았다고 하기도 하고, 어떤 분은 노래를
듣고 자랐다고 하였다. 베 짤 때 부르던 노래를 불러 달라고 하자 제보자가
옛날 어른들 부르던 노래를 들은 것이라며 일어나서 춤을 추면서 흥나게 불
러 주셨다.

베틀을놓세 베틀을놓아 옥난간에다 베틀을놓세
낮에짜이면 월광단이요 밤에짜이면 일광단이라
월광단 일광단 다짜놓고 정든임 와이샤스나 기워나볼까

밭 매는 소리

자료코드 : 07_12_FOS_20100122_HJJ_LJS_0001
조사장소 : 전라북도 진안군 부귀면 황금리 가치마을회관
조사일시 : 2010.1.22
조 사 자 : 허정주, 진주
제 보 자 : 이정순, 여, 70세
구연상황 : 회관에 모인 어르신들이 옛날 노래에 대해 이야기하다가 서로 부르라고 추천하였다. 노래가 나오지 않는 틈을 타 조사자가 모심는 소리를 기억하시는 분이 계시냐고 묻자 제보자는 밭 맬 때 부르는 소리를 하기 시작하였다. 옛날 어른들은 청성을 더 늘여 빼고 부르셨다고 하면서 들었던 기억으로 부른다고 하였다.

이내밭골 어여매고 임의밭골 마중가세
요내밭골 얼마나 질어서(길어서)
임의마중 갈라다 해넘어가네

아리랑

자료코드 : 07_12_FOS_20100122_HJJ_LJS_0002
조사장소 : 전라북도 진안군 부귀면 황금리 가치마을회관
조사일시 : 2010.1.22
조 사 자 : 허정주, 진주
제 보 자 : 이정순, 여, 70세
구연상황 : 회관에 모인 어르신들이 옛날 노래에 대해 이야기하다가 서로 노래 부르라고 추천하였다. 제보자가 바로 이어서 부르기 시작하였다.

저건네라 초당앞에 백년초를 심었더니
백년초는 간데없고 이별초만 남었네
아리랑 아리랑 아라리요 아리랑고개로 넘어간다

삼 삼는 소리

자료코드 : 07_12_FOS_20100122_HJJ_LCS_0001
조사장소 : 전라북도 진안군 부귀면 황금리 가치마을회관
조사일시 : 2010.1.22
조 사 자 : 허정주, 진주
제 보 자 : 이축생, 여, 62세
구연상황 : 회관에 모인 어르신들이 옛날 노래에 대해 이야기하다가 서로 부르라고 추
천하였다. 제보자는 동네 분들에게 웃지 말라고 하면서 어머니한테 배웠다며
부르신 노래이다.

노랑노랑 새삼베치마 주름주름이 삼내가난다

이별가

자료코드 : 07_12_FOS_20100331_KID_LSY_0001
조사장소 : 전라북도 진안군 부귀면 거석리 상거석 노인정
조사일시 : 2010.3.1
조 사 자 : 김익두, 허정주, 진주
제 보 자 : 임순예, 여, 76세
구연상황 : 모이신 어른들이 정해진 순서 없이 노래를 부르기 시작하였다.

저건네라 초당앞에 백년초를 심었건만
백년초는 간곳없고 이별초만 만발혔네

신세 타령

자료코드 : 07_12_FOS_20100331_KID_LSY_0002
조사장소 : 전라북도 진안군 부귀면 거석리 상거석 노인정
조사일시 : 2010.3.1

조 사 자 : 김익두, 허정주, 진주

제 보 자 : 임순예, 여, 76세

구연상황 : 어르신들이 돌아가며 노래 부르시던 중에 부른 노래인데, 좋은 노래 하나가
있는데 기억이 안 난다며 아쉬워하면서 불렀다.

어려서 바느질 못배운죄로 요릿집 종사(종살이)로 다나간다

들고보니 술잔이요 매고보니 북장굴세(북장구일세)

얼씨구나좋다 절씨구나 기화자좋다 딸낳겄네

농부가

자료코드 : 07_12_FOS_20100331_KID_LSY_0003

조사장소 : 전라북도 진안군 부귀면 거석리 상거석 노인정

조사일시 : 2010.3.1

조 사 자 : 김익두, 허정주, 진주

제 보 자 : 임순예, 여, 76세

구연상황 : 몇몇 어르신들이 화투놀이를 하고 계셨는데, 모심을 때 하는 노래를 부탁했더
니 부르신 노래이다.

에라농부야 말들어라

서마지기 논배미 반달만큼 남었구나

너냥 나냥

자료코드 : 07_12_FOS_20100203_HJJ_LTG_0001

조사장소 : 전라북도 진안군 부귀면 황금리 가치마을회관

조사일시 : 2010.2.3

조 사 자 : 허정주, 진주

제 보 자 : 임택기, 남, 77세

구연상황 : 노래를 부탁하자 배고프다고 하셔서, 그럼 식사하고 하자고 하였더니 웃으며

부르기 시작하였다. 일본어도 하실 줄 아신다며 이야기 중간에 일본말로 말을
하기도 하였다.

아침에 우는새는 배가고파 울고요
저녁에 우는새는 임이그리워 운다네
너냥 나냥 두리둥실 너냥
낮에낮이나 밤에밤에나 참사랑이로구나
우리집 서방님은 화투방에를 갔는데
공산아 명월아 색시팔로만 놀아라
너냥 나냥 두리둥실 너냥
낮에낮에나 밤에밤에나 참사랑이로구나
신작로 가운데는 자동차가 놀고요
자동차속에는 신부신랑이 논다
너냥 나냥 두리둥실 너냥
낮에낮에나 밤에밤에나 참사랑이로구나

양산도 타령

자료코드 : 07_12_FOS_20100203_HJJ_LTG_0002
조사장소 : 전라북도 진안군 부귀면 황금리 가치마을회관
조사일시 : 2010.2.3
조 사 자 : 허정주, 진주
제 보 자 : 임택기, 남, 77세
구연상황 : 1차 조사 때 이 가치마을에서 노래 잘하신다는 분으로 제보자를 소개 받았었
다. 그때 조사자가 방문하였을 때는 안 계셨는데, 2차 조사 때에는 마침 마을
회관에 나와 계셨다. 그동안 팔을 다쳐서 병원에 입원해 계셨다고 하였다. 목
도소리를 잘하신다고 하여 부탁하였으나, 부르지 않은 지가 오래되어 잘 기억
이 나지 않다며 가끔 부르던 노래나 부르겠다며 노래를 시작하였다.

에헤에이요 놀자좋구나 저젊어놀아

내늙고 병들면 못노나니

에하라 놓아라 아니 못놓것네

느능지를 하여서(하여도) 나는 못놓것네

에헤이요 남원읍내 물레방아 물을안고 돌고

열십팔살 먹은처녀가 나를안고 돈다

에하라 놓아라 아니 못놓것네

느능지를 하여서 나는 못놓것네

에헤요 양산을 가잔다 양산을가자

모랭이 돌아서 양산을가자

에하라 놓아라 아니 못놓것네

느능지를 하여서 나는 못놓것네

모심는 소리

자료코드 : 07_12_FOS_20100118_HJJ_JYJ_0001
조사장소 : 전라북도 진안군 부귀면 봉암리 미곡마을
조사일시 : 2010.1.18
조 사 자 : 허정주, 진주
제 보 자 : 장윤자, 여, 83세
구연상황 : 조사자가 마을회관에 들러 민요 잘 부르시는 분이 계시냐고 묻자 오늘 회관
에 나오지 않은 분이 있다며 제보자의 집을 알려주었다. 그러나 손님이 있어
서 조사하기가 어떨지 모르겠다고 하였다. 눈이 많이 와서 집을 찾아 가기가
힘들었고, 집 안으로 들어갔는데 방 안에 형제분들과 자녀분들이 모여 있었
다. 화기애애한 분위기로 군고구마와 제보자가 직접 만들었다는 두부를 드시
고 계셨는데, 조사자가 분위기를 방해하는 것은 아닐까 하는 생각이 들어 조
심스러웠다. 그러나 조사자가 온 목적을 설명하자 따님이 친정어머니 노래를
오래간만에 들을 수 있겠다며 좋아하셨다. 따님이 '석탄 백탄'을 불러달라고

하자, 약주 한 잔 드시고 모심는 소리를 불러주셨다.

서마지기 논배미가 반달만큼 남었네
요기다(여기다) 심고 장구배미로 돌리자
어허야 뒤허라
저건네라 삿갓봉에 비가묻어서 들어온다
우리농부님 우장을 둘러쓰고 어허논배미 일허로(일하러)가세
어허야라 뒤아라 어허야뒤야

밭 매는 소리

자료코드 : 07_12_FOS_20100118_HJJ_JYJ_0002
조사장소 : 전라북도 진안군 부귀면 봉암리 미곡마을
조사일시 : 2010.1.18
조 사 자 : 허정주, 진주
제 보 자 : 장윤자, 여, 83세
구연상황 : 제보자가 밭 매면서 노래 부르면 시어머니께서 '너는 무당년 될래?' 하셨다고
해서 모두 다 웃었다. 그런 소리를 듣고 그래도 노래 부르고 싶어 노래를 즐
겨 부르셨다고 한다. 친구들이 너무 좋아 산천 따라가며 노래를 부르다 남편
한테 혼나기도 했다고 한다.

석탄백탄 타는데 연기는 포올속 나고요
요내야가슴 타는데는 한품에나 든님도모른다
어허야라 뒤야

[밭 매면서 부른 노래라고 말씀하신다.]

못다맬밭 다맬라다 금봉채를(금비녀를) 잃고나간다
요내밭골 다매가믄(다 매가면) 임의밭골 마자들세
어허야라 뒤야

논 매는 소리

자료코드 : 07_12_FOS_20100118_HJJ_JYJ_0003
조사장소 : 전라북도 진안군 부귀면 봉암리 미곡마을
조사일시 : 2010.1.18
조 사 자 : 허정주, 진주
제 보 자 : 장윤자, 여, 83세
구연상황 : 아드님이 제보자에게 술 권하고, 조사자는 모 찔 때 부르는 노래를 해 달라고
하자, 주로 남자들이 모 찌는 일을 했다고 하였다. 그러면서 제보자는 논맬
때 선발대가 되어 노래 부르면서 논을 매곤 하셨다고 했다. 그러면서 논매는
소리를 부르기 시작하였다.

어헐룰루 상사뒤야
이논배미 어서매고 장구배미로 돌아가자
어럴러 상사뒤야

[제보자가 앞서 나가면 논매는 사람들이 뒤에서 쭉 따라온다고 하신
다.]

어허헐 베루야
어서매고 따러와

신세 한탄하는 노래

자료코드 : 07_12_FOS_20100118_HJJ_JYJ_0004
조사장소 : 전라북도 진안군 부귀면 봉암리 미곡마을
조사일시 : 2010.1.18
조 사 자 : 허정주, 진주
제 보 자 : 장윤자, 여, 83세
구연상황 : 아드님이 신세 타령 불러 달라고 하고는 노래 부르기 시작하자 밖에 나갔다.
제보자는 밤에 잠이 안 오면 혼자 신세 타령을 자주 부르신다고 하였다. 그러

면서 바로 노래 부르기 시작하였고, 잠시 후 아드님이 눈물을 닦고 오신 듯
다시 들어왔다. 방 안이 조용해졌고 조사자도 눈물이 나려고 해서 참느라 힘
들었다.

먹장같은 요내(이내)머리 파뿌리가 웬말인가
삼단같은 요내머리 삭발이 웬말이여
어쩌꺼나 어쩌꺼나 남은이성(이생)을 어쩌꺼나

[제보자가 혼자서 밤에 잘 부른다고 하시면서 이어서 부르신다.]

니들은(너희들은)몰라 니들은몰라 엄마사는걸 느들은몰라
숭년(흉년)들어 배고플때 밥한그릇 받어서 새끼주고
젖먹는새끼 젖꼭지물면 먹고잡픈(싶은) 짐치(김치)한가닥도 못먹
었네
배고픈허리 허리띠만 졸라매고 졸라매고
해가지드락(지도록) 일허고(일하고)오믄(오면) 남편되는사람 바가
지긁네
요런(이런)세상 왜살었어 요런세상을 왜살었어

[제보자는 이런 노래를 저녁 내내 잠이 안 오면 자주 불렀다고 하면서
이어서 다시 부른다.]

새끼들아 들어봐라 옴마(엄마)신세 말아니다
우리새끼 팔남매길러 이곳저곳으로 다보내고
곡수공방(독수공방) 홀로누워 앉었으니(앉았으니) 잠이온가
누웠으니 임이오냐 임도잠도 아니나와요
담뱃대로 벗을삼고 등잔불로 임을삼고
하루하루 살다보니 내혼자 산세생이(세상이)
사십년 세월이 웬말인가 어느새끼가 날알아줘

아기 어르는 소리

자료코드 : 07_12_FOS_20100118_HJJ_JYJ_0005

조사장소 : 전라북도 진안군 부귀면 봉암리 미곡마을

조사일시 : 2010.1.18

조 사 자 : 허정주, 진주

제 보 자 : 장윤자, 여, 83세

구연상황 : 아기 어르는 소리를 부탁하자 옛날 친구들과 많이 노래 불렀는데 잘 생각이
안 난다고 하였다. 재차 부탁하자 '어허 둥둥 내 사랑'만 기억난다고 하시자,
따님이 끝까지 해 달라고 했다. 그러면서 따님이 어렸을 때 들은 가락을 읊자
제보자도 더 이어서 불렀다.

　　어허둥둥 내사랑

　　앞으로 보아도 내사랑

　　뒤으로 보아도 내사랑

　　어허둥둥 내사랑

사발가

자료코드 : 07_12_FOS_20100118_HJJ_JYJ_0006

조사장소 : 전라북도 진안군 부귀면 봉암리 미곡마을

조사일시 : 2010.1.18

조 사 자 : 허정주, 진주

제 보 자 : 장윤자, 여, 83세

구연상황 : 따님이 '석탄 백탄' 노래가 길었던 것 같다고 하면서 다시 길게 불러 달라고
하자 곧바로 부르신다. 아드님이 이제 좀 쉬었다 부르게 하라고 하였다. 그러
나 따님은 아직 노래가 다 나오지 않았다며 계속 더 불러야 한다고 하여 모
두 웃었다.

　　석탄백탄 타는데 연기는 포올속 잘나는데

　　요내야(이내)가슴 타는디는 연기나김도 아니난다

뒷동산에 고목나무 내속과같이도 잘도타네

마당가에 모탯불(모닥불, 화톳불)은 내속과같이도 잘도탄다

속이탄들 누가알까 껍시(겉이)타야 남이알지

얼씨구나좋네 기화자좋네 아니 노지는못하리라

권주가

자료코드 : 07_12_FOS_20100118_HJJ_JYJ_0007
조사장소 : 전라북도 진안군 부귀면 봉암리 미곡마을

조사일시 : 2010.1.18

조 사 자 : 허정주, 진주

제 보 자 : 장윤자, 여, 83세

구연상황 : 가족 중 한 분이 뒷마당에서 멜라추 나물을 뜯어 와서 조사자에게 맛보라고
하면서 주셨다. 맛이 아주 쓰고 향이 특이했는데, 된장이나 간장에 찍어 먹으
라고 하였다. 이때 조카 내외분이 장구를 가지고 왔다. 조카 내외를 보자 기
분이 한층 더 좋아진 제보자는 조사자와 모인 분들에게 술을 권하면서 권주
가를 부르기 시작했다.

부어라 마시어라 탄색이(뜻이 분명치 않음) 술잔

찬우에 잘람잘람 붓지마오

노랫가락 (1)

자료코드 : 07_12_FOS_20100118_HJJ_JYJ_0008
조사장소 : 전라북도 진안군 부귀면 봉암리 미곡마을

조사일시 : 2010.1.18

조 사 자 : 허정주, 진주

제 보 자 : 장윤자, 여, 83세

구연상황 : 조카가 장구를 가지고 오셔 장구를 쳐 주었다. 조카분이 장구를 한참을 쳐도

노래가 나오지 않으니까 '녹음을 하니 긴장해서 안 나오는 거라'고 하였다. 혼자 있을 때 저녁으로는 노래가 잘 나오는데 오늘은 안 나온다고 하자, 조카분이 외로워야 잘 나온다고 하여 모두들 웃었다. 제보자는 흥이 나야 노래 부른다면서 잠시 후 부르기 시작하였다.

노다(놀다)가세 노다가세 저달뜨드락(뜨도록) 노다가세
노다나가면 쫄장부라 자고나가이면(가면) 대장부요
얼씨구나좋네 기화자좋다 아니노지는 못하리라
노세놀아 젊어서놀아 늙고병들면 못노느니

[청중이 얼씨구! 한다.]

화무는 십일홍이요 달도차이면은(차면은) 기우나니
인상일장(인생일장) 천몽인디(춘몽인데) 아니놀고서 무엇할까
얼씨구나좋네 기화자좋다 아니노지는 못하리라

창부 타령

자료코드 : 07_12_FOS_20100118_HJJ_JYJ_0009
조사장소 : 전라북도 진안군 부귀면 봉암리 미곡마을
조사일시 : 2010.1.18
조 사 자 : 허정주, 진주
제 보 자 : 장윤자, 여, 83세
구연상황 : 장구가락에 맞추어 계속 노래를 이어서 부르셨다.

높은산에 눈날리고 야찬(낮은)산에 재날린다
억수야정마(억수장마) 비퍼붓고 대천바다에 물흘린다

노랫가락 (2)

자료코드 : 07_12_FOS_20100118_HJJ_JYJ_0010
조사장소 : 전라북도 진안군 부귀면 봉암리 미곡마을
조사일시 : 2010.1.18
조 사 자 : 허정주, 진주
제 보 자 : 장윤자, 여, 83세
구연상황 : 제보자는 오늘은 '노래가 왜 안 나오냐?'고 하니 따님이 술 한 잔 더 권하였
다. 계속 노래 안 나온다고 하시면서도 부르기 시작하였다.

저건네라 저산밑을 바라봐라
공동묘지 칭기칭기 질(길)닦어놓고
우리도 죽으먼(죽으면) 저모양된다 어허야뒤야
공동묘지 칭기칭기 질닦어놓고
우리도나 죽으면 저질로(길로)간다
요골통 저골통 저남산 부아라(보아라)
우리도 죽으면 저모양 된단다

노랫가락 (3)

자료코드 : 07_12_FOS_20100118_HJJ_JYJ_0011
조사장소 : 전라북도 진안군 부귀면 봉암리 미곡마을
조사일시 : 2010.1.18
조 사 자 : 허정주, 진주
제 보 자 : 장윤자, 여, 83세
구연상황 : 제보자에게 "떴더라, 하나 혀!"라고 따님이 말하자 모두들 웃었다. 장난치는
노래라고 모두들 알고 계신 노래이다. 줄 모 심을 때, 한 줄 모를 심고 다 못
심은 사람이 있으면 못 줄을 튕기는데 그때 늦게 심으신 분의 얼굴에 흙탕물
이 튕기게 된다고 하였다. 그래서 손이 느린 일꾼을 놀려 주려고 부른 노래라
고 한다.

떴다~ 부아라(보아라)

안창명(한국 최초의 비행사 안창남의 와전인 듯)비향기(비행기)

일본을갈라고 좋다

공중에나 떴구나

청춘가

자료코드 : 07_12_FOS_20100118_HJJ_JYJ_0012

조사장소 : 전라북도 진안군 부귀면 봉암리 미곡마을

조사일시 : 2010.1.18

조 사 자 : 허정주, 진주

제 보 자 : 장윤자, 여, 83세

구연상황 : 담소들을 나누다가도 제보자는 갑자기 노래를 부르곤 하셨는데, 끊길 때마다 중간에 청중들이 끼어들어 노래 가사를 알려주어서 계속 노래가 이어질 수 있도록 해 주었다. 조카 분은 제보자의 노래를 평상시 별로 못 들어 본 노래라고 하였다.

어느누가 잡을쏘냐~ 세월아봄철아 오고가지를 말어라

아까운 내청춘 다늙는다

내가 이규네(제보자 집안을 말함)집에 와서 누구를믿고~

내청춘을 다보냈는가

[따님이 '아서라' 후렴을 넣어주자 이어서 부르신다.]

말어라~ 니(너)그리나 말어라~

사람의괄세를(괄시를) 니그리나 말어라

니가날 날만큼~ 사랑만헌다이면 가시밭이 천리라도

좋다 발벗고나 가리라

[따님이 '얼씨구나 좋네'라고 후렴을 넣어주자 이어서 부른다.]

　　　절씨구나좋네 아니노지는 못하리라

[따님이 '어허나 좋네'라고 후렴을 넣어주자 이어서 부른다.]

　　　저절로좋네 아니노지는 못허리라

[따님이 거기서 다시 빨리 이어 부르라고 한다.]

　　　가지많은 정저나무(정자나무) 바람잘날 없고요~
　　　자식많은 요내마음 좋다 마음편할날 없더라
　　　바람은 손이없어도 나뭇가지를 흔드는데~
　　　요내나는 손이둘이라도 좋다 가는님못잡어~
　　　높은봉 상상봉 에로이(외로이)있는 저소나무
　　　홀로나 섰어도 좋다 날보단 낫더라

댕기 노래

자료코드 : 07_12_FOS_20100122_HJJ_HHS_0001
조사장소 : 전라북도 진안군 부귀면 황금리 가치마을회관
조사일시 : 2010.1.22
조 사 자 : 허정주, 진주
제 보 자 : 한해순, 여, 65세
구연상황 : 회관에 모인 어르신들이 옛날 노래에 대해 이야기하다가 서로 부르라고 추
　　　　　천하였다. 그러자 제보자가 한 마디만 하겠다며 불렀다.

　　　팔라당팔라당 남갑사댕기
　　　곤때도 안가셔서 사주가 왔네
　　　사줄랑 받어서 롱속에 넣고

날데기(데리러) 오기만 기다린다

아리아리랑 스리스리랑 아라리가났네

아리랑고개로 날넹겨주소(넘겨주소)

물레 타령

자료코드 : 07_12_FOS_20100122_HJJ_HJS_0001
조사장소 : 전라북도 진안군 부귀면 거석리 상거석마을 황금식당
조사일시 : 2010.1.22
조 사 자 : 허정주, 진주
제 보 자 : 허정선, 여, 57세
구연상황 : 조사가 끝나고 날이 어두워져 귀가하는 길에 부귀면 소재지를 지나가다가 제
보자 정보를 구할 수 있을지 몰라 한 식당에 불이 켜져 있어서 들어갔다. 마
침 몇몇 손님들과 주인 내외분이 같이 식사를 하고 있었다. 조사자의 목적을
이야기하자 손님 한 분이 식당 안주인께서 노래를 잘한다며 조사자를 앉게
했다. 그러나 안주인은 손녀를 안고서 좀처럼 노래를 부르지 않았다. 조사자
는 기다리며 손님들과 이야기를 하는데 안주인이 손녀를 안고서 작은 소리로
아기를 어르는 투로 노래를 불렀다. 그래서 바로 그런 노래를 해 주시면 된다
고 하면서 크게 불러 달라고 하였다. 그러나 별 반응이 없이 웃기만 하였다.
그러자 안주인의 남편은 선창을 하면서 부인이 노래하도록 유도하였다. 어렸
을 적에 전남 영광에서 어른들이 노래 연습하는 것을 들었다고 했다. 제보자
의 남편은 이 노래를 '베틀가'라고 한다고 했다.

물레야가락아 왜배뱅돌아라 남의집귀동자 밤이슬맞는다

물레소리는 방안에서나고 귀뚜라미소리는 부엌에서난다

물레야가락아 왜배뱅돌아라 남의집귀동자 밤이슬맞는다

[청중들이 왜 그리 빨리 부르냐고 하자 좀 더 천천히 부르기 시작한다.]

하늘에다 베틀놓고 구름잡어 잉애걸고

오동잎 포도집에 얼커덕절커덕 잘도짜네

물레야가락아 왜배뱅돌아라 남의집귀동자 밤이슬맞는다

성님성님 그베짜서 그베짜서 뭣헐랑가

나도야나도야 거기갈때 갈란다

물레야가락아 왜배뱅돌아라 남의집귀동자 밤이슬맞는다

밭 매는 소리

자료코드 : 07_12_FOS_20100331_KID_HOR_0001
조사장소 : 전라북도 진안군 부귀면 거석리 상거석마을 노인정
조사일시 : 2010.3.1
조 사 자 : 김익두, 허정주, 진주
제 보 자 : 황옥례, 여, 83세
구연상황 : 임순예 제보자의 노래가 끝나고 밭 매는 소리는 어떻게 하느냐고 했더니 황
　　　　 옥례 제보자가 적극적으로 나서며 불러 주셨다.

사래질고 광찬밭 갓(가장자리)이나 살짝 둘러주소

살랑살랑 부는바람 우련(우리)님에 한산바람

봄 노래

자료코드 : 07_12_FOS_20100331_KID_HOR_0002
조사장소 : 전라북도 진안군 부귀면 거석리 상거석마을 노인정
조사일시 : 2010.3.1
조 사 자 : 김익두, 허정주, 진주
제 보 자 : 황옥례, 여, 83세
구연상황 : 노래는 많이 알고 있는데 안 불렀더니 생각이 안 난다며 가사만 읊으시다가
　　　　 조금 부르기 시작하였다. 점심 먹고 하자며 중단되었다가, 다른 제보자에게
　　　　 자장가를 불러 달라고 하자 제보자가 나서서 봄 노래나 한 번 불러 보겠다며

부른 노래이다.

첩첩산중 고도롬(고드름)은 봄바람에 녹여나고
칠년과부 치매풀이(치마풀이) 다바꾸로(담배로) 불어내세

창부 타령

자료코드 : 07_12_FOS_20100331_KID_HOR_0003
조사장소 : 전라북도 진안군 부귀면 거석리 상거석마을 노인정
조사일시 : 2010.3.1
조 사 자 : 김익두, 허정주, 진주
제 보 자 : 황옥례, 여, 83세
구연상황 : 양점례 제보자의 노래가 끝나자 청중 한 분이 '봄 들었네~' 를 부르라고 하
　　　　　자 모른다고 하였다. 그러자 제보자가 직접 부르기 시작하였다.

봄들었네 봄들었네 삼천리 이강산에 봄들었네
푸른것은 버들이요 누른것은 꾀꼬리라
황금같은 꾀꼬리는 푸른숲으로 날아들고
백설같은 흰나비는 장다리밭으로 날아든다
얼씨구나좋다 기화자좋네 아니노지는 못하리라

백발가

자료코드 : 07_12_FOS_20100331_KID_HOR_0004
조사장소 : 전라북도 진안군 부귀면 거석리 상거석마을 노인정
조사일시 : 2010.3.1
조 사 자 : 김익두, 허정주, 진주
제 보 자 : 황옥례, 여, 83세
구연상황 : 제보자에 관한 이야기를 하다가 늙은이 노래나 하나 할까 하면서 부르기 시

작하였다.

검단(공단)같이 검던머리 흰바구리 웬말인가
분통같이 곱던얼굴 검버섯이 웬말이여
초롱같이 밝던눈이 만판수(장님 점쟁이)가 웬말인가
백속(박속)같이 희던잇속 합죽할미 웬말이여
설대같이 곧던허리 거말장이 웬말인가

[청중 한 분이 다 맞는 말이라고 한다.]

세상같이 밝던귀가 참나무절벽(절벽)이 웬말이여

[참나무같이 안 들려 절벽이라고 설명한다.]

자장가

자료코드 : 07_12_FOS_20100331_KID_HOR_0005
조사장소 : 전라북도 진안군 부귀면 거석리 상거석마을 노인정
조사일시 : 2010.3.1
조 사 자 : 김익두, 허정주, 진주
제 보 자 : 황옥례, 여, 83세
구연상황 : 자장가를 부탁하였더니 불러 주신 노래이다.

자장자장 자장자장
우리애기 잘도잔다
멍멍개야 짖지마라
꼬꼬닭아 울지마라
우리애기 잠깬다

베틀가

자료코드 : 07_12_FOS_20100331_KID_HOR_0006
조사장소 : 전라북도 진안군 부귀면 거석리 상거석마을 노인정
조사일시 : 2010.3.1
조 사 자 : 김익두, 허정주, 진주
제 보 자 : 황옥례, 여, 83세
구연상황 : 베 짤 때 노래 부르셨냐고 했더니, 청중 한 분이 도와주겠다면서 누가 한 번
불러 보라고 하였다. 그러자 황옥례 제보자가 부르기 시작하였다. 그러자 모
이신 어른들이 기억나는 대로 가사를 제공하였고 같이 불렀다. 한 번 불러 본
뒤에 다시 녹음할 수 있었다.

오늘날로 하심심하여 베틀이나 놓아볼까

앉을개우(위)에 앉어서보니

베틀다리는 네다리요 요내다리는 두다리네

부테라고 하는것은 귀목나무 껍줄(껍질)인데

[청중 한 분이 가사 빠졌다고 말한다.]

무슨놈의 팔자가좋아 큰애기허리만 안고도나

말코라고 하는것은 비단공단만 감고도네

잉앳대는 샘형제(삼형제)요 눌침대(눌림대)는 독신이네

비거리(비거미)라 하는것은 올올을 갈라내고

잉앳대라 하는것은 이새저새를 갈러주네

도투마리라 하는것은 만군사를 거느리고

손목 잡힌 노래

자료코드 : 07_12_MFS_20100122_HJJ_GSJ_0001
조사장소 : 전라북도 진안군 부귀면 황금리 가치마을회관
조사일시 : 2010.1.22
조 사 자 : 허정주, 진주
제 보 자 : 고수정, 여, 78세
구연상황 : 집에 계시는 제보자를 어르신이 모시고 와 갑자기 부르게 되니 기억나지 않는
　　　　　다면서 먹을거리를 먹으며 한참 어르신들과 이야기하다가 부르기 시작하였다.

　　　반달같은 우리오빠 일본동경 가시고
　　　앵두같은 우리올키(올케) 철골(몸이 야위어 뼈만 남은 상태)이 되야
　　　올도막(올 동안) 먹으라고 돈삼원 왔네
　　　돈삼원 찾으로 우편국 간게
　　　우편국 서기가 내홀목(손목) 잡네
　　　놓으세요 놓으세요
　　　돈삼원 찾으로 내가여기 왔지
　　　당신이 홀목(손목)잡으라고 내가여기 왔소
　　　놓으세요 놓으세요 홀목을 놓으세요

아리랑

자료코드 : 07_12_MFS_20100122_HJJ_PYS_0001
조사장소 : 전라북도 진안군 부귀면 수항리 신기마을회관
조사일시 : 2010.1.22
조 사 자 : 허정주, 진주

제 보 자 : 박예선, 여, 80세

구연상황 : 창부 타령을 부르고 나자 조사자가 아리랑을 불러 달라고 하자 부르신 노래
이다. 청중들은 오늘 재미난다며 즐거워하였다. 아리랑에 이어서 대중가요도
몇 곡 부르셨다.

아리랑 아리랑 아라리요
아리랑 고개를 넘어간다
나를버리고 가시는임은
십리도 못가서 발병났네

노들강변

자료코드 : 07_12_MFS_20100331_KID_SJI_0001

조사장소 : 전라북도 진안군 부귀면 거석리 상거석마을 노인정

조사일시 : 2010.3.1

조 사 자 : 김익두, 허정주, 진주

제 보 자 : 손종임, 여, 77세

구연상황 : 노들강변 한 번 불러보겠다며 부르기 시작하였다.

노들강변에 봄버들 휘휘늘어진 가지에다가
무정세월 한허리다 칭칭동여서 매어나볼까
에헤요 봄버들도 못잊으리로다
푸르르른 저기저물만 흘러흘러서 가노라

도라지 타령

자료코드 : 07_12_MFS_20100331_KID_SJI_0002

조사장소 : 전라북도 진안군 부귀면 거석리 상거석마을 노인정

조사일시 : 2010.3.1

조 사 자 : 김익두, 허정주, 진주
제 보 자 : 손종임, 여, 77세
구연상황 : 다른 제보자가 불렀던 도라지 타령을 제보자도 한 번 불러보겠다고 하면서
부른 노래이다.

도라지 도라지 도라지 심심산천에 백도라지
한두뿌리만 캐어도 대바구리로 반실만 차노라
에헤요 에헤요 에헤요 에여라난다 기화자자 좋다
니가 내간장 스리설설 다녹인다

도라지 타령

자료코드 : 07_12_MFS_20100331_KID_LSY_0001
조사장소 : 전라북도 진안군 부귀면 거석리 상거석 노인정
조사일시 : 2010.3.1
조 사 자 : 김익두, 허정주, 진주
제 보 자 : 임순예, 여, 76세
구연상황 : 좋은 노래가 있는데 기억이 안 난다고 했다. 그러자 재차 더 요구 하자 한참
있다가 도라지 타령이나 부르겠다며 부르기 시작하였다.

도라지 도라지 도라지 심심산천에 백도라지
한두뿌리만 캐어도 대바구리로 반석만 차노라
에헤요 에헤요 어여라난다 기화자자 좋다
니가 내간장 스리살살 다녹인다

아리랑

자료코드 : 07_12_MFS_20100203_HJJ_LTG_0001
조사장소 : 전라북도 진안군 부귀면 황금리 가치마을회관
조사일시 : 2010.2.3
조 사 자 : 허정주, 진주
제 보 자 : 임택기, 남, 77세
구연상황 : 일본군가 등을 부르고 나서 아리랑을 부탁하자 부르신 노래이다.

> 아리랑 아리랑 아라리요 아리랑고개로 넘어간다
>
> 나를버리고 가시는임은 십리도 못가서 발병났네
>
> 아리랑 아리랑 아라리요 아리랑고개로 넘어간다
>
> 청천하늘에 잔별도많고 요내야가슴에 수심도많다
>
> 아리랑 아리랑 아라리요 아리랑고개로 넘어간다
>
> 니가잘나 내가잘나 게(그)누가잘나 우리둘이 정들면 다 나
>
> 아리랑 아리랑 아라리요 아리랑고개로 넘어간다

노들강변

자료코드 : 07_12_MFS_20100203_HJJ_LTG_0002
조사장소 : 전라북도 진안군 부귀면 황금리 가치마을회관
조사일시 : 2010.2.3
조 사 자 : 허정주, 진주
제 보 자 : 임택기, 남, 77세
구연상황 : 양산도 타령을 부르고 난 뒤 점심 준비로 주변이 소란하여 방 안으로 자리
를 옮겼다. 상여 소리나 모심는 소리를 부탁하자 '내 맘대로 생각나는 대로
부르겠다'며 부르기 시작하였다.

> 굼자자리 굼자자리 굼자리자리작짝 굼자자리자리 굼자리자리 굼
> 자리자리작작

노들강변 봄버들 휘휘늘어진 가지에다가

무정세월 한허리도 칭칭동여서 매어나볼까

에헤이요 봄버들도 못잊으리로다

푸르른 저기저물만 흘러흘러서 가노라

굼자자리 굼자자리 굼자리자리작짝 굼자자리자리 굼자리자리 굼
자리자리작작

연애 거는 노래

자료코드 : 07_12_MFS_20100203_HJJ_LTG_0003
조사장소 : 전라북도 진안군 부귀면 황금리 가치마을회관
조사일시 : 2010.2.3
조 사 자 : 허정주, 진주
제 보 자 : 임택기, 남, 77세
구연상황 : 후렴으로 '띵까띵'을 넣어서 군대에서 불러보았는데, 전우들이 따라 부르고
싶어 했다고 하였다. 조사자가 몇 가지 가사 내용에 대하여 질문을 하였는데,
잘 받아쓰는지 보고 싶다고 하면서 조사 노트를 보여 달라고도 하였다. 노래
중간의 여흥구에 대해서 제보자는 별 뜻 없이 노랫말 사이에 넣어 불렀다고
설명하였는데, 노래 중간에 들어 있는 '고랴'(이봐), '도꼬쇼'(어기영차, 으샤)
등이 일본어인 것으로 봐서, 일제 때 만들어진 노래로 추측된다.

십오야 밝은달에 산보를 가니까

어여쁜 아가씨가 고랴~ 길을 갑니다

얼씨구 절씨구 신난다 도꼬쇼

실례를 무릅쓰고 악수를 하니까

방긋웃고 돌아서는 고랴~ 처녀의 몸이요

조이나 조이(좋구나 좋아) 신난다 띵까띵 띵까띵

두몸이 한몸되면 좋다고 하드만

부모님의 허락없이 고랴~ 맘대로 됩니까
얼씨구 절씨구 신난다 떵까떵
부모님이야 허락이야 있든지 마든지
당신좋고 나좋으면 고랴~ 그뿐만 아니요
얼씨구 절씨구 신난다 떵까떵 떵까떵

친일파로 몰릴 뻔한 김성수와 김대우

자료코드 : 07_12_ETC_20091223_HJJ_JNJ_0001
조사장소 : 전라북도 진안군 부귀면 수항리 대곡마을
조사일시 : 2009.12.23
조 사 자 : 허정주, 진주
제 보 자 : 조낙주, 남, 84세
구연상황 : 애들한테 들려 줄 수 있는 이야기를 해 달라고 하자, 어린아이들이 무서운 옛
　　　　　날이야기 들으면 담이 약해진다며 그런 이야기를 하면 안 된다고 하였다. 조
　　　　　사자의 뜻을 다시 전하자 학교 교육에 관한 견해를 피력하면서 자녀들 용돈
　　　　　이야기를 하였다. 그러자 생각 나셨는지 김성수 이야기를 하기 시작하였다.
줄 거 리 : 큰아버지가 김성수를 양자로 들여왔다. 김성수가 학교를 다닐 때 돈을 달라
　　　　　고 하면 금고에서 돈을 내 주지 않고 꼭 남의 집에 가서 돈을 빌려다 주곤 했
　　　　　다. 김성수가 대학교를 졸업하고 훗날 사립학교를 설립하려고 아버지께 돈을
　　　　　부탁한다. 아버지는 '안 된다'고 하고 서울을 올라간다. 그 때 환영 나온 인파
　　　　　를 보고 돈을 대 주어도 되겠다는 생각을 하고 돈을 대 준다. 그 후 일정 때
　　　　　학교를 지었다고 해서 친일파로 몰린다. 그러자 그는 일본 놈들한테 준 것 아
　　　　　니고 대한민국 땅에다 학교를 설립했는데 어째서 그게 친일파냐고 한다. 그래
　　　　　서 판사는 친일파가 아니라고 해결 짓는다. 전라북도 도지사 김대우는 친일파
　　　　　로 몰리자 '나는 다른 사람들이 창씨개명을 했을 때 한 적이 없다'라고 맞서
　　　　　서 친일파로 몰리지 않게 되었다.

　　김성수, 부대통령으로 있던 김성수네. 김성수네가 대한민국 갑부였었지
않였어요? 십이만 석을 받았던 사람인게. 김성수가 양자를 갔어요. 자기
큰아버지가 아들을 못 둬서 양자를 갔는데, 십이만 석을 받았는데. 학교
다님서 돈을 달라면 금고에서 내준 일이 없답니다. 꼭 이웃집에 가서 돈
을 빌리서 줬대요.

　　그리고는 김성수가 대학교를 졸업하고 나서 일정 때 사립학교를 설립

할라고 헐 적에 와서 돈을 달라고 허드래요.

"안 된다." 그리 놓고,

"내가 한번 나가보마."

그때 총독 시절이 아녀. 김성수 아버지가 서울을 올라간단다 헌개, 총독 이하 각하들 전부 학생들 모다 양쪽 줄로 도로변에 꽉 서서 환영을 허는데 그때 보고는,

"아, 내가 돈 줄 만허다."

십이만 석에서 이만 석을 딱 띠어 놓고 십만 석을 주어 버렸대요. 그리서 그 사람이 사립학교를 일정 때 헌 사람이 그 사람밖에 없어요. 김성수밖에 없어. 그랬는디 김성수가 왜정 때가 그걸 혔다고 해서 친일파라고 허지 안 혔습니까?

친일파라고 몰을라다가(몰려다가) 친일파라고 못 몬 사람이 김성수하고 전라북도 도지사 김대우, 둘이에요. 아, 대답허기를,

"아, 여보시오. 내가 일본 놈들한테 준 것 아니고 대한민국이다 사립학교를 교육 개혁을 허기 위해서 사립학교를 그때 설립했는디, 내가 일본 놈들한테 주었으면 내가 친일파지만 일본 놈들한테 안주고 우리나라에다가 교육 개혁을 앞으로 허게꼬름(하게끔) 혔는디, 어째서 내가 친일팝니까?"

아 판사가 받어 본게 그게 옳아, 그서 친일파 아니라고 해결을 짓고. 김대우라는 사람은 전라북도 도지사로 해서, 왜정 때 고꼬구 시미노 지까이를 한다는 것을 한국 사람한테 일본 놈들이 왜놈들 정신을 완전히 받기 위해서,

그냥 뭔 식을 허기만 해도 고꼬구 시미노 지까이를 꼭 히야네. 안 허면 막 기압 받고 그랬어요. 그걸 누가 지었냐면 김대우가 지었어요.

"김대우란 놈이 이 놈이 친일파다. 이 놈 때문에 우리가 못견뎠다(못견뎠다)."

그리 친일파로 몰았어요. 김대우가 대답하기를 뭐라고 했냐면,

"자, 친일파가 아니다 내가. 당신은 당신들은 창씨를 갈었지 않었느냐?"

우리는 창녕 조간디(제보자는 창녕조씨임) 마사이라고 했다 그 말여. 김가들 가네다라고 허고 가네무 모다(모두) 이렇게 해서 다 갈었어요, 성씨를. 왜놈들이 갈어라고 했는데 안 갈고 배겼는가. 그때 김대우는 안 갈었어요.

"나, 김대우, 김대우지 내가 성씨 갈은 일이 없어. 당신들은 전부 왜놈들의 성을 갈었지 않었냐? 친일이 돼 놓고 왜 나보고 친일이라고 허냐. 그리고 또 한 가지 고꼬구 시미노 지까이는 다른 게 아니다. 전국적으로 놓고 봐라. 전라북도에서 제일 모집 제일 적게 보냈다. 나 그리서 그놈들한테 충신같이 해 가지고 우리 도민들을 그놈들한테 안 보낼려고 나 노력헌 것이다. 뭘 내가 잘못했냐?"

그리 인제 조사 해 본게 전라북도에서 제일 모집 안 갔다는 거여. 그리서 친일파로 안 몰렸어요. 그 사람이.

덕망가 주씨

자료코드 : 07_12_ETC_20091223_HJJ_JNJ_0002
조사장소 : 전라북도 진안군 부귀면 수항리 대곡마을
조사일시 : 2009.12.23
조 사 자 : 허정주, 진주
제 보 자 : 조낙주, 남, 84세
구연상황 : 친일파로 몰리지 않았다는 김성수와 김대우 이야기를 하다가, 인공 때 이야기로 넘어갔다. 자녀들을 위해서라도 꼭 들어야 한다며 진안군 부귀면에 실제 있다는 주씨 집안 이야기를 하였다. 될 수 있으면 여러 사람에게 도움을 줄 수 있는 일에 힘써야 한다며 이야기를 시작하였다.
줄 거 리 : 진안군 부귀면에 주씨 집안에 주교라는 사람이 있었다. 지나던 행인들, 장사꾼들, 거지들도 잠잘 데가 없으면 이 집 사랑채에 머물다 가곤 하였다. 쌀이

부족한 어려운 시기에도 쌀을 사와서라도 집에 찾아온 가난한 사람들에게 먹여주고 재워주고 했다. 그래서 그 집안은 덕망가라는 소문이 자자했다. 그 집안사람들은 면서기, 순사, 선생 등의 직업을 가지고 있었다. 이장 반장까지 살생부를 만들어 죽이 던 어려운 시기에 이 집안사람들은 덕망가라고 널리 알려져 있었기 때문에 살아남을 수 있었고, 아무런 피해를 입지 않았다.

주씨, 붉을 주(朱) 자, 주가. 주교라는 사람이 있어, 주교. 단자 이름, 주교가 두째 사람여. 큰사람은 면서기 호적계 하다가 죽었어, 일찍이. 두째 사람 주교는 면장까지 했고, 그 다음에 주건이라는 사람이 있어요. 셋째, 그 사람도 면장을 했고.

그 다음에 또 주안이라는 사람이 있어요, 셋째(넷째 인데 잘못 말한 것이다), 그 사람도 면장을 했고. 주백이라는 사람이 있어요. 막내, 그 사람이 내무과장까지 했어요. 그리고는 인제 소생들이 모다(모두) 전부 면서기, 뭐 순사도 헌 사람이 있고, 모다 그렸어요(그랬어요). 선생질도 허고.

인공 때에 그 사람들이 내려와 가지고는 이장 반장까지 전부 도살명부를 꾸몄어요. 도살명부, 싹 죽이겠다는 한꺼번에 집어넣어 가지고. 여그는 (여기는) 그렸지 않았지만 충무만 가도 그 사람들 굴 속으다(속에다) 집어넣고 막 바르르 히서 싹 죽여 버렸어요. 이장 반장까지.

여그는 얼마 안 있다가 그냥 몰아가기 때문에 그 짓까지는 안 당혔어요(당했어요). 그렸는디 여기도 못 전뎠어요(견뎠어요). 이장, 이장 살아먹는 사람 참 괴로웠었어요. 뭐 순사 같은 것 해 먹은 사람은 말할 것도 없고 날마다 도망 다니고.

집이 있도 못하고 그러고 굉장했었어요. 근디 그 집만이는(집만큼은) 티끌 하나 건들들 안했어요. 왜 그렸냐? 그전에 일정 때 이후에 부귀면에 여기가 가난한 면이었고 그리 갖고 숙소, 자는 여관이 없었어. 밥 팔어먹는 사람 없었어요. 식량 때문에.

그래 가지고 인제 혹자에 주막, 술 파는 막걸리 파는 주막에서 막걸리 팔어먹고, 혹자 거기서 그냥 사정해 가지고 방으 거기서 자고 가기도 허고 그랬는데. 주교네 집은 방 여 사랑방이 십 사방 열 한자 칸으로 해서 두 칸 크게 여그가 있는데, 부귀면 행인들 지나다가 날 저물면 그 집이, 장사꾼도 그 집이, 거라지들도(거지들도) 그 집이, 그 집에 들어가면 무조건 자고 가.

맨날 수십 명이 자고 가는 거여 그냥, 꼭 차서 때로는 서로 이렇게 기대서 이렇게 기대서 눕도 못하고 이렇게 자고 가기도 허고, 그걸 그 밥을 다 히냈어. 밥을 히 내면서 밥값을 받은 게 아냐, 무료. 마흔 닷 마지기 농사 지으면은 쌀이 얼매냐?

여그 쌀 세 가마니씩 나와요. 구십 킬로(Kilo). 세 가마니면은 삼사 십이, 삼오는 십오고, 백삼십오 가마니가 되잖애. 그러면 식구가 많다 허드래도 쌀 삼십 가마니 충분해요. 삼십 가마니 안 들어가요. 한 이십 가마니면 충분한데, 나머지 전부 손님들한테 밥 히댄 거요(밥을 해서 대준 거요).

그래 모자라서 열 가마니, 열다섯 가마니 팔어들어 왔대요. 그 식량이 모자라 갖고. 밥값은 한 번 받은 일이 없고, 전체 오는 손님들 전부 대접해서 보냈어요. 그러니까 그것이 평이 나기를, 그 집안은 아주 덕망가다. 말도 못하는 우리 세속의 덕망가!

인공 때같이 무서운 사상가들도 그 집이 가서는 건들들 안했어요. 그리서 천석꾼하고 덕망가하고 바꾸자면 덕망가가 안 바꾼다는 거여. 덕망가는 난국(亂國) 시에도(時에도) 생명을 유지하는 것이고, 부자는 생명을 가야 돼요. 가난한 사람보다 머냐(먼저) 가야 돼요. 또 권력자들도 머냐 가야 돼요. 그리서 선생, 절대 너무나 황금시대를 바라지 마라. 꼭 부탁 혀, 내가.

5. 상전면

증편 한국구비문학대계 ● 전라북도 진안군

▌조사마을

전라북도 진안군 상전면 월포리

조사일시 : 2010.2.24

조 사 자 : 허정주, 진주

상전면 월포리 금지마을 전경

　월포리는 원월포, 금지, 양지, 대구평, 항동마을로 이루어져 있다. 원월포(元月浦)마을은 동쪽으로는 고산골이 우뚝 솟아 있고, 월포의 뒷산은 꼭지봉이 서있으며 인심 또한 건세한 마을이라고 한다.

　금지(琴池)마을은 본래 금단(琴丹)이었는데, 배넘실산 주령이 마을 쪽으로 내려오는 지세를 거문고 줄로 보고 비유하여 붙여진 이름이다. 이후 일제시대에 마을 뒤에 저수지가 축조되자 단(丹)을 저수지를 뜻하는 지

(池)로 바꾸어 금지라 부르게 되었다. 원래 금지(苂地)마을은 경주정씨(慶州鄭氏)가 이곳에 정착하면서 마을이 형성되기 시작하였다. 전설에 의하면 백제시대(白濟時代)엔 도읍지였으며 지금도 사창(社倉, 옛날의 창고)골, 말마장(말을 키우던 곳), 장자골(부자가 살았던 곳) 등의 명칭이 있기도 하다.

양지(陽地)마을은 지금으로부터 약 2백여 년 전에 천안전씨(天安全氏)와 달성빈씨(達成賓氏)가 이곳에 정착하면서 마을이 형성되었다. 주위에 밭이 많아서 '담밭'이라 부르다가 1942년 금지(苂地)에 저수지가 설치되고 이 마을도 개답(開畓)이 많이 된 후부터 양지 바른 곳이라 하여 마을 이름을 양지(陽地)라 불렀다.

대구평(大邱坪)은 마을은 대덕산 아래 염정파군 산맥으로 큰 언덕이 있어 마을 이름도 되고 들판 이름도 되었다. 마을 앞에 있는 작은 산은 금성산으로 서로 마주보고 부르고 있으니 인구가 불어나고 모두 건강할 터라는 것이다. 이 마을은 병자호란(丙子胡亂)때에 원주원씨(原州元氏)가 이곳에 정착하면서 부터 마을이 형성되기 시작하였다. 마을 주위의 산(山)의 형태가 마치 거북모양 같다 해서 대구평(大邱坪)이라고 부르고 있다.

항동(項洞)마을은 항골이라고도 하는데 대덕산이 동쪽에 있어 대덕산의 왼줄기를 뒤돌아보며 남향으로 자리 잡은 바람을 잠재우는 터이다. 이 마을은 지금으로부터 약 1백10여 년 전에 도(都)씨가 정착하게 되면서부터 마을이 형성되기 시작하였다. 옛날에는 '피난터'로 알려진 마을이기도 하다. 대덕산 골짜기에는 물탕이라는 바위굴이 있는데 피부병 치료에 대단히 좋다고 하며 여름에도 물속에 들어가기 어려울 정도라 한다.

▌제보자

정동춘, 남, 1936년생

주 소 지 : 전라북도 진안군 상전면 월포리 금지마을 1551번지
제보일시 : 2010.2.24
조 사 자 : 허정주, 진주

　군 제대하고 우체국에 근무하다가 다시 지방 공무원 공채로 33년 간 공무원 생활을 하셨다. 민속에 관심을 두었으면 좋았을 텐데 아쉬워하면서 이 마을의 토박이로서 알고 있는 대로 이야기를 한다고 하였다. 진안군에서 중학교까지 다녔고 전주로 가서 공업고등학교 다니셨다. 게이트볼을 즐겨하시는데, 지금 마을 노인회장을 맡고 계신다. 슬하에 2남 2녀를 두었으며, 상여 소리를 제보하였는데 어른들이 부른 소리를 들은 것이라며 설명을 해가면서 힘 있게 불러 주셨다.

제공 자료 목록
07_12_FOT_20100224_KID_JDC_0001 월포리마을 유래
07_12_FOS_20100224_KID_JDC_0001 상여 소리

월포리마을 유래

자료코드 : 07_12_FOT_20100224_KID_JDC_0001
조사장소 : 전라북도 진안군 상전면 월포리 금지마을 1551번지
조사일시 : 2010.2.24
조 사 자 : 김익두, 허정주, 진주
제 보 자 : 정동춘, 남, 75세
구연상황 : 제보자는 두 번째 만남으로 조사자를 자택에서 보자마자 1차 조사 때 제보
자가 바빠서 제보를 하지 못해 미안해 하셨다. 상여 소리를 한 뒤에 제보자의
동생분이 이야기를 잘할 줄 안다고 하여 연락을 취했으나, 연락이 안 되어 제
보자의 구연만 듣게 되었다. 마을의 구성을 소개하다가 마을 유래에 관한 이
야기로 넘어갔다.
줄 거 리 : 배넘실이라는 곳이 있는데, 노아 홍수 때처럼 비가 많이 와서 저수지가 그곳
에 생겼다. 말을 방목해서 키웠다는 방마동, 말발굽 소리가 난다는 말발골, 고
을 안에 있다는 골안동, 새문앞, 바깥주막 등이 있다.

　거문고 금(琴) 자, 못 지(池) 자, 그러면 그 배넘실로 그 노아 홍수 때
그 물이 넘어왔을 때, 물이 넘어왔을 때, 그 하믄 넘어온 자리가 딱 지금
저수지가 있거든요. 저수지 요 우에(위에) 저수지가 있어요.

　(조사자 : 예, 있어요. 만들어 놓았구만요.)

　예, 그거이 딱 이치에 지금 딱 맞아요. 우리 마을에서는 맞았어요. 못
지 자. 저수지 딱 물이 그 배넘실 꼭지에서 내려온 놈이 거기에 딱 멈춰
서 그 저수지가.

　(조사자 : 용담(龍潭)도 그렇잖아요. 용담이라는 지명도 옛날에는 용담일
줄 몰랐는데, 지금은 진짜 용담이 됐어요.)

　예, 그렇게 됐어요. 긍게 우리 마을은 그렇게 그 그때 백제 시대 때, 여
기가 백제 아닌가요?

(조사자 : 그렇죠.)

그 백제 시대 때, 긍게 요쪽 그 선생님 올 때 보면 그 제각(祭閣) 하나가 있죠?

(조사자 : 못 봤습니다.)

저쪽으 있어요. 진안서 나오자면 바로 터널 지나면 거그가 제각이 있는디, 거그가 지명이 방마동(放馬洞)이라고 그래요, 방마동. 방마동이면 그 방목할 자, 그 방 자하고, 말 마 자하고 그렇게 쓰거든요. 그렇게 해서 말을 거그서 방목을 했다 그러거든요. 옛날 어른들 이야기를 들어 보면 거기서 말을 방목을 했다 그런 얘기고.

그라고 인제 저쪽으로 내려 가면은, 저기에 그 거그 저 집, 저 이층집이 거그가 하나 있잖아요. 거그 들어가면 있어요. 거그가 말 발골이라고, 여그서는 발마골이라고 그러죠. 그래 거기서는 말발굽, 말발굽 소리 말발자국 소리다 그러거든요.

(조사자 : 말발굽.)

예. 긍게 말을 여기서 키우고 거기서는 말을 훈련을 시켰다 그런 얘기거든요. 근데 지금 도로 낼 때 이 용담댐을 막고 도로 낼 때, 거그가 그 말발골이라고 하는 데가 거기서 시체가 하나 나왔다고 그러는데, 그렇게 우리 진안에 그런 사람들이(역사학이나 고고학을 연구하는 사람을 말함) 없어 가지고 그것을 어떻게 처리했는가를 모르지만,

그때 나왔을 때 그 말허자면 그 관이, 관이 보통 그 된 관이 아니고, 그 석회로 이렇게 돼 갖고 아주 관이 거시기라고 그 시체가 있었더라는 거여.

(조사자 : 안 썩고.)

그런디 그 장군의 표시가 돼 있고 그렇게 했었다고 하는데, 우리들이 참 못 봐서 그런데, 감정을 한다고 가져갔는데 소식이 없어. 소식이. 그것이 틀림없이 그 무슨 장군의 묘였댜. 훈련 받았을 때에 거기에 뭣이 장

군이 있었다 이런 얘기가 있다 그 말요. 그렇게 그런 것이 돼 있고.

그라고 우리 마을에 지금 바로 여그 저 엉떡(언덕) 하나 쪼깨(조금) 넘어가면 그 골안동이라고 있는데, 골안동. 고을 원님이 살았다. 인제 그렇게 그 얘기가 있거든요. 골안동. 그래서 거그가 고란동, 고란동 그러거든요.

긍게 고을, 그 고을 원님이 거그가 살았었다고 그렇게, 그렇게 이야기가 되고. 그라고 인제 그렇게 함과 동시에 지금 이 도로, 도로 밖에가 이 도로 밖에가 새 새문앞이라고 그러거든요, 새문앞, 새문앞.

우리 여그서는 새문아프, 새문아프, 요렇게 부르고 그렇게 되어 있었어요. 근데 새문앞이라고 이렇게 나와 있고. 새문앞에 나와서 옛날 이 댐 막기 전에 도로, 도로 그 건너가 그 주막이 하나 있었어요. 주막이. 여기서 부를 때는 바깥주막, 바깥주막 그러거든요.

(조사자 : 월포.)

예, 월포. 월포에서 좀 떨어져서 우로 올라와 갖고 주막이 거그 있었어요.

(조사자 : 월포 주막은 저도 알아요.)

예. 바깥주막, 바깥주막 그러거든요. 거그가 바깥주막, 바깥주막. 그래 그 고을 원님이 살았을 때는 그 바깥 주막에서 모두 원님들이 그렇게 살았었다. 그리고 이 길이, 요 길이 그 전주로 그 때 육로로 걸어 다녔을 때, 전주로 통래하는 길이거든요.

이 우리 마을 앞에 길이, 그때는 육로로 통했을 때 그 전주로 통하는 길있었다(길이었다). 그래서 바깥주막에서 원님들이, 말허자면 선비들이, 선비들이 술을 한 잔씩 딱하고 쉬었다가 이리 그 선비들이 지나가는 그 거시기 된다. 그렇게 했다는 그 얘기는 있어요.

(조사자 : 고을, 고을 바깥이라고 해서 바깥주막인가 보네요.)

예, 고을 말허자면 골(고을) 안, 그 바깥에 있다고 해서 바깥주막이라고 인제 그렇게 그런 것이 있거든요.

상여 소리

자료코드 : 07_12_FOS_20100224_KID_JDC_0001
조사장소 : 전라북도 진안군 상전면 월포리 금지마을 1551번지
조사일시 : 2010.2.24
조 사 자 : 김익두, 허정주, 진주
제 보 자 : 정동춘, 남, 75세
구연상황 : 제보자는 조사자를 자택에서 보자마자 1차 조사 때 제보자가 바빠서 제보를
하지 못해 미안해 하셨다. 이번은 두 번째 만남으로, 상여 소리를 부탁하였더
니 대매군들이 주로 '어화홍 어화홍' 한다며 간단히 설명을 한 뒤에 불렀다.
제보자의 동생분이 이야기를 잘할 줄 안다고 하여 연락을 취했으나, 연락이
안 되어 제보자의 구연만 듣게 되었다.

어화홍 어화홍
인제가면 언제오나
어화홍 어화홍
가네가네 나는가네
어화홍 어화홍
북망산이 가까워 나는가네 나는가네
어화홍 어화홍
정든고향 버리고 나는가네 나는가네
어화홍 어화홍

[노래가 중단하며 설명을 하여서 다시 더 이어서 불러 달라고 부탁하였
다.]

나는가나 노잣돈이 없어 못가네

어화홍 어화홍

이다리를 건너면 내가가는 곳을 가는구나

어화홍 어화홍

노잣돈을 걸어다오 그래하야

노잣돈을 걸어주소

어화홍 어화홍

큰아들이 돈많이 걸었네

어화홍 어화홍

가세가세 어서가세

어화홍 어화홍

6. 성수면

▌조사마을

전라북도 진안군 성수면 용포리

조사일시 : 2010.2.21, 2010.3.14
조 사 자 : 김월덕, 허정주, 진주

　용포리(龍浦里)는 본래 진안군 이서면에 속했던 지역인데 1914년 행정
구역 폐합 때 상회리, 하회리, 포동과 용회리를 병합하고 용포와 포동의
이름을 따서 용포리라 하여 성수면에 편입되었다. 섬진강 상류인 오원천
이 흐르고 주변이 산으로 둘러싸여 자연 경치가 아름답다. 자연마을로는
반용, 포동, 송촌마을이 있다. 주민들은 주로 논농사에 종사하며, 소득작
물로 고추, 감자, 담배 등을 재배한다.

　포동마을의 옛 이름은 '개울'이었는데, 이것을 나중에 개 포 자를 써서 한자화 하여 포동이 되었다. 천안전씨, 순흥안씨, 배씨 등이 들어와 살면서 마을이 형성되었다. 처음에 전씨가 정착하여 살 때 마을에 큰 당산나무가 3일 밤을 울더니 마을에 질병이 돌아 마을이 망했다. 그 후 안씨와 배씨가 들어와 살게 되었는데 지금은 각성바지 마을이다. 섬진강 상류인 오원천이 마을 앞을 지난다. 마을 앞 당산나무에서는 정월 보름 안에 날을 받아서 당산제를 지내고 있다. 포동마을에는 현재 33호가 거주하고 있다. 포동마을은 2009년에 진안군 '그린빌리지 사업' 대상 마을로 선정되어 주민들이 '다시 찾고 싶은 고향마을 만들기' 과제에 동참하고 있다.

반용마을은 초중반사(草中蟠蛇) 운중반룡(雲中盤龍)의 명당이 있다고 하여 마을 명칭을 반룡(蟠龍)이라 불렀다. 고종 때 진주강씨가 들어와 살면서 마을이 형성되었다. 섬진강 상류인 내가 마을을 감아 돌며 흐르고 마을 뒤에는 성수산과 순산봉이 있어서, 반용마을은 내와 산이 어우러진 아름다운 경치를 자랑한다. 고려 말에 반룡사라는 절이 있었다고 하나 자취를 찾아보기 어렵다.

송촌마을은 마을 사이에 내 하나를 두고 임실군과 경계를 이루고 있는 마을이다. 마을 주변에 산림이 울창하여 마을 명칭을 송림이라 부르다가 대밭뜸과 합쳐서 송촌이라 부르게 되었다. 주요 특산물은 고추이며 양잠도 많이 하고 있다. 인접한 성수면 좌포리에 풍혈냉천이 있어서 여름철에 외지 관광객들이 찾아온다.

▌제보자

김경남, 남, 1948년생

주 소 지 : 전라북도 진안군 성수면 용포리 반용길 17 반용마을회관
제보일시 : 2010.3.14
조 사 자 : 김월덕, 허정주, 진주

진안군 성수면 용포리 포동마을 제보자들이 인근에서 상여 앞소리꾼으로 활동하는 사람이 있다고 하며 소개해 준 제보자이다. 제보자는 진안군 성수면 용포리 반용마을에서 태어나 성장하였고 농업에 종사하며 줄곧 이 마을에서 살아왔다. 인근 마을까지 상여 앞소리꾼으로 알려진 제보자는 실제로는 의외로 숫기가 없는 편이었다. 게다가 딸들이 아버지가 상여 소리 하는 것을 좋아하지 않아서 소리를 하려고 하지 않았다. 몇 번 거듭된 방문 끝에 조사자가 방문한 날이 마침 마을 어느 집에 혼사가 있던 날이어서 약주를 한 잔 드신 상태라서 소리를 하겠다고 하여 상여 소리를 짧게 해 주었다. 제보자는 젊어서부터 상여 앞소리를 했던 것은 아니고 약 30년 전에 우연한 기회에 소리할 사람이 없어서 상여 소리를 한 번 한 것이 계기가 되어 그 후에 계속 요청을 받게 되었고, 인근 포동마을까지 불려 다니며 상여 앞소리를 하게 되었다고 한다. 제보자는 체구가 건장하고 목청도 큰 편이다.

제공 자료 목록
07_12_FOS_20100314_KWD_KGN_0001 상여 소리

차영자, 여, 1930년생

주 소 지 : 전라북도 진안군 성수면 용포리 포동마을 마을회관
제보일시 : 2010.2.21
조 사 자 : 김월덕, 허정주, 진주

마을이장님에게 조사취지를 설명하자 이
장님이 소개해 준 제보자이다. 제보자는 전
북 남원 노봉이라는 곳에서 16세에 진안군
성수면 용포리로 시집왔다. 왜정 때 일본 놈
들이 처녀들을 데려간다고 해서 부모님이
중매를 통해서 제보자를 일찍 시집보냈다.
제보자 표현대로 "가시내들 데려다 기름 짠
다고 해서 머시매 눈구녁도 안 보고 부모님
이 가서 살라고 해서" 그냥 살았다. 신랑(할아버지)은 9살 연상이었는데,
아파서 크게 고생하지도 않고 살다가 10여 년 전에 세상을 떠났다. 시집
와서 계속 농사짓고 살았다. 지금은 혼자서 농사짓기가 힘들어서 남아 있
는 논밭 농사를 조금 짓고 있다. 고추와 감자 농사도 좀하고 있다. 슬하에
1남 4녀 5남매를 두었다.

제보자는 50대에서 60대 사이에 부녀회장을 15년 동안 맡아서 했다.
지금은 아랫사람에게 넘겨주고 마을에서 행사가 있을 때는 뒤에서 도와
준다. 조사자들이 처음에 노래를 청했을 때는 극구 사양하였으나, 이장님
이 노래할 수 있도록 분위기를 만들어 주자 제보자가 노래를 불러 주었
다. 수줍어하는 성격도 있었으나, 부녀회장으로 오래 일을 해서 그런지
대차고 당찬 성격도 있었다. 연세도 높고 체구도 작지만 노래를 부를 때
는 목소리에 힘이 실려 있었다.

제공 자료 목록
07_12_FOS_20100201_KWD_CYJ_0001 밭 매는 소리

07_12_FOS_20100201_KWD_CYJ_0002 지충개 타령
07_12_FOS_20100201_KWD_CYJ_0003 아기 어르는 소리
07_12_FOS_20100201_KWD_CYJ_0004 연분 노래

상여 소리

자료코드 : 07_12_FOS_20100314_KWD_KGN_0001
조사장소 : 전라북도 진안군 성수면 용포리 반용길 17 반용마을회관
조사일시 : 2010.3.14
조 사 자 : 김월덕, 허정주, 진주
제 보 자 : 김경남, 남, 71세
구연상황 : 제보자는 앞서 방문했던 용포리 포동마을에서 추천해 주었다. 그러나 제보자
는 듣던 바와는 달리 성격이 소극적이고 수줍음이 많아서 다음번에 하겠다고
기약을 정했다. 약속한 날에 갔을 때는 다른 구실이 생겨 노래를 듣지 못했
다. 세 번째 방문했을 때 마을 사람 자녀의 혼사가 있어서 제보자는 술을 좀
마신 상태였다. 상황이 그래서 제보자도 더 이상 거절하지 못하고 마침내 소
리를 하였다. 평지에서 운상할 때는 관아 소리를 하고, 산에 올라갈 때는 어
너리 농차 소리를 한다고 한다.

07_12_FOS_20100314_KWD_KGN_0001_s01 〈관아 소리〉
[집에서 나갈 적에 관아 소리를 한다고 설명한다.]

　　　가네가네 나는가네 자손느그를 버리고 나는간다
　　　관아 어- 허- 어-
　　　내년요때 꽃피고 잎피면 다시 만나자
　　　관아 어- 허- 어-
　　　북망산천이 멀다고 허더니 문밖에 왔구나
　　　관아 어- 허- 어-

07_12_FOS_20100314_KWD_KGN_0001_s02 〈넘차 소리〉
[어혜 소리는 산에 올라갈 적에 한다고 설명한다.]

어어헤 어어헤 어나리 농차 어헤에

밭 매는 소리

자료코드 : 07_12_FOS_20100201_KWD_CYJ_0001
조사장소 : 전라북도 진안군 성수면 용포리 포동마을 마을회관
조사일시 : 2010.2.21
조 사 자 : 김월덕, 허정주, 진주
제 보 자 : 차영자, 여, 81세
구연상황 : 마을이장님은 옛날 노래 잘 부르는 마을 사람으로 제보자를 적극 추천하였
다. 제보자는 15년 동안이나 부녀회장을 맡았을 정도로 적극적이고 활달한
성격이지만, 조사자가 노래를 청했을 때 처음에는 수줍어하며 부르려고 하지
않았다. 그러다가 포동마을이장님이 할머니방으로 와서 노래도 하며 분위기
를 유도하자 그때 비로소 노래를 시작하였다. 노래를 시작하자 적극적으로 노
랫말이나 밭맬 때 상황에 대해서도 설명해 주었다.

사래질고 광찬밭은 고머리(밭의 가장자리)나 둘러주소
고머리 둘른뜻은 굼뜻(다른 의도로 품은 마음)먹고 두름느네
사래질고 광찬밭은 고머리나 둘러주소
요내밭골 어여나매고 임의나밭골 마저나가세
임의밭골 맞는뜻은 굼뜻먹고 마저나가네
사래질고 광찬밭은 고머리나 둘러주소
고머리 두른뜻은 굼뜻먹고 두름느네
못다맬 밭 다맬라다 금봉채를 잃고나가네
전주나송방 다파혀도 금봉챌랑 내당혀줌세
요내밭골 어여매고 임의나밭골 마저나가세
불과같이 더운날에 쇠털같이 수많은날
날이나 날마동 밭만 매라는가

지충개 타령

자료코드 : 07_12_FOS_20100201_KWD_CYJ_0002
조사장소 : 전라북도 진안군 성수면 용포리 포동마을 마을회관
조사일시 : 2010.2.21
조 사 자 : 김월덕, 허정주, 진주
제 보 자 : 차영자, 여, 81세
구연상황 : 마을이장님은 옛날 노래 잘 부르는 마을 사람으로 제보자를 적극 추천하였
다. 조사자가 노래를 청했을 때 처음에는 수줍어하며 부르려고 하지 않다가
포동마을이장님이 할머니방으로 와서 노래도 하며 분위기를 유도하자 그때
비로소 노래를 시작하였다. 조사자가 지충개라는 이름에 대해 질문하자 이 노
래를 불러 주었다. 이 노래를 밭 매면서 심심하면 불렀다고 설명했다.

  지충개야 지충개야 마도사천 지충개야
  떡잎같은 울어머니 매화같은 나를두고
  어느골가 홍침히서 날오는줄 모르신가

아기 어르는 소리

자료코드 : 07_12_FOS_20100201_KWD_CYJ_0003
조사장소 : 전라북도 진안군 성수면 용포리 포동마을 마을회관
조사일시 : 2010.2.21
조 사 자 : 김월덕, 허정주, 진주
제 보 자 : 차영자, 여, 81세
구연상황 : 마을이장님은 옛날 노래 잘 부르는 마을 사람으로 제보자를 적극 추천하였
다. 조사자가 노래를 청했을 때 처음에는 수줍어하며 부르려고 하지 않다가
포동마을이장님이 할머니방으로 와서 노래도 하며 분위기를 유도하자 그때
비로소 노래를 시작하였다. 조사자가 아기 어를 때 하는 소리나 자장가를 청
하자 이 노래를 불러 주었다.

  잘자그라 잘자 우리애기 잘도잔다
  잘자그라 잘자 넘의애기는 개똥밭에 재워놓고

우리애기는 꽃밭에다 재워놓고 잘자그라 잘자

연분 노래

자료코드 : 07_12_FOS_20100201_KWD_CYJ_0004
조사장소 : 전라북도 진안군 성수면 용포리 포동마을 마을회관
조사일시 : 2010.2.21
조 사 자 : 김월덕, 허정주, 진주
제 보 자 : 차영자, 여, 81세
구연상황 : 마을이장님은 옛날 노래 잘 부르는 마을 사람으로 제보자를 적극 추천하였
다. 조사자가 노래를 청했을 때 처음에는 수줍어하며 부르려고 하지 않다가
포동마을이장님이 할머니방으로 와서 노래도 하며 분위기를 유도하자 그때
비로소 노래를 시작하였다. 제보자가 밭 매는 소리 외 두어 곡을 부른 후에
조사자가 다른 노래를 청하자 이 노래를 불렀다. 길쌈할 때 혹은 아무 때라도
부를 수 있다고 한다.

울도담도 없는집에 방실방실 노는처녀
돌물레로 돌려낼까 낚숫대로 낚아낼까
어느틈에 날오란가

7. 안천면

▌조사마을

전라북도 진안군 안천면 노성리

조사일시 : 2010.2.23
조 사 자 : 허정주, 진주

전라북도 진안군 안천면 노성리 보한마을 전경

　노성리(魯城里)는 노양리(魯陽里), 보성리(保城里)의 글자를 합한 이름이
다. 이 마을은 금강(錦江)상류에 위치하고 있는 안천면의 중심지 마을이
다. 황희 정승이 장수황씨인데 이곳 화산서원에 사당을 모셔놓았으며, 유
림들이 이 서원에서 춘추로 두 번 제사를 지낸다고 하였다.

　보한 마을은 임진왜란 전에는 사람이 살고 있지 않았는데, 임진왜란 이
후에 남도에서 피난차 성씨(成氏)가 들러와 살기 시작하여 차츰 일가들이

와서 살기 시작했다. 그때는 '보성'이라고 불렀으며, 성씨가 망하고 떠나자 안씨가 들어와 살아서 '보안'이라고 했고, 안씨가 망하고 떠나자 청주한씨(淸州韓氏)가 들어와 살면서 보한마을이 되었다고 한다. 8·15해방 후 상하보로도 불렀다. 처음에 노성리(魯城里)의 보한(保閒)이라 칭하였으나 그 후 행정구역 개편에 따라 상보(上保)와 하보(下保)라 칭하고 오늘에 이르고 있는 것이다. 옛날 이름을 딴 보안이골 이라는 들이 있어 미곡생산이 주산업으로 되어 있다.

노성리(魯城里)의 노채(魯彩)마을은 1895년 용담군 이북면 노채리였으며, 1914년 진안군 안천면 노성리 노채 마을이 되었다. 소재지에서 동남쪽으로 약 2km 지점에 위치하고 있는 마을이다. 소백산맥(小白山脈)의 여맥(餘脈)을 등지고 금강(錦江)상류가 흐르고 있는 산간지 마을로서 분지(盆地)와 계단식 농토(階段式 農土)를 가지고 있는 마을이다. 이 마을에는 저수지가 설치되어 있고 관개수리가 잘 되어 있다. 이 마을은 약 350-400여 년 전에 의성 정씨가 터를 잡았다고 하는데, 천석꾼이 나올 정도로 부촌이었다고 한다.

시장(市場)마을은 진안 무주간 도로변에 위치한 마을로서 안천면의 중심지역이다. 대전과 무주 동향면으로 통하는 이 고장 교통의 중심지로서 장(場)이 서는 마을이기 때문에 시장마을로 불리고 있다.

전라북도 진안군 안천면 신괴리

조사일시 : 2010.2.23, 2010.2.24
조 사 자 : 허정주, 진주

신괴리(新槐里)의 지사(芝沙)마을은 1895년 용담군 이북면 지사리였으며, 1914년 3월 1일 진안군 안천면 신괴리 지사마을이 되었다. 지사에는 낙안김씨, 정씨, 박씨, 최씨 등이 살고 있다. 대덕산을 등지고 이웃 동향면과 경계를 이루고 있는 이 마을은 토질이 좋아 지사란 명칭이 붙었다하며 따라서 인삼재배에 천혜의 자연조건을 갖추고 있기도 하다. 농악을 보름날 망월제를 하면서 치고 지냈는데, 올해부터는 면소재지에서 모여서 치기로 했다고 하였다. 이 마을에서는 좌도 농악을 하는데 이번에는 우도 농악을 치기로 했다고 하였다. 마을 뒤에 대덕산 깃대봉 밑에서 정월 초에 산제를 지내고, 마을이장 반장을 위주로 해서 마을에 있는 바위에서 산제를 지내기도 한다. 이 동네에서는 남자 수명이 짧은 편이라고 하며 통상 그렇기는 하지만 특히 이 마을에서는 유독 여자가 수명이 훨씬 길다는 게 특징이라고 말하였다.

안천면 신괴리 괴정마을 전경

신괴리 교정(괴정)마을 안천면 내에서 두 번째로 큰 마을이었는데, 안천면의 관문 마을이며 동향면으로 들어가는 입구 마을이다. 마을 앞에 있

는 괴목나무가 신통한 영험으로 국난이 있을 때마다 울음소리를 낸다하
여 주민들은 이 나무를 수호신으로 믿게 되었으며, 그 옆에 정자가 있다.
괴목정이라 불렀는데 행정구역개편 때 교정으로 바뀌었다 한다. 대보름날
쥐불놀이 등 행사를 하고 있다. 40여 세대가 살고 있으며, 과수 및 밭농
사가 위주이다.

▌제보자

안경옥, 남, 1934년생

주 소 지 : 전라북도 진안군 안천면 노성리 보한마을
제보일시 : 2010.2.23
조 사 자 : 허정주, 진주

진안군 정천면에서 태어나 왜정 때, 3살
에 안천면으로 이사 오셨고, 8세 때 이곳
노성리로 와서 지금까지 살고 계신다. 초등
학교 6학년 때 중퇴를 하고 면사무소에서 4
년간 근무를 하였는데, 6·25 사변 중에 치
안하라는 명령을 받고 경찰서에서 7년 동안
일을 하였다고 한다. 그래서 국가 유공자가
되었고, 그 후 이장을 40년간 하셨다. 향교
에 나가 어르신들과 교류를 많이 하고 계시며, 마을 유래에 관해 잘 알고
계셨다. 조사자들에게 적극적으로 구연을 해주셨으며, 집에 가셔서 향교
관련 자료를 가지고 오셔서 보여주기도 하였다.

제공 자료 목록
07_12_FOT_20100223_KID_AGO_0001 나도 큰다는 나도산의 유래
07_12_FOT_20100223_KID_AGO_0002 열녀 장수 황씨

임정희, 여, 1937년생

주 소 지 : 전라북도 진안군 안천면 신괴리 괴정마을 505번지
제보일시 : 2010.2.23
조 사 자 : 김익두, 허정주, 진주

진안군 읍내에서 태어나 안천면으로 18세에 중매로 시집오셨고 슬하에 5남을 두셨다. 인삼과 고추를 위주로 농사 지으셨다고 한다. 제보자 한준희 어르신의 부인이며, 목소리가 고운 편이신데 노래 부르실 때에도 애교 있는 표정과 부드러운 목소리로 부르셨다. 교회에 다니시고 계셨고, 비록 상은 못 탔지만 전국노래자랑에도 나가셨다고 한

다. 노래 중간에 흥이 나셔서 가요를 부르시기도 하였다. 마을에 터널을 뚫는 공사가 있었는데 그 작업부들에게 밥을 해 주셨는데 요리 솜씨도 좋다고 한다.

제공 자료 목록

07_12_FOS_20100223_KID_LJH_0001 상여 소리
07_12_MFS_20100223_KID_LJH_0001 노들강변
07_12_MFS_20100223_KID_LJH_0002 도라지 타령
07_12_MFS_20100223_KID_LJH_0003 아리랑

정봉균, 남, 1936년생

주 소 지 : 전라북도 진안군 안천면 신괴리 지사마을
제보일시 : 2010.2.24
조 사 자 : 김익두, 허정주, 진주

조사자들이 제보자를 방문하겠다고 전화 했을 때, 마을에 군수가 방문하기로 되어 있어서 좀 바쁘다고 서둘러 오라고 했다. 제보자는 지금까지 상례를 치루면서 300번 정도 상여 소리를 부른 것 같다고 하였다. 향교를 다녀서 축을 읽기도 하며, 마을에서 좌도가락으로 장구를 쳤었고 지금은 쇠를 치고 있다고 하였다. 묘 쓰는 일을 하셔서 그에 대한 설명을 자세히

말하셨고, 제례에 관해서도 많은 이야기를
하셨다. 차분하게 작고 조용한 목소리로 구
연하였으며, 이 마을 토박이이다 보니 마을
에 관한 것을 잘 알고 계셨다. 슬하에 1남 5
녀를 두셨으며, 불공드리러 가끔 절에 가신
다고 하였다.

제공 자료 목록

07_12_FOS_20100224_KID_JBG_0001 노랫가락
07_12_FOS_20100224_KID_JBG_0002 모심는 소리
07_12_FOS_20100224_KID_JBG_0003 그네 노래
07_12_FOS_20100224_KID_JBG_0004 상여 소리

한준희, 남, 1933년생

주 소 지 : 전라북도 진안군 안천면 신괴리 괴정마을 505번지
제보일시 : 2010.2.23
조 사 자 : 김익두, 허정주, 진주

　제보자는 이곳 진안군 안천면 신괴리에서
태어나 지금껏 고향을 떠난 적 없이 살아
오셨다고 한다. 초등학교를 다니셨고, 10년
정도 마을이장 일을 하셨으며, 슬하에는 5
남을 두셨다. 국가 유공자인 제보자는 몇 년
전 뇌경색으로 발음이 좋지 않고 기억력이
없어 졌다며 제보를 사양하였다. 그러나 계
속 부탁하자 그 전에 어르신들한테 상여 소
리 등을 배우느라 힘들었다며 조금 불러 보겠다며 부르셨다.

제공 자료 목록

07_12_FOS_20100223_KID_HJH_0001 회심곡

허석훈, 남, 1929년생

주 소 지 : 전라북도 진안군 안천면 신괴리 괴정마을 557번지
제보일시 : 2010.2.23
조 사 자 : 김익두, 허정주, 진주

　　마을 주민과 이장의 소개로 제보자의 집
을 찾아갔다. 안천면 삼락리에 살다가 10여
년 전에 이곳 신괴리에 이사 와서 하양허씨
(河陽許氏)제실을 관리하며 살고 계신다고
하였다. 조사자가 찾아 갔을 때는 밖에서 일
을 하고 계셨는데, 인사를 나누고 조사자의
목적을 말하고 나서 마루에 앉아 이야기를
나누었다. 요즘은 상여를 나가지 않기 때문
에 부른지가 오래되어 기억이 잘 나지 않는다며 사양을 하였다. 거듭 부
탁하여 한참을 이야기 나눈 후에야 들을 수 있었다. 조용한 목소리로 수
줍은 성격이었는데, 설명을 자세히 하면서 상여 소리를 부르셨다. 슬하에
8남매를 두셨으며, 현재 마을 노인회장을 하고 계신다.

제공 자료 목록

07_12_FOS_20100223_KID_HSH_0001 상여 소리

나도 큰다는 나도산의 유래

자료코드 : 07_12_FOT_20100223_KID_AGO_0001
조사장소 : 전라북도 진안군 안천면 노성리 보한마을회관
조사일시 : 2010.2.23
조 사 자 : 김익두, 허정주, 진주
제 보 자 : 안경옥, 남, 77세
구연상황 : 마을에 관련 된 이야기가 끝나고 마이산에 관한 이야기를 물어보자 말씀하
         셨다.
줄 거 리 : 보살이 쌀을 씻다가 마이산 쪽을 바라보았는데, 마이산 앞에 있던 산이 나도
         큰다며 자꾸 커 올라가고 있었다. 이를 본 보살이 '저 산도 큰다'고 외치자,
         올라가던 그 산이 여자가 방정맞게 그런다고 돌아서서 더 이상 크지 않았다
         고 한다.

마이산 주지가 이갑룡이었는디, 이갑룡이 처사라고 혔지. 그분이 탑, 마
이산은 탑이 더 유명하지. 그 산 자체보다도 그 있잖어. 산 자체보다도 그
탑.

(조사자 : 탑사.)

탑사가 유명한 거여. 그 게다(나막신(げ-た) 신고, 이를테면 마이산 숫
마이산도 올라갔다는 이여. 이갑룡 씨가, 처사가. 게다, 게다라는 것이 나
무 이런 디다(신발 뒤축을 가리키며) 굽 달어 가지고 나무.

(조사자 : 나무신.)

나무 그놈을 신고 올라댕겼다고 하는 딘디, 그 탑사가 유명햐. 그 탑
쌓는 것. 그것이 보통, 보통 지금처럼 택도 없어. 아무리 예술가래도.

(청중 : 이런 사람이 허서는 시방까지 있들 안 햐.)

엉. 그렇게. 이갑룡 씨가 탑을 쌓았다는 얘기여. 그 앞에 나도산이라 허

는 것이 있는디, 어느 보살이 그 나도, 나도 큰다고 해서 나도산이라고 했어. 그 이렇게 브이자(V자) 앞에 가면 또 요만한 것이 하나 있거든 저 건너. 그러면 여기서 보살이 쌀을 씻다 본게 산이 자꾸 커 올라온다는 얘기여. 근디,

"야, 저 산도 큰다! 큰다!" 하닝게. 그때 딱 좌절해 가지고 여자가 방정맞게 그런다고 이것이 안 크고.

(청중 : 차차 돌아섰대야.)

그래 가지고 이 저 브이자 앞에 그 탑사 앞에 보면 요만한 것이 이 거시기 마이산마냥으로 모양이 생겼는디 있어. 그것이 나도산여, 이름이.

"나도 클란다."라는 나도, 나도. 그래서 나도산이 크다가 그 여자가 쌀을 씻다가 바라보니까 자꾸 커 올라간다는 얘기여. 재수 없이 여편네가 그런다고 하는 뜻에서 돌아서 삐렸다 그래서.

열녀 장수 황씨

자료코드 : 07_12_FOT_20100223_KID_AGO_0002
조사장소 : 전라북도 진안군 안천면 노성리 보한마을회관
조사일시 : 2010.2.23
조 사 자 : 김익두, 허정주, 진주
제 보 자 : 안경옥, 남, 77세
구연상황 : 마을 유래 중에 집성촌 성씨에 관한 이야기를 하면서 장수황씨 집안에 열녀가 있었다는 이야기가 나왔다. 재차 물어보았더니 해 주신 이야기이다.
줄 거 리 : 장수황씨 집안에 처녀가 사성을 받았는데 결혼하려던 남자가 죽었다. 처녀는 결혼할 사람이 죽어서 수절을 하고 혼자 살았다. 한일합방이 된 뒤 일본 군대가 들어와서 왜군이 황씨의 젖을 만졌다. 그러자 더러운 일본 놈들이라 하고는 젖을 끊어내고 목숨을 끊었다. 그래서 비각을 세웠는데, 용담이 수몰되자 그곳에 있던 비각을 지금 안천면으로 옮겼다고 한다.

여그 저 장수황씬데, 장수황씬디, 이케 그전에는 사성(四星)을 보낸단 말여. 결혼을 할라면 사성을.

(조사자 : 예, 결혼 전에.)

지금도 사성을 보내는데, 사성을 받어 놓고 그 말허자면 결혼한 남자가 죽었어. 신랑이, 신랑이 죽어서 수절하고 살어. 사는 중에, 사는 중에 저 그 일본 놈들이 한일합방, 일본 놈들이 군대 와 가지고 말하자믄 강탈을 할라고 덤비는 바람에 젖을 만졌단 말여. 일본 놈들이.

그렇게 부엌에 가서 칼을 갖다가 자기 것을 끊어내고, 드런 놈들이라고. 그래 가지고 죽었어. 그렇게 처녀가 죽은 턱이지. 그래서 비각을 세워서 요전에 그 수몰이 되어 가지고 이리 이건을 해 가지고 낙성식하는데 내가 갔었는데. 그 그러한 열녀, 열녀가 있어.

(조사자 : 거기도 안천인가요?)

아믄. 안천이지. 황씨, 아까 얘기한 장수황씨.

(조사자 : 장수황씨.)

상여 소리

자료코드 : 07_12_FOS_20100223_KID_LJH_0001
조사장소 : 전라북도 진안군 안천면 신괴리 괴정마을 505번지
조사일시 : 2010.2.23
조 사 자 : 김익두, 허정주, 진주
제 보 자 : 임정희, 여, 74세
구연상황 : 제보자 한준희 어르신의 부인으로 남편이 회심곡을 부르는데 잘 아는 듯이
따라 부르셨다. 노래가 끝나기 전에 밖에 나가서서 하시던 일을 하였다. 노래
를 잘하실 것 같아 조사자가 밖에 나가 제보자에게 노래를 부탁하였다. 처음
에는 극구 사양하였으나 상여 소리를 불러 달라고 하였다. 방 안으로 모시고
와서 상여 소리를 하였는데, 일을 하다가 와서 숨이 차서 힘들어 하였다. 남
자들이 부르던 것을 들었는데 기억나는 대로 불러 준다고 하였다.

어화홍 어화홍
저승길이 멀다더니 오늘날로 당도하니
대문밖이가 저승이네
어화홍 어화홍
명사십리 해당화야 너는 명년삼월 돌아오면
너는다시 피련만은 우리인생 한번가면 다시오든 못하노라
어화홍 어화홍
간다간다 나는간다 어느친구 동향할까(동행할까)
어화홍 어화홍
놀다가세 놀다가세
친구업이 많다한들 어느친구 동향(동행)할까
어화홍 어화홍

놀다가세 놀다가세 쉬어가세 쉬어가세
어화홍 어화홍

[지금은 상여를 나가지 않으니 들은 지도 오래되어 잊어버렸다고 하시면서 잠시 쉬었다가 이어 부른다.]

인지(인제)가면 언지(언제)오나 다시오기는 어려웁다(어렵다)
어화홍 어화홍
놀다가세 놀다가세 우리터전 둘러보세
어화홍 어화홍

노랫가락

자료코드 : 07_12_FOS_20100224_KID_JBG_0001
조사장소 : 전라북도 진안군 안천면 신괴리 지사마을
조사일시 : 2010.2.24
조 사 자 : 김익두, 허정주, 진주
제 보 자 : 정봉균, 남, 75세
구연상황 : 다른 마을에서 상여 소리를 잘한다고 소개를 받은 제보자이다. 전화를 드렸더니 마을에 군수가 온다고 하니 좀 일찍 오라고 하였다. 서둘러 제보자의 집을 찾아가 마을에 관한 이야기를 듣다가 노래를 부탁하였다. 조용한 목소리로 손가락으로 장단을 맞추며 힘들이지 않고 편안하게 부르셨다.

창랑에 낚시를걸고 초두위에나 앉았으니
녹수청강 찬바람에 궂은비소리 더욱섧구나
오늘도 이소리아니면 어느장단에 놀아를볼까

모심는 소리

자료코드 : 07_12_FOS_20100224_KID_JBG_0002
조사장소 : 전라북도 진안군 안천면 신괴리 지사마을
조사일시 : 2010.2.24
조 사 자 : 김익두, 허정주, 진주
제 보 자 : 정봉균, 남, 75세
구연상황 : 논매는 소리를 부르셨냐고 여쭈었더니, 초성이 막혀서 잘 안 나온다고 하셨
다. 노래를 부르고 나서 조사자들에게 느닷없이 부르라고 하니 잘 생각이 안
난다고 하며 모심는 소리를 부르셨다.

이논배미 모를심고 장구배미로 들어를가세
일락서산에 해는지고 월출동산에 해가돋네
이논배미 얼른심고 장구배미로 들어를가세

그네 노래

자료코드 : 07_12_FOS_20100224_KID_JBG_0003
조사장소 : 전라북도 진안군 안천면 신괴리 지사마을
조사일시 : 2010.2.24
조 사 자 : 김익두, 허정주, 진주
제 보 자 : 정봉균, 남, 75세
구연상황 : 모심는 소리를 부르고 나자, 놀 때 재미있게 부른 노래를 불러 보겠다며 부르
기 시작하였다.

송백수(松柏壽)야 높다란낭개(나무에) 오색실로다 그네를매고
낙의야홍상(綠衣紅裳, 녹의홍상. 곱게 차려입은 젊은 여자를 말함)
우련님은 오락가락에 추천인데
우리야임은 어데를가고 날찾을줄을 모르는가
논산강경 은진미륵이 걸음을걸으면 오시려나

여주벽절(신륵사의 다른 이름) 금부처가 말문이열리면은 오시려나

상여 소리

자료코드 : 07_12_FOS_20100224_KID_JBG_0004
조사장소 : 전라북도 진안군 안천면 신괴리 지사마을
조사일시 : 2010.2.24
조 사 자 : 김익두, 허정주, 진주
제 보 자 : 정봉균, 남, 75세
구연상황 : 마을 유래에 관한 이야기를 하다가 산제 모시는 일을 이야기를 하였다. 그리
고 나서 회심곡으로 상여 소리를 불렀다면서 초상당한 집마다 상여 소리 내
용이 다르고, 마을 마다 매기는 소리도 다르다는 설명을 하고 난 뒤 부르기
시작하였다. 제보자에 따르면 이 마을에서는 후렴을 '어화홍 어화홍' 한다고
하면서 때에 따라 내용을 달리한다고 한다. 다지는 소리에 대해 묻자, '하관'
이라고 해서 상여를 뜯고 흙을 다질 때 '다지홍'이라는 소리를 한다고 하였다.
제보자는 운상할 때 소리와 다지는 소리를 불러 주었다. 제보자는 맑은 정신
으로는 소리가 잘 안 되고 술 한 잔 해야 소리가 잘 나온다고 하였다.

어화홍 어화홍
저승길이 머다더니
어화홍 어화홍
오늘내게 당도를했네
어화홍 어화홍
에헤헤 헤하 어화넝차 어화헤

[다른 동네에서는 이런 후렴도 있다고 하며 한 번 부른 것이다.]

저승길이 머다더니
오늘내게 당도를했네
에헤에하 에헤에하

대문밖에 저승이라

친구벗이 많다한들

당년나이 팔십세로

고향길을 하직을하고

잠시잠깐 쉬어들가세

상여채를 벗어들들게

여허루 다지홍

산지조종은 곤룡산이요

어허루 다지홍

회심곡

자료코드 : 07_12_FOS_20100223_KID_HJH_0001

조사장소 : 전라북도 진안군 안천면 신괴리 괴정마을 505번지

조사일시 : 2010.2.23

조 사 자 : 김익두, 허정주, 진주

제 보 자 : 한준희, 남, 78세

구연상황 : 마을 입구에서 몇몇 어르신들이 계셔서 상여 소리 잘하시는 분이 계시냐고
물었더니 두 명의 제보자를 소개해 주었다. 그러나 한 분은 몸이 불편하였고,
다른 제보자의 집을 찾아갔으나 부인은 제보자의 몸이 좋지 않아 발음이 잘
안 된다며 못한다고 하였다. 방으로 들어가 제보자를 만나 이야기를 나누다가
상여 소리를 부탁하자, 잊어버리기도 하였고 발음이 잘 안 된다며 사양하였
다. 그러나 계속 청하자 부르기 시작하였는데, 부인이 그건 회심곡이라며 잘
못한다며 밖으로 나가셨다.

　세상천지 만물중에 사람밖에 또있는가(부인이 회심곡을 부르고
있다고 재차 강조한다)

　여보시오 시주님네 이내말씀 들어보소

이세상에 나온사람 누구덕으로 나왔는지

석가여래 공덕으로 아버님전 뼈(뼈)를빌려

어머님전 살을빌려 칠성님전 명을빌려

제석님전 복을빌려 이내일신 탄생하니

한두살에 철을몰라 부모은공을 알을쏜가

이삼십을 당하여도 부모은공 못다갚어

어이없고 애닲고나 무정세월 여류하야

원수백발 돌아오니 없던망령 절로나네

망령이라 흉을보고 구석구석 웃는모양

[제보가 끝나면서 '어화홍'을 넣는다면서 잠깐 해주신다. 안 하니까 잊어 버렸다고 하면서, 그전에 어르신들한테 배우느라 힘들었다고 말씀하신다.]

어화홍 어화홍

어제오늘 성턴(성하던)몸이 저녁나절 병이들어

어화홍 어화홍

상여 소리

자료코드 : 07_12_FOS_20100223_KID_HSH_0001

조사장소 : 전라북도 진안군 안천면 신괴리 괴정마을 557번지

조사일시 : 2010.2.23

조 사 자 : 김익두, 허정주, 진주

제 보 자 : 허석훈, 남, 82세

구연상황 : 마을 주민과 이장의 소개로 제보자의 집을 찾아갔다. 재실에 살고 계셨는데 조사자가 찾아갔을 때는 마당에서 일을 하고 계셨다. 인사를 나누고 조사자의 목적을 말하고 나서 마루에 앉아 이야기를 나누었다. 요즘은 상여를 나가지

않기 때문에 부른 지가 오래되어 기억이 잘 나지 않는다며 사양을 하였다. 한참을 이야기 나눈 후에 거듭 부탁하여 들을 수 있었는데, 설명을 하면서 노래 부르기 시작하였다. 매기는 소리는 '어화홍'인데 평지 갈 때와 오르막에서 다르게 부르고, 오르막길에서 '어화 어화' 하면서 자진마치로 올라간다고 하였다. 출발할 때는 하직인사를 하게 되는데 상제들한테 '하직일세, 하직일세' 하면서 하직인사로 시작한다고 말하였다. 죽은 사람이 살아온 이야기를 넣어가며 노래 내용을 만든다고 하였다. 제보자는 "비위가 없어 술 한 잔 먹어야 잘 부르는데"라고 하면서 부르기 시작하였다.

어화홍 어화홍
가세가세 어서가세
모진놈의 병이들어
이내몸이 가게돼서
동네분들 미안하오
잘기시오(계세요) 잘사세요
이내몸이 가더라도
건강하게 사십시오
어화홍 어화홍
동네분들 들으시오
모진놈의 병이들어
황천길을 가게되어
동네분들 미안하오
어화홍 어화홍
여보시오 동네분들
이내몸이 간다해도
우애좋게 잘사시고
우리자손 돌봐주오
어화홍 어화홍

가세가세 어서가세
황천길을 가게되어
여러분들 미안하오
이내몸은 가더라도
우리자손 돌봐주오
어화홍 어화홍
저승길이 머다더니
저산너메가 저승이네
어화홍 어화홍

[힘든 곳에 이르러 올라갈 때 힘드니까 자진마치로 간다고 하시면서 먼저 상여꾼이 '어허 어하' 하면 받는사람도 '어하 어하' 하면서 자진마치로 올라간다고 다시 한 번 설명하였다.]

어하 어하 어하 어하

[조사자가 받는 소리를 하겠다고 하면서 다시 한 번 상여 소리 나갈 때처럼 불러달라고 요청하자 불러주신다. 조사자가 받는 소리를 하였다.]

어화홍 어화홍
열두명 유대꾼들
소리맞춰 소리하소
모진놈의 병이들어
이내몸이 가게되어
동네분들 미안하오
어화홍 어화홍
모진놈의 병이들어

황천길을 가게되니
동네분들 미안하오
건강하게 잘사시오
가네가네 나는가네
황천길로 나는가네

노들강변

자료코드 : 07_12_MFS_20100223_KID_LJH_0001
조사장소 : 전라북도 진안군 안천면 신괴리 괴정마을 505번지
조사일시 : 2010.2.23
조 사 자 : 김익두, 허정주, 진주
제 보 자 : 임정희, 여, 74세
구연상황 : 예전에 부르던 노래가 나오지 않는다고 하여 노들강변은 아시냐고 물었더니
즉시 부르기 시작하였다.

노들강변에 봄버들 휘휘늘어진 가지에다가
무정세월 다녹인다 칭칭동여서 매여나볼까
에헤이요 봄버들도 못믿으리로다
푸르르르른 저기저물만 흘러흘러서 가노라
노들강변에 백사장 모래마다 밟은자족(자국)
만고풍산(만고풍상)에 비바람에 몇몇이나 쉬어나갔나
에헤이요 봄버들도 못믿으리로다

도라지 타령

자료코드 : 07_12_MFS_20100223_KID_LJH_0002
조사장소 : 전라북도 진안군 안천면 신괴리 괴정마을 505번지
조사일시 : 2010.2.23
조 사 자 : 김익두, 허정주, 진주
제 보 자 : 임정희, 여, 74세
구연상황 : 과일을 내오셔서 조사자들에게 권하였다. 과일을 먹으며 이야기를 나누다가

나물 캐러 다니실 때 부르던 노래를 부탁하자 한참 뜸을 들이셨다. 지금은 노래방이나 악기를 두고 노래 부르지만 제보자는 예전에 바가지를 엎어 놓고 장구 삼아 치면서 부르셨다고 한다.

도라지 도라지 도라지 심심산천에 백도라지
에헤야 에헤헤야 에헤야 어야라 난다 기화자자 좋다
니가 내간장 스리살살 다녹인다
물을길러 가라면 바가지 경과만하고요
도구방아(절구)를 찧으라면 엉뎅이춤만 추노라
에헤야 에헤야 에헤야 어야라난다 기화자자 좋다
니가내간장 스리살살 다녹인다

아리랑

자료코드 : 07_12_MFS_20100223_KID_LJH_0003
조사장소 : 전라북도 진안군 안천면 신괴리 괴정마을 505번지
조사일시 : 2010.2.23
조 사 자 : 김익두, 허정주, 진주
제 보 자 : 임정희, 여, 74세
구연상황 : 파랑새 노래를 아시냐고 여쭈었더니 가사를 읊으시고는, 노래로는 못 부르겠다고 하였다. 아리랑을 부탁하자 바로 불러 주셨다.

아리랑 아리랑 아라리요 아리랑고개로 넘어간다
나를버리고 가시는임은 십리도 못가서 발병났네

8. 용담면

전라북도 진안군 용담면 송풍리

조사일시 : 2010.2.23

조 사 자 : 김익두, 허정주, 진주

전라북도 진안군 용담면 송풍리 회룡마을 전경

송풍리(松豊里)는 송현리(松峴里)와 풍덕리(豊德里)의 글자를 합한 이름이다. 회룡(回龍)마을은 지금으로부터 약 210여 년 전에 남평문씨가 가족을 이끌고 서울에서 낙향하여 이곳에 정착하면서 마을이 형성되기 시작하였다. 처음에는 20여 호로서 마을이 형성되었으나 그 후 각처에서 모여들어 지금은 면내에서 제일 큰 마을로 성장하였다. 마을 골짜기에서 흘러내려오는 물이 앞에 흐르는 금강(錦江)의 깊은 물과 합류되는 곳에서 이무기가 용(龍)으로 회생하여 등천하였다 하여 마을 명칭을 회룡(回龍)이라 불렀다 한다. 예전에 마을 뒷산의 노송(老松)을 베어내자 매달 한건씩 화재가 발생하였는데, 주민들이 공포에 떨고 있던 어느 날 지나가던 노승(勞僧)이 사연을 듣고는 음력 정월 초삼일에 산제를 지내라고 일러주었다. 그 후 마을 주민들이 노승이 가르쳐 준대로 행한 결과 마을에 화재는 없어졌다고 한다. 마을 입구 양쪽에 수구(水口)막이 역할을 하는 돌탑이 위치해 있는데 조성 시기는 알 수 없고, 느티나무 아래에 위치한 돌탑은 1990년 초에 보수한 것이라고 한다.

방화(芳花)마을에는 퇴적층이 교란된 언덕에서 백자, 옹기 등이 출토되었다. 1900년경 도공기술을 지닌 사람이 찾아온 뒤 마을이 이루어졌다 한다. 처음에 8가구가 정착하여 점촌이라 불렀으나 토기공(土器工)들이 양반(兩班)출신이 아니라 해서 인근 주민들이 방하실이라 불렀다. 현재에도 가마터가 남아 있으며 지석묘가 있다.

노온(老溫)마을은 1690년경 경주이씨(慶州李氏) 일족이 이곳에 정착하면서부터 마을이 형성되기 시작하였다. 그 후 영산신씨 등이 들어와 살게 되었다. 처음에 마산(馬山)아래 골짜기가 명소라는 풍수지리설에 근거하여 이곳에 정착하였으며 열매가 풍성하게 열리는 마을이라 해서 농실(農實), 농곡(農谷)이라 부르다가 일제시대에 노온(老溫)이라 개칭하고 오늘에 이르고 있다.

▌제보자

문윤종, 남, 1924년생

주 소 지 : 전라북도 진안군 용담면 송풍리 회룡마을 1423번지
제보일시 : 2010.2.23

제보자는 청각이 좋지 않아서 필담을 나
누기도 하며 제보하였다. 일본어를 잘 하셔
서 용담댐 막을 때에 일본에서 손님이 왔을
때 통역을 하셨다고 한다. 초등학교를 다니
고 살림이 넉넉지 못하여 중학교를 진학을
못하고 일본 사람 집에서 일을 하셨다. 양판
점에 점원으로 2년 넘게 일했고, 그 뒤 두
만강 근처에 있는 철강공장에 2년 근무 하

였다. 해방 된 후에 고향에 돌아왔고 아버님이 중풍으로 고생하시다 돌아
가셨는데 그 뒤로 농사짓고 살아 오셨다고 한다.

제공 자료 목록

07_12_FOT_20100223_KID_MYJ_0001 용이 등천한 섬바위와 회룡마을 유래
07_12_MPN_20100223_KID_MYJ_0001 산제당에 술 마시고 들어가 입 삐뚤어진 사람

용이 등천한 섬바위와 회룡마을 유래

자료코드 : 07_12_FOT_20100223_KID_MYJ_0001
조사장소 : 전라북도 진안군 용담면 송풍리 회룡마을 1423번지
조사일시 : 2010.2.23
조 사 자 : 김익두, 허정주, 진주
제 보 자 : 문윤종, 남, 87세
구연상황 : 조사자의 목적을 말하자 청각이 좋지 못하여 이름을 종이에 써서 각자 소개
　　　　　를 하였다. 모심는 소리는 기억을 못한다고 하여 옛날이야기를 부탁하였다.
　　　　　마을 유래를 사람들이 잘 모른다면서 회룡(回龍)마을에 대해 이야기했다. 제
　　　　　보자는 잘 듣지 못하기 때문에 조사자들이 잘 이해하고 있는지 재차 물어보
　　　　　기도 하고, 이야기를 반복하기도 하였다. 평상시 신문지를 메모지처럼 사용하
　　　　　고 계셨는데 구연 도중에 한자어가 나오면 그 신문지에 한자를 써 가면서 설
　　　　　명하였다. 일본어를 할 줄 아신다고 하면서 일본말을 가끔 사용하였다.
줄 거 리 : 회룡(回龍)마을은 서출동류(西出東流)한 곳이다. 어느 해에 회룡에 많은 비가
　　　　　내리자 이무기 한 마리가 불어난 물을 따라 내려가다가 섬바위에서 등천을
　　　　　했다. 서출동류하는 금강 상류의 섬바위에서 이무기가 용이 되어 승천한 곳이
　　　　　라고 해서 마을 이름을 '회룡'이라고 했다.

　　서천동유수(서출동류수(西出東流水)를 잘못 발음한 것) 해 가지고, 알아
들어? 서천동류수. 서쪽에서 내(川)가 동쪽으로 내려간다 그 말이여. 이렇
게. [방바닥에 서쪽에서 동쪽으로 물이 흘러간다는 모양을 그리며] 그런
자리가 많다. 동류수(東流水) 해 가지고 금강 상류, 금강 상류 여기를 가
면은 그 섬바우(섬바위), 시마이와(일본어로 島岩(しまいわ))

　　(조사자 : 섬바우.)

　　섬바우, 섬 도 자. [종이를 찾아 꺼내 한자를 쓴다.] 근디 이거 저 다른
사람은 이걸 몰라. 섬바우, 일본 놈들이 시마이와도모유시 다대이와도모

준다고. 내가 여그 댐 막을 적에 일본말 내가 대신 번역한 사람여. 섬 도 자, 섬바우, 설 립 자.

이렇게 아녀? [다시 종이에 한자를 쓴다.] 근데 거그 가면 지금 이게 물 가운데 이게 있거든. 큼직하니. 근디 이런 유래를 묻고 그러는디, 인자 아까 그 회룡(回龍)이라는 내력이 어떻게 되었냐면은, 저기서 물이 와 가지고, 서쪽에서 물이 내려와 가지고 동쪽으로 내려가.

그래 가지고서나 거그가 인자 섬바우 있는 디가, 섬바우 있는 디가 거그가 그 이렇게 물이 이렇게 내려가는디 바우가 이렇게 크게 올라가 있어. 그게 안천 관내로 해당되아. 다른 사람은 몰라, 이걸. 우리 관내로만 아는디. (섬바위는 안천면에 속해 있는데, 용담면 소재지와 더 가까워 사람들이 용담면 관할인 줄 알고 있다는 뜻)

그런디 거기에서 회룡서 물이 내려가 가지고, 인자 저 비가 대수(大水) 대수가 져 가지고 인자, 비가 내려가는디, 이무기가, 이무기라면 비암(뱀) 큰 게 이무기 아녀? 이무기가 인자 물 따라 내려가. 내려가 가지고 섬바우 있는 디서 용이 돼 가지고 등천을 햐. 이게 쪼끔 이야기가 이해가 안 가지. 응?

그래서 회룡이라는 이 이름이 유래가 그렇게 되었다 하닝게로, 진안서 온 사람들이, 아, 어녕 그라고 보닝게 그럴 상도 부르다네. 그럴듯하다네. 이무기가 내려와서 거그서 인자 저 금강 여그가 상류거든, 장수가 원 시발점 아녀? 금강.

근디 인자 여그가 인자 그저 장수하고, 인자 저 진안, 용담, 모두 합해 부려서는 근디 인자 거기까지 가 가지고선 이무기가 갈 데가 없잖아. 그렇게 인자 섬바우에서, 섬바우 주위에서 섬바우 하면은 안천하고 용담하고 징계(경계)여. 그런디 여기에서 섬바우가, 저 이무기가 용으로 변해 가지고 등천을 헌다 그 말여.

산제당에 술 마시고 들어가 입 삐뚤어진 사람

자료코드 : 07_12_MPN_20100223_KID_MYJ_0001
조사장소 : 전라북도 진안군 용담면 송풍리 회룡마을 1423번지
조사일시 : 2010.2.23
조 사 자 : 김익두, 허정주, 진주
제 보 자 : 문윤종, 남, 87세
구연상황 : 조사자가 풍수 이야기가 있는지 묻자 잘 모르겠다고 하며 마을에서 산제 모
　　　　　시는 이야기를 시작하였다. 옛날에는 산제 모시는 곳에서 밥을 짓고 섣달 그
　　　　　믐날부터 하는데 초사흗날까지 일반사람들과 말을 하지 않고 삼일 동안 목욕
　　　　　을 해야 했다고 한다. 올해는 섣달 그믐날 하루만 하였고, 산제를 모시겠다는
　　　　　사람이 없어 걱정이라며 이장이 대신하였다고 했다.
줄 거 리 : 산제를 모시는데 술 마시고, 개고기 먹고는 산제당에 갈 수 없다는 것을 매사
　　　　　냥꾼들이 잘 알고 있었다. 그런데 그 중 힘 센 사람이 호언장담을 하고 술과
　　　　　개고기를 먹고 산제당에 들어갔다가 낙상을 하였고, 입도 삐뚤어졌다.

　　산제 모시는디 한 가지 그 저 옛날에 전하는 말이 있어. 예, 그라고 여
그 그전에 옛날에 매사냥을 하잖야. 여 이 골짝으 저 산제 모시는 골짜기
에서는 매사냥을 못하게 되어 있어. 그라닝게 매사냥들이 그걸 알아. 그
라고 개꾀기(개고기) 먹고 술 먹고, 이라고(이렇게 하고) 산제당을 가면은
피해를 입어.

　　그렇게 그 저 뭐여 장력(壯力) 씬 사람, 남 말 곧이 안 듣는 사람이 별
놈의 소리를 다 헌다고 그러고는, 자기가 호언장담하고 술 먹고 거기를
갔어. 그런디 낙상을 해 가지고 다쳐서 입이 삐뚤어졌어. 그런 것이 지금
으로부터 몇 백 년 일인지 나는 그건 몰라. 그런 일이 있어. 그렇게 장담
한 사람이,

　　"그럴 리가 있냐? 어찌 술 먹고 산제당을 못 가냐? 개고기 먹고 왜 산

제당을 못가냐? 근디 나는 갈 수가 있다."

인제 그런 사람 있잖아. 근디 인자 개고기 먹고 술 먹고 이렇게 갔는디, 낙상을 해 가지고 다쳐 가지고 입이 삐뚤어져서, 원상 복구가 안 되고 그 냥 그대로 살다 죽었다고 그런 얘기가 있습니다.

9. 정천면

전라북도 진안군 정천면 봉학리

조사일시 : 2010.2.3, 2010.2.5
조 사 자 : 허정주, 진주

　봉학리는 본래 용담군 일남면 지역인데 1914년 봉산리과 학산리 일부를 병합하여 봉학리라 하였고, 진안군 정천면에 편입되었다. 봉학리는 조림, 마조, 학동, 상항, 신양마을 등으로 이루어져 있다.

　조림(照林)은 용담댐 수몰로 이주민이 다수 입주하여 큰 마을이 되었고, 면내 각 기관이 이전되어 정천면 소재지가 되었다. 마조(麻造)마을은 운장산 줄기 밑 깊은 골짝에 위치하고 있는 마을로서 마조천의 원천골짝이며 많은 구릉과 계단식 농토를 가지고 있는 마을이다. 이 마을은 운장산 기

늙의 산죽을 이용하여 수공업에 힘써온 마을 이었기에 가리점이라 불러
왔으나 약 40여 년 전부터 마조로 개칭되어 오늘에 이르고 있다.

학동(鶴洞)마을은 이조 중엽에 최(崔)씨, 김(金)씨가 이곳에 정착하게 되
면서부터 마을이 형성되기 시작하였다. 6·25 동안 당시 운장산을 거점으
로 한 빨치산들의 접선장이었기 때문에 마을은 전부 불타 버리고 오늘의
학동은 다시 재건된 마을인 것이다.

상항(上項)마을은 운장산 영봉의 줄기 옥녀봉(玉女峯) 밑에 자리 잡고
있는 마을이다. 이 마을은 상조림(上照林)마을과 항가동(項佳洞)마을이 통
합되어 상항(上項)으로 부린다. 고려 말엽에 형성된 마을로 당시의 이곳은
수목이 울창하여 참으로 산 좋고 물 좋은 아름다운 고을이었다고 한다.
이 마을에 문화마을이 조성되어 용담댐 수몰 이주민이 다수 입주하였고,
음력 이월 초하루 날 탑 굿을 치고 있으며, 교회 다니는 주민도 많다고
한다.

성병임, 여, 1945년생

주 소 지 : 전라북도 진안군 정천면 봉학리 상항마을회관
제보일시 : 2010.2.5
조 사 자 : 허정주, 진주

진안군 동향면이 고향인 제보자는 21세 때 중매로 지금 살고 계시는 정천면 봉학리로 시집오셨다. 슬하에 2남 2녀를 두셨고, 농사를 지으신다. 청중 한분이 이곳 상항마을에서 치고 있는 풍물소리를 들려주겠다면서 제보자를 마을회관에 오시게 하였다. 제보자는 징을 주로 친다고 하였는데, 징이 준비가 되지 않아 다른 분들이 꽹과리와 장구를 치고 난 뒤에 이야기를 구연하였다.

제공 자료 목록
07_12_ETC_20100205_HJJ_SBI_0001 문둥이 집에서 살아 나온 인삼장사

이정희, 남, 1942년생

주 소 지 : 전라북도 진안군 정천면 봉학리 상항마을 586번지
제보일시 : 2010.2.5
조 사 자 : 허정주, 진주

제보자의 증조부 때에는 장수군 산서면에 살다가 이곳 정천면으로 이사 와서 5대 째 살고 있다. 그동안 고향을 떠난 적이 없는 토박이이시다. 초등학교 다니다 학교 중단 하였는데, 이름이 여자 이름이다보니 창피한

적도 있었는데 그나마 동명의 여학생이 있
어 더 창피해서 학교를 그만 두었다고 하여
모두 웃었다. 서당도 다녔는데 오래 다니지
못하고 그만 두었다고 하였다. 형제간은 10
남매 이며, 슬하에 3남 2녀를 두셨다. 농사
를 지으며 살아 오셨고, 산에 다니면서 목도
질 소리를 좀 했다고 하여 노래를 부탁하였
으나, 기억이 잘 나지 않아 부르다 중단 하
였다. 마을에서 꽹과리를 잘 치셨다고 하여 청중 두 분과 같이 마을회관
에서 가서 조사자에게 직접 보여 주기도 하였다. 제보자의 아버님이 이야
기를 잘하셨는데 옛날이야기 좋아하면 가난하게 산다고 하여 이야기를
잘 듣지 않았다고 하였다.

제공 자료 목록
07_12_FOT_20100205_HJJ_LJH_0001 도깨비 방망이
07_12_FOS_20100205_HJJ_LJH_0001 진도 아리랑
07_12_FOS_20100205_HJJ_LJH_0002 청춘가

도깨비 방망이

자료코드 : 07_12_FOT_20100205_HJJ_LJH_0001

조사장소 : 전라북도 진안군 정천면 봉학리 상항마을회관

조사일시 : 2010.2.5

조 사 자 : 허정주, 진주

제 보 자 : 이정희, 남, 69세

구연상황 : 제보자 자택에서 노래를 듣고 저녁 식사를 위해 마을회관에 가야 된다고 하여 마을회관으로 자리를 옮겼다. 이주민이 많은 마을이라고 들었던 조사자는 이 마을에서 풍물은 어떻게 치고 있는지 물었다. 그랬더니 저녁식사를 하고 난 뒤에 제보자의 마을에서 치고 있는 풍물가락을 들려주었다. 임영순 어르신이 장구를 치고 이정희 제보자가 꽹과리를 쳤다. 주변에 절이 있느냐고 물었는데 약정사라는 절에 대하여 이야기를 하다가 도깨비 이야기를 하게 되었다.

줄 거 리 : 도깨비들이 밤만 되면 나무꾼 집에 들어와서 시끄럽게 하는 통에 나무꾼이 잠을 잘 수가 없었다. 이튿날 산에 나무를 하러 가서 개암 세 개를 발견했다. 그날 밤에도 역시 도깨비들이 와서 '금 나와라, 은 나와라, 뚜드랑 땅!' 하면서 시끄럽게 했다. 나무꾼이 잠을 못 자던 차에 주머니에 있던 개암을 하나 꺼내서 깨물었다. 그랬더니 도깨비들이 집이 무너지려는 줄 알고 잠시 조용해지더니 또 다시 시끄럽게 야단이었다. 그래서 잠을 이루지 못하고 개암을 하나 꺼내서 깨물었더니 도깨비 하나가 어디서 소리가 나는지 찾아보라고 했는데 찾지를 못하였다. 도깨비들이 다시 시끄럽게 하자 나무꾼은 마지막 남은 개암 한 개를 깨물었다. 이번에는 도깨비들이 크게 놀라 방망이를 두고 도망가서 나무꾼은 도깨비 방망이 덕분에 큰 부자가 되었다. 이를 알고 동생이 찾아와 어떻게 부자가 되었는지 알려 달라고 하자, 그간에 있었던 이야기를 해주었다. 동생은 형이 했던 대로 행하지만 도깨비들이 이번에는 속지 않고 동생을 잡아 죽였다.

도깨비가 말허자면 도적질을 해 갖고 와서, 도적질을 해 갖고 와서 그냥 뭐 도깨비 방맹이로 '돈 나와라, 뚜드랑 땅!' 하고시나(하고서나) 막 허

면은, 돈이 수북허니 막 그냥 쌔이고(쌓이고) 그러 드래야. 그래서,

"밥 나와라, 뚜드랑 땅!"

하면 또 밥 나오고. 아 뭐 하여튼 그냥 그놈만 막 도깨비 방망이만 가지면 하여튼 뭐이고 그냥, 돈이고 뭐이고 뭐 충분허니 쓰고. 가만히 자다가 들은게 아, 자기들 거시기서 집에서 이놈의 도깨비들이 시끄럽게 시작허면 허는디 하여튼 잘 수가 없고 시끄러서 못 견뎌.

가만히 들은게 도깨비들이 그 야단을 하고 있거든. 그래서나 인제 갈퀴나무를 산에 갈퀴나무를 허로 갔어. 허로 가서 본게 한 번 인제 갈퀴를 긁히니까, 깨금(개암)이 거기서 있거든.

(조사자 : 깨, 뭐요?)

깨곰.

(조사자 : 깨곰?)

깨금. 깨금이라고 있어. 지금도 열어.

(청중 : 열어. 깨곰나무가 있어.)

깨곰이 도르르 둥그러 내려 오드래야.

"아따, 이놈은 주서서 우리 마누래 주고."

허고 주서 놓고 또 긁은게 또 인제 나온게,

"아따, 이놈은 우리 아버지 주고."

또 긁어 또 나와서 인제,

"이놈은 인제 우리 어머니 주고."

갈퀴로 한 짐을 해 갖고 집에다 갖다 부리 놓고시나 밤에 인제 밥을 먹고 방으서 인제 자니까, 아 이놈의 도깨비들이 또 와서 막 난리네.

"돈 나와라, 뚜드랑 땅! 은 나와라, 뚜드랑 땅!"

함서나 막 난리를 피네.

아, 그리 갖고 시방 잠을 잘 수가 있는가. 그래 인자 그놈의 깨꼼을 하나를 그냥 바싹 깨물었어. 긍게로,

"아이고, 집 짜그라지는갑다고. 이거 더 무서운, 우리보다 더 무서운 놈 왔는갑다고." 막 쭐쩍하거든.

그래서는 인자 조용한게 또 막 그 야단여. 그래서는, 에이, 안되것다, 하고 이놈을 또 탁! 깨물었어. 어디서 그라는가 찾아보라고 해도 막 그냥 찾어보라고. 긍게 인자 찾아도 인자 못 찾어. 인제 뭐 그놈을 인자 또 있 은게, 또 막 그냥 이놈의 도깨비들이 살아나 가지고 또 막 야단을 치드래 야.

(청중 : 방맹이나 뺏을 생각을 해야지.)

"돈 나와라, 뚜드랑 땅! 은 나와라, 뚜드랑 땅! 쌀 나와라, 뚜드랑 땅!" 하고시나 그래 또 한 번 세 개 짼게, 그놈을 깨 물으면 인제 깨곰이 인자 없어.

'하 이거 큰일 나게 생겼어. 큰일 났어 인제. 이놈을 하나 깨물면 이놈 들이 가라앉고 어디로 도망가야 할 턴디, 안 도망가면 어떻게 할꼬.'

고놈을 세 개짼데 마지막을 딱 깨물은게,

"아, 무섭구나."

하고시나 도깨비 방망이를 거기다 집어 내쏘고 도망가 버렸어. 그래 갖 고 그놈을 갖고 부자가 되버렸네. 그냥. 돈 나오라고 허면 돈 나오고, 쌀 나와라 그러면 쌀 나오고. 인제 그놈을 차지했는디 인제 그 밑이 동생이, 동생이 있다가,

"아 형님, 그 어떻게 해서 부자가 되었냐고. 그 비법 좀 갈쳐 달라고."

"야 너, 이거 보통 혀 갖고 이것 참 차지한 게 아니다."

이만 저만 해서 인제 메칠 저녁 하도 볶아대싸서 갈켜줬디야.

이만 저만 해서 참 갈퀴나무를 가서 허다 본게, 깨곰이 그렇게 참 있어 서 세 개를 주서 갖고 와서, 하도 도깨비들이 그냥 그 난잡하게 그냥 어 디서 도깨비가 방맹이를 갖고 와서 그렇게 뚜드랑 땅땅! 돈 나와라, 은 나 와라! 막 그냥 했쌓길래, 그 깨곰, 깨곰을 하나 탁 깨물은게 쭐쩍했다가,

또 그라고 또 그라고 해서, 세 개 마지막 판에 깨물었더니 그놈의 도깨비들이 방맹이를 놓고 내쏘고 도망가서 그 방맹이 갖고 이렇게 부자가 되었다.”

“그렀냐고.”

아 인제 그 동생도 인제 참 산에 가서, 허기 싫은 놈의, 일을 허기 싫은 놈의 일을 지게를 지고 가서 갈퀴나무를 긁다 본게, 참 깨금이 그렇게 나와. 나와 갖고 인제 참 집이로 와서 인자 가만히 도깨비가 어디가 있는가 하고 연구를 헌게, 참 도깨비가 생기 났드래야. 그래 갖고 인제,

“돈 나와라, 뚜드랑 땅! 뭐 은 나와라, 뚜드랑 땅! 뭐 쌀 나와라, 뚜드랑 땅!”

막 그냥 요란하게 막 놀아대는디 뭐 참 무서워서 고개도 못 내밀 정도가 되었는디, 깨금을 그놈을 하나를 바싹 깨물은게로,

“아, 이거 하늘 하늘이 우리 도둑질해서 벼락 때리는갑다고.”

그래 갖고 인자 조용히 있다가서나, 아 또 그라드래야. 또 한 번 그놈을 팍 깨물었더니 쭐쩍하드래야. 그라더니 한참 있다가 또 그라드라느만. 그래 인자 하나 남은 놈, 세 개째 인제 깨물은게,

“아. 저기 있다고.”

막 도깨비들이 봤네 인제. 그래서 봐 가지고시나는 동생은 그냥 그놈의 도깨비들한테 붙들려 가 갖고 죽고 망했다는 이야기.

진도 아리랑

자료코드 : 07_12_FOS_20100205_HJJ_LJH_0001
조사장소 : 전라북도 진안군 정천면 봉학리 상항마을회관
조사일시 : 2010.2.5
조 사 자 : 허정주, 진주
제 보 자 : 이정희, 남, 69세
구연상황 : 첫 번째 왔을 때 마을회관에서 제보자의 부인을 만났는데, 남편이 노래를 잘
        부른다고 하여 이틀 후에 오겠다고 하였다. 제보자와 직접 통화가 되어 댁으
        로 방문하였다. 산에 다니며 목도질 할 때 노래를 많이 부르긴 했는데 생각이
        안 난다고 하였다. 그러면서 마을에 관한 이야기를 하였는데, 그때 마침 부인
        이 오셔서 조사자를 보고 반가워하였다. 새타령, 성주 풀이 등 한 대목씩을
        하였는데 생각이 나지 않아 멈추고, 아리랑을 부르기 시작하였다.

    아리아리랑 스리스리랑 아라리가났네~
    아리랑 음음음 아라리가났네
    청천하늘에 잔별도많고 요내야 가슴속에 수심도많다
    아리아리랑 스리스리랑 아라리가났네~
    아리랑 음음음 아라리가났네

  ['십오야 밝은 달'로 시작하는 대목이 생각이 안 난다며 다음으로 넘어
가 이어 부른다.]

    세월아네월아 오고가지 말어라 아까운이팔청춘 다늙어간다
    청천하늘에 잔별도많고 이내야 가슴속에 수심도많구나
    아리아리랑 스리스리랑 아라리가났네~
    아리랑 음음음 아라리가났네

문경새재는 웬구분가 구부야구부 구부가 눈물이로구나
아리아리랑 스리스리랑 아라리가났네~
아리랑 음음음 아라리가났네

청춘가

자료코드 : 07_12_FOS_20100205_HJJ_LJH_0002
조사장소 : 전라북도 진안군 정천면 봉학리 상항마을회관
조사일시 : 2010.2.5
조 사 자 : 허정주, 진주
제 보 자 : 이정희, 남, 69세
구연상황 : '진도 아리랑'을 부르고 난 뒤 이어서 바로 부르기 시작하였다.

아서라말어라 니가그리 말어라 사람의괄세를 좋다 니가그리 말어라
사람이살면은 몇백년사느냐 요모냥요꼴로 에헤 늙어만 가는구나
골은짚고요 산은높은데 조그만한 여자의마음 좋다 얼마나 깊으랴
시고야떫어도 막걸리좋고요 몽둥이를맞어도 에헤 본남편이 좋드라
골은짚고요 산은높은데 조그만한 여자의마음 좋다 얼마나 깊으랴

문둥이 집에서 살아 나온 인삼장사

자료코드 : 07_12_ETC_20100205_HJJ_SBI_0001
조사장소 : 전라북도 진안군 정천면 봉황리 상항마을회관
조사일시 : 2010.2.5
조 사 자 : 허정주, 진주
제 보 자 : 성병임, 여, 66세
구연상황 : 마을회관에서 저녁식사를 하고 있는데 제보자가 마을회관에 오셨다. 식후 상항 마을의 풍물 치는 소리를 들은 후, 이야기를 부탁하자 들려주신 이야기 이다.
줄 거 리 : 아주머니 둘이 경상남도로 인삼장사를 나갔다. 큰 마을에 내려 골목길에 들어서자 동네에서 제일 큰 집이 보였다. 그 집 문 앞에는 '한 번 들어가면 살아서는 못 나온다.'라는 글이 쓰여 있었는데, 글을 모르는 이 아주머니들은 그냥 들어갔다. 그 집 주인은 문둥이 촌에 있다가 사람의 간을 빼 먹으면 낫는다고 하여 그 마을에 와서 살고 있었던 것이다. 인삼장사인 아주머니들은 그날 밤 환영을 받으며 후한 저녁밥을 대접 받았는데, 한 인삼 장사 아주머니는 이를 수상히 여겨 배가 아프다는 핑계로 밥을 먹지 않았다. 한 사람은 정신없이 밥을 먹고는 배부르다고 하고는 잠이 들었다. 방에서 들으니 부엌에서 칼 가는 소리가 나자 밥을 먹지 않았던 아주머니는 주머니에 있던 칼을 꺼내 벽을 뚫고 겨우 빠져 나왔다. 그때 밖에서 들이닥친 집 주인은 한 여자가 도망쳤다며 소리치고는 잠자고 있던 여자를 죽였다. 그러는 틈을 타 여자는 하수구 구멍으로 무사히 빠져 나왔다.

옛날에 한 동, 한 마을에서 아줌마들이 둘이 친한 아줌마들이 둘이 있었는데, 인자 인삼 장사를 나갔어. 저 경상남도로, 그전에 저 경상도 부산 쪽으로.

(청중 : 그건 실제 얘기고만?)

인삼, 실제라고 그랬어, 그때. 그전 얘기가 아니라, 누가 겪은 이야기를

겪은 얘기를 그렇게 해 주는디, 나 들었는디, 몰라 잊어 버렸는가. 경상남도로 인자 둘이 인자 보따리 장사를 이고 갔는데, 그 차를, 버스를 타고 가서 거그서 인자 거 마을에 내렸는데, 아주 그냥 큰 마을에 내려 갖고 인자 가운데 골목만큼 들어갔어.

인자 가운데로 복판이 들어갔는데 젤로 큰 집에 들어갔어, 그 여자들이 둘이. 들어가기 전에 그 문 앞에다가 '이 집에는 들어가면은 살어서는 못 나온다.' 그렇게 써 붙였어. 간판을. 그 집 들어가기 전에. 근디 이 사람은 글씨를 몰라 둘 다. 몰룽게 그냥 들어갔어 그냥 몰르고 들어간 거여. 그리.

(청중 : 무심코 들어갔고만.)

무심코 들어갔는디, 딴 사람은 간판이 붙어 있은게 안 들어가. 들어 갔은게 막 겁나게 환영을 하잖아. 어서 오시라고 해 갖고 접대를 햐. 그리 인자 간게 참 위험스런, 위험스런 마음이 들어가. 어떻게 접대를 잘 허든지 그냥 막 정신이 없어. 어서 오시라고 허고 막 뭣을 채려다 주고 자꾸 그려.

근디 인자 상, 밥, 밥상이 들어 왔는디, 상을 걸게 채려서 밥을 혀 왔는디, 한 여자는 딱 본게로 못 먹것드래야, 그 밥을. 한 여자는 그냥 배가 고픈게 죽어라고 먹었네, 인제 막. 죽어라고 먹고 한 여자는 안 먹었어. 배 아프다 핑계로 안 먹었어. 아 쪼금 있은게, 인자 그이 인자 밥 딱 먹고 하나는 안 먹고 하나는 먹고 했는디, 먹은 사람은 자 버리네 인제, 거기다 인제 수면제를 탔어.

(청중 : 피곤한게.)

수면제를 탔다고. 거기다 긍게.

(청중 : 아!)

이 여자 하나는 그것을 알고 수상햐. 그 사람들이 대우하는 것이 수상해 갖고 눈치가 빠른게 한 여자는 안 먹었어, 밥을. 하나는 먹은게 그냥

자 버리고. 그 사람들은 설거지 한다고 나가 갖고 막 부엌에서 딸그락 딸
그락 하는디, 이 여자가 방에서 들은게, 밥 안 먹은 여자가 들응게, 칼을
갈고 난리여. 바깥에서는.

부엌에서는 인제 저 방의 사람들 자냐고 해 쌓고. 막 그냥 가 보라고
해 쌓고. 막 그런 소리가 들려. 근디 이 사람은 자느라고 몰라. 하나는 인
제. 아 인제 여기 있으면 큰일 나것다. 우리 죽게 생겼다 싶어서 인제 이
여자가 그 사람들이 들어오기 전에 막. 그전에 이런 디 [허리춤을 만지작
거리면서] 주머니칼도 갖고 다녔는개벼. 면도칼.

(청중 : 전대, 전대.)

면도칼 찾은게 벼랑빡을(벽을) 뚫고 나갈라는디 어디 뭘로 칼이 없는게,
연장이 없는게 뜯도 못하고 해서 자기 어디 주머니를 본게 여기 면도칼이
있드래야. 그래 그놈으로 인제 벼랑빡을 제우(겨우) 파서 자기 몸뚱이 하
나 나갈 만치 팠어 인제. 흙벼랑(흙벽)이라.

(청중 : 저녁으.)

저녁에. 팠지 인제. 그래 갖고 칼 갈고 그러는디 그 사람은 막 정신도
없이 파 갖고 제우 뜯고 나왔어. 인제 자기 몸뚱이를. 뜯고 나가서 딱 들
은게, 인제 그 사람들이 들어왔어. 방으로. 바깥에서 들은게,

"아 이거 한 놈 나갔네, 한 놈 나갔으니 큰일 났네. 한 놈 나가서 어디
로 나갔지?" 하고, 막 찾을라고 허드래야. 그린디 인제 이 사람은,

"아이고!" 하고 죽는 소리가 나드라느만, 그 방의 사람은 바깥에서 들
은게 그 간 빼먹을라고 그런대.

문둥이 촌에 가 갖고, 그 전에 경상도 문둥이 촌이 있었대야. 문둥이
촌 이집에 들어가면 영락없이 간만 빼먹고, 그렇게 사람의 간을 빼 먹는
다는고만. 문둥이 병이 낫는디야. 빼서, 빼 먹으면.

"아이고!" 하고 죽드라네. '아이고' 그 소리 듣고 이 사람은 막 대문 저
기 뭐여 이거 벼랑빡이 젤로 높으드래야.

그렇게 그 집이 들어 갔은게 수상하지. 담장 담장이 겁나게 높으드래야. 높아. 어디 나갈 데도 없어. 마당이 다 네 귀퉁이 다 뺑뺑 돌아나갈디가 없는디, 어디를 본게 물 내려가는 하수구가 있드래야, 물내려가는 하수구. 하수구 어디로 하수구 속으로 들어가 빠져 나갔대야, 하수구 속으로 그이가. 그래 그이는 살고 한 사람, 그 사람은 죽어 버렸대야.

10. 주천면

▌조사마을

전라북도 진안군 주천면 무릉리

조사일시 : 2010.3.1

조 사 자 : 허정주, 진주

전라북도 진안군 주천면 무릉리 어자마을 입구에 세워진 장승

　무릉리는 해발 450m 이상의 고원지대에 위치하며, 이 마을 주위의 산천이 중국의 무이구곡(武夷九曲)과 같이 생겼으므로 '무릉'이라 하였다. 특히, 관광객들에게 익히 알려진 운일암, 반일암이 있는 대불천 계곡의 상류지역에 위치하고 있어 물이 맑고 암벽과 숲이 절경을 이루고 있다. 무릉리는 어자, 선암, 강촌마을로 이루어져 있는데, 무릉리는 본래 어자리라 불렸으며, 어자(漁子)마을은 김해김씨(金海金氏)가 이곳에 정착하게 되

면서부터 마을이 형성되기 시작하였다. 외지에서 10여 가구가 이사 와서 68세대 정도가 살고 있는데, 산세가 좋아서 그런지 외지인들이 들어오고 있는 형편이라고 했다. 해발 400미터 고지대로 피난지이기도 했다.

선암(仙岩)마을은 옛날에 마을 뒤에 암자가 하나 있었는데 그 암자 옆에 조그마한 바위가 있었으나 해마다 정월 대보름이 되면 하늘에서 선녀들이 내려와 놀고 올라갔다 하여 그 바위 이름을 따서 마을 이름을 선암이라 부르게 되었다는 것이다.

강촌(江村)마을은 충남 금산군, 완주군, 진안군의 삼군 경계로서 면내에서는 제일 높은 마을이다. 이 마을은 고랭지이기 때문에 고랭지 무, 배추, 수박, 산나물 등이 유명하며 특히 마늘하면 이 강촌마을을 손꼽지 않을 수 없다고 한다.

전라북도 진안군 주천면 신양리

조사일시 : 2010.2.24
조 사 자 : 허정주, 진주

신양리(新陽里)는 신창리(新昌里)와 봉양리(鳳陽里)의 글자를 합한 이름이다. 금평(金坪)마을은 지금으로부터 약 2백60여 년 전에 은진송씨(恩津宋氏)가 이곳에 정착하게 되면서부터 마을이 형성되기 시작하였다. 1972년 새마을 초창기부터 새마을 단합도(團合度)가 높은 마을로서 최초의 자립 마을이기도 하다. 옛날부터 거리제를 하였는데 수물지역이 되어서 거리제를 이사제라고 부른다고 하였다. 현재 35가구 정도 살고 있으며 동네 일부가 용담댐으로 수물되어 농지가 줄어들었다. 인삼 농사짓기에 좋은 땅이어서 노다지라고 하였는데 지금은 다른 동네로 일하러 다니게 되었다고 한다.

봉소(鳳巢)마을은 처음에는 마을 명칭을 남정(南亭)이라 불렀으나 지금으로부터 약 1백여 년 전에 갑자기 많은 황새들이 마을주변에 날아와 5년 동안 떼를 지어 머물러 살았기 때문에 마을 이름을 봉소라 불렀다. 이 마을에는 금광굴이 있는데, 지금으로부터 약 70여 년 전부터 시작된 금광 채굴은 하는 사람마다 재미를 못보고 현재도 금을 파내던 동굴이 있어 금광마을이라고도 부른다.

주천면 신양리 금평마을

성암(星岩)마을은 지금으로부터 약 1백60여 년 전에 형성된 마을로서 주로 바위와 돌로 형성되어 있다 해서 마을 명칭을 성암(星岩)이라 불렀다 한다. 마을 앞에는 주자천(朱子川)이 흐르고 있으며 지천대라는 말로 깨끗한 곳이 있어 여름철의 피서지이기도 하다.

광석(廣石)마을은 지금으로부터 약 2백10여 년 전에 여산송씨(礪山 宋氏)가 이곳에 정착하게 되면서부터 마을이 형성되기 시작하였다. 지금도

송(宋)씨가 주민의 약 70% 이상을 차지하고 있다. 마을 뒷산은 화강암(花崗巖)으로 형성되어 있으며, 바위의 질도 좋고 빛을 낸다고 해서 마을 이름을 광석(廣石)이라 불렀다 한다.

전라북도 진안군 주천면 주양리

조사일시 : 2010.2.24

조 사 자 : 허정주, 진주

전라북도 진안군 주천면 주양리 전경

　주양리(朱陽里)는 주자천과 양지의 글자를 합한 이름이다. 괴정(槐亭)마을은 조선 초엽에 충남 여산에 살고 있던 광산김씨(光山金氏) 김극심의 일곱째 아들 김경광이 처음 이곳에 정착하게 되면서 부터 마을이 형성되기시작하였다. 산세(山勢)도 좋고 들도 좋아서 많은 사람들이 모여 살고 있으나 처음에는 하천가에 마을이 형성돼 있었으나 현재의 자리로 이동(移動)하여 오늘의 괴정마을을 형성한 것이다.

양지(養地)마을은 주천시장(朱川市場)이 있으며 운일암 반일암(雲日岩 半日岩)의 입구 마을로 마을 뒤에는 나지막한 산이 둘러 쌓여있어 비교적 기온이 따듯하고 양지바르기 때문에 양지마을이라 불렸다. 이 마을에는 대한의백비(大韓義魄碑)가 건립되어 있다.

김덕임, 여, 1934년생

주 소 지 : 전라북도 진안군 진안읍 주천면 신양리 금평마을
제보일시 : 2010.2.24
조 사 자 : 김익두, 허정주, 진주

제보자는 진안군 주천면 용덕리에서 태어
나 이곳 신양리로 18세에 시집 오셨다. 슬
하에 6남매를 두셨으며, 주로 삼베 짜는 일
과 논밭을 일구었다고 한다. 일할 때는 노래
를 부르지 않았고, 그냥 들은 걸 기억하는
대로 부르겠다고 하였다. 조사자에게 적극
적으로 호응해 주었으며, 다른 어르신들이
제보를 할 수 있도록 유도하였다.

제공 자료 목록
07_12_FOS_20100224_KID_KDI_0001 모심는 소리
07_12_FOS_20100224_KID_KDI_0002 밭 매는 소리
07_12_FOS_20100224_KID_KDI_0003 고사리 노래
07_12_MFS_20100224_KID_KDI_0001 도라지 타령

박영순, 여, 1925년생

주 소 지 : 전라북도 진안군 주천면 주양리 괴정마을
제보일시 : 2010.2.24
조 사 자 : 허정주, 진주

진안군 주천면 대불리에서 태어나 18세에 이곳 신양리로 시집오셨다.

슬하에 3남 4녀를 두셨다. 무엇이든 한 번 만 들으면 다 외운다고 청중이 말하였는데, 노래 부를 때에 긴 노래도 쉬지 않고 거침 없이 부르셨다. 옛날에는 책 한 번 읽으면 다 기억되었는데, 고생을 많이 해서 지금은 총기가 없어 졌다고 하였다. 제보자는 노래 잘하기로 소재지 내에 소문이 나 있었다. 조 사자의 목적을 듣고 좋아하셨고 쉴 틈 없이 노래를 풀어내었다.

노래를 따로 배운 적은 없고 곡조는 잘 모르지만 들은 대로 한다고 하 였고, 가사 내용은 들은 것과 제보자가 그냥 지어내기도 하여 부른다고 하였다. 춘향가, 심청가, 홍보가 등을 한 대목씩 부르셨고 모심는 소리, 장 타령 등 다양한 종류의 노래를 제보하였다. 목소리가 크고 힘이 넘치 는 듯하였고, 제보할 때에도 말이 빨라 받아 적기 힘들 정도였다. 젊어서 부터 교회를 다니시고 계셨다.

제공 자료 목록
07_12_FOS_20100224_HJJ_PYS_0001 모심는 소리
07_12_FOS_20100224_HJJ_PYS_0002 각설이 타령
07_12_FOS_20100224_HJJ_PYS_0003 아기 어르는 소리
07_12_FOS_20100224_HJJ_PYS_0004 노랫가락
07_12_FOS_20100224_HJJ_PYS_0005 장 타령
07_12_FOS_20100224_HJJ_PYS_0006 밭 매는 소리
07_12_FOS_20100224_HJJ_PYS_0007 상여 소리
07_12_ETC_20100224_HJJ_PYS_0001 춘향가 중 이별 대목
07_12_ETC_20100224_HJJ_PYS_0002 심청가 중 젖동냥 하는 대목
07_12_ETC_20100224_HJJ_PYS_0003 홍보가 중 홍보 매품 파는 대목

성점분, 여, 1936년생

주 소 지 : 전라북도 진안군 주천면 무릉리 어자마을회관
제보일시 : 2010.3.1
조 사 자 : 김익두, 허정주, 진주

제보자는 진안군 주천면에서 태어났고 결
혼해서도 이곳에서 살고 있다. 슬하에 8남
매를 두셨다. 처음에는 수줍어하시면서 조
용히 앉아 계시기만 하였다. 다른 제보자들
의 노래가 이어지고 뒤에 청중 한 분의 추
천으로 제보자의 노래를 들을 수 있었다.

제공 자료 목록
07_12_FOS_20100331_KID_SJB_0001 석탄가
07_12_FOS_20100331_KID_SJB_0002 밭 매는 소리

송순이, 여, 1933년생

주 소 지 : 전라북도 진안군 주천면 무릉리 어자마을회관
제보일시 : 2010.3.1
조 사 자 : 김익두, 허정주, 진주

충청남도 금산군에서 태어난 제보자는 16
세에 진안군 주천면으로 시집오셨다. 슬하
에 5남 3녀를 두셨으며, 농사를 지으셨다.
목이 좋지 않아 못 부른다고 하였으나 다른
제보자의 노래가 있은 뒤에 부르기 시작하
였다. 막상 노래를 부르기 시작하자 신나게
부르셨다. 청중들이 청이 좋다며 즐거워하

였다.

제공 자료 목록
07_12_FOS_20100331_KID_SSI_0001 뱃노래
07_12_FOS_20100331_KID_SSI_0002 석탄가
07_12_FOS_20100331_KID_SSI_0003 아라리
07_12_FOS_20100331_KID_SSI_0004 한오백년

윤남순, 여, 1937년생

주 소 지 : 전라북도 진안군 주천면 무릉리 어자마을회관
제보일시 : 2010.3.1
조 사 자 : 김익두, 허정주, 진주

　　전라북도 전주에서 태어나 4살 때 이곳 진안군으로 이사와서 22살에 결혼하였다. 교회 다니신지 7년 정도 되는데, 차분하게 조용히 노래 부르셨다. 옛날 노래는 잘 모르지만 들어서 가끔 부른 노래라면서 '너냥 나냥'을 불러주셨다. 마을에 관한 이야기도 자상하게 설명해 주었다.

제공 자료 목록
07_12_FOS_20100331_KID_YNS_0001 너냥 나냥

이기순, 여, 1928년생

주 소 지 : 전라북도 진안군 주천면 신양리 금평마을회관
제보일시 : 2010.2.24
조 사 자 : 김익두, 허정주, 진주

제보자는 진안군 주천면 대불리가 고향이며 16살에 이곳 신양리 금평마을로 시집오셨다. 슬하에 8남매를 두셨으며, 길쌈을 많이 하셨다고 하였다. 조용히 앉아 계시다가 다른 제보자들의 제보가 있은 후에야 노래를 부르기 시작하였다. 노래를 아주 좋아하신다고 하였는데, 민요는 다 잊어 버렸다며 '자장가'와 '새야 새야 파랑새야'를 부른 후 유행가를 몇 곡 부르셨다.

제공 자료 목록
07_12_FOS_20100224_KID_LGS_0001 자장가
07_12_FOS_20100224_KID_LGS_0002 새야 새야 파랑새야

정부순, 여, 1922년생

주 소 지 : 전라북도 진안군 주천면 무릉리 어자마을회관
제보일시 : 2010.3.1

마을회관에 모이신 어르신 중에서 연세가 제일 많으셨다. 다른 제보자들이 노래를 부르고 나서 청중들이 한 곡 부르시라고 하자 사양하시더니 '달아 달아'를 부르셨는데, 청중들로부터 큰 박수를 받았다. 있는 힘을 다해 부르시는 것 같았고, 목소리도 고우셨다.

제공 자료 목록
07_12_FOS_20100331_KID_JBS_0001 달아 달아 밝은 달아

정인조, 남, 1938년생

주 소 지 : 전라북도 진안군 주천면 신양리 금평마을회관
제보일시 : 2010.2.24
조 사 자 : 김익두, 허정주, 진주

회심곡을 잊어버릴까봐 적어 놓으셨다고 하면서 사라져 가는 이런 풍속을 안타까워 하셨다. 고향이 바로 이곳 진안군 주천면 신교리이며, 초등학교 5학년 때 전주 풍남초등학교에 다니셨는데 전쟁이 나서 진안으로 다시 들어와 살았다. 주천 중학교를 다녔고, 마을이장 및 새마을지도자, 농민회 활동을 하셨다. 군대에서 행정을 봐서 그런지 사회 활동하는데 좀 수월했다고 하였다. 마을 일도 앞장서서 하며 봉사를 많이 하신 분이라고 마을 어르신들이 말하면서 제보자에게 고생했다며 칭찬을 하셨다. 인삼농사와 벼농사 위주로 일을 하셨고, 슬하에 2남 2녀를 두었다. 농담도 잘하시고 쾌활한 성격이었다.

제공 자료 목록
07_12_FOS_20100224_KID_JIJ_0001 모심는 소리
07_12_FOS_20100224_KID_JIJ_0002 상여 소리

허정자, 여, 1939년생

주 소 지 : 전라북도 진안군 주천면 신양리 금평마을회관
제보일시 : 2010.2.24
조 사 자 : 김익두, 허정주, 진주

하양허씨(河陽許氏)인 제보자는 다른 제보자들이 제보하고 있을 때에

조용히 앉아 계셨다. 그러다가 놀이에 관한
이야기를 묻고 노래를 부탁하자, 옆에 앉자
계시던 김덕임 제보자와 함께 놀이하는 방
법을 보여 주며 노래를 불러주었다.

제공 자료 목록
07_12_FOS_20100224_KID_HJJ_0001
　　　이거리 저거리 각거리

모심는 소리

자료코드 : 07_12_FOS_20100224_KID_KDI_0001
조사장소 : 전라북도 진안군 주천면 신양리 금평마을회관
조사일시 : 2010.2.24
조 사 자 : 김익두, 허정주, 진주
제 보 자 : 김덕임, 여, 77세
구연상황 : 마을회관에 어르신들이 모여 계셨는데 조사자의 방문 목적을 이야기하자 바로 이해하시고 가사를 읊으셨다. 노래로 불러 달라고 하자 한 번 해 보겠다고 하며 부르기 시작하였다.

오늘해도 다되었네
여기도꽂고 저기도꽂고
담송담송 심어나주세
팔라당팔라당 홍갑사댕기
곤때도 안묻어 날받이 왔네

밭 매는 소리

자료코드 : 07_12_FOS_20100224_KID_KDI_0002
조사장소 : 전라북도 진안군 주천면 신양리 금평마을회관
조사일시 : 2010.2.24
조 사 자 : 김익두, 허정주, 진주
제 보 자 : 김덕임, 여, 77세
구연상황 : 모심는 소리를 하고 다시 한 번 베 짜실 때 부르던 노래 기억하시겠냐고 여쭈었더니 들어보기는 했지만 베 짤 때 바빠서 노래를 부를 수 없었다고 하였다. 그러면서 밭 맬 때 부른 노래를 시작하였다.

이내밭골 어여나매고 임의밭골 마주나드세

고사리 노래

자료코드 : 07_12_FOS_20100224_KID_KDI_0003
조사장소 : 전라북도 진안군 주천면 신양리 금평마을회관
조사일시 : 2010.2.24
조 사 자 : 김익두, 허정주, 진주
제 보 자 : 김덕임, 여, 77세
구연상황 : 밭 맬 때 부른 노래를 듣고 나서 나물 뜯으며 부르는 노래는 있었는지 물었
더니 곧바로 불러주신 노래이다.

올라감서 올고사리 내려감서 늦고사리

모심는 소리

자료코드 : 07_12_FOS_20100224_HJJ_PYS_0001
조사장소 : 전라북도 진안군 주천면 주양리 괴정마을
조사일시 : 2010.2.24
조 사 자 : 허정주, 진주
제 보 자 : 박영순, 여, 86세
구연상황 : 다른 마을에서 제보자를 소개 받아 좀 늦은 저녁시간에 집으로 찾아갔다. 제
보자는 집안일을 하다가 조사를 맞이하였는데, 그때 동네 어르신 한 분이 오
셨다. 동네 분과 같이 방으로 들어가 이야기를 나누는데 어떻게 제보자를 찾
아왔는지 궁금해 하셨다. 다른 마을에서 제보자에 관한 이야기를 들었다고 하
자 웃으셨다. 제보자는 노래 잘하기로 소재지 내에 소문이 나 있었다. 조사자
의 목적을 듣고 좋아하셨고 쉴 틈 없이 노래를 풀어내었다. 제보자의 살아오
신 이야기를 듣다가 베를 많이 짰다고 해서 베 짜는 노래를 부탁하자 노래를
부르지는 않고 듣기만 했다고 하였다. 모심는 소리를 부탁하자 옛날 노래는
청을 빼면서 부른다고 하면서 부르기 시작하였다.

팔라당팔라당 홍갑사댕기

곤때도 안묻어 날받이 왔네

총각아총각아 요다른총각아

말많은 내집에 뭣하러 왔냐

[옛날에는 청을 이렇게 길게 뺐다고 하면서 부른다.]

느집에 숫독(숫돌)에 낫갈러왔지

낫갈러 왔거든 낫이나갈지

내홀목(팔목) 잡고서 왜늘어지냐

방실방실 웃는임을 못다보고 해가지네

서산에 기는(지는)해는 기고싶어 지는가

날버리고 가시는임은 가고싶어 가는가

각설이 타령

자료코드 : 07_12_FOS_20100224_HJJ_PYS_0002
조사장소 : 전라북도 진안군 주천면 주양리 괴정마을
조사일시 : 2010.2.24
조 사 자 : 허정주, 진주
제 보 자 : 박영순, 여, 86세
구연상황 : 각설이 타령을 들어 보기는 했지만 그전에는 부끄러워 사람들 앞에서 부를
수도 없었다고 하였다. 지금은 혼자 있으니 가끔 부르신다고 하였다. 그래서
노래를 부탁하였더니 쉬지 않고 부르셨다.

일자한자나 들고나보니 일선에가신 우리장병 통일되기만 기다리
네

이자한자나 들고나보니 진주기상(기생) 이애미(논개를 말함)

왜정청장의 목을안고 진주야남강에 떨어졌네

삼자한자나 들고나보니 삼팔선이 가로막혀 부모처자를 다잃었네

사자한자나 들고나보니 사주팔자 기박하여 장똘뱅이가 되었구려

오자한자나 들고나보니 우리안방에 계신임도 만나볼날이 그지없네

육자한자나 들고나보니 육이오사변에 남편잃고 과부생활이 웬일인가

우린님은 어디가고 장안호걸이 다나와도 날찾을줄을 모르시네

칠자한자나 들고나보니 칠년대한에 봄가뭄 옥토산에나 비묻었네

지내가는 빗줄기 만인간의 웃음이라

[제보자가 어디서 들은 내용이 아니고 생각나는 대로 그냥 지어서 부른 다고 한다.]

팔자한자나 들고나보니 아들형제나 팔형제 독선생에나 글을갈쳐
공자맹자로 다나갔네

구자한자나 들고나보니 구박맞던 우린님이 사랑방고개 만나잔다

십자한자나 들고나보니 십년만에 찾어오니 고향산천도 변했구려

아기 어르는 소리

자료코드 : 07_12_FOS_20100224_HJJ_PYS_0003
조사장소 : 전라북도 진안군 주천면 주양리 괴정마을
조사일시 : 2010.2.24
조 사 자 : 허정주, 진주
제 보 자 : 박영순, 여, 86세
구연상황 : 심청가 한 대목을 부르고 나자 조사자가 아기 어르는 소리를 부탁하였다. 부
탁하자마자 바로 노래를 부르기 시작하였다. 아기 키울 때 제보자가 아기 어

르는 소리를 하면 아기들이 잘 자곤 했다고 하면서, 노래를 끊어지지 않고 리듬감 있게 부르셨다.

둥개둥개 둥개야 둥둥둥개야

둥개둥개 둥치고 아그배다그배 장치고

녹두까끔(껍질) 날리고 하구연장의 알밤(알밤)인가

두렁논에는 외사린가 쌔면달루 곰달룬가

날러가는 왜가린가 산지불공에 내딸인가

녹음에진상은 내아들인가

얼음꾸녕(구멍)에 수달핀가 댕기끝에 진주씬가

다무락(담벼락)구녁의 노랑쥐가 새복바람의 연초롱인가

궁고마친 꽂갬(곳감)인가 청산봉안 대추씬가

네모반뜻 두부몬가

진주역도 비교지고 외진역도 비교지고

사람의새끼는 손타고 닭의새끼는 해타고

호박넝쿨은 울타고

노랫가락

자료코드 : 07_12_FOS_20100224_HJJ_PYS_0004

조사장소 : 전라북도 진안군 주천면 주양리 괴정마을

조사일시 : 2010.2.24

조 사 자 : 허정주, 진주

제 보 자 : 박영순, 여, 86세

구연상황 : 시집살이 노래를 불러 달라고 했더니 시집살이는 안 했고, 할아버지 때문에 속상했던 일만 있고 시어머니는 잘해 주셨다고 한다. 그래서 할아버지 때문에 속상했을 때 부르던 노래를 불러 달라고 하자 부르신 노래이다.

언지는 좋다고 날사랑을 하더니
인제는 싫다고 날괄세하냐
아서라 말어라 네그리마라
사람의 괄세를 네그리마라

장 타령

자료코드 : 07_12_FOS_20100224_HJJ_PYS_0005
조사장소 : 전라북도 진안군 주천면 주양리 괴정마을
조사일시 : 2010.2.24
조 사 자 : 허정주, 진주
제 보 자 : 박영순, 여, 86세
구연상황 : 조사자의 의도와 관계없이 장 타령을 한 번 해보겠다고 하면서 쉴 틈도 없
이 부르셨다. 장사꾼들이 하는 것을 보기도 하였고, 어느 고장에서 뭐가 생
산되는지 알고 있는 내용을 갖다 붙여 제보자가 지어 부른다고 하였다. 장
타령을 부르고 나서 이런 것 조사해서 뭐하려고 하냐고 조사자에게 묻기도
하였다.

순천하면 샘박장 영주밖에는 원주장
공달치는장은 공천장 아가씨가많구나 정천장
인삼이많다 금산장 경작이많어요 대전장
빛깔좋다 옥천장 맛이좋구나 구미장
입이크구나 대구장 국제항구장 부산장
쌀이많다 이천장 쌀이좋구나 여주장
해넘어간다 서산장 달을본다 명월장
울긋불긋 군산장 얼었다녹았다 논산장
휘히칭칭 갱경장(강경장) 어디로가나 이리장
만학천봉 고산장 숨자리가빠 못보고

아이고지고 곡성장 시끄러서 못보고

그저먹어라 공주장 밑천떨어져 못보고

경상도 상주장 지백이(기백이)없어 못보고

처녀 총각 만난장 눈꼴시어서 못보고

광주에는 무등장 수박참외는 많이난다

울릉도는 오징어장 울산에는 공장장

제주도로가면 관광장 한산에가면 김포장이었는디

큰애기술장사 제일이고

충청북도 괴산장 마른고추가 많이난다

보은청산하면 대추장 처녀장군이 제일이고

엄벙등천하면 청주장 황색연초가 많이나고

영천하면 의성장 사과배가 많이나고

김천하면 금릉장 양파마늘이 많이나고

안성에는 유리장 영광에는 굴비장

완도에가면 멸치장 천안에는 액사장 능수버들이 많이난다

밭 매는 소리

자료코드 : 07_12_FOS_20100224_HJJ_PYS_0006

조사장소 : 전라북도 진안군 주천면 주양리 괴정마을

조사일시 : 2010.2.24

조 사 자 : 허정주, 진주

제 보 자 : 박영순, 여, 86세

구연상황 : 밭 맬 때 부르는 노래도 부탁드렸더니 바로 부르기 시작하였다.

이내밭골 어서매고 임의밭골 마주들세

상여 소리

자료코드 : 07_12_FOS_20100224_HJJ_PYS_0007
조사장소 : 전라북도 진안군 주천면 주양리 괴정마을
조사일시 : 2010.2.24
조 사 자 : 허정주, 진주
제 보 자 : 박영순, 여, 86세
구연상황 : 홍보가 중 한 대목을 부르고 나서 상여 소리도 할 줄 아는데, 노래 많이 하
였더니 배고프고 기운 없다고 하였다. 저녁식사 시간이 지나가고 있어 조사자
들은 노래를 거듭 부탁하기가 죄송스러웠다. 그래서 마지막으로 상여 소리만
해 주십사 부탁드렸더니 흔쾌히 해 주셨다.

웬일인가 웬일인가 천년만년 살랬더니 오늘날로 웬일인가

한두살에 철을몰라 부모은공 갚을쏜가

이삼십을 당도하야 부모은공 갚겠더니

아적(아침)나절 성턴몸이 저녁나절 병이들어

어홍 어하

인삼녹용 약을진들 약덕이나 입을쏜가

무녀불러 굿을한들 굿덕이나 입을쏜가

어홍 어홍

판수불러 경문한들 경덕이나 입을쏜가

바늘같은 이내몸에 태산같은 병이들어 백약인들 효험있나

어홍 어홍

부르느니 어머니요 찾느니 냉수로다

쇠방망치(쇠방망이) 둘러맨놈 팔뚝같은 쇠사슬을 손에들고

활장같이 굽은질로 설대같이 내려오더니 닫은문을 박차면서

어서가자 재촉하니 뉘영이라고 안갈쏜가

어홍 어홍

여보시오 사자님네 이내말쌈(말씀) 들어보소

담배곯고 피땀흘려 애탄지탄 모은재산
배고픈디 점심먹고 신발이나 고쳐신세
어홍 어홍
아무리 애원한들 어느사자 들을쏜가
쇠사슬로 목을매고 쇠방망치로 등을치니 혼비백산 나죽겄네
어홍 어홍
부모처자 손목잡고 만담서로 못해보고 허둥지둥 따러갈때
높은디는 낮어지고 낮은디는 높아지네
어홍 어홍
부모처자 있다한들 어느부모 대신갈까
어홍 어홍
친구벗님 많다한들 어느친구 동향(동행)할까
어홍 어홍
옛노인네 말들으니 저승길이 멀다더니 내게오늘 당했구나
어홍 어홍
명사십리 해당화야 네꽃진다 서러마라
명년삼월 봄이오면 다시한번 피려니와
이내인생 한번가면 움이나냐 싹이나냐
어홍 어홍
세상만사 살동안 참헛되구나 부귀공명 장손들 무엇허리오
고대광실 높은집 문전옥답도 이내한번 죽어지면 일장에 춘몽일세
어홍 허홍
한강수는 흘러서 쉬지않건만 무정하다 이내인생 가면못오네
어홍 어홍
서시래도 그속에 한번가노면 소식조차 막연하네 올곡뿐이라
어홍 어홍

연연축새 오건만 에라인생 한번가면 못오니 한이로구나
어홍 어홍
의복많어 무엇하리 나죽은후에 토지많어 무엇하리
나떠나갈때 수의한벌 관한개면 만족하구나
어홍 어홍
저승문전 당도하니 최판관이 문서잡고
어홍 어홍
너는 이세상으 태어나서 무슨공덕 하였느냐
어홍 어홍
배고픈사람 밥을주어 걸연공덕 하였느냐
헐벗은사람 옷을주어 적선공덕 하였느냐
어홍 어홍
돈없는사람 돈을주어 금전공덕 하였느냐
어홍 어홍
집없는사람 집을주어 인정공덕 하였느냐
부모기다 잘해갖고 효도공덕 하였느냐
어홍 어홍
높은산에 불당지어 중생공덕 하였느냐
어홍 어홍
목마른사람 물을주어 급수공덕 하였느냐
깊은물에 다리놓아 월천공덕 하였느냐
어홍 어홍
길가밭에다 원두심어 가는행인 오는행인 행인공덕 하였느냐
어홍 어홍
너는 이세상에 태어나서 좋은일을 많이해서
소원대로 보내주마 극락세계 가려무나

너는 이세상에 태어나서 좋은일을 못해갖고 지옥으로 가려무나

석탄가

자료코드 : 07_12_FOS_20100331_KID_SJB_0001
조사장소 : 전라북도 진안군 주천면 무릉리 어자마을회관
조사일시 : 2010.3.1
조 사 자 : 김익두, 허정주, 진주
제 보 자 : 성점분, 여, 75세
구연상황 : 마을회관에 들어서자 어르신들이 많이 모여 있었다. 조사자가 찾아온 목적을
말하자, 옛날 노래는 의미가 다 있다면서 제보자는 속이 상할 때 부른 노래라
고 하면서 부르셨다.

석탄백탄 타는데는 연기나김이 나는데
요내가슴 타는데는 연기도김도 아니난다

밭 매는 소리

자료코드 : 07_12_FOS_20100331_KID_SJB_0002
조사장소 : 전라북도 진안군 주천면 무릉리 어자마을회관
조사일시 : 2010.3.1
조 사 자 : 김익두, 허정주, 진주
제 보 자 : 성점분, 여, 75세
구연상황 : 사발가를 부르고 나자, '밭 매는 노래'라면서 부르기 시작하였고 더 이상 기
억은 안 난다고 하였다.

이내밭골 어여매고 임의밭골 마저들세

뱃노래

자료코드 : 07_12_FOS_20100331_KID_SSI_0001
조사장소 : 전라북도 진안군 주천면 무릉리 어자마을회관
조사일시 : 2010.3.1
조 사 자 : 김익두, 허정주, 진주
제 보 자 : 송순이, 여, 78세
구연상황 : 다른 제보자들의 노래가 나오기 시작하자 조용히 앉아 계시던 제보자가 이어
서 부르기 시작하였다. 청이 좋다고 어르신들이 좋아하였다.

　　　남물이 들었네 남물이 들었어

　　　이산저산 도라지꽃이 남물이 들었네

　　　어이야노야 어이야노야 어기여차 뱃놀이가잔다

　　　으스름 달밤에 개구리 우는 소리

　　　시집못간 노처녀가 안달이 났구나

　　　어이야노야 어이야노야 어기여차 뱃놀이를가잔다

　　[청중 한 분이 물을 떠다 준다. 다른 분들이 노래 잘한다고 박수친다.]

　　　임이죽고 내가살면 열녀가 되느냐

　　　한강수 짚은물에 빠져나 죽잔자

석탄가

자료코드 : 07_12_FOS_20100331_KID_SSI_0002
조사장소 : 전라북도 진안군 주천면 무릉리 어자마을회관
조사일시 : 2010.3.1
조 사 자 : 김익두, 허정주, 진주
제 보 자 : 송순이, 여, 78세
구연상황 : 뱃노래를 부르고 나서 이어서 '임을 기다리는 노래'라고 하면서 부르기 시작

하였다.

석탄백탄 타는디는 조선에 만인간이 다알건만은
우리야 우린님은 왜모르나

아라리

자료코드 : 07_12_FOS_20100331_KID_SSI_0003
조사장소 : 전라북도 진안군 주천면 무릉리 어자마을회관
조사일시 : 2010.3.1
조 사 자 : 김익두, 허정주, 진주
제 보 자 : 송순이, 여, 78세
구연상황 : 조사자가 노래가 더 없느냐고 묻자 제보자가 다시 나서서 부르기 시작하였다.

청산읍내 물레방아는 사시상철(사시사철)
물을안고 비비뱅뱅 도는디
우리집 낭군님은 나를안고 돌줄을 왜모르시나
아리랑 아리랑 아라리요 아리랑고개
고개로 나를넝겨(넘겨)주소

한오백년

자료코드 : 07_12_FOS_20100331_KID_SSI_0004
조사장소 : 전라북도 진안군 주천면 무릉리 어자마을회관
조사일시 : 2010.3.1
조 사 자 : 김익두, 허정주, 진주
제 보 자 : 송순이, 여, 78세
구연상황 : '한 많은 이 세상~'을 조금만 불러 볼까 하고 조사자에게 물어보아 좋다고
하자 부르기 시작하였다. 조금 부르다가 잊어 버렸다며 멈추었다.

한많은 이세상 야속한님아

정을두고 몸만가니 눈물이나네

가무렴(아무렴) 그렇지 그렇고말고

너냥 나냥

자료코드 : 07_12_FOS_20100331_KID_YNS_0001

조사장소 : 전라북도 진안군 주천면 무릉리 어자마을회관

조사일시 : 2010.3.1

조 사 자 : 김익두, 허정주, 진주

제 보 자 : 윤남순, 여, 74세

구연상황 : 송순이 제보자의 뱃노래가 끝나자 분위기가 좋다고 한 청중이 말하고 난 뒤
에, 제보자가 조용히 노래를 부르기 시작하였다. 바다에 관한 노래라며 '어부
노래'라고 하였다. 그러자 청중 한 분이 생각할 적에는 '어부 각시 노래' 같
다고 하였다. 옛날에 들었던 것을 기억이 나서 불렀다고 하였다.

우리집 서방님은 명태잽이를 갔는데

바람아 강풍아 석달열흘만 불어라

나냥너냥 두리둥실 놀아라

낮에낮에나 밤에밤이나 참사랑이로구나

자장가

자료코드 : 07_12_FOS_20100224_KID_LGS_0001

조사장소 : 선라북도 진안군 주천면 신양리 금평마을회관

조사일시 : 2010.2.24

조 사 자 : 김익두, 허정주, 진주

제 보 자 : 이기순, 여, 83세

구연상황 : 아기 어르는 노래를 불러 달라고 하였더니 청중 한 분이 '달강달강'이라고 노

래를 시작하는데 갑자기 하려니 나오지 않는다고 하였다. 그러자 제보자가
'자장자장'하여야 한다고 하면서 시작하였다.

자장자장 우리애기 잘도잔다

부모게는 효자둥이

형제간에 우애둥이

동네방네 인심둥이

우리애기 잘도잔다

새야 새야 파랑새야

자료코드 : 07_12_FOS_20100224_KID_LGS_0002
조사장소 : 전라북도 진안군 주천면 신양리 금평마을회관
조사일시 : 2010.2.24
조 사 자 : 김익두, 허정주, 진주
제 보 자 : 이기순, 여, 83세
구연상황 : 어기 어르는 노래가 끝나고 파랑새 노래는 아시느냐고 했더니 불러 주셨다.

새야새야 파랑새야

녹두밭에 앉지마라

녹두꽃이 떨어지면

청포장시가 울고간다

달아 달아 밝은 달아

자료코드 : 07_12_FOS_20100331_KID_JBS_0001
조사장소 : 전라북도 진안군 주천면 무릉리 어자마을회관
조사일시 : 2010.3.1

조 사 자 : 김익두, 허정주, 진주

제 보 자 : 정부순, 여, 89세

구연상황 : 마을회관에 모이신 분 중에 제일 연장자이신데, 다른 분들이 옛날 노래를 불러 달라고 하자 모른다고 사양하였다. 다른 제보자들이 여러 곡의 노래를 하고, 이야기를 하는 도중에 가만히 앉아 계시던 제보자는 '달아 달아~'를 불러 보겠다며 부르기 시작하였다. 청중들이 청이 좋다며 박수를 쳤고, 오랜만에 어르신의 노래를 들으니 좋다고들 하였다.

> 달아달아 밝은달아 이태백이 노던달아
>
> 저기저기 저달속이 계수나무 박혔으니
>
> 옥도끼로 찍어내서 금도끼로 다듬어서
>
> 초가삼간 집을지어 양천부모 모셔다가 천년만년 살고지고

모심는 소리

자료코드 : 07_12_FOS_20100224_KID_JIJ_0001

조사장소 : 전라북도 진안군 주천면 신양리 금평마을회관

조사일시 : 2010.2.24

조 사 자 : 김익두, 허정주, 진주

제 보 자 : 정인조, 남, 73세

구연상황 : 모심는 소리를 부탁하자 가사만 말로 하였다. 그래서 조사자들이 노래로 불러 달라고 하자 선생님들 앞에서 시험 보는 것 같다고 하여 모두 웃었다. 모줄 잡은 이야기를 하며 그때 부른 노래도 있는데 노래 부른 지가 오래되어 기억이 안 나서 모르겠다며 모심는 소리를 하였다.

> 이논배미 모를심어 장잎이훨훨 영화로세
>
> 팔라당펄라당 홍갑사댕기
>
> 곤때도 안가서 날받이 왔네

상여 소리

자료코드 : 07_12_FOS_20100224_KID_JIJ_0002
조사장소 : 전라북도 진안군 주천면 신양리 금평마을회관
조사일시 : 2010.2.24
조 사 자 : 김익두, 허정주, 진주
제 보 자 : 정인조, 남, 73세
구연상황 : 전화를 드리고 제보자의 집으로 찾아갔으나 밖에 나가고 안 계셨다. 마을회관
　　　　　 에 갔더니 안 계셔서 할머니들에게 제보를 구하였다. 할머니들의 노래를 듣고
　　　　　 있는데, 제보자가 오셔서 할아버지들 방으로 들어가 마을에 관한 이야기를 들
　　　　　 려주었다. 상여 소리를 부탁하자 회심곡을 적어 놓은 종이도 있다고 보여 주
　　　　　 었으며, 마을 어르신들이 뒷소리를 해 주셨는데 특히 신을주 어르신이 적극
　　　　　 참여해 주었다.

세상천지 만물지중 어허홍 어허홍
사람밖에 또있는가 어허홍 어허하
여보세요 대매군들 어허홍 어허하
이내말씀 들어보소 어허홍 어허하
이세상에 나온사람 어허홍 어허하
뉘덕으로 나왔는가 어허홍 어허하
석가여래 공덕으로 어허홍 어허하
칠성님전 명을빌고 어허홍 어허하
제석님전 복을빌어 어허홍 어허하
아버님전 뼈를빌고 어허홍 어허하
어머님전 살을빌어 어허홍 어허하
이내일신 탄생하니 어허홍 어허하
그지없기 한량없네 어허홍 어허하
한두살에 철을몰라 어허홍 어허하
부모은공 다못하고 어허홍 어허하

이삼십에 당도하니 어허홍 어허하
어이없고 애닲고나 어허홍 어허하
부모은공 못다갚고 어허홍 어허하
웬수백발 돌아오니 어허홍 어허하
절통하고 서럽도다 어허홍 어허하
인간칠십 고래희라 어허홍 어허하
없든망령 절로나네 어허홍 어허하
우리인생 늙어지면 어허홍 어허하
다시젊지 못하리라 어허홍 어허하
인간백년 다살아야 어허홍 어허하
병든날과 잠든날과 어허홍 어허하
걱정근심 다제하면 어허홍 어허하
단사십을 못사느니 어허홍 어허하
어제오늘 성한몸이 어허홍 어허하
저녁나절 병이들어 어허홍 어허하
부르나니 어머니요 어허홍 어허하
찾나니 냉수로다 어허홍 어허하
인삼용약 약을쓴들 어허홍 어허하
약효험이 있을쏜가 어허홍 어허하
판수불러 석경하고 어허홍 어허하
사탕에 수족씻고 어허홍 어허하
촛대한쌍 밝혀놓고 어허홍 어허하
소지한장 드린후에 어허홍 어허하
비나이다 비나이다 어허홍 어허하
부처님전 비나이다 어허홍 어허하
명사십리 해당화야 어허홍 어허하

꽃진다고 서러마라 어허홍 어허하

명년삼월 돌아오면 어허홍 어허하

다시꽃이 피련만은 어허홍 어허하

북망산천 멀다던데 어허홍 어허하

북망산천 웬말인가 어허홍 어허하

애통하고 서럽고나 어허홍 어허하

이거리 저거리 각거리

자료코드 : 07_12_FOS_20100224_KID_HJJ_0001
조사장소 : 전라북도 진안군 주천면 신양리 금평마을회관
조사일시 : 2010.2.24
조 사 자 : 김익두, 허정주, 진주
제보자 1 : 허정자, 여, 72세
제보자 2 : 김덕임, 여, 77세
구연상황 : 다른 제보자의 노래가 있은 뒤, 놀면서 부르는 노래는 없느냐고 묻자 허정자
　　　　　제보자와 김덕임 제보자가 있다고 하면서 부르기 시작하였다. 두 제보자가 다
　　　　　리를 서로 엇갈리게 놓고 놀이하는 모습을 보여 주었다. 어렸을 때 많이 했으
　　　　　며 이기는 쪽은 지는 편에 벌칙으로 이마나 손등 때리기, 등에 올라타기 등을
　　　　　하였다고 한다.

이거리 저거리 각거리 천사만사 북거리

대장군 허리끈 똘똘말어 장구채

성(형)하고 나하고 씨름해서 성이나한테 꽁

도라지 타령

자료코드 : 07_12_MFS_20100224_KID_KDI_0001
조사장소 : 전라북도 진안군 주천면 신양리 금평마을회관
조사일시 : 2010.2.24
조 사 자 : 김익두, 허정주, 진주
제 보 자 : 김덕임, 여, 77세
구연상황 : 나물 캘 때 부르는 노래를 청하자 부르기 시작하였다.

도라지 도라지 백도라지 심심산천에 백도라지
한두뿌리만 캐어도 대바구리(대바구니) 반썩만(반실만) 되노라

춘향가 중 이별 대목

자료코드 : 07_12_ETC_20100224_HJJ_PYS_0001
조사장소 : 전라북도 진안군 주천면 주양리 괴정마을
조사일시 : 2010.2.24
조 사 자 : 김익두, 허정주, 진주
제 보 자 : 박영순, 여, 86세
구연상황 : 마을 할머니 한 분이 제보자가 노래를 잘하는 분이라면서 노래를 듣다가 가
셨다. 예전에는 노래자랑에도 나갔었는데, 이젠 늙었다고 군 노래자랑에서도
시켜 주지 않는다고 하셨다. 노래는 한 번 들으면 잘 잊어버리지 않고 기억한
다고 하였고, 어렸을 때 학교 다니고 싶어 오빠에게 글을 좀 배워 책을 조금
읽었다고 하였다. 그리고 친정아버지가 이야기책을 읽으실 때 들어서 기억을
하고 있다고 하였다. 조사자가 다른 노래를 부탁하자 이번에는 춘향가 한 대
목을 해 보겠다고 하였다. 춘향가 중에서 이별 대목을 판소리 창법으로 부르
다가 중간에는 이야기를 구술하듯이 하기도 하였다.

"여보 여보 도련님 참으로 가실라요. 나는 어찌고 가실라요. 인지 가면
언지(언제) 와요. 올 날이라 일러 주오.

동방차자(동방작약) 선풍시(춘풍시)에 꽃이 피면 오실라요. 작년 오월
단옷날에 도련님이 내 집을 찾어와서 살자 살자 백년가약을 맺어 놓고,

상전이 벽해되고 벽해가 상전이 되도록 이별도 하지 말자더니 이별 말
이 웬 말이오.

이팔청춘 젊은 년이 독수공방 어찌 살으라고 떠나실 때는 뚝 띠어 버
리고 가실라요."

"춘향아, 우지 마라, 우지 말어, 원수가, 원수가, 양반 행실이 원수로구
나. 내가 간들 아주 가며 아주 간들 잊을쏘냐.

너와 나와 깊은 정도 상봉 날이 있을 테니 쇠끝같이 모진 마음 홍로(紅

爐)래도 녹지 말고

송죽같이 굳은 절개 날 오기만 기두려라(기다려라)."

"도련님은 이제 가면 장원급제 하서 갖고 귀 가문에 장가들어 꽃 같은 아내 얻어 주야 양주(부부) 놀으실 때 날 같은 춘향이는 꿈에 생각 하오리까."

"무슨 그럴 리가 있겠느냐."

둘이 서로 떨어지지를 못하고 밤새도록 훌쩍훌쩍 울음 울 제 동방에 해번히 밝아오니 방자란 놈이 총총 들어오더니만은,

"아이고, 도련님, 사또께서 도련님을 찾느라고 지금 동원이 활깍 뒤집혔어. 얼른 떠납시다."

그 말을 들은 도련님은 방자 따러 나갈 적에 춘향이 허망하야,

"아이고 어쩌리. 향단아 술상 하나 차려 오너라. 도련님 가시는데 오대중(오리정)을 나가 술이나 한 잔 드려 보자."

향단이 술상 차려 들려 앞세우고 울며불며 나가는디 치마자락을 끌어다 눈물 흔적을 쓰시며(씻으며),

농림 숲을 찾어가서 두 다리를 쭉 뻗치고 잔대기(정강이)를 물림서(문지르면서),

"아고 아고 내 팔자야. 이팔청춘 젊은 년이 서방 이별이 웬 말이냐."

이렇듯이 울음 울 제 도련님이 춘향을 이별하고 방자를 앞세우고 훌쩍훌쩍 울음 울며 농림 숲을 당도하니, 춘향의 울음소리 귀가 번쩍 들리는디

"야, 방자야. 이 울음은 분명 춘향이 울음 같다. 니가 좀 가 보고 오너라."

방자란 놈이 총총 다녀오더니마는,

"아이고, 도련님, 춘향 아가씨가 나와서 우는디 차마 눈이로는 못 보겄습디다."

그 말을 들은 도련님은 엎으러지며 꺼꾸러지며 농림 숲을 찾어가서 춘

향이 목을 덜컥 안고,

"춘향아, 이게 웬일이냐. 니가 집에 앉아 천연히 잘 가라고 인사를 해도 장부 간장이 다 녹는디,

여그(여기) 나와서 이렇게 울면 내가 어찌 가라는 말이냐."

"아이고, 도련님. 참으로 가실라요. 이 터에다 묻고 가면 영영 이별이 되지만은 살려두고 못 가리다. 향단아, 술상 이리 가져 오너라."

술 한 잔을 부어 들고,

"옛소, 도련님. 약주 잡수오. 금일충중 무진중에(금일송군 수진취今日送君 須盡醉) 술이나 한 잔 잡수시오."

이삼 주를 권한 후에

"도련님."

"아나, 춘향아. 징표 받아라. 장부의 맑은 마음이 천만년이 지나간들 변할 리가 있겠느냐."

둘이 서로 받어 들고 떨어지지를 못하고 훌쩍훌쩍 울음 울 제, 방자 보다 답답하야

"아이, 도련님, 인제 고만저만 떠납시다. 어짠 이별에 그리 말이 많소 그려."

도련님 하릴없이 말 우에(위에) 올라타니 춘향이 허망하야, 한 손으로는 말고삐를 잡고 또 한 손으로 도련님 허리 잡고,

"이제 가요 그려. 한양이 얼마나 먼가 가시거든 소식이나 종종 전해 주오."

저 방자 미워라고 이랴 툭 차 말을 모니 더렁더렁더렁 가는구나 그려.

이때 춘향이 따라가지도 못하고 높은 디 올라서서 이마 우에다 손을 얹고 도련님 가시는디 오또롬이 바라보니,

한 모랭이 돌아가고 두 모랭이 돌아가고 망종 고개를 홀떡 넘어가니 그림자도 안보이네 그려.

심청가 중 젖동냥 하는 대목

자료코드 : 07_12_ETC_20100224_HJJ_PYS_0002
조사장소 : 전라북도 진안군 주천면 주양리 괴정마을
조사일시 : 2010.2.24
조 사 자 : 김익두, 허정주, 진주
제 보 자 : 박영순, 여, 86세

구연상황 : 춘향가 한 대목이 끝나자 이번에는 심청가 곽씨부인 죽고 난 뒤에 젖동냥
하는 대목 한 번 해 보겠다고 하면서 제보자는 가창에 매우 적극적인 태도
를 보였다. 곡을 배워 본 적은 없어 곡조는 잘 모르고 내용을 들은 대로 갖
다 붙인다고 설명하였고, 사설 내용을 거침없이 쉬지 않고 빠르게 부르기 시
작하였다.

심봉사, 곽씨부인 마누라 묻어 놓고 무덤 우에(위에) 걸쳐 앉어

"아이고 여보, 마누라, 마누라, 마누라는 나를 잊고 북망산천 돌아가서
편히 누워 잠자는가.

앞 못 보는 봉사 놈이 광목에 싸인 저 자식을 뭣을 맥여(먹여) 살리라
고 나를 두고 어디 가오."

"여보시오, 봉사님. 어린것을 보더라도 고만 진정하고 그만 가십시다.
죽은 이 한 편, 산 이 한 편이라고."

심봉사 하릴없이 지팡막대 흘어 짚고 더듬 더듬 더듬 더듬 집이라고
찾어오니 부엌은 적막하고,

방으로 들어가더니마는 마누라를 부르면서 통곡으로 울음을 울 제, 이
때 귀덕 어미 어린 아이 안고 와서,

[제보자가 "귀덕 어미게다 맡겨 놨던가 보지."라고 하며 상황을 부연하
여 설명한다.]

"여보시오, 봉사님, 이 어린것으로 보더라도 고만 진정하시오."

"귀덕 에민가. 어디 보세. 우리 새끼, 종종 와서 젖 좀 주오."

귀덕 어미는 건너가고 어린 아이를 안고 통곡으로 울음을 울 제,

"아가, 울지 마라. 우지 마라. 배가 고파 니가 우냐. 느 모친이 보고 싶어 니가 우냐.

느 모친은 먼 디 갔다. 북망산천 돌아갔다. 가는 날은 안다마는 오마는 날은 모르겄다."

아무리 달래도 이 애기가 배가 고파서 응애 응애 우니 심봉사가 화가 나서 안았던 아이를 방바닥으다 밀어 치며,

"죽어라. 죽어. 니 팔자가 얼매나 좋으면 초칠(초칠일. 첫이레) 안에 에미가 죽고 내 팔자가 얼매나 좋으면 봉사 놈이 지집이(마누라가) 죽었냐."

도로 안고,

"아가, 울지 마라. 우지 말어. 니가 울면 애비(아비) 간장 다 녹는다.

너 없어도 나 못 살고 나 죽어도 너 못 살어. 어서 어서 날이 새면 젖을 얻어 멕여 주마."

그날 밤을 새우고 나니 심봉사는 들어간 눈이 더 들어가고 어린아이는 기진맥진을 하고 심봉사 날 샌 것 짐작하고 고마니에다 끌어안고,

한 손으로는 지팡막대 흘어 짚고 더듬더듬 더듬더듬 우물가 찾아가서,

"여보시오, 부인님네, 이 애 젖 좀 먹여 주오, 초칠 안에 어미를 잃고 배가 고파 기진이오."

도치기(인색하고 인정이 없는 사람) 아닌들 누가 젖을 안 주겄어. 젖을 많이 멕여 주며

"여보시오. 봉사님."

"예."

"에류(어렵게) 생각하지 말고 자주자주 다니시오. 내 자식 못 멕인들(먹인들) 이 아이를 굶기리까."

심봉사 좋아라고,

"수복강녕(壽福康寧) 하옵소서."

오뉴월 뙤약볕에 김매는 아낙네들 찾아가서,

"여보시오, 부인님네, 이 애 젖 좀 먹여 주오."

동지섣달 설한풍에 삼베 질쌈 허는 부인네들 찾아가서

"이 애 젖 좀 멕여 주오."

빨래 탕탕 빠는 소리 듣고 시냇가에 찾어가서

"여보시오, 부인님네들, 이 애 젖 좀 먹여 주오."

젖 있는 부인들은 젖을 많이 멕여 주고 젖 없는 부인들은 쌀도 몇 되 떠다 주니 심봉사가 좋아라고,

"아이고, 내 딸 배부르다 배가 뺑뺑하구나."

심봉사가 좋아라고

"어허 둥둥 내 딸이야, 어허 둥둥 내 딸이야, 논을 준들 너를 사며, 돈을 준들 너를 사며, 금을 준들 너를 사랴.

외손봉사(外孫封祀)는 못할망정 아들 겸 내 딸이야 어허 둥둥 내 딸이야."

홍보가 중 홍보 매품 파는 대목

자료코드 : 07_12_ETC_20100224_HJJ_PYS_0003
조사장소 : 전라북도 진안군 주천면 주양리 괴정마을
조사일시 : 2010.2.24
조 사 자 : 김익두, 허정주, 진주
제 보 자 : 박영순, 여, 86세
구연상황 : 노래를 조사자들이 너무 잘하시고 총기가 좋다고 하자, 홍보가 중에서 한 대목을 부르겠다고 하였다. 목마르다며 물을 마시고 바로 부르기 시작하였다. 제보자가 구연한 대목은 홍보가 매품을 팔지 못하고 그냥 집에 돌아왔다가 놀보 집에 가서 매를 흠씬 맞고 돌아온 대목이다.

홍보 마누라 자기 남편 매품 팔러 보내 놓고 후원에다 단을 모고(모으고) 정화수 질어다가

"비나이다, 비나이다. 하나님전 비나이라. 을축생년시 원수의 가난으로 매품 팔러 갔사오니 낙방되어 돌아오기 추원축수(축원축수) 비나이다."

빌기를 다 한 후에 배깥(바깥)을 내다보니 자기 남편이 오는구나.

"여보, 영감, 태장을 맞고 왔소. 곤장을 맞고 왔소. 장처가 어떠하오. 어디 봅시다. 좀."

"지집년이 갈 때 가지 마오, 가오, 하더니 다 틀리고 왔다, 이년아."

그 말을 들은 흥보 마누래,

"어리씨구나 좋다 저리씨구나 좋네. 못 먹고 주린 가장, 영문 곤장 삼백삼십 대를 맞게 되면 속절없이 죽을 텐디,

매 안 맞고 돌아오니 어리씨구 좋다 저리씨구 좋네. 벗어도 좋고 입어도 좋고 굶어도 좋고 먹어도 좋네."

[흥보가 하도 가난해서 매품을 팔러 갔는데 흥보 마누라가 빌어서 흥보가 매를 안 맞고 돌아오자 흥보 마누라가 기뻐하는 상황을 제보자가 설명한다.]

흥부 마누라 어린 자식 젖 물리고 큰 자식 달랠 적에,

"아강, 아가, 우지 마라. 너희 부친이 큰아버지 집에 가셨으니 돈이 되나 쌀이 되나 양단간에 얻어 오면 밥도 짓고 국도 끓여

너도 먹고 나도 먹자. 저 건너 김동지 집 보리방애 찧어 주고 쌀 한 됫박 얻어다가 너희들만 끓여 주고 우리 양주(부부) 이때까지 잔입이라.

아무리 달래도 악씨듯이(악쓰듯이) 배가 고파 우는 자식 뭣을 멕여 그치리까."

어린 자식은 등에다 업고 다 큰 자식 손목 잡고 건너편만 바라보며 흥부 오기만 기다릴 때,

어린아이 굿에 간 어미 기다리듯 독수공방 홀로 앉아 유정낭군 기다리듯 칠년대한 가물음에 비 오기만 기다리듯 이렇듯이 기다릴 제,

흥보가 매여(매우) 취여(취해) 비틀비틀 건너오니,

"아이고, 아이 아버지 큰댁에를 가시더니 술이 잔뜩 취하셨네요."

홍보가 하는 말이, 동기간에 우애가 극진한 사람이라 형님 말은 아니하고,

"아, 형님께 형수께서 왜 인제야 오느냐고. 어린 것들하고 얼매나 고상(고생)을 하고 살았냐고 하시며 좋은 점심 지어주고

좋은 약주도 받어 주고 형님께서 쌀 닷 말을 주시고 형수씨가 쌀 서 말을 줌서, 하인 불러 지어 가라고 하시는데 내가 그냥 짊어지고 오다가

고개 넘어서 도적놈을 만나고 다 뺏기고 그냥 흠씬 맞었네. 이 사람아."

그 말을 들은 도련님은, 아니, 그 말을 들은 홍보 마누라 자기 남편을 자세히 바라보니 유혈이 낭자하니 땅에 털썩 주저앉어,

"몹쓸 년. 이년. 하늘 같은 가장 하나 못 섬기고 가기 싫어서 하시는 낭군, 내 말 어려(어려워) 가시더니 저런 광경 당하셨네.

모질고 악한 양반. 구산같이 쌓인 곡식 누구 주자 아끼자고 이렇게 몹시 쳤단 말이오. 장신들(장수인들) 어디 아퍼 견디리까."

"여보 마누라, 가난타고(가난하다고) 서러 마오. 가난 구제는 나라에도 못 한다네. 이 사람아."

11. 진안읍

증편 한국구비문학대계 ● 전라북도 진안군

▌조사마을

전라북도 진안군 진안읍 가막리

조사일시 : 2010.2.25, 2010.3.3
조 사 자 : 김월덕, 허정주, 진주

　가막리(加幕里)는 장막이 겹겹이 앞을 막은 것같이 첩첩산중이라 하여 붙여진 이름이라 한다. 본래 진안군 여면 지역에 속했으며, 1914년 행정 구역 개편 때 외오천 일부를 병합하여 가막리라 하고 진안면에 편입되었다. 자연마을로는 상가막과 하가막 마을이 있다. 마을 규모는 상가막이 22호, 하가막이 18호 정도이고, 두 마을이 가막마을로 통합되어 있다가 최근에 분리되어 각각 이장이 따로 마을 일을 보고 있다. 주민들은 대부분 논농사에 종사하며, 고추, 율무, 장뇌삼, 오미자 등 소득작물을 함께 재배하고 있다.

가막리에는 금강의 지류인 가막천이 흐르고 주변이 천반산과 부구리산 (부귀산) 등 산으로 둘러싸여 있어서 아름다운 풍경을 이룬다. 가막리는 진안읍 오천리, 상전면 주평리, 상전면 수동리, 동향면 성산리, 장수군 천천면 오봉리와 연평리에 접해 있다. 진안읍, 상전면, 동향면이 만나는 지점에 죽도(대섬)가 있다. 죽도는 조선 선조 때 대동계를 조직하여 역모의 혐의를 받은 정여립이 피신하여 자결한 곳으로 알려져 있다.

마을의 형성에 대해서 정여립이 자결한 후 그 씨족들이 눌러앉아 정착했다는 설이 있으나, 실제로는 그보다 훨씬 후대인 조선 순조 때에 경주정씨, 김해김씨, 밀양박씨, 홍주이씨 등이 들어와 살면서 이루어진 것으로 보인다. 하가막에는 경주정씨가 다소 거주하고 있으나, 상가막은 각성바지 마을이다. 상가막과 하가막 마을에서는 가막교 다리 건너에 있는 장수군 천천면 연평리 신기(새터)마을과 함께 음력 정월 초사흗날 신기마을 앞에 있는 당산나무에서 당산제를 합동으로 지냈다고 한다. 삼촌(三村)이 함께 제를 지내다가 30여 년 전에 단절되었다. 옛날에는 세 마을의 명칭도 신기마을을 신기세터, 상가막을 윗세터, 하가막을 아랫세터라고 불렀다고 한다.

진안읍내에서 가막마을로 이어지는 도로가 난 지는 10여 년에 불과하다. 도로가 닦여지기 전에 가막마을 주민들은 추수한 곡식을 지게에 지고 몇 고개를 넘어서 읍내까지 걸어가 내다 팔고 생필품과 소금을 사서 마을로 들어와야 했다. 이처럼 상당한 오지마을이었던 가막마을은 최근 녹색농촌체험마을로 새롭게 주목을 받고 있다. 마을 안에는 전방 좋은 곳에 숙박시설도 갖추고 있다.

가막마을에서는 진안군에서 주최하는 마을축제에 3년째 참가하여 마을 특산품을 판매하고 외지인들에게 고기잡이나 오미자 따기와 같은 체험 프로그램도 제공하고 있다. 마을에는 천반산과 죽도, 천반산 송판서굴과

할미굴 등에 얽힌 전설도 전해진다. 일부 마을 주민들은 죽도와 천반산이 각각 상전면과 동향면에 있는 것으로 외부에 잘못 알려져 있다고 주장하면서 죽도와 천반산은 진안읍 가막리 지역임을 강조하였다. 가막리 앞에는 흐르는 금강 지류 가막천에는 여름철이면 많은 피서객들이 찾아온다.

전라북도 진안군 진안읍 군상리

조사일시 : 2010.2.28
조 사 자 : 김익두, 허정주, 진주

군상리(郡上里)는 진안읍에 소속된 법정리로 본래 진안군 군내면 지역인데, 1914년에 상도동과 합하여 군상리라 했다. 군상리는 현재 노계동, 학천동, 중앙동, 우화동, 연구동으로 이루어진 마을이다.

노계동(鷺鷄洞)은 이조 중엽부터 소재지 인구가 차츰 증가됨에 따라 구읍교회 부근에 새로운 마을이 형성되면서 위에 새로 생긴 마을이라 해서 처음에 마을 명칭을 '웃셋골'이라 칭 하였다.

지금도 대개는 '웃셋골'이라고 부르는 사람이 많은데, 백제시대에는 난진아(難珍阿)라 칭하다가 이조 초엽 태종 13년까지는 월랑현이라 개칭 되었다. 고종 32년에 진안으로 다시 개칭되어 오늘에 이르고 있는 진안소재지의 마을로서 노령산맥의 여맥을 등지고 군상천이 흐르고 있는 비옥한 농토를 가지고 있는 마을이다.

학천동(鶴川洞)은 진안 향교가 자리 잡고 있는 마을로서 '향교골'이라고 부르기도 한다. 향교를 중심으로 형성 되어있는 이 마을은 대단히 양지바르고 또 물이 좋은 마을이다.

우화동(羽化洞)은 진안읍의 유일한 공원이라고 할 수 있는 우화산 밑에 자리 잡고 있다하여 우화동 마을이라 부르게 됐다. 우화산에는 옛 월랑현의 현령 치적비가 세워져 있기도 하다. 장수, 무주방면으로 통하는 진안의 관문마을이며, 진안시장도 이 마을에 있어 왕래하는 행인의 인파가 붐비는 곳이며 군내에서는 유동인구가 가장 많은 마을이기도 하다. 전체인구의 90% 이상이 상업에 종사하고 있다.

중앙동(中央洞)은 옛날에는 연구동(連龜洞)에 속해 있었으나 행정구역 개편으로 중앙동으로 분리되어 오늘에 이르고 있다. 옛날에는 이삼동(二三洞)이라 부른 때도 있었는데 지금은 노계동과 연구동 사이에 위치한 진안읍 소재지의 중심 마을이다. 높은 문화수준과 깨끗한 생활환경으로 비교적 안정된 마을이다.

연구동(連龜洞)은 지금은 읍 시가지의 일부이지만 옛날에는 이 마을 속칭 신사당 옆에는 연못이 있었으며 또한 신사당 터가 풍수지리설에 의하면 거북의 머리와 같다하여 연밥 연자와 거북 구자를 합하여 연구동이라고 부르게 되었다고 한다.

전라북도 진안군 진안읍 반월리

조사일시 : 2010.3.4
조 사 자 : 김월덕, 허정주, 진주

반월리(半月里)는 마을 뒷산 모양이 반달 같다고 하여 반월리라고 부르게 되었다고 한다. 본래 진안군 두미면 지역으로, 1914년 행정구역 폐합 때 외기리, 송내리, 지소리, 고암리, 금마곡을 병합하여 반월리라 하고 진안면에 편입되었다. 금강 상류의 시천(始川)이 흐르고 있다. 자연마을로는 원반월, 외기, 금마, 산암 마을이 있다.

원반월 마을은 조선말에 여산송씨 등이 이 마을에 들어와 정착하면서 마을이 형성되었다. 한때 150여 호까지 살 정도로 큰 마을이었으나 지금은 70호 정도가 거주한다. 그러나 1인 1가구인 경우가 많아서 인구수는 200명이 되지 않는다. 진안 팔명당 중 세 번째 '운중반월(雲中半月)'이 속한 마을이기도 하다. 마을 어귀에는 수구막이 역할을 하는, 상당히 큰 규모의 마을 숲이 조성되어 있다. 수종은 느티나무이다. 숲 속에 돌탑 1기가 있는데 마을 부녀자들이 이 돌탑에서 정월에 날을 받아 간단히 제물을 차리고 가내 평안을 기원하는 제를 지낸다.

외기마을은 마을이 산속 깊이 있어서 인근 마을을 가려면 산 넘고 재를 넘어 간다 해서 처음에는 '산재'라고 부르다가 일제시대 때부터 외기(外基)라고 부르기 시작했다. 외기마을은 남평문씨가 들어와 살면서 형성되었다. 외기마을 입구에는 모정이 있는데 이곳에 서나무, 소나무, 참나무 등 숲이 형성되어 있다.

금마마을은 지매실이라고 부르다가 마을 주변이 풍수적으로 말이 안장을 풀어놓고 쉬고 있는 '금마탈안(金馬脫鞍)' 형국인 데서 금마라는 명칭이 유래되었다고 한다. 마을 주변 산에는 안장혈, 깔골, 고리봉, 원앙봉, 꽃비날, 마두혈 등 말과 관련된 지명이 다수 있다. 1700년경 원주원씨가 처음 들어와 마을이 형성되었고 그 후에 남원양씨, 전주최씨가 들어와 살게 되었다. 원(元)씨가 많이 살고 있기 때문에 원씨마을이라고도 한다. 주민의 약 70%가 인삼을 경작하여서 진안군내에서는 부촌 마을로 꼽힌다.

산암은 산수동(지소)과 고암리를 합한 행정리 명칭이다. 산수동(山水洞)은 주변의 산수가 아름답다고 해서 그렇게 불리었다고 한다. 마을 입구에는 마을 숲이 형성되어 있다. 옛날에 이 마을에는 종이 만드는 지소가 있었다. 고암마을은 남원양씨와 신씨 등에 의해 형성되었다. 마을 입구 바위에 '고선대'라고 새겨져 있는데 마을 명칭은 여기서 유래된 것으로 추측된다.

전라북도 진안군 진안읍 정곡리

조사일시 : 2010.3.5
조 사 자 : 김월덕, 허정주, 진주

　정곡리(井谷里)는 깊은 골짜기에 큰 시암(우물)이 있어서 '우무실' 또는
'정곡'이라고 하였다. 본래 진안군 일북면 지역으로 1914년 행정구역 개
편 때 광주동, 개곡리를 병합하여 정곡리라 해서 부귀면에 편입되었다.
그 후 1973년 7월 1일 다시 진안면에 편입되었다. 마이산 중턱에 위치하
고 있는 전형적인 산촌 마을로, 고도가 높은 곳에 자리하고 있으며, 마을
서쪽으로 진안천이 흐르고 있다. 자연마을로는 개실과 활인동, 우무실(정
곡)과 광주동이 있다. 행정리명으로 개실과 활인동을 합하여 개활곡이라
하고, 정곡(우무실)과 광주동을 합하여 정주라고 한다.

　정곡 마을은 깊은 골짜기에 큰 시암(우물)이 있어 우무실이라 불리다
후에 정곡(井谷)이라는 한자로 고쳐 부르게 되었다. 조선시대 영산신씨가
들어와 정착하면서 마을이 형성되었다고 한다. 마을 뒷산은 진안의 진산
에 해당하는 부귀산의 뒤쪽이다. 광주동(光珠洞)은 우무실 서북쪽 산 너머
에 있는 마을로 쌍룡쟁주(雙龍爭珠) 명당이 있고, 오룡농광주혈(五龍弄光珠

穴)이 있다고 해서 붙여진 이름이라고 한다. 입향조는 수원백씨 백시흠(白時欽)과 순창설씨 설응규(薛應奎)인데, 특히 백씨들은 마령면과 부귀면 일대 사방 삼십 리가 백씨 땅을 밟지 않고서 지날 수 없다고 할 정도였고 삼천 석을 받는 큰 부자였다고 한다. 현재 백씨가 한두 집 남아 있으나 그 외에는 각성이다. 30호 정도가 거주하고 있으며 주민수는 50여 명이다. 마을이 깊은 산골짜기에 위치하고 있어서 농토가 넓지 않다. 50여 년 전 정곡저수지를 막기 전까지 이 마을 논들은 하늘받이였다. 그러나 최근에는 청정지역으로 알려져 생태마을로 지정되기도 하였다.

개실 마을은 개가 새끼 세 마리를 품고 다른 짐승이 두려워 엎드리고 있는 형국이라 해서 붙여진 지명이라고 한다. 개실은 본래 개곡(開谷)이라 하여 골짜기를 의미한다. 의령남씨와 경주김씨가 들어와 정착하면서 마을이 형성되었다. 진안군에서 유일하게 금이 채굴된 마을이기도 하다. 활인동(活人洞)은 강녕골재 너머에 있는 마을로 임중화(林中花) 또는 연화도수(蓮花到水) 명당이 있다고 해서 '화림동(花林洞)'이라 했는데 이것이 변하여 활인동이 되었다고 한다. 진안-전주간 도로변에 있는 마을로 예전에는 주막촌이었다. 활인동에서는 마을에 화산(火山)이 있어 화재막이를 위해 1970년대까지 마을에 짐대를 세웠는데 도로가 나면서 1988년경 없어졌다고 한다.

김두화, 남, 1928년생

주 소 지 : 전라북도 진안군 진안읍 가막리 상가막길 6-6 상가막마을회관
제보일시 : 2010.2.25
조 사 자 : 김월덕, 허정주, 진주

　김해김씨인 제보자는 진안군 진안읍 가막
리에서 삼형제 중 장남으로 출생하였다. 제
보자는 17세 때에 일본으로 징용 끌려가서
노동에 시달리다가, 히로하타[廣畑]라는 곳
에서 해방을 맞아 한국으로 되돌아왔다. 제
보자가 일본에서 살아서 돌아온 후에, 장가
도 안 갔던 두 동생이 6·25전쟁에 참전했
다가 전사하였다. 이렇게 동생들과 부모님
을 잃고 제보자는 혼자 살아남았다. 참전유공자라고 해서 국가에서 배지
도 받았고 노령연금도 조금 받아서 내외가 살고 있다. 제보자는 "우리 나
이에 고생 안 한 사람 누가 있겠느냐"라고 하면서도, 자신이 살아온 세월
을 돌아보면 자신이 명이 길어서 살고 있는 것이지, 힘들게 보낸 지난 세
월의 고생과 고통은 이루 다 말로 할 수 없다고 하였다.

　제보자는 줄곧 농업에 종사해 왔으나 현재는 연로하여 농사일을 거의
안 하고 있다. 가막리에 도로가 생긴 것이 불과 10년 남짓으로 마을이 워
낙 산골이라서 옛날에는 곡식을 팔러 장에 갈 때도 지게를 지고 몇 고개
를 넘어서 다녔다. 제보자는 슬하에 2남 4녀 6남매를 두었고 딸들이 부모
를 워낙 극진히 모시고 있어서 고마움을 많이 느끼고 있다. 시대가 어려
워서 학교를 거의 다니지 못해 무학이지만 그래도 자득으로 글을 깨우쳤

고 이장, 노인회장을 비롯해 학교 일도 맡아서 했다. 팔순이 넘은 제보자는 가는귀가 먹어서 소리를 크게 내어야 의사소통이 가능하지만 연세에 비해 풍채도 좋고 목소리도 힘이 넘치며 총기도 좋다. 옛날에 마을에서 상여 소리 앞소리꾼을 맡아서 하기도 했다. 제보자는 상여 소리도 그렇고 농요도 그렇고 어디서 배운 소리가 아니어서 내세울 만한 것은 없다고 하며 겸손하게 표현했다.

제공 자료 목록

07_12_FOT_20100225_KWD_KDH_0001 정여립 장군과 천반산 유적
07_12_FOS_20100225_KWD_KDH_0001 모심는 소리
07_12_FOS_20100225_KWD_KDH_0002 상여 소리

김복순, 여, 1921년생

주 소 지 : 전라북도 진안군 진안읍 반월리 원반월길 45 원반월마을회관
제보일시 : 2010.3.4
조 사 자 : 김월덕, 허정주, 진주

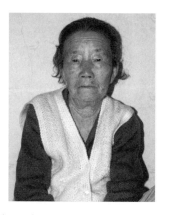

제보자는 진안군 백운면 신암리 한밭(대전)마을에서 15세에 진안읍 반월리로 두 살 연상이던 신랑에게 시집왔다. 구순의 고령인 제보자는 귀가 많이 어두워서 회관에 계신 마을 분의 도움을 받아 의사소통을 하였고 노래를 청하였다. 마을 분들에 따르면, 소싯적에는 청이 좋아서 노래를 아주 잘했다고 한다. 옛날에는 총기가 무척 좋아서 한 번 들으면 안 잊어버리는 분이었는데 이제 나이가 들어서 어쩔 수 없다고 하였다. 제보자는 처음에 노래하기를 사양하였으나 주변에서 어서 해 보라고 부추기자 노래를 불러 주었다. 막상 노래를 하자 흥이 나서 노

래를 불러 주었고, 노래를 하고 나서 수줍어하는 모습은 순박하고 해맑게 보였다.

제공 자료 목록
07_12_FOS_20100304_KWD_KBS_0001 밭 매는 소리
07_12_FOS_20100304_KWD_KBS_0002 백발가

김종순, 여, 1933년생

주 소 지 : 전라북도 진안군 진안읍 가막리 상가막길 6-6 상가막마을회관
제보일시 : 2010.2.25, 2010.3.3
조 사 자 : 김월덕, 허정주, 진주

　제보자는 전북 진안군 상전면 큰골이라는 데서 진안읍 가막리로 17살에 시집왔다. 친정동네는 현재 용담댐 수몰지구로 물에 잠겨서 자취가 사라졌고 친정 식구들은 서울로 이사를 갔다. 왜정 때는 일본놈들이 "큰애기 지름짠다"고 해서 처녀를 일찍 시집을 보내는 바람에 어린 나이에 산골로 시집을 오게 되었다. 또 신랑이 인물이 하도 좋고 잘나서 그걸 보고 친정집에서 제보자를 산중으로 시집을 보냈다. 신랑(할아버지)은 제보자와 9살 연상이었고 당시에는 상당히 노총각이었다. 할아버지는 몇 해 전에 세상을 떠났고, 슬하에 2남 4녀 6남매를 두었다.

　친정은 유복하게 잘 산 편이었는데, 산중으로 시집을 와서 고생을 많이 했다. 지금은 가막리가 논도 합매미를 해서 농사짓기가 수월하고 교통도 좋아지고 살기가 편해졌지만 제보자가 시집왔을 때만 해도 논도 다랑논인데다가 곡식 같은 것은 전부 지게로 짊어다가 먹고살았고, 생활이 매우

불편했다고 한다. 친정에 가려고 해도 재를 몇 개를 넘어야 한다. 제보자는 살기가 힘들어서 시집에서 안 살고 도망가려고 몇 번 시도도 했지만 할아버지 성품이 워낙 좋은데다 산중 마을에서 밖으로 나가는 길이 어딘지 알 수 없어서 그냥 살았다고 말한다. 시부모 시집살이는 별로 안 했지만 동서 시집살이는 좀 한 편이라고 한다.

제보자는 10년 이상 기독교 교회에 나가고 있는데, 교회에서 장구도 못 치게 하고 술도 못 먹게 하고 노래도 못 하게 해서 안 한다고 한다. 나이가 많아서 집사는 못하지만 평신도로서 열심히 신앙생활을 하고 있다. 각시 때에는 겨울 농한기가 되면 어느 집에 여자들이 모여서 함께 장구 치며 놀던 재미가 있었다고 한다. 제보자는 팔순이 다 되었지만 총기가 좋고 이야기 표현력도 좋았다. 제보자는 성격이 다정다감하고 인정이 많은 분이었다.

제공 자료 목록
07_12_FOS_20100225_KWD_KJS_0001 모심는 소리
07_12_FOS_20100303_KWD_KJS_0001 밭 매는 소리
07_12_FOS_20100303_KWD_KJS_0002 지충개 타령
07_12_FOS_20100303_KWD_KJS_0003 백발가
07_12_FOS_20100303_KWD_KJS_0004 시집살이 노래

김칠귀, 남, 1935년생

주 소 지 : 전라북도 진안군 진안읍 정곡리 정곡길 157
제보일시 : 2010.3.5
조 사 자 : 김월덕, 허정주, 진주

진안읍 연장리 주민들이 인근에서 상여 소리도 하고 소리 잘하는 사람이 있다고 하면서 제보자를 소개해 주었다. 김해김씨인 제보자는 진안군 진안읍 정곡리 정주동에서 태어나서 성장하였다. 생업은 농업에 종사하고

있다. 몇 해 전까지 인삼 재배를 하다가 힘들어 그만두고 지금은 고추를 재배하고 있다. 제보자는 주변 산에 대한 정보를 많이 알고 있어서 산을 매매하는 사람들 사이에서 중간 역할을 해 주기도 한다. 슬하에 3남 3녀 6남매를 두었는데 자녀들 가르치느라고 고생을 많이 했다.

제보자는 22살에 군에 입대를 해서 24살에 제대를 했는데, 부산 미팔군사령부에서 복무했다. 훈련소에 가서 고생을 많이 했다고 한다. 그때 경기도에서 온 동기가 있었는데 그 친구가 알려준 노래를 지금까지 기억하고 있다.

제보자는 젊어서 진안군 마령면 평지리에 있는 양조장에서 오래 일을 했다. 양조장 주인은 논농사를 100여 두락이나 짓고 머슴을 서너 명이나 둔 부자였다. 그때 그 집에서 일하면서 논에 논물을 보러 가면서 노래도 하고 그랬다. 젊어서는 소리 잘한다는 말을 많이 들었다고 한다. 제보자는 진안산악회 회원으로 활동하면서 한 달에 한 번씩 등산을 다니는데 갈 때마다 회원들이 늘 제보자에게 노래를 하라고 부추긴다고 한다.

1950년대에는 마을추진위원장, 새마을지도자 등을 맡아 마을 일도 많이 했고, 현재는 마을 노인회장을 맡고 있다. 연세에 비해 정정하고 총기도 좋으며 목소리에 힘이 있었다.

제공 자료 목록
07_12_FOT_20100305_KWD_KCG_0001 더 크지 못한 솟금산
07_12_FOS_20100305_KWD_KCG_0001 논 매는 소리
07_12_FOS_20100305_KWD_KCG_0002 상여 소리
07_12_MFS_20100305_KWD_KCG_0001 과부 한탄가
07_12_MFS_20100305_KWD_KCG_0002 장부 타령

박규임, 여, 1938년생

주 소 지 : 전라북도 진안군 진안읍 연장리 상평마을회관
제보일시 : 2010.2.28
조 사 자 : 김익두, 허정주, 진주

　　진안군 읍내에 한 가게에서 박규임 제보자의 정보를 구할 수 있었는데, 제보자의 집은 읍내와는 상당히 떨어진 곳이었다. 제보자의 집에 전화했으나 절에 가고 안 계셨고 당일 안에 오신다고 하셔서 다른 곳을 조사하고 돌아오실 시간 즈음 찾아뵈었다. 진안군 마령면에서 태어나 초등학교 졸업하고 농사짓고 길쌈 등을 하였다. 23세에 이곳 연장리로 시집오셨고, 슬하에 2남 2녀를 두었다. 농사를 짓다가 7년 전부터 인삼약초 연구소에 나가 인삼 심고 가꾸는 일들을 하고 계시는데, 일 년에 9달 정도 일하신다고 한다. 동네 어르신 한분이 마을에 농악단을 구성하면 가르쳐 주겠다고 하셨는데 그 때 바로 못 배운 것이 아쉽다고 하였다. 풍물, 마당놀이가 좋다고 하시면서 젊은 사람들이 농악이나 옛것을 별로 좋아 하질 않는다고 하며 아쉬워하였다. 평상시는 부끄럼을 타는 편인데 수백 명 사람이 모인 장소에서 노래 부를 때는 떨리지 않는다고 하면서 노래자랑에 나가 상품도 타오셨다고 한다. 만담도 잘하시며 농담도 잘해서 각 종 행사에 나가 사회자와 농담, 만담을 즐기셨다고 한다. 쾌활한 성격으로 부드러운 목소리로 편안하게 노래 부르셨다.

제공 자료 목록
07_12_FOS_20100228_KID_PGI_0001 각설이 타령
07_12_MFS_20100228_KID_PGI_0001 태평가
07_12_MFS_20100228_KID_PGI_0002 노들강변

07_12_MFS_20100228_KID_PGI_0003 창부 타령
07_12_MFS_20100228_KID_PGI_0004 성주 풀이

박족간, 여, 1932년생

주 소 지 : 전라북도 진안군 진안읍 가막리 상가막 569-1
제보일시 : 2010.2.25, 2010.3.3
조 사 자 : 김월덕, 허정주, 진주

　제보자는 전북 장수군 천천면 연평리 평
지마을에서 15살에 진안군 진안읍 가막리로
시집왔다. 연평리와 가막리는 금강 지류인
금강천을 사이에 두고 양쪽에 있는 마을이
다. 제보자는 강 건너 마을로 시집을 온 것
이다. 신랑(할아버지)은 6살 연상이었는데
50대에 돌아가셔서 할아버지가 세상 떠난
지가 벌써 30년이 다 되었다. 슬하에 2남 5
녀 7남매를 두었는데 할아버지 없이 자녀들을 키우느라 제보자는 고생을
많이 했다고 한다.

　제보자는 기독교 신자로 열심히 교회에 다니고 있다. 연세에 비해 총기
는 좋은 편이지만 목소리는 좀 작은 편이다. 그래도 제보자는 조사자의
요청에 성심껏 노래를 불러 주었다. 제보자는 체구가 작은 편이지만 야무
지게 보이는 인상이다.

제공 자료 목록
07_12_FOS_20100225_KWD_PJG_0001 밭 매는 소리 (1)
07_12_FOS_20100303_KWD_PJG_0001 모심는 소리
07_12_FOS_20100303_KWD_PJG_0002 밭 매는 소리 (2)
07_12_FOS_20100303_KWD_PJG_0003 지충개 타령

07_12_FOS_20100303_KWD_PJG_0004 시집살이 노래

07_12_FOS_20100303_KWD_PJG_0005 청춘가

윤기석, 남, 1941년생

주 소 지 : 전라북도 진안군 진안읍 군상리 노계2동마을

제보일시 : 2010.2.28

조 사 자 : 김익두, 허정주, 진주

전북 완주군 동상면에서 태어나 30대에 진안군으로 이사 오셨다. 소를 좋아 하셔서 농사를 지으면서 여태껏 소를 키워 오셨다는데 소에 대한 애정을 표현하기에 여념이 없으셨다. 젊어서 노래도 잘하고 인기도 좋았다고 하는데 지금은 몸이 안 좋고 기억력도 없어졌다고 하였다. 초등학교 졸업하고, 할아버지가 중학교에 보내려고 애썼는데 그 때 중학교에 다니지 못한 것이 아쉽다고 하였다. 말 교배종 사업으로 돈도 벌어보았다고 하며, 그동안 살아오신 이야기를 즐겁게 하셨다. 슬하에 4남매를 두셨다.

제공 자료 목록

07_12_FOT_20100228_KID_YGS_0001 호랑이가 된 효자 김용담

07_12_FOT_20100228_KID_YGS_0002 암솟금산을 발로 차 버린 수솟금산

차영옥, 여, 1938년생

주 소 지 : 전라북도 진안군 진안읍 반월리 원반월길 45 원반월마을회관

제보일시 : 2010.3.4

조 사 자 : 김월덕, 허정주, 진주

제보자는 진안군 진안읍 반월리에서 태어
나서 성장하였으며 20세에 같은 동네로 시
집을 갔다. 줄곧 농업에 종사하였다. 조사자
들이 마을회관에 방문했을 때 할머니방에는
20여 명의 할머니들이 모여 계셨다. 조사취
지를 설명하고 노래를 청하였으나 노래하기
를 사양하며 응해 주는 분이 거의 없었는데,
주변 분들의 재촉을 받은 제보자가 노래를
불러 주었다. 제보자는 다소 수줍은 성격으로, 막상 녹음기 앞에서 노래
를 하려고 하니 은근히 떨린다고 하면서 노래를 불러 주었다.

제공 자료 목록
07_12_FOS_20100304_KWD_CYO_0001 밭 매는 소리
07_12_FOS_20100304_KWD_CYO_0002 베틀 노래
07_12_FOS_20100304_KWD_CYO_0003 돈 타령

정여립 장군과 천반산 유적

자료코드 : 07_12_FOT_20100225_KWD_KDH_0001
조사장소 : 전라북도 진안군 진안읍 가막리 상가막길 6-6 상가막마을회관
조사일시 : 2010.2.25
조 사 자 : 김월덕, 허정주, 진주
제 보 자 : 김두화, 남, 83세
구연상황 : 이장님의 소개로 제보자 외 몇 분의 할아버지들을 만났다. 제보자는 배운 것
이 없어서 잘 모른다고 하면서도 조사자의 질문에 성심껏 답하고 요청에 응
해 주었다. 조사자가 죽도에서 장군이 군사훈련 했다는 이야기가 있던데 어릴
때 들은 것이 있으면 이야기를 해 달라고 요청하자, 정여립과 관련한 여러 이
야기를 들려주었다.
줄 거 리 : 가막리에는 죽도가 귀양 보낸 터라고 하는 말이 전해진다. 정여립 장군이 죽
도를 끼고 있는 천반산에 피난을 왔다고도 하고 여기서 군사훈련을 했다고도
한다. 정여립 장군이 술법으로 강변의 돌을 던져서 성을 쌓았다는 이야기도
있다. 천반산에 가면 삼천 명이 밥을 해 먹을 수 있는 돌솥이나 말발자국이
새겨진 바위가 지금도 남아 있다.

그렁개 잘 모릅니다마는 우리가 들을 적에 죽도가 대 섬 자, 대 죽 자
입니다. 대 죽 자, 섬 도 자. 그러믄은 윤씨란 분네들이, 그 윤씨란분들이
어떻게 혔든가 모릅니다마는 죽도를 보고 대섬, 대섬이라고 인자 그러는
디 귀양 보낸 터라고 그렇게 말씀을 들었어요. 그리고 지금은, 그때에도
몇 호가 살다가는 지금, 뭐,

또랑물이 좋지 않고 다 오염되고 허닝개 사는 호청이 한 집인가 사는
가 잘 모릅니다마는, 다 떠나고 없어요. 거기가. 한 번 물 건너갔다 허믄
몇 번을 건너야 되고, 큰물 지믄 어떻게 간다요? 가도 못 허고 애를 먹지
요. 긍개 일부로 저 양반들이 헌 거여.

(조사자 : 그 죽도가 귀양 보낸 땅이라는 그런 말이 있어요?)

그런 말, 늙은 노인네들이 허시기 때문에 그런 줄 알고 있지요.

(청중 : 여기가 유배지라고 듣고 있다 이 말이에요?)

긍개 천반산 허믄은 옛날에, 보든 못했습니다마는, 쪼그만해 들을 적에 천반산에 정여립 장군이 거기를 누구 말 들으믄은 피난 왔다고 허고. 피난 오셔 갖고 접전도 했다고 그럽니다. 그러믄은 부접산이라고 있어요. 부접산. 잉. 큰 산 내내 부귀산이라고 허는디 부접산이라고 허대요.

거기서 인제 적하고 싸울 적에 화살이 말이요. 화살. 활 갖고 싸웠을 티지. 뭐 총칼이 있습니까? 요즘 말이지. 그잖아요. 거기서 양쪽에서 쏘믄은 화살이 날라와서 천반산에 떨어지믄은 화살촉 있잖아요. 촉이. 담배나, 옛날에는 왜 그 담배 짐을 한 짐이나 허믄은 그 담배를 그, 용기 끌고는 화살촉이 쇠가 좋답니다. 그놈 가지고 쳤다 그런 말도 있고.

삼천 명이 말이요. 군인 삼천 명이 밥을 해 먹을 그런 돌솥이 지금, 돌솥. 돌솥이 천반산에 현재 묻혀 있다는 걸로 알고 있어요. 묻혀 있답니다. 그게 누가 봤습니까마는 옛날 어른들 말씀이 그렇게 말씀을 한 데요. 거기가. 그라고 거기 사람들이 저, 농사짓고 산다고 농토가 멀었지만,

파전해서 먹고 산다고 거기서 몇 가구가 살다가 나간 일도 있어요. 그전에 최진호라는 사람이 큰 중이었었는디 절에서 불공헌다고 하고, 여리 내려 댕기고 하고 가물믄은 물이 없어서 이 아랫마을 큰 보를 장군으로, 그때 장군이 있었어요. 뭐 비닐 통 있습니까? 질어다 먹고살었다는 얘기가 많습니다.

(청중 : 날망에가요. 그렇게 생겼어도 거기 시암이 있어요. 시암이.)

(청중 : 거기 송판서굴도 있잖어.)

(청중 : 또 고 밑에 가서는 할미굴이 있고, 할미. 송판서굴 있고. 송판서라고 하는 분이 그전에 거기서 피난했다고 하드만요.)

성터가 있어요. 성. 옛날 접장으로 정여립 장군이 오셔 가지고는 적이

올라오지 못 허도록 물독을 던져 쌓답니다. 물독을. 독이 산꼭대기서 없웅개 술법으로 던졌대요. 그런 성터가 분명히 지금도 있어요. 산에서는 그때 연장이 없어서 캐도 못 허고 헌개 물 갱변에 가믄 돌이 많이 있잖어요. 술법으로. 도술로. 던지믄 픽 올라갔답니다. 그런 유래가 많이 있어요.

그리고 장수들이 접장 위를 뛰어 말헌다가 이 거리가 얼만디 어뚫게 뜁니까? 뛰어 왔다가 헌 자리가 있어. 그러고 말을 타고 그 장수들이 옛날, 밟은 말자국 있는 디가 많다고. 우리 직접 여그 근처인개 해마다 한 번씩 이렇게 모임 해서 가요.

(조사자 : 가면 진짜 말 발자국이 있나요?)

예. 독에 가서 새겨 있다고.

(조사자 : 새겨 있어요? 바위 위에.)

응. 발톱 자리가. 그런 디요. 거기가. 유명헌 디요. 그나저나 관광지로 개발허믄 좋은디.

더 크지 못한 숫금산

자료코드 : 07_12_FOT_20100305_KWD_KCG_0001
조사장소 : 전라북도 진안군 진안읍 정곡리 정곡길 157
조사일시 : 2010.3.5
조 사 자 : 김월덕, 허정주, 진주
제 보 자 : 김칠귀, 남, 76세
구연상황 : 인근 마을에서 김칠귀 제보자에 대해 듣고 제보자를 찾아갔다. 차분하고 조용한 성격의 제보자는 자세한 설명을 해 가며 논 매는 소리와 상여 소리를 해 주었다. 그리고 본인이 특이한 노래를 알고 있다고 하며 두 곡의 노래를 소개했다. 노래를 부른 후에 옛날이야기를 청했으나 다양한 이야기는 들을 수 없었고, 제보자는 숫금산의 유래에 얽힌 이야기만 간단하게 구연하였다.
줄 거 리 : 숫금산이 커 올라가다가 아침에 여자가 물 길러 나오는 여자한테 들켜서 더 커 오르지 못했다. 수숫금산은 밤에 크자고 하고, 암숫금산은 낮에 크자고 했

는데, 암숫금산 때문에 들켜서 더 크지 못했다고 해서 수숫금산이 암숫금산을 발로 탁 찼다. 그래서 암숫금산(암마이산)이 더 납작한 모습이 됐다.

솟곰산이 그게 옛날 거시기를 보니까 바우가 커 올라갔다고 허거든요. 솟아서. 커 올라갔는데, 수숫금산 말허자믄 그 수숫금산은 밤에 크자, 전설이 그려. 암숫금산은 낮에 가자. 그래 가지고 말은 전설에 대해서는 크다가 아침 물 질러 나오는 아줌마한테 뜰킸다거든.

그래 가지고서 여자가 방정맞게 그리 되았다 히 가지고 발로 탁 찼다고 히서 암마이산이 이렇게 누웠잖이요. 돌아섰잖어. 그래서 그렇게 됐다고. 전설이 그려.

호랑이가 된 효자 김용담

자료코드 : 07_12_FOT_20100228_KID_YGS_0001
조사장소 : 전라북도 진안군 진안읍 군상리 노계2동마을회관
조사일시 : 2010.2.28
조 사 자 : 김월덕, 허정주, 진주
제 보 자 : 윤기석, 남, 70세
구연상황 : 마을회관에 도착했을 때 어르신들이 계셨으나, 조사자의 뜻을 듣고 별로 제보해 줄 사람이 없다고 하였다. 새로 이사 온 분이 많아서 마을에 관한 것 전해 줄 만한 사람은 이미 돌아가셨다고 하였다. 그래도 옛날 호랑이 이야기를 해 달라고 하자 가만히 앉아 계시던 제보자가 이야기하나 하겠다면서 구연하기 시작하였다. 아주 어렸을 때 돌아다니면서 들었던 이야기라고 하였다.
줄 거 리 : 어머니가 모진 병에 들었는데 천 마리 개의 간을 먹어야 낫는다고 했다. 아들이 어머니를 살리기 위해서 도를 닦았다. 밤에 부인이 잠들면, 호랑이로 변신하는 법이 씌어 있는 쪽지를 보고 주문을 읽어 호랑이로 변해서 밖으로 나갔다. 그리하여 매일 밤, 개 한 마리의 간을 갖다 어머님께 드렸다. 부인은 남편이 새벽마다 이슬을 맞고 들어오는 것을 이상히 여겨 남편이 나가자 문구멍으로 남편이 쪽지를 보고 호랑이로 변하는 것을 보게 되었다. 구백구십 일이 되는 날 밤, 부인이 남편을 의심하여 처마 밑에 두었던 쪽지를 불사른 것이

다. 그러자 남편이 집에 돌아와 보니 다시 사람으로 변할 수 있는 주문이 적힌 쪽지가 없어져 버린 것을 알게 되었다. 그래서 사람으로 바뀌지 못하고 호랑이로 남게 되었다.

어머니허고 둘이 사는데 둘이 사는데, 이게 아니 식구하고 서이(셋이) 사는데, 이 저 워낙 효자라서, 어머니, 어머니가 모진 병이 들어 갖고 살릴 수가 없다 이 말여. 그리 가지고 거시기 허는디 이 저 아들이 글로써 도통을 해 버렸어. 도통을 히 갖고 인자 초가집에 사는데, 말하자면 개의 간을 먹으면 된다고 그랬대야.

그러니 식사도 제대로 허도 못 허는 사람이 간, 개, 개 간만 어떻게 어머니한테 갖다 드리냐 이 말여. 그리서 그것을 저녁에 이 사람이 축지법을 써 가지고, 마누라가 잘 적에, 잘 적에 나가 갖고, 가 갖고는 거기다가 이렇게 쪽지를 적어서 집 처마 안에다 딱 이렇게 찔러놓고는 호랑이로 변해서 갔대야.

호랑이로 변해 갖고는 가서 딴 것 뭐 고기는 손대도 않고, 딱 간만 빼 갖고 간을 빼면 개는 죽지. 간을 빼다가 어머니를 드리고, 드리고 했는데, 개 천 마리 간을 갖다 빼다가 드리는디, 구백구십이 되았는디, 맨날 가만히 보면 마누라가 본게 이슬이 맞았단 말여, 옷이.

그러고는 와서 처마에 와서 주문을 히 갖고 변장을 히 갖고, 변장을 히서 가서 마누라 옆에 와서 자는디, 부인이 이거 안 되겠다고 태워 버렸다 이 말여. 태워 버린 그것을 태워 버린게, 예 부인이 말허자면 호랑이가 그걸 태워 버린게 변신을 못 했어.

사람은 뒤에 사람 몸체는 전부 호랑인디 변신을 못 히 가지고 호랑이가 되어 갖고 돌아댕기는디, 동네 마을 어구 돌아댕기면은 그 효자가 없다. 그런 효자는 없다 그러는디, 아, 그 용담이가 그렇게 되어 버렸어.

그러면 말허자면 문 앞에서 그 소리를 듣고 눈물을 흘렸다고 그럼서나, 여자만 만나면은 산을 돌아다니고 허다가, 길목을 거시기 여자가 만나면 기냥(그냥) 찢어 죽이 버렸대요. 그런 전설이 있대요.

　(조사자 : 용담이야기예요?)

　예, 그 용담이야기요. 그리고 그 사람 이름이 김용담이라고 했대요.

암숫금산을 발로 차 버린 수숫금산

자료코드 : 07_12_FOT_20100228_KID_YGS_0002
조사장소 : 전라북도 진안군 진안읍 군상리 노계2동마을회관
조사일시 : 2010.2.28
조 사 자 : 김월덕, 허정주, 진주
제 보 자 : 윤기석, 남, 70세
구연상황 : 호랑이 이야기를 하고나서 마을회관 밖으로 담배 피우러 나가셨다. 그래서
　　　　　조사자도 문 밖에 현관에 앉아 제보자에게 이야기를 더 부탁했더니 할 이야
　　　　　기가 없다고 하였다. 그래서 마이산에 관한 이야기를 아시냐고 물었더니 구연
　　　　　하기 시작하였다.
줄 거 리 : 이갑룡이 마이산 밑에 와서 기구하게 살았는데, 나막신을 신고 마이산을 걸어
　　　　　올라 다녔다. 하루는 아낙네들이 물동이를 이고 샘에 물을 길러 갔는데, 한쪽
　　　　　산이 크고 있었다. 그러자 아낙네는 '산이 큰다!'고 소리를 지르자 산이 크다
　　　　　가 멈추어 버렸다. 그래서 산 모양에 따라 암숫금산, 수숫금산으로 불리게 되
　　　　　었다.

　마이산 그 이갑룡 씨가 마이산 밑이로 와 갖고, 마이, 저 말허자면 어
떻게 허다 본게 기구허게 살아 갖고는, 마이산 뭐 저 후딱 듣기로는 저
바위 밑에서 기거를 허다가, 기거를 험서나 살살 뭐 거시기 얻어 가. 그러
다 본게 그리서 되고.

　나막신이라고 그 저 뭐여 나무로 판 신이 있잖여. 그놈을 신고 요렇게
생겼는디, [나막신 모양을 설명한다.] 여기를 어떻게 걸어올라 가겠어? 거
그를 올라 댕겨 갖고 거시기 허고 탑을 쌓았다. 그 말은 전설이야, 전설도
아니고 이야기가 되들 않은 소리여. 그 소리는 그대로 들어. 그런디 그리

도 그 후손들이 거기를 점령해 갖고 지금 잘살고 있지. 잘살고 있어.

(청중 : [중간에 청중이 구연한다.] 인제 애당초에 마이산이 이래 벙벙했어, 보면은. 벙벙했었는디, 전설에 그려. 그전에는 보면은 아낙네들이 물동이를 이고 저 시암으로 해서 물을 질러 갔어, 그전에는. 그런 시절이니까. 그런디 물동이를 이고 물을 뜨러 시암으로 가니까 산이 한쪽 산이 큰단 말여, 이렇게.

그러니까 여자가 물동이 내려놓고 '산이 큰다!'고 허니까 멈춰 버렸어. 긍게 지금 생긴 상태가 고대로 고렇게 생겼다고 인자, 그리 갖고 암숫금산, 저짝으치는 수숫금산이라고 그렇게 이름을 지어 갖고.

[다시 제보자가 구연한다.] 더군다나 어린애 밴 여자가 그러고 거시기헌게 남자가 쪼끔 빨리가자 헌게, 여자가 쫌 시간을 끌어 갖고는 쪼끔 시간이 늦어서 거시기 헌게, 수마이산이 말허자면 남자가 여자를, 기양 너땜에(때문에) 그랬다고 발로 톡 차 갖고는 이렇게 자빠져서 암마이산이라고도 허고. 허허허허허. 그렇대야.

(청중 : 지금 거그 시암이 있어. 시암이 있어 갖고 날이 좋은 날 그리 자리가 운다고 그러거든.)

지금도 숫금산 올러가면 참 있어. 물이 거그가 지금도. 근디 올라가기가 힘들어.

모심는 소리

자료코드 : 07_12_FOS_20100225_KWD_KDH_0001
조사장소 : 전라북도 진안군 진안읍 가막리 상가막길 6-6 상가막마을회관
조사일시 : 2010.2.25
조 사 자 : 김월덕, 허정주, 진주
제 보 자 : 김두화, 남, 83세
구연상황 : 제보자는 본인이 배운 것이 없어서 잘 모른다고 하면서도 조사자의 질문에 성심껏 답하고 요청에 응해 주었다. 조사자가 모심는 소리를 청하자 대략 생각나는 대로 하는 것이라고 하면서 노래를 불러 주었다. 실제로 제보자는 정형적인 노랫말보다 그냥 생각나는 대로 노래를 부르는 듯 했다. 또한 제보자는 가막마을이 산골이라 해가 빨리 지고 덕유산과 가까워서 날씨가 춥고 서리가 일찍 내리기 때문에 벼는 조생종이 아니면 안 된다고 하면서 산골의 농사짓는 일에 대해 설명도 덧붙였다.

일락서산에는 해떨어지고 월출동령에는 달이 솟아오누나

야이사람들아 하지가 지내서 모를 심으는데

하루빨리 나와서 모를 심궈보세

하루바삐 심어야 많이 거둬들일수 있다는데

늦게오는 사람은 이제사 오니 이런말이 웬말인가

아리아리랑 스리스리랑 아라리가났네

아리아리랑 고개로 넘어간다

상여 소리

자료코드 : 07_12_FOS_20100225_KWD_KDH_0002

조사장소 : 전라북도 진안군 진안읍 가막리 상가막길 6-6 상가막마을회관
조사일시 : 2010.2.25
조 사 자 : 김월덕, 허정주, 진주
제 보 자 : 김두화, 남, 83세
구연상황 : 제보자는 본인이 배운 것이 없어서 잘 모른다고 하면서도 조사자의 질문에
　　　　　성심껏 답하고 요청에 응해 주었다. 조사자가 상여 소리 할 수 있는 분을 찾
　　　　　자, 지금은 교회를 다니다 보니 소리를 안 하게 됐지만 본인이 마을에서 상여
　　　　　소리꾼이었다고 하였다. 오래 안 하다 보니 메기는 소리를 잊었다고 하면서,
　　　　　제보자는 운상을 하며 오래 길을 가는데 이때 앞소리꾼은 이 말 저 말을 생
　　　　　각나는 대로 부르는 것이라고 설명하였다.

　　　　어 너 허호 너하호
　　　　상부군들 들어보소 가고올때는 멀건마는
　　　　골라서소 골라서소 양쪽으로 골라서게
　　　　그러고는 들어봐라
　　　　운상할시는 되아가고 갈길은 멀건마는
　　　　지금부터 출발허네 빨리빨리 걷어매게
　　　　어 하호 너 하호
　　　　이런산천 가건마는 마을친구 잘들있어
　　　　이번가믄 나는못와
　　　　황천길이 열렸으니 나는나는 잘가겄네
　　　　동네사람들 잘들있소
　　　　황천길이 열렸으니 가고싶어 가도못허고
　　　　황천길이 열렸으니 나는가오 나는가오
　　　　어 허홍 너 하호
　　　　동네사람들 잘들있게 나는가네 나는가오

밭 매는 소리

자료코드 : 07_12_FOS_20100304_KWD_KBS_0001

조사장소 : 전라북도 진안군 진안읍 반월리 원반월길 45 원반월마을회관

조사일시 : 2010.3.4

조 사 자 : 김월덕, 허정주, 진주

제 보 자 : 김복순, 여, 90세

구연상황 : 원반월마을은 시골마을로는 큰 마을이어서 회관에 나와 계시는 분들도 많았다. 조사취지를 설명하였으나 선뜻 응해 주시는 분은 안 계셨다. 몇 분이 구순이 된 김복순 제보자를 적극 추천하여 노래를 청하였으나 제보자가 귀가 상당히 어두워 의사소통이 잘 안 되었다. 마을 분들의 도움을 받아 제보자에게 이해를 시킨 후 밭 매는 소리를 들을 수 있었다. 제보자는 젊어서는 노래도 잘하고 일도 잘하고 총기도 좋았다고 한다. 귀는 어둡지만 목소리에는 힘이 있었고, 노래를 부를 때는 매우 해맑은 표정을 지었다.

못다맬밭 다맬라다 금봉채를 잃었구나

금봉챌랑은 잃었으믄 내당해줌세

불러시소 불러시소 노래두고 잣새믄은

이방저방 첩된다네

노래한마디 불렀다고 여자의행실 못헐쏜가

갈적으는 오마더니 두시가 되아도 아니나 오네

죽었던 풀잎은 돌시가되믄 되살아온디

사람은 한번가면 올줄을 몰르네

백발가

자료코드 : 07_12_FOS_20100304_KWD_KBS_0002

조사장소 : 전라북도 진안군 진안읍 반월리 원반월길 45 원반월마을회관

조사일시 : 2010.3.4

조 사 자 : 김월덕, 허정주, 진주

제 보 자 : 김복순, 여, 90세

구연상황 : 원반월마을은 시골마을로는 큰 마을이어서 회관에 나와 계시는 분들도 많았
다. 조사취지를 설명하였으나 선뜻 응해 주시는 분은 안 계셨다. 몇 분이 구
순이 된 김복순 제보자를 적극 추천하여 노래를 청하였으나 제보자가 귀가
상당히 어두워 의사소통이 잘 안 되었다. 마을 분들의 도움을 받아 제보자에
게 이해를 시킨 후 밭 매는 소리를 들었다. 제보자는 젊어서는 노래도 잘하고
일도 잘하고 총기도 좋았다고 한다. 지금도 귀는 어둡지만 목소리에는 힘이
있다. 밭 매는 소리를 한 후에 주변에서 한 곡조 더 해 보라고 독촉하자 이
노래를 불렀다.

젊어청춘에 불르던노래 저팔보고 백발말소

우리도 엊그제는 소년이더니

백발이 되기가 요렇게 되었네

에야라 노아라 아나나 못놓겠다

모심는 소리

자료코드 : 07_12_FOS_20100225_KWD_KJS_0001

조사장소 : 전라북도 진안군 진안읍 가막리 상가막길 6-6 상가막마을회관

조사일시 : 2010.2.25

조 사 자 : 김월덕, 허정주, 진주

제보자 1 : 김종순, 여, 78세

제보자 2 : 박족간, 여, 79세

구연상황 : 할아버지들을 모시고 천반산에 얽힌 이야기를 듣고, 김두화 제보자에게 두어
곡 노래도 들은 다음, 이장님께 옛날 노래나 옛날이야기를 하실 수 있는 할머
니를 추천해 달라고 부탁했다. 그렇게 추천받은 분이 김종순 제보자와 박족간
제보자이다. 조사자가 모심는 소리를 청하자, 오랫동안 안 불러서 기억이 잘
안 난다고 하면서 짧게 모심는 소리를 불러 주었다.

노랑노랑 새삼베치마 주름주름 삼내가나네

서마지기 논배미가 [막혀서 이 구절을 마무리 못하였다.]

이게무신 반달인가 초승달이 반달이지

서마지가 논배미가 반달만치 남았구나

이게무슨 반달인가 초승달이 반달이지

밭 매는 소리

자료코드 : 07_12_FOS_20100303_KWD_KJS_0001

조사장소 : 전라북도 진안군 진안읍 가막리 상가막길 15-10

조사일시 : 2010.3.3

조 사 자 : 김월덕, 허정주, 진주

제 보 자 : 김종순, 여, 78세

구연상황 : 고추 모종을 이식하는 시기라서 제보자도 하루 종일 일을 하고 저녁에 돌아
왔다. 제보자는 본래 친절하고 자상한 성품인데다 조사자와의 두 번째 만남이
라서 부담 없이 조사자를 대해 주었다. 조사자가 밭 매는 소리를 청하자 노래
가 모두 짧다고 하면서 내놓을 만한 소리가 못 된다고 하였다. 거듭 청하자
노래를 불러 주었고, 시어머니 또래인 옛날 할머니들은 밭 매면서 이런 노래
밖에 안 불렀다고 했다.

호박모 가지모는 심어줄 탓이요

우리부모 나하나 골라줄 탓이요

지충개 타령

자료코드 : 07_12_FOS_20100303_KWD_KJS_0002

조사장소 : 전라북도 진안군 진안읍 가막리 상가막길 15-10

조사일시 : 2010.3.3

조 사 자 : 김월덕, 허정주, 진주

제 보 자 : 김종순, 여, 78세

구연상황 : 고추 모종을 이식하는 시기라서 제보자도 하루 종일 일을 하고 저녁에 돌아

왔다. 제보자는 본래 친절하고 자상한 성품인데다 조사자와의 두 번째 만남이라서 부담 없이 조사자를 대해 주었다. 조사자가 지충개 노래를 청하자 바로 불러 주었다. 옛날 할머니들이 밭 매면서 이 노래를 불렀다고 한다.

지충개야 지충개야 마산다리 지충개야
어느틈에 홍틈에로 날크는줄 모르느냐

백발가

자료코드 : 07_12_FOS_20100303_KWD_KJS_0003
조사장소 : 전라북도 진안군 진안읍 가막리 상가막길 15-10
조사일시 : 2010.3.3
조 사 자 : 김월덕, 허정주, 진주
제 보 자 : 김종순, 여, 78세
구연상황 : 고추 모종을 이식하는 시기라서 제보자도 하루 종일 일을 하고 저녁에 돌아왔다. 제보자는 본래 친절하고 자상한 성품인데다 조사자와의 두 번째 만남이라서 부담 없이 조사자를 대해 주었다. 제보자 가족과 농삿일에 대한 이야기를 한참 나눈 후에, 조사자가 옛날 노래 한 마디를 청하자 이 노래를 불러 주었다. 옛날 할머니들이 밭 매면서 이런 노래를 불렀다고 한다.

이팔청춘 소년들아 백발보고 반절마라
우리도 엊그제 청춘이더니 백발되기 아주쉽네
산내끼 백발은 쓸데나 있는디
우리네 인생은 백발되어 쓸디도 없네
호박은 늙으믄 보기나 좋지
사람은 늙으믄 보기도 싫네

시집살이 노래

자료코드 : 07_12_FOS_20100303_KWD_KJS_0004

조사장소 : 전라북도 진안군 진안읍 가막리 상가막길 15-10

조사일시 : 2010.3.3

조 사 자 : 김월덕, 허정주, 진주

제 보 자 : 김종순, 여, 78세

구연상황 : 고추 모종을 이식하는 시기라서 제보자도 하루 종일 일을 하고 저녁에 돌아
왔다. 제보자는 본래 친절하고 자상한 성품인데다 조사자와의 두 번째 만남이
라서 부담 없이 조사자를 대해 주었다. 조사자가 시집살이 노래를 청하자 제
보자 본인은 시부모님이 좋아서 시집살이도 별로 안 했지만 이런 노래가 있
다면서 이 노래를 불러 주었다.

오동나무 장구통 군소리나고

시어마니 건들믄 잔소리나네

칠팔월 수싯잎 철따라 흔드는디

우리집 시누애기 철모르고 나볶으네

논 매는 소리

자료코드 : 07_12_FOS_20100305_KWD_KCG_0001

조사장소 : 전라북도 진안군 진안읍 정곡리 정곡길 157

조사일시 : 2010.3.5

조 사 자 : 김월덕, 허정주, 진주

제 보 자 : 김칠귀, 남, 76세

구연상황 : 인근 마을에서 김칠귀 제보자에 대해 듣고 제보자를 찾아갔다. 제보자는 차분
하고 조용한 성격으로 본인이 알고 있는 내용에 대해서 자상하게 설명해 주
었다. 조사자가 처음에는 모심는 소리를 청했는데, 모심을 때는 상사 소리를
한다고 하며 여러 번 노래를 시도해 본 끝에 잘 안된다고 하여 포기했다. 그
리고 다시 논 매는 소리를 청하자 긴소리와 자진소리를 각각 불러 주었다. 제
보자는 노래를 다 부른 후에 논매기 관습에 대해서 상세히 설명했다.

07_12_FOS_20100305_KWD_KCG_0001_s01 〈진방아타령〉

　　에헤헤헤이 에헤헤이 에헤야 에하 뒤여라 산이로구나

　　에헤헤헤이 에헤헤이 에헤야 에햐 뒤여라 산이로구나

　　노자좋다 젊어서놀아 늙어지면 나못놀겄네

　　에헤헤헤이 에헤헤이 에헤야 에하 뒤여 산이로구나

　　노자좋다 젊어서놀아 늙어지면 못노나니라

　　에헤헤헤이 에헤헤 에헤야 에하 뒤여 산이로구나

　　일락서산에 해떨어지고 월출동령으 달돋아온다

　　에헤헤헤이 에헤헤 에헤야 에허 뒤여라 산이로구나

07_12_FOS_2010305_KWD_KCG_0001_s02 〈자진방아타령〉

　　역진장판 노다지 빼다지 쌍바라지속에

　　들팍헌 새악시 에루하 나부잠 잔단다

　　아하하 에헤야 에헤야 에헤야 에-헤루아 산이로구나

　　일락서산 해떨어지고 월출동령에 에루하 달돋아온단다

　　아하하 에헤야 에헤야 에헤야 에-헤야 매화로구나

　　아하하 에헤야 에헤야 에헤야 에-헤야 매화로구나

상여 소리

자료코드 : 07_12_FOS_20100305_KWD_KCG_0002
조사장소 : 전라북도 진안군 진안읍 정곡리 정곡길 157
조사일시 : 2010.3.5
조 사 자 : 김월덕, 허정주, 진주
제 보 자 : 김칠귀, 남, 76세
구연상황 : 인근 마을에서 김칠귀 제보자는 상여 앞소리꾼으로 알려져 있었다. 제보자는
　　　　　차분하고 조용한 성격으로 조사취지를 이해하고 적극적으로 노래를 불러 주

었다. 상여 소리를 청하니 어렵지 않게 소리를 해 주었다. 노래를 부를 때는 장례 절차와 연관지어 자세하게 설명도 덧붙였다. 먼저 유대꾼들이 방 안에서 나오기 전에 중방소리를 세 번씩 하면서 방의 네 구석에 고하고, 문 앞에 엎어 놓은 바가지를 깨고 마당으로 나온다고 설명을 한다. 묘 다지는 소리인 달구 소리는 옛날에는 했지만 안 한 지가 이미 오래됐다고 한다.

07_12_FOS_20100305_KWD_KCG_0002_s01 〈관아 소리〉

관아―암 보사―알

관아―안 산 보사알

관아―안 산 보사알

[관아 소리를 세 번 하고 유대꾼들이 관을 어깨에 맨다고 설명했다.]

07_12_FOS_2010305_KWD_KCG_0002_s02 〈운상소리〉

가네가네 나는가네 이별을하고서 나는가네

어허허 어하노 어나리 넘차가 어허노

북망산천이 머다더니 그리쉽게 갈줄 누가알며

어허허 어허허 어나리 넘차가 어허노

명사십리 해당화야 꽃진다고 서러를마소

어허허 어허허 어나리 넘차가 어하노

노든터에 동무들두고 그리쉽게 갈줄을 누가알며

어허허 어허허 어나리 넘차가 어하노

07_12_FOS_2010305_KWD_KCG_0002_s03 〈달구 소리〉

어럴럴럴 달구방아야

여그도찧고 저그도찧세

골골골고루 찧어나보세

어럴럴럴 달구방아야

각설이 타령

자료코드 : 07_12_FOS_20100228_KID_PGI_0001
조사장소 : 전라북도 진안군 진안읍 연장리 상평마을 16번지
조사일시 : 2010.2.28
조 사 자 : 김익두, 허정주, 진주
제 보 자 : 박규임, 여, 73세
구연상황 : 다른 지역에서 제보자의 소개를 받아 댁에 전화를 했더니, 절에 가서서 집에
계시지 않는다고 하였다. 그래서 제보자의 핸드폰 전화번호를 물어보고 직접
전화를 드렸더니 오후에 오신다고 하였다. 조사자의 의도를 말했더니 노래는
잘 못 부른다며 극구 사양하였다. 그러나 돌아오실 즈음 댁으로 찾아가겠다고
하고 다른 지역에 조사를 갔다가 제보자의 집에 와 보니 계셨다. 차를 마시고
제보자에 대한 개인 이야기를 하는데 병아리 소리가 나서 주변을 살펴보니
병아리 부화기에서 나는 소리였다. 손자가 취미로 키우고 있다고 하였다. 제
보자는 약초연구소에서 일을 하고 있는데, 진안 노인회장의 부탁으로 하루 휴
가를 내고 노래자랑에 나가 부르신 노래라고 하면서 불러주셨다. 각설이 옷을
준비하여 갔는데 사회자가 이름을 생각보다 빨리 부르는 바람에 옷을 갈아입
지 못하고 그냥 노래를 부르게 되었다고 하였다. 노래를 잊어 버렸는지 모른
다며 가사를 읊어 보고 나서 부르기 시작하였다.

얼씨구씨구씨구 들어간다 절씨구나 들어간다

일자한자나 들고나보니 일선에가신 우리낭군 나도같이 가고싶네

두이자를 들고나보니 이승만이가 대통령 삼각사가 부대통령

석삼자를 들고나보니 삼십만에 동포들아 해방의종소리 울려봐라

넉사자를 들고나보니 사월초파일 춘향이가 죽었단말이 웬말인가

다섯오자를 들고나보니 오십먹은 중노인뇌미자(노무자. 빨갱이들
한테 잡혀간 노동자를 말한다고 함)가 웬말이여

여섯육자를 들고보니 육이오사변에 불타버리고 천막생활이 웬말
이여

일곱칠자를 들고나보니 칠년묵은 고목나무에 화초꽃이 만발했네

여덟팔자를 들고보니 팔십리밖에 대포소리가 산천초목을 자우린

다(울린다)

아홉구자를 들고보니 구년만에 돌아오네 우리가장이 돌아온다

열십자를 들고보니 십년만에 만난사랑 상이군인이 웬말인가

어허품바가 잘헌다 니가잘허면 내아들 내가잘허면 니에미

어허품바가 장타령 감사합니다

밭 매는 소리 (1)

자료코드 : 07_12_FOS_20100225_KWD_PJG_0001
조사장소 : 전라북도 진안군 진안읍 가막리 상가막길 6-6 상가막마을회관
조사일시 : 2010.2.25
조 사 자 : 김월덕, 허정주, 진주
제 보 자 : 박족간, 여, 79세
구연상황 : 할아버지들을 모시고 천반산에 얽힌 이야기를 듣고, 김두화 제보자에게 두어
곡 노래도 들은 다음, 이장님께 옛날 노래나 옛날이야기를 하실 수 있는 할머
니를 추천해 달라고 부탁했다. 그렇게 추천받은 분이 김종순 제보자와 박족간
제보자이다. 조사자가 밭 매는 소리를 청하자 제보자가 짧게 한 소절을 불러
주었다.

이내밭골 손쌔워매고 임의밭골 마자들세

모심는 소리

자료코드 : 07_12_FOS_20100303_KWD_PJG_0001
조사장소 : 전라북도 진안군 진안읍 가막리 상가막 569-1
조사일시 : 2010.3.3
조 사 자 : 김월덕, 허정주, 진주
제 보 자 : 박족간, 여, 79세
구연상황 : 고추 모종을 이식하는 시기라서 제보자도 하루 종일 일을 하고 저녁에 돌아

왔다. 오랫동안 기다렸다가 제보자를 만났기 때문에 제보자는 미안한 마음에 못하는 노래나마 불러 보겠다고 하였다. 조사자가 모심는 소리를 청하자 지난 주에 했던 그대로 몇 마디 불러 주었다.

서마지기 논배미가 반달만큼 남았구나
이게무슨 반달인가 초승달이 반달이네
노랑노랑 새삼베치마 주름주름 삼내나네

밭 매는 소리 (2)

자료코드 : 07_12_FOS_20100303_KWD_PJG_0002
조사장소 : 전라북도 진안군 진안읍 가막리 상가막 569-1
조사일시 : 2010.3.3
조 사 자 : 김월덕, 허정주, 진주
제 보 자 : 박족간, 여, 79세
구연상황 : 고추 모종을 이식하는 시기라서 제보자도 하루 종일 일을 하고 저녁에 돌아 왔다. 오랫동안 기다렸다가 제보자를 만났기 때문에 제보자는 미안한 마음에 못하는 노래나마 불러 보겠다고 하였다. 조사자가 밭 매는 소리를 청하자 두 마디 노래를 불러 주었다.

못다맬밭 다맬라다 금봉채를 잃고가네
이내밭골 손쌔워매고 임의밭골 맞아드세

지충개 타령

자료코드 : 07_12_FOS_20100303_KWD_PJG_0003
조사장소 : 전라북도 진안군 진안읍 가막리 상가막 569-1
조사일시 : 2010.3.3
조 사 자 : 김월덕, 허정주, 진주
제 보 자 : 박족간, 여, 79세

구연상황 : 고추 모종을 이식하는 시기라서 제보자도 하루 종일 일을 하고 저녁에 돌아
왔다. 오랫동안 기다렸다가 제보자를 만났기 때문에 제보자는 미안한 마음에
못하는 노래나마 불러 보겠다고 하였다. 모심는 소리와 밭 매는 소리를 한 다
음에, 조사자가 봄에 캐는 나물 노래를 요청하자 이 노래를 불러 주었다.

지충개야 지충개야 마산땅에 지충개야
떡잎같은 울어머니 매화같은 나를두고
어느틈에 홍침에서 날크는줄 모르신가

시집살이 노래

자료코드 : 07_12_FOS_20100303_KWD_PJG_0004
조사장소 : 전라북도 진안군 진안읍 가막리 상가막 569-1
조사일시 : 2010.3.3
조 사 자 : 김월덕, 허정주, 진주
제 보 자 : 박족간, 여, 79세
구연상황 : 고추 모종을 이식하는 시기라서 제보자도 하루 종일 일을 하고 저녁에 돌아
왔다. 오랫동안 기다렸다가 제보자를 만났기 때문에 제보자는 미안한 마음에
못하는 노래나마 불러 보겠다고 하였다. 조사자가 시집살이 노래를 청하자 이
노래를 불러 주었다. 옛날에 밭에서 일하면서 심심하면 이런 노래를 불렀다고
한다.

칠팔월 수싯잎은 철을알고 흔드는디
우리집이 시어머니 철모르고 날졸라
시어머니 잔소리 들을만하여도
시누아기 잔소리 들을수없더라

청춘가

자료코드 : 07_12_FOS_20100303_KWD_PJG_0005
조사장소 : 전라북도 진안군 진안읍 가막리 상가막 569-1
조사일시 : 2010.3.3
조 사 자 : 김월덕, 허정주, 진주
제 보 자 : 박족간, 여, 79세
구연상황 : 고추 모종을 이식하는 시기라서 제보자도 하루 종일 일을 하고 저녁에 돌아
왔다. 오랫동안 기다렸다가 제보자를 만났기 때문에 제보자는 미안한 마음에
못하는 노래나마 불러 보겠다고 하였다. 제보자는 밭 매는 소리 외 몇 곡의
노래를 부른 후에 이어서 이 노래를 불렀다. 밭 맬 때도 부르고 놀 때도 불렀
다고 한다.

청춘하늘에 잔별도 많고
이내가슴에 희망도 많더라
자슥(자식)많은 울어머니 맘잘날 없고서
가지많은 나무는 바람잘날 없더라
시내강변에 자갈도 많고서
요내야가슴에 수심도 많더라

밭 매는 소리

자료코드 : 07_12_FOS_20100304_KWD_CYO_0001
조사장소 : 전라북도 진안군 진안읍 반월리 원반월길 45 원반월마을회관
조사일시 : 2010.3.4
조 사 자 : 김월덕, 허정주, 진주
제 보 자 : 차영옥, 여, 73세
구연상황 : 원반월마을은 시골마을로는 큰 마을이어서 회관에 나와 계시는 분들도 많았
다. 조사취지를 설명하였으나 선뜻 응해 주시는 분은 안 계셨다. 몇 분의 도
움으로 구순의 김복순 제보자의 노래를 듣고 난 다음, 많은 분들이 차영옥 제
보자를 추천하였다. 조사자가 밭 매는 소리를 요청하자 제보자는 노래를 하려

니 은근 떨린다고 하면서 노래를 불러 주었다. 이 노래는 밭 맬 때도 하고 모심을 때도 했다고 한다.

노랑노랑 금송아지 곱게멕여 곱게키워
금쟁기에 금줄달아 나무쟁기에 심줄달아
이랴쩌쩌 밭을갈아 추진데는 산두(산도)갈고
마른데는 목화갈고 이뚝이뚝 수수엮고
뒤뚝뒤뚝 목화심고 아들형제 공부하고
첩은첩첩 술걸러라 만나는재미가 절로나네

베틀 노래

자료코드 : 07_12_FOS_20100304_KWD_CYO_0002
조사장소 : 전라북도 진안군 진안읍 반월리 원반월길 45 원반월마을회관
조사일시 : 2010.3.4
조 사 자 : 김월덕, 허정주, 진주
제 보 자 : 차영옥, 여, 73세
구연상황 : 원반월마을은 시골마을로는 큰 마을이어서 회관에 나와 계시는 분들도 많았다. 조사취지를 설명하였으나 선뜻 응해 주시는 분은 안 계셨다. 몇 분의 도움으로 구순의 김복순 제보자의 노래를 듣고 난 다음, 많은 분들이 차영옥 제보자를 추천하였다. 제보자는 밭 매는 소리를 부른 후에 베틀 노래를 시도하였다. 원래 베틀 노래가 긴데 기억이 안 나서 다 못 부르니 일부만 부른다고 하면서 노래를 불렀다.

오늘해도 하심심하여 베틀가나 하여나볼까
베틀다리 앉아서보니 베틀다리는 사형제요
이내몸 다리는 이형제라
부테라고 하는것은 귀목나무 껍데기든가
끌신개라 하는것은 어찌저리 팔자가좋아

큰애기 발질에 다녹아진다

낮에짜면 양광단이요 저녁짜면 조광단이요

어리씨구나 좋네 절씨구 아니노지는 못하리라

돈 타령

자료코드 : 07_12_FOS_20100304_KWD_CYO_0003

조사장소 : 전라북도 진안군 진안읍 반월리 원반월길 45 원반월마을회관

조사일시 : 2010.3.4

조 사 자 : 김월덕, 허정주, 진주

제 보 자 : 차영옥, 여, 73세

구연상황 : 원반월마을은 시골마을로는 큰 마을이어서 회관에 나와 계시는 분들도 많았
다. 조사취지를 설명하였으나 선뜻 응해 주시는 분은 안 계셨다. 몇 분의 도
움으로 구순의 김복순 제보자의 노래를 듣고 난 다음, 많은 분들이 차영옥 제
보자를 추천하였다. 제보자는 밭 매는 소리와 베틀 노래에 이어서 이 노래를
불러 주었다. 제보자는 지금 세상은 시숙도 어려워하지 않지만, 옛날에 얼마
나 어려웠으면 처남댁이 시누 남편에게 돈을 달라고 했겠느냐고 노래의 의미
를 설명하였다.

돈 돈 돈 돈이로다

돈 돈 돈 돈이로다

돈이라면 죽는줄알고

시누남편의 돈돌라네

어리씨구나 좋네 절씨구 아니노지는 못하리라

태평가

자료코드 : 07_12_MFS_20100228_KID_PGI_0001
조사장소 : 전라북도 진안군 진안읍 연장리 상평마을 16번지
조사일시 : 2010.2.28
조 사 자 : 김익두, 허정주, 진주
제 보 자 : 박규임, 여, 73세
구연상황 : 노래자랑에 나가 사회자와 만담을 하고 난 뒤에, 사회자가 노래 하나를 더 해
　　　　　달라고 하여 한곡 더 불렀다며 불러 주신 노래이다. 노래를 부르다 잊어버렸
　　　　　다고 하여 중단되어서, 잠시 쉬었다가 조사자가 적은 가사를 일부분을 읽어
　　　　　주며 생각하게 한 다음 다시 부르시도록 유도했다.

　　　　얼씨구나 절씨구려 태평성대가 여기로다

　　　　정량정복대에 끌려를갈적에 다시는 못살아올줄 알았더니

　　　　일천구백 사십오년 팔월십오일에 해방돼서

　　　　연락선에 몸을실고 부산항구에 당도허니

　　　　문전 문전에다가 태극기를 달고

　　　　방방곡곡에서 만세소리에 삼천만동포가 춤을춘다

　　　　청량대꼭대기에 태극기는 바람에펄펄 휘날릴적에

　　　　남의집 서방님들은 다살아왔는데 우리집 똘이아빠는 왜못오나

　　　　원자폭탄에 상처를당했나 무정하게도 소식없네

　　　　해방은됐다고 좋다고들 하는데 지긋지긋한 육이오가 웬말인가

　　　　어린자식을 등허리에다가 업고 다큰자식 손목잡고

　　　　머리에다가는 보따리를이고 백발부모님을 앞에모시고

　　　　한강철교를 건너갈제 공중에서는 폭격을하니

　　　　만물은 불행해질때 이런풍난이 또있겠소

얼씨구나좋네 정말로좋네 우리대한민국이 제일일세

노들강변

자료코드 : 07_12_MFS_20100228_KID_PGI_0002
조사장소 : 전라북도 진안군 진안읍 연장리 상평마을 16번지
조사일시 : 2010.2.28
조 사 자 : 김익두, 허정주, 진주
제 보 자 : 박규임, 여, 73세
구연상황 : 아주 오래된 옛날 노래는 못 부르고 노들강변 같은 노래나 부를 수 있다고
하면서 부르기 시작하였다. 1절을 부르고 난 뒤, 2절을 부르겠다고 말하면서
구분해서 불렀다.

　　　노들강변에 봄버들 휘휘늘어진 가지에다가
　　　무정세월 하늘에도 칭칭동여서 매어나볼까
　　　에헤요 봄버들도 못잊으리로다
　　　푸르르른 저기저물만 흘러흘러서 가노라
　　　노들강변에 백사장 모래마다 밟은자국
　　　만고풍산(만공풍상) 비파람(비바람)에 몇몇짐이나 실어나갈까
　　　에헤요 백사장도 못잊으리로다
　　　어르르른 저기저물만 흘러흘러서 가노라

창부 타령

자료코드 : 07_12_MFS_20100228_KID_PGI_0003
조사장소 : 전라북도 진안군 진안읍 연장리 상평마을 16번지
조사일시 : 2010.2.28
조 사 자 : 김익두, 허정주, 진주

제 보 자 : 박규임, 여, 73세

구연상황 : 제보자는 각종 행사에서 각설이 타령을 불러 상품을 타 왔다고 한다. 언제부
터인가 노래자랑에 안 나가고 있었는데, 사람들이 왜 안 나가냐고 묻는다고
하였다. 이젠 나이 들어 나가기 싫어 안 나간다면서 추억담을 말씀하셨다. 노
래 자랑 끝나고 사회자가 만담을 하라고 하길래, 우리 진안은 '진실한 사람만
이 안심하고 살 수 있는 곳'이어서 진안이라고 했다면서 조사자들을 웃게 만
들었다.

아니 아니 놀지는 못하리라

하늘과같이 높은사랑 사해와같이도 깊은사랑

칠년대한 가문날에 빗발같이도 반긴사랑

장명화(당명황)에 양귀비도 이도령에 춘향이라

일년 삼백육십일에 하루만못봐도 못살겠네

디디디 디디디 디디디디디 디디디디 아니놀지는 못하리라

아니아니 놀지는 못하리라

봄들었네 봄들었어 이강산 삼천리에 봄들었네

푸른것은 버들이요 누른것은 꾀꼬리라

황금같은 꾀꼬리는 너른숲으로 날아들고

백설같은 흰나비는 장다리밭으로 날아든다

디디디 디디디 디디디 릴리리리리 아니놀지는 못하리라 좋다

성주 풀이

자료코드 : 07_12_MFS_20100228_KID_PGI_0004

조사장소 : 전라북도 진안군 진안읍 연장리 상평마을 16번지

조사일시 : 2010.2.28

조 사 자 : 김익두, 허정주, 진주

제 보 자 : 박규임, 여, 73세

구연상황 : 다시 노래자랑에 나간 이야기를 하다가 노래가 나오기 시작하였다. 심청이가

아버지 홀로 두고 물에 뛰어든 노래라고 하였다.

저건네 잔솔밭에 솔솔기는 저포수야 저산비둘기 잡지마라
저비둘기 나와같이 임을잃고 밤새도록 임을찾아 헤맸노라
에라만성 에라대신이야
한송주 솔을비어 조그맣게 배를지어 술렁술렁 배띄워놓고
술이나안주 가득싣고 강릉경포대 달구경가세 두리둥실 달구경가
세
에라만성 에라 신이야
낙영성 십리하에 높고낮은 저무듬(무덤)은 영웅호걸이 몇몇이냐
절대가인이 그 구냐 우리네인생이 한번가면 저기저모냥 될것이니
라
에라만성 에라대신이야
닭아닭아 울지마라 니가울어 날이새면 날이새면 나는간다
나죽는건 아깝지않으나 앞못보는 우리부친 누구를믿고서 살란 말
이냐
에라만성 에라대신이야 대신이야

과부 한탄가

자료코드 : 07_12_MFS_20100305_KWD_KCG_0001
조사장소 : 전라북도 진안군 진안읍 정곡리 정곡길 157
조사일시 : 2010.3.5
조 사 자 : 김월덕, 허정주, 진주
제 보 자 : 김칠귀, 남, 76세
구연상황 : 인근 마을에서 김칠귀 제보자에 대해 듣고 제보자를 찾아갔다. 차분하고 조
용한 성격의 제보자는 자세한 설명을 해 가며 논 매는 소리와 상여 소리를
해 주었다. 그리고 본인이 특이한 노래를 알고 있다고 하며 두 곡의 노래를

소개했다. 제보자는 22살에 군대에 갔는데 부산 미팔군사령부에 있었다고 한다. 그때 경기도에서 온 군대 동기가 이 노래를 하는 것을 듣고 배워서 많이 불렀다고 한다. 노래의 유래에 대해서는, 왜정 때 남자들이 징용 가서 많이 죽었는데 그때 홀로 된 아주머니가 지은 노래라고 들었다고 한다.

제국이라 왜정때에 징용징발로 다나가고

일천구백 사십오년에 팔월십오일으 해방되고

연락선에다 몸을실고 한국땅을 들어서니

문전마다 태극기요 거리마다 만세소리

남의집의 낭군은 다오시건만

우리집의 낭군은 왜못오실까

외국나라로 구경을 가셨나 원자폭탄에 맞으셨나

가마솥에 삶는개가 컹컹짖어야 오실란지

금강산을 비롯하여 평전이 되야만이 오실란가

뒷동산에다 썪은밤 묻어 싹이 터야만이 오실라요

병풍에 그리던 장기수암탉이 꼬끼오 울어야 오실랑가

영글렀네 다틀렸네 낭군하고 살기는 영글렀네

얼씨구 절씨구 기화자좋네 과부신세가 웬말이냐

장부 타령

자료코드 : 07_12_MFS_20100305_KWD_KCG_0002
조사장소 : 전라북도 진안군 진안읍 정곡리 정곡길 157
조사일시 : 2010.3.5
조 사 자 : 김월덕, 허정주, 진주
제 보 자 : 김칠귀, 남, 76세
구연상황 : 인근 마을에서 김칠귀 제보자에 대해 듣고 제보자를 찾아갔다. 차분하고 조용한 성격의 제보자는 자세한 설명을 해 가며 논 매는 소리와 상여 소리를

해 주었다. 그리고 본인이 특이한 노래를 알고 있다고 하며 두 곡의 노래를
소개했다. 제보자는 22살에 군대에 갔는데 부산 미팔군사령부에 있었다고 한
다. 그때 부대에서 이 노래를 배워서 동기들과 곧잘 불렀다고 한다. 제보자는
이 노래를 청춘가라고도 하고 장부 타령이라고도 한다고 했다.

아니 아니 노지는 못하리라
김승만 못한놈으 김일성놈이
죽으러나온 중공군아
모조리죽일 모택동놈아
쓸데없는 스타령(스탈린)이
미리다아는 미군들과
재주좋은 제트기가
곳곳이 다니면서 쳐부수고
한시가바쁜 한국땅에서
하루바삐 물러서라
얼씨구 절씨구 기화자좋네
백두산 꼭대기다 태극기를 날린다

▌엮은이 소개

김익두 전북대학교 국어국문학과를 졸업하고 동 대학원에서 문학박사 학위를 받았
다. 현재 전북대학교 인문대학 국문학과 교수로 재직 중이다. 한국공연문화
학회장, 한국풍물굿학회장, 문화재청 문화재위원을 역임하였다. 현재 한국
민요학회 회장. 주요 저서로『판소리, 그 지고의 신체 전략』(평민사, 2003),
『한국 민요의 민족음악학적 연구』(민속원, 2012),『한국 민족공연학』(지식산
업사, 2013) 등이 있다.

김월덕 전북대학교 국어국문학과를 졸업하고 동 대학원에서 문학박사 학위를 받았
다. 현재 전북대학교 강사로 재직 중이다. 주요 논문으로「세시기를 통해서
본 세시풍속의 재구성과 재탄생」(2009),「무주 지역 구비문학의 전승양상과
지역적 특성」(2010),「시집살이 노래와 여성 개인서사의 상관성」(2011) 등
이 있다.

허정주 원광대학교 영어영문학과를 졸업하고 전북대학교 국어국문학과 대학원에서
문학박사 학위를 받았다. 현재 전북대학교 강사로 재직 중이다. 주요 논문
으로「정평구 설화의 세계와 문화적 의미」(2010),「가왕 송흥록 생애사의
종합적 고찰」(2012),「한국 곡예/서커스의 역사적 전개 양상에 관한 '역사
기호학적' 시론」(2012) 등이 있다.

진 주 전북대학교 국어국문학과를 졸업하고 동 대학원에서 문학석사 학위를 받았
다. 현재 전북대학교 강사로 재직 중이다. 주요 논문으로「존재의 규명 방
식으로서의 기록」(2014) 등이 있다.